E.

Copyright © 2006 by Roberto Santachiara
Published by arrangement with Agenzia Letteraria Roberto Santachiara

© 2006 Giulio Einaudi editore s.p.a., Torino
www.einaudi.it

ISBN 88-06-18320-6

James Crumley, Giovanni Arduino,
Jeffery W. Deaver, Eraldo Baldini,
James Ellroy, Piero Colaprico,
James Grady, Giancarlo De Cataldo,
James W. Hall, Carlo Lucarelli,
Stephen King, Giampiero Rigosi,
Ed McBain, Flavio Soriga,
Ian Rankin, Simona Vinci,
Robert Silverberg, Wu Ming, F.X. Toole

The Dark Side

A cura di Roberto Santachiara

Einaudi

Prefazione

Ho sempre amato le raccolte di racconti. Se un buon romanzo è un gioiello, un buon racconto è una gemma non incastonata, senza contorni, pura e luminosa.
Sarà perché leggo – per lavoro e per passione – pagine e pagine di libri dove le buone idee finiscono diluite in una quantità di parole superflue, ho finito negli anni col preferire la sintesi e la perfezione della *short story*.

Ma per altri versi – direi professionali – non amo le antologie. Per un agente un'antologia richiede una mole infinita di lavoro e di complicazioni legate al numero degli autori.
Ogni autore ha tempi diversi, diverse aspettative, diverse esigenze, e naturalmente diverse priorità.
Conseguenza è che le trattative sono spesso lunghe e laboriose – come far da mediatore in un'assemblea di condomini. Bisogna pur sempre metter d'accordo molti e infine stilare una molteplicità di contratti al posto di uno solo.

Di norma si comincia coll'individuare un tema, o un motivo conduttore che giustifichi l'operazione. Quindi si devono sentire gli autori, si vaglia la loro disponibilità, si concordano i tempi di consegna e la lunghezza dei racconti. E fin da qui iniziano i problemi.
Perché può essere benissimo che uno scrittore abbia

un'idea buona ma che non abbia tempo di lavorarci per consegnare puntualmente il suo testo entro la data stabilita. Oppure che il perfetto sviluppo dello spunto preveda una lunghezza molto minore o molto maggiore dei termini di quella prevista. O piú semplicemente, che l'idea buona non arrivi mai e lo scrittore si accontenti di un ripiego.

Per questo accade spesso che le antologie a tema siano parzialmente insoddisfacenti, un cinquanta per cento di buoni racconti a fronte di un'altra metà mediocre o a volte scadente.

Tutto questo per spiegare perché per realizzare *The Dark Side* ci sia voluto cosí tanto tempo.

Il progetto nacque infatti piú di due anni fa parlando con Ed McBain. Era già molto malato ma non smetteva di lavorare e scrivere. Riflettevamo su come in Italia fosse fiorita una generazione di ottimi scrittori di genere, noir, mistery, horror, molti dei quali facevano capo alla mia agenzia.

Gli proposi cosí di presentare e curare per il nostro mercato un'antologia di racconti di autori italiani e americani, con l'idea di farla poi pubblicare negli Usa in virtú della sua autorevole sponsorizzazione. La cosa gli piacque ma mi disse subito «Perché non la fai tu? In fondo molti fra i migliori americani sono tuoi autori. Io potrei naturalmente darti un mio racconto. Scegli pure quello che ti piace».

La proposta mi affascinò: si trattava di mettere assieme per la prima volta gli indiscussi maestri d'oltreoceano con la *new wave* degli allievi italiani. Insomma, fare il punto. Nessuno ci aveva provato in precedenza e non sembrava certo semplice. Ma in fondo avevo la fortuna di trovarmi in una posizione privilegiata. Dovevo far da *editor* ma allo stesso tempo ero agente e amico degli autori. Festeggiare cosí il quindicesimo anniversario della mia Agenzia poteva essere il pretesto giusto.

Le risposte, sia da parte dei colleghi delle agenzie americane e inglesi sia soprattutto da parte degli autori, furono entusiaste. E tutti i miei autori italiani desideravano cimentarsi nel gioco.

Decisi che non ci sarebbe stato un tema. Tutti avrebbero avuto un lungo lasso di tempo per scrivere e consegnare. Nessun limite rigido di dimensioni. Questo avrebbe se non salvaguardato in assoluto, comunque assicurato la massima qualità.

Il lavoro impegnativo per me era solo cominciato. Gli autori iniziarono a inviarmi i racconti. E per lasciarmi la scelta me ne inviavano diversi. Bisognava leggerli e decidere. La selezione fu sofferta, alcuni dei racconti avevano già vinto premi prestigiosi, altri, non per questo meno belli, erano ancora inediti anche negli Stati Uniti. Scartarne alcuni fu doloroso ma alla fine credo di aver raggiunto la giusta varietà di generi e suggestioni.

Ma poiché le lunghe introduzioni sono spesso inutili antipasti a ottime cene, mi fermo qui. Buon appetito e buona lettura.

Roberto Santachiara

Pavia, 5 Maggio 2006

Ringraziamenti

Innanzitutto un grazie di cuore a tutti gli Autori e ai Traduttori, amici senza i quali ovviamente questa antologia non esisterebbe.

E di conseguenza a tutti i colleghi delle agenzie che ho coinvolto nell'impresa: Curtis Brown Group, Gelfman & Schneider, Inkwell Management, Sobel Weber Agency, Ralph Vicinanza Ltd., Owen Laster/William Morris.

Un grazie particolare poi a tutti i dipendenti e collaboratori dell'Agenzia Letteraria Santachiara fra i quali un grazie speciale a Marialuisa Zambusi per il prezioso contributo alle scelte editoriali.

Agli amici Paolo Repetti e Severino Cesari che hanno con entusiasmo aderito al progetto. A Claudio Ceciarelli che se ne è occupato in prima persona e infine a tutti i componenti della Forza Vendite della casa editrice Einaudi, senza i quali tutto quanto sarebbe inutile...

The Dark Side

*a Cecilia,
The Bright Side*

James Crumley
La scrofa messicana

Traduzione dall'originale americano di Sergio D. Altieri

Titolo originale: *The Mexican Pig Bandit*.
Copyright © 1999 by James Crumley. Originally published by Jim Seels ASAP PRESS.

A Barry Gordon

Dopo le dimissioni di Nixon, gli anni Sessanta parvero arrancare fino a fermarsi in modo coatto e assurdo, e la maggiore fonte di guadagno di C.W. Sughrue – ritrovare minorenni scappati di casa a San Francisco – semplicemente scomparve. O i ragazzi avevano smesso di scappare di casa, o i loro genitori avevano smesso di cercarli. Per cui Sughrue fece quello che avrebbe fatto ogni investigatore privato disoccupato che si rispetti: si tagliò il codino, si comprò una El Camino nuova di zecca e si diresse verso il Messico, in modo da evitare di prendere decisioni, scegliendo invece di giocarsi la vita come a un tiro di dadi.

Dopo aver passato un paio di settimane sbattendosi tra il deserto e la Sierra Madre, si ritrovò a un paio d'ore a sud di Mazatlan dandoci dentro con l'abbronzatura, facendosi una fumata di straordinaria *mota* messicana e godendosi la vacanza tra surfisti, sballati e altri americani assortiti che non avevano piú legami con il mondo capitalista di quanti ne avesse lui. Tutti quanti si erano adagiati come pulci pigre nel pelo arruffato della costa messicana del Pacifico, nel tranquillo villaggio di San Geronimo.

Per tre settimane, Sughrue si rilassò nella meravigliosa semplicità dell'attesa del nulla. In quell'ultima mattina di pace, come aveva fatto tutte le altre mattine precedenti, Sughrue fece una corsa sulla spiaggia fresca, divorò una colazione in camera a base di *huevos rancheros*, piazzò i piedi di appoggio sul parapetto del balcone, fece saltare il tappo a una Tres-X e accese uno spinello di quell'ottima marijuana che aveva acquistato da un paio di ex studenti dell'Università del Texas alloggiati nella suite accanto alla sua. I due ex stavano ascoltando gli Iron Butterfly per l'ennesima volta. Ma Sughrue smise di farci caso, ammirando le onde del Pacifico che si infrangevano sul basso fondale all'imboccatura della baia, aspettando e basta.

Durante la sua tripla ferma nell'esercito, Sughrue aveva imparato ad aspettare. Nelle due prime ferme, aveva aspettato l'inizio del campionato di football o di baseball oziando nelle palestre e passando gli asciugamani a forzuti serie oro delle Forze speciali addirittura piú pigri di lui. O anche girandosi i pollici al giornale della base nell'attesa che accadesse qualcosa di cui valesse la pena dare notizia. Poi, ancora alla sua terza ferma, quando aveva deciso di diventare un vero soldato nella Prima divisione di Cavalleria dell'aria. Negli altopiani centrali del Vietnam aveva aspettato pazientemente che gli elicotteri trasportassero lui e la sua squadra nella giungla, e aveva aspettato disperatamente che quegli stessi bastardi tornassero a riprenderli.

Come posto in cui aspettare, San Geronimo faceva le scarpe a Plei-Ku, poco ma sicuro, che diavolo. Nei primi anni della loro conquista, gli spagnoli avevano cercato di trasformare il piccolo villaggio di pescatori in un porto. Le rovine del vecchio fortilizio emergevano ancora dalla fitta giungla sulla ripida parete rocciosa che divideva il villaggio dal basso estuario. Ma il continuo mutare della barra all'imboccatura della baia, che a volte rendeva fenomenale il surfing, aveva continuato a sconfiggere i navigatori spagnoli fino a quando questi non avevano abbandonato ogni speranza di fare di San Geronimo un porto importante.

Il villaggio comunque era rimasto, compresso sulla esile striscia di terra tra la spiaggia di fine sabbia bianca e la ripida altura, casa dei pochi pescatori, di alcuni impianti turistici, tre piccoli hotel e una fila di *jalapas* che si allineavano fino a dove la spiaggia si interrompeva, punto in cui la scogliera si protendeva a picco nella baia. Una stretta strada sterrata collegava la statale al villaggio, dove si biforcava in due strette vie a senso unico. Una andava a sud, passando davanti agli alberghi, l'altra si snodava dietro gli alberghi e poi procedeva fuori città. Sughrue aveva la solitudine senza l'isolamento, la pace senza la noia. Perfino in ottobre il sole splendeva ogni giorno, e la brezza da terra teneva a bada mosche e zanzare; il mangiare era buono anche se ordinario e la birra era fresca, per quanto non ghiacciata. Inoltre, le vivide luci e le donne bistrate di Mazatlan erano solo a sei lattine di birra di distanza.

Sughrue aveva in mente di fermarsi fino a quando i soldi non fossero finiti o il visto turistico scaduto. Poi, chissà. Era in gamba a ritrovare le persone, per cui era probabile che una delle grosse agenzie investigative di San Francisco lo avrebbe assunto. Per il momento era soddisfatto di allentare la tensione godendosi la *mota* e la birra, aspettando che il sole superasse la cresta della scogliera dietro l'albergo, i suoi raggi frantumati in lance scintillanti dalle rovine del fortilizio. Poi sarebbe arrivato il momento della *siesta*.

L'autobus del mattino, un prima classe carico di turisti e di pochi messicani, sferragliò sotto il suo balcone. Sughrue sapeva che il sole non avrebbe tardato. Fece un altro tiro di spinello, schiacciò il mozzicone, aprì un'altra birra. Poi aggirò l'angolo del balcone per aspettare il sole. Un uomo doveva avere una certa regolarità nella propria giornata, cosa di cui l'esercito gli aveva insegnato i benefici.

Mentre rimaneva pigramente appoggiato alla balaustra,

notò un vecchio camion a ponte piatto – sembrava un ancestrale due assi e mezzo riciclato dell'esercito americano – parcheggiato in un vicolo poco piú avanti lungo la strada in uscita dal villaggio. Sughrue lo notò perché era nero, privo delle tinte sgargianti e di tutti i luminelli tipici dei camion messicani. Inoltre, vide Sughrue, una scrofa gigantesca, con una bandana rossa attorno al collo, stava sbracata di fronte al camion come una concubina che avesse appena concluso le attività notturne.

Giú verso l'estremità della spiaggia l'autobus scaricò passeggeri, ne imbarcò altri, poi tornò sobbalzando verso l'albergo. Sotto di sé, Sughrue udí qualcosa, piú un ringhio che una parola. La scrofa, sorprendentemente delicata e agile, si rizzò sulle zampe e trottò fino al centro del selciato malridotto, dove si sbracò per tutta la lunghezza, bloccando la strada.

All'arrivo dell'autobus, l'autista fece l'unica cosa giusta: si fermò. Investire un suino con un qualsiasi veicolo è un po' come investire una roccia delle stesse dimensioni. L'autista si attaccò al clacson per parecchi secondi. Non accadde nulla. Non accadde nulla nemmeno alla strombazzata successiva. Né a quella dopo ancora. Alla fine, parecchio irritato, l'autista scese dall'autobus a passo di carica. Era un individuo tozzo, dalle gambe arcuate, con stivali da cowboy e jeans cascanti. Quando diede una spintarella alla scrofa con lo stivale, il retro della camicia gli scivolò fuori, rivelando l'attaccatura delle chiappe. Sughrue rise. L'autista alzò lo sguardo con la faccia truce, poi guardò nuovamente la scrofa, prendendola a calci e insultandola. Tanto valeva prendere a calci l'autobus considerando come reagí la scrofa. Non sollevò nemmeno la testa. Dopo parecchi momenti di questa solfa, l'autista guardò i passeggeri con l'aria di dire *e adesso?*

Molti passeggeri scesero per dare una mano. Un americano di mezza età che sembrava un agricoltore con indosso una tuta da ginnastica fatta in casa suggerí all'autista di tentare con un morso all'orecchio. Comunque fosse, o l'autista non capiva una parola di inglese o, se la capiva, si guardò bene dall'irritare la scrofa. La vecchia storiella dei maiali che si mangiano il tuo fratellino non era affatto una storiella per chiunque abbia visto con quale grinta una scrofa protegge i propri piccoli. In ogni caso, continuava a non succedere niente. A Sughrue la scena piaceva: sembrava un perfetto siparietto messicano. La maggior parte dei passeggeri, nessuno dei quali divertito quanto Sughrue, scese dall'autobus. Uno di loro era una giovane donna messicana che indossava blusa dalle spalle scoperte e gonna ampia, occhiali da sole e foulard scuro, con una borsa di stoffa stretta al petto.

All'improvviso, accompagnati da un abbaiare in spagnolo simile a una raffica di arma automatica, una mezza dozzina di individui vestiti come i banditi dei fumetti, bandane rosse sulla faccia, occhiali da sole e cappelli flosci di paglia, emersero dalle ombre di vicoli e androni. Quattro uomini e due donne. Uno degli uomini, il capobanda, ipotizzò Sughrue, imbracciava un mitra Thompson con caricatore circolare. Altri due avevano carabine M-1, il terzo uomo un fucile calibro 12. Una delle donne ara armata di carabina calibro 30 e l'altra di Colt 45 militari. Il capobanda, calcio del Thompson in appoggio contro l'incavo del gomito, sputacchiò ordini in spagnolo, troppo rapido perché Sughrue potesse capire. L'uomo con il calibro 12 salí sull'autobus, costrinse a scendere i passeggeri rimasti a bordo, poi si mise a gettare borse e borsette fuori dai finestrini. Gli altri balordi spinsero l'autista verso il bagagliaio. Lui lo aprí e i balordi lo svuotarono, scaraventando valigie sul ponte di carico del camion. La donna armata di 45 aprí una borsa dotata di rotelle e costrinse il gruppo dei passeggeri a buttarci dentro orologi, gioielli, borsette e portafogli. Alcuni dei passeggeri mugugnarono, ma smisero nel momento in cui la donna pestò il gomito del contadino in tuta con la Colt.

La ragazza con gli occhiali da sole fu l'unica a opporre resistenza quando la donna-bandito afferrò la sua borsa di stoffa. Sughrue aveva notato la ragazza in città da circa una settimana, ma lei sembrava attraversare la strada quando lui appariva o uscire dalla *cantina* nel momento in cui lui entrava. La ragazza strattonò brevemente fino a quando la donna-bandito non le premette la 45 contro il collo modellato. La ragazza consegnò la borsa di stoffa, poi parve scoppiare in lacrime. Sughrue pensò di udire il grido di un animale, ma questo fu inghiottito dal rumoreggiare dei passeggeri e dalla risata del capobanda.

Il capobanda tenne i passeggeri sotto tiro con il Thompson mentre gli altri balordi abbassavano un piano inclinato dal retro del camion. Poi il capo abbaiò un altro ordine. La scrofa si alzò in fretta, dopodiché, non senza una certa grazia ed eleganza, salí la rampa, la bandana rossa che ondeggiava nell'aria immobile. Poi anche i banditi si ammassarono a bordo, dileguandosi a razzo lungo la strada e infine fuori città.

Sughrue osservò e basta, come stonato, ma in realtà aveva cessato di esserlo nell'attimo in cui il balordo con il Thompson era apparso dalle ombre. Aveva pensato di fare qualcosa, ma non sapeva cosa. La sua Browning Hi-Power, che stolidamente si era portato con sé nel Messico, era chiusa a chiave sotto il sedile della El Camino. La stanza d'albergo non aveva telefono, per cui Sughrue non aveva nemmeno potuto chiamare l'unico poliziotto del villaggio, Jesus Acosta, che era anche il proprietario del suo bar preferito, *El Tiburon*. Infine, aveva pensato che lanciarsi giú lungo le scale scalzo, con indosso solamente pantaloncini corti da atletica, per intervenire nella rapina sarebbe stata una mossa piú suicida che normale.

I passeggeri, in maggioranza americani di mezza età o giovani europei, confabulavano raccolti in crocchi confusi, berciando in troppe lingue diverse, sollevando polvere dall'asfalto esile. Poi cominciarono quietamente a disperdersi, simili ai sopravvissuti ancora sotto shock di una catastrofe naturale, oppure a gente che considerava la rapina un evento del tutto ordinario, voltando le spalle alla ragazza che continuava a piangere in mezzo alla strada.

Sughrue aveva sempre detestato affrontare una donna in lacrime. Quando suo padre era tornato a casa dalla Seconda guerra mondiale, un breve ritorno prima di continuare a muoversi verso ovest per ragioni che non aveva mai perso tempo a spiegare, la madre aveva pianto per anni interi, o almeno cosí era parso. Aveva pianto anche quando Sughrue aveva abbandonato il liceo per arruolarsi nell'esercito. Il suo piú sgradevole ricordo d'infanzia aveva a che fare con il ritrovarsi seduto a tavola di fronte alla madre, nella loro piccola casa in affitto, mentre lei raccontava la sua giornata trascorsa a vendicchiare prodotti della Avon e a fare da ricettacolo a tutte le chiacchiere possibili della Contea di Moody, fumando sigarette a catena, bevendo Coca-Cola allungata con gazzosa Everclear e piangendo a dirotto.

Sughrue non era mai riuscito a trovare il modo per consolarla, per fermare le lacrime. Né di sua madre, né di nessun'altra donna. Non era nemmeno mai riuscito a trovare il modo per smettere di tentare. La grassa moglie di un contadino dello Iowa arrivava nel suo ufficio di investigatore privato alla ricerca del figlio scappato di casa. Sughrue le spiegava attentamente le difficoltà di trovare chicchessia in quei giorni di pace, amore e droghe. Al che la donna scoppiava a piangere, cosí Sughrue accettava il compenso, promettendo di provarci. Spesso, sospettava che la sua idiosincrasia per le donne che piangono fosse o vigliaccheria o un'ossessione molto stupida.

Sughrue era consapevole che il suo spagnolo non bastava per confortare la ragazza giú in strada, ma doveva comunque tentare, per cui si infilò la maglietta e cominciò a scendere le scale, ma la ragazza alzò lo sguardo e gli gridò contro. Fino a quando non si tolse foulard e occhiali da sole, Sughrue pensò stesse urlando in spagnolo, ma nel momento in cui incontrò i vividi occhi azzurri di lei, vide chiaramente che si trattava di una *gringa* con una fenomenale abbronzatura.

– Ma che c'è? – fu tutto quello che riuscí dire.
– Perché non hai fatto qualcosa, stronzo?

Un'americana. E non solo: dal modo in cui aveva spinto in avanti le labbra nel dargli dello stronzo, un'americana abituata a dare ordini.

– Non ce l'hai una pistola o roba del genere? – gridò dirigendosi verso le scale sul retro.

Sughrue voleva fermarla ma, come era accaduto con i banditi, sembrava paralizzato. Nel salire le scale che portavano al suo balcone, la ragazza riprese a gridare.

– Sei un investigatore privato, giusto o no? Non ce l'hai una cazzuta pistola?

– Signora, – spiegò Sughrue, a bassa voce, in quanto le armi illegali erano la scorciatoia piú rapida per una galera messicana di quelle fetenti, oppure per un viaggio estremamente costoso verso il confine. – Non ce l'ho una pistola. E anche se l'avessi avuta, quelli erano in sei, e tutti armati.

– Ma certo, – abbaiò la ragazza arrivandogli davanti, costringendolo ad arretrare fino al tavolino oltre l'angolo del balcone, – armati anche di un porco fottutamente pericoloso.

– Le scrofe *sono* pericolose...

– Come ti pare –. La ragazza si lasciò cadere su una sedia, afferrò una Tres-X e una fetta di lime, aprí la lattina, strizzò il lime e ingollò la birra gelata.

– Di' un po', tu chi diavolo saresti? – chiese Sughrue.

– Non fare il finto tonto, amico, – disse lei, – lo so bene che è quel fetente di mio padre che ti ha mandato a cercarmi.

– Ehi, io sono qui in vacanza.

– Stronzo bugiardo del cazzo!

Qualcosa a cui Sughrue non seppe esattamente cosa rispondere. Qualcosa che lasciava perplessi quasi quanto le lacrime di prima.

A quel punto, uno dei due ex studenti emerse dalla nebbia di marijuana che ammorbava la loro stanza e venne ad appoggiarsi al parapetto tra i due balconi. I suoi capelli di un rosso deciso non erano cresciuti di molto e la sua pelle non ce l'avrebbe mai fatta ad adattarsi al sole del Messico. Si grattò una scaglia di pelle dal naso.

– Che accidenti succede, C.W.? – chiese.

– Non lo so, – ammise Sughrue.

– Ehi, tu sei americano, – disse la ragazza. – Che ne diresti di darmi una mano? Quel tiraseghe coglione di mio padre ha mandato questo tizio giú da San Francisco per riportarmi a Mill Valley. Del tutto contro la mia volontà, potrei aggiungere.

La ragazza era carina e l'ex era pur sempre un gentiluomo del Texas, anche se duramente stonato dall'erba. Sughrue lo vide irrigidirsi come se si stesse caricando per chiudere la breve distanza che separava i balconi, poi lo vide pensarci su. L'ex sapeva che Sughrue aveva sparato a della gente, sia in guerra che non, e sapeva che la sua mano destra era rapida e decisa quanto quella di un lanciatore di baseball di serie A. Sughrue sapeva che gli ex avevano finanziato il loro soggiorno in Messico comprando cento libbre di streppa dura messicana, impacchettandole nella carta di un giornale di Bogotá e trasportandole quindi a New York City, dove le avevano rivendute spacciandole per roba colombiana. Sughrue sapeva anche che quei due scornacchiati avevano in mente di fare strada nel traffico di droga, per cui non potevano immischiarsi in nessun tipo di guai. In assoluto.

Sughrue si limitò a sorridere all'ex studente e disse: – Riappendile al chiodo, quelle corna, buffone.

– Spiacente, signora, non sono affari miei, – disse, dopodiché tornò a farsi inghiottire dal fumo e dalla musica del mangianastri portatile della sua stanza.

– Ma guarda, non è magnifico? – commentò la ragazza, l'espressione meravigliosamente composta per una donna che solo qualche minuto prima frignava come una vite tagliata. – Quelli chi sarebbero, i tuoi amichetti di inculate? – aggiunse, nascondendo gli occhi dietro gli occhiali da sole.

– Signora, – Sughrue sedette di fronte a lei dall'altra parte del tavolino, – non ho la benché minima idea di chi sei, ma una cosa la so: se fossi tuo padre, non spenderei nemmeno un fasullo centesimo del cazzo per riportarti a casa. A tutti gli effetti, pagherei qualcuno perché quel tuo culone frignoso continuasse a tenertelo quaggiú in Messico...

Di colpo, la ragazza scoppiò di nuovo a piangere. In silenzio, questa volta. Grasse, morbide lacrime scivolarono da dietro le sue lenti affumicate. Sughrue aprí un'altra birra, bevve lentamente, pregando che questo nuovo sfogo di pianto avesse fine prima che lei gli domandasse qualcosa che lui non sarebbe stato in grado di dare. Niente da fare. Sughrue finí la birra, rientrò nella sua stanza per farsi una rapida doccia, poi indossò jeans Levi's, stivali e la sua penultima camicia pulita. Aveva la forte sensazione che sarebbe stato meglio essere vestito, in vista di qualsiasi cosa stesse per accadere. Per qualche attimo, pensò addirittura di andare a prendere la pistola nella El Camino, poi si risolse a non farlo.

Una volta tornato sul balcone, la ragazza non aveva smesso di versare lacrime silenziose. Il sole aveva appena superato la cresta rocciosa. Mancavano ore alla *siesta*, ma quando il sole dardeggiava sul villaggio tutto sembrava rallentare fino a fermarsi. Gli uccelli marini arruffavano le piume, gli abitanti andavano alla ricerca di ripari ombreggiati e la polvere sollevata dal traffico pareva solidificarsi nell'atmosfera statica. Perfino l'Oceano Pacifico diventava immobile come un lago disseccato. Surfisti abbacchiati rientravano dalla spiaggia, le tavole sulle spalle come reliquie. Tutto si cristallizzava. Tranne quella ragazza che continuava a piangere come una bambina smarrita.

– Ehi, mi dispiace, – disse piano Sughrue.

Aprí l'ultima birra e la offrí alla ragazza. Lei rifiutò con un debole scuotere del capo. Cosí fu Sughrue a berla. Finalmente, senza che lui avesse fatto nulla, la ragazza smise di piangere e si asciugò gli occhi. Mormorò qualcosa che Sughrue non capí, che forse non volle capire.

– Senti, io vado a prendere dell'altra birra, okay? In Messico non si può mangiare senza birra. Per cui resta lí dove ti trovi, okay?

Forse la ragazza annuí. Forse no. Sughrue raccolse i

piatti della colazione, il secchiello con il ghiaccio ormai sciolto e si diresse verso le scale, ma la ragazza mormorò qualcos'altro.

– Come dici? – fece lui.

– Mi andrebbero un paio di bicchierini di tequila, – disse lei piano, – se non ti dispiace.

– Nessun problema.

– E magari qualcosa da mangiare.

– Certo.

– Niente pesce, però, – sussurrò la ragazza, – per favore. Non lo sopporto, dell'altro pesce...

– Sei venuta nella città sbagliata...

– A me lo dici, – rimandò lei.

– Nessun problema, – concluse Sughrue.

Mentre si dirigeva alle scale, forse la ragazza disse *grazie*. Ma forse non lo disse.

Quando Sughrue tornò su portando il secchiello del ghiaccio, il cibo e un bicchiere di tequila – lui stesso se ne era fatti un paio mentre aspettava i *tacos* di *carne asada* – il balcone era vuoto. Stava quasi per tirare un sospiro di sollievo. Poi udí lo scroscio della microscopica doccia. Mise giú tutto quanto, diede un'occhiata nella stanza. I vestiti e le *huaraches* della ragazza erano gettati alla rinfusa. Niente reggiseno, ovviamente. Ma un paio di mutandine bianche di cotone erano appese alla porta del bagno, come un avvertimento. Opportunamente avvertito, Sughrue chiuse la porta e tornò sul balcone. La ragazza restò sotto la doccia per parecchio tempo. Quanto bastò perché Sughrue fumasse svariate sigarette, bevesse un'altra birra e mangiasse uno dei *tacos*. Spegnendo la sigaretta, notò che il mozzicone dello spinello era sparito dal posacenere. Sughrue rubò un sorso della tequila destinata alla ragazza.

Quando finalmente lei riapparve, capelli scuri avvolti in un asciugamano e con addosso l'ultima camicia pulita di Sughrue. Era una camicia bianca da cowboy che lui aveva tenuto da parte per un'occasione speciale, in caso si fosse presentata in quel villaggio sonnolento. La ragazza aveva le gambe leggermente corte e la vita leggermente lunga, ma era snella e abbronzata. Da *tutte* le parti. I suoi pesanti seni marrone si indovinavano sotto il cotone bianco della camicia. Forse era *questa* l'occasione speciale.

La ragazza si sedette, sparse del sale sul dorso della mano e prese la tequila. Prima di leccare il sale, alzò lo sguardo, gli occhi scuri scintillanti, esibendo un infantile sorriso seduttivo, lingua rosa che si affacciava all'angolo della bocca. Sughrue si rese conto che era più giovane di quanto lui avesse pensato. E più dura, o più disperata. Buttò giù la tequila senza battere ciglio. Poi svolse l'asciugamano e scosse nel sole i lunghi capelli fluenti. Contro la camicia bianca, mandarono lampi serici.

– Allora, – chiese la ragazza, prendendo il *taco*, – che si fa?

– Riguardo a cosa?

– A quei bastardi che mi hanno preso tutto quello che ho: vestiti, soldi, passaporto, tutto –. Chinò il capo, come se stesse per rimettersi a piangere. – Quei maledetti stronzi mi hanno preso addirittura il mio bimbo.

– Hanno fatto *cosa*?

– Te l'ho appena detto. Hanno preso il mio bimbo. Era addormentato dentro la borsa.

– Mi sa che me la sono persa, questa, – ammise Sughrue, poi gli tornò in mente quel grido acuto che aveva udito quando la donna-bandito le aveva strappato la borsa dalle mani.

– Senti, – disse la ragazza dopo avere finito il *taco*, – il mio paparino possiede mille acri di terreno agricolo nella Central Valley e cinque concessionarie auto, per cui i soldi non sa piú dove metterli. Se tu mi aiuti, sono certa che ti pagherà tutto quello che vuoi.

– Forse posso aiutarti, – disse Sughrue, – ma prima ho bisogno di sapere alcune cose.

– Tipo quali? – fece lei, la faccia inclinata ostinatamente di lato.

– Tipo come ti chiami e che cosa diavolo ci fai quaggiú.

– Marina Forsyth, – rispose la ragazza. – Hai sentito nominare Forsyth Cadillac?

– Certo, – lui offrí la destra. – C.W. Sughrue.

Marina la strinse in fretta e con forza, dicendo: – Lo so.

– E come accidenti fai a saperlo?

– Gesú, amico, tutti quanti a Pacific Heights sanno dell'Investigatore Cowboy, – disse Marina. – Eri su tutte le prime pagine quando hai sparato alla ganza di quel guru...

– Non era affatto un *guru*, – interruppe Sughrue. – Era un sacco di merda trafficante di eroina. Ed è stato lui a sparare a me per primo.

– Io l'ho sentita un po' diversa, nelle strade, – disse Marina con calma, – ma questo in fondo non c'entra. Mi aiuterai?

– Che diavolo ci facevi quaggiú con un bambino?

– Devo proprio dirtelo? – latrò lei.

– Se vuoi che ti aiuti, sí, – replicò Sughrue.

Marina fece un sospiro profondo, per un attimo le lacrime tornarono ad affacciarsi nei suoi occhi.

– Sono fottuta se non mi aiuti, – disse alla fine. Dopo una lunga pausa, spostò lo sguardo sul Pacifico scintillante. – Ho avuto un maschietto poco dopo il Natale dell'anno scorso, - riprese, - senza essere sposata, cosa che mio padre tiene molto a sottolineare, per cui mi ha costretta a darlo a certi ricchi stronzi amici suoi. Io ho scoperto chi erano e dove stavano ad Acapulco, per cui sono venuta quaggiú in autobus e mi sono ripresa il mio piccolo. Questo è quanto.

– Ti sei *ripresa* il tuo piccolo?
– Be', piú o meno.
– Piú o meno? – disse Sughrue. – Nel senso di rapimento?
– Quelli lo volevano solo perché di figli non possono averne, – disse Marina. – Ogni anno, comprano da mio padre due nuove Cadillac. Per quanto ne so, si sono comprati anche il mio bimbo. Per cui me lo sono ripreso e basta...
– Spiacente, – fece Sughrue, – ma da queste parti non intendo immischiarmi in un rapimento.
– Però è questo che facevi, – obiettò lei. – Quei poveri ragazzi che cercavano di scappare dai loro genitori tu li rapivi e basta...
– Non è la stessa cosa.
– È perché cazzo non lo è? – Marina si alzò, marciando per alcuni momenti avanti e indietro sul balcone. – Perché cazzo no? – Tornò a sedersi e si mangiò un altro *taco*.

Sughrue chiuse gli occhi, voltò la faccia verso il sole e ci pensò su. Anche se Marina lo stava imbrogliando – e lui sapeva che non gliela stava raccontando tutta giusta – era comunque incastrata nel profondo del Messico senza possibilità di tornare a casa. Schiacciando a tavoletta, poteva portarla fino al confine e rientrare a San Geronimo in tre o quattro giorni. Forse qualcuno in grana poteva venire a incontrarli. Sughrue avrebbe potuto rinnovare il suo visto turistico e il permesso di circolazione per la macchina, e allungare il suo pre-pensionamento di altri sei mesi. *Se* il prezzo fosse stato giusto, pensò, odiandosi anche solo per averlo pensato. In verità, anche se lo avrebbe ammesso solo a se stesso, Sughrue aveva detestato riportare alcuni di quei ragazzi scappati via ai loro genitori. Certe volte, nel momento in cui le madri smettevano di piangere, cominciavano i ragazzi. E nel riconoscere questo, Sughrue si rese conto che non sempre il suo lavoro gli piaceva. Semplicemente, era qualcosa che sapeva fare bene.

– Quindi che intenzioni hai, signor Investigatore Cowboy? – chiese Marina. – Continuare ad abbronzarti? – Battuta che disse in modo talmente odioso che Sughrue quasi cambiò idea riguardo all'aiutarla.

– Puoi chiamarmi *signor Sughrue* o puoi chiamarmi C.W. o puoi chiamarmi *Sonny*, come facevano i miei genitori, ma nessuno, tranne quell'idiota di giornalista, mi ha mai chiamato *Investigatore Cowboy*...

– Forse era *Investigatore Hippie*, – disse Marina. – Non portavi forse il codino? Perché te lo sei tagliato?

– Da queste parti, ti procura solamente guai.

– Eccolo, lo scarafaggio nella minestra, – disse lei. – Comunque ti comporti come un hippie.

– Fumare erba non fa di te un hippie, – spiegò Sughrue. – Ti rende solo scemo e felice, per un po'.

– Poco ma sicuro –. Marina fece ondeggiare un altro *taco* nell'aria tra loro. – Se quella notte non mi fossi strafatta, mai avrei permesso a Mark di venirmi dentro senza preservativo. Non ti vengo dentro, fa lui, voglio solo *sentirti*. Poi invece è venuto come un cavallo da corsa. All'istante. Se quel coglione mi avesse lasciato stare di sopra, magari non me la sarei tenuta dentro tutta. Gesú, quella merda ha continuato a colarmi giú lungo la gamba per un'ora. Ma non è bastato, ovviamente.

Immerso nel sole, ascoltando il *faux* berciare duro da hippie di Marina, Sughrue si era anche reso conto di stare sbirciando come le tette di lei andavano su e giú a ogni movimento della mano. Lo sballo precedente tornò a scivolare nel suo corpo con passi felpati da felino. Riuscí a tornare in sé appena in tempo per evitare di fluttuare nella fresca *siesta* ombreggiata della stanza da letto, con la speranza che Marina lo seguisse.

– Se ti riportassi al confine, – disse, – tuo padre potrebbe venire a incontrarci, per passare ti servirebbero comunque passaporto e certificato di nascita, portando magari del contante per il mio disturbo?

– Se anche venisse, – ribatté Marina, – e io non credo proprio che lo farebbe, cercherebbe di rifilarti un assegno di cui poi bloccherebbe il pagamento.

– Che mi dici di tua madre?

– Lei è fuori gioco, – disse lei. – È quaggiú da qualche parte – Oaxaca, secondo notizie remote – a vivere con un balordo che fa finta di essere un pittore –. Marina fece una pausa istrionica. – Ho una zia a Scottsdale che ci starebbe, forse.

– Ce l'hai il suo telefono?

– Certo. Di quanto contante stai parlando?

– Non è che ci abbia pensato, – disse Sughrue recitando a soggetto. – Che ne dici di cinquecento piú le spese?

– Se mi aiuti a riprendere il mio bimbo, – dichiarò Marina, – scommetto che mia zia potrebbe arrivare fino a cinquemila.

– Affare fatto, – Sughrue si rizzò a sedere, cessando istantaneamente di fluttuare. – Tu aspettami qui mentre vado a verificare un paio di cose con un mio amico.

– Non vuoi che venga con te? – chiese lei. – Mi sa che il mio spagnolo è molto migliore del tuo.

– Dolcezza, – disse Sughrue, – da queste parti possono tenere i testimoni oculari in galera fino a quando non arrivano alla condanna dell'imputato.
– Me l'ero scordato.
– Per cui, se qualcuno te lo chiede, – suggerí Sughrue, – la tua roba era sull'autobus, ma tu l'hai perduta e basta.
– Perché?
– Perché eri quassú con me, – precisò lui, – a letto.
– E chi ci crederebbe, a una barzelletta come quella? – Marina tentò di nuovo il suo sorriso furbetto. – Pensi di riuscire a trovarmi dei vestiti? Non ho voglia di imbarcarmi in una caccia all'uomo con addosso solo la tua ultima camicia pulita.

Sughrue rispose che ci avrebbe provato, ma in realtà non parlava sul serio. Pensò che Marina non era poi male con addosso la sua camicia. E dopo qualche drink, sapeva che avrebbe pensato che era adorabile.

Sughrue non perse tempo a fermarsi alla minuscola stazione di polizia dotata di un'unica cella, ma andò dritto filato al *El Tiburon*. Il bar era immerso nel silenzio, la radio a transistor spenta per la prima volta da che Sughrue potesse ricordare. Roberto, il grasso barista, dormiva sul bancone, sbracato con la stessa languida grazia esibita dalla scrofa.

Jesus Acosta era seduto al suo solito posto, un tavolo presso la porta sul retro, sotto l'unico ventilatore a soffitto funzionante. Acosta era un uomo snello, in un rigido completo kaki amorevolmente stirato e inamidato ogni sera dalla mamma. Aveva una faccia scavata, dai lineamenti indî, portava occhiali a specchio e sembrava qualcuno fin troppo pronto a strappare le palpebre a un turista americano prima di impalarlo su un termitaio in pieno sole. Sughrue però sapeva che quando Acosta se li toglieva, quegli occhiali a specchio, e poi sogghignava, un sogghigno pieno di impossibili denti bianchi, diventava solamente un brav'uomo che faceva il poliziotto nella sua città natale. Era stato negli Usa una quantità di volte, e il suo inglese era piú che buono. Infatti, la sera presto, quando il brandy era quasi finito, Acosta era eloquente come i poliziotti televisivi. Sughrue aggirò il letargico bancone, prese una Negra Modelo al malto dal refrigeratore, poi andò a sedersi al tavolo di Acosta. Il poliziotto portava cappello e occhiali scuri anche all'interno, e non un solo dente aguzzo scintillava dal suo tetro, acido sorriso.

– Señor Sonny, – disse quietamente, – ti prego, perdonami, ma questa mattina non ho tempo di fare pratica del mio inglese. Hai udito, forse, dei nostri guai?

– Voci, niente di piú, – mentí Sughrue.

– Rivoluzionari potrebbero avere rapinato l'autobus Tres Estrellas, e spezzato il braccio a un turista americano, – disse solennemente Acosta. – Guai molto brutti. Per tutti. Specialmente per me.

– Rivoluzionari?

– Feccia comunista, – disse Acosta, poi aggiunse in fretta: – Ma non messicani. L'autista mi ha detto che l'accento del capo era molto strano. Forse salvadoregni o guatemaltechi. Non cubani. È molto certo su questo punto.

– Non avevo sentito di niente del genere, – disse Sughrue, pensando che una banda di ladroni ubriachi era una cosa, una squadra di comunisti ben altra. Con gente come quella, cinquemila dollari non sarebbero bastati nemmeno per cominciare. – Proprio niente del genere.

– Sí, – sospirò Acosta. – Ci saranno tanti guai per me... quando arriverà la denuncia.

Acosta si tolse il cappello e ci gettò dentro gli occhiali a specchio. I suoi occhi erano brutalmente iniettati di sangue, per essere mezzogiorno. Afferrò la bottiglia di brandy, già vuota per tre quarti, e bevve a canna.

– Verrò rimpiazzato, – riprese a lamentarsi, – sí. E chi si prenderà cura della mia meravigliosa madre? E dei miei affari? *Me carnales*, mi rapineranno a cane morto.

– Mi dispiace, – disse Sughrue. Poi, poco convinto, aggiunse: – Quanto vorrei che ci fosse qualcosa che potessi fare...

Improvvisamente, Acosta divenne molto eccitato. – Tu sei un famoso investigatore, Señor Sonny, – disse, – tu puoi trovarli. E io ti sarò debitore della vita –. La mano di Acosta schizzò attraverso il tavolo, Sughrue non ebbe altra scelta che stringergliela. Come se un patto fosse stato stipulato, Acosta continuò: – Saranno vicini all'acqua. La scrofa ha bisogno d'acqua. Questo è solamente il loro terzo colpo. Non saranno difficili da trovare.

– Sono successe cose anche piú strane, – disse Sughrue. – Tu potresti accompagnarmi.

– No, – disse Acosta, alzandosi e rimettendosi cappello e occhiali da sole. – No, non posso. In questo preciso momento, mia madre sta preparando il pranzo per i passeggeri. Devo tenerli tranquilli fino a quando il telefono non viene riparato...

– Il telefono è guasto? – Sughrue guardò verso l'unico telefono del paese, posato sul bancone come un inutile giocattolo di plastica.

– E anche il ponte.

– Il ponte? Per cui come faccio a uscire dalla città? – domandò Sughrue.

– Mio cugino Flaco. Sta aspettando al ponte. Te lo mostra lui il *vado*.

– Naturalmente.
– Portami i loro corpi, – disse Acosta con un sorriso, mostrando i denti, questa volta. Prese la bottiglia di brandy e si diresse alla porta. Sulla soglia si fermò. – Andranno bene anche solo le teste, – disse alla strada vuota, poi avanzò nel calore bruciante del sole, barcollando appena.

Sughrue si impossessò di un'altra birra, si accese un'altra sigaretta, si appoggiò al bancone osservando la propria immagine riflessa nello specchio ramificato di crepe. Nessuna risposta da quella parte, decise. Si voltò verso la porta aperta. Scrutò la strada continuando a sorseggiare la birra. Non passò nessuno. Forse l'intera città era andata ad ammassarsi a casa di Acosta, ingollando tequila e abboffandosi con le fenomenali *carnitas* di sua madre. O forse se ne stavano rintanati, nascondendosi dai rivoluzionari comunisti. Nessuna risposta nemmeno da *quella* parte. Né vestiti per Marina, pensò Sughrue tornando a piedi verso l'albergo. Tutti i negozi erano bui e vuoti. Sembrava proprio che la ragazza sarebbe stata costretta a dare la caccia a quei *bandidos* indossando la roba sporca di Sughrue. O quanto meno indossando la sua ultima camicia pulita.

La jeep di Flaco bloccava il ponte sul Rio Escondido, ma dal momento che Sughrue era buon amico di Jesus Acosta, la spostò in cambio di un regaletto da cento pesos.

Quando raggiunsero la statale, Sughrue svoltò a nord in direzione di Mazatlan. Fece doverosamente sosta in tutti i posti che trovò lungo la strada – *cantinas*, bancarelle della frutta, botteghe per la vulcanizzazione dei pneumatici, altre botteghe in cui ti facevano ripartire il motorino di avviamento a colpi di manovella, si fermò addirittura presso gruppi di paesani spaesati che aspettavano l'autobus – ma nessuno aveva visto un camion a ponte piatto carico di valigie, banditi e una scrofa ammaestrata. A Mazatlan, Marina diede fondo alle carte di credito di Sughrue, riuscendo a mettere assieme un guardaroba abbastanza di classe per una squinzia hippie che si era ritrovata coinvolta in un crimine messicano vestita come una del posto. Dopodiché, Sughrue la portò in auto fino all'ufficio postale, dove Marina fece la telefonata.

– Tutto a posto, – disse nel risalire a bordo della El Camino. Sistemò attorno a sé il vestito bianco di pizzo, poi si fissò le unghie dei piedi, tra i sandali nuovi.

– Non propriamente vestiti da combattimento, – suggerí Sughrue.

– Vedi se riesci a trovare una farmacia o un supermarket o un negozio qualsiasi, – disse lei.

– Perché?

– Credo che stiano per venirmi le mie cose.

Ma quando Marina uscí dal *supermercado*, aveva convertito una manciata dei suoi pesos in un sacchetto di cosmetici, una bottiglia di tequila Herradura, una bottiglia di *sangrita* per mandarla giú meglio e un carico di frutta.

Sughrue si impossessò dello scontrino e lo gettò nel cassetto della plancia. Non vide assorbenti di sorta, però. Marina lo fece aspettare mentre si truccava il viso e finiva di dipingersi le unghie.

– Sei pronta? – le disse Sughrue nel riprendere la strada, puntando a nord di Mazatlan.

– Dove avresti intenzione di andare? – gli chiese Marina asciugando lo smalto al getto del condizionatore della macchina.

– Se viaggiamo tutta la notte, possiamo essere a Nogales domattina.

– Mia zia non arriverà prima di un paio di giorni, – affermò con calma Marina. – Per cui andiamo a sud e vediamo se quei bastardi sono da quella parte.

– A questo punto saranno chissà dove.

– Non è che hai paura, vero? – chiese Marina. – Sono solo un branco di cafoni alla paprika.

Sughrue fece un respiro profondo. – Ehi, lo sai chi mi ricordi a parlare cosí? – disse alla fine. – Molti di quei ragazzi che erano con me giú nel Vietnam. Solo un branco di musi gialli pisciasotto, dicevano. Un mucchio di quei ragazzi sono morti, adesso, o ridotti a degli storpi. Non è necessario essere John Wayne del cazzo per premere il grilletto di un Thompson, piccola.

– Non sono piccola, – lo imbeccò lei, – e di certo non ho paura.

– Forse dovresti averne, – rispose Sughrue. – Ma sentimi bene: se troviamo quei *bandidos* promettimi che mi lascerai andare dalle autorità.

– Certo, – fece lei in tono svagato. – Solo che potrebbe essere un po' piú difficile che rintracciare un qualche ragazzino strafatto per le strade di Pacific Heights.

– Piú difficile di quanto credi, – disse Sughrue.

– E mi è appena venuta in mente una cosa…

– Cosa?

– Sul retro di quel camion, – disse Marina, – c'erano una pila di assi e un telone.

– Questo sí che rende tutto diverso, – rispose Sughrue. – Se è a sud che vogliamo dirigerci, sarà meglio mangiare qualcosa.

Per la prima volta da che aveva salito le scale fino al balcone della sua stanza, Marina fu d'accordo con lui.

– A proposito, – disse all'improvviso, – il tuo spagnolo fa schifo. Meglio che domani le domande le lasci fare a me.

E per la prima volta, fu lui a essere d'accordo con lei.

Sughrue conosceva un localetto dall'altra parte del viale rispetto alla spiaggia, dove consumarono un lungo pranzo a base di *ceviche* e di omelette di granchio. Marina non parlò molto, rimase seduta lí atteggiandosi a bella turista americana, facendo qualche domanda sul lavoro di investigatore privato. Sughrue fece del proprio meglio per non stare sulla difensiva e le raccontò gli aneddoti divertenti, non quelli tristi. Erano mesi che non parlava con una donna americana, o almeno cosí sembrava, per cui parlò con Marina. Le disse di quel matto di suo padre, reduce della Seconda guerra mondiale, convinto di essere un indiano comanche; le disse di sua madre, la signora dei prodotti Avon sempre in lacrime che sapeva di tutte le chiacchiere possibili e immaginabili della Contea di Moody, Texas; le disse della sua vita da giocatore errante di football. Marina continuò a cercare di farlo parlare del Vietnam, ma Sughrue evitò abilmente l'argomento. In compenso continuò a parlare fino a quando il sole non calò verso l'orizzonte brumoso.

– Sarà buio ora che torniamo al bivio, – disse Sughrue, – forse è meglio trovarci un buco qui per la notte e rimetterci in marcia domattina presto.

– Ho sentito dire che *El Camino Real* è un bel posto, – disse Marina con un sorriso tranquillo.

– Conosco piú gente al *La Playa*, – rispose Sughrue, e lei fu di nuovo d'accordo.

Quando Sughrue chiese al portiere due stanze comunicanti con vista sull'oceano, il giovanotto nemmeno guardò Marina. Si limitò a un sorriso di cortesia – uno di quei soavi sorrisi messicani che sembrano dire: *Certe vol-*

te, la vita è un dono – e trovò loro le stanze. Il facchino molto meno sofisticato che trasportò le valigie di Marina e la sacca di Sughrue sogghignò e basta. Stessa cosa fece Pablo, il barista con un occhio solo, che servi loro *margaritas* mentre si rilassavano nel bar all'aperto osservando il sole scomparire dietro le isole rocciose della baia.

– Tu sei già stato qui, – rilevò Marina, – con donne.

– Sono già stato qui, è vero, – disse Sughrue, – ma non con donne –. In compenso aveva incontrato donne sedute a quel bar. Un'alta, snella giudice di sorveglianza di Denver, un'esile hostess dell'Air France di Parigi. – È un buon albergo, – aggiunse, – giusto, Pablo?

– Un uomo non vive di soli *tacos* al pesce, – disse Pablo passando oltre.

– Gesú, che mandria di cretini, – commentò Marina con una smorfia, poi ingollò il suo secondo *margarita*. – Se gli dei non avessero voluto che gli uomini la leccassero, non l'avrebbero fatta odorare di *taco* al pesce.

Dopodiché, senza dire una parola, Marina si sparò alla svelta altri due *margaritas*, poi ordinò hamburger e patate fritte, ne mangiò la metà, infine disse che era stanca e voleva andare a letto. Ma non era troppo stanca da non mettersi a cazzeggiare quando Sughrue suggerí di andare in centro a contattare certi *informatori*.

– Informatori? – miagolò Marina con finta dolcezza. – *Las mujeres de la noche?*

E con questo si diresse verso l'atrio, fianchi stretti che ondeggiavano un pu' piú del necessario, sandali che schioccavano sonoramente sul pavimento piastrellato.

Pablo versò due grossi bicchieri di tequila, aprí due birre, sollevò i bicchieri. – È troppo presto per andare in centro, sergente –. Pablo aveva perduto l'occhio in un tiro corto nel Triangolo di Ferro, combattendo nel 25°

Fanteria. – Magari potresti seguire la tua *gringa* su in camera.

– Non è mia, amico, – disse Sughrue. – Appartiene a *el diablo*.

– Dov'è che le trovi, amico mio? – chiese Pablo. La stessa cosa che gli aveva chiesto quando il giudice di sorveglianza di Denver aveva messo KO un pompiere di San Diego in vacanza che le aveva toccato il culo e l'aveva chiamata *nanerottola*. – O forse sono loro a trovare te?

– Sei un uomo crudele, soldato.

– Ho imparato stando al fresco, – disse Pablo, – spalando cacca di pollo per venti centesimi l'ora.

Fecero tintinnare i bicchieri, brindando a salute, felicità, soldi e tempo per goderseli. E augurando catastrofi a tutti i cafoni sudisti allevatori di polli del cazzo.

Sughrue dovette aspettare fino a mezzanotte per trovare Antonio Villalobos Delgado seduto al suo tavolo preferito nel suo secondo bordello preferito, *La Copa de Oro*. Villalobos era un *abogado* grande e grosso, con in testa e in faccia un cespuglio fiammeggiante di capelli rossi. *La Copa* era una proposta del tutto diversa dai bordelli sul confine del sud del Texas della gioventú di Sughrue. Quando non erano belle, le donne di piacere erano comunque ben vestite e ben equipaggiate. Non scroccavano da bere e non davano noia ai clienti. Si limitavano a stare sedute al bar, consumate da elegante tedio, aspettando discretamente che il potenziale cliente le attirasse al suo tavolo con uno sguardo. Molti dei clienti erano ricchi, per gli standard messicani, bevevano whisky costoso invece di tequila e prima di abbandonarsi al piacere parlavano d'affari. Per lo meno, cosí apparivano le cose a Sughrue, che guardava dal bar mentre Villalobos parlava a bassa voce con i tre uomini seduti al suo tavolo.

Villalobos non sembrava essere il padrino del lato oscuro di Mazatlan, ma Sughrue sospettava che lavorasse per la *familia* al vertice della cupola. Sughrue sospettava anche che – da americano sempre ai margini della legalità – non sarebbe riuscito a conoscere abbastanza avvocati messicani, per cui aveva coltivato l'amicizia con Villalobos. Avevano condiviso bevute e cene e risate. Una volta erano andati in auto tra le montagne verso Durango, dove Sughrue aveva insegnato a Villalobos come smontare e rimontare un fucile d'assalto M-16 a occhi bendati. Aveva anche cercato di insegnare all'avvocato testarossa come sparare raffiche corte in fuoco tutto-automatico, ma con minor successo.

Dopo che i tre uomini se ne furono andati, Villalobos fece cenno a Sughrue di venire al suo tavolo. Si scambiarono abbracci, poi si sedettero per procedere ai cordiali conversari tanto cruciali in Messico prima di passare agli affari.

Dopodiché Villalobos ordinò altri due Chivas Regal con ghiaccio e si protese attraverso il tavolo. – Ho saputo che mi stavi cercando, – disse in un inglese privo di accento (Villalobos aveva preso il diploma a Yale), – spero non si tratti di nulla di grave.

Sughrue spiegò il suo problema.

– Non sei il solo a cercare questi *cabrones,* – disse Villalobos. – I *Federales* pensano si tratti di comunisti perché danno soldi e abiti a *los indios* e a *la gente.* Ma io non la vedo cosí. Hanno fermato tre autobus con il trucco della scrofa e nessuno è rimasto ferito. Non comunisti, penso. Ma non si sa chi sia questa gente. Non hanno rispetto e stanno facendo molti danni agli affari. È un grande mistero –. Villalobos bevve, poi guardò il bicchiere vuoto per un momento, fino a quando il cameriere non apparve con un bicchiere pieno.

– Ho certi amici che sarebbero molto generosi se tu scovassi quei tipi, – riprese Villalobos. – E in caso dovessi trovarli morti... Bene, allora pensa a una villa ad Acapulco in cui vivere come un pascià per tutto il tempo che vuoi –. Villalobos tolse un biglietto da visita dal portafoglio.

– Ce l'ho il tuo biglietto.

– Ma non *questo* numero –. L'avvocato scribacchiò con una penna d'oro Mark Cross. – Chiama quando vuoi, naturalmente, ma chiamami senz'altro domani notte –. Poi rise. – Io metto l'orecchio al terreno, tu metti la mano al volante. Io potrei sentire qualcosa, e tu potresti investire qualcos'altro.

– Certo, – disse Sughrue, ma si stava chiedendo quanti altri clienti avrebbe trovato prima di individuare i banditi della scrofa messicana. Cominciò ad alzarsi, Villalobos gli fece cenno di rimettersi seduto.

– Le vedi quelle due bionde in fondo al bancone? – chiese. – Dicono di essere ragazze pon-pon di Phoenix. Forse dovremmo verificare com'è il loro inglese. E il colore delle loro *conejos*. Offro io, s'intende.

– Forse dovrò alzarmi presto...

– Ah, la maledizione del *norteamericano*, – interruppe Villalobos. – Ci ho messo un anno in piú, *amigo*, ma mi sono laureato a Yale senza mai andare a lezione prima di mezzogiorno.

Sughrue, che aveva un diploma in storia generosamente offerto da un college che chiudeva tutti e due gli occhi con i giocatori di football e con la Sede Distaccata dell'Università del Maryland – e addirittura una laurea in inglese grazie a un'operazione di spionaggio sul territorio nazionale per conto del ministero della Difesa – realizzò che nemmeno lui era mai andato a lezione prima di mezzogiorno.

– Grazie, – disse Sughrue a Villalobos, – ma credo che passerò sulle bionde. C'è però una cosa che potresti fare per me.

– Ogni tuo desiderio è un ordine, *amigo*, – disse l'avvocato. E parlava sul serio.

Rientrato in albergo, stranamente riluttante di salire nella sua camera, Sughrue si fermò a bere un paio di birre con Pablo. Al rientro dal Vietnam, Pablo aveva incassato l'indennizzo di invalidità e aveva fatto ritorno a Mazatlan, luogo in cui era nato. Aveva comprato una casetta appena fuori città, facendo crescere avocado e figli, ma nell'attesa che i frutti maturassero gli piaceva fare il barista. L'unica volta in cui Sughrue era stato a cena a casa di Pablo, si era riscoperto invidioso e rattristato di fronte alla vita dell'amico. Cosí bevvero una birra e parlarono a ruota libera della condizione umana. Come sempre facevano. Dopo avere scoperto di essere reduci entrambi, non parlarono mai della guerra.

Ma quando Sughrue salí in ascensore per raggiungere la propria stanza, si riscoprí a pensare ai nove mesi trascorsi nella giungla. Certe volte pensava che fossero stati il periodo migliore della sua vita, per contro nutriva anche la sincera speranza di non essere diventato un tossico di adrenalina, come era accaduto a tanti suoi compagni d'arme. Individui che *dovevano* fare o i poliziotti o i criminali o gli psicopatici. A quel punto non poté non farsi una risata. Poco ma sicuro, anche lui era mezzo poliziotto e mezzo criminale e, a giudicare dalle occhiate spaventate che gli scoccò la giovane coppia americana che salí nell'ascensore con lui, ben piú che mezzo psicopatico.

In camera, Sughrue trovò aperte le porte sia del balcone che della camera comunicante. Marina russava sommessamente nel suo letto, il corpo coperto solo a metà e la massa dei capelli scura come le ombre proiettate dal sole. Un buco nero che risucchiava inesorabilmente Sughrue. Fece un passo verso la invitante giovane donna nel letto, ma si arrestò. Marina si era sistemata lí di proposito, sospettò Sughrue, nella speranza di suggellare il loro patto con il suo corpo. Naturalmente, non aveva modo di sapere di averlo già inchiodato con le sue lacrime. Stupida ossessione del cazzo, pensò Sughrue afferrando la Herradura e la *sangrita*.

Uscí sul balcone, dove sorseggiò la tequila mandandola giú con l'infuocato sangue di vedova, osservando un quarto di luna scivolare in un banco di nubi in distanza sul Pacifico. – In culo quel branco di dilettanti, – disse a se stesso. Sapeva che avrebbe scovato i banditi. E qualsiasi cosa fosse successa, non intendeva piú aspettare. Sughrue pensò anche, e molto seriamente, di piantare un proiettile nella prossima faccia lacrimosa che avesse visto. Perfino se fosse stata la *sua* faccia.

Quando vide dov'erano rintanati i banditi della scrofa messicana, Sughrue abbandonò qualsiasi sospetto che potessero essere rivoluzionari comunisti dalla pelle dura.

Avevano scelto di imbottigliarsi in una piccola baia alla fine di una sterrata carrabile assediata da giungla fitta, intrappolati da loro stessi senza mettere un solo uomo di sentinella o allestire un solo punto di sorveglianza. Avevano addirittura ammassato le armi contro una roccia frastagliata. Per lo meno, il fuoco non lo avevano acceso sulla spiaggia, attizzandolo invece sotto lo stesso costone roccioso in cui avevano sistemato il camion. Rivolto nella direzione sbagliata, ovviamente, alla faccia di una ritirata improvvisa.

I banditi non sembravano avere piú esperienza di campeggio di quanta ne avessero nel combattimento. Una delle donne stava cercando di cucinare un qualche stufato in una grossa pentola di ferro battuto, tenendola sui bordi infuocati del falò. Continuava a mescolare con bastoni sempre piú lunghi per non bruciarsi le dita. Senza molto successo. Mentre Sughrue osservava, una delle maniche della donna prese fuoco. Lei lasciò cadere la pentola, disseminandone il contenuto sulla legna in fiamme. Qualsiasi cosa ci fosse nella pentola emise un fumo da copertone bruciato. La donna gettò un'occhiata nervosa dietro di sé, verso i suoi compari, ma loro erano tutti sotto il costone, raccolti attorno a una cassa di birra Tecate e a una bottiglia di robaccia sciropposa che Sughrue ipotizzò fosse *mescal* fatto in casa. Tutti tranne il capobanda. Lui era seduto dall'altra parte del fuoco, senza cappello di paglia in testa, capelli biondi agitati dalla forte brezza marina, un bimbo che gli saltellava sul ginocchio. E tranne la scrofa, che aveva trovato una chiazza di sabbia calda presso la parete rocciosa.

Sughrue fu sorpreso nel constatare che il bimbo esisteva realmente al di fuori della testa di Marina.

Una volta che Marina e Sughrue si furono messi sulle tracce di un camion militare con il piano di carico coperto da un telo, e con l'aiuto dello spagnolo sorprendentemente fluente della ragazza, non ci volle molto perché riuscissero a localizzare i banditi. Cominciarono a sud del bivio di San Geronimo, dove trovarono gente che aveva visto il camion, continuarono lungo la statale fino a quando incontrarono gente che invece il camion non lo aveva visto.

A quel punto, tornarono indietro a bassa velocità, mentre il tardo pomeriggio si incupiva a causa di un fronte di tempesta che avanzava dal Pacifico. Sughrue individuò le tracce dei grossi pneumatici scolpiti che si inoltravano lungo la sterrata scavata da solchi profondi, svanendo oltre quella che sembrava un'aspra barriera di giungla pressoché impenetrabile. Poi, una pila di pietre rivoltate di fresco divenne un blocco stradale. Perfino il fogliame che i banditi avevano tagliato per celare l'imboccatura dello stretto sentiero stava già cominciando ad appassire e ad afflosciarsi tetramente.

– Merda, – commentò Sughrue, – questo posto avrei dovuto notarlo già la prima volta che siamo passati di qui.

– Io continuo a non vederlo, – disse Marina.

– Non insegnano a seguire le tracce al liceo di Mill Valley?

– Non insegnano nemmeno ad allevare i maiali.

– Aspetteremo fino a quando non farà un po' piú scuro, – disse Sughrue, – ti lascio di guardia alla macchina mentre vado a fare una piccola ricognizione. Li colpiremo appena prima dell'alba...

– Te l'ho già detto questa mattina, cowboy, – sbuffò Marina, – è il mio bimbo, e dove vai tu vado anch'io.

Appena prima di lasciare Mazatlan, Marina aveva fatto ulteriori danni alle finanze di Sughrue comprando pantaloni e camicia jeans e un paio di scarpe da tennis nere.

– Allora dobbiamo trovare un qualche posto in cui nascondere la macchina.

– Cosa c'è che non va in questo posto qui? – obiettò lei.

– Quando torneremo, potrebbe non esserne rimasto molto, – fece lui.

– Non è che hai dei pregiudizi contro i messicani, vero? – insorse Marina.

– Non ne ho, ma nemmeno sono un idiota, – ribatté Sughrue. – Non lascio la mia macchina parcheggiata lungo una statale, qualsiasi statale.

Sughrue trovò una piazzola sabbiosa circa un miglio piú avanti, dove sistemò la El Camino dietro una formazione rocciosa. Fece cancellare a Marina i segni dei pneumatici con la coperta che portava con sé assieme all'equipaggiamento di sorveglianza dietro il sedile anteriore.

– Pensavo si dovesse usare un ramo, o qualcosa del genere, – disse Marina mentre Sughrue scuoteva la sabbia dalla coperta.

– I rami lasciano altre tracce –. Sughrue dispiegò la coperta sul cofano della El Camino e ci mise sopra la cassa refrigerata portatile.

– È il tuo lavoro che ti rende tanto paranoico, – chiese Marina tirando fuori dal refrigeratore una Coca-Cola e un *burrito*, – o sei cosí di natura?

Sughrue non la degnò di una risposta.

– O magari è a causa di quella piccola guerra di merda in cui sei stato?

– Lo sai quali sono le tre cose piú importanti in combattimento?

– No, quali? – berciò lei.

– Preparazione e fortuna.

– Sono solo due.

– La terza è tenere la bocca chiusa, dolcezza, – rispose Sughrue, sperando di farla stare zitta. Ma si sbagliava. La lasciò andare avanti a ragliare per alcuni minuti, poi la fermò con una domanda. – Come si chiama il tuo bimbo?

– Cosa?
– Il tuo bimbo, – ripeté Sughrue. – Ce l'ha un nome, giusto?
– Earl, – sputò fuori Marina.
– Earl?
– Come il suo papino.
– Pensavo che il nome del papino fosse *Mark*.
– Mark Earl, – rispose lei in fretta.

Sughrue non trovò nulla da rispondere, per cui prese una manciata di *taquitos* e una birra. Nemmeno Marina sembrava avere nulla da dire. Mangiarono in silenzio, appoggiati ai due lati del cofano. Marina scrutò in distanza, come se riuscisse davvero a vedere qualcosa tra le rocce acuminate e i rovi spinosi. Sughrue cominciò a dirle che era graziosa, ma nel momento in cui Marina lo ignorò lasciò perdere e basta. Cosí tirò fuori dall'abitacolo le armi e gli strumenti per pulirle e sistemò tutto sulla coperta. Marina gettò uno sguardo annoiato dietro di sé, finendo di bere la Coca-Cola. Buttò la lattina a terra e fu faccia a faccia con lui.

– Che diavolo è quella roba? – volle sapere.
– Raccogli la lattina.
– Cosa?
– Raccogli quella lattina del cazzo e mettila da qualche parte, – disse Sughrue in tono calmo.
– Non ci sono leggi sui rifiuti in Messico, – disse Marina, pestando il piede.
– In realtà ci sono, – disse Sughrue, – ma quello a cui stavo veramente pensando erano le tue impronte digitali.
– Oh –. Colta alla sprovvista, Marina raccolse la lattina e la gettò nel refrigeratore. – Che diavolo è quello?
– *Questa*, – Sughrue sollevò l'arma nella fondina ascellare, – è una pistola semi-automatica calibro 9 mm...

– No, – sibilò lei, – *quello*.
– Questo? – Sughrue toccò l'M-16. – Questo pezzo di merda? Maggiore volume di fuoco, spero, dal momento che l'avvocato del cazzo si è rifiutato di prestarmi il suo AK-47 made in Cecoslovacchia.
– Quale avvocato? – Marina stava urlando adesso, non aspettò una risposta. – Stupido figlio di puttana, non crederai davvero che ti permetterò di metterti a sparare con quel coso vicino al mio bambino, vero?
– Con un po' di fortuna, – rispose Sughrue, – non sarà necessario. Ma se non lo tieni pulito, l'M-16 ha la tendenza a incepparsi proprio quando sei a culo scoperto.
– E probabilmente tu sei uno che spara bene, giusto?
– Faccio saltare i foruncoli dal culo di un moscerino a cinquanta metri di distanza, – disse Sughrue.
Marina non sorrise. Voltò le spalle e basta. Sorseggiò una birra e rimuginò. Sughrue smontò entrambe le armi e le pulí, poi le pulí una seconda volta. Marina terminò birra e pensieri nello stesso momento, si girò e chiese una sigaretta.
– Non sapevo che fumassi –. Sughrue aggirò la El Camino per prendergliene una.
– Infatti non fumo, – disse Marina, e dal modo in cui esalava, Sughrue fu d'accordo con lei.
– Non c'è nulla di male a essere nervosi, – disse. – Solamente i fessi e i bambini non hanno paura.
– E tu pensi che io sia l'una cosa e l'altra?
– Io penso che tu abbia piú fegato che buon senso, – rispose Sughrue, – ma non credo che sarà un problema. Basta che tu faccia esattamente quello che io ti dirò. Niente di piú, niente di meno. E che lo faccia quando ti dirò di farlo.
– Già, – dissse lei, mento inclinato da una parte, – e se non lo facessi?

– Prendo a pedate il tuo grazioso culo, – dichiarò Sughrue. – Non è nel mio contratto farmi ammazzare perché una ragazzina testarda rifiuta di fare come dico. O fai cosí, o spera di non sputare denti quando ti metto KO.
– Parli sul serio, vero?
– Quanto sono seri sette acidi di fila.
– Ma acido tu non te ne sei mai fatto, – ridacchiò Marina.
– Quanto bastava per sciogliermi le otturazioni ai denti, – rispose Sughrue.

Al che, per la prima volta da quando si erano incontrati, Marina rise. E rise talmente forte da essere costretta ad appoggiarsi con le mani al cofano della macchina. Una risata che divenne isterica anche troppo in fretta, finendo a disgregarsi in un'umida valanga di singhiozzi. Sughrue le tolse la sigaretta dalle dita, in modo da evitare che lei si bruciasse nell'affondare la faccia tra le mani. Spense entrambe le sigarette dentro una lattina di birra vuota, poi le posò una mano sulla schiena. Marina si voltò, crollandogli tra le braccia. Lei continuò a piangere e lui continuò a darle inutili colpetti di incoraggiamento sulla schiena per quello che parve un tempo enormemente lungo. Ancora un volta, la sua ossessione di voler consolare le donne si rivelò un fiasco.

Nubi oscure fluirono sopra di loro, spostandosi rapidamente nel cielo. Una raffica di dure, grosse gocce di pioggia martellò in una ventata improvvisa. Poi il vento cadde, una pioggerella sottile riempí l'aria. A Sughrue tornò in mente quanto temeva e odiava preparare imboscate sotto un triplo strato di giungla, la spessa pioggia del monsone che cancellava immagini e rumori, i Vietcong nei loro pigiami neri che scivolavano nel loro universo liquido simili a spettri di rettili velenosi. Sughrue fu percorso da un leggero tremito, ma Marina non se ne accorse. Forse quella pioggerella sarebbe continuata, trattenendo la pioggia letale.

– Mi dispiace –. Marina tirò su con il naso, staccandosi da lui e togliendosi muco dal labbro superiore proteso. Bastò a evitare che Sughrue baciasse le sue labbra morbide, tumide. – Certe volte sono troppo dura per il mio bene del cazzo, amico, però stammi a sentire, tu dici *salta*, io dico *quanto alto*, tu dici *caca*, io ti dico *dove, quanta e di che forma* –. Marina fece una pausa, sollevò il viso, si fregò gli occhi e aggiunse: – Rivoglio il mio bimbo, amico, e ti ringrazio per aiutarmi.

– E per la mia pazienza, – sorrise lui.

– E per la tua pazienza, razza di stronzo, – ma anche lei stava sorridendo. – A proposito, guarda che una ragazzina non lo sono più da un pezzo.

– Come ti pare.

Sughrue verificò i caricatori, si sistemò la fondina ascellare, prese due felpe con cerniera lampo dalla El Camino. Ne gettò una a Marina. Poi avvolse l'M-16 nella coperta, se lo mise in spalla. – D'accordo, dolcezza. Andiamo dentro.

– Dov'è la mia pistola? – chiese Marina.

– Non crederai sul serio che ti avrò alle spalle con una pistola, vero? – Sughrue fu compiaciuto nel vederla sorridere mentre sollevava il cappuccio della felpa in modo da coprire i capelli. Tirò fuori di tasca altre chiavi della El Camino e una manciata di pesos.

– E questi? – chiese lei. – A cosa servono?

– Se mi succedesse qualcosa, sai dov'è parcheggiata la macchina, – rispose Sughrue. – Vai verso il confine e non voltarti indietro.

– Lasciarti qui e basta?

– Come uno stronzo ben cacato, – disse lui.

Il sorriso di Marina era incerto, ma comunque un sorriso. Marina gli prese il volto tra le mani e lo baciò in fretta, piú un pugno che una carezza. – Perché non ti sei infilato a letto con me ieri notte? – gli chiese.

– Per risparmiare le forze, – rispose Sughrue, poi si mise in marcia.

– Uomini cazzoni, – berciò lei andandogli dietro.

Il crepuscolo parve sollevarsi come una nebbia oscura in emersione dal terreno. Muovendosi rapidamente ma silenziosamente, Sughrue guidò Marina lungo il margine della pista aspra che si snodava attraverso la giungla aggrovigliata e piena di rovi. Il fondo era talmente dissestato che i banditi potevano avercela fatta soltanto con quattro ruote motrici. E anche in quel caso, era ovvio che erano stati costretti a fermarsi per togliere le pietre piú grosse o per abbattere piccoli alberi.

All'inizio della marcia, Sughrue faceva una cinquantina di passi cauti, poi si fermava ad ascoltare. Quando la pista divenne tutta tornanti digradanti verso la spiaggia, lui e Marina furono pressoché allo scoperto, e Sughrue ridusse il numero dei passi a venti. Dietro di lui, sentiva l'impazienza di Marina nel suo respiro corto, affrettato. Al primo tornante, il crepuscolo si tramutò in oscurità. Sughrue si accucciò, facendo cenno a Marina di venirgli accanto.

– Tu aspetta qui, – sussurrò. – Io vado a vedere se hanno messo delle guardie. Tornerò.

Sughrue abbandonò la pista tagliando attraverso il pendio della collina. Controllò tutti i punti piú probabili senza trovare niente, il che lo lasciò perplesso. Controllò anche i punti meno probabili. Ancora niente. Ormai era notte fatta quando raggiunse nuovamente la pista.

— Nulla, – sussurrò. – Forse non sono qui –. Marina si alzò. – Ma dobbiamo muoverci come se ci fossero.

Marina riprese a seguirlo, quanto piú quietamente possibile, mentre lui apriva la strada verso la spiaggia superando tre tornanti. Le tracce del camion deviavano a nord sulla sabbia a monte del margine dell'alta marea. La pioggerella si era tramutata in una nebbia umida che si torceva nella brezza ineguale. Ma anche nell'aria opaca, Sughrue fu in grado di udire lo scricchiolio di un fuoco, lo schiocco di lattine di birra, il brusio di conversazioni caotiche.

Sughrue e Marina avanzarono in fretta fino ai margini dell'insenatura, si nascosero dietro un masso scabro e scavato dalle onde, valida posizione di fuoco sull'accampamento dei banditi.

– Ma chi cazzo sono questi buffoni? – bisbigliò Sughrue.

– Buffoni, – rispose Marina in un soffio.

– Per una qualche ragione, non pensavo che un bimbo ci fosse davvero.

– Stronzo, – mugugnò Marina, ma Sughrue non fu certo con chi ce l'avesse. – E adesso?

– Vedendo quanto sono scemi, – Sughrue spostò il selettore di tiro dell'M-16 su colpo singolo, – non credo che sia necessario aspettare l'alba. Appena il messicano biondo mette giú il bambino, io gli pianto una palla nel cranio. Poi mando una raffica verso quel costone...

– No, – implorò Marina a fior di labbra, – ti prego, non farlo. Non è un messicano, è un mormone del cazzo. Un messicano mormone di Casa Grande. Il papà di Earl.

– Ma che cosa cazzutamente interessante.

Forse Sughrue disse questo a voce piú alta del dovuto, ma le sue parole si persero nel fragore delle onde sempre piú alte. Certe volte, le onde arrivavano a terra prima della tempesta. Forse questa era una di quelle volte.

– Peccato che non abbiamo il tempo per lunghe spiegazioni, – riprese, – e io ne ho proprio i coglioni pieni di clienti contaballe e di adolescenti in fuga. Lo rivuoi, il tuo bambino? – Marina annuí bovinamente. – Allora stammi fuori dal cazzo.

– Non sparare a nessuno, – piagnucolò lei. – Loro... sono i miei amici di una volta.

– Davvero, dolcezza? Allora i tuoi amici di una volta faranno meglio a non provare nemmeno ad arrivare alle loro armi, – ribatté Sughrue.

Strisciò sul ventre attorno al masso sul lato della spiaggia, muovendosi lungo la parete rocciosa in direzione del costone.

Avrebbe potuto risolversi senza spargimento di sangue, ma in qualche modo la scrofa messicana o lo vide o sentí il suo odore. Sollevò il muso e grugní forte, poi schiamazzò selvaggiamente sussultando sulle quattro zampe, venendo dritta alla carica verso di lui. Sughrue schizzò in piedi. Uno dei banditi volò verso le armi. Sughrue mirò alla gamba. Avrebbe dovuto essere un tiro facile. Il balordo era perfettamente stagliato contro le fiamme. Ma il proiettile colpí duro e il bandito crollò nella sabbia, senza piú muoversi. Era andata cosí e basta, niente da fare. Sughrue mandò un secondo proiettile nella roccia sovrastante le teste di tutti gli altri, questo li congelò. Mandò un terzo colpo nel falò, facendo esplodere la pentola di ferro battuto in una nube di schegge metalliche. La donna che cucinava si afferrò la faccia e rotolò nella sabbia. L'ultimo proiettile fu per il cranio della scrofa messicana. La scrofa berciò un'unica volta, poi scavò un solco nella sabbia e giacque immobile. Anche qui, niente da fare. *Carnitas*, forse.

Sughrue emerse dalle ombre, fucile d'assalto puntato con determinazione sul capobanda, il quale si era alzato, bambino urlante in una mano, mitra Thompson nell'altra.

– Marina! – urlò il biondo. – Ma che cazzo fai?

– Metti il bambino a terra, amico, e anche il Thompson, – intimò Sughrue, – poi va' indietro. *Adesso!* – Il biondo spostò il bambino davanti al proprio corpo. – Ehi, stronzo, guarda che per me tu vali molto di piú da morto che da vivo. Metti a terra il bambino e il Thompson, non te lo ripeterò un'altra volta.

Il biondo ebbe una breve esitazione, sospirò, bestemmiò e alla fine obbedí.

Anche Sughrue sospirò mentre Marina lo superava di corsa per recuperare il figlioletto. Sughrue si domandò quanta parte della storia fosse stata una menzogna, ma non si domandò nulla riguardo alla gioia della ragazza nel ritrovare il bimbo.

Sughrue si passò la cinghia dell'M-16 sulla spalla. Tenne sotto tiro il gruppo dei ragazzi con la pistola mentre scaricava le loro armi e le gettava nella marea montante. Poi controllò i feriti. Fortunatamente, l'uomo aveva incassato il colpo nel coltello Buck che teneva in tasca. L'anca era probabilmente fratturata, ma nessuno dei frammenti di metallo aveva fatto piú danni di scalfitture superficiali. La cuoca aveva un pezzo di pentola che le sporgeva dalla fronte, pelle non osso, ma non era ferita gravemente. Sughrue fece mettere i membri della banda della scrofa messicana faccia nella sabbia presso il fuoco. Marina si ritirò sotto il costone per tenere il bimbo al riparo dalla pioggerella che stava minacciando di diventare pioggia vera e propria.

– Non era necessario assassinarla la mia scrofa, amico, – disse il capobanda, parole soffocate dalla sabbia contro la faccia. – Ce l'avevo dai tempi dal liceo, quella scrofa...

Sughrue, ancora scosso dai tremiti dell'adrenalina, ancora talmente carico di nervi da pensare che la pioggia gli sarebbe evaporata dalla faccia, si avvicinò al biondo e gli assestò un calcio alla coscia.

– Tappati quella bocca del cazzo, scemo, – ringhiò Sughrue, il biondo che sussultava all'impatto. – Non l'ho ammazzata io la tua stramaledetta scrofa. S'è ammazzata da sola. Con tutto quel suo agitarsi, urlare, berciare del cazzo. Mi hai capito o no, stupido figlio di puttana? Per cui sta' zitto prima che ti stacchi la tua testa di cazzo –. A quel punto, il giovane testa di cazzo si mise a piangere. Sughrue rivolse la propria rabbia verso Marina. – Che diavolo succede qui, signora mia?

Marina alzò lo sguardo dal bimbo, che aveva smesso di frignare e ora ruttava tutto contento tra le braccia della madre. Il viso di lei appariva bianco nel chiarore delle fiamme, contro le ombre scure delle rocce.

– È mormone, – cominciò a spiegare, – ce l'ha già una moglie...

– Due mogli, – singhiozzò il biondo.

– ...cosí ha pensato che una squinzia hippie di Pacific Heights sarebbe stata perfetta... solo che io non volevo essere...

– Gesú, – disse Sughrue, – e questi altri? Loro chi cazzo sono?

– Il padre di Earl ha un ranch sul lato americano del confine, – disse Marina. – Lavorano là...

E di colpo Sughrue non volle udire nessun'altra spiegazione, né avere a che fare con altri adolescenti imbecilli, o con i loro genitori ballisti. Puntò l'M-16 verso la massa nera del Pacifico e vuotò tutto il caricatore contro le onde montanti. Non perse nemmeno tempo a inserire un caricatore pieno. Almeno, non subito.

– Marina, – disse, – che cosa vuoi che faccia a questi idioti?

– Non ne sono sicura, – piagnucolò lei. – Non ci ho pensato, ecco... a cosa fare dopo.

– Ma non mi dire, – rimandò Sughrue. – Sono tutti cittadini americani, giusto? Anche il mormone?

– Giusto, – disse Marina. – Sono tutti di El Paso. Mark è nato là, in modo da avere la doppia cittadinanza...

– E tua zia verrà a incontrarci a Nogales con i miei soldi, giusto? – interruppe Sughrue.

– Ma certo, – disse Marina, come se ora lui le credesse sul serio.

– Tu mandala di nuovo a culo, dolcezza, – disse Sughrue, – e io verrò a darti la caccia come a un cane.

Marina annuí. Sughrue le disse come sarebbero andate le cose.

Forse fu grazie alla defunta scrofa messicana, l'unico personaggio innocente della faccenda, che le cose andarono bene.

Dopo che tutti quanti se ne furono andati, Sughrue rimase sulla spiaggia fino all'alba, chiedendo scusa al fantasma della scrofa e alle grandi onde dell'Oceano Pacifico. Bevve quasi tutto il bottiglione di *mescal* – aveva l'ottimo retrogusto affumicato dello scotch di puro malto – e bevve anche tutta la birra. A dispetto dell'alcol, Sughrue continuava a essere pronto per altro piombo e sangue. E continuò a tremare sul margine rabbioso della morte e del disastro nel guidare il camion a ponte piatto, arrancando lentamente con le marce ridotte, su per la ripida salita fino alla strada statale. Dove Villalobos lo aspettava accanto a un pick-up a quattro ruote motrici stracarico di brutti ceffi armati, la sua barba rossa che mandava fiamme nella luce grigia, il fumo del suo sigaro livido come il chiarore attorno a loro.

– Sono tutti morti? – chiese l'avvocato mentre Sughrue smontava dal camion, il fucile d'assalto di materiale plastico che dondolava come un giocattolo in una mano, il bottiglione di *mescal* nell'altra.

– Non morti, andati, – disse Sughrue. – E la roba rapinata è nel camion. La porterò da Acosta a San Geronimo, che se ne occupi lui.

– Li hai lasciati andare tu? – chiese Villalobos.

Sughrue annuí.

– Sarebbe stato meglio avere un corpo da riportare indietro –. L'avvocato guardò Sughrue con rabbia. Poi accennò al pick-up con un sussulto del mento.

– Non avranno il mio corpo senza avere anche il tuo, – disse Sughrue, sorridendo alla prospettiva. Per un momento, sembrò la prospettiva piú luminosa nell'immediato futuro. – Oppure possiamo comportarci da persone civili, Tony, e schiarirci le idee, – concluse Sughrue, sollevando il bottiglione di *mescal*.

Villalobos sorrise all'improvviso, i suoi dentoni chiazzati dal tabacco quasi dello stesso colore della sua barba. Allungò una mano verso il bottiglione. – A che serve un'educazione da Ivy League, – disse, – se non ci si comporta in modo civile?

Anche Sughrue bevve un goccio, poi suggerí: – Perché non me lo spieghi, *hermano*, mentre torniamo indietro?...

Il ridacchiare di Villalobos fu il cuore stesso della civilizzazione.

Ma quando Sughrue parcheggiò il camion dei banditi

della scrofa carico di bottino di fronte a *El Tiburon*, la risata di Acosta grondava amore fraterno. Una risata che andò avanti per tre interi giorni di mangiate e bevute, andò avanti fino a quando Sughrue non si risvegliò con un annoiato doposbornia, decidendo che era tempo di muoversi. Voleva arrivare al confine in autobus, ma Acosta insistette che Flaco lo accompagnasse con la jeep scoperta. Viaggio che costò a Sughrue altri tre giorni e quattro doposbornia, in aggiunta a una fermata a Culiacan per il pranzo e la *siesta*.

Alla fine Sughrue arrivò al valico di Nogales, che passò senza incidenti. Poco ma sicuro, Marina aveva lasciato la El Camino nel parcheggio sul lato dell'Arizona. Aveva cacciato l'altro mazzo di chiavi e la manciata di pesos nel cassetto della plancia. Ma niente cinquemila dollari. Nemmeno un bigliettino di scusa o di ringraziamento. Non aveva ripulito dal retro del veicolo né il vomito del bambino né le chiazze di sangue, e il serbatoio di benzina era quasi vuoto.

Per lo meno era riuscito a recuperare la macchina, pensò Sughrue nel fare il pieno alla piú vicina stazione di servizio. Non tutto era andato perduto. E tuttavia rimpianse di non essersi infilato a letto con quella matta ragazzina. Nell'illusione di ritrovarla in Messico, Sughrue invertí la rotta e guidò dritto sparato fino a Mazatlan, dove bruciò il resto dei suoi soldi in due settimane di folli bagordi al *La Playa*. Ne era sicuro, Villalobos sapeva che lui era tornato in città, ma l'avvocato non si presentò. Quanto a Sughrue, sembrava non essere piú tanto attratto dai bordelli di classe.

In conclusione, ridotto miseramente al verde, steso come un cadavere in un'amaca dietro la casa di Pablo, in pace tra il chiacchiericcio dei bambini, l'agitarsi delle foglie e lo zampettare del pollame, Sughrue sognò Marina che veniva da lui, l'abito di pizzo bianco che le scivolava dalle spalle abbronzate, capelli neri scintillanti come peccaminoso satin, occhi azzurri vividi di desiderio. Sughrue si svegliò fradicio di sudore freddo, si fece prestare cento dollari da Pablo e tornò a casa.

Bene, se non proprio casa, quanto meno il suo appartamento sopra Washington Square, dicendo a se stesso di non aspettarsi che Marina si facesse viva in alcun modo. Il che fu un bene, perché Marina *non* si fece viva in alcun modo. Ma nel guidare per San Francisco alla ricerca di lavoro da adulti, si ritrovò a osservare ogni singola donna dai capelli neri che vedeva per le strade. E anche se non ci mise molto a trovare l'indirizzo del padre di Marina a Mill Valley e a mandargli il conto, non vide comunque un soldo. Dopo una settimana, Sughrue accettò il primo lavoro che gli venne offerto, dare la caccia a un droghiere di Redwood City che se ne era scappato nel Montana assieme a una squinzia hippie già anzianotta. Sughrue li seguí senza voltarsi indietro, seguendo la loro traccia di sniffate da tossici e di esili lacrime.

Era sempre stato cosí dannatamente bravo in questo.

Giovanni Arduino
Francesca sta con me

A Paola, come sempre, e a Valentina

© 2006 by Giovanni Arduino.
Published by arrangement with Agenzia Letteraria Roberto Santachiara.

Il paese dove ci siamo trasferiti non è grande. C'è la piazza, c'è una chiesa, c'è un bar. C'è una piccola edicola. Non è lontano dalla città ma potrebbe anche esserlo, tanto a tredici anni non puoi neanche usare il motorino. Gli autobus non arrivano fino alla nuova casa e devi fartela tutta a piedi. Il paese è piú vicino, basta mezz'ora.

Abbiamo traslocato d'estate. Secondo mio padre è meglio: pochi pasticci, meno traffico. Ci siamo spostati, la casa è piú grande, perché lui adesso guadagna bene. Lui lavora in banca. Mamma prima alle poste, dirigeva qualcosa, adesso organizza incontri letterari, incontri con gli scrittori, abbiamo la casa piena di libri. Ha potuto lasciare il vecchio posto e pare contenta. Anche se a dire il vero non lo so. I miei genitori sono correnti d'aria fredda. Li vedo appena e spariscono in fretta e non scaldano.

Davanti alla villetta ce n'è un'altra. Suono il campanello, mamma ha sempre detto che bisogna presentarsi ai vicini. A me sembra una roba da telefilm americano, ma non importa. Non ho molto da fare. La scuola è finita due settimane fa. Aspetto un po' e la porta si apre e c'è una ragazza alta c con i capelli neri. Magra. Deve avere pochi anni piú di me. Allungo la mano, le faccio ciao e le dico Francesco, io mi chiamo Francesco, e le spiego e le indico la villetta in cui abito. Lei mi sorride storto con un incisivo scheggiato, si passa una mano tra i capelli corti, risponde che buffo, io mi chiamo Francesca, e mi fa cenno di entrare.

Non sono molto bravo a descrivere le case o i vestiti delle persone o altro. C'è un lungo corridoio e una scala che porta al secondo piano. La camera di Francesca è lí sopra. La raggiungiamo. Stavo ascoltando un disco, fa lei. Ti dispiace se continuo? Io scuoto la testa. Ha ancora un vecchio stereo per i vinili. Il disco è rigato e ogni tanto salta, ma la musica è bella.
Li conosci?, mi chiede, sdraiandosi sul letto.
No.
Gli Eels. *Efil's God*. Mi piacciono molto.
Si scansa per farmi posto. Le coperte sono morbide. Socchiude gli occhi. Io non so se mi fiderei a stare cosí con qualcuno che è praticamente uno sconosciuto. Guardo il soffitto. Ci sono tanti fantasmini e zucche appiccicati, quelli fosforescenti, quelli che al buio si illuminano.
Quanti anni hai? mi chiede in un sussurro. Si mette in bocca una pastiglia. Non è una caramella. Mi sembra di riconoscerne forma e colore. Sto zitto.
Mi ripete la domanda e io le rispondo.
Quattordici, fa lei. Non mi ero sbagliato.
Poi mi chiede dove abitavo prima e dei miei genitori e della scuola e di altro che non ricordo. Alla fine ci addormentiamo. Gli Eels sono davvero bravi. Quando ci svegliamo, lei ha la mano appoggiata sulla mia. Nel frattempo non è arrivato nessuno.

La pastiglia era una di quelle che mi davano nel posto buio. Il posto buio era un ospedale. Mi facevano dormire.

Dicevano che ne avevo bisogno. Papà e mamma non ne parlano mai. Sembra che sia successo a qualcun altro. Eppure no, neanche tanto tempo fa, due anni appena, un mattino mi sono svegliato con la testa che ronzava. Poi il giorno dopo mi sembrava di sentire i discorsi degli altri, anche se nessuno parlava. Poi i rumori sono aumentati e anche gli occhi facevano strani scherzi, mi sembrava di essere separato dal corpo, di guardare tutto dall'alto, compreso me stesso. Poi sono arrivati i dottori e alla fine il posto buio. Cioè l'ospedale.

Quando ne sono uscito, papà forse era felice. Però un po' di pastiglie le ho conservate dentro la cucitura di un pigiama. Adesso è nel fondo di un cassetto, nascosto.

Torno a trovare Francesca. È seduta sul terrazzo, appena prima di una spianata erbosa. Le villette si somigliano tutte. Non prende il sole. Guarda davanti a sé. È molto pallida, ma mi piace come sorride storto. Mi porta in cantina. Si toglie una chiave di tasca, la gira in una serratura, apre un armadio. Nella rastrelliera sono infilati tanti coltelli. Splendono sotto il bagliore della lampadina schermata.
Li colleziona mio padre, dice. Lui va anche a caccia, ma il fucile lo tiene da suo fratello, da mio zio.
Annuisco. Prendo un coltello. Passo il pollice sulla lama. È affilatissimo.
Lui non sa che io conosco il nascondiglio. E che ho una chiave di riserva. Gli prenderebbe un colpo. Tutti i coltelli di sopra sono smussati.
E dove sono? chiedo.
Chi?
Tuo padre e tua madre.

Al lavoro. Un ufficio in città. Disegnano e scrivono fumetti. Qui sarebbero troppo distratti. Mi vogliono molto bene, ma faticano tanto.

Ah, rispondo. Non so che dire. Fare fumetti sembra divertente.

Francesca resta immobile un attimo. Il luccichio dell'acciaio nello sguardo. L'incisivo nel sorriso come uno spunzone d'osso di qualche animale. Poi scrolla le spalle e: tanto vale che te lo dica. Alza una manica della felpa e mostra il braccio, appena sotto l'ascella. Tante cicatrici, rosse e bianche, vecchie e meno vecchie.

Mia madre ogni tanto mi controlla, ma io sono piú furba.

Adesso però non sorride piú.

Resto in silenzio.

Ora troverai una scusa e te ne andrai terrorizzato.

No, rispondo.

Oppure mi farai una predica. Mi chiederai perché.

Scuoto la testa.

Francesca mi fissa. Mi guarda strano. Richiude l'armadio, fa per girare la chiave, poi si volta e mi dà un bacio sulla fronte. Tanto il perché non lo so neanch'io, dice. Mi fa sentire meglio, tutto qui.

Avrei voluto dirle che se passi un cubetto di ghiaccio sulla pelle a volte fa lo stesso effetto. Ti senti leggero e calmo, come se qualcosa non premesse piú da dentro. Me l'hanno raccontato quelli del posto buio. Cioè dell'ospedale. Mi hanno fatto leggere parte di un libro che ne spiegava il motivo, la liberazione di sostanze chimiche dentro il cervello, roba del genere. Roba che cerco di scordare. Con Francesca sono rimasto zitto. Non volevo insegnarle una lezione. Fare la figura di quello che sa tutto.

Dopo una settimana che ci vediamo facciamo un patto di sangue. Le gocce del suo e del mio cadono sopra la copertina di un libro spesso e impolverato. Lei ne legge molti. Me ne ha prestato anche qualcuno. Uno mi è piaciuto, parlava di ragazzini dentro una foresta che si comportano come primitivi e adorano una testa di maiale, un altro meno, mi ha messo paura, c'erano macchine per scrivere che prendevano vita e combattevano. Non ci ho capito molto. Le gocce del suo e del mio sangue scendono fino al copriletto quando stringiamo forte le mani, l'una sull'altra. Non sappiamo neppure che cosa significhi, ma ci pare giusto farlo. Forse perché tutti e due conosciamo il posto buio.

Francesca non è mai stata in ospedale. I suoi l'hanno curata a casa, ma forse un posto buio vale l'altro, se quel posto è dentro la tua testa. I suoi genitori tornano tardi anche se è estate. Per loro non è vacanza. Sono simpatici e sembrano volerle davvero bene. Quando scoprono che mi piace la pizza, ne riempiono il surgelatore. Mi chiedono sempre se voglio fermarmi a dormire. Una volta lo faccio, nel letto pieghevole di lato a quello di Francesca, dopo aver avvertito i miei. A metà notte lei mi sveglia. Mi appoggia qualcosa alle orecchie. Un paio di cuffie, altra musica, ma non sono gli Eels.

I View, mi sussurra, non li conosce nessuno. Si sdraia accanto, la testa contro la mia, cosí la canzone arriva fino a lei. I fantasmi fosforescenti sembrano proteggerci.

Francesca si taglia, io non ci ho mai provato, tranne una volta con un fermaglio aperto e appuntito. Non mi dispiace che lo faccia, se la fa sentire meglio e se non va troppo a fondo. Comunque ci sta attenta. È peggio quando rimane con lo sguardo fisso e so che in testa ha un alveare, pastiglie o no. Come con la musica, il ronzio si diffonde. E questo un po' mi spaventa.

Andiamo assieme in paese. Francesca vuole comprare un fumetto che ha ordinato. In paese, se non ordini per tempo, non arriva nulla. La crosta sul palmo brucia per il sudore, ma ci teniamo lo stesso per mano. Mentre lei è dentro l'edicola, io rimango seduto sui gradini della chiesa. Al bar di fronte, una ragazza vestita di bianco mangia un gelato o una granita violetta. Mi guarda. Lascia da parte il bicchiere e si avvicina.
Mi saluta. Sei nuovo di qui?, mi chiede.
Muovo il capo avanti e indietro, lo sguardo che si sposta verso l'entrata dell'edicola, le strisce di plastica colorate. Non sto facendo niente di male. Eppure.
Io ci abito da un anno e mi annoio da morire, continua.
Ha i capelli biondi e mi dice di chiamarsi Elena. Io ripeto il mio nome. Nell'ultimo mese non sembro fare altro.
Quando Francesca esce con il fumetto in mano, io mi alzo, Elena abbassa lo sguardo e dice che ci vedremo.
Si allontana verso il bar e scende giú da un viottolo.
Francesca mi mette davanti il fumetto. In copertina c'è un uomo ramarro.
È una raccolta vecchia, ma me l'hanno trovata.
Sorrido.
Ramarro, il supereroe autolesionista! Non lo conosci?
Probabilmente mi esce una faccia buffa perché lei si mette a ridere.
Va bene, continua, quando l'ho finito te lo presto. O lo leggiamo assieme. Poi il suo viso diventa serio di colpo. Quella lí, comunque. Quella lí la conosco. È una puttana. Le ultime parole le escono in uno sputo.

Non chiedetemi perché. Credo sia stata colpa del ronzio. L'ho detto: mi fa paura. Torno al bar e torno da Elena e lei è lí come prima. Parla e parla e parla ma io non ascolto. I suoi capelli sono piú biondi del biondo, neanche una traccia di nero. Poi mi trascina nel viottolo e mi bacia. La sua lingua contro i denti e poi contro la mia. La sua è fredda e dolce di granita all'amarena. È la prima volta. Me ne avevano parlato, ma non credevo fosse cosí. Mi viene voglia di voltarmi e di scappare, eppure non ho fatto niente di male. Eppure.

Comincio a raccontare storie. Una vale l'altra. Racconto che mia madre mi porta sempre alle conferenze. Racconto che mio padre vuole che mi prepari per il nuovo anno scolastico. Francesca non dice niente, spesso sorride, come non sentisse bugie o giustificazioni. Come se sapesse qualcosa che io non so. Dormo ancora da lei un paio di notti e mi stringe piú forte, la faccia premuta contro i suoi capelli corti e dritti e neri. Leggiamo assieme Ramarro e in quei momenti sono felice. Quando provo a baciarla, mi morde il labbro e le scende una lacrima. Un suo dente mi affonda nella carne. Deve essere quello scheggiato.

Elena dice che dobbiamo farlo. Farlo non sembra neanche una parola comune quando è lei a pronunciarla, ma qualcosa di inevitabile, come un fulmine o l'influenza. Dal paese prendiamo l'autobus fino in città, lei entra in una farmacia ed esce con un pacchetto.
Bisogna vestirlo a testa, mi dice. Non vogliamo tanti piccoli Francesco. E ride brillante di lucidalabbra.
In mano ho un fumetto con sopra un robot. È dello stesso autore di Ramarro. L'ho trovato in una libreria di fianco al negozio del farmacista.

Elena mi prende in giro e chiede: è per la tua amica di cui mi hai parlato?
Chino il capo.
Ah, la pazza, continuando a ridere come se avesse vinto un premio.

La pazza e la puttana. Ne sento l'eco fino alla base del collo. Elena aspetta che i suoi non ci siano ed entra in camera e io la seguo e ci mettiamo nudi e apre il pacchetto e tira fuori una striscia di preservativi. Nel mentre mi bacia. Il farlo, il dobbiamo farlo, diventa sempre piú grande. Passano minuti, forse ore, lei sbuffa e alla fine lo facciamo. O almeno Elena mi assicura di sí e sembra soddisfatta anche se mi dice sfigato, sfigato, sfigato.

Non ne parlo con Francesca. Dormo di nuovo con lei. I fantasmi fosforescenti non sembrano piú proteggermi. Una virgola di sangue marrone le sporca il gomito. La sveglio e glielo dico. Deve stare attenta a non farsi scoprire da sua madre. Lei inizia a pulirla. Poi: è perché sono un mostro, Francesco?
Non posso spiegarle del ronzio, della paura. O forse sí. Cerco di farlo.
Quando ho finito, mischiando vespe e api e alveari e posti bui con tante celle e cellette, lei mi abbraccia ancora piú forte del solito. Non piange, ma singhiozza. Nessuna lacrima. E in quel momento capisco che dopo essere stati cosí vicini per un po', appiccicati, i rumori lentamente scompaiono. Il mio e il suo. Quando si alza e mette su un disco dei Low, ormai ho imparato a riconoscerli uno per uno, mi sento piú tranquillo. Niente che preme da dentro. Niente che dobbiamo fare. Leggiamo il nuovo fumetto, quello di Ramarro, finché non arriva il mattino.

Noi due stiamo bene assieme: Francesca.
Sí: io.
Sei andato con lei: Francesca
Sí: io. Forse arrossisco, forse no. Però lei è Francesca. Come il mio nome, ma con una a in fondo. Posso fidarmi. Le voglio bene. Lei può...
Elena è l'ape regina, continua Francesca.
Sgrano gli occhi.
L'ape regina. Quella di cui mi parlavi ieri.
Non ricordo. Sto zitto. Non ricordo.
Come un alveare, riprende lei. Come un alveare. Senza l'ape regina, non esiste neanche.
Sembra convinta e alla fine convince anche me.

Il resto si sa. Le pastiglie prese dalla cucitura del pigiama. Le pastiglie sbriciolate nella granita all'amarena di Elena. Le pastiglie che trovano dopo l'autopsia. Le pastiglie che vengono chiamate droga dai giornali. Le pastiglie che mi fanno tornare in un posto buio, ma diverso, con dottori diversi, e i miei genitori che ogni tanto vengono e piangono e dicono che si erano trasferiti per me, solo per me, distanti da tutto e da tutti, senza nessuno vicino. Che avrebbero dovuto capirlo da come non mi facevo vedere, da come stavo sempre chiuso in camera ad ascoltare musica o a leggere. Prendo coraggio e chiedo quando Francesca mi verrà a trovare. Loro mi guardano come credo si guardi uno che è impazzito, con sopracciglia a mezz'asta ma occhi in fiamme, uno che racconta di mostri e spettri e fantasmi. Eppure. Io non. Io non...

Hanno letto i miei fogli. Un dottore, l'unico che forse riconosco, vuole che parli di Francesca. Questa famosa

Francesca che abiterebbe davanti a te, come dice lui. Rispondo che lei non c'entra. Lo ripeto. L'idea è stata solo mia. Il dottore mi guarda calmo e mi dice di non aver paura. Di continuare a parlare o a scrivere. Mi chiede come va la testa. Bene, gli rispondo. E se mi piacciono i fumetti. Sí, gli dico. E la collezione di dischi è a posto? E le mie altre collezioni? Sí, continuo, anche solo per gentilezza, anche se non capisco bene, anche se forse ieri notte ho dormito troppo e adesso la luce mi confonde. In genere non c'è luce nei posti come quello.

E alla fine il dottore mi chiede se i tagli sono guariti. E ancora: sei magro. Pallido. Devi aver perso del sangue.

Io non mi taglio, gli rispondo. Solo una volta, con un fermaglio. Lui fissa il mio avambraccio bendato fino al gomito, dove inizia una virgola marrone scuro. Io sorrido storto, mi tocco i capelli neri a spazzola, passo l'indice sulla lingua e lo strofino sul gomito per pulirlo.

Lo fanno per nascondere qualcosa, sono gli infermieri, dico. Una puntura di zanzara. Al massimo di ape o di vespa. Si preoccupano sempre per niente. Come quando anni fa mi sono graffiato con l'imbottitura di un vecchio pupazzo. Il mio pupazzo preferito, un procione triste senza nome che mi aiutava a risolvere i compiti di matematica. Adesso so che non era possibile. Eppure.

Il dottore mi ascolta e sorride a sua volta e mi invita a continuare. Io obbedisco. Secondo me Francesca è al sicuro, dico e penso, Francesca sta bene, Francesca mi aspetta. Francesca sta con me, e poi mi fermo e mi mordo il labbro con un incisivo che scopro scheggiato e me lo faccio sanguinare.

Jeffery W. Deaver
Seme cattivo

*Traduzione dall'originale americano
di Matteo Curtoni e Laura Parolini*

Titolo originale: *Born Bad*.
Copyright © 2003 by Jeffery W. Deaver.

Dormi, bambina mia, dormi tranquilla, per tutta la notte...

Le parole della ninna-nanna si rincorrevano senza sosta nella sua mente, insistenti come il rumore della pioggia dell'Oregon che batteva sul tetto e contro la finestra.

La canzone che aveva cantato a Beth Anne quando la bambina aveva tre o quattro anni le si era fissata nella mente e non voleva smettere di riecheggiare. Venticinque anni prima, loro due: madre e figlia, sedute nella cucina della vecchia casa fuori Detroit. Liz Polemus, curva sul tavolo di formica, giovane moglie e madre parsimoniosa che lavorava sodo per mettere da parte qualche dollaro.

Aveva cantato per sua figlia seduta di fronte a lei, affascinata dalla destrezza delle sue mani.

Ti voglio bene e ti starò accanto, per tutta la notte.

Le dolci ore del sonno si avvicinano.

La valle e la collina si addormentano.

Liz sentí un crampo al braccio destro, che non era mai guarito del tutto, e si rese conto che stava ancora stringendo con forza il ricevitore a causa della notizia che le era appena stata comunicata. Sua figlia stava per arrivare.

Sua figlia, con cui non parlava da piú di tre anni.

Veglierò su di te con il mio amore, per tutta la notte.

Alla fine, Liz riagganciò e sentí il sangue che ricominciava a scorrere attraverso il braccio, pungente. Si sedette sul divano ricamato che apparteneva alla sua famiglia da molti anni e prese a massaggiarsi il braccio che pulsava. Si sentiva confusa, la testa leggera. Non era del tutto sicura che la telefonata fosse stata reale e non solo il vago frammento di un sogno.

Ma Liz non era persa nella pace del sonno. No, Beth Anne stava per arrivare. Di lí a mezz'ora sarebbe giunta a casa di Liz.

Fuori, la pioggia continuava a cadere incessante sui pini del giardino. Liz viveva lí da quasi un anno, una piccola costruzione a diversi chilometri dal sobborgo piú vicino. Molti avrebbero ritenuto quella casa troppo piccola, troppo isolata. Per lei, invece, era un'oasi. La vedova snella, di circa cinquantacinque anni, aveva una vita piena d'impegni che le lasciava poco tempo per occuparsi dei lavori domestici. Bastava poco per rimettere in ordine casa prima di tornare al lavoro. Benché fosse tutt'altro che una reclusa, Liz amava la fitta parte di foresta che la separava dai suoi vicini. Le minuscole dimensioni della casa, inoltre, scoraggiavano gli uomini e idee brillanti del tipo, ehi, che ne diresti se mi trasferissi da te? Le era sufficiente guardarsi attorno nella casa con una sola camera da letto e spiegare che due persone sarebbero impazzite in uno spazio cosí ridotto; dopo la morte di suo marito, aveva deciso che non si sarebbe risposata né avrebbe vissuto mai piú con un altro uomo.

I suoi pensieri fluttuarono verso Jim. Beth Anne se n'era andata e aveva tagliato i ponti con la famiglia prima che lui morisse. Il fatto che la ragazza non avesse nemmeno telefonato dopo la morte del padre e non si fosse presentata al funerale l'aveva ferita profondamente. Liz si sentí attraversare da un brivido di rabbia per la durezza della figlia ma decise di non prestarvi attenzione ricordandosi che, quale che fosse lo scopo della sua visita, quella sera non ci sarebbe stato tempo per riesumare anche solo una minima parte dei ricordi dolorosi che giacevano tra lei e Beth Anne, simili ai rottami di un aereo schiantatosi al suolo.

Un'occhiata all'orologio. Erano trascorsi quasi dieci minuti dalla telefonata, notò Liz, sorpresa.

Ansiosa, entrò nella stanza del cucito. Era l'ambiente piú grande della casa, decorato con ricami realizzati da lei e da sua madre e con una dozzina di rastrelliere portarocchetti, alcune delle quali risalivano agli anni Cinquanta e Sessanta. Quei fili possedevano ogni sfumatura della tavolozza di Dio. C'erano anche scatole piene di modelli di «Vogue» e «Butterick». Il fulcro della stanza era una vecchia Singer elettrica. La macchina non aveva le camme maglia piú avanzate dei nuovi modelli, non aveva né spie luminose né indicatori o manopole. Era un cavallo da lavoro vecchio di quarant'anni coperto di smalto nero, identico a quello usato da sua madre.

Liz cuciva da quando aveva dodici anni e quell'arte l'aveva sostenuta nei momenti difficili. Amava ogni dettaglio del suo lavoro: comprare il tessuto, ascoltando il *thud, thud, thud* delle pezze che venivano srotolate dalla commessa, metro dopo metro (Liz era in grado di capire con precisione quasi assoluta quanto tessuto fosse stato srotolato). Fissare la carta trasparente e frusciante sul tessuto. Tagliare il tessuto con le forbici seghettate che lasciavano un bordo dentellato. Preparare la macchina, avvolgendo la bobina, infilando l'ago...

C'era qualcosa di cosí confortante nel cucito, nel prendere due elementi – cotone dalla terra, lana dagli animali – e fonderli in qualcosa di completamente nuovo. L'aspetto peggiore dell'incidente avvenuto diversi anni prima erano stati i danni subiti al braccio destro che l'avevano tenuta lontana dalla Singer per tre insopportabili mesi.

Il cucito era terapeutico per Liz, sí, ma era anche qualcosa di piú, era parte della sua professione e l'aveva aiutata a diventare una donna benestante; accanto a lei erano appesi abiti di stilisti famosi, in attesa del suo tocco esperto.

Sollevò lo sguardo sull'orologio. Quindici minuti. Un'altra fitta di panico le tolse il fiato.

L'immagine di quel giorno di venticinque anni prima riapparve vivida nella sua mente – Beth Anne, con indosso un pigiamino di flanella, seduta al tavolo traballante della cucina a guardare le dita rapide di sua madre che intanto cantava per lei.

Dormi, bambina mia, dormi tranquilla...

Quel ricordo partorí decine di altri ricordi e l'agitazione crebbe nel cuore di Liz come il livello dell'acqua del fiume gonfio di pioggia che scorreva dietro la casa. Be', si disse con fermezza, non restartene seduta qui cosí... Fa' qualcosa. Tieniti impegnata. Nell'armadio trovò una giacca blu scuro, tornò al tavolo da cucito e si mise a rovistare in un cestino finché non trovò un avanzo di lana dello stesso colore. Lo avrebbe usato per realizzare una tasca per la giacca. Liz si mise al lavoro, lisciando il tessuto, segnandolo con il gesso da sarto. Trovate le forbici, cominciò a tagliare con attenzione. Si concentrò sul suo obiettivo ma quella non era una distrazione sufficiente ad allontanare i suoi pensieri dalla visita che stava per ricevere – e dai ricordi di tanti anni prima.

Il problema del furto al negozio, per esempio. Quando la ragazza aveva dodici anni.

Liz ricordava lo squillo del telefono, il momento in cui aveva risposto. Il capo della sicurezza di un grande magazzino non lontano da casa l'aveva informata – cosa che aveva lasciato scioccati sia lei che Jim – che Beth Anne era stata sorpresa con quasi mille dollari in gioielli nascosti in un sacchetto di carta.

I genitori avevano pregato il direttore di non sporgere denuncia. Avevano detto che doveva esserci stato un qualche tipo di equivoco.

– Be', – aveva replicato il capo della sicurezza in tono scettico, – l'abbiamo trovata con cinque orologi. E anche una collana. Nascosti in un sacchetto di carta arrotolato. Insomma, questo non mi sembra affatto un equivoco.

Liz e Jim avevano convinto il direttore che si era trattato di un incidente isolato e avevano promesso che la ragazza non sarebbe piú tornata nel suo negozio. Cosí, alla fine, l'uomo aveva accettato di non chiamare la polizia.

Fuori dal negozio, quando la famiglia si era ritrovata sola, Liz, infuriata, si era rivolta a Beth Anne: – Perché diavolo hai fatto una cosa del genere?

– Perché non avrei dovuto? – era stata la risposta cantilenante della ragazzina, un sorriso sfrontato sulle labbra.

– È stato un gesto stupido.

– Come se me ne fregasse qualcosa.

– Beth Anne... Perché ti comporti cosí?

– Cosí come? – aveva ribattuto la ragazza, sarcastica, fingendo di non capire.

La madre aveva tentato di coinvolgerla in un dialogo – come dicevano sempre di fare con i ragazzi i conduttori di talk-show e gli psicologi – ma Beth Anne si era mostrata annoiata e distratta. Liz l'aveva ammonita in modo vago e palesemente inutile, poi aveva rinunciato.

Ora stava pensando: se impieghi un certo sforzo nel cucire una giacca o un vestito, otterrai il capo che avevi in mente. Niente di nuovo in questo. Ma se moltiplichi per mille quello sforzo nel crescere tua figlia, il risultato sarà l'opposto di quello che avevi sperato e sognato. Le sembrava una terribile ingiustizia.

Gli occhi grigi e attenti di Liz esaminarono la giacca di lana. Voleva essere sicura che la tasca fosse appiattita correttamente e fissata nella posizione giusta. Fece una pausa, sollevò lo sguardo. Oltre la finestra, c'erano le punte nere acuminate dei pini ma Liz vedeva solo altri duri ricordi legati a Beth Anne. Che lingua tagliente aveva sempre avuto quella ragazza! Beth Anne a volte guardava dritto negli occhi sua madre o suo padre e diceva: «Dannazione, non mi sogno nemmeno di venire con te». Oppure: «Cazzo, ma non ti rendi proprio conto?»

Forse avrebbero dovuto educarla in modo piú severo. Nella famiglia di Liz, le imprecazioni venivano punite a frustate, e lo stesso accadeva per una risposta sgarbata a un adulto o per non aver fatto ciò che veniva chiesto dai genitori. Lei e Jim non avevano mai sculacciato Beth Anne; ma forse avrebbero fatto meglio a punirla di tanto in tanto.

Una volta, un impiegato dell'impresa di famiglia – un magazzino che Jim aveva ereditato – si era dato malato e il padre aveva chiesto a Beth Anne di dargli una mano. Lei aveva risposto bruscamente: – Preferirei morire piuttosto che ritrovarmi con te in quel buco di merda.

Jim si era arreso subito ma Liz aveva cercato di tener testa alla figlia: – Non parlare a tuo padre in questo modo.

– Ah, no? – aveva chiesto la ragazza in tono sarcastico. – E come dovrei parlargli? Come una brava figlia obbediente che fa tutto quello che vuole lui? Forse è questo che vorrebbe ma io non sono cosí –. Aveva afferrato la borsa e si era diretta verso la porta.

– Dove stai andando?

- Dai miei amici.
- No, te lo proibisco. Torna qui immediatamente!
Per tutta risposta, Beth Anne si era richiusa la porta alle spalle, sbattendola. Jim aveva fatto per seguirla ma in un istante lei era scomparsa, allontanandosi sulla neve del Michigan grigia e vecchia di due mesi.

E quegli «amici»?

Trish, Eric e Sean... ragazzi che provenivano da famiglie che avevano valori del tutto diversi da quelli di Liz e Jim. Loro due avevano tentato di impedire a Beth Anne di frequentarli. Ma, naturalmente, non era servito a nulla.

- Non puoi decidere con chi devo uscire, - aveva detto Beth Anne infuriata. All'epoca aveva diciotto anni ed era alta quanto sua madre. Le si era avvicinata con fare minaccioso e Liz si era ritratta, a disagio. La ragazza aveva continuato: - E comunque, che cosa ne sai di loro?

- So che io e tuo padre non gli piacciamo. So solo questo. Cosa c'è che non va nei figli di Todd e Joan? O in quelli di Brad? Tuo padre e io li conosciamo da anni.

- Cosa c'è che non va in quelli? - aveva sbottato sarcastica la ragazza. - Svegliati, sono dei perdenti -. Quella volta, aveva preso non solo la borsa ma anche le sigarette, visto che aveva cominciato a fumare, e si era esibita in un'altra uscita melodrammatica. Con il piede destro, Liz premette il pedale della Singer e il motore emise il suo inconfondibile ringhio, che lasciò il posto al *clat clat clat* dell'ago che scattava veloce su e giú, svanendo nel tessuto e lasciando una linea di cuciture precise attorno alla tasca.

Clat clat clat...

Alle medie, la ragazza non era mai tornata a casa prima delle sette o delle otto di sera e al liceo aveva cominciato ad arrivare ancora piú tardi. Talvolta rimaneva fuori tutta la notte. Anche nei week-end scompariva senza dire niente né a lei né a Jim.

Clat clat clat. Il suono cadenzato della Singer stava cominciando a farla sentire piú calma ma non riuscí a impedirle di farsi prendere dal panico quando tornò a guardare l'orologio. Sua figlia sarebbe arrivata da un momento all'altro.

Sua figlia, la sua bambina...

Dormi, bambina mia...

La domanda che per anni l'aveva tormentata riapparve nella mente di Liz: dove avevano sbagliato? Per ore e ore, aveva ripercorso i primi anni di vita della figlia cercando di capire che cosa avesse fatto per spingere Beth Anne a rifiutarla in modo cosí assoluto. Era stata una madre attenta, presente, era stata concreta e giusta, aveva preparato da mangiare per la famiglia ogni giorno, lavato e stirato i vestiti della figlia, le aveva comprato tutto ciò di cui aveva avuto bisogno. Forse era stata troppo determinata, troppo rigida nel crescere Beth Anne, talvolta troppo inflessibile.

Tuttavia, il suo atteggiamento non poteva di certo essere considerato un crimine. Inoltre Beth Anne si era accanita esattamente nello stesso modo anche su suo padre – il piú permissivo tra loro due. Affabile, affettuoso al punto di viziare la ragazza, Jim era stato un padre perfetto. Aveva aiutato Beth Anne e i suoi amici a fare i compiti, li aveva portati a scuola in macchina quando Liz era stata troppo impegnata con il lavoro, le aveva letto favole e le aveva rimboccato le coperte ogni sera. Aveva inventato alcuni «giochi speciali» da fare insieme a Beth Anne. Aveva cercato di instaurare un tipo di legame che la maggior parte dei bambini avrebbe amato.

Tuttavia la ragazza si era lasciata andare ad accessi d'ira anche con Jim e aveva cominciato a evitarlo per non passare del tempo con lui.

No, Liz non riusciva a ricordare alcun oscuro incidente del passato, alcun trauma, alcuna tragedia capace di trasformare Beth Anne in una cattiva ragazza. Tornò alla conclusione a cui era già giunta anni prima, ovvero che – per quanto ingiusto e crudele potesse sembrare – sua figlia fosse semplicemente nata con un carattere del tutto diverso dal suo; che fosse accaduto qualcosa dentro di lei che l'aveva resa la ribelle che era.

E ora, esaminando il tessuto, lisciandolo con le lunghe dita affusolate, Liz prese in considerazione un altro aspetto del problema: certo, Beth Anne era una ribelle, ma era anche pericolosa?

Liz si rese conto che parte del disagio che provava quella sera non derivava solo dall'imminente confronto con Beth Anne e il suo carattere imprevedibile, ma anche dal fatto che sua figlia la spaventava.

Sollevò lo sguardo dalla giacca e fissò la pioggia che scorreva sui vetri. Il braccio destro le formicolava dolorosamente e Liz tornò con la mente a quel terribile giorno di tanti anni prima – il giorno che l'aveva allontanata per sempre da Detroit e che ancora oggi riviveva nei suoi incubi. Quel giorno, era entrata in una gioielleria e si era fermata sconvolta e senza fiato nel vedere una pistola che veniva puntata contro di lei. Poteva ancora vedere il lampo giallo che l'aveva abbagliata quando l'uomo aveva premuto il grilletto, poteva ancora udire il fragore dell'esplosione, poteva ancora sentire lo shock del momento in cui la pallottola le si era conficcata nel braccio scaraventandola sul pavimento, mentre gridava per il dolore e la confusione.

Sua figlia, naturalmente, non aveva avuto niente a che fare con quella tragedia. Tuttavia, Liz aveva capito che Beth Anne era disposta e capace di premere il grilletto proprio come aveva fatto quell'uomo durante la rapina; aveva la prova del fatto che sua figlia fosse una donna pericolosa. Qualche anno prima, dopo che Beth Anne se n'era andata di casa, Liz si era recata al cimitero a trovare Jim. Era una giornata nebbiosa e Liz era quasi arrivata alla tomba quando aveva notato qualcuno in piedi davanti alla lapide. Sconvolta, si era resa conto che si trattava di Beth Anne. Si era ritratta nella nebbia, il cuore che le batteva furiosamente nel petto. Per alcuni lunghi istanti si era chiesta cosa fare, alla fine si era accorta di non avere il coraggio di affrontare la figlia e aveva deciso di lasciarle un biglietto sul parabrezza della macchina.

Ma, avvicinandosi alla Chevy, mentre rovistava nella borsa in cerca di una penna e di un pezzo di carta, aveva lanciato un'occhiata all'interno del veicolo e il cuore le si era scosso nel petto per ciò che aveva visto: una giacca, una pila disordinata di carte che nascondeva in parte una pistola e alcune buste di plastica che contenevano una polvere bianca – droga, aveva pensato Liz.

Oh, sí, si disse ora, sua figlia, la piccola Beth Anne Polemus era capace di uccidere.

Liz staccò il piede dal pedale e la Singer si fermò. Sollevò il morsetto dell'ago e tagliò i fili penzolanti. Si mise la giacca e fece scivolare alcuni oggetti nella tasca. Poi si guardò allo specchio sentendosi soddisfatta del suo lavoro.

Rimase a fissare il suo debole riflesso. Vattene!, disse una voce nella sua testa. È pericolosa! Vattene di qui prima che arrivi Beth Anne.

Ma dopo un attimo di indecisione, Liz sospirò. Era venuta a vivere lí anche perché aveva saputo del trasferimento di sua figlia nel Nordovest. Aveva deciso di tentare di rintracciare la ragazza ma si era scoperta stranamente riluttante. No, sarebbe rimasta, avrebbe incontrato Beth Anne. Ma non si sarebbe comportata da stupida, non dopo quella rapina. Liz sistemò la giacca su un appendiabiti e si avvicinò all'armadio. Dall'ultimo ripiano prese una scatola e vi guardò dentro. Conteneva una piccola pistola. «Una pistola per signore», l'aveva definita Jim quando gliel'aveva regalata anni prima. Liz tolse l'arma dalla scatola e la fissò.

Dormi, bambina mia... Per tutta la notte.

Quindi rabbrividí, disgustata. No, non avrebbe mai potuto usare una pistola contro sua figlia. Certo che no.

L'idea di mettere la ragazza a dormire per sempre era semplicemente inconcepibile.

Eppure... Se si fosse trattato di scegliere tra la sua vita e quella della figlia? E se l'odio che la ragazza covava dentro di sé l'avesse spinta a oltrepassare il limite?

Sarebbe stata in grado di uccidere Beth Anne per salvarsi la vita?

Nessuna madre avrebbe mai dovuto trovarsi costretta a fare una scelta del genere.

Liz esitò per un lungo istante, poi fece per rimettere via la pistola. Ma un lampo luminoso la fermò. Il chiarore dei fari di un veicolo riempí il giardino di fronte alla casa, proiettando una luce gialla come gli occhi di un gatto sulla parete della stanza del cucito.

La donna gettò un'altra occhiata alla pistola e, invece di riporla nell'armadio, l'appoggiò su un cassettone vicino alla porta e la coprí con un centrino. Entrò in soggiorno e dalla finestra guardò l'auto ferma nel vialetto, immobile, con i fari ancora accesi, i tergicristallo che veloci frustavano la pioggia sul parabrezza, sua figlia che indugiava in attesa di scendere dalla macchina; Liz aveva il sospetto che non fosse il cattivo tempo a farla esitare.

Un lungo, lungo istante piú tardi, i fari si spensero.

Be', pensa positivo, si disse Liz. Forse sua figlia era cambiata. Forse lo scopo di quella visita era chiederle perdono per tutte le volte che nel corso degli anni aveva tradito la sua fiducia. Finalmente, avrebbero potuto cominciare a lavorare insieme per instaurare un rapporto normale.

Tuttavia, Liz tornò a guardare verso la stanza del cucito dove si trovava la pistola e si disse: Prendila. Tienila in tasca.

Poi: No, rimettila nell'armadio.

Liz non fece né l'una né l'altra cosa. Lasciò la pistola sul cassettone, raggiunse la porta d'ingresso e l'aprí, sentendosi avvolgere il viso da una nebbia gelida.

Fece un passo indietro nel vedere la sagoma della giovane donna che si avvicinava. Poi Beth Anne entrò e si fermò. Dopo un attimo, si richiuse la porta alle spalle.

Liz rimase al centro del soggiorno, tenendo le mani giunte nervosamente.

Beth Anne tirò indietro il cappuccio della giacca a vento e si asciugò il viso bagnato di pioggia. Il suo volto era segnato, arrossato. Non era truccata. Aveva ventotto anni, Liz lo sapeva, ma sembrava piú vecchia. Aveva i capelli corti che mettevano in mostra dei piccoli orecchini. Per qualche ragione, Liz si domandò se glieli avesse regalati qualcuno o se la ragazza se li fosse comprati da sola.

– Be', ciao, tesoro.

– Liz.

Un'esitazione, poi una breve risata priva di allegria. – Un tempo mi chiamavi «mamma».

– Davvero?

- Sí. Non ti ricordi?

La ragazza scosse la testa. Tuttavia, Liz pensò che Beth Anne se ne ricordasse ma che fosse riluttante ad ammetterlo. Studiò con attenzione la figlia.

Beth Anne si guardò attorno nel piccolo soggiorno. I suoi occhi si fermarono su una fotografia che ritraeva lei e il padre insieme sul pontile nei pressi della loro vecchia casa nel Michigan.

Liz domandò: - Quando hai chiamato, hai detto che qualcuno ti aveva informata che ero qui. Chi è stato?

- Non ha importanza. Qualcuno e basta. Vivi qui da... - la sua voce sfumò.

- Da un paio d'anni. Vuoi un drink?

- No.

Liz ripensò a quando l'aveva sorpresa a rubare della birra di nascosto, a soli sedici anni, e si chiese se la ragazza avesse continuato a bere e ora avesse un problema con l'alcol.

- Un tè, allora? Un caffè?

- No.

- Sapevi che mi ero trasferita nel Nordovest? - chiese poi Beth Anne.

- Parlavi sempre di questa zona, hai sempre voluto andartene... be', dal Michigan per venire qui. Poi, quando te ne sei andata, sono arrivate a casa alcune lettere. Spedite da Seattle.

Beth Anne annuí. A Liz parve di scorgere l'ombra di una leggera smorfia, come se la figlia si stesse rimproverando per aver lasciato incautamente un indizio sul luogo in cui si era trasferita. - E sei venuta a vivere a Portland per stare vicino a me?

Liz sorrise. - Penso di sí. Ho cominciato a cercarti ma a un certo punto non ce l'ho piú fatta -. Sentí le lacrime che cominciavano a riempirle gli occhi mentre la figlia continuava a studiare la stanza. La casa era piccola, sí, ma i mobili e gli elettrodomestici erano di ottima qualità – merito degli ultimi anni in cui Liz aveva lavorato duramente. Due sentimenti erano in competizione dentro di lei: in parte sperava che la ragazza sarebbe stata tentata di riprendere i rapporti con lei vedendo quanti soldi aveva ora ma, allo stesso tempo, si sentiva in imbarazzo per quell'opulenza; i vestiti di Beth Anne e la bigiotteria che portava facevano pensare che si trovasse in cattive acque.

Il silenzio tra di loro era come fuoco. Bruciava sulla pelle e nel cuore di Liz. Beth Anne aprí la mano sinistra e la madre notò che portava un minuscolo anello di fidanzamento e una semplice fascia d'oro. Ora le lacrime presero a scorrerle lungo il viso. – Sei...?

La giovane donna seguí lo sguardo della madre ancora fisso sull'anello. Annuí.

Liz si chiese che tipo d'uomo fosse suo genero. Era un tipo gentile come Jim, capace di smussare gli spigoli della personalità della ragazza? O forse era un uomo dal carattere duro proprio come Beth Anne?

– Avete figli? – chiese poi.

– Non deve interessarti.

– Stai lavorando?

– Vuoi sapere se sono cambiata, Liz?

Liz non voleva conoscere la risposta a quella domanda, cosí si affrettò a continuare: – Stavo pensando, – disse, la disperazione che cominciava a filtrare attraverso la sua voce, – che potrei venire su a Seattle. Potremmo vederci... Potremmo persino lavorare insieme. Saremmo in società. Al cinquanta percento. Ci divertiremmo tantissimo. Ho sempre pensato che saremmo state fantastiche insieme. Ho sempre sognato che...

– Tu e io che lavoriamo insieme, Liz? – Beth Anne lanciò un'occhiata in direzione della stanza del cucito, indicando con un cenno del capo la Singer, gli abiti appesi. – Non è la mia vita. Non lo è mai stata. Non potrebbe mai esserlo. Dopo tutti questi anni, non riesci ancora a capirlo, vero? – Le parole e il tono gelido con cui la figlia le aveva pronunciate risposero con decisione alla domanda di Liz: no, la ragazza non era per niente cambiata.

La sua voce divenne aspra. – Allora cosa ci fai qui? Perché sei venuta?

– Credo che tu lo sappia, non è cosí?

– No, Beth Anne, non lo so. Una specie di vendetta folle?

– Credo che potremmo dire cosí –. Si guardò attorno nella stanza un'altra volta. – Andiamo.

Liz respirava affannosamente ora. – Perché? Tutto quello che abbiamo fatto, l'abbiamo fatto per te.

– Io direi che lo avete fatto a me –. Nella mano della figlia comparve una pistola, la canna nera puntata su Liz. – Fuori, – disse in un sussurro.

– Mio Dio! No! – Il respiro le si bloccò in gola, mentre il ricordo della sparatoria nella gioielleria tornava a colpirla con forza. Il braccio le formicolava e le lacrime le scorrevano lungo le guance.

Pensò alla pistola sul cassettone.

Dormi, bambina mia...

– Non vado da nessuna parte! – esclamò Liz asciugandosi gli occhi.

– Sí, invece. Fuori.

– Cos'hai intenzione di fare? – domandò, disperata.

Quello che avrei dovuto fare molto tempo fa.

Liz si appoggiò allo schienale di una sedia per non cadere. Beth Anne si accorse che la madre stava cercando di avvicinare la mano sinistra al telefono.

– No! – abbaiò la ragazza. – Allontanati da lí.

Liz lanciò un'occhiata impotente al ricevitore e fece ciò che le era stato ordinato.

– Vieni con me.
– Adesso? Sotto la pioggia?

La ragazza annuí.

– Lascia almeno che prenda una giacca.
– Ce n'è una appesa vicino alla porta.
– Non è abbastanza calda.

La ragazza esitò come se fosse stata sul punto di dire che il calore della giacca era irrilevante visto ciò che stava per succedere. Poi annuí. – Ma non provare a usare il telefono. Ti tengo d'occhio.

Liz entrò nella stanza del cucito e prese la giacca blu a cui aveva lavorato. La infilò lentamente, gli occhi fissi sul centrino che copriva la pistola. Guardò verso il soggiorno. Sua figlia stava fissando una fotografia in cui era ritratta insieme a lei e al padre, scattata quando aveva undici o dodici anni.

Rapidamente, Liz afferrò l'arma. Avrebbe potuto voltarsi e puntarla sulla figlia. Gridarle di gettare la pistola.

Mamma, ti sentirò vicino a me, per tutta la notte...

Papà, so che potrai sentirmi, per tutta la notte...

Ma se Beth Anne non avesse gettato la pistola?

Se l'avesse sollevata, pronta a far fuoco?

Che cosa avrebbe fatto lei allora?

Sarebbe stata disposta a uccidere la figlia per salvarsi la vita?

Dormi, bambina mia...

Beth Anne era ancora girata, gli occhi fissi sulla fotografia. Liz avrebbe potuto farcela – voltarsi, un rapido colpo. Sentí la pistola, il peso dell'arma che le tirava verso il basso il braccio che pulsava.

Poi emise un sospiro.

La risposta era no. Un assordante no. Non avrebbe mai potuto fare del male a sua figlia. Qualunque cosa fosse successa fuori, sotto la pioggia, non avrebbe mai potuto fare del male alla ragazza.

Ripose l'arma e raggiunse Beth Anne.

– Andiamo, – disse la figlia e, infilandosi la pistola nella vita dei jeans, portò fuori la donna, stringendole con forza il braccio. Liz si rese conto che quello era il primo contatto fisico che avevano da almeno quattro anni a quella parte.

Si fermarono sul portico e Liz si voltò a guardare sua figlia. – Se fai questa cosa, te ne pentirai per il resto della tua vita.

– No, – ribatté la ragazza. – Me ne pentirei se non lo facessi.

Liz sentí uno spruzzo di pioggia unirsi alle lacrime che le bagnavano le guance. Lanciò un'occhiata a Beth Anne. Anche il volto della giovane donna era bagnato e arrossato ma, lo sapeva, era solo a causa della pioggia; non c'erano lacrime nei suoi occhi. In un sussurro, Liz chiese: – Che cosa ho fatto per farmi odiare da te in questo modo?

La domanda rimase senza risposta. La prima auto della polizia si stava fermando nel giardino, le luci rosse, blu e bianche che incendiavano le grosse gocce di pioggia facendole somigliare alle scintille dei fuochi d'artificio durante i festeggiamenti per il 4 luglio. Un uomo sulla trentina che indossava una giacca a vento e aveva un distintivo appeso al collo scese dalla prima auto e si incamminò verso la casa, seguito da due agenti in uniforme della polizia di Stato. Rivolse un cenno del capo a Beth Anne. – Sono Dan Heath, della polizia di Stato dell'Oregon.

Lei gli strinse la mano. – Detective Beth Anne Polemus, Dipartimento di polizia di Seattle.

– Benvenuta a Portland, – disse lui.

Beth Anne scrollò le spalle con fare ironico, poi prese le manette che l'uomo le stava tendendo e le richiuse attorno ai polsi di sua madre.

Intorpidita per la pioggia gelida e stordita per l'impatto emotivo di quell'incontro, Beth Anne rimase ad ascoltare mentre Heath si rivolgeva a sua madre, dicendo: – Elizabeth Polemus, lei è in arresto per omicidio, tentato omicidio, aggressione, rapina a mano armata e ricettazione –. Le lesse i suoi diritti e le spiegò che sarebbe stata chiamata in giudizio in Oregon, ma che in seguito sarebbe stata estradata in Michigan per numerosi crimini tra cui omicidio volontario, punibile con la pena capitale.

Beth Anne rivolse un cenno al giovane agente della polizia di Stato dell'Oregon che era venuto a prenderla all'aeroporto. Non aveva avuto tempo di compilare i documenti che le avrebbero permesso di portare in un altro Stato la sua pistola d'ordinanza, cosí l'agente le aveva prestato una delle loro. Gli restituí l'arma poi si voltò e guardò un altro poliziotto che era intento a perquisire sua madre.

– Tesoro, – cominciò Liz in tono disperato, implorante.

Beth Anne la ignorò e Heath rivolse un cenno del capo al giovane agente in uniforme, che fece per scortare la donna verso un'auto di pattuglia. Ma Beth Anne lo fermò e disse: – Un momento. Controllala meglio.

Il poliziotto in uniforme sbatté le palpebre guardando la prigioniera snella e sottile, che non gli sembrava piú minacciosa di una bambina. Tuttavia, in risposta a un cenno da parte di Heath, fece avvicinare una donna poliziotto che perquisí Liz con mani esperte. L'agente si accigliò quando toccò le reni della madre di Beth Anne. La donna lanciò un'occhiata penetrante alla figlia mentre l'agente sollevava la giacca blu scuro rivelando una piccola tasca cucita all'interno dell'indumento. Nella tasca c'erano un piccolo coltello a scatto e una chiave universale per manette.

– Gesú, – sussurrò l'agente. Rivolse un cenno alla donna poliziotto che perquisí nuovamente Liz. Ma non vi furono altre sorprese.

Beth Anne spiegò: – È un trucco che mi ricordo dai vecchi tempi. Cuciva tasche segrete negli abiti per nascondere la refurtiva e le armi –. La giovane donna emise una risata fredda. – Il cucito e la rapina. Sono queste le cose in cui ha piú talento –. Il sorriso svaní. – E anche l'omicidio, naturalmente.

– Come puoi fare questo a tua madre? – ringhiò Liz con rabbia. – Giuda.

Beth Anne restò a guardare distaccata mentre la madre veniva condotta all'auto della polizia.

Heath e Beth Anne entrarono in casa. Mentre Beth Anne esaminava nuovamente gli oggetti rubati, che insieme valevano centinaia di migliaia di dollari e che riempivano la piccola abitazione, Heath disse: – Grazie, detective. So che è stata dura per lei. Ma per noi era fondamentale arrestarla senza che qualcuno si facesse male.

La cattura di Liz Polemus, infatti, avrebbe potuto portare a un vero e proprio bagno di sangue. Era già successo in passato. Diversi anni prima, quando sua madre e il suo amante, Brad Selbit, avevano cercato di rapinare una gioielleria di Ann Arbor, Liz era stata sorpresa da una guardia della sicurezza che le aveva sparato al braccio. Ma questo non le aveva impedito di afferrare la pistola con l'altra mano e di uccidere l'uomo e un cliente e, poco dopo, di sparare a uno degli agenti che avevano risposto alla chiamata di soccorso. Era riuscita a scappare. Aveva lasciato il Michigan per trasferirsi a Portland dove lei e Brad erano tornati in azione, continuando con la sua specialità – rapinare gioiellerie e boutique che vendevano abiti firmati che in seguito Liz, grazie alla sua abilità di sarta, modificava e smistava a ricettatori di altri Stati.

Un informatore aveva detto alla polizia di Stato dell'Oregon che c'era Liz Polemus dietro la serie di colpi di recente messi a segno nel Nordovest, e che la donna viveva in una piccola casa da quelle parti sotto falsa identità. Gli investigatori che si occupavano del caso avevano scoperto che sua figlia era una detective del Dipartimento di polizia di Seattle e avevano fatto venire Beth Anne a Portland in elicottero. Lei si era recata lí da sola per convincere la madre ad arrendersi senza l'uso della forza.

– Era nella lista dei dieci criminali piú ricercati in ben due stati. E ho saputo che si stava facendo una certa reputazione anche in California. Immagino come debba sentirsi, dopotutto è sua madre –. Heath si interruppe temendo di essere stato indelicato.

Ma a Beth Anne non importava. Riflettendo ad alta voce, disse: – La mia infanzia è stata questa: rapine a mano armata, furti con scasso, riciclaggio di denaro sporco... Mio padre aveva un magazzino in cui nascondevano e rivendevano la refurtiva. Era questa la loro facciata – dicevano di aver ereditato quel posto da mio nonno. Che lavorava nel loro stesso campo, tra l'altro.

– Suo nonno?

Beth Anne annuí. – Il magazzino... Mi sembra quasi di vederlo. Posso ancora sentirne l'odore. Il freddo. E ci sono stata una volta sola. Avevo circa otto anni. Era pieno di merce rubata. Mio padre mi ha lasciata nell'ufficio solo per qualche minuto e io ho sbirciato fuori dalla porta e l'ho visto mentre, insieme a uno dei suoi amici, pestava a sangue un tizio. Per poco non lo hanno ammazzato.

– Quindi non cercavano di tenerla all'oscuro di tutto.

– All'oscuro? Dannazione, hanno fatto tutto ciò che potevano per coinvolgermi nei loro affari. Mio padre mi faceva fare dei giochi speciali, come li chiamava lui. Dovevo andare a casa dei miei amici per scoprire se ci fossero oggetti di valore. Oppure dovevo scoprire se a scuola c'erano televisori o videoregistratori e poi dirgli dove fossero, e che tipo di serrature ci fossero alle porte.

Heath scosse la testa, sbalordito. Quindi chiese: – Non ha mai avuto guai con la legge?

Lei rise: – In effetti, sí. Sono stata fermata una volta per taccheggio.

Heath annuí. – Quando avevo quattordici anni, ho rubato un pacchetto di sigarette. Mi sembra di sentire ancora sulle chiappe le cinghiate che mi ha dato mio padre.

– No, no, – disse Beth Anne. – Io sono stata fermata per aver restituito della roba che aveva rubato mia madre.

– Che cosa?

– Mi aveva portato con sé al negozio come copertura. Sa, una madre e una figlia insospettiscono meno di una donna sola. L'ho vista infilarsi in tasca alcuni orologi e una collana. Quando siamo arrivate a casa, ho messo la refurtiva in un sacchetto e l'ho riportata al negozio. La guardia mi ha notata, probabilmente avevo un'aria colpevole, e mi ha fermata prima che potessi rimettere tutto a posto. Mi sono presa la colpa. Non potevo spifferare tutto sui miei genitori, giusto?... Mia madre era furiosa... Non riuscivano proprio a capire perché non volessi seguire le loro orme.

– Avrà bisogno di un terapeuta.

– Ci sono già stata. E ci vado ancora.

Beth Anne annuí mentre i ricordi riaffioravano. – Dall'età di dodici o tredici anni, ho cercato di starmene lontana da casa il piú possibile. Svolgevo qualsiasi tipo di attività extrascolastica. Nei week-end facevo volontariato all'ospedale. I miei amici mi sono stati di grande aiuto. Sono stati fantastici... Probabilmente li ho scelti perché erano lontani anni luce dai criminali che frequentavano i miei genitori. Gli studenti piú bravi della scuola, i membri della squadra di oratoria e del club di latino. Chiunque fosse onesto e normale. Non ero una studentessa straordinaria ma ho passato cosí tanto tempo in biblioteca o a studiare a casa dei miei amici che ho vinto una borsa di studio e ho potuto frequentare il college.

– Dov'è andata?

– Ad Ann Arbor. Ho preso la specializzazione in giustizia penale e sono andata a lavorare per un po' al Dipartimento di polizia di Detroit. Per lo piú alla Narcotici. Poi ho ottenuto il trasferimento qui e sono entrata nella polizia di Seattle.

– E ha avuto la sua promozione. È diventata detective molto in fretta –. Heath si guardò attorno. – Sua madre viveva qui da sola? Dov'è suo padre?

– È morto, – rispose Beth Anne in tono piatto. – Lo ha ucciso mia madre.

– Cosa?

– Troverà tutto sull'ordine di estradizione del Michigan. Naturalmente nessuno lo sapeva, all'epoca. Secondo il rapporto del medico legale, si è trattato di un incidente. Ma qualche mese fa un detenuto del Michigan ha confessato di averla aiutata nell'omicidio. Mia madre aveva scoperto che mio padre sottraeva parte dei loro soldi per spenderli con la sua amante. Cosí ha assoldato quel tizio per ucciderlo e far passare la sua morte per un annegamento accidentale.

– Mi dispiace, detective.

Beth Anne scrollò le spalle. – Mi sono sempre chiesta se sarei mai riuscita a perdonarli. Ricordo che una volta, quando lavoravo ancora alla Narcotici di Detroit, avevo appena concluso una grossa retata sulla Six Mile. Avevamo confiscato una partita di eroina. Stavo andando a depositare la droga alla stazione di polizia e mi sono accorta che stavo passando proprio accanto al cimitero in cui era sepolto mio padre. Non ero mai stata lí. Mi sono fermata e ho trovato la sua tomba. Ho cercato di perdonarlo, ma non ce l'ho fatta. Ho capito che non sarei mai riuscita a perdonare né lui né mia madre. È stato allora che mi sono resa conto che dovevo lasciare il Michigan.

– Sua madre si è mai risposata?

– Si è messa con Selbit qualche anno fa ma non lo ha mai sposato. Lo avete già arrestato?

– No. È qui nella zona, da qualche parte, ma si sta nascondendo.

Beth Anne indicò il telefono con un cenno del capo. – Mia madre ha cercato di prendere il telefono quando sono arrivata qui stasera. Forse voleva mettersi in contatto con lui. Le consiglio di fare un controllo dei tabulati, potrebbero portarvi fino a Selbit.

– Buona idea, detective. Chiederò il mandato stasera stessa.

Attraverso la pioggia, Beth Anne osservò il punto in cui si era trovata la macchina con la quale, qualche minuto prima, avevano portato via sua madre. – La cosa strana è che è sempre stata convinta che fosse la cosa giusta per me, che fosse giusto cercare di coinvolgermi nei loro affari. Il crimine era la sua natura e lei pensava che dovesse essere anche la mia. Lei e papà erano nati da un seme cattivo. Non riuscivano a capire perché io fossi diversa da loro e non volessi cambiare.

– È sposata? – domandò Heath.

– Mio marito è sergente, lavora alla Squadra minori –. Poi Beth Anne sorrise. – E stiamo aspettando il nostro primo figlio.

– Ehi, è fantastico.

– Continuerò a lavorare fino a giugno. Poi resterò in maternità per un paio d'anni per fare la mamma –. Beth Anne sentí il bisogno di aggiungere: – Perché i bambini vengono prima di qualsiasi altra cosa –. Date le circostanze, non era il caso di spiegare altro.

– La Scientifica deve sigillare questo posto, – disse Heath. – Ma se vuole dare un'occhiata in giro, faccia pure. Magari ci sono delle fotografie o qualcosa che vorrebbe tenere. Non sarebbe un problema se prendesse qualche effetto personale.

Beth Anne si picchiettò con un dito sulla tempia. – Qui dentro ho piú ricordi di quanti me ne servano.

– Capisco.

Lei chiuse la zip della giacca a vento e tirò su il cappuccio. Un'altra risata priva di allegria.

Heath inarcò un sopracciglio.

– Sa qual è il mio primo ricordo? – chiese lei.

– No, qual è?

– La cucina della vecchia casa dei miei genitori, fuori Detroit. Ero seduta al tavolo. Dovevo avere tre anni. Mia madre stava cantando per me.

– Stava cantando? Proprio come una vera madre.

Beth Anne rifletté ad alta voce: – Non so che canzone fosse. Ricordo soltanto che la cantava per distrarmi, per non farmi giocare con quello che aveva sul tavolo.

– Che cosa stava facendo? Stava cucendo? – Heath indicò con un cenno del capo la stanza in cui si trovavano la macchina da cucire e i vestiti rubati.

– No, – rispose lei. – Stava riempiendo dei proiettili.
– Dice sul serio?

Beth Anne annuí. – L'ho capito solo parecchi anni dopo. All'epoca i miei non avevano molto denaro. Compravano cartucce di piombo vuote alle fiere di armi da fuoco e poi le riempivano. Ricordo che le pallottole erano scintillanti e che io volevo giocarci. Mia madre mi aveva detto che se non le avessi toccate, avrebbe cantato per me.

Con quel racconto, la conversazione si interruppe. I due agenti rimasero ad ascoltare il rumore della pioggia sul tetto.

Nati da un seme cattivo...

– D'accordo, – disse alla fine Beth Anne. – Me ne torno a casa.

Heath l'accompagnò fuori e i due si salutarono. Beth Anne mise in moto l'auto che aveva preso a noleggio e risalí lungo la strada fangosa e piena di curve che portava alla statale.

D'improvviso, da una piega nascosta dei suoi ricordi emerse una melodia. Beth Anne la canticchiò a labbra chiuse per qualche istante ma non riuscí a ricordarsi che cosa fosse. Quel motivo la lasciò vagamente turbata, cosí accese la radio e trovò una stazione di Portland che trasmetteva grandi successi del passato. Alzò il volume e, battendo con le dita sul volante a tempo di musica, si diresse a nord verso l'aeroporto.

Eraldo Baldini
Notte di San Giovanni

Copyright © 2006 by Eraldo Baldini.
Published by arrangement with Agenzia Letteraria Roberto Santachiara.

«Ab immemorabili», credono li contadini che nella notte dell'accennata festa [San Giovanni Battista, 24 giugno] le streghe si facciano vedere nei crociari delle strade detti quadrivj, vale a dire in quel punto che forma centro a quattro diverse strade: perciò ivi si portano, e appoggiano sotto il mento nel collo una forca [un forcone], e stanno in quel luogo, e attitudine quasi tutta la notte; e asseriscono che veggono le streghe.

M. Placucci, *Usi, e pregiudizj de' contadini della Romagna*, Barbiani, Forlí 1818, p. 138.

Sulla superficie verdastra degli stagni c'è una pellicola simile a quella che si forma sul latte quando si raffredda; sopra ci camminano ragni dalle zampe lunghe e sottili. Anche l'acqua del canale è ferma, e pare coperta di polvere. D'altronde c'è polvere dappertutto: sugli alberi, sull'erba. È un giugno avaro, le piogge non lavano la campagna, anche se ogni tanto si annuncia qualche temporale nero, pieno piú che altro di lampi, di tuoni che rimbombano e rotolano liberi sulla pianura. Tanto rumore, tanta attesa, tante nuvole minacciose che compaiono all'improvviso appoggiate sull'orizzonte, specie la sera, e che sembrano i bastioni di un enorme castello del male; ma poi, di acqua, quasi niente. Poche gocce che fanno esplodere la polvere in piccoli crateri slabbrati, o che fanno suonare le foglie in un crepitio rado per alcuni minuti. Dopo torna l'afa e i grilli ricominciano a cantare, le rane riprendono quel coro basso e disperato che pare implorare uno scroscio che non arriva, le lucciole si riaccendono e baluginano sul grano pronto per la falce.

Enrico cammina scalzo, sentendo sotto i piedi il duro di zolle pietrificate e il secco della gramigna cotta dal sole. Arriva ai filari delle viti, lunghi e dritti, gallerie di un verde spento che creano un'ombra pallida e incerta, incapace di dare frescura e ristoro. Insetti ronzano dappertutto, come se cercassero uva matura; ma i grappoli sono ancora del colore delle foglie, i chicchi sono radi e duri come i grani di un rosario, coriacei e aspri come bacche velenose.

Il nonno gli dice sempre che, di giorno, gli assioli si nascondono a dormire tra i pampini delle viti. Abbassano le palpebre, arruffano le penne grigie striate di nero e aspettano la notte. Perché è la notte il loro regno, è la notte il momento in cui quei piccoli gufi dal richiamo monotono spalancano gli occhi gialli a cui nulla sfugge, e si alzano in volo, scuri contro lo scuro del cielo, in cerca di tutto quello che si muove. In caccia per fame e, pensa Enrico, per divertimento. Deve essere bello aprire le ali, scivolare silenziosi nel buio e procurasi tutto il cibo che si vuole.

Per un po' il bambino sposta i pampini con le mani, sperando di trovare uno di quei predoni addormentati; e magari di catturarlo, di metterlo in gabbia e di costringerlo a cacciare per lui. Ma un assiolo può vivere in gabbia? E lo si può addestrare, come succede per i falchi? Non lo sa. Continua a farsi largo con le braccia tra quel verde sporco e pieno di ragni e moscerini, ma presto la pelle si arrossa e prude. Allora lascia perdere, non è poi così divertente scoprire un assiolo che dorme. Lascia che riposi, dice a se stesso.

Esce dai filari. Davanti a lui c'è una distesa di trifoglio

dai fiori di un lilla sbiadito, come stinto dal sole; piú in là il grano è maturo, di un giallo rugginoso e vecchio, e tra le spighe nereggiano numerose le erbacce. Attraversa il campo del trifoglio, sentendo spezzarsi e scricchiolare i gambi rinsecchiti. Arriva dove la terra non è stata arata e seminata; c'è solo un intricato tappeto di piante cattive e ostinate, in lotta per un po' di spazio in cui vivere. Ce n'è tanti, di campi cosí, che quell'anno non daranno nulla se non zanzare e talpe. La guerra è finita da soli due mesi, e gli uomini, quelli che non sono morti lontano, quelli che non sono stati rastrellati e portati chissà dove, quelli che non sono stati sbranati dalle bombe, hanno avuto altro da fare che coltivare al meglio la campagna.

Anche il babbo non c'è piú. È morto in Grecia quasi quattro anni fa, lui se lo ricorda a malapena; era là da poche settimane, non aveva ancora fatto in tempo a scrivere una lettera a casa. Il nonno e mamma Lisa da soli non ce la fanno a mandare avanti le terre e le stalle, cosí s'è seminato poco e raccolto ancor meno. Per le stalle, comunque, adesso non c'è problema: non danno piú da fare, sono vuote. I tedeschi hanno razziato tutto quello che c'era rimasto dentro.

Dove finisce l'incolto ci sono un paio di peschi, bassi e sciupati. Enrico accelera il passo. Ha fame, ha fame da anni ormai, ha fame da cosí tanto tempo che ha dimenticato come sia il saziarsi. Quando arriva agli alberi aguzza lo sguardo, cerca. C'è solo un frutto, pallido e piccolo, pure lui un superstite. Lo raccoglie e lo addenta. Il pelo ruvido della buccia gli irrita la lingua e le labbra; sotto c'è solo una polpa stopposa, asciutta. Mangia lo stesso, raschiando il nocciolo con i denti.

Poi si avvia verso casa. All'orizzonte la linea celeste degli Appennini è sfuocata, pare anch'essa impolverata e stinta.

Mamma Lisa ha fatto una minestra di erbe, in cui nuotano alcuni dadini di pancetta. Non c'è altro. Ha dovuto risparmiare anche sul sale mettendone poco, troppo poco. Ma Enrico non dice nulla, mangia in silenzio. Il nonno sorbisce rumorosamente dal cucchiaio, come se quel suono avido potesse compensare la povertà del cibo, potesse farlo sembrare piú appetitoso e abbondante.

Passerà, dice a se stessa mamma Lisa. Tutto passa, e poi peggio di cosí non può andare. Troverà uova fecondate e torneranno i pulcini e le galline, lavorando giorno e notte i campi ricominceranno a dare come prima. Come prima.

In realtà niente sarà come prima, lo sa. Suo marito Gino morto in guerra, in casa un vecchio piegato dall'artrite, smarrito e spaventato come un bambino, e un bambino magro come un chiodo e serio e taciturno come un vecchio. E nessuno che li aiuti, neppure con una buona parola, neppure con uno sguardo di simpatia o di compassione. Perché c'è stata quella storia, quell'errore, c'è stata quella sera che, se potesse tornare indietro, cancellerebbe dal calendario. C'erano i tedeschi con le camionette nell'aia, quella sera, lei aveva dovuto preparare per loro qualcosa da mangiare. Era stanca, disperata, impaurita perché quelli erano imprevedibili, potevano ridere e prepararsi allo stesso tempo a far del male.

Fra loro ce n'era uno dai grandi occhi azzurri, educato e tranquillo, che la guardava, e la guardava. Poi era comparso il vino: ne avevano una damigiana piena su una camionetta, l'avevano messa sul tavolo e inclinandola ne avevano versato nei bicchieri; molto ne era finito sul pavimento e nella stanza s'era sparso l'odore forte di quel rosso denso e buono.

E lei aveva bevuto, e bevuto ancora, e piú beveva piú il dolore e la paura si allontanavano, gli occhi le diventavano lustri, e quel soldato la guardava, e la guardava.

Piú tardi, fuori nell'erba, avevano fatto all'amore, con lei che sentiva dopo anni il suo corpo di donna risvegliarsi, con lei che allo stesso tempo piangeva e stringeva su di sé le spalle del soldato, come a non volerlo lasciare andar via.

E lui era tornato, nei giorni seguenti, e aveva portato cibo e vino. Tutte cose prese agli altri contadini, rubate, estorte. Tutte cose buone che Lisa aveva accettato senza fare domande, che Enrico aveva mangiato andando per qualche sera a dormire senza essere svegliato in piena notte dai morsi della fame. Solo il vecchio non le aveva volute, non rimaneva in casa quando arrivava quello, si nascondeva nei campi, muto e curvo.

Poi, spariti i tedeschi, finita la guerra, era stato presentato il conto di quelle cene. Erano arrivati in tanti dagli altri poderi, dal paese, ubriachi di eccitazione e di vendetta. Tutti, chissà come, sapevano e accusavano. L'avevano presa, strattonata, tenuta ferma su una sedia, e le avevano tagliato i capelli rapandola a zero, un marchio d'infamia.

Lisa si aggiusta il fazzoletto che da allora porta sempre in capo, perché i capelli non sono ancora ricresciuti abbastanza e perché ormai si è abituata a portarlo, le dà un senso di sicurezza. Mette in tavola qualche fetta di pane nero; con quello sia Enrico che il vecchio puliscono il piatto fino a lucidarlo.

Poi la donna va all'acquaio, mette a bagno le stoviglie. Ha bisogno di vedere una persona, di parlarle. Adelmo.

Adelmo è stato l'unico, quando l'hanno presa e rapata, a cercare di dissuaderli. Adelmo, anche lui, la guarda, la guarda. Adelmo, dopo la notizia della morte di Gino e prima della storia col tedesco, l'ha fermata spesso sulle carraie dei campi, le ha sorriso e hanno chiacchierato.

Ma adesso non può mettersi contro tutti e cercarla, è ancora presto, troppo presto. La gente si dimenticherà di quella brutta storia, i capelli ricresceranno; ma nel frattempo, forse, anche Adelmo si dimenticherà di lei, di lei che non va piú in paese perché si vergogna, di lei che non varca mai i confini dei propri campi, di lei che ha sempre quel fazzoletto grande in testa tirato fin sugli occhi.

Devo vederlo, decide Lisa. Deve sapere che io lo penso. Che io, soprattutto, ho bisogno di lui.

Finisce di lavare i piatti e dice: – Domani è la vigilia di San Giovanni.

Il vecchio annuisce. – Una volta, nella notte, accendevamo i fuochi nei campi.

Un volta. Sembra passato un secolo, e invece è solo un anno fa, due anni al massimo. Ma la guerra è cosí, toglie il senso del tempo.

– Per le streghe? – chiede Enrico, che sa già la risposta.

– Per far festa al grano, e per le streghe, – risponde il nonno. – Nella notte di San Giovanni le streghe girano per le strade e per i sentieri dei campi, e bisogna stare attenti. Se ti metti nascosto in un crocicchio e riesci a riconoscerle, saranno costrette a esaudire un tuo desiderio, a farti un dono; ma se sono loro a vedere e a riconoscere per primo te, perdi l'anima. L'importante è portare con sé un forcone: quello ti difende, perché ne hanno paura.

– Tu, nonno, ci sei mai andato a vedere le streghe? – chiede Enrico con gli occhi spalancati.

– No, mai. Secondo me è una cosa che porta male, alla fine l'hanno vinta sempre loro. Bisogna starne lontani, dalle streghe, e basta.

– Ma qualcuno che conosci è mai riuscito ad avere un dono?

Il vecchio scuote la testa piano. – Bei doni, che abbiamo avuto da queste parti...

Mamma Lisa toglie la tovaglia dal tavolo facendo cadere le briciole in terra. – Non ci sono né streghe né doni, Enrico; non riempirti la testa di stupidaggini, ché sei grandicello, ormai. Però in quella notte la rugiada è magica, e tutte le erbe sono piú buone. Sia quelle da mangiare, sia quelle che servono per preparare gli unguenti e le tisane.

Il nonno annuisce ancora. – Era una notte in cui nessuno dormiva, – dice. – Chi girava a vedere le streghe, chi a raccogliere erbe, chi ad accendere i fuochi. Era come una festa.

Enrico gioca con una briciola di pane, facendone una pallina tra le dita. Potrebbe andare, domani sera, di nascosto, quando la mamma e il nonno dormono, perché gli piacerebbe vedere le streghe. Devono essere vecchie e brutte come la Mafalda, quella che vive in una casaccia nascosta sotto l'argine del canale. Legge le carte per la gente, e qualcuno dice che è una strega davvero.

Potrei andare domani sera, pensa nello stesso istante Lisa, quando Enrico e il vecchio si saranno coricati. C'è gente in giro, nella notte di San Giovanni, e nessuno fa domande, nessuno si avvicina a rivolgerti la parola. Andare davanti a casa di Adelmo e aspettarlo quando torna dall'osteria. Magari, pensa ancora, mi porto un cesto e le raccolgo davvero le erbe.

Erbe. Gli viene un attacco di nausea a quella parola: non fanno altro che mangiare erbe, erbe.

La mattina ha tirato vento da sud-ovest, teso e caldo, e col vento sono arrivate nuvole scure e gonfie. Ma non è piovuto. Il vento è cessato, le nuvole sono rimaste, ferme, un coperchio spesso che rende il caldo denso come melassa. C'è un'ombra malata, sulla campagna, che dà un senso di disagio, di attesa immobile e nervosa. Vorrei che piovesse, pensa Enrico. Non mi importa se è tempo di mietere, vorrei che il cielo si aprisse in una cascata d'acqua, che si lavasse via tutta questa polvere.

Cammina verso gli stagni. In realtà sono maceri, lí fino a qualche anno prima si mettevano le piante di canapa ad ammorbidire, a prepararsi per la gramolatura. Adesso sono pieni solo di rane. Le sente, le vede tuffarsi al suo arrivo.

Potrebbe venire qui di sera, con un lume a carburo, scovarle e ipnotizzarle con la luce, catturarle. Sono buone, le rane. Deve parlarne al nonno, anche a lui piacciono, fritte o in umido. Ma lui non ha mai voglia di fare qualcosa che non sia lavorare nei campi, pare sempre stanco, pare spento.

Sulla sponda del canale, poco lontano, c'è un airone, sentinella immobile. Sembra imbalsamato. In cielo invece, e sulle terre, ci sono nuvole di gabbiani. Sono arrivati il mattino col vento e adesso si attardano sui campi, come se ne avessero abbastanza del mare. Succede spesso che si spingano fin lí, quando c'è alito di tempesta, quando il cielo è nero. Forse sanno che, contro le nuvole scure, risalta meglio il loro candore.

Enrico lancia un sasso nello stagno, osserva i cerchi concentrici nell'acqua che subito si ricompongono; poi si incammina verso la casa di Mafalda.

Dev'essere proprio una strega, quella vecchia. È tutta storta, sempre vestita di nero, nero il fazzoletto che ha in testa, nera la maglia di lana che porta anche d'estate, nera la sottana, nero persino il grembiule. E poi, lei dalla guerra non ha avuto alcun danno: suo marito, un bracciante basso e avvizzito che pare uno gnomo, nessuno lo ha toccato; suo figlio, un ritardato che muove gli occhi in modo strano guardando sempre in alto, continuamente intento a stropicciarsi una pezzuola di stoffa tra le mani, è ben nutrito, grasso. Non è cambiato niente per loro, il fronte è passato senza scalfirli. Non si sa di che cosa vivano, hanno un orto piccolo piccolo, un cortile invaso dalla gramigna e da cose rotte; però dal loro camino sale sempre fumo, e odore. Loro da mangiare ce l'hanno: con qualche incanto, con qualche maleficio, con qualche magia la Mafalda riesce a mettere ogni giorno cibo in tavola. E poi quella vecchia strana non parla mai con nessuno, se non con se stessa. A volte, quando la vede passare nei sentieri dei campi, la sente borbottare e cianciare da sola.

Arriva vicino alla casa, malandata e decrepita come la sua padrona. Si ferma al riparo degli arbusti sull'argine del canale. Non si ode un rumore, pare che neppure gli uccelli, qui, abbiano voglia di cantare; non friniscono i grilli, non si sentono le cicale. C'è solo un verso sgraziato, forse un tarabuso nascosto tra le canne della bassura impaludata che inizia dietro la catapecchia.

Enrico ha un brivido. Vuole andare a vedere la streghe, quella notte; ma spera di non incontrare Mafalda, perché lei, di sicuro, lo scorgerebbe per prima, griderebbe il suo nome. E lui perderebbe l'anima.

I tuoni che brontolano verso nord hanno zittito i grilli e agitato i cani. Si sente abbaiare ovunque nel buio della campagna, grida nervose e spaventate di animali che non sopportano piú l'inutile attesa della pioggia, o che oppongono le loro paure a sconosciute minacce. Le rane invece tacciono, forse rassegnate, o forse immerse a fondo negli stagni per difendersi da quella notte inquieta.

Lisa è seduta al tavolo della cucina, a luce spenta. Ascolta. Enrico e il vecchio sono andati a dormire presto, in casa c'è silenzio.

Si mette uno scialle, anche se fa un caldo umido che strema perfino i pensieri; poi si copre la testa col fazzoletto, tirandoselo a nasconderle il viso. Va piano piano alla porta, si ferma ancora un attimo a orecchie tese; infine esce nella notte senza luna, senza stelle, piena solo dell'abbaiare dei cani e di tuoni lontani e lunghi.

Cammina veloce ad attraversare l'aia, arriva alla siepe, la segue per un tratto. Non ci sono i falò quest'anno, non ci sono nemmeno le lucciole a rischiarare i campi. Sa di non essere la sola a girare per le terre, nella notte di San Giovanni, sa che altri e altre camminano spediti sui sentieri, fantasmi scuri affaccendati in qualcosa che solo loro conoscono e sanno.

Attraversa un campo di trifoglio, intimorita dall'essere cosí allo scoperto, piegata in avanti come se dovesse vincere un vento che non c'è; poi si addentra tra i filari delle viti, li segue, guardandosi ogni tanto intorno, barcollando per gli zoccoli che incespicano e scivolano sulle zolle dure e ostili. Il sudore le scende dalla fronte coperta dal fazzoletto, le sgorga dalla schiena e dal petto soffocati dallo scialle. Ha l'odore acido della tensione, dell'attesa.

Alla fine della vigna c'è una carraia. Si ferma, guarda da una parte e dall'altra per assicurarsi che non arrivi nessuno. L'attraversa svelta, si infila a guadare un riquadro di granturco già alto, lo fende con la sensazione di far crocchiare e frusciare in modo esagerato le lunghe foglie taglienti.

Dove il mais finisce c'è l'aia di Adelmo, uno spiazzo

polveroso e spoglio; in fondo la casa, con le finestre aperte e buie. Si blocca, ansima, scruta. Al limitare dell'aia c'è un vecchio pozzo disusato, le pietre coperte e soffocate da cespugli ed erbacce cresciute alte a dispetto del secco, fitte e deformi. Tira il respiro e va svelta verso quel groviglio, vi si nasconde. Da lí potrà vedere l'uomo quando, come ogni sera, tornerà dall'osteria.

Enrico scende le scale scalzo, lento. Dalla stanza di mamma e da quella del nonno non arriva alcun rumore, dormono già. Va di sotto. Ha la gola secca. Prende un mestolo d'acqua dall'orcio, attento a non provocare il minimo tintinnio. Apre piano la porta che dà sulla stalla vuota. Entra nel locale, dove c'è ancora forte l'odore delle mucche, si ferma per abituare gli occhi all'oscurità. Infine raggiunge l'angolo dove c'è il forcone. Lo imbraccia; è lungo e pesante.

Varca la porta della stalla che immette direttamente ai campi, la richiude, e con l'attrezzo in mano, ingombrante, si incammina per le terre.

L'orizzonte pulsa di baleni, seguiti dal rotolare dei tuoni. Gli viene in mente quando cannoneggiavano o bombardavano lontano, e lui, affascinato e impaurito, guardava dalla finestra le notti accendersi per ore e ore.

Nella sua stanza, al piano superiore della casa, il vecchio è sveglio, a occhi chiusi. Attraverso le palpebre serrate intuisce i lampi che si insinuano tra le persiane. Ha sentito muoversi e chiudere porte, ha avvertito passi circospetti sulle scale e sui pavimenti. Ma non vuole sapere, non ne ha piú la forza. Caccia i pensieri come fossero zanzare assetate di sangue, si tira il lenzuolo sulla testa. Che vadano, che ognuno vada dove vuole. Lui il suo viaggio l'ha fatto, un viaggio di fatica, doloroso. Non gli si può chiedere di camminare ancora.

Enrico intanto segue da basso l'argine del canale. La carraia che vi si dipana sopra a un certo punto abbandona il bastione di terra e punta dritta in mezzo alla campagna, intersecando, dopo un centinaio di metri, quella che arriva dal paese. Un crocicchio: è lí che si possono vedere le streghe.

Alla sua destra, scura e ferma come un animale in agguato, si avvicina la casa di Mafalda. Il bambino si addossa all'argine piú che può, confondendosi con la sua ombra alta. Non riesce a distogliere gli occhi da quella costruzione che ogni tanto, quando il cielo si illumina per un baleno, pare farsi piú grande e piú nera.

Accelera il passo. È arrivato dove la carraia lascia l'argine e cambia direzione. Segue quella via, camminando sul fondo del fosso asciutto. Ogni tanto si gira indietro; di certo Mafalda, se ancora non è uscita per il suo obbligato peregrinare nella notte stregata, presto lo farà, e non vorrebbe trovarsela alle spalle. Ha il forcone, stringe piú forte che può il manico liscio e lustro per il lungo uso che ne hanno fatto il babbo, il nonno e forse altri prima di loro; ma quell'arma pesante non basta a vincere la sua paura.

Faticosamente, con i rebbi dell'arnese che ogni tanto si impigliano in un'erbaccia o s'impuntano nella terra del fosso, raggiunge il crocicchio. È vuoto e silenzioso, ma pare sospeso nell'attesa di un manifestarsi.

Da una parte è tutta vigna, dall'altra c'è il granturco, già alto abbastanza per nasconderlo; Enrico vi si intrufola dentro, si accoscia, cercando di mettere il forcone in modo che non si veda ma che sia facile e veloce da impugnare.

Poi aspetta, senza che i suoi occhi lascino mai lo spazio aperto del crocicchio.

Sono passate ore e nell'aia non s'è vista anima viva. Adelmo forse non è mai uscito di casa, oppure è chissà dove. In fondo è scapolo, non deve rispondere di niente a nessuno. Né, in quel silenzio, s'è sentito un passo, un movimento, un rumore. È una notte di San Giovanni priva di vita, vuota, persino il temporale si è stancato di minacciare e i tuoni non si odono piú. Si è solo alzato un leggero respiro di vento che rende vive le chiome nere degli alberi.

Lisa china la testa e pensa. Pensa che la guerra ha rubato tutto. A suo marito ha rubato la vita, come l'ha in qualche modo rubata a lei e al vecchio; a suo figlio ha rubato il padre, il sorriso, l'infanzia; e alla gente ha rubato il ricordo delle vecchie cose: nessuno accende piú i fuochi nella notte magica, nessuno raccoglie piú le erbe bagnate dalla rugiada portentosa. Neppure le streghe, se mai l'hanno fatto, camminano piú tra i campi a sfidare gli occhi curiosi di chi le aspetta nascosto nell'ombra.

Sospira. Vorrebbe andare alla porta di Adelmo e bussare, chiamarlo; ma non può, non vive solo, sta con la sorella Ines. E allora è meglio tornare a casa, sperare in un'altra occasione, trascinare ancora i giorni aspettando che i capelli siano lunghi come prima, che la gente dimentichi, che sia lui a cercarla.

Si alza e s'incammina, sentendosi stanca per la veglia e stupida per quella lunga e inutile attesa dietro le pietre screpolate di un pozzo asciutto. Non ha voglia di attraversare di nuovo il granturco tagliente, di immergersi nelle gallerie dei filari, di scivolare di nascosto. Di nascosto da chi? Non c'è nessuno, nessuno. Solo lei è sveglia e in giro a quell'ora, come un vecchio pellegrino senza meta.

Attraversa l'aia, poi un boschetto rado di betulle, arriva alla strada del paese. Inizia a camminarvi al centro, con la sporta in mano. Doveva raccogliere qualche erba, se l'era ripromesso. Ma la sporta resterà vuota, e vuoti e spossati, all'improvviso, sembrano il suo corpo e la sua mente.

Comincia a piangere piano e continua a camminare, adesso curva sotto il peso di una delusione maligna.

Quando i tuoni hanno smesso, hanno ricominciato i grilli e le rane. Un concerto continuo, ipnotico. Enrico si è prima seduto, poi accoccolato tra il granturco. Ondate di sonno si sono succedute, calme e regolari come quelle del mare. Ha chiuso gli occhi senza accorgersene, anche se la sua mano è rimasta a sentire il calore sicuro del manico del forcone.

Poi qualcosa lo sveglia. Forse sono stati i richiami rochi di due nitticore che, alte sopra di lui, volano una dietro l'altra per tornare ai loro nidi nella palude.

Si tira su, si stropiccia gli occhi, si gratta la faccia che da una parte gli prude per la puntura di un insetto.

Poi guarda verso il crocicchio. E la vede. C'è una donna vestita di scuro, scialle addosso, fazzoletto in testa, sporta in mano, che cammina nella sua direzione.

Il cuore gli fa un salto nel petto arrivando in alto a chiudergli la gola. Non ha piú voglia di vedere le streghe, di estorcere loro un dono, la promessa di un desiderio esaudito. L'aveva anche pensato, il desiderio: che babbo torni, che arrivi a casa un giorno e dica: «Si erano sbagliati, non sono morto laggiú, eccomi», e che tutto torni come prima della guerra, anche se lui quel prima non se lo ricorda quasi, sa solo che era bello perché tutti lo dicono.

Non ha piú voglia di vedere le streghe, ma ne sta vedendo una, che ha attraversato il crocicchio e pare dirigersi proprio verso di lui.

Lisa ha un attimo di stanca incertezza. Potrebbe seguire la strada fino all'argine e fare il giro lungo; oppure, per far prima, attraversare il campo di mais alla sua sinistra e sbucare sul sentiero di casa. Sa che il vecchio, come succede spesso, potrebbe svegliarsi prestissimo o essere addirittura già in piedi, a muoversi come un'anima in pena per le stanze, o fuori in cortile. E poi ha voglia di vedere suo figlio che dorme.

Punta verso il fitto del granturco.

Arriva, arriva, pare senza faccia, coperta com'è dall'ombra del fazzoletto, si avvicina sempre piú, gli è ormai addosso.

Enrico impugna il forcone, si alza in piedi.

La donna nera è a un passo da lui, si blocca e dice forte il suo nome. Con un gemito terrorizzato il bambino sferra il colpo dal basso verso l'alto con tutta la forza che ha, mentre, col ritmo beffardo e rallentato di un incubo, risente quella voce sorpresa che dice: – Enrico! – e la riconosce.

Non sa piú se ha davvero colpito, se è ancora in tempo per fermare le braccia, se in quella notte lunga e scura lui sia davvero lí, in un campo polveroso di granturco, e se a terra ci sia sua madre immobile, col forcone piantato in gola, col sangue che sprizza e bagna le foglie e la terra.

Non sa per quanto tempo rimane a fissare quella scena con gli occhi sbarrati e con la bocca spalancata in un urlo silenzioso.

Poi la voce gli sale dolorosa da dentro, erompe. Il bambino si gira, forsennato fende il granturco alto e tagliente, arranca non sa in quale direzione, e il suo grido alto continua feroce a lacerare il silenzio dei campi.

Non sa, non sa. Non sa che adesso ha perso davvero l'anima, e per sempre.

James Ellroy
I ragazzi del coro

Traduzione dall'originale americano di Massimo Bocchiola

Titolo originale: *Choirboys*.
Copyright© 2005 by James Ellroy.

I debiti degli scrittori si accumulano nel tempo. Lo scrittore mette in chiaro le fonti della propria arte. Si guarda indietro. Fa l'inventario dei libri letti, dello stile e dei temi assimilati, delle grandi ferite che si è impegnato a ripagare su carta. Gli scrittori di thriller e delitti si rattristano per mostri da camera a gas e psicopatici sessuali. La mezza età ci porta a sottolineare i momenti. A reimmatricolare la nostra educazione criminale.

La mia fu soprattutto di strada, e in sostanza malata di infantilismo. Fu uno stile di vita alla rinfusa. Fu stupidi furori. Fu libri letti, libri letti, libri letti.

I libri erano rigorosamente crime. *Magicamente, mutavano il dolore della mia infanzia. Mi offrivano una trasfusione narrativa. Mi davano il mio mondo, esagitato e carico di sesso. Gli scrittori andavano e venivano. Alcuni trasformarono l'evasione in uno studio quasi formale. Un uomo fu il mio rimprovero morale e il mio maestro perpetuo. Questo scritto è dedicato a lui.*

Era l'autunno del '73. Avevo venticinque anni. Facevo scorribande per L.A., avventuroso e cauto. Vibravo di grottesco. Ero uno e novanta per sessantatre chili. A dieta di pressata di porco in scatola grattata nei negozi, cibi da ristorante mangia-e-fuggi, vino Thunderbird e cannabis.

Dormivo in un cassonetto della Goodwill – vestiti per i poveri – dietro un Mayfair Market. Poco spazio. I panni smessi davano calore e una minima comodità. Stavo a ovest del «basso» e degli accampamenti di massa dei barboni. Avevo un rasoio e mi radevo col sapone secco nel cesso d'un benzinaio. Pigliavo gli spruzzi degli innaffiatori da giardino stando al minimo di sporcizia visibile e puzza. Vendevo il mio sangue per cinque dollari alla dose. Giravo L.A. Sporadicamente, finivo nel gabbio di contea per brevi detenzioni. Sfogliavo i giornali porno e mi tiravo le seghe al lume della pila nel mio monolocale-cassonetto.

Ero in movimento, ero un misantropo minore in missione. La mia missione era LEGGERE. Leggevo nelle biblioteche pubbliche e dentro il cassonetto. Leggevo solo polizieschi. Il mio corso di studi di *crime* durò quindici anni. Mia madre fu assassinata nel giugno del '58. Un delitto sessuale rimasto irrisolto. Avevo dieci anni. La morte di mia madre non mi provocò un trauma infantile standard. Io odiavo quella donna, e spasimavo per lei. Il delitto orientò il mio curriculum mentale indirizzandomi a un'ossessione *full-time*. Il campo dei miei studi era il DELITTO.

Autunno '73. Giornate calde minate di smog. Notti da asfissia per i residenti nei cassonetti Goodwill.

Era uscito un nuovo libro di Joseph Wambaugh. S'intitolava *Il campo di cipolle*. Era il primo di Wambaugh preso dalla realtà. Due teppisti rapiscono due del LAPD – la polizia di Los Angeles. Poi le cose si mettono stramale. Avevo letto un'anteprima su una rivista. Alla biblioteca di Hollywood, mezzo sbronzo. L'anteprima era breve. Mi investí come un camion, con la voglia di leggerne di piú. Si avvicinava la data di pubblicazione. Due salti alla banca del sangue mi avrebbero pagato il prezzo di copertina, con qualche soldo in piú da bermi fuori. Vendetti il plasma. Incassai la moneta. Che sperperai in T-bird, sigarette e hotdog con crauti. Crepavo dalla voglia di leggere quel libro. Spinte contrarie e piú pressanti me lo impedirono. La frustrazione regnava. Caddi nell'ambivalenza. Le mie pulsioni chimiche-a-sopravvivere guerreggiavano col piú alto richiamo della lettura. Mi sborniai e andai a Hollywood in autostop. Entrai alla libreria *Pickwick*. Con la camicia fuori dai calzoni, sfruttai la mia fisionomia smilza. Mi ficcai una copia de *Il campo di cipolle* dentro le braghe, e a gambe.

Intervenne il destino – in veste di LAPD.

Mi sbafai ottanta pagine e qualcosa. Letture diurne su panchina di parco, luce del giorno – notturne in cassonetto. Feci le conoscenza dei due poliziotti rapiti, e li trovai simpatici. Ian Campbell – destinato a morte precoce. Uno scoto-americano che suonava la cornamusa. Intelligente, un po' afflitto. Dislocato nella L.A. del '58. Diventa poliziotto? – ma sicuro. Un po' di posizione, un po' d'avventura, e incassi cinquecento carte al mese. Karl Hettinger – partner di Campbell. Arguzia fredda, cinico in superficie e nervi sottopelle. Gregory Powell e Jimmy Smith – una coppia sale-e-pepe. Fuori sulla parola. Il bianco Powell è il cane alfa. Pervertito di pietra, culo striminzito, collo lungo. Il nero Smith è un tossico. Gioca a fare il cagnolino e di soppiatto scopa la femmina di Powell. Il loro ramo è rapina in negozi di liquori. Campbell e Hettinger girano di volante notturna per i reati violenti. Succede che i quattro entrano in collisione. Il carattere è destino. Finisce da cagarsi addosso, che piú male non si può.

Tum, tum – sfollagente che bussa alla porta del mio cassonetto.

Sono gli agenti Dukeshearer e McCabe – Wilshire Division, LAPD. Non è la prima volta che mi blindano. Qui è solo arresto per ubriachezza. Qualcuno m'ha visto saltare nel cassonetto e ha squillato a madama. Dukeshearer e McCabe mi trattano con la cortesia espansiva serbata dai piedipiatti ai casi patetici. Adocchiano la copia del *Campo di cipolle* e lodano i miei gusti letterari. Finisco al posto di polizia di Wilshire. La Copia Numero Uno del *Campo di cipolle* va in fumo.

L'indomani mattina devo andare in giudizio. Mi dichiaro colpevole. Il giudice mi dà pena scontata. Che non significava immediato rilascio lí, dall'aula. Bensí trasferimento al gabbio di contea e rilascio da là.

La detenzione durò sedici ore. Ispezioni anali, RX del torace, esami del sangue, spidocchiamento. Esposizione intensiva a svariati filoni di malavita losangelina indigena – tutti piú dotati di me di machismo e impudenza da strada. Una *drag queen* messicana chiamata Peaches mi diede una strizzatina al ginocchio. Io gli tirai una botta nelle costole, a quel *puto* del cazzo. Peaches andò giú, si tirò su e me le diede. Due vice si misero in mezzo. La cosa li divertí. Un po' di detenuti applaudirono Peaches. Qualcuno fece bu-huh a me.

Io volevo tornare nella scatola. Volevo ritornare al mio *Crime Time*. Rivolevo la compagnia di Ian e Karl e degli assassini.

Entrai e uscii di galera in venti ore. *Crime Time* diventò *Wambaugh Time*. Grattai mezzo litro di vodka, mi sborniai e andai a Hollywood a piedi. Entrai alla *Pickwick* e rubai la Copia Numero Due del *Campo di cipolle*. Lessi un po' di pagine su panca-parco e al crepuscolo entrai nel cassonetto. A questo punto ne avevo incamerate centocinquanta.

Tum, tum – sfollagente che bussa alla porta del mio cassonetto.

Gli agenti Dukeshearer e McCabe – Wilshire Division, LAPD. Ragazzo, sei di nuovo saltato qua dentro. Qualcuno t'ha sgamato. Cristo, stai sempre a leggere quel libro di Wambaugh.

Stessa musica. Stessa accusa di ubriachezza. Stesso giudice. Stessa condanna – scontata. Stesso dentro e fuori-gabbio, di venti ore e rotti.

Da morire. Estenuante. Fottuto dalla testa ai piedi. Definizione di mattana: fare e rifare le stesse stupide cazzate, ma aspettandosi esiti diversi.

Volevo tornare a quel libro. Ero legato mani e piedi allo *Wambaugh Time* ed ebbro di rimorso Wambaugh-indotto.

Tu sei scozzese come Ian Campbell. *Ma*: non sai suonare la piva, perché per quello serve disciplina e pratica. *E*: tieni ginocchio valgo e gamba di sedano, faresti ridere con il kilt degli avi.

Sí, però non sei feccia come Powell e Smith. No, ma rubi per vivere. Sí, ma non sei malvagio. No, ma è solo che ti mancano le palle per rapinare i negozi di liquori. Un pesogallo culattone ti ha messo chiappe a terra.

Wambaugh Time. Wambaugh-rimorso. Ti ha insegnato qualcosa? Ti ha cambiato la vita? – no, non ancora.

Uscii di gattabuia. Rubai mezzolitro di vodka, mi sborniai e andai a Hollywood a piedi. Entrai alla *Pickwick* e rubai la Copia Numero Tre del *Campo di cipolle*. Lessi un po' di pagine su panca-parco e mi rannicchiai dietro un cespuglio vicino al mio cassonetto.

Ci stavo dentro di duecentocinquanta pagine e dispari.

Tik, tik – punzonature di sfollagente alle gambe.

Sono due sbirri nuovi – Wilshire Division, LAPD. Rieccoci circa con la stessa solfa.

Perdo Copia Numero Tre. Vado al posto di polizia di

Wilshire. Poi in tribunale, vedo lo stesso giudice. È stufo delle mie guittate. Gli sta sul culo il mio culo straccione. Mi offre una scelta: sei mesi in gabbio di contea o tre nella missione «Luce del Porto» dell'Esercito della Salvezza. Rimugino le possibilità. Scelgo gli Inni nei bassifondi.

Il programma era semplice e ad applicazione rigida. Prendere medicina Antabuse. Dovrebbe far da deterrente all'alcol. Se trinchi, dopo stai male di brutto. Dividi una stanza con un altro etilico. Vai alle funzioni, sfama i vagabondi, e diffondi nei «bassi» opuscoli su Gesú.

Eseguito. Presi l'Antabuse, lottai contro le crisi da astinenza e mi astenni. Il mio sonno andò a rotoli. Con il cervello continuavo ad almanaccare finali per *Il campo di cipolle*. Dividevo la stanza con un ex prete strambo. Aveva dato un calcio alla religione per andarsene in giro, bere e dragare figa. Grande lettore, era. Sprezzava il mio curriculum limitato al *crime*. Non distingueva Joseph Wambaugh da Gesú o Rin-Tin-Tin. Cercai di spiegargli cosa volesse dire Wambaugh. Mi traboccavano pensieri appena abbozzati. Non conoscevo davvero me stesso.

La mia banca del sangue stava a tre isolati dalla missione. Due dosi di plasma mi procurarono i soldi per il libro. Andai in una libreria del centro. Comprai la Copia Numero Quattro del *Campo di cipolle* e lo finii.

Ian muore. Karl sopravvive, distrutto. Jimmy e Greg sfruttano il codice da dritti sfuggendo al loro giusto destino di morte. Lo sdegno di Wambaugh. La tremenda compassione di Wambaugh. Il messaggio di Wambaugh alla fine, chiaramente delineato e delicatamente sommesso, un messaggio di speranza.

Il libro mi commosse e mi spaventò e mi redarguí per la mia vita slabbrata. Il libro mi tirò vagamente fuori da me stesso mostrandomi con discrezione gli altri.

Poco dopo andai via dalla missione. Volevo girare, leggere, e sborniarmi. Mollai l'Antabuse e reintossicai il mio organismo. Incontrai un vecchio compagno delle superiori. Aveva un piano criminale preciso, infallibile.

Stava a sud di Melrose. Proprio dirimpetto al ristorante *Nickodell*. Il bar si riempiva di beoni ricchi. Potevo saltare addosso agli ubriachi nel parcheggio e ripulirli. Bastava attraversare Melrose gambe in spalla sedici secondi netti ed ero in casa sua.

Rifiutai. Non alzerai le mani contro un altro uomo senza un giusto motivo. A insegnarmelo non era stata la mia infanzia in chiesa luterana. Era stato Joseph Wambaugh.

C'era una vecchia storia fra me e i libri. Il mio vecchio mi insegnò a leggere a tre anni e mezzo. Sbocciai in un classico autodidatta figlio-unico/figlio-di divorziati.

Il mio primo amore furono le storie di animali. Questo genere di letture si sgonfiò in fretta. Il mio amore per gli animali era tenero in un modo straziante, quasi ossessivo. E gli animali nei libri sugli animali erano oggetto di crudeltà, e morivano. Non potevo sopportarlo. Passai alle storie di mare. Mi inoltrai nelle vastità marine e nella nomenclatura speciale della marineria. Esagerai in quel genere di letture, finendo impelagato nella versione integrale di *Moby Dick*.

Parole e frasi mi lasciavano perplesso. Era difficile star dietro al racconto. Afferrai una discreta parte del testo e titai Moby. Fanculo il Capitano Achab. Era uno psico gambadilegno succhiacazzi. Che scopava con Moby e cercava di piantargli un arpione nel culo. La storia mi si fece noiosa. Fu il mio vecchio a terminare il libro per me. Disse che il finale era roba da schizo. Moby speronava la nave e se ne salvava solo uno. Moby beccava un tot di arpioni e se la svignava.

Storie di mare, *adieu*. Via coi western per ragazzi. Viaggi di mandrie, sparatorie, agguati di indiani. Questo genere di letture prosperò in concomitanza con un'incredibile fioritura di telefilm western. *Gunsmoke*, *The Restless Gun*, *Wagon Train*. Giustizia di frontiera e ragazze da saloon con scollature in bella mostra. La mia ossessione libraria fino al rullo di tamburo del destino del 22 giugno 1958.

Ora lei è morta. Lei è Geneva Hilliker Ellroy, quarantatre anni, ragazza di campagna del Wisconsin. È mia madre. È un'alcolizzata. È un'infermiera diplomata – *l'archetipo* della professione femminile sexy. È una beeeelliiiissima rossa // è un tipo da film *noir* // è il mio modello infantil-sessuale di tutte le donne.

Fu lei che mi promise in sposo al *crime*. La mia attenzione lettoriale gli zumò subito addosso. Andai a stare con il mio vecchio. Che mi approvvigionò del neocostituito genere di letture comprandomi due polizieschi per ragazzi a settimana. Io li sbranavo, rubando altri libri dai negozi per colmare i buchi, e saccheggiando a tutta il canone del *crime* per ragazzini. Mi innalzai al livello di Mickey Spillane e delle psicosi della guerra fredda. Il crimine era sesso, il sesso era crimine, e il *crime* dei libri era un dialogo sublimato sulla mia odiata e spasimata madre. Il mio vecchio mi comprò *The Badge* di Jack Webb. Elogiava quelli del LAPD e descriveva dettagliatamente i loro casi piú famosi. Joe Wambaugh entrò nel LAPD l'anno dopo. Era uno sbirro-ragazzo laureato in inglese. Di lí a un decennio, la sua apoteosi come scrittore.

Crime. Io e la rossa. Il mio rendez-vous con Wambaugh, anni dopo.

La morte di mia madre corruppe la mia fantasia. Vedevo delitti ovunque. Il crimine non era fatto solo di casi singoli, che alla fine sarebbero stati risolti e ascritti a un colpevole. Il crimine era *lo* stato permanente. Era ogni giorno, tutti i giorni. Le diramazioni si allungavano fino alla fine dei tempi. Questo è il punto di vista sul crimine di un poliziotto. Allora non lo sapevo.

Il mio *métier* era *noir* infantile. Siamo nell'estate del '59. Il dott. Bernard Finch e Carole Tregoff fanno fuori la moglie di Bernie per il suo *gelt*. Bernie ha piú di quarant'anni. Carole ne ha diciannove, formosa, gambalunga. È rossa. Rosse e omicidio? Eccomi qua. È il maggio del '60. Caryl Chessman manda giú il gas a San Quintino. È un effetto-rimbalzo di Baby Lindbergh – rapimento con violenza sessuale. I radical-chic la fanno lacrimosa – un sacco di bu-huh. Quel giorno stesso Joe Wambaugh entra nel LAPD.

Il *noir* per bambini stava adagiato in una costellazione tipo doppio-mondo. Il mondo esterno era il presunto mondo reale. Cioè la vita di casa e il mio curriculum scolastico forzato. Il mondo interiore era il CRIMINE. Cioè libri *crime*, cinema *crime*, telefilm *crime*. Ogni vicenda incapsulata offre una soluzione limpida. Io so che sono balle. L'abbuffata di *crime* libresco e *crime* cinematografico non vuol dire che il crimine cessi, mai-mai. Adesso Joe Wambaugh è una matricola della polizia. Lo sa meglio di me.

È l'aprile del '61. Il violinista country Spade Cooley sta in merda fino al collo. È intossicato di benzedrina. Sua moglie vuole entrare in una setta del libero amore. Spade l'ammazza di botte. Ella Mae Cooley vibrava di fama che si forma a fuoco lento. Aveva la stessa faccia da «Oh, baby...» che a mia madre veniva dopo tre drink & soda. Ora Joe Wambaugh ha ventiquattro anni. Lavora nella University Division. Posto pieno di negri, e pieno di guai.

I nativi sono *sempre* irrequieti. Bische di dadi nei parcheggi. Laboratori per trattare i capelli. Sonny Liston mancati con la lobbia. Irruzioni notturne a ritmo di tam-tam.

Il mondo interiore era un'assuefazione diabolica. Bagarini delle corse, pugili cerebrololesi, gelatai ambulanti con racket di stupratori di minorenni. È l'inverno del '62. Il mio vecchio mi porta all'albergo-residence *Algiers*. Mi dice che è «un puttanaio». Le mignotte fanno il lavoro in camera. È uno «scannatoio con lenzuola roventi». Uomini sposati ci portano le segretarie per la bottarella di mezzogiorno. Salto la scuola e tengo d'occhio l'*Algiers*. Ogni donna che entra è una sirena, una tentatrice, una sgualdrina da film *noir*. È l'estate del '62. Tempo di comprare i vestiti per la scuola. Il vecchio mi porta alla Wilshire May Company. Devo scappare in bagno. Finisco in un gabinetto dei maschi. In una parete c'è un buco. Mi chiedo come mai. Cazzo, lo scopro alla stragrande.

Un finocchio infila l'uccello nel buco e me lo sventola davanti. Strillo, acchiappo i calzoni e lascio la scia. Il mio vecchio è metà inorridito e metà divertito. Un anno dopo Joe Wambaugh sta nella buoncostume di Wilshire. Il «Buco Glorioso» della May Company è un Bastione dei Finocchi, un Monumento dei Finocchi, una Finocchiona tuttacarne. Lui ci va e acchiappa di sorpresa i finocchi. Anni dopo, ne *I ragazzi del coro*, descrive una scena di retata di finocchi.

È il marzo del '63. C'è l'omicidio del *Campo di cipolle*. Al momento era sfuggito al mio radar. Joe Wambaugh lavora a Wilshire. Gli viene l'ossessione.

Il crimine mi ha accompagnato lungo una fallimentare carriera di studente, e il fallimento della salute del mio vecchio. Leggevo libri di *crime*, guardavo film di *crime*, e passavo in rassegna mentalmente fantasie di delitti. Trascuravo la scuola. Facevo la posta in bici alle ragazze nel quartiere. Di notte guardonavo dentro le finestre e ogni tanto riuscivo a adocchiare una donna. Giravo per L.A. Rubavo i libri dai negozi. Mi infilavo nei cinema a guardare film *crime*. Crescendo diventai un adolescente lungo, repellente, brufoloso, moralmente fallato ladro-guardone. Anelavo a emozioni mentali e stimoli sessuali. Fregavo giornali porno. M'infrattavo. Sbavavo. Marinavo la scuola. Telefonavo millantando bombe in altre scuole. Grattavo vuoti di bibite dai depositi dietro i mercati locali. Mi cacciarono dal liceo. Mi arruolai. Morí il mio vecchio. Finsi un esaurimento nervoso e mi diedero il congedo. Tornai a Los Angeles. Era l'estate del '65. Trovai un alloggio nel quartiere vecchio e una squadra di pallamano. Ero bianco, libero, e avevo diciassette anni. Convinto di diventare presto un grande scrittore. Secondo logica bisognerebbe prima scrivere grandi libri. Ma questo dettaglio mi sfuggiva.

Iniziai a bere, a fumare erba e a inghiottire anfe. Il mio grado di stimolazione scoppiò a un livello esponenziale. Vagavo per Los Angeles. Rubavo nei negozi. Mi beccarono in un mercato e mi portarono al Minorile di Georgia Street. Era il luglio del '65. Ai tempi Joe Wambaugh lavorava proprio lí. Può darsi che abbia visto di sfuggita il mio maestro perpetuo.

Il padre di un amico mi pagò la cauzione. Me la cavai con una ramanzina e la condizionale. Il giorno in carcere mi spaventò e mi insegnò soltanto: d'ora in poi, quando rubi sii prudente.

Lo fui. Andò bene. Rubavo nei negozi: cibo, alcol e libri continuando imperterrito. Ora è l'agosto del '65. C'è la rivolta di Watts. L'esemplare morale Ellroy è spaventato, furente, inorridito e sotto minaccia razziale.

Oh, in Jungle Junction c'è un peeeeessimo ju-ju. Ci vedo lo zampino dei comunisti. Mi sento il sangue in testa e una giusta collera. Altro che libri polizieschi, film polizieschi, altro che telefilm. È il Giudizio Universale dei Negri Cattivi. Il saccheggio selvaggio della *mia* città. La rivolta di Watts – che cazzaccio col botto!

Feci combriccola con dei compari. Ci armammo di fucili ad aria compressa. Eravamo ultras di Mickey Spillane e nemici per la pelle dei rossi. Che cosa avrebbe fatto Mike Hammer? *Avrebbe agito, cazzo.*

Ci bombammo di erba e di T-bird. All'imbrunire, in macchina e via verso sud. L.A. rattrappita sotto coprifuoco. Lo violammo. Come armamento non eravamo il massimo, ma i nostri cuori ardevano. Una foschia di fumo saliva dal *southside*. Trovammo guai all'incrocio di Venice e Western.

Ci fermarono due poliziotti bianchi. Videro il nostro arsenale e ululrono di risate. Ci dissero di tornare a casa e guardare lo show in televisione. Passi ben distesi... o chiamiamo i vostri genitori.

Obbedimmo. Ci bombammo ulteriormente e guardammo i telegiornali. Joe Wambaugh si godette dal vivo lo spettacolo.

Fece rapporto al posto della Settantasettesima strada. Stava su una macchina di quattro agenti. Avevano le loro pistole, e un fucile. Andò a vedere cosa succedeva. I primi colpi li spararono a lui.

Incrocio Vermont-Manchester. Vetrine infrante, allarmi a squarciagola, sette-ottocento scalmanati per strada. Un'arma spara. Poi un'altra. Gli spari si sovrappongono in un lungo ruggito – *e non smette mai.*

Gli sbirri avanzarono nei negozi. Saltando in mezzo alle vetrine rotte e sopraffacendo i facinorosi-ladri. Gli spari arrivavano dal nulla. Schianti di rimbalzi. Portavano i sospettati fuori dagli stabili, li levavano dalle strade. Piovevano pallottole. Non si vedeva da dove arrivavano. Nemmeno per un cazzo, di schivarle. Accompagnarono i sospettati ai posti di identificazione e al Centro Smistamento. Uscirono. Rientrarono. Wambaugh ebbe paura, la paura passò, ebbe paura, passò, ebbe paura. Sbroccò di adrenalina. Caldo e fiamme e il pesante armamentario antisommossa gli succhiarono chili.

Stampò i momenti. Dopo prese appunti. Li sviluppò nel suo primo romanzo.

I nuovi centurioni va dietro a tre poliziotti per cinque anni. Il racconto va dal 1960 fino alla rivolta. I quadri del lavoro in polizia forzano l'azione. C'è il crimine come stato permanente, e il crimine come stato definitorio, intimamente e ampiamente descritto. I piedipiatti differiscono per carattere. Le loro visioni del mondo convergono lungo le linee dell'autoritarismo, e divergono nelle rispettive necessità di toccare la tenebra e la malattia. I tre hanno vite interiori quasi-malate. In ogni giorno di lavoro incontrano il crimine, lo abbattono e impediscono, cercano di limitarlo. Il procedimento ha lo scopo di tacitare le loro paure su base personalizzata, e assicura loro un equilibrio a volte stabile, a volte precario. Il romanzo finisce poco dopo la rivolta di Watts. I disordini hanno offerto loro il contesto che inconsapevolmente avevano cercato fin dal giorno in cui erano diventati poliziotti. Hanno rimesso in linea i lati contrastanti della loro natura mediante il caos imposto. Hanno raggiunto momentaneamente la pace. Quella pace morirà quasi subito. Un fatto inconsequenziale, prosaico e mortale, da ultimo li definirà tutti.

Il crimine come stato permanente e definitorio: dal '60 al '65. La mia stupida vita criminale: dal '65 al '70.

Leggevo polizieschi. Feci incetta di Cain, Hammett, Chandler, Ross Macdonald. Fatuo, accarezzai il senso del la mia futura grandezza letteraria. Guardavo film polizieschi e telefilm polizieschi. Interpretavo il crimine alla mia inimitabile maniera da Topolino.

Scorribande in depositi di bottiglie. Furtarelli in libreria. Alcolici rubati rivenduti ai liceali a prezzi esorbitanti. Fughe a Tijuana per procurarmi pasticche e guardare lo show del mulo con la donna.

Incursioni nelle case – roba da *paaazzi*!

Siamo nel '66-'69. Sono un vergine quasi-adulto assatanato di ragazze, ebete dalla voglia di chiavare. Vivo di furtarelli nei paraggi dello sciccoso Hancock Park. Sono cresciuto sbavando per le ragazzine della zona. Le pedinavo e sapevo dove abitavano. Adesso erano signorine perbene. Frequentavano la USC e la UCLA. Portavano vestiti accollati da preppy. Destinate a carriere marginali e matrimoni con ricchi palinculo. Io le bramavo. Ero scarruffato, inamabile e inamato. Ignoravo le basi del semplice contratto civile. Mancavo delle doti sociali e del semplice coraggio di avvicinare le ragazze dal vero. Viceversa, gli penetravo in casa.

Era facile. Non era ancora l'epoca delle case invase di sistemi d'allarme collegati al telefono. Telefonavo. Mi rispondevano i bip-bip. Quindi in casa non c'era nessuno. Mi avvicinavo e controllavo gli accessi. Finestre aperte, vetri chiusi male, uscioli per gatti con lo spazio per spingere il braccio su fino al chiavistello. Entrate per la ricchezza e il SESSO.

In tutto, mi intrufolai piú o meno in una ventina di case. Quella di Kathy, quella di Missy, quella di Julie, quella di Heidi, quella di Kay, quella di Joanne (due volte). Rovistavo gli armadietti dei medicinali e rubavo pasticche. Aprivo gli armadietti dei liquori e mi preparavo cocktail. Ripulivo le borse e i portafogli di pezzi da cinque e da dieci. Entravo nelle camere da letto dei miei oggetti di desiderio e rubavo biancheria intima.

Non mi presero mai. Coprivo le mie tracce. I furti erano modesti e sempre con via di fuga sottomano. Ero un ragazzo dall'anima a culo, cresciuto nella povertà e nella morte. Volevo vedere dove abitavano le famiglie vere. Volevo toccare i tessuti che toccavano i corpi di quelle adorabili ragazze. Non infuriavo con presupposti rabbiosi. Sapevo che il mondo non mi doveva un cazzo. Avevo troppa elettricità mentale, troppi stimoli sessuali per star lí a compatirmi. Sapevo che il crimine era uno stato permanente. Me l'aveva insegnato la rossa. Io ne seguivo perversamente la guida. Procedevo in questo inseguimento senza contrizione né rimorso. Ero giovane e implacabile nel fervore. Non avevo assorbito abbastanza per calmarmi. Non avevo ancora letto Joseph Wambaugh.

Continuai a sbronzarmi e a farmi di droga. Persi il giro dell'affitto e persi la casa. Passai nei parchi pubblici e dormii sotto le coperte. Il freddo mi spinse al riparo. Trovai una casa vuota e dormii lí. Bam – è il novembre del '68. Dalla porta entrano i LAPD armati di fucili. È un'esagerazione, ma c'è anche civiltà – gli sbirri mi classificano un coglione amorfo dalla poca igiene. Mi trattano in modo brusco, dignitoso, distante. Che dire? Pensavo che il LAPD fosse una legione di teste di cuoio. La stampa li fa a fette per lo stile da duri. Come un ibrido d'odio degno del Klan. Il mio merda-detector ticchetta. Il mio istinto di strada e di sbirropoli dice: non è cosí.

Mi faccio tre settimane al gabbio della Corte di giustizia. Quello lí è un manuale sul crimine senza pari. Io sono la pezza da piedi disprezzata da tutti i delinquenti di mestiere. Li studio da vicino. Sono gli anni Sessanta. I tempi della protesta-sociale-come-giustificazione-per-le-malefatte. I miei compagni di cella fanno chiacchiere tristi. Tacca in piú alla mia idea di crimine come stato permanente. Il crimine è una colpa morale individuale su larga scala.

Che significa te, figlio di troia.

Ora lo sai. Cambierai vita grazie a questa cognizione? No, non ancora.

Uscii dal gabbio appena prima di Natale. Tornai ai libri, all'alcol e alla droga. Penetrai nelle case. Rubai biancheria intima. Inseguii il Pantheon degli Sniffamutande.

Giravo nottetempo per L.A. Venni ripetutamente arrestato dal LAPD. Percepii l'esistenza di un folle contratto sociale con gli sbirri. Negavo ogni intento criminale. Mi comportavo con rispetto. Il mio rapporto peso-statura e l'aspetto antigienico mi attirarono lo scherno di alcuni piedipiatti. Io rispondevo a tono. Spesso seguivano vere gag di strada. Io imitavo le burle da galera come una specie di Richard Pryor WASP. Gli arresti diventavano un cabaret di strada. Gli agenti giocavano senza remore come Jack Webb. I LAPD cominciarono a *piacermi*. Cominciai a sfagiolare l'umorismo sbirro. Non ero ancora in grado di inquadrarlo come arte performativa. Non avevo ancora letto Joseph Wambaugh.

È l'agosto del '69. Omicidio Tate/LaBianca. L.A. va via di testa. Noto tracce di pattuglie private sui prati di Hancock Park. Calcolo le probabilità. Sono contro la Pantera dalle Mutande Rosa. Non rifarlo piú. Ti *beccheranno*. Il gabbio di contea è una passeggiatina. Non rischiare il penitenziario.

Smisi. Da allora mai piú furti con scasso. Mi arrabbattai fino al '71. Leggevo *crime*, trincavo alcol e mi facevo di droga. Andai un po' al fresco per furto semplice. Sentii parlare di quel piedipiatti. Aveva scritto quel romanzo. Tutto dall'interno del LAPD.

Uscii da Rancho Reprobi. Mi aggirai per le biblioteche pubbliche. Trovai *I nuovi centurioni* e lo lessi d'un fiato. Confermò e spazzò via e riordinò le mie concezioni criminali. Mi rimise a norma tutto l'impianto elettrico.

Era il costo morale e psicologico del crimine su una scala senza precedenti. Era una storia sociale aneddotica della L.A. dei Sessanta. Era un saggio senza sconti sulle vite degli *uomini*. Era umorismo macabro da capogiro. Era una difesa severa nel linguaggio della necessità di ordine sociale, e un rigetto dell'etica prevalentemente antisbirri dei tempi. Era la mia descrizione del crimine-come-stato-permanente ampliata e umanamente rimpolpata.

Rase al suolo il mio mondo mentale. Mi riportò alla morte di mia madre, e a tutte le tappe intermedie.

Rilessi il libro. Assimilai la conoscenza di Wambaugh. Combaciava con la mia conoscenza, e mi forní una vista sul lato B della luna. Impossibile eludere la sua forza morale. Io infrangevo di norma quella norma di ordine sociale che Wambaugh enunciava con efficacia. Su basi morali Joseph Wambaugh mi avrebbe disprezzato, e non a torto.

Rilessi il libro. Non cambiai di una virgola il mio stile di vita. Uscí il secondo romanzo di Wambaugh. *Il cavaliere blu*, scritto in prima persona. Bumper Morgan è un poliziotto di ronda vicino alla pensione. Ma è riluttante ad andarci. Ha una cinquantina d'anni. Ha una relazione con una donna splendida. La prospettiva di un amore duraturo di coppia lo sconcerta. È invischiato nei piaceri terra-terra e a volte elettrizzanti del lavoro in polizia. In fondo al cuore ha paura. Il lavoro gli permette di vivere a un livello distanziato e circoscritto, nella sua ronda a piedi in *downtown*. È il sovrano benigno di un piccolo reame. Dà e riceve affetto in un modo compartimentato, che non mette mai alla prova la sua vulnerabilità. Ha paura dell'amore senza-se-senza-ma. I suoi ultimi giorni da sbirro stanno passando. La riluttanza a farsi da parte cresce. Si intromettono fatti di violenza. Serviranno a salvarlo e a dannarlo dandogli il suo unico logico destino.

Joseph Wambaugh, età trentacinque anni, scrittore al suo secondo romanzo. Un gran romanzo tragico sulla vita da sbirro, il suo secondo sguardo fuori dal portone.

Lessi *I nuovi centurioni*. Lessi *Il cavaliere blu*. Lessi *Il campo di cipolle* a intervalli stupidamente etilici. Li intesi come grandi insegnamenti criminali e letterari, e come accuse morali a *me stesso*.

Avevo venticinque anni. Andavo avanti con medicine cattive e un cattivo, folle sangue. Ancora non cambiare la tua vita. Potrebbe farti soffrire troppo. Non ti strappare via questo cuore senza pietà e impotente.

Lui era figlio unico, e figlio di poliziotto. Irlandese di famiglia. Suo padre lavorò prima in fabbrica e poi entrò al Dipartimento di polizia di East Pittsburgh. Era la Depressione. Poco lavoro e tanta delinquenza. Suo padre ebbe un'ascesa veloce, scese in fretta e prese la porta. Divenne Comandante. Si impelagò nella politica locale. Il politicume lo mise alle strette e lo obbligò a mollare. Lasciò la polizia nel '43. E tornò a lavorare in fabbrica.

Ai tempi Joe aveva sei anni. Joe adorava leggere. Joe adorava le storie di animali e i libri d'avventure per ragazzi. Aveva sempre il muso ficcato in qualche libro. I polizieschi non li leggeva. È che non gli garbavano.

Sua madre aveva cinque fratelli sotto le armi. Veramente bizzarro fu il caso di zio Pat Malloy. Combatté nella Prima guerra mondiale. Passò da fantaccino a etilista cittadino. Zio Pat non lavorava mai. Zio Pat scroccava i

I RAGAZZI DEL CORO 129

soldi per la sbornia. Zio Pat fu richiamato nella Guerra mondiale. Passò da ubriaco di East Pittsburgh a ufficiale istruttore dell'esercito. Conobbe una donna ricca e si sposarono. Si trasferirono in California. Comprarono un allevamento di pollame nei dintorni di L.A. Passarono il dopoguerra bevendo.

Zio Pat andava sempre in macchina ubriaco. Tutta una vita di guida in stato di ebbrezza ti mette contro probabilità a fottere. Nel '51 le probabilità si fotterono zio Pat. Andò a bocciare contro un camion di arance. Morí. Morí sua moglie. Joe e la sua famiglia vennero a far la veglia funebre. La California gli piacque. Restarono.

Si stabilirono a est della San Gabriel Valley. Ontario, Fontana... satelliti di L.A. con vigneti e aranceti. Il padre di Joe lavorava in fabbrica. A Joe piaceva il clima della California, la bellezza della California, la non sporcizia della California. Frequentò il liceo Chaffey. Nel '54 si diplomò. Fece tre anni nei Marines. Tornò a casa e trovò lavoro. Kaiser Steel, a Fontana – pompiere privato.

Lavoro in fabbrica, lavoro nel tessile, lavoro nell'alimentare – le solite cazzate. Lui voleva lavorare con la testa. Voleva prendere il suo amore per i libri ed estrapolare. Si iscrisse alla Chaffey J.C. e alla L.A. State. Sposò la sua ragazza. Si laureò in inglese. Voleva insegnare inglese. Il destino gliela buttò di dietro.

Un semplice annuncio pubblicitario. Mezza pagina del «Los Angeles Herald». Cercansi agenti di polizia || $ 489 al mese.

Avventura. Fascino. Cinque testoni al mese. Come il suo libro per ragazzi preferito: *Il richiamo della foresta*.

Okay, starai vent'anni. Poi ti ritiri. *Dopo* insegnerai inglese. Avrai quarantatre anni. Sarai un uomo che ha fatto due carriere.

No. Il destino è meno realistico e piú complicato. Sarai testimone di cose turche. Dovrai combattere in una sommossa. Battagliare con gli invertiti nei cessi dei cinema. Ti spareranno addosso. Spaccherai musi. Ti spaccheranno il muso. Avrai a che fare con piú gag sulle razze di quelle che ci stanno in ottantaseimila album di Redd Foxx. Cazzo, trangugerai piedini di porco a Watts alle due del mattino. Ti sbrodolerai la divisa blu di *chili* verde ustionante. Conoscerai scopatori di bambini, scopatori di cani, scopatori di gatti, scopatori di pinguini, scopatori di vombati, scopatori di tacchini, travestiti sifilitici, cagatori in lavandini, masturbatori in pubblico, pappa tisici con sei mesi di vita, e sfigati che si fottono tartarughe vecchie di trecento anni con il guscio e tutto. Sarai testimone di coraggio e onore umani a un passettino corto di distanza da depravazione e sacrilegio giganteschi. Distillerai la tua conoscenza e te la terrai dentro. Darai al mondo libri orrifici e comici scrivibili solo da un poliziotto – libri di una misura umana autentica e profonda.

Agente/Sergente Joseph A. Wambaugh. LAPD: dal '60 al '74.

Restò quattordici anni. Avrebbe voluto farne venti. La fama lo obbligò. La sua vita di scrittore s'inculò la sua vita di sbirro. I sospettati lo riconoscevano e gli chiedevano l'autografo. Le telefonate di agenti e produttori intasavano il centralino della Hollenbeck. Quindi dovette andarsene – ma, Gesú Cristo – che *giostra*.

Era un giro nel tunnel dell'orrore e delle risate, contenuto appieno e pienamente incontenibile, zeppo di specchi deformanti. Le distorsioni erano la condotta degli uomini volta al grottesco. Una coppia si batte per la custodia di un bambino. Tutti e due afferrano il bambino e lo tirano mani e piedi in direzioni opposte. Il bambino per poco non si sloga tutto e si rompe in due.

Il ragazzo con il pene reciso. L'alcolista bi-amputato che si vanta di avere il cazzo lungo fino a terra. L'agente Charlie Bogardus che sta morendo di cancro e gli mancano vent'anni di lavoro. La sua famiglia ha bisogno della pensione. Deve morire in servizio. Carica a testa bassa un sospettato di furto e ne prende due al cuore.

Ian e Karl. Il campo di cipolle. Il funerale con il lamento della cornamusa.

La puttana trans di Chenshaw. La sua prima irruzione con la Buoncostume. Lui-lei che gli pizzica le cosce da fargli vedere le stelle. Un male fuori misura – ammazziamolo – no, non ammazziamolo.

Il caso della sala da biliardo. Il gattone con il fucile. La fiamma arancio e i pallettoni sopra la sua testa. Il suo collega è Fred Early. Fred chiude in trappola il gattone e lo centra in fronte. Il gattone è morto. Dieci anni dopo a Fred gli sparano e lo uccidono. Caso ancora insoluto.

Cristo, che giostra. Invertiti, mignotte, casini, rapinatori. Gli etilici, i mostrauccello, gli impasticcati, i minori *chicanos*, i femminelli e i tossici sbroccati. Le pigre ronde diurne, i perdenti notturni, le lezioni.

Nel lavoro portò della paura. La paura documentata di un uomo d'intelligenza e fantasia. Superò la paura in contesti ripetuti. Imparò che non la domi mai definitivamente. Il lavoro dello sbirro è sempre il contesto a venire.

Imparò che la noia attizza la rabbia che porta al caos e all'orrore.

Imparò che il piú forte istinto umano è la semplice sopravvivenza. Imparò che questo istinto si trasforma. Imparò che nei buoni fa scaturire la pietà. Che nei malvagi suscita brutale ostinazione.

Imparò che il delitto è uno stato che continua. Imparò che le scelte che un piedipiatti fa in mezzo secondo lo pongono a un soffio di distanza dagli allori e dal disonore.

Joe Wambaugh. LAPD: dal '60 al '74.

Avrebbe dovuto restare di piú. Non poté. Doveva scrivere. Doveva trasporre quel che aveva imparato. Doveva condividere la giostra, con tutto il potere della giostra.

Trasformò appunti informali di lavoro in abbozzi e racconti. Li propose a riviste. Un redattore dell'«Atlantic Monthly» gli consigliò di dargli forma in un romanzo. Wambaugh scrisse *I nuovi centurioni* e lo vendette per un anticipo modesto. Entusiasmò i critici e fu un grande bestseller. A lui, lo definirono e anche un po' etichettarono come un anomalo sbirro-scrittore. Il libro raffigurava il lavoro in polizia come un viaggio perturbante e moralmente ambiguo. Ad alcuni piedipiatti questo messaggio diede molto fastidio. La maggioranza ne rispettò la verità. L'alto comando del LAPD non approvò. E questo a lui fece un male fottuto.

Il cavaliere blu, *Il campo di cipolle*. Gran bestseller, gran soldi che arrivavano, grandi elogi. Gran diritti cinematografici, grandi uuuh di ammirazione, l'isolamento che sempre accompagna i grandi successi.

Scrisse *I ragazzi del coro*. L'uscita era prevista per metà del '75. Il lavoro lo tirava di qui. L'arte lo tirava di là. L'arte era il suo lavoro. Il che lo consolò parzialmente. Chiuse la giostra.

La mia giostra andò in crisi. Vita da senzatetto bere e droga spinsero la mia salute verso sud. Gattabuia, ospedali, riabilitazioni. Il nadir tra l'inizio del '74 e la metà del '75.

Alla fine di quell'estate lessi *I ragazzi del coro*. Rubai il libro da una libreria di Hollywood. Un gruppo di piedipiatti delle ronde di notte si defibrillano a Westlake Park. Chiamano le loro *soirées* «Prove del Coro». Per un po' vanno avanti ad additivi e pupe. Si forma una corrente sotterranea. Il lavoro li sovrastimola e li sovrapungola. Il lavoro esaurisce le loro curiosità. Sono tutori dell'ordine e guardoni. Il lavoro fornisce loro un'identità di lucido acciaio. Mutilati di machismo e sottosotto fragili. Hanno portato nel lavoro un surplus di paura e dolore. Sono iperamplificati e stressati e non poco tuonati. Ci stanno dentro fin sopra le orecchie. Il crimine come stato permanente li risucchia. Il loro destino collettivo è la follia.

Il libro mi straziò e stranamente mi consolò. Rimise sotto accusa la mia insufficienza morale. Abbassò il mio rango di svitato di strada. Mi accostò a certi tipi non meno in alto di me sul cornicione.

Mi mise alle corde. Punzecchiò la mia fantasia fino a tossirne fuori i prodromi di una storia. Un potenziale romanzo. Sapevo di doverlo scrivere. Sapevo di dover prima cambiare la mia vita.

Cambiai. Per la salvezza in generale, ringrazio Iddio. Come forze ausiliarie, aggiungo Joe Wambaugh e il Sesso.

Conobbi una coppia, si chiamavano Sol e Joan. Sol vendeva erba, suonava il sitar e pontificava. Era un borioso patriarca hippie. Joan lo amava sbadatamente. Io ero innamorato di lei. Era un pensiero fisso. La piazzavo in contesti immaginari con gli sbirri de *I ragazzi del coro*. Balzava dalle pagine di Wambaugh alle mie pagine *in fieri*. Quattro anni dopo avrebbe abitato il mio primo romanzo. Ero a casa loro. Joan era seduta alla mia sinistra. In jeans e camicia bianca da frac. Si allungò a prendere una sigaretta. Nella sua camicia si aprí un buco. Vidi il suo seno destro in perfetto profilo.

Occazzo – devi cambiar vita. Eccheccazzo: lo hai fatto.

È successo quasi trent'anni fa. Joe Wambaugh ne ha sessantotto. Io cinquantasette. Mi trovo nel momento elegiaco in cui uno riconosce i propri debiti. Il mio con Joe si staglia, è sfolgorante.

Io e Joe siamo amici. Buoni amici, non intimi. È dura fargli aprire il guscio. Abbiamo lo stesso agente cinematografico.

Da trentun anni non sta più nel LAPD. La sua carriera di scrittore ne ha compiuti trentacinque. Ha scritto una messe leggendaria di storie vere e inventate. I suoi romanzi più recenti descrivono l'esilio. Ex poliziotti non più giovani che bazzicano ambienti danarosi. Cadono in strane tentazioni mentre rincorrono la fermezza morale dei giorni della polizia. Joe ha mollato il lavoro troppo presto. Continua a guardarsi indietro. Non è rimpianto. Non è nostalgia. È qualcosa di più dolce e profondo.

È una visitazione in sordina. Sono i battiti in sordina dei cuori di chi abbiamo perduto. È un fremito femminile nel nostro mondo impazzito di mascolinità. È un respiro di donna in puntini-puntini... Joan. Il momento della camicia bianca. Un'altra Joan di quasi quarant'anni, capelli scuri strisciati di grigio. Joan.

Forse il mese prossimo andrò a trovare Joe. Potrei affiancarlo nel suo corso per sceneggiatori alla University of California di San Diego. Forse ci metteremo a sedere e parleremo, da arrivista ad arrivista. Lo vedo. Anzi, lo sento. Siamo due pennaioli di Successopoli.

Joe è cattolico. Io sono protestante. Mi confesserò ugualmente con lui. Lo inviterò a rinunciare all'esilio e tornare ad *Allora*. Gli dirò che io ho ancora la testa piena di cazzate cazzute e formidabili. Gl'illustrerò la vastità del suo talento. Mi hai dato la visione. Hai svelato l'amore e la rabbia zelante nel mio cuore.

Piero Colaprico
La divisa stretta

Copyright © 2006 by Piero Colaprico.
Published by arrangement with Agenzia Letteraria Roberto Santachiara.

1. *Nel mio lavoro*

Nel mio lavoro di solito non metto la divisa. Talvolta capita e mi dicono che sto bene. Emergerebbe la mia aria di buon maresciallo, di uomo che conosce la vita e purtroppo sa che cosa sia la morte. Ce l'ho da quasi sette anni, questa divisa, e sinora l'ho indossata soltanto quattro volte, compreso oggi. Soffia lo scirocco e mi si stanno infuocando le mani.

– Nicola, ti sbrighi?

– ...'rivo.

Stavo davanti allo specchio, non mi dispiace ammirarmi. Lo scuro mi dona, sono un classico tipo normanno. Anche l'argento sul berretto mi sta splendidamente. L'ho lucidato ieri. Quasi brilla, come l'occhio di un bravo cacciatore davanti al tordo.

– Nicola...

Le scale di casa sono strette strette, bianche, con i gradoni. Era un posto tranquillo, da due anni s'è riempito di locali e giovani, di motorini e cocci di bottiglia, ma va bene ugualmente, a me il silenzio piace solo in mezzo al mare: quando esco con la mia barchetta, o mi faccio una nuotata di quelle che non torni mai.

L'Alfa 155 che ci porta a destinazione è guidata da Ciccio, è un bravo autista, un tempo aveva tentato anche la strada dei rally, la Lancia Delta integrale e gli sponsor glieli avevo trovati io, peccato che gli manchi il coraggio, piú d'una volta l'ho visto frenare un po' troppo presto. La radio parla di cose che nemmeno capisco, di un incidente sulla circonvallazione, di un'urgenza per portare flaconi di sangue all'ospedale. Non ascolto, sono concentrato sulla missione, e la missione si chiama Saverio Lorusso, un affiliato della famiglia dei Ninni, brutta razza. Il suo soprannome è «Seveso», forse perché 'sto Lorusso è peggio della nube tossica che tanti anni fa, io ero ragazzino, bruciò i polmoni dei nordisti e li terrorizzò. O forse gestiva da lassú un po' dei traffici dell'organizzazione, sicuramente le rapine ai Tir.

«Seveso». Qualunque sia l'origine del suo soprannome, in questo momento si trova dove non dovrebbe: in una casa del quartiere Japigia. Non è casa sua, ma si comporta come se lo fosse, e non è bene. È tornato da pochi giorni, in grandissimo segreto, *'u scem*. Non è una città sterminata, la nostra, e le notizie volano.

Inutile circondare, fare le sceneggiate, chiamare rumore. Bastiamo noi tre, questo ci hanno detto. E perciò siamo qui.

Con Ciccio che guida e Martino che, come sempre, per calmare la tensione controlla la Beretta, lasciando ditate di sudore sulla canna nera.

Io, invece.

Io, invece, penso che la divisa mi sta scomoda e siccome non si è ristretta lei, devo essermi allargato io. Però, essendo che il sottoscritto abbastanza spesso si analizza allo specchio, so bene che la mia pancia è la stessa – e la bilancia assicura che peso sempre i miei ottantasette chili per un metro e settanta d'altezza. Forse la colpa è della schiena, si starà piegando. La colonna vertebrale. Una vita come la mia costringe a caricare l'intero peso delle difficoltà sulle spalle e sul collo e cosí, quando diventi anziano, ti chini come un giunco. Ti pieghi ogni giorno di piú, ma non ti spezzi mai, questa è la legge di ogni sopravvivenza.

Davanti a uno di quei condomini insopportabili, costruiti quando i socialisti governavano la città, marrone e grigio, che colorini allegri, Ciccio si asciuga la fronte e mette il motore al minimo: – Nicola...

Ciccio è la persona piú inoffensiva del mondo, non farebbe male a una mosca, ma è una suocera, è sempre in ansia. Come se il tempo gli scappasse dalle dita. È una vita che mi fa da autista e da aiuto, ma niente, appena c'è un po' di rischio, il fegato gli diventa pappina. Io, chissà.

Io, chissà, devo essere un mostro, perché non mi agito – anzi, non mi agito piú, è la forza dell'esperienza e della saggezza. Lo scirocco ribolle sollevando nuvole di terriccio dai vasi sui balconi, girotondi di buste di plastica tra i relitti di macchine che nessuno sposta, a un bambino vola il cappello e cola il naso – credo di essere stato cosí, a quell'età, eccessivamente bisognoso, ma i miei uscivano sempre di fretta: – Nicola...

– Eh, Ciccio, che c'è?

– Scusa, capo, siamo arrivati, la casa è quella –. Me la indica con un dito che trema dall'angolo di viale Magna Grecia. È un cesso di palazzo, in piena sintonia con uno stronzo per di piú chiamato «Seveso».

– Portaci avanti, senza arrivare proprio a via Peucetia –. Su un tetto c'è un termometro rosso, trentasei gradi su Bari, ed è solo mezzogiorno.

Siamo già d'accordo sui termini della missione: Ciccio resterà al volante e ci farà da rinforzo, *maisia* avessimo bisogno. Io e Martino.

Io e Martino scendiamo non appena vediamo il portone socchiudersi. È una signora con il carrellino della spesa: comprerà forse qualche aletta di pollo e due bottiglie di latte, magari un vino nel cartone, è chiaro che va al supermercato non per riempire i sacchetti di roba, ma i polmoni dell'aria ronzante del condizionatore. Da come abbassa gli occhi e non ci guarda, sembra avere qualcosa da nascondere anche lei. Tra queste strade è cosí, purtroppo: la povertà mischiata all'arroganza, la violenza nascosta sotto i letti, la paura inflitta e subita che popola i sogni. E dire che ci sono tanti studenti universitari, tante brave persone, ma il canalone e il ponte della ferrovia li hanno come ingabbiati. Sono costretti alla convivenza con i piú balordi. Ogni notte qui c'è il cinema: rubano le motociclette e le tirano fino a far scoppiare i pistoni, e chi c'è c'è. Se stanno facendo le corse, manco davanti alle carrozzine frenano. Io, abitassi qui, gli sparerei dal balcone, a 'sti appestati di merda.

Entriamo.

Nell'androne.

Non c'è nessuno.

Martino continua a pettinarsi i capelli all'indietro, sotto le ascelle gli si è allargata una macchia scura. È nervoso e suda. Anch'io un po' sudo, ma non sono nervoso. Si sentono il pianto di un bambino, un aspirapolvere in funzione, un piatto che sbatte. Siamo stati rapidi, efficienti. Quindi «Seveso», che sta al terzo piano, non dovrebbe averci sgamati.

– Nicola...

Saliamo. L'agitato a piedi, come un canguro su per i gradini, cosí si sfoga, e io...

E io che sono il capo, in ascensore, fermandomi al quarto. Scendo leggero e ci ritroviamo al pianerottolo del terzo e non perdiamo tempo, nemmeno lo guardo e suono il campanello.

– Aprite, polizia, – intima Martino, con la sua bella voce da tenorino, dando due pestoni alla porta.
– Chi cercate? – chiede una donna, con voce roca e maleducata.
– Aprite o sfondiamo. Polizia.
– Calma, *uagliò*, mi metto una cosettina addosso.
– Aprite subito.
Apre dopo una decina di secondi: ha una maglietta aderente, pantaloncini corti, scarpe stringate. Era già vestita, *'l murt d mam-t*. Ha perso quel poco tempo perché...
Perché «Seveso».
Potesse sparire.
In un nascondiglio facile.
La sposto di malagrazia, entro cercando di non sfiorare il suo voluminoso davanzale e vado a controllare le finestre: – Lorusso Saverio, non è un arresto, – grido. – Lorusso, mi ascolti, le dobbiamo notificare un «invito a comparire» –. Mentre parlo, la donna mi blocca il passo. È agile e veloce, devo tenerne conto.
Allora estraggo da una busta gialla due foglietti, che un cancelliere ci ha dato la settimana scorsa, e li caccio sotto il suo nasino rifatto dal chirurgo plastico. Mi scruta scettica. Probabilmente sa che è un vecchio trucco, per non far allarmare le persone.
Appena comincia a leggere, la sorpasso di nuovo.
– Ehi.
– Ehi, che cosa? Lorusso, dài, chi dorme non piglia pesci –. L'appartamento è di tre locali con servizi, in dieci secondi ho visto che ci sono due tane. Una è il soppalco tra la stanza da letto e il bagno. L'altra sta sotto il piatto doccia, perché se no che ci stanno a fare quei due gradini inutili?
Martino s'è svaccato in cucina: – Signora, non è che ci

farebbe un caffè? Intanto, ci dia un suo documento. Se Lorusso non ci sta, consegniamo a lei. Come si chiama?

– No, collega. Nelle sue proprie mani, va dato, – spiego dal corridoio.

– Massí, datelo a me. Sono Caterina Ninni.

– Ninni Caterina, la sorella di Nunzietto e Riccardo? – domanda Martino, fingendosi sorpreso, quasi spaventato.

Lei ci casca: – Io sono.

– Lei?

– Sí, – afferma, con fierezza.

– E i suoi fratelli sanno che lei spalanca le sue belle, morbide e tornite... porte a un uomo sposato?

La gradevole, anche se un po' equina faccia della donna diventa oscura, come una tempesta: – Dov'è che dovrei firmare? – chiede.

Martino è come impazzito: – Lei mi deve rispondere, vero, maresciallo?

Non ho piú tempo di parlare, io. Ho visto abbastanza, e ho capito quello che c'era da capire. Il bagno è a posto. Infilo i guanti e vado sotto il soppalco.

Estraggo la pistola.

La punto al soffitto.

Sparo.

Nel caricatore bifilare ci sono quattordici colpi, piú uno in canna, li esplodo tutti. M'inginocchio e inserisco il caricatore di riserva. Ma non occorre.

Se la donna ha gridato, non me ne sono accorto, c'era un gran rumore. Martino l'ha stesa con un pugno allo stomaco e l'ha incerottata come un pacco per la galera. Dal soffitto mi cadono alcune macchie di sangue sul berretto, e sulla spalla sinistra della giacca della divisa.

– Nicola...

Fa un bel caldo, in quest'appartamento. È un forno.

Non hanno nemmeno un ventilatore, i pavimenti sono zozzi, non li lavano da settimane, i letti sfatti, la pattumiera piena.

– Nicola...
– Sí.
– Ce n'andiamo o no?
– Tranquillo... appuntato, – rido mentre mi alzo, e metto via la pistola nel fodero.

Sulle scale non c'è nessuno, l'aspirapolvere ha smesso di aspirare, il bambino di piangere, immagino qualche occhio che spia, ma non uscirà nessuno, non testimonierà nessuno, qui è sempre cosí, perché dovrebbe cambiare oggi?

Ciccio adesso è felice come se avesse vinto al Superenalotto, è finita e si va via. Alla grande. Alla grandissima. Sorride e sgomma. Se ne dev'essere stato chiuso in macchina, a subire lo scorrere dei secondi e ha i capelli che sembrano coperti di bava, non gliene importa e ridacchia: – Mannaggia a voi, mi farete diventare bianco prima del tempo –. Canticchia, ama guidare con il piede pesante, la macchina romba. È una dose di cinema che non ci risparmiamo mai, in casi come questo: ce la battiamo come Steve McQueen, anche se nessuno c'insegue. Ci perdiamo dove sappiamo che ci si può perdere, per finire dietro la saracinesca del garage di un amico, verso via Appulo. Mi dispiace solo che dovrò lavare la divisa, è sporca di sangue.

Ci aspettano Nunzietto e Riccardo Ninni, i fratelli di Caterina. Abbiamo fatto quello che ci hanno chiesto, abbiamo eseguito senza esagerare, loro lo sanno: qualunque cosa gli riferirà la sorella.

In lontananza, risuonano le prime sirene, – Uhaà, uhaà, – ne imita il suono Nunzietto, e Riccardo ride, il suo riso con i denti aguzzi che sporgono, non per nulla è soprannominato *'u loup che-n*. Sono ragazzi antipatici, ma a modo loro socializzano. Ci baciano, prima a me, poi a Martino e infine a Ciccio, due baci sulla guancia tutti e tre, con la solita ostentazione che non condivido: è una moda importata da quei teatranti dei siciliani, noi pugliesi siamo sempre stati piú discreti.

Ci passano anche tre buste con i soldi. Diecimila euro a me, cinquemila agli altri.

Poi andiamo tutti insieme a mangiare dal garagista, che sta in uno di quei casermoni tristi alla «Traversa 45», ha due bambini piccoli e una moglie che è un bijou e come fa la pasta al forno lei, con le polpettine minuscole, nemmeno mia madre.

A fine pranzo mi cambio, infilo la divisa in un borsone, indosso i miei soliti vestiti e me ne vado, insieme a Ciccio. È un amico, Ciccio. Da ragazzino si vendeva agli omosessuali, sul lungomare, ci siamo conosciuti cosí e sono anni che, in qualche modo, continuiamo a tenerci compagnia. S'è affezionato, ma oggi, anche se non me lo dice, da come guarda l'orologio, so che ne ha abbastanza di bere caffè freddi e di stare ad ascoltare le mie storie, i pettegolezzi sulla vita di alcune famiglie, i misteri nascosti dietro vecchi regolamenti di conti, quando i malavitosi vincenti erano legati o ai democristiani o ai socialisti. Sono come un vice-padre, per Ciccio, ma so che vorrebbe andare a trovare il suo grande amore segreto – una cugina di diciassette anni. Bellina, certo, sta villeggiando con la famiglia proprio accanto a mia sorella, nel villaggio di *Rosa Marina*, sotto Ostuni. Spero che non li scoprano mai, che non vedano mai i loro parenti quello che ha visto mia sorella, quella ficcanaso, sui loro baci inesauribili, mentre s'impolverano sul pavimento della stireria.

– Nicola…

– Sí, Ciccio, te ne devi andare presto anche oggi?
– Sí, '*rament* avrei un poco da fare...
– Vai, vai, Ciccio, non ti preoccupare –. Massí, vatti a divertire, è giusto, alla tua età, la vita è cosí breve, la vita è un lampo.
– E tu, Nicola?
– Tanto me ne devo andare anch'io.

Prendo servizio in questura alle diciotto, cosí per tutta la settimana. Mi hanno messo nell'ultimo turno, giusto per frantumarmi le palle. Il nuovo vicequestore, Cosimo Sbiroli, dice tranquillamente al bar che di me non si fida e che vuol mandarmi via dalla Squadra mobile. Ma ogni volta che prova a chiedere il trasferimento, qualche vecchio amico gli fa intendere che non è il caso, che sarò un lavativo, uno con troppe conoscenze a Bari, forse anche un mezzo finocchio, ma che sono innocuo. Eh sí, piú innocuo di me, chi c'è, qua dentro?

2. *Fa' come il cane*

– Rinforzi per fronteggiare meglio la guerra dei clan –. Questa è stata la scusa per mandarlo a Bari, al milanese, ma nella nostra questura non ci crede nessuno. Sono in tanti a voler conoscere il vero motivo della sua trasferta, ma solo io so. Io so '*sattament* perché l'ispettore Francesco Bagni, Squadra omicidi della mobile di Milano, sta qui. La sua bella carriera da cornuto doveva interrompersi sul Naviglio, nel 2002, quando indagava su un vecchio criminale e gli hanno sparato. Purtroppo, la pallottola gli ha sfiorato la fronte e non gliel'ha aperta come un melone:

encomio solenne e un altro caso risolto al suo attivo. Dicono che sia un genio a scoprire i moventi. Il suo caso piú famoso è quello di una ragazza uccisa con un dente di narvalo in gola, ho letto qualcosa anch'io. A vederlo, non sembra un'aquila: statura media, corporatura media, abiti normali, si confonde con la massa. Dissimula, l'anima di *chi t'è stramurt*.

Ma so che c'è un nome preciso nella sua missione classificata R.R., riservatissima, un incarico ricevuto direttamente da uno dei vice del capo della polizia. Che ha un segretario. E il segretario è di Noicattaro: l'avevo raccomandato io, al concorso, tanto tempo fa, quando dormivo ancora sereno. Ecco perché so. Il nome che Bagni ha sul foglio timbrato in rosso è *'sattament* il mio.

Da una decina di giorni 'sto cornuto dorme in un albergo pagato dal ministero e passa qualche ora in ufficio – s'è appoggiato alla sezione Catturandi. Se ne va spesso in giro per la città e per il litorale, guardandosi le spalle. Tre o quattro volte i miei uomini fidatissimi, Ciccio e Martino, l'hanno perso di vista, cercando di controllare che sta facendo. L'ho seguito anch'io. Ha la sua missione e s'è organizzato bene, sotto molti profili, visto che si è già scopato Cinzia, la divorziata della Narcotici che ha passione per i forestieri. E stasera Bagni non ha potuto dire di no alla mangiata. L'ha organizzata il dottor Sbiroli: vuole accreditarsi come l'ospite perfetto, visto che è il capo della Catturandi.

Io alle mangiate con i colleghi vado volentieri.

Si cementano le amicizie.

Si vengono a sapere tanti fatti.

Si vedono in faccia le persone, per esempio vedo che Bagni ha gli occhi stanchi. Molto stanchi. Sfido, stamani è stato in giro nei dintorni di casa mia, insieme a un paio di facce nuove. Nel pomeriggio è andato sino a Ostuni, e anche a *Rosa Marina*. Ha girato in lungo e in largo dove abita mia sorella.

Non lascia nulla d'intentato. Fruga, cerca, si sbatte. So che stasera, prima di uscire, ha chiesto di visionare alcuni fascicoli personali e ha fatto qualche fotocopia. È metodico.

Se ha scoperto qualcosa di me, tra poco farà la sua prima mossa ufficiale. Intanto vediamo se ha forze bastanti a reggere un'abboffata di quelle nostre: *Pugliastyle*, ti alzi da tavola solo quando sei cotto.

Insieme a una ventina di poliziotti di vari gradi e settori, io davanti e Bagni dietro abbiamo raggiunto il piú grande e famoso ristorante sul lungomare, tra la città vecchia e il porto: *Dal granchione nel pozzo*, cosí si chiama, e dev'essere straordinario, specie se osservato con l'occhio di chi una triglia a Milano può gustarsela al massimo sul Naviglio pavese. Al centro della sala troneggia un grande braciere rotondo, per le grigliate. Il pesce viene portato nelle cassette gocciolanti direttamente dai pescherecci che, mentre il mare diventa color prugna, approdano al molo San Nicola. Il ritmo della risacca e le onde sollevate dai motoscafi sanno cullarci con dolcezza. Il proprietario è la migliore pubblicità ai suoi cuochi: rotondo, sorridente, premurosamente affaticato, un grembiule bianco, labbra burrose.

– Noi pugliesi siamo troppo avanti. Dopo la Magna Grecia abbiamo detto: «Okay, ragazzi, abbiamo capito quello che c'è da capire, e mo' sono cazzi del resto del mondo», – sento che pontifica il dottor Sbiroli, prendendo Bagni sottobraccio e portandolo verso il tavolo.

– Amico mio, è un onore vederti nel mio modesto locale, – si prostra il proprietario, andando loro incontro.

– Caro don Nicolino, i miei rispetti, – mi sorride. Saluta con calore anche gli altri, ma non ci fa passare, ci blocca, e sussurra: – Scusate, ve lo devo dire. Nella sala ci sono pure i fratelli Ninni. E insieme a loro, don Tonino.

I Ninni sono quelli che sappiamo, e dire don Tonino, a Bari, significa evocare sparatorie, racket, contrabbando, ma anche le tante mazzate a mani nude che il boss, non ancora cinquantenne, distribuisce con larghezza di vedute ad automobilisti di passaggio come a giudici incaricati di processarlo, a topini d'appartamento e d'autoradio come ai finanzieri che intercettano i suoi carichi di sigarette. Le sillabe del cuoco si spezzano nella sua tachicardia: – Desideravano un po' dei miei merluzzetti, potevo dirgli di no?

A me non me ne può fregare di meno, ma neppure agli altri, tutto sommato – e anche a don Tonino e ai suoi sanguinari commensali non sfugge l'ingresso in massa della nuova comitiva. I due fratelli ostentano la celebre indifferenza della famiglia, il boss invece solleva distrattamente un bicchiere e alcuni dei poliziotti, altrettanto distrattamente, gli fanno piccoli cenni, con gli occhi, o con le dita. Francesco Bagni sembra divertirsi moltissimo, osservandoci nel nostro habitat. È qui anche per questo, per un'analisi dei nostri comportamenti a largo spettro, in fin dei conti sa che il crimine e l'anticrimine sono le due facce della stessa medaglia.

La bianca tovaglia del nostro tavolone è punteggiata da secchielli colmi di ghiaccio e colli di bottiglie di vino rosato, ciotole traboccanti d'olive verdi, nere e marrone, focacce salate. È un panorama che sazia gli occhi e acuisce il desiderio. Non appena ci sediamo, senza alcun bisogno

LA DIVISA STRETTA

di ordinare, uno sciame di ragazzini in maglietta porta antipasti cotti e crudi che non finiscono mai. Mi sono distratto, uno di questi ragazzini io lo conosco bene, ma è un aggettivo, «milanese», che mi riporta alla realtà.

– Caro il mio milanese, a noi i giapponesi ci fanno una bella pippa. E infatti, guarda che bellezze del Creato che tieni nel piatto... – insiste il capo della Catturandi. Ci tiene proprio a comportarsi da anfitrione, ma Bagni non esulta, fissando un cimitero di cozze, polipetti, lingue di suocere, cannolicchi, ostriche, scampetti. È davvero stanco.

– Adesso il pesce crudo è diventato di moda, ma noi ce lo freghiamo cosí, *'nderre a la lanze*, da migliaia di anni... Bagni, mi hai capito? Noi pugliesi in realtà siamo i piú classici dei classici.

Anche don Tonino, al tavolo accanto, mangia a quattro palmenti, mentre i due Ninni stanno da molti minuti con i cellulari all'orecchio: altra generazione, la loro, sono rapidi, rapaci, ma cosí poco adatti a capire il significato della pausa – la vita a perdifiato lasciatela agli schiavi, ma non lo capiscono.

– A Milano è difficile avere come vicino di tavola un boss, immagino... – continua il vicequestore.

Bagni mi piace, ha sempre la risposta giusta: – Sino agli anni Ottanta no, era facile. Anzi, la malavita e la politica avevano stabilito una sorta di mutua neutralità, e talvolta di reciproca assistenza. Ho fatto in tempo a vedere di persona scenette molto gustose. Una riguarda un famoso innocente, che però sedeva sempre alla destra di un boss come Epaminonda e scolava whisky come se fosse acqua minerale. Ma adesso quel mondo non c'è piú. Si nascondono agli estranei, si mimetizzano, si incrociano nei privé di qualche discoteca e in qualche casa di amici comuni. Amano confondersi nel grigio di Milano.

– E non vi viene il dubbio, a voi milanesi, che forse era meglio prima? Che prima era tutto piú chiaro? – insiste il dottor Sbiroli.

– Le zone grigie sono rischiose, troppo spesso virano al nero sporco...

– Vedi, Bagni, Bari è sempre stata, nel suo piccolo, esattamente com'era il mondo prima della caduta del Muro di Berlino.

Bagni posa la forchetta: – Se Parigi avesse *lu meri*, sarebbe una piccola *Bèri*, – sfotte, ma si mostra subito piú attento, e gentile.

Stanno facendo tutta la manfrina per studiarmi meglio, è chiaro: – Oramai, – spiega il vicequestore, trascinando al massimo della lentezza il suo strascicato accento da castellanese, – anche i piú stupidi *cap-tuost* dovrebbero aver capito il grande bufalone che stava dietro al Muro di Berlino. Americani e sovietici, atlantici e comunisti avevano fatto credere a tutti i fessi della terra che i due sistemi erano armati sino alla morte e pronti a qualsiasi azione l'uno contro l'altro. Ma al di là della propaganda, i due sistemi stavano appoggiati l'uno all'altro. Hai mai costruito un castello di carte? La stessa cosa. È cosí che in Italia facevano i comunisti e i democristiani, amico mio.

– Vuoi dire come culo e camicia? – ghigna Bagni, guardandomi, e molti colleghi ridono, continuando a masticare molluschi. Io non rido.

– 'cisamente... Erano pronti a scambiarsi insulti e accuse in pubblico, ma disposti a trattare su ogni cosa in privato. A pagarsi l'un con l'altro i debitucci. In questo modo hanno guadagnato e hanno tenuto lontano russi e americani. Qualche bomba, qualche morto, un po' di terroristi, per altro infiltrati alla grande dai servizi segreti, ma alla fine – sono queste le parole del dottor Sbiroli – noi italia-

ni con poche centinaia di morti ci siamo risparmiati la possibilità di una guerra civile.
– E la politica del culo e camicia ha pagato.
– Non ci credi?
– Sono abbastanza d'accordo, Sbiroli.
– Siamo antichi, Bagni. È giusto o no? È giusto o no? – ripete, finché l'ospite non annuisce.
– Noi italiani abbiamo inventato Machiavelli e il fine che giustifica i mezzi. Ed è cosí che funzionano a Bari le cose, tra il mondo legale e il mondo illegale. In qualche modo si toccano. Convivono. Si sfiorano di continuo. Culo e camicia.
– Eh...
– Eh, sí. Si aiutano anche, a volte. Alla luce del sole, hai visto che colori hanno le nostre giornate? Non ti puoi nascondere sotto un sole come questo. Non è il grigio della tua Milano, qua tutto è cosí accecante...
– Accecante e faticoso. Lo scirocco di oggi, – lo interrompe Bagni, guardandomi fisso, – mi ha stroncato...
– Già, sotto la luce clamorosa dell'Adriatico lo sanno tutti da che parte soffia il vento. Pure i magistrati. Ma quelli sono sempre i piú furbi, tengono il naso a due metri da terra, e fanno finta di non sapere come si aggiustano le cose. Stretto tra il male e il bene, un bravo poliziotto che sta in mezzo alla strada non può scegliere sempre la via legale. La cosa importante è solo una, che non passi dall'altra parte della barricata, non è cosí? Non è cosí? – considera Sbiroli, scolando un altro bicchiere di rosato, e adesso so che anche lui sa di me. Vuole tirarmi dentro la conversazione. Ma è un'impresa disperata.

Io mangio. Ho cumuli di gusci e corazze, e mastico, e per intrigarmi ci vorrebbe ben altro che quel tono tra l'apocalittico e il saccente, che sarebbe perfetto per l'articolista di un giornale superfluo, tipo «Il Foglio». Nemmeno la cena con il forestiero riesce a esaltare piú di tanto la dozzinale creatività del dottor Sbiroli: – A uno come don Tonino, che s'abboffa di merluzzetti mentre i suoi figli stanno scaricando cento casse di Marlboro, che fai? È un criminale, un boss, un pericolo pubblico. Gli spariamo, cosí ce lo togliamo dai coglioni? – domanda.

Manda giú un altro bicchiere: – E ai Ninni che facciamo? Li giustiziamo qui sul posto, come sanno fare loro? Oppure, visto che le leggi sono dalla parte dei delinquenti, possiamo solo salutarli quando mangiamo nello stesso ristorante? Voi a Milano che fate? – ridacchia, e non sembra piú il capo della Catturandi, ma lo scarso studente di Filosofia che era stato molti anni fa, prima di passare a Giurisprudenza e vincere il concorso statale.

Ha svuotato da solo quasi due bottiglie di rosato e l'alcol gli fa l'effetto di un cemento a presa rapida: piú ne ingolla, piú diventa rigido, come un'impalcatura. Come riesca, con le quantità che ingurgita, a dirigere una sezione e a essere considerato da tutti, anche da me, un poliziotto passabile, è un bel mistero.

I ragazzini continuano a portare piccoli piatti: alici, salmone, polpo alla Luciana, polpo fritto, insalata di polpo. Siamo nel bel mezzo dei tentacoli quando Bagni si asciuga le mani e la bocca con il tovagliolo, finge di assaporare meglio un calice di rosato e mi guarda: – Che santa Lucia ti conservi la vista, Nicola, quanto mangi... Ma entri ancora nella tua divisa?

Che tono gentile, il signorino. Io devo... Io devo essere adeguato: – E chi la usa piú la divisa, collega?

– Eh già. Ma qualche volta la userai anche tu, no, collega?

– In effetti no, – ribatto. La piega del discorso non mi

piace, i peli sugli avambracci mi si stanno rizzando, e non è la frescura della notte che scende, attesa e amata, su Bari.
– Hai mai sentito parlare di via Osoppo? – mi chiede, e anche il vicequestore ascolta.
– La famosa rapina delle tute blu, Milano fine anni Cinquanta, la rapina del secolo... del secolo scorso ormai.
– Bravo, e sai come li presero? Uno di loro portò le tute a lavare, in una lavanderia. Pazzesco, no? Come fregarsi con le proprie mani.
Il sangue sulla divisa. Anch'io ho portato giacca e berretto da mia sorella. Mi deve un sacco di favori, ma quella zoccola non ha mai avuto voglia di far niente – può aver dato la mia roba da smacchiare in lavanderia?
In lavanderia.
Ma.
Ma forse non mi ha beccato.
Dunque. Dunque, se hanno lavato la divisa in lavanderia, sa del sangue, ma non può piú provare nulla, almeno spero. Nemmeno con il Dna. Se non hanno lavato, sono fregato. Precisamente fregato. Ma lui si muoverebbe con tanta cautela, se mi tenesse già nel sacco? Magari non c'è nessuna lavanderia, mia sorella ha lavato la divisa in casa e non esiste problema.
– E perché mi fai questa citazione delle tute blu, Bagni?
– Cosí, pensieri in libertà. Anzi, che dici, domani mattina, ci possiamo trovare? Vieni nel mio ufficio?
– A Milano, collega?
Sghignazza. È un bel tipo, quando ride. Capisco perché quella della Narcotici ci ha messo cosí poco a dirgli di sí. Anche la sua voce è calda: – Sai benissimo che mi hanno aggregato qui. Lotta ai clan, collega. C'è chi la fa fuori, c'è chi la fa dentro. Come avrai capito, come tutti san-

no in questura, devo occuparmi di trovare le mele marce, se ci sono. Magari mi dài un'idea. Entri in squadra con me, Nicola...

Mi ride in faccia.

A me.

Stai calmo Nicola, *statti calmo*, sorridi anche tu, anche se hai voglia di tirargli un piatto sul muso. Come spezzare il suo meccanismo inquisitorio? Innanzitutto, non è un paesano.

– Bagni, sei fuori strada, ma se proprio vuoi indagare sui colleghi, perché qui disonesti non ce ne sono, ascolta il mio consiglio. Fa' come *'o cane, sckame da lendàne*.

– Cioè, Nicola? – chiede, un po' in imbarazzo.

– Fa' come il cane, abbaia da lontano, – gli dico, restituendogli la risata.

Mi stanno guardando tutti, anche i Ninni, anche don Tonino. Lo sanno bene loro che, se mi pento io, crolla il «Muro» di Bari Vecchia: vent'anni di segreti, di morti ammazzati, di clan e di amici dei clan, di sindaci che chiedono i voti dove non dovrebbero e di criminali che si vantano di avere amici importanti. Ma che vogliamo, scherzare con il fuoco? Prova ad abbaiarmi vicino, cane, e vedrai quante pedate sotto la coda ti pigli. E non da me: dalla Bari per bene e dalla Bari per male, dagli avvocati, dai magistrati, dai medici, dagli industriali, dai criminali comuni e organizzati. Ho fatto favori a tutti e, talvolta, qualche favore l'ho chiesto. Vuoi avere soddisfazione? Aspetta il tuo turno, ora tocca a me uscire da qua soddisfatto.

– Domani ci vediamo, non ti preoccupare, milanese, – gli dico, mi alzo e, prima di andarmene, conto un po' delle banconote che mi hanno dato i Ninni nella busta: – Pago io, per tutti quanti. Domani è il mio compleanno.

Lascio una manata di banconote verdi tra le cozze e me ne vado.

– Nicola...

Me ne vado.

Alla grande. Non sono facile. Non sono facile da spezzare, io, e l'unica cosa che voglio adesso è stare da solo. Solo: è cosí che mi salvo quando qualsiasi compagnia, invece di darmi calore, mi dà malessere.

Conosco un buon posto dove andare a fare uno dei miei bagni nichilisti, lontano dalle spiagge all'amianto, dai topi che sbucano dai canaloni di scolo che sono stati chiusi dal Comune per lasciare metri cubi agli stabilimenti alla moda, lontano dalle fogne che il fascismo ha costruito e la nostra democrazia di appoggiati a destra e a sinistra ha lasciato andare a farsi fottere, dall'odore di merda e di nafta, lontano dai rottweiler senza *recchie* che i ragazzini della banda dei Ninni portano a spasso.

Vent'anni fa non avrei mai nuotato di notte. Mi piaceva stare al sole, e vedere sotto che cosa c'era. Gli scogli, le alghe. Non mi piaceva certo galleggiare in mezzo al buio. Adesso, chissà, siamo tutti un nero indistinto. Andando sempre piú verso il largo, lasciando alle mie spalle la costa con i grandi ulivi, stremati dal vento, ma con le radici tenaci, ulivi, fratelli miei: ma che voglio fare?

C'è una grande pace, tra le onde. Una pace che in vita mia non provo. Non ho paura di vivere, né di morire. Bagni stasera non mi ha accusato apertamente, ma ha fatto intendere a tutti che vuole mettermi sotto. Vuole bruciarmi. Aveva un sorriso crudele, quando ho lasciato tutti quei soldi tra le cozze.

Potrebbero uccidermi un'indigestione, i Ninni o lo Stato. Potrebbero. Ma io sono io e faccio solo e sempre i cazzi miei. Questa è la mia forza, ma anche la mia debolezza.

Il mare è calmo e scuro, nel cielo senza luna ci sono milioni di stelle e mi piace nuotare.
Non pesano i miei chili in acqua. Non c'è altro che acqua. Acqua nera. E nel buio si sta attenti, tutto qui.

3. Nicola...

Nel pomeriggio vedrò 'sto milanese. Appena ci prova, dico che, se vuole interrogarmi, deve lasciarmi chiamare l'avvocato. Ma vuole davvero interrogarmi, quel cane? *Sckame da lendàne...*
Anche oggi fa un bel caldo e sono contento di non aver lasciato la mia vecchia casa. È come un frigorifero, grazie ai muri larghi, solidi. C'è pace, se non ci fosse un minchione che continua a far rombare il motore dell'auto.
– Nicola...
Ciccio, *'azz*, solo uno come lui può tentare il parcheggio da Formula Uno tra queste viuzze. Lo vedo dalla finestra, è sempre sorridente, anche se molto sudato – quel ragazzo ha qualche cosa che non va al metabolismo, dovrebbe consultare un endocrinologo.
– Be'?
Ha in mano una borsa – la mia borsa, quella della divisa: – Ti ho portato questa.
Bene, bene: – Sali, *uagliò*.
Come mai ce l'ha lui? Penso che deve avergliela data mia sorella, quella deficiente. Ma allora... vuol dire che siamo a posto. La faccia di Bagni, ah, me la voglio godere, oggi pomeriggio. *Mi kí mi là, milanes de l'ostia,* vediamo oggi come ti metterai... Con il culo al vento, ti metterai, te lo dico io, Bagni. La senti questa voce?
– Che bel fresco, qui da te.

– Eh, le case... Una volta sí che le sapevano costruire. Vuoi una birra, Ciccio?

– Perché no? E che ne faccio di questa?

Allungo il braccio per prendere la divisa, e mi accorgo che nella sua mano è spuntata una calibro 38 con il silenziatore. Non l'ho mai visto con un'arma, sino a oggi. La sua mano gocciola, la fronte è lucida, ma non trema – oggi non trema.

– Ciccio, sai sparare?

Annuisce. Quasi non lo riconosco piú, per quanto è diventato serio e triste.

– È che non t'ho mai visto con una pistola.

– Perciò hanno mandato me.

– Già, e anche per altre ragioni, no? Sanno che ci siamo conosciuti da vicino vicino, no?

– Nicola. Nicola, io non volevo, lo sai, io... Io ti ho sempre stimato, ti ho sempre voluto bene, ma non possiamo dire di no a questi lavori. Né tu, né io.

La mia pistola è in camera. Non ho nulla con cui difendermi. Posso solo voltarmi di schiena all'arma. Senza fretta. Lo accompagno con il sorriso amaro di un uomo come me, che presume di sapere da tempo, da molto tempo, quello che c'è da sapere della vita, della morte, e anche dell'amicizia. Penso a quando gli ho regalato il primo abito, in una boutique di via Sparano, nemmeno ci credeva a quanto poteva essere elegante. Penso a quando era ragazzino e andavamo a mangiare gli spaghetti ai ricci sul mare, a Savelletri, e alle risate che ci siamo fatti, un Natale. Penso che sarei voluto andare a Ibiza, e a quanto è stupido il cervello umano, che anche in momenti cosí va a nascondersi velocissimo dietro questioni di cui non mi può interessare piú nulla.

– Nicola...

– Ciccio, dimmi pure.
– Mi dispiace veramente Nicola... *'ramente*. Mi dispiace, *mannaggia* a...
– ...A questo mondo infame.
Pen.
So.

James Grady
What's Going On

Traduzione dall'originale americano di Wu Ming 1

Titolo originale: *What's Going On*.
Copyright © 1999 by James Grady.

La sera, disteso sulla schiena mentre sfumavano i colpi di tosse, i mugugni e i sussurri di radio e tv, Lucus sentiva di poter toccare il cielo con un dito.

Poi alzava il braccio, le dita premevano contro il cemento che lo sovrastava, il cemento gli ricordava dov'era.

A volte, come quel giorno, sentiva il fantasma di Marvin Gaye cantare alla radio un pezzo di quand'era giovane, la sua canzone piú bella, *What's Going On*. Marvin si chiedeva cosa stesse succedendo, Lucus doveva fingere di non sapere la risposta.

Inchiodato a terra. Tutto il giorno. Tutta la notte. Ricordarsene ogni volta.

Di sera l'amministrazione spegneva i neon sul soffitto delle celle, e chi ce l'aveva accendeva una lampada. Le luci fisse del corridoio continuavano a diffondere bagliore nelle celle, intaccando i bordi delle ombre. A parte quelli in isolamento, chi era riuscito a comprarsi una tv poteva lasciarla accesa senza l'audio.

Come sempre, le luci si spensero alle sette di mattina.

Dal letto di sotto, Svs sospirò: – Lucus, secondo te lo fanno oggi?

Lucus non disse niente.

La branda di Jackster era a meno di un metro dal letto a castello. Il ragazzo non sapeva che fare, aspettava che si muovessero gli altri due, gli uomini piú vecchi con cui divideva la scatola di sardine. Ancora non metteva il piede a terra, si chiedeva se prendere la tessera mensa e andare a fare colazione.

– Forse è tutto a posto, – disse Jackster, attento a scandire le parole come volesse inciderle su pietra, ma ricordando ai due piú anziani che c'era pure lui. – Forse si è raffreddato...

– Nah, hanno fatto dondolare un po' la culla, – rispose Svs. – Metti a nanna un bamboccio a forza di *è-tutto-a-posto*, poi infili la lama mentre sogna beato. Se pensano che c'è una faida, allora c'è una faida. Mica si soffia via come fosse polvere.

– So cosa intendi, – disse Jackster, non abbassando la cresta come un pivello ma nemmeno insistendo come un coglione. – Come hai deciso di muoverti, Lucus?

La risposta a quei sussurri fu il silenzio. Cella 47, corridoio 3, edificio 3, casa circondariale centrale.

Dal corridoio, ecco il ronzio di una cella che si apriva. Le guardie facevano uscire uno in regime duro, si sentiva rumore di catene alle caviglie. Manette ai polsi, detenuti incatenati l'uno all'altro in fila indiana.

I detenuti in regime duro venivano scortati in catene fino alla mensa, erano i primi a fare colazione e gli ultimi a cenare. Il pranzo, invece, gli veniva portato in cella.

Quando i regime duro marciavano verso la mensa, gli altri dovevano restare nelle celle. A volte si chiudevano a chiave le porte, ma per le guardie era piú semplice sgomberare il corridoio a forza di urla e far passare gli incatenati il piú in fretta possibile. Gli incatenati erano bersagli facili per le lame, e le guardie non erano una gran protezione: stavano un po' in disparte, per evitare la possibile coltellata da qualcuno dei piú incarogniti.

Dopo due anni di gaiba, anche Lucus era passato al regime duro. Lui e Marcus avevano aggredito le guardie della navetta che portava all'ospedale, rubato il mezzo e ce l'avevano quasi fatta, cazzo, erano praticamente sulla superstrada, ma a un posto di blocco Lucus aveva sparato a un agente con una pistola fregata a una guardia. I tiratori scelti avevano spappolato la testa di Marcus da duecento metri. Lucus era riuscito a mettere la pistola in mano al cadavere, si era arreso e se l'era cavata senza un graffio. L'agente ferito non era in grado di dire quale dei due avesse premuto il grilletto, cosí Marcus si era portato la colpa nella tomba. A Lucus avevano dato solo l'evasione.

Quell'avventura aveva aggiunto cinque anni ai quaranta che aveva sul groppone, e sette se li era fatti in catene.

Mentre passavano i regime duro, Lucus non staccò gli occhi dal soffitto di cemento bianco.

Svs saltò giú dal letto a castello, andò al cesso senz'asse e urinò.

– Ahhhh, – sospirò, tremando nell'aria fredda e umida. – Sfiga vuole che c'ho le tubature messe male, di notte mi tocca sempre alzarmi per pisciare, e anche di mattina è la prima cosa che faccio.

– Sí, ti sento, – disse Lucus.

Rumori ritmati lungo il corridoio, scricchiolare di suole seguito da un *clunk!*, ogni volta piú vicino. L'agente di custodia Rawlins, muscoloso e inespressivo, sbloccava le serrature manuali delle celle. Fece scattare anche la loro, poi passò alla successiva.

– Allora, Lucus, cosa pensi di fare? – sussurrò di nuovo Jackster.

Cauto, rispettoso, ma incalzante. Forse per capire se anche lui rischiava il culo.

La sirena echeggiò su tutti e cinque i livelli dell'edificio 3, seguita dal clangore di tutte le serrature elettroniche che scattavano all'unisono.

Lucus si alzò a sedere.

Le porte delle celle scorrevano, aperte dai loro ospiti. Lucus portava camicia di denim e pantaloni azzurri da detenuto, sopra una maglietta bianca. La lama di quindici centimetri scivolò lungo l'avambraccio destro, sotto la manica. La punta solleticava il polso, ma la lama era ben nascosta, bastava tenere il braccio in un certo modo e il resto lo faceva un polsino tergisudore in spugna, rosso, come quelli dei sollevatori di pesi. Due inverni prima, un pivello che lavorava al tornio aveva pensato di far fuori Lucus. Aveva un coltellaccio, se l'era fatto da solo sotto il naso dei guardioni. Lucus gli aveva rotto tutte e due le braccia e un ginocchio, si era tenuto la lama e aveva lasciato il pivello addossato al muro, a fare da pubblicità.

Piegato sul lavabo, Svs si spruzzò acqua sul viso.

– Ho fame, – disse Lucus. Scivolò giú e infilò i piedi nelle scarpe da ginnastica. Gettò uno sguardo al suo compagno di cella, che aveva i capelli bianchi: – E tu hai fame, Sam?

Svs: «Sfiga Vuole» Sam.

– Sí, cazzo... – rispose lui. – Se continua a uscire, dovrò pure farne entrare ancora.

– Ci facciamo due passi, Darnell? – disse Lucus. *Darnell*, non «Jackster». Di proposito, non usava il nome di strada del ragazzo. Non per provocarlo, ma per ricordargli chi era chi.

– Mi sa che resto qui ancora un po', – rispose Darnell.

Ma guardalo, il nostro Jackster, pensò Lucus. Si tiene a distanza di sicurezza.

– Non ho molta fame, – aggiunse il ragazzo.

Si giustifica. Vuole essere sicuro che gli credo.

– Che c'entra la fame? – disse Sam mentre si metteva le scarpe.

Sembrava che Svs parlasse tanto per fare conversazione, ma Lucus sapeva che non era cosí.

Darnell, invece, non ne era sicuro, però se lo stava chiedendo. Negli occhi gli brillava una lucina.

La mensa del penitenziario poteva contenere tutti i 2953 detenuti, ma quando Lucus e «Sfiga Vuole» Sam – passati i controlli in uscita dal loro blocco e percorsa la galleria transennata – fecero il loro ingresso, metà dei tavoli era vuota. Erano di metallo, stile pic-nic, avvitati al pavimento.

Lucus riconobbe diverse bande di detenuti piú giovani, radunati ai soliti posti, divisi per quartieri di appartenenza. Era la garanzia della loro identità. Qui e là sedevano carcerati di lungo corso come lui e Sam, che non stavano né ce l'avevano con nessun gruppo. A un tavolo d'angolo sedevano biker pieni di tatuaggi. Ridevano. Da tre tavoli si sentiva borbottare in spagnolo. Due tipi della Fratellanza Ariana stavano vicino all'entrata, a poca distanza dalla guardiola di sorveglianza. Tre secondini facevano su e giú tra le file, facce livellate come l'acciaio dei tavoli.

La mensa odorava di unto e caffè bruciato. La colazione era gialla e marrone, appiccicosa. Se non altro, il pane era fresco. Veniva dal forno del carcere.

Sam seguí Lucus col suo vassoio e si sedette con lui a un tavolo che subito si vuotò. Forse quell'esodo era dovuto al caso. Lucus non poteva esserne certo. Era grato a Sam per la compagnia, per essere rimasto con lui anche in quella situazione.

– Hai un bell'aspetto, stamattina, – disse Lucus.
– Sfiga vuole che c'ho il mio aspetto di sempre.
– No, per me hai proprio un bell'aspetto, – disse Lucus.

Cinque tavoli piú in là, Lucus vide il Tic, un metro e novanta di nervi tirati, capelli scomposti come quelli del tizio che aveva inventato la bomba atomica... o qualcosa del genere. Lucus aveva visto la foto nell'enciclopedia illustrata del carcere, prima di iniziare il Programma e imparare a leggere bene. Il Tic stava quattro celle piú giú lungo il corridoio 3. Sollevò una cucchiaiata di roba gialla e la portò verso la bocca imbronciata, ma il polso ebbe un sussulto e il cibo cadde sul vassoio. Nessuno rise, nessuno fece commenti: il Tic era un portalettere, finito in galera per aver ammazzato a calci e pugni uno che si era lamentato di un disservizio.

Lucus e il Tic si scambiarono un'occhiata.

Spero tu stia prendendo le medicine, pensò Lucus. Gli avvocati del Tic non avevano ottenuto l'infermità mentale, e il loro cliente era planato in galera invece che tra i matti, ma l'amministrazione era tenuta a garantire che il Tic prendesse le sue pillole, per tenerlo lucido.

Una follia, era proprio il caso di dirlo, pensò Lucus.

Nella sala, due tavoli piccoli erano occupati da due uomini. Uno era magro e tossiva. L'altro non sembrava messo male. Girava voce che s'erano presi il Virus, e quando quella voce cominciava a girare, non ti muovevi piú da dov'eri.

Qualcuno, sulla destra, sghignazzò.

Calmo, senza darlo a vedere, Lucus mosse lo sguardo in direzione della risata.

Due tavoli piú in là, seduto per i fatti suoi, cranio pelato su centocinquanta chili di muscoli da culturista e grasso da mangiadolci. Cooley, occhi azzurri porcini e labbra grosse. Nel mondo là fuori, Cooley andava a caccia di autostoppisti e gente che andava a passeggio. Era finito in prima pagina quando la polizia lo aveva collegato a tre cadaveri.

Perché non è in regime duro?, si chiese Lucus, pur sapendo la risposta. Cooley si comportava da detenuto modello, a parte quella volta o due all'anno in cui la fame gli bruciava gli occhi e si sfogava su qualche pivello privo di agganci, mentre i secondini non guardavano. Cooley li lasciava vivi, per non attirarsi rogne, e si lavava sempre le mani.

Il Tic sentí la risata di Cooley e si girò di scatto verso la montagna di carne.

Non farlo, Tic, pensò Lucus. Trasformò la propria mente in calamita per gli occhi dell'ex postino. Non fare l'idiota proprio oggi. Pazzo come sei, Cooley ti mangia vivo e in isolamento si divertirà rivivendo la scena. Resta in groppa alle tue pillole, Tic. Non ti scaldare.

La magia funzionò: gli occhi del Tic trovarono quelli di Lucus. Battito di palpebre. L'uomo tutto nervi prese il vassoio e se ne andò.

Cooley ridacchiò ancora, ma nessuno abboccò all'amo.

– Sfiga vuole, – bofonchiò Sam, – che il Tic abbia perso un gran bell'impiego statale.

Lucus sorrise.

Sam abbassò la voce e parlò a labbra strette: – Sentito qualcosa?

Lucus scosse il capo. Sam disse che nemmeno lui, poi chiese: – Cos'hai intenzione di fare?

– Seguire la corrente, – disse Lucus.

– Da solo?

– Tocca a chi tocca, e adesso tocca a me.

– Penso che posso... – fece Sam.

– No, non mi saresti di grande aiuto, – disse Lucus. – Giusto un corpo in piú nella mischia. Abbastanza per ingrossarla, troppo poco per evitarla. Non ti permetto di esporti e farti scannare quando sappiamo tutti e due che non serve. Ma ti ho sentito, fratello. E ti ringrazio.

L'uomo piú vecchio sospirò. Lucus non seppe dire se fosse tristezza o sollievo. – Sfiga vuole che sei in mezzo alla corrente, – disse Sam.

– Proprio lí.

– Be', allora io sto sulla riva, – disse Sam alzando le spalle. – Chissà mai...

Poi, in modo che tutti vedessero, alzò la mano e Lucus gli diede un cinque.

– E che mi dici di Jackster? – chiese Sam.

– Già. Che ti dico del nostro Darnell?

Darnell aveva chiuso la branda e l'aveva appoggiata accanto al cesso. La sua scarpiera era contro la parete, di fronte al letto a castello. Era una cella a due posti. Tolti il tavolino, il lavabo, il water arrugginito e i due armadietti a muro, restava a malapena lo spazio per camminare lungo le sbarre: quattro passi all'andata, quattro al ritorno.

– Fai ginnastica, Jackster? – chiese Lucus quando lui e «Sfiga Vuole» Sam tornarono in cella.

– No, amico, prendo un po' di sole.

Svs si allungò sul suo letto, i piedi verso la porta: – Come mai non sei in sala ricreazione? Ci sono tre nuove palline da ping-pong e a te piace guardare quella figa che presenta i talk-show...

– Ho pensato di stare qui, – disse Darnell. – Vi aspettavo.

– Ci aspettavi per fare che? – Lucus mantenne la voce bassa, morbida. Si appoggiò al tavolino e fissò Darnell che andava avanti e indietro lungo le sbarre.

- Cazzo, amico, non lo so, - disse Darnell senza fermarsi, guardando fuori, oltre il canyon largo quindici metri tra la fila di celle e quella identica dall'altra parte. - Qui siamo soci, e ho pensato...

- Soci? - disse Lucus. - Non mi sembra di aver firmato con nessun altro, quando mi hanno fatto entrare qui. Tu ti ricordi niente del genere, Sam?

Dal letto arrivò la risposta. - Io non dimentico niente, però quello non me lo ricordo.

- Eddài, cazzo... - fece Darnell, senza girarsi.

- Certo, ti tocca convivere... - disse Lucus.

- Sí, volevo dire questo, - disse Darnell.

- Intendo dire: abbiamo tutti lo stesso numero di cella, - continuò Lucus.

Darnell sbuffò.

- I numeri, ragazzo, - disse meccanico Sam, sempre sdraiato sul letto, semi-nascosto. - Possono anche portare sfiga.

- Cioè? - ribatté Darnell.

- Ma niente, Jackster, - disse Sam. - Stavo solo parlando di numeri e di sfiga. Come quando sono andato in quel bordello fuori Las Vegas. Ti fanno vedere le ragazze tutte in fila, io me ne sto lí, fumato e sbronzo, ho appena vinto un bel po' di soldi, strizzo gli occhi e guardo quelle gambe lunghe e sode...

- Basta, amico, mi fai morire, cosí! - disse Darnell.

- Preferisci morire in un altro modo? - disse Lucus sua dente.

Jackster non rispose.

- È solo una storiella, - disse la voce dal letto a castello. - E non è sulle donne, è sui numeri. Quelle tipe avevano tutte un cartellino con un numero, un po' come i nostri numeri di matricola, ma quelli non avevano un codice: erano solo numeri. Alcune erano dei cessi, ma quella col numero 9 era bellissima...

– L'ho già sentita, 'sta storia, – disse Jackster. Ora stava appoggiato al muro ed evitava gli sguardi.

– ...cosí scelgo lei, dico al tizio che numero voglio, pago, entro in camera, mi spoglio... e chi ti entra se non la piú orrenda della fila, con un'espressione tipo: «Be', cazzo hai da guardare?» Esco e ritrovo la ragazza che avevo scelto, è fuori come un balcone, il suo è il numero 6 ma non si era accorta che portava il cartellino a rovescio!

– Sfiga volle, – disse Lucus, rubando la battuta a Sam.

– Certo, – sibilò Jackster, – un po' come quando il nostro Svs, due volte pregiudicato, organizza un furto talmente alla cazzo che arriva la padrona di casa...

– Si era sentita male al lavoro, come facevo a...

Jackster non dette segno di aver sentito: – ...e sfiga vuole che tu la picchi in testa con una lampada e...

– Me la sono trovata lí davanti che urlava, io avevo quasi finito e...

– ...e ancora sfiga vuole che ti butti giú dalla finestra e finisci dritto in un cassonetto, che si richiude pure, e sfiga vuole pure che è vuoto, cosí, invece che cadere su un mucchio di Pampers usati, sbatti sull'acciaio, ti storci la caviglia e...

– Oh, tipo, stai parlando dei *cazzi miei*.

Persino Darnell sentí che l'uomo sdraiato era diventato duro come cemento.

Non è giornata per cazzate come questa, pensò Lucus.

– Basta, c'è già abbastanza sfiga per riempire la nostra casetta.

Fai tu il pari-e-patta, cosí non deve farlo Svs. – È come quando uno vende tre pacchetti di bamba a un pusher che sotto la barba c'ha il distintivo, appena in tempo per beccarsi la condanna prevista dalla nuova legge.

Darnell azzardò uno sguardo in direzione di Lucus.

Lucus sorrise: – Certa gente non ci è tagliata, per i giochetti da spia.

– Io non faccio giochetti, – disse Darnell, ma aveva smussato gli spigoli. Stava battendo in ritirata.

– È sfiga. Tutto lí.

– Bisognava pensarci *prima*, – borbottò Darnell, non ancora pronto a mollare l'osso, senza sapere bene a chi si stava rivolgendo.

– Mica pensi al dopo, *prima*, – rispose Sam, pacato, triste. – Pensi a quello che capita al momento. Se hai prurito, ti gratti. Se hai un piano, mica pensi che non funziona...

Nella cella l'atmosfera si ammorbidí, dalla porta aperta tornò a vorticare la cacofonia di urla e radio, e la puzza del sudore di tutto il blocco.

– La morale della storia, – disse Sam, ormai tranquillo, – sta nei numeri. A certa gente capitano i numeri sbagliati, e con quelli esce pure la sfiga.

– Non ti preoccupare ché io ce l'ho, il mio numero, – bofonchiò Darnell.

– E chi si preoccupa? Buon per te.

– E tu che mi dici, Lucus? – disse Darnell.

– Che ti dico di cosa? – rispose l'uomo seduto sul tavolino.

– Di sicuro stai puntando sul tuo numero, – disse Darnell, e fissò Lucus negli occhi. – Ed è come hai detto tu, si convive, volenti o nolenti. Quindi il tuo numero è incatenato al mio, se rischi il culo tu lo rischio pure io.

– Ne so qualcosa, io, di catene... – disse Lucus.

– Perché, io no? – disse Jackster. – E qui lo sanno tutti che è uscito il tuo numero. Siccome siamo insieme, mi sembra giusto sapere come vuoi muoverti e capire come ci sto dentro.

Jackster si strinse nelle spalle: – Mica sto dicendo che sono cazzi miei, ma visto che siete i miei compagni di cella devo sapere...

– ...qual è la cosa giusta, – disse Svs.

– Io adesso vado a farmi una doccia, – disse Lucus. Prese un asciugamano e inforcò la porta: – Voi ragazzi comportatevi bene mentre sono via.

Lucus si incamminò lungo il corridoio, l'asciugamano avvolto sulla mano sinistra. Nella manica destra c'era la lama.

Tieniti vicino al parapetto, lontano dalle celle. Non *troppo* vicino al parapetto: potrebbero spingerti di sotto. Abbastanza vicino da non essere un bersaglio facile. Non ci vuole niente ad abbrancarti e trascinarti in una cella piena di lame e di stronzi. Vicino al parapetto devono fare piú fatica, scoppia un casino e si vede tutto nel monitor della guardiola. Il guardione suona l'allarme e forse i manganelli arrivano che hai ancora le budella in corpo. In cella, invece, ti fanno a pezzi prima di qualunque intervento, anche se il guardione s'è accorto della mossa.

Di solito, quando Lucus percorreva il corridoio, i tipi lo salutavano, gli facevano un cenno, o addirittura gli andavano incontro per stringergli la mano. Quella mattina, nessun segno, né dai cazzeggianti in corridoio né da chi stava in cella a farsi gli affari suoi. Anzi, c'era chi cambiava lato per evitarlo.

– Ehi, mister, – disse Lucus al guardione grasso all'entrata delle docce. – Va bene se mi lavo, cosí non puzzo quando incontro il capoccia, piú tardi?

I piani architettonici per l'edificio centrale prevedevano due agenti di custodia all'ingresso del reparto bagni, piú un altro piazzato in modo da vedere le docce, in ciascuna delle cinque sale. Il regolamento prendeva molto sul serio l'aspetto «custodia e cura» delle leggi carcerarie, ma l'ultimo taglio di budget aveva ridotto il personale, e all'ingresso c'era un solo agente anziché due.

Al guardione grasso mancavano sette anni per andare in pensione, cioè per uscire di galera. Se trovava per terra un biglietto da un dollaro, dopo non faceva caso a nulla, ma proprio a nulla, in un raggio che copriva tre stati. Non era un tizio cattivo.

Il guardione controllò il registro degli esclusi dalla doccia per punizione. Lucus non c'era.

– A tutti piace un detenuto pulito, – disse il panzone.

– Non c'è dubbio.

– La 2 e la 4 sono guaste.

– Mi sa che vado nella 3, – disse Lucus, firmando sul registro con nome e numero di matricola.

Il grassone, sorpreso, girò il registro e controllò la firma.

– Credevo che sapessi leggere, – disse.

Lardoso figlio di troia. Calmo, pensò Lucus, rispondi con una battuta: – Sí, e pure far di conto. Sono numeri, quelli lí.

– E non l'hai visto chi c'è là dentro?

– Me ne fotto.

Bene, vai col mantra del potere.

Il guardione scosse il capo e firmò con le iniziali nella colonna «OK». – Non me l'immaginavo che stavi su quella sponda, Lucus.

Nello spogliatoio della sala 3, come in tutti gli altri, non c'erano armadietti, solo panchine di legno avvitate al pavimento. Piegate e in ordine, una divisa da detenuto e una maglietta a colori fluo. Da dietro la parete a piastrelle delle docce, rumore di acqua e colonne di vapore.

Lucus si spogliò e appoggiò i vestiti accanto agli altri. Intorno alle costole serpeggiava la cicatrice, ricordo di sette anni prima, di quando non era stato abbastanza svelto. Teneva la lama premuta contro l'avanbraccio e agitava l'altra mano nel vapore, aperta, come fosse un ventaglio.

Entrò e... eccolo, contro la parete in fondo, sotto l'ultimo dei venti getti d'acqua, capelli ricciuti lunghi fino alle spalle, protetti da una cuffia trasparente. Vide Lucus emergere dalla nebbia calda e disse: – Signore e signori, è proprio lui!

– Chi ti aspettavi che fosse, Barry?

Barry era un metro e novanta di muscoli guizzanti. Aveva gambe lunghe e sinuose. Quand'era ballerino ci attraversava il palcoscenico a larghe falcate, ora gli servivano a far ingoiare i denti a chi pensava che frocio uguale smidollato. Il vapore della doccia faceva gocciolare mascara dal suo occhio destro, come una lacrima notturna.

– Chi mi aspettavo? – Barry si mise di sbieco, puntando la spalla nuda verso Lucus. S'illuminò in un sorriso, allargò le braccia e le alzò sopra la testa. Le mani si giunsero, mentre Barry si metteva sulle punte, occhi chiusi in un'espressione estatica. Rimase in posizione, poi abbassò le braccia, si coprí l'inguine con le mani a coppa e abbassò il mento, senza aprire gli occhi. Un angelo dormiente sfregiato da una lacrima.

Un battito di cuore...

Barry spalancò gli occhi e batté le ciglia in direzione dell'uomo con la lama.

– Aspettavo solo te –. A ogni battito di ciglia, Barry assumeva pose affettate: – «*Just* you, *indeed it's* you, *only* you, *yes it's true...*» – Volteggiante, danzante, cantando: – «*...no-body bu-uh-ut...*» – Curvo in avanti, poi inarcato all'indietro, in equilibrio su una sola gamba, gli indici di entrambe le mani puntate al cuore di Lucus: – *...yooouu!*

– Sono contento che sei venuto, – disse Lucus.

Barry scoccò un'occhiata maliziosa: – Cos'altro deve fare una ragazza? Il piacere è mio.

– Piacere? Sei stato pagato.

– Ah, già, – disse Barry. – In giroconto, da Lucus a Mouser a Dancer. Sembrava una partita di baseball.

– Solo che non stiamo giocando. Dimmi cosa sai.

– Avevi ragione: c'è in programma una vendetta.

– Quando?

– Be', quel nervosone di un frocetto negava tutto, girava per il cortile con la strizza al culo, dritto come un palo, e guardava i suoi fratellini, aveva paura che lo sgamassero... Come se non fossero ricchioni pure loro, quei buzzurri... Sai quante volte hanno messo sotto una checca, proprio qui dentro, fino a farla piangere... Comunque, siccome per il mio omaccione quella era la prima volta, e non lo stava facendo *davvero*, capisci, stava solo accettando la notte di peccato che gli offrivo come prova che è un grande stallone e...

– Quando?

– Non interrompere una ragazza che racconta una storia, o non ci combinerai mai niente.

– Taglia corto. Sei stato pagato, quindi dimmi tutto.

– Già. Col debito di Mouser. Quanto ti doveva?

– Abbastanza. Adesso dammi quello che ho comprato. Quando?

– Oggi, mio caro. Oggi.

Lucus rimase impassibile.

– Probabilmente in cortile, nel pomeriggio.

L'ora d'aria cominciava alle tre e mezza. Mancavano piú o meno cinque ore.

Barry si lavò le ascelle.

– La banda del mio ex verginello ha preparato tutto,

hanno pure fatto le prove e sparso la voce che seccano chiunque si mette in mezzo e prova a rovinare lo spettacolo. È un canto di morte per una persona sola.

I getti d'acqua investivano i due uomini.

– Che altro c'è da sapere? – chiese Lucus.

– Niente che ti interessi. Il tizio si è messo a piangere, mi sa che si sente in colpa. È l'unica cosa che lo rende intrigante. Be', no, ha anche un bel paio di cosce. Non belle come le tue, però.

– Se n'è accorto che lo hai usato e che ha parlato troppo?

– È tutto ego e buco del culo, quello, – disse Barry. – Manco ci arriva, a pensare che è stato comprato, venduto e ciucciato.

– E i suoi compari? A quest'ora avranno saputo di voi due...

– Non certo da lui. Ha troppa paura che lo disprezzino. Almeno per un po' terrà il becco chiuso. E anche se lo scoprono, no problem. Facevo da intermediario in un traffico di bamba tra uno della loro crew e clienti pieni di grano. Quindi sono accettabile, *moi*.

– A posto cosí, allora –. Lucus indietreggiò e si mosse verso l'uscita senza distogliere gli occhi da Barry.

– Non vuoi qualcosina per il viaggio? – chiese Barry sorridendo. – Per calmarti i nervi. È gratis.

– Ho già quello che mi serve, per il viaggio.

– Ah, fosse vero per tutti noi! – Barry scosse il capo. – Se tutti potessimo crederci...

Giunto a quindici passi di distanza, Lucus si girò e scomparve nel vapore.

– Buona fortuna! – gridò Barry.

Lucus si vestí. Non avere fretta. Non mostrare una goccia di sudore.

– Hai avuto quello che volevi? – chiese il guardione grasso mentre segnava l'uscita di Lucus.
– Credo di sí.
– «Credo di sí, *signore*».
– Ah, già –. Lucus si vide riflesso negli occhi del panzone. Vide striminzire la sua reputazione, per via di quel che la guardia immaginava.
Era un problema suo. Lucus tornò dritto alla cella.

Trascorse il resto della mattinata sdraiato a letto, come se non avesse niente da fare.
Jackster e Svs gli cazzeggiarono intorno tutto il tempo. Nessuno dei due si allontanò.
– È ora di pranzo, – annunciò Lucus, scendendo dal letto a castello. – Andiamo, Jackster, oggi mangi insieme ai grandi.
– Mangio dove pare a me, – rispose secco Darnell.
– E perché non vuoi mangiare con noi? – domandò Lucus.
Darnell mormorò qualcosa, poi obbedí al gesto di Lucus che gli indicava di aprire la strada.
Quando Lucus e i suoi compagni di cella si sedettero, il tavolo si svuotò.
Il pranzo: roba marrone, altra roba marrone, roba grigia, caffè.
Jackster continuava a guardare di sottecchi le altre tavolate, incrociando sguardi con compari del suo vecchio quartiere.
Svs cominciò il gioco dei «cazzoni che ho conosciuto».
C'era il Sonnecchia, un tossico di Valium che, superato l'allarme di una farmacia e forzato l'armadio dei narcotici, si era goduto sul posto quel che aveva fregato, per ingubbiarsi nell'angolo dei pannolini. Lo avevano svegliato gli sbirri.

C'era Tappo-Due-Volte, un nano che angariava una troia senza pappa per farne la sua capo-battona. Lei lo aveva inseguito in macchina, facendo lo slalom tra turisti e gente che faceva shopping, lo aveva bloccato sul tetto di una Dodge e gli aveva fatto un centinaio di buchi picchiandolo col tacco a spillo di una scarpa rossa. Infine, lo aveva gettato in un cassonetto, nudo come un verme. Mentre si arrampicava per uscire, tutto coperto di resti di pizza, Tappo aveva afferrato la mano amica di una donna attraente. Cazzo, e perché no?, aveva pensato. Era un segno del destino. La seconda occasione. Aveva riattaccato col numero del pappa, e lei gli aveva messo le manette. Era una donna-poliziotto.

C'era Paul Siringa, che provava l'eroina sui cani randagi. Mentre tagliava e pesava una partita di messicana, aveva sentito bussare alla porta. Grazie all'esclusione probatoria, lo avevano prosciolto dalle accuse per droga, ma si era beccato novanta giorni per crudeltà sugli animali.

– La sfiga morde il culo a tutti, ma i culi dei cazzoni li divora, – concluse Sam.

– Io non sono un cazzone, – disse Jackster.

All'entrata della mensa comparve il sergente Wendell, che scrutò i tavoli uno a uno. Erano quasi tutti vuoti.

– E chi t'ha dato del cazzone? – disse Lucus, spostando lo sguardo dal sergente a Darnell.

– Meglio che non ci provi nessuno!

Il sergente Wendell avanzò verso di loro.

– Il problema coi pivelli, oggi, – disse Sam, – è che gli manca la *finesse*. Ai tempi nostri, se dovevi seccare un tizio, lo beccavi in privato, facevi quello che dovevi fare e finita lí. Oggi, voi pivelli date una sventagliata di mitra a un incrocio e fate fuori una bimba che torna dall'asilo. Nessun rispetto per niente, nessuno stile...

– «Stile»? – sbottò Jackster. – «Finesse»? Certo che ne spari di cazzate, amico, tu non hai idea di cosa sia lo stile!

Con la coda dell'occhio, Lucus vide il sergente Wendell, sempre piú vicino.

– Perché non ce lo dici tu cos'è lo stile, Darnell? – disse Lucus.

– Ellicott! – strillò il sergente.

– Sissignore? – rispose Lucus.

– Cosa credi di fare?

– Stavo solo...

– Conosci i tuoi impegni come li conosco io! Il tuo culo doveva essere dall'amministratore Higgins dieci minuti fa!

– Vado subito, signore! – disse Lucus alzandosi.

Svs prese il vassoio di Lucus, per evitargli di riportarlo.

Il sergente aveva ordinato a Lucus di andare dal direttore di fronte a una dozzina di paia d'occhi. E di fronte a Darnell.

– Perché ti sei fatto venire a chiamare?

– Forse perché sono poco furbo? – rispose Lucus

– Lascia perdere le stronzate. Muoviti! – intimò il sergente, che non era stupido ed era un bravo tipo, anche se nessun detenuto era mai riuscito a comprarlo.

– Sissignore.

Il vice-amministratore Higgins teneva il suo ufficio *quasi* a norma di regolamento. La luce del sole, affettata dalle sbarre d'acciaio alla finestra, cadeva su una modesta scrivania, sugli schedari e sul calendario ufficiale alla parete, accanto al tabellone dei turni e dei ruoli. Higgins, però, aveva tolto le due sedie d'acciaio avvitate al pavimento di fronte alla scrivania, e si era azzardato a rimpiazzarle con sedie pieghevoli di legno, meno austere ma anche piú pericolose: un uomo forte poteva afferrarne una e pestarti a sangue.

Higgins era un peso gallo. Indossava completi da grande magazzino e cravatte in tinta unita. Portava occhiali con montatura di metallo, stanghette a forma di uncino dietro le orecchie. Con o senza le lenti, i suoi occhi fissavano quelli dell'interlocutore, senza mai staccarsi. Quel pomeriggio, si tolse lentamente gli occhiali, li appoggiò sul rapporto scritto a macchina al centro della scrivania semivuota, e fissò l'uomo seduto di fronte a lui.

– Dunque, se lei ha domande o commenti da fare su questo rapporto… – disse Higgins.

– È tutto scritto lí, no? Io non sono piú analfabeta, quindi non è per questo che sono venuto.

– In teoria sí… – Higgins si allungò sullo schienale.

– L'amministrazione apprezzerà come mi sono comportato. Tira una brutta aria per loro, li ho visti i telegiornali, le dichiarazioni di quei due candidati al senato… Ho sentito il direttore del carcere…

– Amministratore capo, – lo corresse Higgins.

– Ah, già, dimenticavo. Cambiamo il nome e andrà tutto bene… almeno finché non scoppia qualche casino.

– Cosa intende per «casino»?

– C'è chi dice che la riduzione di personale vi fa comodo, perché cosí è piú facile che capiti qualcosa, e allora potrete dire: «Visto? Ve l'avevamo detto! Servono piú soldi, piú posti di lavoro!»

– Io non la vedo in questo modo.

– Ma forse alcune guardie sí.

– Gli agenti sono pagati per sorvegliare i detenuti, non per fare politica. Se qualcuno si comporta in modo diverso, me lo deve far sapere.

– Non sono quel genere di persona, – disse Lucus. – Sono solo sensibile ai vostri problemi di immagine. Lo so che dovete tenere su la facciata, cosí la stampa non attacca il direttore e lui non scazza col suo amichetto il governatore, o col primo politicante che si candida qui o là.

– Perché mi dice questo?

– Io sono solo contento di dare una mano... Con cose come il programma di volontariato che ha lí sotto gli occhi.

– E ha fatto un buon lavoro, Lucus.

– Ok, e cosa me ne viene?

Higgins ebbe una smorfia di sorpresa. – Sapeva bene che il programma non ha una logica premiale, quando ha firmato.

Lucus si strinse nelle spalle: – Le cose cambiano, però.

– Non faccia il furbo con me, detenuto.

– Signore, è stato lei a insegnarmi che bisogna essere determinati. Mi ha convinto ad alzare il culo, mi ha fatto capire che, se volevo che le cose cambiassero, dovevo prima cambiare io. Quindi ho lavorato sulla mia determinazione, su come mi comporto, su quello che faccio. Ma dove mi ha portato tutto questo? Sono ancora qui.

– È stato condannato per omicidio di primo grado. *Cinque* omicidi. Piú una condanna aggiuntiva per tentata evasione. Dove si aspettava di essere?

– Oh sí, sono un criminale, su questo non c'è dubbio. Pago col carcere quello che ho fatto, ma la punizione dovrebbe essere proporzionata al crimine.

– Cinque omicidi, – disse Higgins. – Piú la condanna aggiuntiva.

– Quella l'ho già scontata, e in catene. – Stai calmo, Lucus. Sii razionale. – Ma non ho mai ucciso nessuno.

– La legge...

- Signore, la conosco, la legge. Rapinavamo giocatori d'azzardo. La legge ne aveva fatto dei delinquenti, e quindi dei bersagli. La legge, non io. Il ragionamento era: se rapini un delinquente, quello mica può chiamare gli sbirri. La pistola la teneva Rodney. Li ha fatti mettere in fila contro il muro e mi ha detto di controllare il seminterrato. Prima di entrare ci eravamo messi d'accordo: toccata e fuga, dentro e fuori col bottino, nessuno doveva farsi male, né avere il tempo di reagire. Sono giú nel seminterrato che cerco non so bene cosa, quando sento: *pop! pop! pop!* ... Rodney ha fottuto me come ha fottuto quei tizi.
- Non proprio, - disse Higgins.
- Insomma, quel che è fatto è fatto, ma io non ho ucciso nessuno. La legge e Rodney hanno fatto di me un colpevole.
- Lei ha scelto di rubare, si è scelto un socio dal grilletto facile, si è scelto i precedenti da minorenne, furto e aggress...
- Sissignore, - disse Lucus, interrompendo Higgins con una formalità. Doveva sbrigarsi ad arrivare al punto.
- Ammetto di essere colpevole, ma i miei *veri* reati non giustificano due condanne a vent'anni una in fila all'altra, senza libertà vigilata. Nessun uomo in buona fede può vederci *proporzione*.
- Ormai è andata, Lucus. Non credevo ci stesse ancora rimuginando.
- Ho molto tempo per pensare. Altri diciannove anni, per la precisione.
- Potrebbe rifarsi una vita, dopo.
- Come no! Ricomincio da capo a sessantadue anni.
- Si ricomincia da capo a ogni respiro -. Gli occhi scuri di Higgins si strinsero un poco: - Lei vuole qualcosa.

– Questa nuova... determinazione che mi ha aiutato a conseguire... Lavorare nei programmi... E col *mio* Programma personale, dentro la testa... Da quando mi hanno levato le catene, non sono piú stato coinvolto in niente...

– O forse, semplicemente, non l'abbiamo beccata, – disse Higgins.

– Mi sono comportato bene.

– La legge non riguarda il «comportarsi bene». Quello è il *minimo* che ti viene richiesto. Non importa cosa fai qui dentro: ogni giorno è un giorno in meno da scontare, ma prima che tu possa dire di aver pagato, il conto alla rovescia deve arrivare a zero.

– Forse sí, forse no, forse non sempre.

Higgins si strinse nelle spalle: – Cos'è che vuole?

– Un trasferimento, – disse Lucus.

– *Cosa?*

– Via da qui. Subito. Non in libertà vigilata, non sarebbe possibile. Ma lei potrebbe prendere un foglio dal cassetto, firmarlo, ed ecco un detenuto trasferito alla fattoria penale, regime di minima sicurezza. Valido appena si asciuga l'inchiostro. Chiama il sergente e...

– Lei deve scontare carcere duro, Lucus. È un pluriomicida, ha tentato l'evasione, ha ferito un agente – e *non* mi ripeta la storia della pistola – e qui dentro ha causato svariati incidenti...

– Tutto questo prima del mio cambiamento.

– Non può accadere. Non l'ho mai presa in giro, non le ho fatto credere che potesse succedere. Deve rassegnarsi a...

– Il trasferimento non è per me. È per mio figlio.

Higgins batté le ciglia. Due volte. Negli occhi scuri dell'amministratore, Lucus vide aprirsi i cassetti dello schedario mentale.

– Kevin, – disse Higgins. – Kevin Ellicott. Condannato per...

– L'anno scorso. Il governo è andato sul sicuro, si è accontentato di quello che potevano provare. Condannato a cinque anni invece che a venti. È qui da tredici mesi e si è comportato bene. Un angioletto.

– Il suo ragazzo va in giro con i Q Street Rockers, – disse Higgins. – Non mi risulta sia un coro di chiesa.

– Mica ho detto che è un genio. È uno che beve. Se sta qui ancora a lungo, presto diventerà un alcolizzato totale. E questo cosa risolverà? Gliene viene in tasca qualcosa, al direttore? Se la giustizia...

– Può trovare torcibudella anche alla fattoria, con altrettanta facilità.

– Forse se entra nel programma di disintossicazione...

– Dovrebbe essere lui a dire «forse», non suo padre, – disse Higgins. – Perché non me lo chiede Kevin, il trasferimento? Perché me lo chiede lei?

– È mio figlio. Non c'ero ad aiutarlo a crescere... Figurarsi, prima del mio Programma non lo avrei aiutato granché. Al massimo gli insegnavo qualche espediente... Ma so che se rimane qui, muore.

– Di etilismo? – disse Higgins.

– Che importa di cosa si muore?

I due si fissarono per una decina di battiti cardiaci.

– E lei pensa che un trasferimento all'azienda agricola penale lo aiuterebbe.

– Gli darebbe almeno una possibilità.

– Cos'è che non mi sta dicendo, Lucus?

– Le sto dicendo tutto quello che posso.

– Tutto quello che *può*? – disse Higgins. – Siamo noi a determinare i nostri «posso» e «non posso». Dovrebbe averlo capito, a quest'ora.

- Ah, siamo noi? - Lucus aspettò, poi disse: - Ma lei ha sempre detto che noi *paghiamo*, per questo.
- È esatto.
- Quindi, - proseguí Lucus, - se qualcuno ha già pagato, ha diritto a una possibilità.

Quasi con dolcezza, Higgins disse: - Non rovini tutto, Lucus. Non perda tutto quello che ha conseguito.
- E cos'ho «conseguito»? Comunque vada, ho da fare ancora diciannove anni. Che posso perdere o rovinare?
- Il modo in cui si guarda allo specchio.
- Nello specchio ci vedo un uomo, e continuerò a vedercelo.
- Se lei non mi aiuta, - disse Higgins, - io non posso aiutare lei.
- Io l'ho aiutata, *signore*. Guardi il rapporto che ha lí sulla scrivania. Che se li prenda pure il direttore, i meriti: farà bene alla sua immagine. Per me non chiedo niente. Quello che sono, quello che ho fatto, quello che posso fare in un modo o nell'altro... Tutto questo varrà bene qualcosa!

Higgins scosse il capo: - Non può scambiare niente per conto di suo figlio.
- E allora che diavolo posso fare?
- Lo lasci vivere la sua vita.
- Mi sta dicendo che non lo trasferirà?
- Non c'è niente da fare.
- Siamo noi a stabilire i nostri «posso» e «non posso», eppure «non c'è niente da fare», - disse Lucus. - Bene. Ha finito con me, *signore*?
- Abbiamo finito, detenuto.

Lucus si mosse verso la porta, ma all'ultimo si girò: - Posso farle un'ultima domanda, signore?
- Dica.

– Perché fa quel che fa? Tutti i giorni lei viene qui dentro, chiuso a chiave proprio come noi, e deve sbrogliarsela con l'amministrazione, i regolamenti, la legge, le voci che girano, gli incidenti... Perché?
– Ho dei figli anch'io.
Lucus annuí, e mentre apriva la porta disse: – È un vero peccato.
Il sole illuminava l'orologio a muro, di fronte alla scrivania del sergente: 1:57 pm. Ancora un'ora e mezza.
Chiuditi quella porta alle spalle, pensò Lucus. – Ehi, sergente, adesso dovrei consultare dei libri. Mi può fare un permesso per la biblioteca? In teoria, il mio giorno sarebbe domani.
Il sergente Wendell compilò il permesso senza disturbare di nuovo il superiore. Wendell sapeva tutto di Lucus, del suo progetto «Aiutiamo i senzacasa», dei permessi e dei rapporti.

La biblioteca occupava l'intero secondo piano del complesso ricreativo. Lucus tremò mentre percorreva in fretta la galleria scoperta in mezzo agli edifici. Il vapore acqueo gli usciva di bocca e fluttuava oltre le transenne incatenate. La lama, stretta contro il braccio, era bagnata di sudore.
Nella sala al pianterreno, Lucus lanciò un'occhiata al capannello di uomini in divisa azzurra, in piedi di fronte al grande televisore confiscato dai federali durante un blitz anti-droga. I detenuti guardavano una soap opera. Ridevano e facevano battute, ma intanto seguivano la storia di una bella bionda in abiti sexy e piena di gioielli. La tipa ancora non sapeva che il fustacchione barbuto con cui trombava, in gran segreto le stava tendendo una trappo-

la, per vendicarsi di uno scazzo che suo padre aveva avuto col padre di lei. Lucus non vide nel capannello il volto che cercava, ma sapeva che c'era anche lui.

La guardia all'entrata della libreria guardò il pass di Lucus con occhi che desideravano essere al piano di sotto, con le altra paia d'occhi di fronte alla tv.

Il detenuto-modello che lavorava come bibliotecario era in piedi accanto alla scrivania. Metteva i libri sul carrello delle consegne, pronto ad andare in giro per corridoi. Un altro detenuto risistemava i libri sugli scaffali. Tre detenuti stavano seduti ai tavoli, ognuno per conto suo, circondati da testi di giurisprudenza e fogli protocollo.

Nell'angolo in fondo, come tutti i martedí, Sir James Clawson.

Una montagna azzurra ostruí la vista di Lucus. Era Manster, l'unica creatura piú grossa di Cooley in tutto il penitenziario. Manster non veniva messo in catene perché non aveva bisogno di ricorrere alla violenza. Quel che chiedeva gli veniva dato. Fuori, Manster aveva ucciso uno sbirro picchiandolo con la pistola.

– Ho bisogno di parlare col tuo capo, – gli disse Lucus.

– Adesso vediamo, – disse Manster, e alzò una mano grande come un badile. Senza toccare Lucus, lo tenne inchiodato al pavimento mentre tossicchiava per attirare l'attenzione di Sir James, non staccando mai gli occhi dal nuovo arrivato. Lo sapevano tutti, che Lucus era un lesto figlio di puttana.

Gli altri tre detenuti, che stavano proprio in mezzo, si spostarono per permettere al capo di vedere il visitatore. Sir James arrivò alla fine del paragrafo, levò lo sguardo oltre le tute azzurre e lasciò che i suoi occhi si posarono su Lucus.

– Ehi, J.C., come va?

Manster sbuffò alito cattivo. Solo gli amici di Sir James potevano chiamarlo «J.C.».

A meno che il capo non fosse dell'umore giusto.

– Lupo Solitario Lucus! – disse Sir James. – Vieni, accomodati.

Lucus superò gli altri detenuti e si sedette al tavolo del capo, sulla seggiola di fronte alla sua.

Sir James prese il pass rosa da dipendente di uno sfigato qualsiasi, lo usò come segnalibro e chiuse il volume. Girò il libro per mostrare a Lucus la copertina: l'immagine di un tizio in giacca e cravatta con una spada ricurva in una mano e una ventiquattrore nell'altra. Il titolo era: *Samurai aziendali. I principi dell'antico combattimento giapponese e il business globale del ventunesimo secolo*.

– Leggi ancora, Lucus?
– A volte. Quando ho tempo.
– Lo sai qual è il difetto di questo libro? – chiese J.C., che stava facendo un master a distanza in economia e amministrazione aziendale. Una di quelle cose da galeotti benintenzionati.

– Non l'ho letto.
– Non ce n'è bisogno. Basta guardare la copertina.

Il tizio incravattato, la valigetta, la spada, l'espressione da conquistatore...

– Dài a un dodicenne un nichelino e una calibro 9, – disse J.C., – e bucherà dieci volte Mr. Samurai Aziendale prima che lui alzi la sua bella spada antica.

Una volta una gang di Los Angeles, una delle piú grosse del Paese, aveva mandato cinque scagnozzi a «trattare» con la banda di Sir James. Un camion frigorifero aveva scaricato i loro corpi proprio di fronte al loro quartier generale di L.A.

– Non mi intendo di business, – disse Lucus.

– Il futuro sta lí, – disse J.C. con tono da consulente. Stava scontando una pena per narcotraffico. Sarebbe uscito a nuovo secolo inoltrato.

– Ho una cosa per te, – disse Lucus.

– Ah.

– Ma anch'io ho bisogno di qualcosa.

– Ovvio. Altrimenti non saresti qui. Rispetto non te n'è mai mancato, ma resti un lupo solitario.

– Coi soci ho avuto sfortuna.

– Forse il carcere ti ha insegnato qualcosa.

– Non c'è dubbio, – disse Lucus. – Senti, sta per scoppiare un casino. E qui dentro non si muove foglia, se tu dici che deve star ferma.

Sir James lo guardò sornione.

– Qui fuori è pieno di politici che ronzano come mosconi, – proseguí Lucus. – Se questo casino scoppia, finisce che l'amministrazione stringe le viti, e ci va di mezzo anche il tuo business. Non ti conviene.

– Gli innocenti soffrono sempre, – disse J.C. – Di quale sventura ti sei fatto profeta?

– C'è in programma una vendetta, probabile per questo pomeriggio. È garantito che non sarà rapida né pulita, e certo a te non fa comodo che una cosa del genere sfugga di mano...

– È «garantito» da chi?

– È garantito da me. – Devi rischiare. Forse sa tutto, forse no. Forse ha dato l'autorizzazione, forse gli è solo arrivata all'orecchio e ha deciso di non interferire. – La vendetta è contro mio figlio, Kevin. Si è ubriacato e da vero idiota si è immischiato in uno scazzo da cortile, per una partita di basket. Si sono tirati dei rifiuti e dati qualche spintone, prima che le guardie li separassero. Un tale di nome Jerome ha detto che la farà pagare a mio figlio.

Jerome sta con la cricca di Orchard Terrace. Si muoveranno in branco.

– È solo uno sgarro personale? Niente questioni di affari o di territorio?

– È tutto mescolato, J.C., lo sai bene. Se quelli fanno fuori mio figlio, si faranno una reputazione da duri. Se cambiano gli equilibri di potere, ci rimetti pure tu.

– A meno che la bilancia non penda dalla mia parte, – disse J.C.

– Per quel che ne so, tu non sei coinvolto.

Prega che sia cosí, altrimenti...

J.C. guardò uno dei suoi luogotenenti.

– Il moccioso di Lucus va in giro coi Q Street Rockers, – disse quello che di mestiere sapeva le cose. – Gente senza criterio. Quelli di Orchard Terrace si sono sempre comportati bene, e sono furbi.

J.C. rimase in silenzio un momento. Chiuse gli occhi e si godette il sole che filtrava tra le sbarre.

– Non sei in una bella situazione, – disse a Lucus.

– È la storia della mia vita.

– Cosa vuoi da me? – chiese J.C.

– Ferma la vendetta. Puoi farlo, non ti costa niente.

– *Tutto* costa qualcosa. Io che ci guadagno?

– Che niente interferisce coi tuoi profitti.

– La tua preoccupazione per i miei profitti mi commuove, davvero.

– Abbiamo lo stesso problema, io e te.

– No, – sospirò J.C. – Non lo abbiamo. Se fermo la vendetta, dò un urto alla bilancia. Anche se hai ragione, se la vendetta scatena un bordello e la mia indifferenza avrà effetti dannosi, il casino ci sarà comunque. Perché dovrei diventare io l'artefice del male, invece che limitarmi a esserne spettatore? Il tuo ragazzo si è scelto la banda...

– Non li ha *scelti*, sono del suo stesso quartiere...
– Vuol dire che non è cresciuto, – disse J.C. – Ora, metti caso che il tuo ragazzo, spaventato, viene da me e chiede di associarsi ai nostri. Prenderei con me un debole. Ci guadagnerei di piú riconsegnandolo a quelli di Orchard Terrace, perché dopo sarebbero in debito con me. Meglio avere un credito col leone che essere padrone di un coniglio.
– Me l'ero immaginato, – disse Lucus.
– E che altri calcoli ti sei fatto?
Veloce, va tutto troppo veloce.
– Se fermi la vendetta, – disse Lucus, giocando l'ultima carta, – *io* sarò in debito con te.
– Bene, bene, bene... E come ti sdebiteresti? – chiese l'uomo col portafogli pieno di anime.
– Occhio per occhio. Una vita in cambio di un'altra.
– Occhio per occhio *piú gli interessi* –. J.C. sorrise. Aveva i denti bianchi e tutti uguali. – Proprio vero, Lucus: il business non è il tuo forte.
– Sono quel che sono.
– Eri già una leggenda quando sono entrato qui dentro. Un lupo solitario e cattivo. Stai attento a ogni passo, non dài spintoni ma nemmeno ti sposti. Intelligente. Piú che intelligente: esperto.
– Credo di valere qualcosa.
– L'hai mai ucciso un uomo, Lucus? – J.C. continuava a sorridere, calmo.
– Ho sul groppone cinque condanne per omicidio.
– La domanda è: le tue mani hanno mai sparso sangue? – chiese l'uomo i cui occhi punivano i bugiardi.
– Non è mai morto nessuno, alla fine.
– *Alla fine*, – ripeté J.C. – Lo so che sei affidabile, Lucus. So che manterresti la parola: indosseresti il mio col-

lare, sí, ma ti starebbe stretto. E, in fondo, la cosa potrebbe procurarmi problemi.

Lucus sentí lo stomaco cadere nel vuoto, ma non cambiò espressione.

– Non posso aiutarti, – disse J.C. – Gli scazzi di tuo figlio non sono affari miei. Comunque vada, ti prometto che *non diventeranno* affari miei. Se se la cava, da me non dovrà temere niente. Ma deve cavarsela da solo.

Lucus annuí. Lentamente spinse all'indietro la sedia. Intorno a lui sentí gli uomini di Sir James, pronti.

– Qualunque cosa succeda, ricordati che io sono venuto ad avvisarti. Quello che farò io – o che farà mio figlio – non è diretto contro di te.

– Vedremo, – disse J.C. alzando le spalle. – Se siamo a posto, siamo a posto.

Uscendo dalla biblioteca, Lucus guardò l'orologio: 2:01 pm. Meno di novanta minuti all'uscita in cortile.

Ora veniva la parte piú difficile.

Lucus li ritrovò nella sala tv, appoggiati schiene al muro, cool. Chiacchieravano e ammiravano gente fica sullo schermo.

– Guarda un po' chi c'è! – disse uno di loro mentre Lucus veniva avanti e passava oltre, come brezza fredda di dicembre.

Eccoti allo specchio, ecco com'eri una volta. Un uomo giovane appoggiato al muro, capelli crespi senza tracce di grigio, piú alto, muscoli piú tirati, niente cicatrice sul naso, per il resto *identico*. Eccoti di fronte allo specchio.

– Dobbiamo parlare. Adesso, – disse Lucus all'immagine.

– Di cosa? – ribatté il giovane. Lucus fiutò alcol nel suo alito, e paura nel suo sudore.

«Usala, quella paura», avrebbe voluto dirgli Lucus. «Se non puoi ucciderla, usala, cavalcala». Ma quel che disse fu: – È una cosa tra me e te.

– Ehi, vecchio, – disse suo figlio, – qualunque cosa mi devi dire, me la devi dire qui e adesso, davanti ai miei fratelli.

– Non sei abbastanza uomo da poter parlare col tuo vecchio senza nessuno che ti copra il culo?

Risatine e guaiti rimbalzarono su Lucus e colpirono il ragazzo. Lucus lo sapeva: mettevano alla prova Kevin. Volevano vedere come se la sbrogliava. Si chiedevano se Lucus avrebbe umiliato il loro fratellino. E se poteva farlo un vecchio...

Anche Kevin lo sapeva, percepí Lucus. Era contento che suo figlio non fosse completamente stupido.

– Checcazzo, – disse Kevin, – non ti sei preso la briga di parlare con me per diciannove anni, potevi continuare come prima.

Kevin si allontanò dai suoi compari con passo baldanzoso, diretto al fondo della sala, e si mise accanto al biliardo tarlato. Stecche e bocce mancavano dall'ultima sommossa, nessuno le aveva rimpiazzate. Si appoggiò alla parete in modo che fosse Lucus a dare le spalle al branco.

Bella mossa, pensò Lucus. – Non abbiamo molto tempo, – disse.

– Tu non ce l'hai mai avuto, il tempo.

– Non ho mai avuto scelta, piú che altro. Tua nonna non voleva portarti a trovare un carcerato, per non farti sembrare normale averne uno in famiglia, e tua madre...

– ...mi avrebbe venduto per un pugno di spiccioli.

– Ha fatto per te quello che poteva: ti ha affidato a sua madre. Ha rinunciato alla cosa che amava di piú.

– Mi sa che faccio un salto al cimitero e scrivo «Grazie» sulla lapide!

– Non scaricare la tua merda sulla sua tomba.
Il tono gelido di Lucus colpí il ragazzo.
– Perché mi avete messo al mondo, voi due?
– Non era quello che avevamo in mente, – rispose Lucus.
– Lo so bene, cosa avevi in mente: una bella sveltina in parlatorio, prima di essere sepolto vivo.
– Almeno sai chi è tuo padre.
– Eh, sí, che bella famigliola –. Kevin scosse il capo: – Io non lo so, chi cazzo sei. Per me eri il signor Non-ci-sono.
– Quando hai compiuto diciott'anni, chi ti impediva di prendere una corriera, firmare il registro e farmi chiamare?
– Tanto, prima o poi, finivo qui pure io.
Eccoci, pensò Lucus.
– Io non potevo dirottare la navetta e venire a vederti mentre imparavi a camminare, quando a tenerti per mano c'erano solo tossici, delinquenti e tua madre con la testa da un'altra parte.
– Potevi farti furbo prima, – borbottò Kevin.
– Sí, potevo farmi furbo prima.
Lucus pensò che era tardi, dovevano sbrigarsi. Ma quel che disse fu: – Hai una donna, fuori?
Kevin distolse lo sguardo: – Sono tutte puttane.
– Se pensi e dici 'ste cose, non c'è da stupirsi che sei in prigione, – disse suo padre. – Nessuna donna che valga ti rimane intorno, con quell'atteggiamento.
– Nessuna signora ha bussato disperata alla mia porta –. Kevin fissò suo padre, poi girò la testa e disse: – Quella donna che lavora al lavasecco, Emma... Dice di essere tua moglie.
Lucus alzò le spalle. Pregava che l'orologio smettesse di correre. – Non è un'unione riconosciuta dalla legge. Il

suo uomo è morto in una retata, è cosí che l'ho conosciuta. Telefonate, lettere... Ci intendiamo bene.
– Sei in massima sicurezza, ricevi le visite col vetro in mezzo, che ci trova di bello in questa storia?
– Sesso sicuro.
Aveva fatto ridere suo figlio!
– Non abbiamo tempo, – disse Lucus. – Vogliono ammazzarti. Probabilmente in cortile. Se non riescono oggi, ci riprovano alla minima occasione.
Kevin sbatté le ciglia: – Jerome ha detto...
– Le parole sono armi! Non l'hai ancora capito?
– Non c'eri, a insegnarmi le cose. Non sei tu che puoi darmi la pagella.
– Se ti avessi insegnato io, non ti saresti sbronzato e infilato in uno scazzo da cortile... per una storia di basket! E se ti fosse capitato, di certo ti saresti mosso meglio!
– Tipo come?
– Tipo tenerla sul piano personale! Uno contro uno. Andare dalla sua banda e dire che volevi risolverla con lui, subito. Almeno avevi una possibilità!
– Non l'ho mai avuta, una possibilità... – mormorò Kevin. – Mi credi tanto deficiente da chiedergli...
– Non si *chiede* niente a nessuno!
– Cioè dovevo andare uomo contro uomo, senza lame, tipo scazzottata...
– ...e almeno eravate alla pari! Se invece caghi fuori dalla tazza e insulti lui e tutta la banda, altro che scazzottata! Scoppia una guerra!
– Ce l'ho anch'io, una banda!
– Appunto. Gli altri sono di piú, e i tuoi non ti venderanno mai. Figurarsi se hanno paura di farsi tagliuzzare... Quelli sono disposti a *morire* per te.
– È cosí che devono andare le cose.
– Se andassero cosí davvero, questa non sarebbe Infa-

mopoli. Stanno tutti a fare nomi in cambio di sconti di pena.

– E quindi cosa devo fare, signor Esperto Galeotto?

– C'è un solo modo. Vai in amministrazione e fai il nome di un distillatore. Robinson, edificio 2, corridoio 2. Lo tiene nell'autobus in disuso, quello del corso di meccanica.

– Vuoi che faccio l'infame? Sei pazzo! Cosí mi suicido!

– No, cosí ti togli dalla merda. Robinson ha il tuo stesso problema, e vuole smettere di bere. Sa che ci riesce solo se lo chiudono a chiave e fa il «tacchino freddo». Mi sono già messo d'accordo con lui. Devi solo fare questa cosa, e subito.

– Cazzo, sei davvero un figlio di troia!

– E non hai visto niente.

– Ma se vado alla fattoria, quelli di Orchard Terrace…

– Non hanno uomini, là dentro.

– Ma prima o poi…

– Questo è domani. Tu sei condannato a morte oggi. Coi mesi che hai già scontato, se ti tieni la fedina pulita, vedrai che alla prima amnistia ti trovi in pole position. Potresti addirittura uscire tra un anno. Quanto al resto…

– La gente della fattoria lo verrà a sapere, che ho fatto l'infame.

– No, Robinson spargerà la voce di come avete fregato l'amministrazione.

– Ma la mia banda mi smollerebbe…

– Capirai che perdita…

– Sono tutto quello che ho!

– No, non è piú cosí, ormai.

Lucus sentí vociare alle sue spalle. Sapeva che cento occhi scrutavano lui e suo figlio. E intanto l'orologio correva.

– Tu non capisci, se io scappo da…

– Non stai scappando *da*: stai fuggendo *verso*. E non dirmi che non capisco.

– Devo fare quello che devo fare. Se deve succedere oggi, vuol dire che deve andare cosí.

– Kevin?

– Sí?

– Non propinare *a me* queste puttanate. Sono parole senza senso che ti metti davanti alla faccia per non vedere che sei troppo scemo, o troppo pigro, o troppo fifone, per poter stare in piedi sulle tue gambe. «Deve andare cosí» non vuol dire un cazzo. Te ne stai seduto nella merda a fare da bersaglio… Se non ti alzi, sei il piú impotente imbecille del mondo.

– Proprio non capisci, vecchio…

– Non ti preoccupare, ché capisco…

– Perché tutto 'sto sbattimento? – domandò Kevin.

– Di cazzate ne ho fatte un bel po', ma non vuol dire che non posso farne una giusta.

– Ma perché sei venuto a smenarla a me?

– Tu sei quello che ho, – sussurrò Lucus.

Kevin si staccò dalla parete. – Ci vediamo.

– Io posso salvarti la vita!

– No, non puoi, – disse suo figlio. Il diciannovenne allargò le braccia in posa da Cristo: – E poi, non ne vale la pena.

E con passo dondolante si mosse verso i *fratelli*.

Nessuna via d'uscita, nessun nascondiglio. Lucus tornò alla sua cella.

Jackster e Svs ammazzavano il tempo in attesa dell'ora d'aria. Mancavano pochi minuti.

Nessuno aprí bocca.

Quando suo figlio era arrivato nel penitenziario, Lucus aveva infilato tra le pagine di un libro tascabile le poche foto di Kevin che la nonna, riluttante, gli aveva spedito. In quel modo, poteva sfogliare e guardarle senza che un cerimoniale vistoso tradisse i suoi sentimenti. Insieme a quelle istantanee d'infanzia c'erano anche ritagli da annuari scolastici, dal periodo in cui Kevin aveva frequentato le superiori. Era stata Emma a tagliare le foto.

Lucus lasciò fluttuare lo sguardo sulle pareti della cella. Immagini di bei panorami e foto di Emma – gliene mandava una nuova ogni tre mesi. «Chi dice che non possiamo invecchiare insieme?» gli aveva detto una volta in parlatorio, dall'altra parte del vetro con la cornetta all'orecchio.

Quando mancavano ancora due minuti, Lucus si appoggiò alle sbarre, lo sguardo fisso nel vuoto.

– Che stai facendo? – chiese Jackster.

– Niente, – mormorò Lucus.

– E cosa hai *intenzione* di fare? – chiese ancora Jackster.

Lucus rimase in silenzio finché la sirena non suonò il «tutti fuori», segnale rivolto a chi aveva il permesso di andare dove gli pareva nei novanta minuti a seguire. L'ora e mezza di Attività Esterne per la popolazione detenuta.

La lama restò al suo posto sotto la manica, anche mentre Lucus si infilava la giacca azzurra della divisa da detenuto.

– È una bella giornata, fuori, – disse mentre i suoi compagni prendevano le giacche.

Il cortile.

Metti un muro di cinta intorno a un'area grande come due campi da football, con tre mastodontici blocchi di celle e doppio recinto di catene e filo spinato. Metti torrette di guardia ai lati per un agevole fuoco incrociato. Fai correre una pista da jogging lungo il muro, proprio accanto alla zona proibita che ti sparano se ci metti piede; asfalta in un angolo dieci mezzi campi da basket; sistema un po' di attrezzi ginnici arrugginiti, manubri da sollevamento pesi e panchine di cemento; traccia qualche linea per terra e su un muro, e chiamalo «campo da pallamano»; al centro di tutto questo, alza una torre-serbatoio e circondala con una staccionata, come per tenere i cani alla larga da un idrante. Fai partire quattro corsie transennate dai blocchi di celle e dall'edificio dell'amministrazione.

Adesso libera gli animali.

I regime duro trascinavano le loro catene in cortile per mezz'oretta dopo la colazione. I detenuti-modello avevano accesso illimitato tra pranzo e cena. Tutti gli altri avevano novanta minuti, di pomeriggio.

Il regolamento prevedeva che ventiquattro agenti di custodia pattugliassero il cortile divisi per coppie. Ma i soliti tagli di fondi avevano ridotto gli organici. Quel giorno, là in mezzo, c'erano solo dieci guardie.

Centinaia di detenuti confluirono dai blocchi.

Vai al centro, si disse Lucus. Vai al centro del cortile, dove puoi guardarti intorno, pronto a muoverti in qualunque direzione.

Svs, con aria indifferente, camminava un metro dietro a Lucus.

Jackster cercava di darsi un contegno, di camminare nel modo giusto, ma i galeotti piú vecchi gli tagliavano la strada o lo costringevano a spostarsi.

Sir James e i suoi uomini sfilarono verso i tavolini con le scacchiere, dove il sole batteva piú caldo. J.C. guardò Lucus con occhi che non dicevano niente. Manster indirizzò una smorfia al lupo solitario.

I detenuti continuavano a uscire, e Lucus pensò: non hanno fretta. Aspettano che si alzi il sipario.

Kevin e alcuni della sua banda entrarono in cortile ridacchiando.

Lucus ne contò sei. I Q Street Rockers dovevano essere una dozzina.

Barry passò con due ragazzotti sotto la sua protezione. Non guardò in direzione di Lucus.

Il mare azzurro di carcerati si divise per far passare Cooley. Lo sguardo dell'orco setacciava il cortile in cerca di una vittima.

– Ehi, Jackster, come ti butta? – disse una voce. Cinque o sei metri piú in là, dalla calca uscí un detenuto dell'età di Darnell. Aveva in mano un consunto pallone da basket. – Ci facciamo due tiri a canestro?

– Ehm... – Darnell guardò i suoi compagni di cella: – Io mi faccio una partita.

– Meglio per te se vinci, – disse Lucus. E sorrise.

Svs diede a Darnell un'occhiata indifferente.

Jackster seguí l'altro ragazzo verso un campetto da basket.

Di fronte al cancelletto d'accesso alla torre, il Tic stava in piedi da solo, come al centro di un'invisibile bufera. Era senza guanti, strisce di camicia azzurra arrotolate sulle nocche. Gli occhi del Tic passarono attraverso Lucus.

Lucus si massaggiò le tempie con entrambe le mani, come per strofinare via il dolore.

Jerome e una dozzina di tipi di Orchard Terrace entrarono in cortile, direzione contraria a quella di Kevin e i suoi. Come se non stesse succedendo niente.

A una prima occhiata, Jerome era quasi indistinguibile da Kevin.

Ecco: sul fianco destro di Kevin, vicino alla zona proibita, uno... no, due, tre uomini della crew di Orchard Terrace si mettevano in posizione. Aspettavano. Non c'era bisogno di controllare l'altro lato: manovra di accerchiamento.

Sotto la manica, la lama bruciava la pelle di Lucus.

Dall'altra parte del cortile, una partita animava un campetto di basket, la palla girava sull'anello, rimbalzava sul tabellone...

Jackster ricevette un passaggio, corse rapido verso il canestro e alzò la palla. Un compagno di squadra la toccò e la spinse dentro. Uno degli avversari diede un cinque a Jackster e insieme si allontanarono dal canestro trotterellando, parlottando. Time out, e Dammi-un-cinque fece segno a un altro di sostituirlo. Quando il gioco riprese, Dammi-un-cinque disse qualcosa a un tizio che guardava da bordocampo. Schiacciata, canestro, palla di nuovo in gioco. Lo spettatore si annoiò, si allontanò fendendo la ressa, girò a sinistra, girò a destra e si materializzò di fianco a quelli di Orchard Terrace. Sussurrò qualcosa al capo. Il capo annuí, mise un braccio intorno alle spalle di Jerome e si chinò verso il suo orecchio.

In piedi accanto a Lucus, Svs disse: – Hai seguito la mossa?

– Certo, – rispose Lucus. – Il nostro Jackster.

Due guardie in divisa marrone passarono in mezzo alla calca azzurra: Adkins e Tate, un tappo e uno smilzo che facevano sempre sorveglianza in cortile e camminavano sempre al passo. Procedevano verso la torre-serbatoio. Avrebbero controllato il lucchetto del cancello, poi si sarebbero diretti verso gli attrezzi ginnici.

Lucus vide quelli di Orchard Terrace cambiare formazione, quelli sul fianco esterno anticiparono la pattuglia, senza nascondersi, ma decisi a non permettere che la presenza delle guardie rovinasse lo schema.

Adkins, lo smilzo dei due, giocherellava con un mazzo di chiavi fissato alla cintura da una catenella retrattile. Tate, il nanerottolo, teneva lo sguardo fisso al suolo, manco stesse cercando qualcosa. Tutti sapevano che guardava la polvere per nascondere la paura.

Come se fosse possibile. La paura circondava la guardia come una nuvola di fumo. Le guardie che sorvegliavano il cortile non erano armate, ma il piccoletto avrebbe tanto desiderato esserlo, non dover affidare la propria vita solo agli uomini in cima alle torrette.

Adkins faceva ruotare le chiavi e si lamentava del sindacato e delle World Series. Tate non levava gli occhi da terra, e pensava che dopo aver controllato il lucchetto restava solo da...

Il Tic sferrò un calcio e colpí Tate tra le scapole.

Il piccoletto rovinò a terra.

Adkins mollò il mazzo di chiavi, la catenella si riavvolse e le riportò alla cintura. Ma prima che potesse girarsi, il Tic lo aveva afferrato da dietro e gli aveva stretto il collo con una delle sue strisce di stoffa. Un lembo era legato intorno al polso del detenuto. L'altro lembo lo riavvolse intorno alla mano, stretto, finché il coltello che impugnava non si bloccò con la punta sul collo della guardia.

– Che nessuno si muova! – gridò il Tic. – Se qualcuno muove un muscolo, taglio questa testa e faccio uscire i topi! Tutti fermi!

Ai carcerati non fregava niente di Adkins, ma la mossa del Tic li aveva lasciati di stucco e rimasero immobili.

A terra, Tate ansimava, ma riuscí a premere il pulsante della radio agganciata alla cintura.

Senza mollare Adkins, senza staccare la lama dal collo, il Tic indietreggiò verso la torre.

Quattro guardie corsero attraverso la folla azzurra, gridando nelle loro trasmittenti.

– Che nessuno si avvicini! Tutti fermi! – gridò il Tic ai nuovi arrivati. – Guai a voi se fate sgombrare il cortile: gli taglio la testa e faccio uscire i topi! Lo giuro su Cristo, se evacuate il cortile, o se mi saltate addosso, lui è morto! Morto! Topi! Non vi farò sgombrare il cortile! Non farete il tiro al piccione come ad Attica!

Il capitano delle guardie, raggiunto il cerchio di persone piú interno, a pochi passi da Lucus, urlò: – Mantenete tutti le vostre posizioni! Tutti quanti! Che nessun detenuto si muova! Agenti, rimanete a distanza! – poi, rivolto al Tic che continuava a indietreggiare: – È tutto a posto, Sidney! – Le parole del capitano galleggiarono oltre l'agente Tate, che stava a faccia in giú nella polvere e pregava che i tiratori avessero buona mira. – Sidney, sei in...

– Che nessuno si muova! Se mi sparate colpirete lui, e cade dritto sulla lama!

Una squadra speciale eruppe dall'edificio dell'amministrazione. Avevano fucili a pompa, e cinturoni di munizioni. Circondarono i detenuti, cosí nessuno era tentato di approfittare dell'exploit del pazzoide, in un modo o nell'altro.

Sul muro di cinta, i tiratori correvano ai loro posti. Lucus vide una scheggia di sole riflessa in un mirino.

Il Tic indietreggiò fino alla torre mentre il capitano gli gridava che era tutto ok, che non doveva fare mosse stupide etc. Il Tic continuava a urlare a tutti di non muoversi, e intanto costringeva Adkins ad aprire il cancello.

Suonò la sirena.

Higgins, col fiatone e una radio in mano, prese posto accanto al capitano, mentre il Tic risaliva col suo ostaggio la scala a spirale.

– Che diavolo sta facendo? – chiese Higgins.

– Non possiamo sparargli, – disse il capitano. – Non senza uccidere anche Adkins.

– Che nessuno si muova, lí sotto, – gridò ancora il Tic. – Se qualcuno azzarda una mossa, moriremo tutti e due.

Higgins fece rapporto via radio al direttore.

Con gli occhi della mente, Lucus vide gli sbirri della città piú vicina, seduti in macchina a mangiare ciambelle e ingollare caffè. Li vide rispondere alla chiamata, accendere la sirena e correre verso il carcere.

Da qualche parte là fuori, Lucus lo sapeva, una troupe del telegiornale stava salendo su un elicottero.

In piedi su una passerella di metallo a quindici metri d'altezza, coltello alla schiena della guardia, il Tic urlava ancora: – Non vi muovete! Se lo fate lo uccido! Escono i topi!

Le radio crepitavano.

I detenuti mormoravano, bisbigliavano, ma stavano fermi, perché l'amministrazione li teneva sotto tiro.

Dalla radio di Higgins si sentí la voce del direttore: – Cos'è che vuole?

Con prudenza ma sicuro di sé, Lucus fece un passo avanti.

– Amministratore Higgins! – urlò rivolto a chi comandava davvero. – Io posso farcela!

– Fermo e chiudi quella bocca! – strillò il capitano. Alle sue spalle, uno dei suoi uomini puntò un fucile su Lucus.

– Posso farcela! – ripeté Lucus.

– A fare che? – chiese Higgins.

– Riportare giú il vostro agente, vivo e vegeto. Il Tic mi rispetta, e lei lo sa. Sono l'unico a cui crede, qui dentro.

– Ma che ca... – cominciò il capitano.

– È pazzo, signore, ma non è stupido, – disse ancora Lucus.

- È un uomo morto! - sbottò il capitano.
- Se lo abbattete, cade anche il vostro uomo! - disse Lucus, e aggiunse: - Le conseguenze saranno molto gravi, signore. Anche se vi limitate a uccidere il Tic. Tra un po' arriveranno le telecamere. Chiedetelo al direttore, se vuole vedere questa storia al tg delle sei...
- Detenuto! Adesso tu... - fece il capitano, ma Higgins lo interruppe rivolgendosi a Lucus: - Come farà?
- Starò attento, signore. Molto attento. Posso farcela, glielo prometto. Ma... ho bisogno che lei faccia qualcosa.
- Noi non... - attaccò di nuovo il capitano.
- Cosa? - domandò Higgins, che sapeva bene quali erano le priorità.
- Non posso fare scendere il Tic solo dicendogli che non gli succederà niente. Quello se ne frega, e ha pure le allucinazioni...
- È matto! - disse il capitano.
- Come un cavallo, signore. E non potete nemmeno minacciarlo: cosa potete fargli che non possa farsi da solo nella sua cella? Però, - proseguí Lucus, - se mi lasciate promettere che lo trasferirete in ospedale...
- Il tribunale lo ha giudicato sano... - disse Higgins.
- Già, gran bella mossa, - Lucus indicò col dito gli uomini sulla torre. - Ma voi potete trasferirlo all'ospedale di stato per novanta giorni di accertamenti. Se voialtri e il suo avvocato non fate storie, quelli appena lo vedono lo mettono in trattamento e buttano via la chiave. Nessun medico rischicrà il posto lasciando libero uno che minaccia di decapitare la gente e farnetica di topi!
- Pensa che funzionerà? - chiese Higgins.
- Certo, perché gli dirò la verità. L'ospedale è un'altra storia. Perfino i detenuti violenti possono ricevere donne. Medicine migliori, letti migliori, piú tempo all'aperto, e

persone che lo trattano per quello che è: un pazzo. Un pazzo che non è stupido. Però...
– Sí?
– C'è un altro problema.
– Quale? – fecero in coro Higgins e il capitano.
– Perché dovrei rischiare il culo? Arrampicarmi fin là sopra...
– Tu riporterai giú il mio agente, – disse il capitano, – altrimenti...
– Altrimenti cosa? Io sono un galeotto, mica un negoziatore. Se mi punite per non aver fatto cose che non mi spettavano, il mio avvocato vi farà passare dei brutti momenti.
– Allora, cosa vuole? – domandò Higgins.
– Oh, niente di che, – rispose Lucus. – Un onesto scambio di favori, e se l'amministrazione non mantiene la parola, qui il clima si surriscalderà, e molto presto. Se vuole evitare altri problemi, l'amministrazione deve guadagnarsi credibilità presso i detenuti.
– Mi dica cosa vuole.
– Si tratta di quella faccenda di cui abbiamo parlato oggi...
– Eh? – fece il capitano.
Higgins rivolse a Lucus uno sguardo freddo e metallico. Lucus lo sostenne. Higgins ne parlò via radio col direttore.
– Ehi, non è rumore di elicotteri, questo? – disse Lucus.
Higgins abbassò la radio e disse: – Vada.
Sfiga Vuole Sam, Kevin, Darnell, Cooley, Sir James, Manster, Jerome e quelli di Orchard Terrace, Barry, Higgins e le guardie... Tutti guardarono Lucus. Lo sentirono gridare al Tic che stava salendo, che avrebbe trattato per conto dell'amministrazione. Lo videro salire la scala a spirale, mentre le sue parole sfumavano nel vento.

Guardarono i tre uomini sulla passerella. Li guardarono con occhi freddi o dentro mirini telescopici.

Forse dieci, forse nove minuti. Nessuno staccò loro gli occhi di dosso per guardare un orologio.

Sopra il penitenziario, un elicottero tagliava l'aria.

Ci fu un movimento sulla torre, il sole brillò su un oggetto metallico, l'oggetto fu gettato di sotto, in cortile.

L'agente Adkins si precipitò giú per la scala.

Higgins, alla radio: – Non sparate! Ripeto: non sparate!

Quando il Tic scese, cinque o sei guardie lo bloccarono, ammanettarono e portarono via. Dentro avrebbero usato l'idrante, era chiaro, ma anche le guardie piú meschine sapevano che c'era un patto da rispettare.

Lucus camminava verso Higgins e Sam.

Higgins disse qualcosa al capitano, che aggrottò la fronte, ma annuí quando la frase fu ripetuta come ordine.

Il capitano e due uomini armati entrarono nella calca e arrivarono fino a Kevin.

– Tu! – gridò il capitano. – Seguici!

– Io? – fece Kevin mentre i fucili gli indicavano la via. – Oh, ma che cazzo succede? Io non c'entro niente! Non ho fatto niente!

L'intero cortile rimase a guardare mentre le guardie portavano il ragazzo a impacchettare le sue cose.

Higgins fece un cenno a Lucus e se ne andò. C'era una famiglia ad attenderlo, là fuori.

La sirena annunciò il ritorno alle celle. Pian piano, rimasero solo le guardie armate.

Lucus non vide Sir James. Per un istante, vide Jerome e quelli di Orchard Terrace.

A lui ci pensi domani, si disse Lucus. Inchiodarlo, ma lasciandogli una scelta. Il suo branco si guarderà bene dall'appoggiarlo, stavolta, e le voci gli diranno di starsene tranquillo. Il tipo che volevi far fuori non c'è piú, lo scazzo è finito, ed è meglio se non fai il cazzone con uno come Lucus. *Tutti* rispettano quel figlio di puttana.

Svs camminava di fianco a Lucus, come gli stesse leggendo nel pensiero. – Che ne facciamo del nostro piccolo infame Darnell?

– Ah, già, il nostro Jackster. Mi farò venire in mente qualcosa.

– Vedo sfiga, per lui.

Mentre rientravano nel blocco, gli altri detenuti si mantennero a rispettosa distanza.

A un certo punto Sam chiese a Lucus: – Senti, *devo* saperlo: cos'hai detto al Tic per convincerlo a scendere dalla torre?

E Lucus, sottovoce: – Stessa cosa che gli ho detto per convincerlo a salirci.

Giancarlo De Cataldo
Dolcevita Zen Shot

Copyright © 2006 by Giancarlo De Cataldo.
Published by arrangement with Agenzia Letteraria Roberto Santachiara.

– La fotografia è come lo zen. Io sono il maestro e tu sei il discepolo. Io ti dico un mucchio di cose apparentemente senza senso che a te sembrano solo fandonie. Tu non hai il coraggio di farmelo notare, ma io me ne accorgo dal tuo educato e un po' infastidito silenzio. Allora io ti picchio con il mio bastone. Andiamo avanti cosí per un bel po' finché tu non capisci che quelle che sembravano stronzate in realtà sono verità. Anzi, è la verità. Si chiama illuminazione. Hai capito?

Questo era il genere di battute che mandavano in visibilio i cortigiani di Razzo. Il ragazzo ne contò almeno tre, due trentenni tatuati e una piccoletta con i capelli ancora bagnati da una recente immersione con camera subacquea (per vedere se l'attore Gianni Pi ce l'ha davvero cosí mostruoso come si dice, gli fu poi rivelato dallo stesso Razzo). Tre volti che si deformavano nello sforzo di una risata esagerata. Servile. Il quarto uomo, invece, se ne era rimasto zitto e un po' infastidito a masticare il suo mozzicone di toscano. Razzo posò una delle sue zampacce pelose sulla spalla del ragazzo.

– Come ti chiami?
– Giulio.
– Hai capito il discorsetto, Giulio?
– Sí. No. Non so...
– Oggi mi sento generoso. Per questa volta te la passo. Ma non esagerare, eh? Ehi, e quella cos'è?

L'indice polputo di Razzo puntava la custodia in pelle con aria inquisitoria. Giulio sentí in colpa. Fece scivolare il tutto nello zainetto, nell'illusione di passare inosservato. Razzo si sfilò le lenti a specchio e gli puntò addosso due piccoli, minacciosi occhietti arrossati.

– Ti ho fatto una domanda, ragazzo.
– È la mia... la mia videocamera digitale...

Razzo rivolse un'occhiata disperata ai due tatuati e alla piccoletta, che sembravano starsene nella speranzosa attesa di chissà quale evento.

– Ho sentito bene? Ha detto: videocamera digitale?

I tre si agitarono tutti, cercando di rimandare l'inevitabile scoppio di risate.

– È giovane, Razzo – (la piccoletta, materna).
– Lassamo perde, va' – (primo tatuato, da uomo di mondo).
– Se il buongiorno si vede dal mattino... – (secondo tatuato, piú problematico).

Razzo si prese Giulio sottobraccio e lo obbligò a muovere due passi verso il mare che, intanto, continuava a schiumare.

– Dammela.
– La... la videocamera?
– La videocamera, sí!

Giulio frugò nello zainetto e gli consegnò lo strumento dal quale aveva sperato di ricavare: successo, fortuna, soldi, una vita spericolata. La sua nuova vita americana. Razzo afferrò la videocamera con due dita, come se temesse di contagiarsi.

– Otturatore! Esposizione! Filtraggio! – urlò, invasato. – Ne hai mai sentito parlare, Giulio? La fotografia è luce, lu-ce... l'elettronica è il regno delle tenebre... l'immagine è arte, il computer è merda!

– Io pensavo...
– Lui pensava!

Con un cenno carico, teatrale, Razzo ordinò alla piccoletta di avvicinarsi.

– Prendi questa «cosa» e... a mare!

Giulio sentí morire. Ma era troppo sorpreso, o forse troppo spaventato, per protestare. La piccoletta gli lanciò un'occhiata come di comprensione, poi, con un sospiro, agguantò la «cosa». Fu allora che il quarto uomo si passò il sigaro da un lato all'altro della mascella e si mosse.

– Adesso basta. Vi siete divertiti abbastanza.

Aveva la voce calda, roca, imperiosa. La piccoletta si irrigidí, intimidita. Razzo allargò le braccia, come per scusarsi.

– Be', è stato lui a cercarmi, no? Stavo solo cercando di spiegargli le regole...

– Lascia perdere, Razzo. Tu non sai nemmeno che cos'è una regola.

Razzo chinò il capo. Il vento di libeccio si portò via il suo malumore smozzicato. Quell'improvvisa umiltà faceva impressione. Quando la piccoletta gli ebbe resa la videocamera, Giulio cercò l'uomo col sigaro. Voleva dirgli grazie. Voleva... ma l'uomo col sigaro era scomparso. E Razzo gli stava scaraventando addosso un pesantissimo borsone.

– Su, la ricreazione è finita. Andiamo a cercare la Beghini...

Per tutto il resto del pomeriggio né Razzo né gli altri rivolsero la parola a Giulio. Persino per indicargli la buca giusta o per segnalargli la persona che in quel momento stavano cercando di riprendere si erano serviti di gesti secchi. Al piú qualche grugnito poco rassicurante. La Beghini, una rossa (autentica, parola di Razzo) sovradimensionata che stava mandando a monte il matrimonio di un famoso venditore di automobili con un piede in politica, non s'era fatta vedere. Razzo sembrava di pessimo umore. I sottoposti si adeguavano. Avevano tirato stancamente sera, fra un appostamento e l'altro, finché il disco rosso del sole non aveva deciso di inabissarsi. A quel punto avevano raccolto le loro cose e s'erano avviati in mesto corteo verso la strada. La comitiva s'era dispersa davanti al fuoristrada di Razzo. Nessuno l'aveva invitato a unirsi al gruppo per cena. Nessuno l'aveva degnato di un saluto. Nessuno gli aveva detto a che ora si sarebbe dovuto presentare l'indomani. D'altronde, nessuno gli aveva nemmeno chiesto i soldi. E lui non aveva nemmeno fatto il gesto di offrirli. Cosí ora si ritrovava in questa piazza teologica e geometrica, illuminato da coppie di lampioni che proiettavano sagome euclidee sullo struscio del sabato sera. Solo davanti alla lapide che commemorava orgogliosamente i duecentocinquantatre giorni dell'edificazione di Sabaudia. Una voce, improvvisa, risuonò alle sue spalle.

– Andò cosí. Qua c'era da bonificare 'sta palude piena di malaria. In Veneto e in Friuli una massa di derelitti con le toppe al sedere. In mezzo Mussolini. Lui li chiama e dice: andate e producete, figli miei. Se ce la fate a trasformare questo cesso di palude in terra ricca, fertile e produttiva, be', allora la terra ricca fertile e produttiva diventa vostra. Quelli che avevano da perdere? Niente! Andarono, fecero, ottennero la terra, ringraziarono. Ed eccoci qui nel bel mezzo del piú celebrato e osannato «monumento all'architettura razionalista italiana». L'ultimo posto al mondo dove hanno intitolato una strada a Re Vittorio Emanuele III e un'altra al conte Ciano!

La maglietta e i jeans a mezza gamba che portava sulla spiaggia non se li era cambiati. E chissà se il sigaro, rigorosamente spento, era ancora lo stesso. Se ne stava a braccia conserte, fissandolo con l'aria un po' divertita e un po' severa.

– Tu almeno lo sai chi era Mussolini?
– Certo, ne ho sentito parlare!
– Dove? Su Internet?
– Al liceo.
– Ah, allora abbiamo una cultura... quanti anni hai?
– Ventidue.
– Io sono Paolo.

Cosí, dopotutto, aveva un nome. Giulio abbozzò un mezzo sorriso e ricambiò la stretta di una mano asciutta e forte.

– Volevo ringraziarla per...
– Diamoci del tu.
– Volevo... insomma, grazie.
– Offrimi da bere.

Il caffè sulla piazza era gremito di ragazzotti palestrati che adocchiavano ragazzine anoressiche coperte di niente che adocchiavano cinquantenni coperti d'oro che chiudevano il circolo ricambiando le occhiate. In un settore a parte erano confinate le famigliole gravide di marmocchi petulanti e nonne dal cipiglio matronale. Altri palestrati, questi ultimi motorizzati, si avviavano speranzosi verso i locali sulla costa. Paolo ordinò un Campari soda. Giulio un bicchiere di minerale senza gas.

– Sei astemio?
– Già.
– Almeno ti fai le canne?
– Non fumo nemmeno generi di monopolio.
– Allora sei proprio un caso disperato, Giulio!

Al terzo Campari, Paolo gli disse che era inutile che continuasse a guardarsi intorno.
– Chi, io?
– Tu, tu. Qui non vengono certo.
– Chi?
– I Vip, no? Non sei qui per quelli? Non sei andato a gettarti ai piedi di Razzo per... imparare il mestiere?
Giulio allargò le braccia. Paolo fermò al volo il cameriere.
– Un doppio bourbon. Liscio.
Era venuto il momento di passare a qualcosa di piú solido. In tutti i sensi.
– Su, figliolo, sputa il rospo...
Giulio esaminò rapidamente le possibili alternative. Pagare il conto, salutare, andarsene. Mandarlo a quel paese. Piazzare una di quelle battute micidiali che aveva sempre invidiato alla gente che sa stare in mezzo all'altra gente (e non c'era proprio tagliato). Cavarsela con una risata da ebete. Continuare a tacere. Aprire il suo cuore a quello sconosciuto verso il quale aveva sentito di provare, improvvisamente, un'immensa fiducia. Scelse una via di mezzo.
– Voglio andare in America.
– Perché?
– Perché no?
– E speri che ti ci mandi Razzo?
– È l'unico che prende apprendisti.
– Ce ne sono anche altri, se è per questo.
– Razzo è famoso.
– Razzo è uno che ha mollato. Avresti dovuto conoscerlo quindici anni fa. Allora sí che era un vero fotografo. Uno di quelli con i coglioni. Mai sentito parlare della Cecenia? Magari vagamente... magari su Internet?

Era venuto fuori dopo, a cena, che Razzo era stato un formidabile reporter di guerra. Sempre in prima linea in zona d'operazioni. Sempre a rompere le balle ai militari che vogliono l'immagine imbavagliata e asservita per i loro stupidi giochi di propaganda. Sempre con il contatto giusto con quelli dall'altra parte della barricata. Le agenzie di mezzo mondo facevano a cazzotti per i suoi scatti. I network se lo contendevano a peso d'oro. Ma lui non dava esclusive. Inafferrabile. Dinamico.

– Esaltato. A suo modo gentile, quando gli girava. E con un cuore grosso cosí.

– Ma poi...

– Ma poi?

– Hai mai letto *Cuore di tenebra*? Sí, sí, ho capito, ne hai sentito parlare... be', è un po' come quella cosa che diceva il filosofo tedesco... se guardi troppo verso l'abisso a un certo punto finisce che l'abisso comincia a interessarsi di te... o qualcosa di simile... Razzo sarebbe piú bravo a spiegartelo, lui e tutte le sue menate Zen... ma Razzo non avrà voglia di spiegartelo... insomma, la vita è una gran confusione, ragazzo...

– E tu? – aveva chiesto Giulio.

– Io cosa?

– Tu che c'entravi con tutto questo... i viaggi, la Cecenia...

– Ah, io... diciamo che qualche volta gli ho portato lo zaino.

Paolo aveva pagato al bar. Paolo s'era scolato da solo due bottiglie di Grechetto ghiacciato. Paolo aveva piluccato distrattamente un *sauté* di cozze locali. Paolo era un alcolizzato. Paolo aveva pagato la cena. Si erano lasciati intorno all'una di notte. Ora del ricambio per il centro di Sabaudia. Le famiglie erano già da un pezzo in regime di coprifuoco. I cinquantenni e le anoressiche che si erano piaciuti erano andati a tirare la notte in uno dei tanti club sulla costa. I cinquantenni e le anoressiche che non si erano piaciuti erano andati negli stessi club cercando altri cinquantenni e altre anoressiche con cui sperimentare maggior fortuna. I palestrati appiedati si ricongiungevano con i palestrati motorizzati che tornavano mesti e disperati dai suddetti club. Gli uni e gli altri schiamazzavano lasciandosi alle spalle una scia di carta oleata unta, cialde smangiucchiate con avanzi di gelato liquefatto, mozziconi di paglia e di canne. Paolo lo aveva abbracciato.

– Ascolta un consiglio, Giulio: sta' attento a Razzo. È schizzato.

Ma la mattina dopo Razzo l'aveva tirato giú dal letto alle otto e qualcosa. Ruvido, sbrigativo e sfottente come il pomeriggio precedente, ma con un'inconsueta nota di affabilità nella voce.

– A quanto pare, secondo il mio fratellino devo prendermi cura di te.

– Che fratellino? – aveva borbottato Giulio, gli occhi impastati di sonno, un fastidioso senso di pesantezza e di sudore in fondo alla nuca.

– Ma Paolo, no? Su, datti una mossa. È domenica.

Giulio smaltí la sorpresa sotto la doccia. Fratelli. A pensarci bene, una certa somiglianza si poteva persino intuire. Qualcosa nel taglio degli occhi, o l'ironia pungente, forse. Solo che nell'emaciato Paolo la potenza taurina di Razzo s'era come essiccata. Il bere. Una malattia. O una sofferenza intima. Anche se quello sofferente, stando a Paolo, avrebbe dovuto essere Razzo. Comunque, ora la deferenza e il timore di Razzo per l'alcolizzato acquistavano un senso ben preciso. Dopotutto, che cosa ne sapeva di Paolo? Nella stanza, alla luce che proveniva dalla finestra spalancata, Razzo stava esaminando la famigerata videocamera.

– Però non è male. Che cosa contavi di farci con questa?

– Mah, le foto, credo...

– Naah, l'effetto sarebbe catastrofico. Questa roba può servirti al massimo a catturare un istante... e invece noi puntiamo a qualcosa di diverso. Afferrare un'anima, coglierne la dinamica... il tutto attraverso l'immobilità del ritratto... non pretendo che tu capisca, te l'ho detto, sentirai un sacco di cose che ti lasceranno perplesso, ma è cosí, credimi... comunque, sai come si dice... dare moneta...

– Toccare cammello! – completò Giulio, porgendogli la busta con i tremilacinquecento piú Iva.

– Ah, allora sai anche essere spiritoso... su, andiamo, strada facendo ti spiego!

Ci sono *sostanzialmente* due tipi di ville con affaccio sul mare nel tratto del lungomare di Sabaudia ricompreso fra l'Hotel Le Dune e il rudere di Torre Paola, chilometri da 31 a 35. Il funzionalista con oblò tondeggianti e finestre trompe-l'oeil firmate Busiri Vici e il neogotico cafone con vetro riflettente e interno pannellato Manhattan pre-11 settembre. Il dettaglio è peraltro irrilevante.

Ci sono quattro tipi di bersagli umani, *sostanzialmente*, in ordine crescente d'importanza:

– Quelli che una volta c'avevano il mondo in mano e poi se lo sono fatto scippare, ma non si rassegnano, e continuano a sognare un impossibile ritorno... e quelli che si sentono abbastanza forti da scalare la vetta ma ancora nessuno gli ha spiegato bene come si fa, e quindi non è detto che ci riusciranno... Quelli che hanno avuto l'invito al grande party e si stanno comportando abbastanza bene da restarci il piú a lungo possibile. In attesa di fare le scarpe al padrone di casa... E quelli che decidono gli inviti al grande party. A meno di un improvviso tsunami, praticamente immortali. Sono loro i nostri obiettivi. Uno scatto giusto al momento giusto può cambiarti la vita! Ma per arrivarci devi prima imparare che cos'è uno «Zen Shot». E tu non sei ancora maturo, ragazzo!

Cosí parlò Razzo. L'atmosfera si era decisamente sciolta (merito di Paolo?) I tatuati – Pino e Saverio – si erano offerti di dividere con lui il trasporto dei pesi. La piccoletta – Caramella, va' a capire perché – si era scusata per il fatto della videocamera. Alla domanda di Giulio – l'avresti fatto davvero? L'avresti gettata in acqua? – si era avvalsa della facoltà di non rispondere. Erano tutti armati di ombrellone e grossa borsa da mare. Nella borsa, sotto creme e asciugamani, i ferri del mestiere. Razzo individuava i punti nevralgici e assegnava i compiti. Prima trincea: Pino. Seconda trincea: Saverio. Terza trincea: Caramella. Loro due andarono a piazzarsi all'altezza di un'incannucciata brunita dalla quale partiva una piccola scaletta in ferro battuto. Sotto lo sguardo nervoso di Razzo, Giulio fece del suo meglio per piantare l'ombrellone. Era cosí presto che gli stabilimenti non avevano ancora aperto. C'era solo un tizio con un grosso Labrador che faceva jogging. Giulio estrasse la piccola, antiquata Olympus che gli era stata fornita in dotazione (dietro versamento di ulteriore caparra e firma di regolare ricevuta di consegna) e armò l'obiettivo. Razzo scosse la testa.

– È un avvocato. Non conta niente. Lascia perdere.

Razzo chiuse gli occhi.
– Un po' di meditazione è quel che serve. Dimmi cosa vedi.

Un tizio con la barbetta rada, altezza piú o meno uno e cinquantacinque, pressoché nano, seguito da due marcantoni in canotta gialla.

– Camorra. Niente foto. S'incazzano.
– Lo credo.
– Be', non sempre. Lui s'incazza. Ad altri fa gioco farsi segnalare, diciamo che è una specie di ostentazione di potere... se vedi uno altissimo, sui due metri, con la faccia tagliata, tipo Liam Neeson...
– Allora?
– Mafia russa. Fa' finta di non averlo notato.
– Ma dove diavolo siamo? A Regina Coeli?
– Per due mafiosi? Dovresti vedere Miami!

Razzo continuava a tenere gli occhi chiusi. Le spalle si coprivano di un velo di sudore. Il sole cominciava a rivendicare i suoi diritti. Razzo gli spiegò che la divisione fra proprietari e ospiti non aveva nessun valore. Il proprietario può essere uno qualunque, magari la casa l'ha ereditata da uno zio che manco si rendeva conto, e ci campa affittandola. L'ospite, invece, può riservare piacevolissime sorprese.

– Una volta è capitato Tom Cruise. Un'altra Berlusconi.
– E tu?
– E io c'ero e ci ho tirato su abbastanza grana da spararmi sei mesi dall'altra parte della barricata.
– Cioè?
– Cioè fra i bersagli umani, tonto!

Verso ora di pranzo fu spedito a un chioschetto a rimediare panini e birre. Per sé prese una fetta di melone giallo e una Coca light. Razzo ora guardava verso il mare. In lontananza si profilava la sagoma di un imponente cutter. Da quando erano arrivati «in postazione», Razzo non aveva ancora tirato fuori la sua macchina. Razzo gli spiegò un'altra distinzione essenziale.

– Il Vip di destra è diverso da quello di sinistra. Quelli di destra sono caciaroni, battutari... a patto di non essere donna o frocio, con loro capita di sentirti come in famiglia. Quelli di sinistra sono freddi, riservati, sarcastici. E sono i piú fottuti classisti di questo mondo. Dovresti passare una giornata con loro. Capiresti cosa prova un pezzo di merda quando qualcuno lo calpesta e poi gli dà dello stronzo!

La spiaggia si andava popolando. Pino e Saverio facevano la spola dalle loro postazioni portando notizie, chiedendo istruzioni. Razzo continuava ad alternare brevi monologhi a lunghe pause di silenzio. Andò due o tre volte a bagnarsi. Salutò qualcuno che passava. La macchina sempre abbandonata nella borsa. Giulio se ne stava sulla sedia, l'Olympus coperta da un asciugamano bianco, in cerca di qualche buona preda. A un certo punto, un uomo magro dai lunghi capelli bianchi discese dalla scaletta alle loro spalle, aprí un ombrellone che se ne stava lí piantato chissà da quando, e si sistemò su una sdraio qualunque.

– E quello chi è?
– Quello? Oh, lui è il mio vecchio amico G.B. – rispose Razzo, improvvisamente cupo.
– G.B.? Quel G.B.?
– Be', allora non sei proprio un caso disperato! Sí, proprio lui, quel G.B.

Razzo agitò la mano in cenno di saluto. L'uomo sulla sdraio finse di ignorarlo.

- Gliene faccio una? - azzardò Giulio.
- Sta facendo qualcosa?
- Siede e guarda.
- Allora non serve. Se si scopa una troietta sulla veranda di casa sua, quello serve. Se prende a pugni il fantasma di Fellini, quello serve. Se piscia sul presidente della Repubblica quello serve...
- Sarebbe capace di farlo?
- Sai che cosa vuol dire esattamente G.B.? Vuol dire «Gran Bastardo»... G.B. è capace di tutto. Dipende solo dall'umore. Se è in buona, uno zuccherino. Se gli gira, un assassino.
- Ora sembra tranquillo. Allora lasciamo perdere?
- Dipende solo da te, Giulio.
- Che cosa?
- Insistere su un bersaglio o desistere dal bersaglio...
- Scusa, ma non riesco a seguirti.
- Tra colui che percuote e colui che è percosso non c'è differenza. Sono come una goccia di rugiada o come un lampo...
- Stai parlando della velocità dello scatto?
- Quella non c'entra niente. È una specie di... un dono, diciamo.
- Un dono?
- Un dono. Tu punti un bersaglio che non sta facendo niente, ma lo punti perché qualcosa si è acceso fra te e lui. È scoccata come una scintilla. Tu non vedi niente, ancora, ma sai che presto qualcosa accadrà. E sarà qualcosa di estremamente interessante. E...vuoi sapere qual è il senso di tutto questo? Sei tu la causa di tutto. La scintilla dipende da te. In un certo senso, sei tu a provocare l'incidente, è il tuo sguardo...
- È questo il famoso «Zen Shot»?

– No. Il dono è solo una condizione. Una tappa, se preferisci. Zen Shot è tutta un'altra cosa. Su, al lavoro.

Cosí si mise a scrutare scrupolosamente il famoso G.B. Ma non ci fu nessuna scintilla. Non accadde un bel niente. Mentre il pomeriggio avanzava, notò la ragazza. Era la quarta o quinta volta che passava davanti alla postazione. Piccola, riccia e mora, seni impertinenti al vento, i fianchi una curva dolce. C'era in lei un che di sfrontato e di rassegnato a un tempo. Maledettamente eccitante. L'andatura, forse. O forse l'eccitazione stava solo nella sua testa. La sua testa al sole. La sua solitaria testa al sole... Al sesto passaggio inquadrò il tatuaggio sulla spalla destra, una piccola farfalla con le ali spiegate. Cominciò a scattare. Razzo sospirò.

– Che fa?
– Chi?
– La ragazza con la farfalla.
– Ma come fai a... niente, passa e ripassa.
– Quante volte?
– Sino a questo momento sei.
– E lui?
– G.B.? Niente. Guarda.
– Allora non è interessante. Sicuramente è una qualunque che cerca di farsi notare. Tutti quelli che passano e ripassano sono gente qualunque che cerca di farsi notare. Nullità.

Ma lui continuò a riprenderla, dieci, cinquanta, cento volte. Lei non se ne accorse. O forse fingeva. Per tutta una serie ossessiva di passaggi non distolse mai lo sguardo dall'orizzonte davanti a sé. Finché non entrò in acqua, scomparendo fra le maree della libecciata. Il pomeriggio declinava. L'orizzonte s'era fatto dominio esclusivo di femmine sui quaranta con codazzo di marmocchi. A passare e ripassare erano pensionati e giovinastri con costumi fuori tempo e baricentro basso inguaribilmente sottoproletario.

Quando il pomeriggio morí, Razzo e gli altri riportarono Giulio in pensione. Lui si sentiva esausto, decisamente perplesso. La ragazza, Razzo, G.B... qual era il senso di tutto questo? L'inizio di un'avventura, la strada destinata a concludersi con la sospirata svolta, una grande bufala? Ma dopotutto era appena il primo giorno di lavoro. Razzo gli strinse la mano con un certo calore.

– Un consiglio, ragazzo: sta' attento a Paolo. È schizzato!

Razzo e compagnia levarono le tende il lunedí mattina, praticamente all'alba. Giulio venne a saperlo da un sms con annesse istruzioni. Ci vediamo sabato. Tenere la posizione. Il che significava occupare, da solo, la buca della domenica. Ma il lunedí era tutta un'altra storia, sul lungomare di Sabaudia. Praticamente un deserto. La villa di G.B. deserta. Il sole scottava da urlare. Il mare era caduto in preda a una depressione da scirocco. Persino i gabbiani sembravano averne le scatole piene dello scenario. Una coppia di dignitose cornacchie andava a caccia di lucertole lungo la rima delle incannucciate che delimitavano le famose ville. Giulio faceva la guardia al deserto. Sentinella sul nulla, con una borraccia di tè freddo e un libro che lo faceva appisolare ogni poche righe. Ed erano risvegli inquieti, da ragazzo che si aspetta dal giorno dopo qualcosa di unico e avventuroso e si accorge subito che l'hanno ingannato una volta di piú. Ma poco prima del tramonto, quando ormai aveva persa ogni speranza, la spiaggia si trasformò in una parodia di un paesaggio di

Giorgio De Chirico. G.B. si materializzò dal nulla, candida e immacolata epifania con sedia. Ieratico come un'icona bizantina. Giulio si fece ardito e osò accennare un vago saluto con un cenno della mano. Ebbe l'impressione che l'uomo gli rispondesse con una strizzatina d'occhi. Provò l'impulso di avvicinarsi. Presentarsi. Magari un approccio diretto gli sarebbe piaciuto, al Gran Bastardo. Signor G.B. mi mandi in America. Qui non c'è futuro. Ma forse l'occhiolino era solo un gioco del sole radente. Di mettere mano alla macchina non se ne parlava proprio. E pochi istanti dopo lei. Come per un segnale convenuto. Nuovi slip, stessi seni. Ribaldi e puntuti, sfrontati. Dov'era stata, tutte queste ore? Nascosta in attesa di lui? E Giulio, l'osservatore, era stato a sua volta osservato? E ora il vecchio G.B. si divertiva a osservarli entrambi? Lo sguardo di G.B. se lo sentiva sulla nuca. Si voltò d'istinto. G.B. sorrideva. Ne era certo. Non poteva trattarsi di un abbaglio, non questa volta. Chiuse gli occhi, il cuore in tumulto, imponendosi di contare sino a cento. L'avrebbe raggiunto e affrontato. Gli avrebbe fatto la famosa domanda. Novantanove. Cento. Quando riaprí gli occhi, G.B. non c'era piú. Razzo lo chiamò sul portatile mentre stava sbaraccando per tornarsene a Sabaudia.

– Novità?
– N.N.
– G.B.?
– Guarda, sorride e poi scompare.
– Sorride? A chi? Alla tizia con la farfalla?
– A me.
– Be', forse dopotutto il dono ce l'hai. Continua cosí, ragazzo!

Dopo quel pomeriggio, per lunghi giorni, né G.B. né la ragazza si manifestarono ancora. Giulio manteneva la posizione, ma la monotonia, la noia e la spina nel cuore si stavano impercettibilmente trasformando in un vago senso di complicità. Lui e la spiaggia deserta. Radi scrosci di pioggia. Il sole semisepolto da nubi che si avvicendavano secondo un disegno incomprensibile che, pure, una qualche trama doveva in qualche modo sottendere. C'era un sapore di purificazione in quella solitudine. Qualcuno gli aveva detto che Sabaudia era il posto piú bello del mondo. Non avrebbe voluto lasciarsi coinvolgere, ma cominciava pericolosamente ad avvertire i sintomi del contagio. Mercoledí e giovedí li passò scattando una foto dopo l'altra. Nella sua metallica maneggevolezza, la vecchia Olympus si dimostrava una preziosa, discreta alleata. Realizzò le piú belle inquadrature della sua vita. Non foss'altro perché non v'era traccia di esseri umani.

La notte navigava in rete. Ricostruí la storia di Razzo. L'aura di gloria e santità che lo aveva circondato nella prima parte della sua carriera, distrutta dopo l'incidente in Cecenia. Centonovantatre giorni in mano ai guerriglieri in una grotta poco fuori Grozny. I suoi appelli allucinati in favore del popolo ceceno. Scovò un vecchio video della liberazione, alternativamente attribuita a un blitz di teste di cuoio, a resipiscenza dei sequestratori, ovvero ad abile trattativa del controspionaggio militare. Razzo allucinato, smagrito, al collo una Olympus in tutto e per tutto simile a quella che gli era stata assegnata in dotazione. Un giornalista gli chiede qualcosa in inglese. Razzo gli pianta addosso due occhi da pazzo. C'è un lungo istante di silenzio. Poi Razzo attacca a dire: «Ho visto cose che voi umani...»
Il bello è che a Giulio non sembrava per niente diverso dal Razzo che stava imparando a conoscere. Forse, anzi, que-

sto reduce dalle caverne cecene era persino piú «normale». Comunque, s'era fatto due anni di ricovero volontario in una clinica psichiatrica. Poi il grande ritorno come fotografo di moda.

Giulio pescò un blog che accusava senza mezzi termini Razzo di essere una spia dei Servizi Segreti. Il rilascio faceva parte di una complessa trattativa. Razzo era troppo paraculo per riciclarsi come vile paparazzo. Dietro la facciata del gossip si nascondeva la strategia di menti raffinate. Un giro di ricatti, pressioni, misteriose sparizioni: un modo elegante e poco comprommettente per dire «omicidi». Va da sé che il blog-master era altrettanto troppo paraculo per cascarci. E via dicendo. Quanto a G.B., non c'era affare di finanza, interno o internazionale, nel quale non avesse mano. Se ne parlava come del prossimo presidente di una formidabile concentrazione bancaria. Un uomo sulla cresta dell'onda: tanto riservato quanto insospettabilmente mecenatesco verso artisti, pittori, registi. E, stando ai soliti siti beninformati, un'iradiddio con le donne. La ricerca gli fu utile per delineare il quadro. Alle stronzate del blog dietrologo non era il caso di prestare la minima attenzione. Ma al possibile gioco fra la ragazza con la farfalla e G.B. sí. Se cominciava a capire qualcosa di Razzo... doveva averci intravisto una storia plausibile. Il finanziere e la farfalla. La sua lunga attesa acquistava un senso. Razzo puntava al piú classico degli scandali. Immagini. Se doveva succedere, sarebbe successo nel weekend. Magari non avrò il dono, ma un po' di testa non mi manca. Pensò di chiamare Razzo e di fargli capire, fra una battuta e l'altra, che c'era arrivato. In fondo, non era stato forse lui, Giulio, a far cadere l'attenzione sulla ragazza? Ma subito si chiese: che cosa può venirmene? Qualcosa di buono? Un guadagno? Riconoscenza? La prima tappa di una luminosa carriera? Il biglietto di sola andata per Los Angeles? La sua personalissima educazione sentimentale? Il famoso Zen Shot? E, in un angolo remoto della sua mente, un oscuro senso di fastidio. Ma forse dipendeva tutto da una domanda che non aveva il coraggio di formulare: che cosa ci sto facendo, qui e adesso?

Quando il venerdí la spiaggia riprese ad animarsi e G.B. e la ragazza tornarono a occupare ciascuno il proprio posto sulla scacchiera (Hopper in movimento, o forse Grant Wood, e non piú De Chirico) la pace che s'era faticosamente illuso di conquistare lasciò spazio a un nuovo tumulto dei sensi. Perché non era pace, ma tregua. Tregua fra lui e le altre figure del gioco. Tregua con se stesso. Tregua precaria e provvisoria. A ventidue anni la legge del desiderio non sopporta steccati. La ragazza passava e ripassava. Immaginò di fare l'amore con lei al riparo delle dune. O di là dalla secca che bruneggiava sotto il moto ossessivo delle onde, in mare aperto. Si figurò un sapore aspro di conchiglia marina, dolce di sole che scivola sulla pelle. Fece in modo di incrociarla durante il settimo passaggio. Le sbarrò praticamente la strada. Portava l'Olympus al collo, in un'inconsapevole parodia del maestro Razzo. Ma non l'avrebbe usata, la macchina. Voleva solo guardarla bene da vicino. Imprimersi la sua fisionomia. Le sfiorò casualmente una spalla. Si scusò. Lei lo fissò. Aveva occhi verdi e di taglio orientale. Ma quel che lesse nello sguardo di lei lo spaventò. C'era dentro una freddezza distorta. Qualcosa di sfiorito troppo in fretta. Una tregua, pensò, che s'è fatta resa. Questa ragazza è malata. Questa ragazza aspetta la fine. Questa ragazza non ha mai nemmeno conosciuto il principio. Distolse lo sguardo. Lei lo aggirò, indifferente, e riprese la sua strada. G.B. aveva seguita l'intera scena. A Giulio sembrò che scuotesse leggermente il capo. Come per dire: non è roba per te, figliolo. Giulio si era fatto un motorino d'accatto. Se ne servi per seguirla, quando G.B. decise di rientrare e lei raccattò un pareo trasparente, una minuscola borsetta e altissimi zoccoli. Anche lei aveva un motorino. Giulio la seguí sino a San Felice Circeo. L'antico borgo incastonato nel cuore del promontorio consacrato alla maga che faceva di ogni uomo un porco. Battuto dal vento, levigato dal vento. Dominava il Tirreno come G.B. dominava i mortali dalla sua torre di sabbia. Lei non faceva niente per nascondersi. Le andò dietro al supermercato, in farmacia, al bar, dove ordinò un caffè. Lui le stava dietro. Lei lasciava fare. Era lo stesso gioco della spiaggia, pensò. Noi fingiamo di nasconderci per riprenderli, loro fingono di nascondersi per evitare di essere ripresi da noi. Se un giorno scomparissimo noi, scomparirebbero anche loro. La ragazza abbandonò il mezzo davanti a un modesto residence. Giulio fece dietrofront. Se avesse atteso appena qualche minuto l'avrebbe vista tornare ad affacciarsi sulla strada, rivestita da capo a piedi, guardarsi intorno, come chi teme di essere seguito, e poi inforcare il motorino, l'aria rinfrancata, persino decisa.

Piú tardi, mentre vagava fra le bancarelle di un mercatino immerso nella pineta alle spalle delle torri del Comune, fu attratto da uno scoppio improvviso di urla. Abbandonò la collanina con il simbolo della Forza – due braccia incrociate sotto un ghirigoro che ricordava vagamente il muso di un drago – che uno zingaro slavo travestito da indiano Navajo cercava di vendergli a cinque euro, e si avviò verso una specie di avvallamento dimenticato dall'illuminazione municipale. Un gruppetto di quattro o cinque teste rasate inveiva contro un tipo che era finito lungo disteso fra una panchina e un tronco di pino. Se il tipo cercava di rialzarsi, loro lo spingevano giú a spinte e a calci. Era un frocio, una checca, un ricchione. Ce stava a prova' co' Farchetto, er piú govane pischello der gruppetto. Giulio cominciò a riprenderli con la videocamera digitale. Il tipo riuscí a rimettersi in piedi, mulinando le braccia come per un improbabile assalto frontale. Le teste rasate si misero a ridere. Il tipo era Paolo. Giulio avanzò, continuando a riprenderli. Quando le teste rasate si accorsero di lui, smisero di ridere.

– Siete tutti qua dentro, – disse Giulio, brandendo la videocamera, – adesso lasciatelo andare e io cancello tutto.

Ma i ragazzi avevano altre intenzioni. Cancellare lui, per esempio, l'amico del ricchione. Giulio arretrò. Continuava a riprendere. Paolo se ne restava immobile, grattandosi la testa. I ragazzi gli erano quasi addosso.

– Vattene via, scemo! – urlò, poi si mise a correre.

A correre era sempre stato molto bravo. Come a nascondersi. La pensione era vicina. Il centro era pieno di gente. I rasati non lo avrebbero raggiunto. E non lo raggiunsero.

Furono due alti, sdegnosi e sdegnati sikh in turbante a riportargli Paolo. Si era intorno alla mezzanotte. Paolo era coperto di sangue, vomito e sudore. Ubriaco fradicio. Farfugliò qualcosa a proposito dei suoi amici indiani. La padrona della pensione lo guardò storto ma gli consentí di soccorrerlo, a patto che pagasse una camera per la notte. Giulio voleva mollare un dieci euro ai sikh, ma quelli rifiutarono con un gesto deciso, s'inchinarono e scomparvero. Giulio si trascinò di sopra le spoglie dell'alcolizzato, preparandosi a una nottata durissima. Ma dopo una doccia fredda, Paolo lo ringraziò con un brusco borbottio e si schiantò sul divanetto.

Poco prima dell'alba, Paolo, eccitatissimo, lo svegliò nel bel mezzo di un sogno che coinvolgeva la ragazza e G.B. Completamente nudo, sventolava l'album che Giulio aveva seppellito in fondo all'armadio.
– Le hai fatte tu queste, eh? Dimmi, è roba tua?
– Sí, certo, ma...
– Le hai fatte vedere a Razzo?
– Avrei dovuto?
– Be', hai talento, cazzo, un grosso talento. Si vede lontano un miglio... tecnica, colore, taglio dell'inquadratura... un po' debole nel ritratto, ma per il resto... sei un visionario nato, ragazzo mio... Razzo non ha niente da insegnarti! Tu sei uno dotato, credimi!
– Può darsi. Ma a che mi serve?
– In che senso, scusa?
– Voglio dire: potrei anche essere Picasso, ma sono figlio di nessuno. E qui in Italia o sei figlio di qualcuno, o sei figlio di puttana, o per te tutte le porte sono sbarrate. E io non sono né l'uno né l'altro.
Paolo annuí, con una specie di grugnito empatico.
– Capisco. Ecco perché l'America e tutto il resto, Razzo compreso. Be', facciamo cosí. Tu lasci perdere Razzo e i soldi per andare in America te li dò io...
– Tu?
– Io, io. Adesso però fammi posto.
– Ma dove?
– Nel letto, no?

– Ma sei matto?
– No. Sono perdutamente innamorato di un ragazzo dagli occhi neri. E voglio fare l'amore con lui!

Giulio si liberò del lenzuolo e si lasciò cadere per terra dall'altro lato. Nel rialzarsi, afferrò al volo il lume da notte posato sul comodino.

– Non ti azzardare, Paolo!
– Non sei sportivo, Giulio!
– Ti spacco la faccia!

Paolo sospirò. Un sorriso amaro si allargò sul suo volto ossuto.

– Ho sbagliato tutto, vero?
– Mi sa proprio di sí.
– I soldi per l'America te li dò lo stesso.
– Vaffanculo, Paolo.

Paolo si prese la testa fra le mani e cominciò a piangere. Un pianto sommesso e disperato. Fra le lacrime mormorava brandelli di frasi incomprensibili. E parole come «passione», «tempo», «fine». Giulio si rivestí in tutta fretta e uscí sbattendosi la porta alle spalle. Sabaudia si risvegliava. L'alba incendiava le geometrie della piazza centrale. Nell'aria frizzante si diffondeva l'odore del primo pane. Tutto era maledettamente bello e composto. Quando tornò in pensione, Paolo non c'era piú. Giulio raccattò l'attrezzatura e si avviò verso la spiaggia.

– Vuoi sapere com'è andata la storia su in Cecenia?

Razzo se ne stava a occhi chiusi sull'asciugamano, un cuscino ortopedico dietro la nuca, masticando un bastoncino di liquirizia. Pino e Saverio e Caramella erano ai loro posti. G.B. osservava. La ragazza con la farfalla passava e ripassava. Giulio aveva mal di testa e non poteva fare a meno di ripensare a Paolo. L'aveva ferito. Si era solo difeso. Gli aveva fatto del male. Si era salvato da qualcosa. Si chiese se avrebbe dovuto parlarne con Razzo. Decise che era un affare personale, che non lo riguardava. Razzo attendeva una risposta.

– Sí, voglio saperlo.

– Be', io avevo concordato un servizio, diciamo cosí, di colore... qualcosa a proposito del costume nazionale... a quel tempo ero in contatto con un guerrigliero, un tipo simpatico, un vero tagliagole, ma con una sua morale, che dire, abbastanza solida... insomma, per farla breve, ci ritroviamo in questa specie di capanna sui monti, lui, io, un po' di ragazzi e qualche ragazza... le donne cecene sono bellissime, sai, e contrariamente a quanto si possa pensare... studiano, sono evolute, per niente sottomesse... a loro modo, ripeto, gente interessante... dov'eravamo rimasti?

– La capanna sui monti.

– Eh. Allora. Li metto tutti in posa e comincio a scattare. Andiamo avanti cosí per un'ora. Loro sono docili. Il guerrigliero fa da interprete con il suo inglese smozzicato. Il senso del servizio è: vedete, i russi dicono di noi che siamo banditi cannibali, e invece siamo gente come voi. Gente che combatte per la sua terra e *bla bla*, hai presente, no, colore... tutto fila liscio. Finisco il servizio. Ci servono riso, montone e tè. Sto raccogliendo le mie quattro cose quando arriva un tipo mai visto, barba lunga e faccia scura scura. Scambia due parole con il mio amico guerrigliero e poi vedo che tutti e due cominciano a guardarmi in modo strano. Impercettibilmente l'atmosfera cambia. Da amichevole si fa sostenuta. Io ho pratica di queste cose. Lo sento subito, il pericolo. Qua è successo qualcosa, mi dico, e allora cerco di forzare la mano. Mi alzo, con la faccia da fesso, vado dal mio amico e lo prendo sottobraccio.

Be', gli dico, qua abbiamo finito, quindi, se non ti dispiace, io dovrei tornare, mi aspettano in albergo, il giornale aspetta le foto, tutti aspettano qualcosa, e quindi... e quindi quello con la barba grida, le donne e i ragazzi scompaiono come d'incanto, il guerrigliero in un secondo arma il mitra e me lo punta alla tempia, io alzo le mani, il barbuto mi afferra... e il resto lo sanno tutti. La prigionia e via dicendo. Ma il bello sai qual è?

– No. Qual è?

– Il motivo. È stato solo quando mi hanno liberato che sono venuto a saperlo. Dipendeva tutto da uno scatto. Un maledetto shot. Capita che c'è uno della guerriglia che è, come dire, «coperto». Insomma, un infiltrato. Una specie di agente segreto. Lui finge di stare coi russi, ma in realtà è un capo dei nostri amici ceceni. Capo, capo vero, dico. Un terrorista di quelli da impresa disperata, commandos suicidi, e via dicendo. Be', questo bastardo se ne sta in missione segreta proprio nel villaggio del mio amico guerrigliero, che naturalmente è all'oscuro di tutto, e non ti va a passare davanti alla grotta proprio mentre io sto facendo degli scatti, diciamo cosí, di scenario...

– Tu l'hai ripreso?

– Già. Per sbaglio, per errore, per volontà divina, fa' un po' tu. E cosí il bastardo si accorge di me che lo riprendo. L'amico guerrigliero si sente accusare di tradimento. Si difende dicendo che è tutta colpa mia. I capoccia discutono. Io intanto sono dentro una grotta, legato come una capra ma trattato molto peggio di una capra. Alla fine, il bastardo cade in combattimento, io divento un peso inutile e allora mi rilasciano dietro congruo compenso, cosí, tanto per gradire... e tutto questo io sono venuto a saperlo solo dopo, molto dopo... capito il senso?

– Zen Shot.

– Bravo. Zen Shot. L'immagine che non dovrebbe esserci. L'inquadratura non programmata. L'incidente che può salvarti la vita o rovinartela. Bravo.
– È come *Blow Up*, no, quel film...
– Oh, abbiamo un intellettuale fra noi...
G.B. guardava. La ragazza con la farfalla passava e ripassava.
– Gli piace, – sussurrò Razzo, – lui vuole portarsela a letto. Gli piace.
– Se lo dici tu...
– L'ha puntata. Deve averla. Quando G.B. si mette una cosa in testa riesce sempre a ottenerla. Mettitelo bene in testa!
– Sei cosí convinto, Razzo?
– È evidente, no?
Passò l'ora in cui le famiglie si ritirano per il pranzo. Giunse e passò il pomeriggio. G.B. scomparve. La ragazza scomparve. Razzo si accese una sigaretta. Era la prima volta che lo vedeva fumare, e ne fu sorpreso. Razzo gli andò vicino.
– Fa' uno scatto. Uno qualunque. Anzi. Fa' una ripresa. Una qualunque. Con la tua videocamera.
Giulio frugò nello zaino. Videocamera assente. Doveva averla dimenticata in stanza.
– Non la trovo.
– Meglio. Usa l'Olympus. Improvvisa.
Giulio prese l'Olympus e improvvisò. Razzo andò a farsi un tuffo. Giulio stava ancora scattando quando tornò, scosso dai brividi del vento di levante che dava il cambio al sole morente.
A fine giornata, quando si riunirono tutti accanto al fuoristrada, Razzo gli disse che si era guadagnato il suo «shiho».

– Eh?
– Non hai piú bisogno di me. Ora sai tutto. Puoi tenerti la macchina. Non cercarmi. – In bocca al lupo.

In un attimo, senza un sorriso né una spiegazione, erano scomparsi tutti.

Piú tardi, sul web, lesse che lo «shiho» è una specie di brevetto che il maestro trasmette all'allievo al termine dell'addestramento.

Piú tardi ancora si accorse che Paolo gli aveva portato via la videocamera. Si gettò nelle strade di Sabaudia come una furia. Ispezionò piazze, pinete, pizzerie, caffè, locali d'ogni tipo e frequentazione. Scosse per le spalle due, tre, dieci sikh. Nessuno era fra i due che gli avevano riportato Paolo. Qualcuno gli disse che da anni i sikh battono il Circeo, in felice connubio coi residenti. Meditò di gettarsi ai piedi delle teste rasate. Si diresse alla stazione dei carabinieri con l'intenzione di denunciarlo ma un timore antico della divisa lo trattenne. A mezzanotte, nella sua stanza, pensò, alternativamente, che era la fine o l'inizio di qualcosa di nuovo. Dopotutto, gli restava la Olympus. Dopotutto, aveva solo ventidue anni. I carabinieri vennero a prenderlo all'alba.

Della lunga giornata di interrogatori che seguí avrebbe conservato un ricordo confuso, trasognato. Brandelli di frasi che s'inseguivano fra il fumo acre delle sigarette, le minacce che si alternavano alle promesse, i funzionari in borghese che prendevano il posto dei militi in divisa, un bicchiere d'acqua a lungo negato, un panino elargito precipitosamente. E la domanda, la domanda ossessiva:
– Che rapporto c'è fra G.B. e la ragazza con la farfalla?

– Nessuno.
– Lei l'abbiamo identificata. Mezza attrice e mezza puttana. Imbottita di roba. L'hanno gonfiata di botte e affogata. Dovresti vederla. Non è un bello spettacolo.
– Ne faccio volentieri a meno, grazie.
– Abbiamo un testimone. Dicci che cosa è successo fra quei due.
– Niente. Io non so niente.

La storia l'avrebbe appresa soltanto a sera inoltrata, dopo che l'ennesimo verbale era stato letto e, per l'ennesima volta, stracciato. Fu proprio Razzo a raccontargliela. Li avevano lasciati soli in una stanza di ruvide panche. Li stavano ascoltando? Poco male. Lui non aveva niente da aggiungere, né da modificare. Razzo, che fumava una sigaretta dietro l'altra, non aveva perso un grammo della sua tracotanza.

– Non capisco perché ti ostini a negarlo, Giulio. Non capisci che è stato lui? La ragazza stava male, si vedeva che stava male... lui l'ha colpita e lei è caduta in acqua. Cercava di rialzarsi, e lui la spingeva sotto. Uno dei suoi famosi accessi d'ira. Quel bastardo l'ha ammazzata. È omicidio. Roba da ergastolo. Non capisco perché non dici la verità: G.B. se la mangiava con gli occhi. Ne abbiamo parlato, ricordi? L'hai visto anche tu come la guardava.
– Non è la verità, Razzo. G.B. guardava lei, guardava te, me, tutti. A G.B. di quella non gliene fregava proprio niente. Se voleva averla, bastava che le desse mille euro. Stai raccontando balle.
– Ma io li ho visti, tesoruccio.
– Tu li hai visti?
– Ero sulla spiaggia. Di notte si fanno begli scatti, non lo sapevi?
– E tu li hai fatti?

– Guarda qua.

Non c'è che dire. Razzo ci sapeva fare, con la sua macchinetta. Era riuscito a far entrare nell'inquadratura un balenío di luna. La ragazza indossa dei vistosi pantaloni verdi e una camicetta da odalisca. La ragazza si avvicina all'incannucciata che separa il dominio di G.B. dalla battigia. La ragazza tenta l'incannucciata. Un tratto cede alla sua pressione. La ragazza scavalca l'incannucciata.

– E poi? – chiese Giulio.

Razzo si riprese le istantanee e si strinse nelle spalle, amareggiato.

– E poi è finita la pellicola. Da quando siamo in mano all'elettronica diventa sempre piú difficile procurarsene... ma li ho visti. Sono un testimone, lo capisci questo? Un testimone oculare... Cosí, tutto ciò che ti si chiede è di ricordarti come lui se la mangiava con gli occhi!

– Sei stato tu a dirlo, per la verità.

– E che significa? È successo, no? Questa è l'unica cosa che conta!

All'alba aveva ceduto, sfinito. Aveva accettato di firmare un verbale «concordato». Sí, G.B. aveva mostrato interesse per la ragazza. Sí, ne aveva parlato con Razzo. «Morboso» non era l'aggettivo adatto. Sul punto era stato categorico. Interesse, e basta. L'avevano lasciato andare. Con Razzo non s'erano piú incrociati.

Giulio si era atteso una convocazione al processo, convinto che gli avrebbero chiesto conferma del verbale. Invece G.B. aveva scelto il processo a porte chiuse. Gli eventi successivi li aveva seguiti, distrattamente, dai giornali. Era venuto fuori che quel giorno G.B. aveva improvvisamente concessa una giornata di libertà alle sue guardie del corpo. Secondo la ricostruzione dell'accusa, la ragazza era stata accolta nella villa su invito dello stesso G.B. Poi qualcosa era andato storto. E lui l'aveva eliminata. Razzo aveva assistito all'«incidente». La disperata difesa di G.B. non aveva fatto breccia né nel giudice né nel pubblico. Il finanziere aveva sostenuto che era sua abitudine liberarsi, di tanto in tanto, delle guardie del corpo. Qualcuno, sicuramente corrompendone una, era venuto a sapere di questa sua abitudine. Si era ritrovato la ragazza in casa. Era evidentemente alterata. L'aveva mandata via. Non sapeva altro. L'accusa aveva ironizzato: chi si sarebbe preso la briga di architettare un piano cosí romanzesco? G.B. aveva tirato in ballo imprecisati avversari nel mondo della finanza. Gente che aveva deciso di mandare a monte l'affare del secolo. Alla fine, i suoi avvocati si erano rifugiati nell'infermità mentale. Un collegio di superperiti lo aveva riconosciuto pazzo. Non del tutto pazzo. Appena un po' pazzo. Quel tanto che bastava a scampare l'ergastolo. Ma la condanna in primo grado a vent'anni era stata unanimemente considerata troppo mite. Gli arresti domiciliari per motivi di salute avevano suscitato uno scandalo che minacciava di tradursi in una modifica della legge sulla custodia preventiva. La rovina inesorabile e progressiva del finanziere, la sua parabola discendente, aveva incrociato la fiabesca linea d'ascesa di Razzo, l'ex fotografo di gossip diventato eroico accusatore di un vecchio bastardo sino a quel momento intoccabile... Ma Giulio, mentre tutto questo accadeva, era già entrato in un'altra vita. Si esercitava con l'Olympus. Lavorava otto ore in un magazzino di fotocopie. Non aveva mai smesso di sognare l'America. Forse però, il percorso che ce l'avrebbe portato era solo piú lungo. E piú faticoso.

Poi, un certo giorno, i due sikh di Sabaudia, proprio

quelli, avevano bussato alla sua porta con il cipiglio severo, la videocamera digitale rubata e un messaggio di Paolo.

«Scusa, volevo tanto un tuo ricordo. Da' un'occhiata alle riprese. *Have a nice trip!* »

Giulio aveva guardato le riprese. Le aveva guardate e riguardate. Ci aveva pensato su fino a perdere il sonno. E poi aveva deciso di fare visita al vecchio.

Essere ammesso alla presenza di G.B. era stato, per Giulio, di una facilità persino sospetta. Perché, da ex potente in caduta libera, non dovevano essere molti i questuanti superstiti. E perché – Giulio ne fu certo sin dalla prima occhiata che si scambiarono – il vecchio doveva averlo riconosciuto. Con lui c'era un tizio dalla muscolatura massiccia e dallo sguardo ottuso. Probabilmente, l'unica guardia del corpo che gli era rimasta. G.B. impartiva i suoi ordini a cenni, senza parole. A Giulio venne servito un caffè mediocre, e gli si fece capire che avrebbe dovuto esporre con una certa celerità le ragioni della sua visita.

Giulio raccontò tutto, sino alla visita dei sikh. Poi si prese una pausa, in attesa di una sollecitazione che il vecchio si guardò bene dall'indirizzargli. La guardia del corpo servì un tamarindo ghiacciato. G.B. lo sorseggiò senza fretta. Il suo sguardo vagabondava fra gli Schifano, i Moore e i Balla, sembrava carezzasse un ambiente saturo delle testimonianze della gloria passata. Giulio si schiarí la voce.

– Vorrei che vedesse queste riprese...

G.B. schioccò le dita. La guardia del corpo afferrò la videocassetta e l'inserí nel lettore collegato a uno schermo al plasma. Partirono le immagini. Giulio si concentrò sul vecchio. Avido di carpire le sue sensazioni. Sulle prime, pareva che il finanziere stentasse a mettere a fuoco. Teste rasate che se la prendono con un tizio magro e spiritato. Il tizio si rialza. È Paolo. G.B. rivolse a Giulio uno sguardo interrogativo.

– Non si distragga, la prego! Il bello viene adesso!

Uno spostamento impercettibile della macchina e l'inquadratura si allarga. Sullo sfondo, illuminati dall'abituale geometria luminosa dei lampioni, un uomo e una ragazza. L'uomo sta dando qualcosa alla ragazza. Soldi. La ragazza sorride. Lui e lei si abbracciano, si scambiano il «cinque». L'uomo è Razzo. La ragazza ha un tatuaggio a forma di farfalla. L'uomo e la ragazza si salutano. Ciascuno riprende la sua strada. Il tizio spiritato torna in campo. L'immagine è mossa. Fondo nero.

L'apparecchio espulse la videocassetta. La guardia del corpo si precipitò a recuperarla, frapponendosi fra Giulio e il vecchio. Il ragazzo si lasciò sfuggire un sorriso divertito.

– Io stavo riprendendo quelle teste rasate per salvare Paolo dall'agguato. Razzo e la ragazza si trovavano lí vicino per caso. Non dovevano esserci nelle riprese. E invece ci sono. Buffo, vero? È quello che Razzo chiamava Zen Shot... lo scatto involontario. L'immagine non preventivata...

Giulio si fermò qui. Ora toccava al vecchio. Ma il vecchio aveva assunta un'aria trasognata, quasi assente. Giulio provò una vaga punta d'inquietudine. Ma se era tutto cosí chiaro! Forse al vecchio serviva un po' di tempo per metabolizzare la novità...

– Ha visto la data delle riprese, nell'angolo in basso a

destra del video? Il giorno prima del delitto! Questo video le offre un'opportunità unica per dimostrare che l'accusa aveva torto, e che lei è innocente!

Ma altro che tempo per metabolizzare! Il vecchio sembrava spento. Un automa. Come se tutto questo, ormai, appartenesse a un'altra storia. Una storia morta e sepolta, fatta di cenere e di fantasmi. Giulio si chiese se non fosse arrivato troppo tardi. Provò l'impulso di abbrancare quella vecchia carcassa. Scuoterlo sino a strappargli una parola, un grido, un cenno d'intesa. Cercò di mantenersi lucido.

– Ma non capisce? Era tutto un piano... proprio come lei ha detto al processo... qualcuno voleva la sua rovina, e ha pensato di coinvolgerla in uno scandalo dal quale non si sarebbe piú ripreso. Cosí questo qualcuno si rivolge a Razzo, un professionista di prim'ordine quando si tratta di gettare fango sul prossimo... Razzo ingaggia la ragazza. Un'attricetta fallita e sbandata, una tossica senza arte né parte. Il suo compito è di farsi notare dal grande G.B. Io sono un semplice testimone di rincalzo. Devo dire che sí, c'era un gioco di sguardi, lei passava e ripassava davanti alla sua villa, era stata notata, cose cosí... ma a loro non basta sbattere quella disgraziata nel suo letto per ricavarne qualche foto piccante. Loro la vogliono KO, signor G.B. Loro vogliono il sangue. Cosí, quando lei manda via le guardie del corpo... e loro sanno anche questo... Razzo accompagna la ragazza sulla spiaggia e la fotografa quando lei entra forzando l'incannucciata... lei se la ritrova davanti, si fa una bella risata e la manda via. La ragazza non capisce. Si ritrova sulla spiaggia, stordita e strafatta. Qualcuno l'aspetta e l'ammazza. Un complice? Lo stesso Razzo? E chi può dirlo... questo toccherà a lei accertarlo, se ne ha voglia. I suoi avvocati... ma ha capito quello che le sto dicendo? Ha capito che la sto salvando, G.B.?

Con un cenno pacato della mano G.B. gli ordinò di tacere e si allungò sulla poltrona.

Parlò per la prima volta. Aveva una voce roca e stridula, da vecchina.

– Che cosa vuole da me?
– L'America.
– Tutto qui?

James W. Hall
Sei-Zero

Traduzione dall'originale americano di Mariagiulia Castagnone

Titolo originale: *Six-Love*.
Copyright © 2006 by James Hall.

Inquadrata nella sottile croce di collimazione del mirino telescopico di Roger Shelton, Gigi Janeway stava davanti alla finestra aperta. La separavano da lui solo la leggera rete metallica e un centinaio di metri di umida aria estiva, brulicante di insetti. Il suo corpo, illuminato dalla luce calda della stanza, sembrava risplendere.

Gigi indossava ancora il costume bianco da tennis con i fiocchi azzurri sulle maniche e si stava pettinando i lunghi capelli ramati. Per anni Roger l'aveva osservata a distanza ravvicinata, quando andava a prendere sua figlia Julie agli allenamenti di tennis. Dall'età di sei anni, Gigi era stata per Julie una sorta di nemesi, e Roger aveva studiato con cura la ragazza che causava a sua figlia tanto tormento.

Ormai conosceva alla perfezione l'aspro odore di menta della sua pelle sudaticcia e il luccichio dei lunghi peli biondi che le coprivano gli avambracci, e di recente non gli era sfuggita la linea precisa lasciata dal rasoio a metà della coscia, appena sopra l'orlo del gonnellino a pieghe, che segnava il punto in cui Gigi smetteva di radersi le gambe. Gli erano note le espressioni piú comuni del suo viso, dal sorrisetto compiaciuto a cui si abbandonava quando una delle altre ragazze sbagliava un tiro facile, all'aria torva che assumeva quando era lei a sbagliare e doveva mettercela tutta per rimontare.

Gigi rimase a guardare il buio e per un istante parve

che fissasse proprio il punto in cui lui, in preda alla tensione e all'incertezza, se ne stava immobile, con la guancia sinistra appoggiata alla corteccia ruvida dell'albero e l'altra premuta contro la canna liscia del suo fucile da caccia. Si era appostato appena dietro l'alone di luce emesso dalle luci di sicurezza della zona, all'ombra del fitto boschetto di pini che orlava Deepwood Estates, l'esclusiva area residenziale dove viveva Arthur Janeway, proprietario della piú grande concessionaria di Cadillac della Florida. Arthur era un uomo corpulento che nutriva un profondo disprezzo per le mezze cartucce di ogni tipo, categoria alla quale indubbiamente apparteneva Roger Shelton, semplice venditore in uno dei suoi depositi di auto usate.

La moglie di Arthur, Bettina, era originaria di Düsseldorf. Era magra, con le labbra sottili, la voce roca per le sigarette, i capelli biondo platino e l'aria pallida e distaccata di una giovane Greta Garbo. Anni prima, quando era ancora scapolo, Roger si era imbattuto in Bettina, che era a Sand Hills da una settimana. Nuova dell'America e profondamente disorientata, all'inizio l'aveva scambiato per un giovanotto dal futuro promettente e si era trastullata con lui per due notti in un motel alla periferia della città. La terza notte, non vedendola comparire, Roger era andato a cercarla e l'aveva trovata al bar dell'Hotel Flamingo. Seduto sullo sgabello accanto al suo, Arthur Janeway le stava accendendo una sigaretta. Lei si era voltata e l'aveva visto, e la nuvola di fumo che aveva soffiato nella sua direzione era stata come un addio definitivo. Poi si era girata nuovamente verso Arthur e aveva reagito con una risata lunga e rauca a una sua battuta. In risposta Arthur le aveva sfiorato con un dito lo zigomo ben disegnato. Per qualche attimo Roger era rimasto a scrutarla dalla soglia, mentre Bettina concludeva il suo giro di staffetta piazzando saldamente il bastoncino nelle mani del corridore piú veloce.

Roger stava per andarsene quando Molly Weatherstone gli era comparsa accanto. Indossava uno scintillante abito nero da cocktail e scarpe con i tacchi a spillo. Roger l'aveva salutata distrattamente, ma lei non gli aveva nemmeno risposto, troppo intenta a fissare con occhi furiosi la nuca di Arthur Janeway.

– E cosí è successo anche a te, – aveva osservato Roger. – Te l'ha data buca, vero?

Dopo aver osservato la scena ancora per un istante, Molly aveva attraversato la stanza con passo deciso, si era chinata su Arthur e gli aveva sibilato qualcosa all'orecchio poi, girando su se stessa, si era diretta fuori dal bar.

Un mese dopo Bettina e Arthur erano fuggiti a Las Vegas e, a distanza di qualche giorno, anche Roger e Molly avevano concluso la loro fugace storia con una cerimonia civile al municipio di Sand Hills. Nonostante nel corso degli anni il loro matrimonio si fosse rivelato piuttosto solido, Roger si era sempre chiesto se il loro legame non fosse nato dall'esile seme della ripicca.

Gigi Janeway, la ragazza inquadrata dal mirino tremolante di Roger, era la figlia adorata di Arthur e Bettina, la loro principessina. Aveva quattordici anni e una struttura atletica, gli occhi grigi slavati, un formidabile rovescio a due mani, un ottimo servizio e l'istinto del killer sotto rete. In quel momento si stava passando la spazzola tra i capelli ispidi con lo stesso atteggiamento distratto e meccanico che esibiva sul campo da tennis. Ogni colpo identico al precedente. Nessuna differenza tra il primo tiro incrociato e gli altri cinquecento che seguivano nelle due ore successive. Il suo stile di gioco sembrava quello di un robot.

La sua racchetta si abbatteva come una falce sulle messi dorate costituite dalle figlie degli altri, approfittando dei loro punti deboli, degli errori di distrazione, delle fragilità muscolari. Gigi avanzava inesorabile, un colpo dopo l'altro, abbattendo le avversarie con implacabile perfezione.

Roger riusciva a vedere lo scaffale colmo di trofei che stava alle sue spalle. Non le targhe insignificanti da eterno secondo che si era guadagnata Julie, ma le coppe grandi e vistose che premiavano i vincenti. Ma non era solo il desiderio di ammassare quei trofei che spingeva sua figlia a lanciarsi senza sosta contro il muro impervio costituito dal gioco di Gigi. Julie era dotata di temperamento artistico. Capricciosa, creativa, capace di librarsi sulle ali di un'improvvisa ispirazione, giocava con volubile abbandono. Sui campi da tennis, dove vigevano regole ferree e impietose, Julie era una poetessa. Leggera e fantasiosa, incantevole nei suoi momenti migliori, padroneggiava una sorprendente serie di colpi, che, piazzati ad angolature incredibili, schizzavano via dalla racchetta dell'avversaria come se fossero stregati.

C'erano giorni, invece, quando le sue doti erano spente e la sua musa l'abbandonava, in cui pareva afflosciarsi sotto il semplice peso dell'aria. Allora diventava impacciata, autodistruttiva, e guardarla era una pena. A volte si cullava in una sorta di lenta goffaggine, con gli occhi che vagavano distratti, e ciondolava sul campo come se non le importasse piú niente della partita né di qualunque altra cosa.

Ma nei suoi momenti d'oro, Julie smascherava Gigi, rivelandone la natura di automa, facendola correre a perdifiato, e utilizzando la sua creatività per mettere a nudo le minuscole crepe nella pesante armatura della ragazza. Quegli attimi di gloria, però, comparivano e sparivano come improvvisi sprazzi di luce e Julie non era ancora riuscita a far durare la sua versatile magia per un'intera partita contro l'instancabile aggressività di Gigi.

Nella piccola città di Sand Hills, parte della contea di Palm Cove dove tutti andavano pazzi per il tennis, Gigi era l'immancabile trionfatrice, mentre Julie non riusciva mai a batterla. Il suo talento naturale era decisamente superiore, ma le mancava l'ottusa concentrazione dell'altra, la sua ostinazione, e la sua fame di conquista.

Eppure, se Gigi Janeway si fosse accontentata di vincere, Roger non se ne sarebbe stato lí, acquattato tra gli alberi, con il fucile da caccia puntato contro di lei. Come il suo rapace padre, Gigi voleva ben altro. Solo il dominio totale sembrava soddisfarla. Ogni partita era un tale massacro che, giorno dopo giorno, Julie aveva finito per deprimersi. Ogni parola che Gigi le rivolgeva fuori dal campo aveva lo scopo di fiaccarle lo spirito. Ogni gesto, ogni occhiata altera, ogni commento appena sussurrato costituivano per lei una sofferenza, minavano la sua fiducia e le ricordavano la posizione subalterna che occupava a Sand Hills, dove suo padre non era che un modesto commesso.

Per troppe notti Julie era rimasta sveglia nel suo letto, fissando suo padre negli occhi e implorandolo di dirle che cosa poteva fare per mutare il suo destino.

Roger non sapeva cosa risponderle, ma era perfettamente consapevole del fatto che Gigi Janeway, e lei sola, era l'ostacolo che bloccava il cammino di sua figlia. Non importava quanto Julie si impegnasse, né quanto migliorasse il suo livello atletico, i suoi sforzi venivano continuamente vanificati dall'altra. Esattamente come era successo a lui, la cui carriera era stata ostacolata da uomini come il padre di Gigi, aggressivi, determinati, privi di scrupoli.

Sul selciato abbagliante del deposito di auto usate, anche Roger aveva conosciuto dei momenti di grazia. Era riuscito a concludere affari in mezz'ora con qualcuno dei vecchi tirchioni che abitavano nei condomini sulla spiaggia. C'erano giorni in cui aveva la lingua cosí sciolta che nemmeno il diavolo sarebbe riuscito a resistergli. Il suo record di vendita era di cinque auto in un solo giorno. Purtroppo aveva anche un altro primato, quello del periodo piú lungo senza vendere nemmeno un'auto. Erano gli alti e bassi del temperamento artistico, Roger ne era convinto. Ma la gente come Arthur Janeway non apprezzava le qualità fuori dell'ordinario. Arthur, come sua figlia, era un animale a sangue freddo che sfruttava la sua sconfinata energia per sfiancare e abbattere i suoi concorrenti. Otteneva quello che voleva perché pretendeva piú di chiunque altro.

Roger era sicuro che Julie avesse solo bisogno di una spintarella, e quale padre poteva ignorare una simile esigenza? Voleva solo fermare per un po' la ragazza inquadrata nella finestra, infliggerle una ferita leggera che la bloccasse per un paio di mesi, quanto bastava perché sua figlia riprendesse fiato e recuperasse le energie.

Circondata da un alone di luce dorata, Gigi sembrava sfidarlo a sparare. Ad arrestare il tremito che gli scuoteva le braccia e a trovare dentro di sé il coraggio che gli sfuggiva da mesi.

La guardò prendersi tra le dita una ciocca e portarsela davanti al viso per ispezionarla. La osservò staccare una doppia punta e gettarla verso la zanzariera. Un gesto casuale che ricordava la disinvoltura con cui eliminava le sue avversarie. Poi continuò a osservarla affascinato mentre si portava la spazzola davanti alla bocca come un microfono, inclinando la testa di lato, quasi stesse cercando la posa piú favorevole sotto dei riflettori immaginari, forse quelli di Wimbledon. Dopo aver concluso l'intero torneo senza aver perduto un solo set, Gigi aveva vinto la finale e ora si inchinava davanti al Duca e alla Duchessa, spiegando alla folla impazzita come era riuscita a ottenere una vittoria cosí clamorosa alla sua giovane età. Il segreto era lo sperma giusto, questo Roger pensava che dicesse. Lo sperma giusto è penetrato nella cosina di mia madre e ha concepito me, trasmettendomi la tenacia, la concentrazione e la capacità di ripetere per ore e ore gli stessi gesti senza annoiarmi. Non sono degna di questa coppa. Chi se la merita è Julie Shelton, di Sand Hills, Florida. Lei sí che è cresciuta oltre ogni aspettativa, tenuto conto dei suoi pessimi geni. Julie Shelton, la bella perdente. Questo trofeo è per te, sfortunata Julie, povera ragazza patetica, priva della grinta, del fegato e della monotona ripetitività necessaria a riuscire.

Nella lente del mirino, Roger la guardò mentre lasciava cadere la spazzola e si bloccava, improvvisamente attenta. Il sorriso le si irrigidí, come se qualcuno avesse strappato la corda che collegava il cervelletto ai milioni di nervi del suo corpo. Poi la bocca si allentò e, con un ultimo sussulto di energia, gli spietati occhi chiari si fissarono nei suoi con un'indignazione cosí cocente che tutt'attorno a lui gli alberi parvero illuminarsi. Nei suoi ultimi attimi di coscienza, le labbra si imbronciarono come per un'insolita delusione, quasi che qualcuno avesse cercato di carpirle un tesoro nascosto o di rubarle un giocattolo dalle mani.

Roger abbassò il fucile e rimase ad ascoltare l'eco dell'esplosione che veniva inghiottita dall'aria umida, il rumore lontano del traffico, il cri cri dei grilli e il ronzio delle zanzare, e il suono smorzato delle televisioni che filtravano dalle pareti.

In seguito avrebbe appreso che nessuno aveva sentito

lo sparo. Nessuno si fece vivo con la descrizione di un uomo in tuta mimetica. Roger era tornato alla sua auto inosservato. Nei giorni seguenti gli agenti perlustrarono i boschi circostanti, ma non riuscirono a individuare il punto in cui si era appostato, né trovarono alcuna traccia che segnalasse la sua presenza. Sconcertata, la polizia di Sand Hills concluse che Gigi Janeway era stata colpita da un proiettile vagante, rimbalzato probabilmente dal bersaglio di un tiratore che si stava esercitando nei boschi. Arthur e Bettina invocarono l'intervento delle autorità statali o quello dell'Fbi, senza risultato. Un mese dopo, dell'incidente non parlava piú nessuno.

Le notizie sulle condizioni di Gigi arrivarono a Roger dai giornali o dai pettegolezzi al deposito di auto usate. La ragazza rimase in coma per sette settimane. Quando si svegliò, non ricordava quasi nulla della sua vita passata. Il piú piccolo movimento era diventato per lei un'impresa titanica. Per qualche tempo ogni respiro costituí una prova, ogni battito di ciglia una conquista. Anche i suoi muscoli avevano perso la memoria. Le ci volle un anno per riprendere a camminare senza le stampelle, e un altro per riuscire a stringere in mano una racchetta da tennis.

Erano giusto passati due anni dal giorno dell'agguato, quando Roger assisté al suo ritorno al Tennis Club di Sand Hills. La goffaggine dei suoi tiri, la lentezza con cui si muoveva in campo, la facilità con cui si stancava la rendevano una crudele parodia di ciò che era stata prima. Roger non provava alcun piacere nel vederla cosí ridotta, ma il suo senso di colpa era neutralizzato dalla gioia per la rinascita di sua figlia. Con una lieve pressione del dito, Roger aveva liberato Julie e dato una lezione esemplare ai Janeway.

Era la settimana prima di Natale e sui campi in terra battuta del Flamingo Park, a Miami Beach, Julie stava servendo sul 40 a 15 nel secondo set. Si trattava della partita conclusiva del piú prestigioso torneo giovanile del mondo, a cui partecipavano i migliori giocatori europei, sudamericani e australiani, e Julie era entrata in finale dopo aver sgominato due pericolose concorrenti. Ora, vinto il primo set, stava battendo l'avversaria sul servizio. Con il progredire della partita i suoi tiri sembravano acquistare forza, schizzavano negli angoli, e di tanto in tanto si abbattevano direttamente contro la poveretta che le stava di fronte con tale perfidia che le cosce robuste della giovane spagnola erano cosparse di lividi.

Roger avrebbe voluto segnalarle di darsi una calmata. Si stava alienando la simpatia degli spettatori. Si erano già levati alcuni fischi e gli erano arrivati dei commenti malevoli sulla mancanza di fair-play dell'americana. Ma l'arbitro, appollaiato sul suo seggiolino, l'aveva già ammonita per aver cercato di sbirciare i cenni di suo padre. Un altro ammonimento e sarebbe stata penalizzata. Nonostante fosse decisamente in vantaggio, una perdita di concentrazione avrebbe potuto capovolgere le sorti della partita.

– La sta massacrando, – gli sussurrò Molly, raggiante di compiacimento.

Sua moglie era smilza e nervosa come un levriero. I capelli rossicci erano tagliati corti e la pelle, rovinata dalle innumerevoli ore passate al sole, era tutta una grinza e aveva la consistenza di un sigaro a buon mercato. Molly, instancabile giocatrice di doppio, era capace di macinare anche dieci set in una giornata.

– Lo so, – le rispose Roger. – Ancora due game ed è finita.

Se ne stava seduto immobile e mal sopportava l'irrequietezza della folla e l'ostilità nei confronti di sua figlia. Julie, da parte sua, aveva cominciato a utilizzare una strategia sgradevole. Invece di sfruttare la lentezza dell'avversaria facendola trottare per il campo, l'aveva attirata sotto rete con dei tiri corti e brutali che, piú di una volta, la colpivano direttamente, lasciando il segno.

Sua figlia era a un passo dalla vittoria. L'Orange Bowl brillava su un tavolo vicino. Il successo le avrebbe spalancato tutte le porte, dalla pubblicità ai media, per non parlare della possibilità di scegliersi un agente tra i migliori sul mercato. Già nel corso dell'ultimo anno l'attenzione nei suoi confronti era cresciuta a dismisura. Julie era alta e bionda, con degli strepitosi occhi azzurri, le gambe affusolate e muscolose e una figura voluttuosa, ben diversa da quella secca e piatta di sua madre e dal corpo smilzo di Roger, cosí esile che negli anni del liceo si era guadagnato il soprannome di «Grissino». A volte non si capacitava che lui e Molly avessero prodotto una tale bellezza. Recentemente era nata anche una dozzina di siti, creati da fan adoranti. I ragazzini si appendevano in camera da letto le foto di Julie, scattate in piena azione, con il gonnellino a pieghe sollevato quel tanto che bastava a mostrare le mutandine. Ma non erano solo gli adolescenti ad ammirarla. Nel corso del tempo, Roger aveva dovuto adattarsi ai grugniti di piacere che si levavano attorno a lui durante le partite, all'onda di desiderio suscitata dalla sua bambina. All'inizio aveva provato l'istinto di stanare uno per uno quei maiali e scaraventarli giú dalle gradinate. Ma era una soddisfazione che non poteva concedersi, perché quell'alone di sensualità poteva influire sui successi futuri quanto le vittorie sul campo.

La partita era quasi finita. Si stava avvicinando il momento del trionfo, la conquista del titolo che avrebbe inserito il nome di Julie nel firmamento delle grandi star,

Billie Jean, Chrissie, Martina, Steffi. Roger si agitò sul sedile, pronto a precipitarsi verso il campo per abbracciarla, quando si accorse che, tre file piú in là, Arthur Janeway lo stava fissando. Gigi, vestita con una tuta bianca, gli stava seduta accanto, lo sguardo fisso sulla fase finale del gioco. All'altro lato della sua sventurata figlia, Bettina era curva in avanti, con il viso terreo e privo di espressione. Come se avesse percepito il suo sguardo ansioso, girò la testa lentamente e gli piantò addosso gli occhi amari.

Turbato e confuso, Roger alzò una mano e la agitò con fare ridicolo in segno di saluto. Nessuno dei due rispose, ma entrambi rimasero a osservarlo freddamente.

– Dove stai andando? – gli chiese Molly, vedendo che si alzava. – Sta ancora servendo, finirai per distrarla.

Ma Roger si era già messo in moto. Scese a precipizio gli scalini, mentre un mormorio di disapprovazione si levava alle sue spalle, urtò due adolescenti prosperose vestite con una tuta rossa – la squadra ungherese – e si infilò nella penombra sotto la gradinata.

Il fiato gli bruciava in gola quando sentí accanto a sé una presenza.

– Non riuscirai a sfuggirmi.

Roger si girò di scatto e urtò con la spalla contro l'ampio torace di Arthur Janeway. L'uomo era un bel po' piú alto e robusto di lui. Dall'incidente di Gigi, era praticamente sparito, e quella era la prima volta da mesi che Roger lo vedeva. Arthur aveva perso il suo aspetto florido, alimentato a bistecche e cocktail, e l'asprezza del suo dolore gli aveva indurito il corpo e aveva dato alle sue guance il colore del ferro gelato.

Roger si sforzò di sorridergli con simpatia.

– Ciao, Arthur, è un piacere vederti. Come vanno le cose?

L'altro gli si accostò ulteriormente. Poi tirò un profondo respiro ed esalò il fiato con forza, come se il sapore dell'aria lo disgustasse.

– So quello che hai fatto, Shelton. Ti ho sgamato.

Roger rimase paralizzato per un attimo, poi riuscí a far emergere a fatica un sorriso stereotipato.

– Ti riferisci alla Oldsmobile che ho ceduto sottocosto? Hai ragione. Ho fatto casino, ma non preoccuparti, mi rifarò con la prossima vendita.

– Chi se ne frega della vecchia Olds. Non fare il furbo, Shelton. Sai benissimo di cosa sto parlando.

Roger osservò Bettina che aiutava Gigi a scendere gli ultimi gradini. Poi la donna si fermò e fece scorrere attorno lo sguardo finché li vide.

– Ehi, Arthur, mi piacerebbe restare a parlare con te. Davvero. Ma ora devo correre a abbracciare Julie.

– Ti sei scopato mia moglie, Shelton, – sibilò l'altro.

– Che cosa?

Roger respirò a fondo, sulla difensiva, e lanciò un'occhiata all'omaccione, le cui labbra avevano cominciato a tremare per la rabbia.

– Non negare, mi ha raccontato tutto.

Bettina teneva Gigi per la vita. Stavano camminando verso di loro e la ragazza era completamente appoggiata alla madre.

– Di cosa diavolo stai parlando?

Gli occhi di Janeway erano ridotti a due fessure e il suo viso gli si era fatto cosí vicino che Roger riuscí a individuargli nel fiato i peperoni verdi che aveva mangiato la sera prima e l'odore acre della carne mal digerita.

– È tua, Shelton. Gigi è tua figlia.

– Non sono cose su cui scherzare, Arthur.

– Non sto affatto scherzando.

Roger annuí stupidamente con un sorriso stupido stampato in faccia, mentre guardava le due donne che si avvicinavano.

– Ciao, Bettina, – disse. – Ciao, Gigi. Come va?

La bocca della ragazza fremette, e lei allungò il collo come se qualcosa le si fosse fermato in gola.

– Sopravvivo, – rispose poi con una sorta di gracidio stridulo.

– Bene, bene, – commentò Roger, poi si voltò verso il suo datore di lavoro. – Be', è stato un piacere vedervi. Sono felice che siate di nuovo tra noi.

Si voltò per andarsene, ma Janeway gli afferrò la spalla con la sua grossa mano, facendolo girare su se stesso.

– Puoi anche fare a meno di tornare al deposito, Shelton. Tanto nessuno sentirà la tua mancanza.

Roger si liberò dalla stretta e si diresse verso il campo, dove Julie stava parlando con un giornalista di «Tennis Magazine». Mentre aspettava la fine dell'intervista, avvertí sulla nuca lo sguardo pungente di tre paia di occhi che lo fissavano.

Una settimana dopo si trovava nello studio a scrutare il panorama tetro delle offerte di lavoro, mentre Julie, in soggiorno, era impegnata con un rappresentante della Nike. La ragazza stava valutando il listino delle loro ultime offerte e, anche da quella distanza, Roger la sentiva trattare con crescente accanimento. Julie aveva insistito per occuparsi personalmente dei suoi affari. Dopo la vittoria all'Orange Bowl era stata investita da una valanga di offerte, ma si era ben guardata dal chiedere consiglio ai genitori. Aveva già firmato una mezza dozzina di contratti, uno per le scarpe, un altro per le racchette, un accordo con la Rolex per portare un orologio prodotto da loro, e uno per bere solo Gatorade sul campo. Non aveva neanche finito il liceo e aveva già portato a casa quasi dieci milioni di dollari.

Roger aveva fatto il giro delle concessionarie ma non aveva ottenuto altro che una serie di freddi sorrisi. Era sicuro che Janeway l'avesse messo sulla lista nera. Quanto a lui, si era ben guardato dal far parola a Molly della conversazione avuta, limitandosi a informarla che era stato licenziato di punto in bianco, senza spiegazioni. Sua moglie aveva fatto la faccia triste, gli aveva dato una pacca sulla spalla e gli aveva versato un martini doppio, ma il giorno dopo aveva ripreso i suoi allenamenti punitivi al tennis come se niente fosse, incurante del fatto che Roger se ne stava a languire in pigiama fino a mezzogiorno, con le pagine dei piccoli annunci aperte in grembo.

L'orologio sulla mensola del caminetto scandiva il tempo con un ticchettio sonoro. Roger fissava la lancetta dei secondi che percorreva a piccoli scatti il quadrante, come in una sorta di count-down prima di un'esplosione, quasi aspettando la partenza del razzo che l'avrebbe trasportato con sé, in preda alle vertigini, ma libero dalla gravità. Finalmente il peso terribile si sarebbe sollevato dal suo petto, la pressione della terra si sarebbe allentata.

– Ehi, papà, – gli disse Julie dalla soglia. Indossava una nuova tuta, blu scuro a riflessi luccicanti. Sulla parte sinistra del torace era ricamato il suo nome in oro, accanto al logo della società produttrice. Sua figlia, un marchio di fabbrica di nuovo conio.

– Sí?
– Il signor Martino vuole conoscerti.

Un giovanotto abbronzato, con i capelli neri pettinati all'indietro e i muscoli sodi, attraversò la stanza senza dargli il tempo di alzarsi. Gli strinse la mano, quasi stritolandogliela.

– Julie è un mago degli affari, signor Shelton. Deve aver preso da lei. Mi hanno detto che si occupa di automobili.
– Auto usate, – precisò Julie. – Robaccia.
Martino annuí, sforzandosi di sorridere.
– Ma ha fatto fiasco lo stesso, l'hanno licenziato.
Roger guardò sua figlia, poi Martino. Si sforzò di prodursi in un sorriso, che gli morí sulle labbra.
– Diciamo che si tratta di una fase di transizione, – disse poi, battendo una mano sulla pila di giornali che aveva in grembo e sui piccoli cerchi rossi con cui aveva segnato le varie offerte di lavoro.
– Be', sono sicuro che Julie le deve molto. Dev'essere orgoglioso di lei.
– Certo che lo sono.
– Se c'è qualcuno a cui devo qualcosa, quella è la mamma, – commentò Julie, osservando il punto della sua nuova tuta in cui le lettere dorate componevano il suo nome. – Non so cosa abbia fatto mio padre. Secondo me, mi hanno trovato davanti alla porta. Insomma, ci guardi, non potremmo essere piú diversi.
Poi tirò verso il basso la maglietta della tuta, che si tese sui suoi seni in boccio.
Roger rimediò un altro sorriso in direzione di Martino.
– Che tipetto, eh? Ma ha ragione. Ha fatto tutto da sola.
– Be', certo, di tanto in tanto papà veniva a prendermi agli allenamenti, ma solo per guardare le altre ragazze. È un porco di prima categoria.
– Un porco? Io?
Martino arretrò di un passo, facendo scorrere lo sguardo su entrambi e sforzandosi di continuare a sorridere, come se stesse assistendo a una commedia familiare che si sarebbe conclusa con la solita battuta finale.

– Tutto quello che ho conquistato è merito mio, – continuò Julie. – Pensi a Gigi Janeway. Suo padre è ricco come Creso, il che le ha permesso di allenarsi con i migliori professionisti. Uno per il servizio, un altro per il rovescio, e un altro ancora per il gioco a rete. Io invece ne avevo uno solo che non sapeva neanche parlare inglese. Si limitava a lanciarmi palle. *Bueno, bueno*. Me le lanciava di dritto e di rovescio, continuando a sbraitare ordini in spagnolo di cui non capivo quasi niente. Ecco perché dico che ho fatto tutto da sola.

Martino se ne andò, ridacchiando come se tutta la faccenda non fosse che un gigantesco scherzo. Che burloni, quegli Shelton.

Julie salí in camera sua, chiuse la porta e si mise a ascoltare il suo adorato rap, mentre Roger, seduto in soggiorno, continuava a guardare l'orologio che scandiva ticchettando il resto del pomeriggio.

La mattina seguente, all'alba, rotolò giú dal letto in cui aveva passato una notte insonne e uscí sulla veranda, dove si mise a camminare avanti e indietro guardando i campi che si stendevano dietro la casa. Quando il sole spuntò al di sopra dei pini, tornò dentro, prese una foto di Gigi dal caminetto e si mise a fissarla. Seduto in poltrona, la alzò, piegandola avanti e indietro per esporla meglio alla luce. Poi la rimise sulla mensola e salí in punta di piedi al piano di sopra, dove socchiuse senza far rumore la porta della stanza di sua figlia. Julie era supina, con la testa adagiata esattamente nel centro del cuscino, e russava piano. Lui rimase lí per qualche istante a osservarla mentre dormiva.

Alle nove entrò rombando al deposito di macchine usate, scese dall'auto e si precipitò all'interno. Gli altri venditori, che se ne stavano attorno alla macchina del caffè, si limitarono a seguirlo con gli occhi senza un cenno di saluto, mentre lui attraversava la sala ed entrava nel suo vecchio ufficio. Manny Mendoza stava concludendo una vendita con una coppia di neri che avevano portato con sé la figlia adolescente. Alzò gli occhi su Roger e aggrottò la fronte.

– Sono venuto a prendere le mie cose.
– Quali cose?
– Le mie foto, quelle che tenevo nella scrivania.

Manny accennò con la testa a un angolo della stanza, dietro la coppia di acquirenti, dove era stata deposta una scatola di cartone. Roger la raccolse, la portò con sé nel salone, e la appoggiò sul cofano di un vecchio pick-up rosso. Poi prese a scavare all'interno, finché trovò quello che cercava. Piazzandosi davanti a un grande ritratto di Arthur Janeway appeso sulla parete di fondo, avvicinò la foto di sua figlia al ritratto, spostando lo sguardo da un'immagine all'altra.

Le labbra imbronciate, le palpebre pesanti, la stessa fossetta nei lobi delle orecchie, il taglio identico delle sopracciglia. La somiglianza era indiscutibile. Soddisfatto, rimise la foto nella scatola che abbandonò sul cofano del pick-up rosso. Poi, montato sulla sua Cadillac ormai decrepita, si diresse al Tennis Club di Sand Hills, dove trovò Molly e la sua solita compagna impegnate in un furioso scambio di volé con due donne molto piú giovani.

Entrò in campo nel bel mezzo della partita, beccandosi una palla tra le scapole.

– Roger! Stavamo per fare punto. Cosa ti è venuto in mente?

– Dobbiamo parlare, – le disse in tono tranquillo, poi le tolse la racchetta di mano e si avviò verso una panca, all'ombra di una palma.

Molly lo seguí battagliera e lo scrutò dall'alto in basso, con i pugni stretti sui fianchi esili.
– Spero che tu abbia una buona ragione.
– Non c'è niente di buono in quello che devo dirti.

Lei lo fissò e quello che gli lesse negli occhi le ammorbidí la mascella, neutralizzando la durezza del suo sguardo. Si sedette accanto a lui e insieme rimasero a guardare i campi, le palle che passavano avanti e indietro sopra la rete, le grida di esultanza o di sconforto, gli scoppi di risa. E quei rettangoli perfetti di argilla verde che su Roger avevano sempre avuto un effetto calmante. Un palcoscenico ordinato e perfettamente strutturato, in stridente contrasto con il mondo esterno, vorticante nel caos.

– Lei non è mia figlia, vero? – disse Roger.
– Di che cosa stai parlando?
– È incredibile come non me ne sia accorto prima. È talmente evidente. Cosí ovvio, se uno si sofferma a pensarci. Persino la sua personalità, quel suo modo di sgomitare. Forse, dentro di me, ho sempre saputo che non poteva essere mia.

Le palle continuavano a volare sopra le reti perfettamente tese. Roger rimase ad ascoltare il tonfo sordo dei servizi, gli scambi a mitraglia dei giocatori che tiravano a distanza ravvicinata. Che gioco ordinato. Cosí puro, cosí semplice, cosí assolutamente simmetrico.

Due giorni dopo si trovava nel campo di erba alta e guardava il retro della sua casa a due piani, scintillante di luci nella notte senza luna. Molly stava finendo di rimettere a posto la cucina. Terminato il telegiornale della sera, stava seguendo un programma sulle ultime vicende dei suoi divi preferiti.

Quel pomeriggio Roger aveva avuto un colloquio in una concessionaria della Buick, a Miami, circa centocinquanta chilometri piú a sud. Mezz'ora prima aveva chiamato Molly per comunicarle che era rimasto imbottigliato nel traffico e aveva deciso di fermarsi in un bar di Fort Lauderdale, in attesa che la strada si sgombrasse.

In realtà, dopo il colloquio, era tornato a Sand Hills e aveva telefonato da un bar alla periferia della città, poi aveva guidato fino alla high-school, che si trovava non lontano da casa loro, e aveva aspettato lí che facesse buio. Si era tirato dietro il fucile attraverso il boschetto di pini che separava i campi da gioco della scuola dal gruppo di case dove viveva. E ora, fermo nei campi, osservava le finestre della sua abitazione, riflettendo sulla giustizia, sullo sperma giusto, e sulla differenza tra temperamento artistico e personalità metodica, la stessa che correva tra arroganza e umiltà. Quale incredibile presunzione aver pensato che qualche giornata di vendite fortunate fosse l'espressione di un animo creativo. Lui era un macinatore, esattamente come sua figlia, e quello che le aveva lasciato in eredità era un'abissale mediocrità. Anche lei era lenta, senza guizzi, priva di aggressività. In fondo il suo segreto era stato quello di tenere la palla in gioco piú a lungo delle sue avversarie. Una questione di sopravvivenza.

Quando Julie comparve alla finestra, Roger alzò il fucile e se lo appoggiò alla spalla. Posizionò la x del mirino esattamente al centro del suo petto. Julie era al telefono. Indossava una delle sue nuove tute con il monogramma e aveva i capelli umidi di doccia. Le parole le sgorgavano dalla bocca in sbotti furiosi. Forse stava parlando con il suo agente o con uno dei suoi numerosi boyfriend. Vedeva le labbra muoversi e la mascella indurirsi quando si imponeva il silenzio. La stessa espressione che aveva scorto mille volte sul volto di Arthur Janeway. Una sorta di controllo esasperato. Come se entrambi fossero convinti che quello che avevano da dire fosse infinitamente piú importante delle parole degli altri.

Roger non possedeva quella sicurezza. Non aveva idea di cosa volesse dire essere privi di dubbi. Anche adesso che era intento a prendere la mira, solitario tiratore in un campo, coltivava solo la debole speranza di rimediare al male che aveva fatto. Per la verità, il desiderio di giustizia non era che un piccolo aspetto di quello che l'aveva condotto lí, in mezzo all'erba alta. In realtà stava inseguendo un sogno, lo stesso sogno di un tennista a cui resta un unico tiro per ribaltare le sorti di una partita.

Guardò Julie fissare il buio fuori dalla finestra. La osservò parlare. Non era niente per lui, non aveva la sua carne e il suo sangue, era semplicemente un'estranea che per quindici anni aveva vissuto sotto il suo stesso tetto, e ora prosperava solo perché lui aveva ferito la sua vera figlia. La sua ragazza, che ora si limitava a sopravvivere con la volontà piegata, e il suo stile di gioco, cosí netto, preciso, prevedibile, distrutto per sempre. Il tutto mentre quella piccola impostora mieteva successi.

Guardò Julie che scuoteva la testa indignata, riversando nel ricevitore un fiotto di parole e poi scostandolo dall'orecchio indignata. A un tratto la vide immobilizzarsi, improvvisamente rigida, il volto svuotato di ogni alterigia, finché cadde, sparendo dalla vista. A quel punto spostò lo sguardo sulla moglie, che alzò la testa e fissò il soffitto, forse allarmata dal tonfo del corpo sul pavimento. La vide portarsi la mano a coppa sulla bocca e gridare il nome della figlia. Poi Molly gettò via lo strofinaccio e si precipitò alla porta, bloccandosi di colpo e lanciando un ultimo sguardo verso la finestra che si apriva sull'oscurità. Per un attimo gli parve che i loro sguardi si incrociassero.

Roger Shelton arretrò nell'ombra, abbassò il fucile e rimase ad ascoltare l'eco del suo colpo. Un'unica esplosione che si propagava nell'aria umida, forte e definitiva, ma già in via di dissolversi finché anche l'ultima, lieve sonorità cessò, sopraffatta dal brusio della notte.

Carlo Lucarelli
L'uomo col vestito a strisce

Copyright © 2006 by Carlo Lucarelli.
Published by arrangement with Agenzia Letteraria Roberto Santachiara.

Quando si sentí chiamare, quando sentí il suo nome scandito in tre parti, urlato, *Nid-der-mann!*, come faceva sempre il *Rottenführer* Mayer, non si chiese *perché*, neanche *perché io*, sollevò solamente il braccio perché sapeva che era lí che il signor *Rottenführer* lo avrebbe afferrato per tirarlo da parte e metterlo in ginocchio. E infatti cosí fu, uno strattone forte al braccio e Niddermann cadde in ginocchio nel fango ghiacciato, e piegò anche la testa in avanti, porgendo la nuca, perché sapeva che era proprio lí che il signor *Rottenführer* gli avrebbe sparato.

Perché se lo chiese quando sentí che Mayer non allentava la stretta, anzi, lo sollevava da terra e lo trascinava con sé, facendolo sgambettare nel vuoto per non perdere gli zoccoli. C'era una baracca davanti a loro. Mayer fece saltare i tre gradini a Niddermann soltanto tenendolo su con una mano, e non era difficile visto che ormai pesava meno di quaranta chili, spalancò la porta con l'altra e ce lo spinse dentro.

Niddermann cadde sul pavimento, mani e ginocchia sulle assi di legno e fu allora che capí che non sarebbe morto, non adesso, almeno. Quel pavimento era troppo pulito per spargerci sopra sangue e cervello.

Nella baracca c'era un uomo. Stava appoggiato a un tavolo, il sedere sul bordo e le gambe incrociate, e Niddermann lo riconobbe dagli stivali, cosí bloccò lo sguardo, tenendo gli occhi bassi e si strappò dalla testa rasata il berretto a strisce. All'*Obersturmführer* Kalb non piaceva che lo si guardasse in faccia. Si arrabbiava. E quando l'*Obersturmführer* Kalb si arrabbiava metteva subito mano alla pistola.

– Come ti chiami? – chiese la voce dell'*Obersturmführer*.

– 45208. Vier-fünf-zwei... – iniziò Niddermann, ma Kalb lo fermò subito.

– No, no, no... voglio dire il nome. Il tuo nome.

Il suo nome? Niddermann dovette pensarci per un momento e quando se lo ricordò si affrettò a dirlo, perché aveva perso qualche secondo e al signor *Obersturmführer* non piaceva aspettare.

– Carlo Maria Niddermann, signor *Obersturmführer*! – A voce alta, per quanto poteva, almeno.

– Sei italiano?

– Sí, signor *Obersturmführer*!

– E perché hai un nome tedesco?

– Perché mio padre era tedesco, signor *Obersturmführer*!

– No, Niddermann, tuo padre non era tedesco, tuo padre era un ebreo.

– Sí, signor *Obersturmführer*!

Niddermann strinse il berretto tra le mani. Aveva sbagliato. Ora il *Rottenführer* Mayer lo avrebbe portato fuori e gli avrebbe sparato, lasciandolo lí, in mezzo al fango ghiacciato del campo.

– Guardami in faccia, Niddermann.

Paura. Niddermann la sentí stringere dentro la pancia. Annodargli la gola. Non importava che glielo avesse chiesto lui, lo aveva visto già tante volte, ti dicono di fare una cosa proibita e se non la fai ti sparano perché non l'hai fatta e se la fai ti sparano perché non la dovevi fare. Paura. Dovette forzare i muscoli del collo per sollevare il mento.

L'*Obersturmführer* Kalb sembrava piú giovane di quanto facesse pensare il suo grado. Era sempre perfetto nella sua uniforme nera da capitano delle SS, come se fosse appena uscito da una parata militare. Ma adesso aveva la barba lunga di un giorno, e gli occhi rossi, come se non avesse dormito. O avesse pianto, ma questo non era possibile.

– È vero che prima di finire qui facevi il poliziotto alla questura di Trieste?

– Sí, signor *Obersturmführer*!

– Ed eri bravo?

Cosa doveva rispondere? No? Sí? *Al Diavolo!* pensò Niddermann, e disse la verità.

– Sí, signor *Obersturmführer*, ero bravo. Ero molto bravo.

Kalb si staccò dal tavolo e ci girò attorno. Niddermann si accorse che c'era qualcosa sopra. Era coperta da un lenzuolo bianco, che per metà scendeva giú da un capo, quasi fino al pavimento.

– Io non ho poliziotti, qui, – disse l'*Obersturmführer*. – Non servono poliziotti in un KZ. Io ho cani da guardia. Mayer, – e indicò il *Rottenführer*, – non è un detective, è un cane lupo, un rottweiler che morde e abbaia, ma non fiuta niente. E io, adesso, ho bisogno di un poliziotto.

Aveva afferrato un capo del lenzuolo. Lo tirò via, scoprendo cosa c'era sotto. Era una donna, una ragazza in uniforme stesa sul tavolo, con le gambe penzolanti oltre uno dei bordi. Era morta.

– Il *Rottenführer* Mayer ti accompagnerà perché tu possa muoverti liberamente. Trovami chi ha ammazzato la mia Heidi. Voglio sapere chi è stato. Portamelo qui e io ti mando in Canada.

In Canada si poteva sopravvivere. In Canada c'era caldo e a volte si trovava anche qualcosa da mangiare, o un indumento di lana che ti lasciavano tenere. Per questo avevano chiamato Canada la baracca dove smistavano le valigie di quelli che erano arrivati al campo, le scarpe con le scarpe, i vestiti con i vestiti, le spazzole, le fotografie, i giocattoli dei bambini. Perché rispetto al resto del campo era una specie di paradiso, e chi lavorava lí poteva sopravvivere. O almeno, vivere un po' piú a lungo.

Ma non era a questo che Niddermann pensava. Guardava i segni che la ragazza aveva sul collo, lunghi lividi bluastri, e ne toccò anche uno, spingendolo con la punta del dito. Erano segni paralleli, alcuni piú netti e altri piú leggeri. Niddermann prese una mano della ragazza, forzando appena il *rigor mortis* e le guardò le dita. C'era un capello sotto un'unghia, lo sfilò e lo guardò in controluce. Altre tre invece, indice, anulare e medio, erano arrossate, Niddermann le sfregò con il polpastrello. Poi allungò le mani sulla camicetta aperta sul seno, per separarne i lembi.

– Porco di un ebreo, metti giú le mani! – urlò Mayer. Niddermann si coprí la testa con le braccia. Mayer era un gorilla, aveva la faccia da gorilla, grande, con le mascelle larghe e il naso rotto da pugile, un gorilla con gli occhi azzurri, ma soprattutto aveva le mani da gorilla, e se gli fosse arrivata sul cranio la mazzata che stava per dargli sarebbe morto sul colpo.

– Prego, signor *Rottenführer*! – gridò. – Eseguo solo gli ordini!

La mazzata non arrivò, e Niddermann tolse le braccia dalla testa.

- Devo vedere se alla ragazza è stata fatta violenza, – disse, in fretta, – devo capire come è morta... devo guardare e toccare, signor *Rottenführer*! Ecco... – indicò i bottoni della camicetta della ragazza, – è stata sbottonata e aperta, senza strapparla... e non ha lividi sul seno o ferite da difesa sulle braccia, come per ripararsi, cosí... – chiuse le braccia a croce davanti al volto. – E neanche lividi sui polsi, per tenerla ferma, cosí... – si prese un polso con una mano. – E ora devo guardare... devo guardare...

La ragazza aveva la gonna sollevata sulle gambe fino a scoprire un lembo di pelle sopra il reggicalze. Niddermann la sollevò ancora, piano, cercando di mostrare il piú asettico e gelido rispetto. Le mutandine erano giú, arrotolate ma intatte. Niddermann avvicinò il volto e guardò ancora. Sentiva il *Rottenführer* Mayer ringhiare alle sue spalle, proprio come un cane. *Ora mi ammazza*, pensò, *ora mi ammazza...*

Non lo fece. Niddermann rimise a posto la gonna della ragazza e fece un passo indietro.

– È morta ieri notte, – disse. – Strangolata. Ha avuto rapporti sessuali ma non è stata violentata. Era consenziente.

– Questo è meglio non dirlo all'*Obersturmführer*, – mormorò Mayer. Niddermann annuí. *La mia Heidi*, aveva detto Kalb. E in effetti la ragazza era molto bella. Giovane e bionda e molto bella. Lo era anche cosí, da morta.

– Chi è stato? – chiese il *Rottenführer* Mayer.

– È ancora presto per dirlo. Però sappiamo che è un ss del campo.

– Naturale. Una ausiliaria delle ss non si farebbe mai toccare da un sorcio di detenuto.

E un sorcio di detenuto non sarebbe mai riuscito ad arrivare da questa parte del campo se non in braccio a un *Rottenführer*, pensò Niddermann, ma non lo disse.

– Sappiamo che è biondo, – disse invece, – tendente al rosso e che ha tre graffi paralleli da qualche parte, probabilmente su una mano, o su una guancia. E poi c'è un'altra cosa... ecco, signor *Rottenführer*, guardi qui... – Niddermann indicò la gola della ragazza, i lunghi lividi che le segnavano la pelle bianchissima. – Queste sono mani. Vede? Le dita si sovrappongono anche se il collo della ragazza non è cosí sottile. Vuol dire che chi l'ha uccisa aveva le mani molto grandi... come le sue, signor *Rottenführer* –. Non lo pensava, naturalmente, il *Rottenführer* Mayer era troppo brutto e troppo stupido per una ragazza come Heidi, e anche troppo fedele al suo *Obersturmführer*. Mayer si guardò le mani, poi si strinse nelle spalle.

– Non tirare troppo la corda, Niddermann, – disse. – Cosa pensi di fare, adesso?

Un giramento di testa, forte, improvviso, che lo costrinse ad attaccarsi al bordo del tavolo. Arrivavano sempre piú spesso, negli ultimi tempi.

– Mi è venuta un'idea, – disse appena riuscí a riprendere fiato. – Devo parlare con Solomon Jahchel. Lavora nel sonderkommando del quinto blocco.

– Quinto blocco? Andiamo allora... è meglio che ci sbrighiamo.

Solomon Jahchel aveva un soprannome. Lo chiamavano il *contabile della morte* perché aveva un pezzo di carta su cui scriveva di nascosto il numero dei morti che spogliava della divisa del campo, prima che gli altri membri del suo sonderkommando li infilassero nel forno crematorio del blocco 5. Quando Mayer lo fece chiamare uscí dal blocco con addosso soltanto una giacca a strisce troppo grande da cui spuntavano le gambe nude, e Niddermann capí perché avevano fatto bene a sbrigarsi. Ogni tanto tutto il sonderkommando che lavorava ai forni veniva sterminato, per non lasciare testimoni. Lo sapevano tutti, anche se non ne parlava nessuno. Jahchel dovevano averlo fermato già nudo, sulla rampa che portava alla camera a gas.

– Ho nascosto il mio biglietto. L'ho cucito nei miei vestiti. Li daranno a qualcuno che lo troverà e continuerà il mio lavoro.

– Sbrigarsi! – urlò Mayer, da lontano.

– Sí, sbrigati Niddermann... sto congelando.

Jahchel saltellava nella neve sui piedi nudi, cercando di chiudersi la giacca attorno al collo.

– Mi interessano le donne, – disse Niddermann. – Donne giovani. Tra quelle che hai spogliato ce ne erano alcune con grossi lividi attorno al collo, come se...

– Sí. Me lo ricordo bene perché a parte quelli che vanno direttamente alle camere a gas, di solito i miei clienti hanno un buco in testa, o lo vedi che li ha ammazzati il tifo, il freddo o la dissenteria, ma queste...erano come dici tu, giovani, ancora in forze e con quei segni sul collo.

– Quante erano, Jahchel?

– Io ne ho contate quattro.

Niddermann annuí, pensoso. La sua idea era giusta. Quei segni sul collo dell'ausiliaria indicavano che l'assassino non l'aveva uccisa subito, stringendo forte fino in fondo, ma lo aveva fatto piano piano, serrando e lasciando la presa. Chi aveva ucciso la ragazza tedesca si era divertito a farlo. E lo aveva già fatto ancora.

Mayer si avvicinò.

– Allora, avete finito? – chiese.

– Sí, – disse Niddermann, soprappensiero.

– Bene, – disse il *Rottenführer*. Poi tirò fuori la pistola dalla fondina e sparò un colpo in testa a Jahchel, che crollò sulle gambe magre, afflosciandosi inerte nella sua giacca troppo grande.

C'erano soltanto cinque ss con i capelli rossi, nel campo. I primi due avevano le mani troppo piccole. Il terzo era in licenza già da una settimana.
Mentre andavano dal quarto Niddermann cadde in ginocchio sulla neve. Colpa degli zoccoli, si disse, troppo piccoli, e cercò di dimenticare che la testa gli girava forte, come se volesse svitarsi dal collo. Alzò lo sguardo e vide che la strada si perdeva nella nebbia ghiacciata, le linee parallele delle rotaie del treno, quelle del filo spinato e delle torrette, correvano dritte e scomparivano in un orizzonte denso e bianco, che inghiottiva anche la striscia fangosa della strada. Ebbe la stessa sensazione che aveva provato il giorno che era sceso dal treno, quasi cinque mesi prima, la sensazione che il campo fosse immenso, senza confini, un universo intero e lui lí dentro, chiuso in quella galassia di ghiaccio, di nebbia e di morte, che continuava per sempre e non finiva mai.
Il *Rottenführer* Mayer si chinò su Niddermann.
– È meglio se ti sbrighi a fare il tuo lavoro, giudeo. Non hai molto tempo. Cosí, a occhio, è già molto se arrivi alla fine della settimana.

Il quarto uomo si chiamava Schillinger. Era seduto a un tavolo della mensa e stava mangiando, da solo. Appena Niddermann lo vide intingere un pezzo di pane nero dentro una ciotola, uno spasmo violento gli contrasse lo stomaco prima ancora che riuscisse a sentire l'odore del sugo. Aprí la bocca, ma era cosí impastata di una saliva densa e secca che non riuscí a parlare.
– La domanda! – disse Mayer.

L'UOMO COL VESTITO A STRISCE

– Dovere eravate ieri notte tre le...

Il colpo gli arrivò dritto sulla bocca e lo mandò a sbattere per terra con la schiena. Niddermann si sentí soffocare e cominciò a muoversi in preda al panico, agitando le gambe e le braccia come un insetto rovesciato. Riuscí a girarsi e con un colpo di tosse sputò un grumo di sangue e il dente che gli impediva di respirare. Il *Rottenführer* Mayer si massaggiò il dorso della mano.

– Un ebreo non fa domande a una ss. Tu lo dici a me e io faccio le domande.

– Chiedo rispettosamente al signor *Rottenführer* che si informi su cosa ha fatto...

– Sí, sí... – Mayer fece la domanda mentre Niddermann si aggrappava a una panca per tirarsi in piedi.

– Che sta succedendo? – chiese Schillinger. – Perché quell'ebreo vuole sapere dov'ero ieri sera?

– Lo voglio sapere io, – disse Mayer.

– Ero di servizio al recinto interno. Sulla torretta.

– Chiedo rispettosamente al signor *Rottenführer* che domandi se può dimostrarlo.

– Visto? – disse Schillinger. – Lo vuole sapere lui!

– Rispondi! – gridò Mayer.

– È nel rapporto del mio caposquadra. E poi ho questo.

Schillinger aprí il taschino della giubba e tirò fuori una bottiglietta di grappa. Mayer annuí.

– È vero, – disse. Le conosceva bene anche lui quelle bottigliette. Le davano in premio alle guardie che avevano sparato sui detenuti che avevano cercato di evadere. Lo *shützemann* Schillinger era stato davvero sulla sua torretta, quella sera.

Il quinto uomo si chiamava Henke. Era un ufficiale, Niddermann lo vide fermo davanti alla baracca del comando, si era sfilato un guanto e si stava accendendo una sigaretta. Però non aveva piú forza e non era in grado di interrogarlo, cosí il *Rottenführer* Mayer gli fece dare una patata e lo rispedí alla sua baracca, perché potesse riposarsi. Ma a Niddermann bastò guardarlo per un momento per capire che quell'ufficiale era l'uomo che cercava.

Metà patata era marcia, ma l'altra metà era buona e Niddermann cercò di mangiarla lentamente perché non gli spaccasse lo stomaco. L'aveva messa sul condotto di mattoni che correva lungo la baracca, portando l'aria calda della stufa, e l'aveva coperta col berretto, per cuocerla, perché il calore del condotto si disperdeva subito nel freddo gelido della baracca, ma soprattutto per nasconderla, perché sapeva che non sarebbe riuscito a difenderla. Stava cercando di tenersela dentro il piú a lungo possibile, perché non gli uscisse subito da sopra o da sotto, nei calzoni, quando un uomo con il triangolo rosso dei detenuti politici cucito sulle strisce delle giubba venne a chiamarlo.

Lo portò da Kruschat, che lo aspettava steso sul ripiano di uno dei letti a castello incassati contro la parete della baracca, sotto una coperta che gli arrivava fin sopra alla testa rasata.

– Mi sono fatto male a una gamba, – spiegò Kruschat. – Per ora sono riuscito a non fargli vedere che zoppico. Spero che si rimetta a posto prima della prossima selezione, se no finisco al trattamento speciale.

– La resistenza del campo perderebbe un ottimo capo, – disse il politico con il triangolo rosso. Kruschat agitò una mano per farlo stare zitto.

– Lascia perdere. C'è qualcun altro che dovrebbe

schiattare, invece. Ho sentito che stai lavorando per i tedeschi...

Niddermann aprí la bocca, ma di nuovo Kruschat agitò la mano. Dai ripiani superiori del letto a castello arrivò una scarica di colpi di tosse che si propagò per tutta la baracca, come una reazione a catena.

– Non intendevo te, – disse Kruschat, – qui lavoriamo tutti per i tedeschi, in un modo o nell'altro. Mi riferisco a quel porco di Mayer, quell'assassino. Sei d'accordo che se non ci fosse staremmo tutti meglio?

– Meglio no, – disse Niddermann, – non credo. Ma mi piacerebbe che non ci fosse piú.

– Be', forse possiamo farlo, Niddermann. E col tuo aiuto. Cosa farà Kalb a chi gli ha ucciso l'amante?

– Lo manderà sotto processo e lo farà impiccare, credo. Se non gli spara subito lui.

– Bene. Allora tu di' che è stato Mayer.

– Ma non posso...

– Perché?

– Perché non è vero...

– E allora? Tu eri un poliziotto, Niddermann, e io nella mia vita precedente ero quello che si chiama un sovversivo. Tutti e due sappiamo che la verità non c'entra niente quando uno sbirro ha deciso di sbattere in galera qualcuno.

Niddermann scosse la testa.

– Perché? Perché, Niddermann? Credi davvero che ti manderanno in Canada? Appena avrai finito il tuo lavoro spareranno in testa anche a te!

– Quell'uomo è un mostro. Ha ammazzato già cinque donne e continuerà ancora...

– Perché, Mayer non è un mostro? E poi se continua ad ammazzare delle ausiliarie che faccia pure... chi se ne frega!

La testa gli girava forte. Niddermann se la prese tra le mani come per fermarla.

– Non posso andare da Kalb cosí e indicare qualcuno a caso, – mormorò. – Ci vogliono le prove…

– Ce le abbiamo le prove.

Kruschat fece un cenno al politico che aprí la mano. Sul palmo aveva il bottone di una divisa.

– È di Mayer, – disse Kruschat. – Il piccolo Leon gli è andato a sbattere addosso e glielo ha strappato senza che se ne accorgesse.

Kruschat indicò il ripiano superiore del castello e Niddermann si alzò a guardare. C'era un ragazzo rannicchiato sotto una coperta ed era cosí nero di lividi e sangue raggrumato che sembrava un africano.

– Non lo ha ammazzato solo perché lo credeva già morto, – disse Kruschat. – Dagli il bottone, Niddermann… digli che lo hai trovato addosso a quella troia. Fai un favore a Leon e a tutta la tua gente.

Il giorno dopo Mayer lo venne a prendere mentre era ancora in fila davanti ai kapò, per l'appello, intirizzito assieme agli altri dal freddo di un mattino che era ancora notte. Il *Rottenführer* attraversò il piazzale davanti alle baracche e afferrò Niddermann per un braccio e poi, siccome inciampava negli zoccoli e non ce la faceva a stargli dietro, fece togliere le scarpe a un detenuto e le dette a lui, ma erano troppo piccole anche quelle.

– L'*Obersturmführer* ha fretta, – disse Mayer. – Tu sai com'è irascibile l'*Obersturmführer*. E lo sai cosa succede quando si incazza. Vuole un risultato, e lo vuole oggi.

Niddermann guardò la manica del cappotto del *Rottenführer*, proprio sopra la mano che gli stringeva il braccio. All'asola che ornava un polsino mancava un bottone.

Mentre arrancava nella neve, stretto sotto la coperta che il *Rottenführer* gli aveva permesso di tenere sulle spalle, Niddermann si sforzava di ricordare perché avesse pensato che Henke era l'uomo che cercava. Era stata una sensazione forte e improvvisa, ma che non riusciva piú a spiegarsi. C'era un motivo, doveva esserci, ma piú ci pensava e meno riusciva a mettere a fuoco il ricordo, che si sfilacciava, come una goccia di latte in una tazza d'acqua, perché cosí si sentiva il cervello, d'acqua, tanto che l'immagine dell'ufficiale davanti alla baracca gli era quasi svanita dalla mente e la fatica di tenercela lo esauriva come per uno sforzo fisico.

Smise di pensarci quando il *Rottenführer* si fermò e lui riconobbe il posto in cui erano arrivati. Era il piazzale della selezione, dove finivano i binari che portavano dentro il campo. Il fischio della locomotiva lo fece rattrappire, congelandolo in un grumo di puro terrore. Restò a fissare quel treno nero che scivolava lento fuori dalla nebbia livida del mattino, soffiando aliti di un vapore denso che diventava subito freddo e giallastro sotto la luce delle fotoelettriche. Guardò i portelloni che scorrevano sui fianchi di ogni vagone e tutta quella gente che scendeva nella neve, smarrita, e poi si metteva in fila, in fretta, davanti a un ufficiale che indicava col pollice la direzione che ognuno avrebbe dovuto prendere, destra, sinistra, *rechts*, *links*. Niddermann guardò dove mandavano i bambini, perché sapeva che quelli andavano direttamente alla camera a gas, e cosí seppe che per quella volta destra era la morte, il gas e i forni subito, e sinistra, almeno per un po', la vita.

Rechts!
Links!

Rechts!
Rechts!
Rechts!
Niddermann voltò le spalle al piazzale e si strappò il cappello dalla testa. All'improvviso ebbe la percezione dell'assurdità di quello che stava facendo, cercare un assassino in quell'universo di omicidi, trovare chi aveva ucciso una persona per consegnarlo a chi ne stava ammazzando milioni, e tutto questo per salvare la propria vita sapendo che comunque sarebbe morto. Si sarebbe messo a urlare se la mano di Mayer non lo avesse spinto in mezzo alle spalle, troncandogli il fiato.

– Dài, Niddermann! Fa' il tuo lavoro!

Cosí Niddermann si rimise il berretto, si tirò la coperta sulle spalle e lasciandosi dietro il piazzale si avvicinò a un ufficiale che se ne stava in disparte, vicino a una torretta.

Links!
Rechts!
Links!
Rechts!
Rechts!
Rechts!
L'*Untersturmführer* Henke era un giovane molto alto, atletico anche dentro il cappotto militare. Aveva i capelli rossi e Niddermann pensò che era abbastanza attraente perché una ragazza come l'ausiliaria potesse andare nella baracca con lui senza esserne costretta, ma non ebbe la sensazione dell'altro giorno, la sicurezza a prima vista che lui fosse l'assassino. Niddermann aspettò che Mayer lo presentasse e girò al *Rottenführer* le sue domande, anche se l'ufficiale continuava a rispondere a lui, Niddermann, direttamente, e guardandolo negli occhi.

No, non era di servizio quella sera. Sí, aveva... come si dice, un alibi? ecco, un alibi. Era stato al blocco 11 a interrogare due detenuti ripresi dopo un'evasione. No, non potevano confermarlo, a meno che qualcuno non conoscesse il modo di far parlare gli impiccati.
Links!
Rechts!
Rechts!
C'era l'ufficiale di servizio al blocco, però. Sí, lo aveva visto entrare. No, non lo aveva visto uscire, perché c'era il cambio turno.

– Smettiamola con questa farsa, – disse Henke, all'improvviso. Fece cenno a Niddermann di seguirlo, bloccò Mayer con un gesto della mano e si allontanò dalla torretta, ancora piú in disparte.

– Non ce la facevo piú ad ascoltare quello scimmione che ripete tutte le domande. Mettiamo le cose in chiaro. Ho fatto l'amore con Heidi. E non ero l'unico. Solo Kalb era cosí innamorato da non accorgersene, ma quella troietta apriva le gambe a tutti, basta che avessero un baffo sulla divisa.

– Uno di questi però l'ha uccisa, – disse Niddermann e Henke annuí, deciso.

– Sí. Io.
Links!
Rechts!
Rechts!
Rechts!

– Vedi, giudeo, ho questo problema... che se non gli stringo la gola non mi funziona e se non le ammazzo non godo. Ora, in tempi normali sarebbe un guaio, e infatti un problemino l'ho avuto, a Berlino, una volta che mi hanno quasi scoperto... ma mio padre ha messo a posto tutto. Poi è arrivata la guerra e... – Henke allargò le braccia in un gesto circolare, – questo, e nessuno ci ha piú fatto caso. Papà mi ha fatto mandare qui apposta, perché potessi sfogarmi senza far sfigurare la famiglia, non sai quanto ci tiene alle apparenze, lui.

– Perché? – chiese Niddermann.

– Perché lo faccio? Non me lo sono mai chiesto. Non posso farne a meno e basta.

– No... perché una ausiliaria. Una tedesca. Ci sono tante donne qui...

Henke guardò Niddermann con un'espressione cosí ingenuamente sorpresa che lui capí subito a cosa stava pensando. Quelle non erano donne. Loro non erano uomini. Erano detenuti, erano ebrei.

– Lo so, ho sbagliato. E cercherò di trattenermi. In fondo hai ragione tu, qui ci sono tante... donne –. Henke rise. – Farò finta di essere un pastore costretto a farsi le pecore perché non c'è nient'altro.

Niddermann si strinse nella coperta, cercando di resistere a un giramento di testa che minacciava di sbatterlo per terra. Henke se ne accorse.

– Torna dal tuo mastino, – mormorò. – Non hai nessun elemento per provare quello che ti ho detto e Kalb non ti crederà, sono il suo pupillo. E poi, comunque, sarebbe inutile...

Henke si piegò su Niddermann, che si irrigidí sentendo le labbra dell'ufficiale che quasi gli sfioravano l'orecchio. Non era mai stato cosí vicino a una ss. Era terrorizzato, ma quello che Henke gli sussurrò lo capí lo stesso.

– Dio, come puzzi, – mormorò l'*Untersturmführer*, risollevandosi, – sai già di morto.

Arrivò un soldato con una lista in mano. La porse a Henke assieme a una penna e con un ringhio secco ordinò a Niddermann di chinarsi per offrire la schiena come scrivania. Niddermann lo fece, e da quella posizione vide l'*Untersturmführer* Henke esitare per un momento, imbarazzato, quasi contrariato. Poi l'ufficiale si sfilò un guanto e firmò sulla schiena di Niddermann, che sentí scorrere la penna a fatica, pesante e impacciata. E di nuovo, mentre lottava per non soccombere al giramento di testa, sentí quella strana sensazione di certezza, che Henke fosse l'assassino, ancora piú strana in quel momento perché già lo sapeva che era vero.

– Niddermann! – gridò il *Rottenführer* Mayer. – Andiamo!

Niddermann si voltò e, cercando di non scivolare sul fango ghiacciato tornò al piazzale, che adesso era deserto, completamente deserto, ingombro soltanto di fagotti, borse e valigie con il nome e la città scritti sopra, col gesso.

Fu alle latrine che si ricordò cos'aveva notato di strano nell'*Untersturmführer* Henke. Era sempre cosí, anche a Trieste, quando stava alla squadra mobile, e c'era qualcosa che non tornava, e lui ci pensava, ci pensava, ci si rompeva la testa e poi ecco, all'improvviso gli veniva in mente, e succedeva sempre quando stava seduto sul cesso. Sarà che in quel momento si rilassava, sgombrava la testa, oltre che il resto, e il suo cervello cominciava a funzionare da solo.

Alla latrina, però, non c'era andato per quello. Era perché ai detenuti era proibito andarci se non due volte al giorno, alla mattina e alla sera, e voleva approfittare di quell'improvvisa libertà che la sua nuova posizione gli concedeva. Libero di andare al cesso. Libero di cagare quando ne sentiva il bisogno. O quando voleva. Come adesso.

Seduto su uno dei buchi aperti come i fori di un flauto sul lungo rialzo che correva al centro della baracca, i calzoni della divisa a strisce arrotolati giú sulle caviglie, Niddermann stava pensando a cosa fare. Lo sapeva che non lo avrebbero mandato in Canada, ma ci sperava lo stesso, come tutti, che sapevano che sarebbero morti ma speravano lo stesso di vivere, se no si sarebbero gettati in massa contro il reticolato elettrificato del campo, o sulle ss. Quindi via quel pensiero, via l'immagine di se stesso nudo sulla rampa come Jahchel, o in ginocchio per terra sotto la pistola del signor *Rottenführer*. Si vide in una baracca quasi riscaldata, ad aprire le valigie col nome scritto col gesso e trovare un panno di lana, o un pezzo di salsiccia avvolto in un giornale, ma poi basta anche con quel pensiero, perché il suo stomaco vuoto si era contratto in uno spasmo che gli fece spalancare la bocca con un conato roco. Va bene, allora, pensare ad altro.

Che fare? Non poteva andare dall'*Obersturmführer* Kalb ad accusare Henke senza una prova. E prove non ne aveva, perché non bastavano le mani e i capelli rossi, ce li aveva anche Schillinger, e come lui anche Henke aveva piú o meno un alibi, e se davvero era il pupillo del signor *Obersturmführer*, come aveva detto, Kalb non gli avrebbe creduto, non a lui, a Niddermann, un ebreo. E se avesse accusato Mayer? Poteva tacere del capello e tirare fuori il bottone che teneva nascosto nella fodera del berretto. Quella era una prova, e se gliela presentava bene, e se Mayer non aveva un alibi di ferro... Ma il *Rottenführer* Mayer era innocente... no, non era innocente, quella parola era stata un riflesso condizionato della sua vita precedente da poliziotto, da poliziotto e non da sbirro. Mayer non era colpevole di quell'omicidio ma soprattutto non aveva ammazzato le altre quattro detenute del campo. Voleva dire che se avesse incolpato lui e fosse riuscito a farlo condannare, Henke avrebbe continuato a uccidere. E allora? Avrebbe ucciso persone che sarebbero morte comunque, e magari lo avrebbe fatto piú in fretta della fame, del tifo o del gas.

Certo, poteva sempre andare dal signor *Obersturmführer* e dirgli che non era riuscito a scoprire niente, ma lui gli avrebbe sparato subito un colpo in testa. E allora? Non sarebbe morto comunque, prima o poi? Prima o poi, però, non subito.

Niddermann scosse la testa e allungò una mano per prendere la manciata di paglia che si portava dentro i pantaloni, come un pannolino, perché se te la facevi nei calzoni e le ss sentivano che puzzavi avrebbero pensato che eri malato e ti avrebbero mandato subito alla camera a gas. Era ancora pulita, perché ormai non soffriva piú neanche della diarrea da fame, l'aveva appoggiata sul rialzo della latrina, a sinistra, e mentre la prendeva per passarla nella mano destra provò la stessa sensazione che aveva sentito quando aveva visto Henke. *Perché?* Si chiese, *non c'è niente di strano, io non sono mancino, io uso la destra per pulirmi il...*

Non riuscí a pensare *culo* perché all'improvviso si ricordò di cosa aveva pensato quando aveva visto Henke, ma certo, era cosí, e si guardò anche la mano che stringeva la paglia, e anche l'altra, vuota. Poi lo ricollegò a quello che l'*Untersturmführer* gli aveva sussurrato all'orecchio, pensò *chissà, se fossi bravo ma cosí bravo da*, e l'idea che gli venne fu cosí assurda e impossibile e meravigliosa che anche se si trovava seduto sul cesso di un campo di sterminio, con le chiappe congelate dal freddo e la quasi certezza di morire, non poté trattenersi dallo stirare le labbra in un sorriso cosí largo che gli fece male.

– È stato il signor *Untersturmführer* Henke. Lo ha fatto perché è un sadico e gli piace uccidere le donne.

Niddermann era in piedi, impettito come fosse sull'attenti, le gambe dritte come non gli accadeva piú da molto tempo. Non era merito suo. Sulle scale della baracca comando era svenuto, Mayer lo aveva svegliato con uno schiaffone e adesso lo teneva su con le sue mani da gorilla aperte sotto le ascelle, come un vestito vuoto sulla gruccia di un attaccapanni. Anche l'*Obersturmführer* Kalb era in piedi, le mani agganciate allo schienale di una sedia, cosí strette che le punte delle dita gli erano diventate bianche.

– Perché? – chiese. Sembrava il ringhio di un animale.
– Perché Heidi era là con lui?

– Perché la signora ausiliaria delle ss aveva una relazione con il signor *Untersturmführer*. E non era l'unica. Sembra che avesse avuto parecchi amanti tra il personale del campo.

Sapeva che lo avrebbe ferito e lo aveva detto apposta, senza esitare e senza abbassare gli occhi, perché sapeva anche che Kalb non lo avrebbe ucciso, non ancora, almeno.

– La prova! – ringhiò l'*Obersturmführer*.

– Il signor Henke è mancino. Dovevo averlo capito fin da quando lo avevo visto accendersi una sigaretta, e sembrava innaturale perché stava usando la destra. Anche quando ha firmato lo ha fatto con la destra, e faceva fatica. Perché? Perché è mancino. E allora perché non ha usato la sinistra? Per non togliersi il guanto.

Niddermann coprí il pugno sinistro con la mano destra, proprio come fosse un grosso guanto di lana. Kalb lo osservava attento, le palpebre strette come due fessure.

– E perché non voleva togliersi il guanto dalla mano sinistra? Questo posso solo immaginarlo, signor *Obersturmführer*, ma ne sono sicuro, e potrà verificarlo di persona. Perché sul dorso della sua mano sinistra ci sono tre graffi paralleli –. Sfilò la mano sinistra dalla destra e l'aprí ad artiglio. – Glieli ha fatti la sua Heidi, mentre lui la stava strangolando.

Niddermann guardò Kalb. *Ce l'ho fatta?*, pensò, *sono stato abbastanza bravo?*

– Mayer! – gridò Kalb. Alzò la mano verso la porta e Mayer sbatté i tacchi. Portò fuori Niddermann e lo lasciò cadere a terra, poi si mise a correre verso gli alloggiamenti delle ss.

Niddermann si mise a quattro zampe, poi si sollevò sulle ginocchia e cosí rimase, senza la forza di alzarsi. Kruschat gli si era avvicinato, fianco a fianco con il politico con il triangolo rosso e un ragazzo con quello nero degli asociali, cosí stretti a lui che davvero non si vedeva che zoppicava.

– Gliel'hai dato, Niddermann? – chiese Kruschat. – Glielo hai dato il bottone?

Era arrivata anche una ss, a vedere cosa stavano facendo quattro detenuti assieme davanti alla baracca del comando. A Niddermann la testa girava cosí forte che per un attimo si confuse e stava per aggrapparsi ai calzoni del soldato, che gli avrebbe immediatamente rotto la testa col calcio del fucile che aveva sulla spalla. Si attaccò alla mano del politico, invece, e riuscí a tirarsi in piedi.

– Allora, Niddermann? – continuava Kruschat. – Lo hai fatto? Eh? Lo hai fatto?

In quel momento l'*Obersturmführer* Kalb uscí dalla baracca del comando. Ansimava, e aveva gli occhi spalancati, come quelli di un pazzo. Vide Mayer che tornava con l'*Untersturmführer* e notò sicuramente, perché lo fece anche Niddermann, che Henke portava i guanti. Allora scattò e strappò il fucile dalla spalla del soldato, che barcollò per non cadere, fece scorrere l'otturatore e lo puntò su Henke, che prima si bloccò, piú sorpreso che spaventato, e poi si girò, piú spaventato che sorpreso, e cominciò a correre, ma la fucilata lo prese in mezzo alla schiena, e lo staccò da terra, sbattendolo piú avanti, le braccia aperte e la faccia piantata nella neve. Mayer sfilò la pistola dalla fondina, e come per un riflesso condizionato fece un passo avanti e sparò un colpo nella testa di Henke. Poi Kalb restituí il fucile al soldato, che era rimasto a bocca aperta, come anche Kruschat e i due detenuti, tutti tranne Niddermann, che cominciò a tremare, ma non per paura, non perché aveva visto il *Rottenführer* Mayer che stava arrivando, una mano che impugnava ancora la pistola e l'altra tesa ad abbrancarlo, tremava perché stava ridendo dentro, mentre pensava che era stato bravo, sí, abbastanza bravo da riuscirci. E quando Mayer lo prese per un braccio, tirandolo in disparte, ringhiando *cosa credevi che ti avremmo lasciato vivere?* allora Niddermann scoppiò in una risata che fece voltare l'*Obersturmführer* Kalb sulla porta della baracca, e anche Kruschat, i due detenuti e il soldato, e anche Mayer, che era abbastanza vicino da capire che quella non era una risata isterica da pazzo, ma una risata vera, bella, aperta e piena.

– Perché ridi? – ringhiò. – Stai per morire, perché ridi? – Ma Niddermann non smise, continuò a ridere, ridere fino alle lacrime, anche quando Mayer lo schiacciò in ginocchio sulla neve e gli appoggiò sulla nuca la canna della Luger. Il signor *Rottenführer* non lo sapeva cosa gli aveva detto Henke all'orecchio, e neanche il signor *Obersturmführer* lo sapeva, non lo sapeva nessuno.

Henke è il nome di mia madre. Non lo sa nessuno ma mio padre è il generale von Zelle, amico personale di Himmler. A me non possono farmi niente, perché se mi toccano papino li fa spedire tutti sul fronte russo, Kalb, Mayer e anche tutte le ss *del campo.*

Cosí gli aveva detto, e mentre Mayer premeva il grilletto ebbe il tempo di pensare che era stato bravo, sí, bravissimo, a provocare il signor *Obersturmführer* fino a farlo scoppiare, e riuscí anche a immaginarseli, Kalb e Mayer nell'inferno del fronte russo, e si immaginò la loro faccia, e poi, all'improvviso, sentí un gran colpo e piú niente.

Crollò a terra e Mayer restò a guardarlo, continuando a chiedersi perché sorridesse ancora, anche da morto, con quel buco in testa che zampillava un fiotto di sangue caldo e denso, che scioglieva la neve.

Stephen King
Il sogno di Harvey

Traduzione dall'originale americano di Giovanni Arduino

Titolo originale: *Harvey's Dream*.
Copyright © 2003 by Stephen King.

Janet si volta dall'acquaio e, bum, tutto d'un colpo si trova davanti a fissarla l'uomo che ha sposato quasi trent'anni prima, seduto al tavolo della cucina in maglietta bianca e boxer.

Sempre piú spesso il sabato mattina le è capitato di scovare il marito, un capitano di lungo corso di Wall Street durante il resto della settimana, fermo nello stesso posto e conciato allo stesso modo: spalle curve e sguardo spento, una spruzzata di peli bianchi sulle guance, i pettorali flosci che riempiono il davanti della t-shirt, i capelli lisciati all'indietro in una versione demente e invecchiata di Alfalfa delle Piccole canaglie. Negli ultimi tempi lei e la sua amica Anna si sono terrorizzate scambiandosi pettegolezzi sul morbo di Alzheimer, come ragazzine con le storie di fantasmi durante una notte passata insieme: chi non riconosce piú la moglie, chi ha dimenticato i nomi dei figli.

Lei non crede che il silenzio del sabato sia il sintomo di una forma precoce: quando lavora, Harvey Stevens è arzillo e scalpitante alle sei e quarantacinque in punto, un professionista di sessant'anni che ne dimostra al massimo cinquanta (d'accordo, cinquantaquattro) se indossa uno qualsiasi dei suoi completi migliori, imbattibile nel chiudere un affare a suo vantaggio, rilanciare o vendere al ribasso.

No, è che sta facendo le prove generali della vecchiaia,

e questo la manda in bestia. Quando arriverà il momento della pensione sarà sempre cosí, a meno di non passargli un bicchiere di succo d'arancia o di chiedergli (con una fretta infastidita che sarà impossibile nascondere) se preferisce una tazza di cereali o una fetta di pane tostato. Si girerà e se lo troverà di fronte, continua a pensare Janet con una punta di orrore, illuminato da un raggio di sole mattutino fin troppo brillante, con i boxer, le gambe divaricate, al centro un pacco ormai inutile (posto che le andasse di verificare) e i calli degli alluci giallastri come nell'Imperatore del gelato, la poesia di Wallace Stevens. In silenzio, palpebra a mezz'asta, immobile invece che vispo e scattante, mentre cerca di tirare sera. Dio, spera di sbagliarsi. A volte la vita sembra cosí stupida, cosí vuota. Non può fare a meno di chiedersi se è per questo che ha lottato, tirato su tre figlie consegnandole ai rispettivi mariti, superato un inevitabile tradimento da andropausa, faticato e persino arrancato, inutile nasconderlo. Se quando esci dal bosco folto e cupo, medita Janet, ti ritrovi in questa, in questa... area di parcheggio... perché darsi tanta pena?

La risposta è semplice. Perché non lo sapevi. Lungo la strada hai spazzato via quasi tutte le bugie, ma sei rimasta aggrappata all'erronea convinzione che la vita fosse *importante*. Hai conservato un album di ritagli dedicato alle tue figlie, nel quale sono giovani e con un mondo a disposizione: Trisha, la maggiore, che indossa un cappello a cilindro e agita una bacchetta di stagnola davanti al muso di Tim, il cocker spaniel; Jenna, colta a mezz'aria mentre salta il getto dell'irrigatore automatico, la sua predilezione per le droghe e le carte di credito e gli uomini maturi ancora là da venire; Stephanie, la minore delle tre, quando sillabare «cucurbitacea» alla gara di scuola si profilò come la sua Waterloo. In molte foto, nascosti da qualche parte (di solito sullo sfondo) ci sono anche lei e il marito, sempre sorridenti, come se fosse proibito dalla legge comportarsi in maniera diversa.

Poi un giorno commetti l'errore di voltarti e vedi che le bambine sono cresciute, mentre l'uomo che hai faticato per tenerti vicino se ne sta immobile, con le gambe divaricate e bianchicce, gli occhi fissi su un raggio di sole, e, Dio, potrà anche dimostrare cinquantaquattro anni in uno qualsiasi dei suoi completi migliori, ma adesso gliene daresti almeno settanta. Al diavolo, persino settantacinque. I tirapiedi dei *Soprano* lo chiamerebbero un rincoglionito.

Janet si gira verso il lavello e starnutisce piano, una, due, tre volte.

– Oggi come va? – chiede lui, riferendosi al suo naso, ovvero alla sua allergia. Non molto bene, sarebbe la risposta, ma, come un numero sorprendente di altri fastidi, anche questo ha un lato positivo. Almeno non deve piú dormire assieme al marito e tirare dalla sua parte le coperte nel bel mezzo della notte; non è piú obbligata a subire il peto soffocato che Harvey ogni tanto si lascia scappare prima di crollare come un tronco. D'estate Janet riesce a riposare per le canoniche sei, sette ore di fila, che si riducono a quattro, molto agitate, quando arriva l'autunno e lui abbandona la stanza degli ospiti.

Un giorno, lo sa perfettamente, nessuno si sposterà piú, e anche se non glielo dirà mai in faccia – non le va di ferirlo: l'amore si è ridotto a questo, almeno da parte sua – lei ne sarà felice.

Janet tira un sospiro e afferra nel lavello un pentolino pieno d'acqua. Ci rimesta dentro. – Non male, – risponde.

E poi, proprio mentre dice a se stessa (non per la prima volta) che la vita non riserva piú sorprese, che nel loro matrimonio non esiste alcun angolo inesplorato, lui inizia a parlare con un tono curiosamente sovrappensiero: – Meno male che ieri notte non abbiamo dormito assieme, Jax. Ho avuto un incubo. Mi sono svegliato urlando come un matto.

Lei resta di sasso. Da quanto non la chiamava Jax invece dei soliti Janet o Jan? Odia l'ultimo soprannome, anche se non lo ha mai confessato apertamente. Le ha sempre ricordato quell'attrice sdolcinata del telefilm di Lassie che vedeva da bambina, con il figlio (Timmy, ecco, Timmy) che cadeva in un pozzo o veniva morso da un serpente o restava intrappolato sotto una roccia; insomma, che razza di genitore affiderebbe la vita di un ragazzino a un merdosissimo collie?

Si volta di nuovo, scordandosi del pentolino con l'ultimo uovo, l'acqua passata in fretta da bollente a tiepida. Un incubo? Harvey? Cerca di ricordarsi l'ultima volta che è successo, ma senza fortuna. Lontano nella memoria, quando si corteggiavano e lui sussurrava: – Ti ho sognata, – nulla di piú, e lei era cosí giovane da considerarla una frase dolce invece che banale.

– Che cosa?
– Mi sono svegliato urlando, – ripete. – Non hai sentito niente?
– No, – con lo sguardo fisso sul marito. Chissà se la sta prendendo in giro. Se è una specie di strana battuta di primo mattino. Harvey non è un tipo scherzoso. La sua idea di umorismo non va al di là degli aneddoti sul servizio militare raccontati durante la cena. Li ha ascoltati tutti almeno un centinaio di volte.

– Cercavo di urlare una frase, ma senza risultati. Era come se... non so spiegarmi... come se non riuscissi a muovere la bocca per formare le parole. Quasi avessi avuto un ictus. La voce era bassa, roca. Non sembrava neanche la mia –. Una pausa. – Me ne sono accorto e mi sono fermato. Tremavo come una foglia e per un po' ho tenuto accesa la luce. Ho cercato di andare a pisciare, sembra che ultimamente non faccia altro, anche solo una goccia, ma non alle tre meno un quarto di stamattina. – Si ferma di nuovo, illuminato dal suo raggio di luce con il pulviscolo che danza leggero e gli circonda la testa come un'aureola.

– Che genere di incubo? – domanda, ed ecco il Particolare Stupefacente: per la prima volta in forse cinque anni, da quando erano rimasti alzati fino a notte tarda per decidere se vendere o meno le azioni della Motorola (alla fine avevano scelto di sbarazzarsene), Janet è veramente interessata alle parole del marito.

– Non ho tanta voglia di dirtelo, – risponde lui, con una ritrosia che non gli appartiene. Si volta, solleva la pepiera e inizia a passarsela da una mano all'altra.

– Pare che i sogni non si realizzino se li racconti, – fa lei, e via con il Particolare Stupefacente Numero Due: improvvisamente Harvey non è piú lo stesso, le appare cosí come non le è apparso da anni. Persino la sua ombra sul muro sopra il tostapane sembra meno evanescente. È piú solido e incombente di quanto non sia mai stato, pensa lei, non è possibile. Perché la vita dovrebbe essere di colpo cosí piena quando fino a poco fa era vuota e stupida? È una normale mattina di tardo giugno. Siamo in Connecticut. In questo periodo dell'estate ci troviamo sempre qui. Adesso uno di noi due andrà a prendere il giornale che sarà diviso in tre parti, come la Gallia.

– Davvero? – Harvey ci pensa sopra, alza le sopracciglia (devo sfoltirgliele, stanno prendendo un aspetto trascurato, mai che sia lui ad accorgersene) e continua a giocherellare con la pepiera. Vorrebbe urlargli di smetterla, che la sta facendo innervosire (alla pari del nero punto esclamativo della sua ombra, del cuore che sente rumoroso, dei battiti che stanno accelerando senza motivo), ma non vuole distrarlo dai pensieri che stanno girando nella sua strana testa da sabato mattina. E in ogni caso lui alla fine posa la pepiera, ma anche cosí non funziona, perché nasce un'altra ombra che si allunga sul tavolo come quella di una pedina degli scacchi ma piú grande, e pure le briciole di pane tostato hanno una loro ombra, e non sa perché ma l'idea le mette paura. Le viene in mente lo stregatto che confessa ad Alice *qui siamo tutti matti* e di colpo non vuole piú sentire lo stupido sogno di Harvey, dal quale lui si è svegliato urlando come in preda a un ictus. Di colpo desidera che la vita torni a essere stupida e vuota. Nient'altro che vuota. Vuota va bene, vuota è perfetto, e se non ci credete date un'occhiate alle attrici dei film.

Nulla e nessuno deve venire a bussare alla porta, pensa quasi febbricitante. Già, febbricitante, come raggiunta da una vampata, anche se avrebbe giurato che stupidaggini simili fossero finite due o tre anni prima. Nulla e nessuno deve bussare alla porta, è un normale sabato mattina e nulla e nessuno deve venire a bussare senza essere annunciato.

Socchiude la bocca per informarlo che si era sbagliata, che è il contrario, che i sogni si avverano proprio se li racconti, ma è troppo tardi, lui sta iniziando a parlare, e capisce che è la giusta punizione per aver preso la vita sotto gamba. La vita non è vuota, ma piena e solida come un pezzo dei Jethro Tull, come un mattone, e lei si è sbagliata e non sa perché.

– Scendevo in cucina di mattino, – inizia il marito. – Era sabato, solo che non ti eri ancora alzata.

– Di sabato mi sveglio sempre prima di te.

– Lo so, ma è un sogno, – obietta lui senza alterarsi, e lei scorge i peli bianchi sull'interno delle cosce, dove i muscoli sono flaccidi e sgonfi. Una volta giocava a tennis, ma ha smesso da un pezzo. Ti beccherai un infarto, pover'uomo, Janet dice fra sé e sé con una cattiveria che non le appartiene. Farai questa fine, e forse qualcuno del «Times» penserà di scrivere un coccodrillo su di te, ma se lo stesso giorno morirà un'attrice di serie B degli anni Cinquanta o una ballerina appena famosa dei Quaranta, be', non avrai neppure quello.

– Ed era proprio cosí, – continua lui, – i raggi del sole illuminavano la stanza. – Solleva una mano e la agita e i granelli di polvere gli girano vivaci intorno alla testa e lei vuole gridargli di piantarla, di non azzardarsi a turbare l'equilibrio del cosmo.

– Fissavo la mia ombra sul pavimento. Mai stata cosí brillante e solida. – Si ferma e sorride con le labbra screpolate. – Brillante e solida sono strani aggettivi per un'ombra, non pensi?

– Harvey...

– Attraversavo la cucina e guardavo fuori dalla finestra e mi accorgevo di un'ammaccatura sul fianco della Volvo dei Friedman e sapevo perfettamente – non ho idea di come – che Frank si era fermato da qualche parte a bere e aveva urtato con la macchina tornando a casa.

Janet sta per svenire e lo sa. Ha visto l'ammaccatura della Volvo con i propri occhi, controllando se il giornale era arrivato (no, ancora niente) e ha fatto lo stesso ragionamento, che Frank era stato alla Zucca Felice e aveva strusciato contro qualcosa nel parcheggio. *Chissà l'altro com'è ridotto?* Questo era stato il suo esatto pensiero.

Forse l'ha notato anche Harvey. Forse la sta prendendo per il culo per un suo personale motivo. Certo, è possibile: dalla stanza degli ospiti dove lui dorme d'estate si scorge facilmente la strada. Solo che Harvey non è quel tipo d'uomo. «Prendere per il culo» la moglie non è uno «sfizio» degno di Harvey Stevens.

Janet sente il sudore colare su guance e collo e fronte, il cuore che batte piú veloce che mai. Nell'aria c'è un presagio di tragedia, ma perché adesso? Perché ora, quando il mondo e la vita futura appaiono cosí quieti? È colpa mia, mi dispiace, pensa o forse prega. Fa' che tutto ritorni come prima, ti scongiuro, fa' che tutto ritorni come prima.

– Sbirciavo nel frigorifero, – prosegue Harvey, – e scoprivo un vassoio di uova ripiene coperto dalla pellicola trasparente. Ero cosí felice: appena le sette del mattino e avevo una fame del diavolo!

Scoppia a ridere. Janet – un tempo Jax – sposta lo sguardo sul pentolino nel lavabo. Sull'unico uovo sodo rimasto. Gli altri sono stati sgusciati, divisi a metà, privati del tuorlo. Messi in una scodella vicino alla rastrelliera per i piatti. Accanto a un vasetto di maionese. Aveva pensato di servire le uova ripiene per pranzo assieme a una semplice insalata.

– Non voglio sapere altro, – dice lei, ma con una voce talmente fioca che quasi non si accorge di aver parlato. Un tempo andava forte a scuola di teatro e ora non riesce neppure a farsi sentire da un capo all'altro della stanza. I muscoli del petto sono strani, annodati, come quelli delle gambe di Harvey se tentasse di giocare a tennis.

– E pensavo: ne prendo uno solo, – continua lui. – E ancora: no, altrimenti lei si arrabbia. Dopo suonava il telefono. Correvo a rispondere perché non volevo che il rumore ti svegliasse, e qui arriva la parte che mette spavento. Vado avanti?

No, pensa lei vicino al lavabo. No e poi no. Allo stesso tempo però vuole che il marito continui, vuole ascoltare la parte che mette spavento, lo vogliono in tanti, qui siamo tutti matti, e sua madre aveva veramente detto che i sogni non si realizzano se li racconti, che in altre parole devi rivelare quelli brutti e tenere per te quelli belli, nasconderli come un dente sotto il cuscino. Hanno tre figlie. Una abita appena giú lungo il viale, Jenna la divorziata felice, lo stesso nome di una delle gemelle Bush, particolare che odia, per questo ultimamente insiste a essere chiamata Jen. Tre figlie, ovvero un sacco di denti sotto un mucchio di cuscini, un bel po' di preoccupazioni riguardo a sconosciuti che offrono caramelle e passaggi in macchina, una giusta dose di precauzioni e, Dio, come spera che sua madre avesse ragione, che raccontare un brutto sogno equivalga a trapassare il cuore di un vampiro con un paletto di legno.

– Sollevavo la cornetta ed era Trisha –. È la figlia maggiore, che andava matta per Houdini e Blackstone prima di scoprire i ragazzi. – All'inizio diceva solo *papà*, ma io capivo che era lei. Sai com'è, no?

Sí. Lo sa. Riconosci sempre i tuoi bambini, anche da una sola parola, poi crescono e non ti appartengono piú.

– E io rispondevo: «Ciao, Trish. Cara, perché ci chiami cosí presto? Mamma è ancora a letto». All'inizio nessuna reazione. Pensavo fosse caduta la comunicazione, ma poi percepivo una serie di sussurri lamentosi. Non frasi, ma parole a metà. Quasi cercasse di farsi sentire, ma non ne avesse la forza o non riuscisse a prendere fiato. E in quel preciso momento la paura saliva.

Be', meglio tardi che mai, no? Perché adesso Janet – ovvero Jax al college, Jax alla scuola di teatro, Jax che limonava come nessun altra, Jax che fumava Gitanes e ostentava il suo amore per i cicchetti di tequila – è già spaventata da un bel po', da prima che Harvey menzionasse l'ammaccatura sulla fiancata della Volvo di Frank Friedman. E le torna in mente la chiacchierata telefonica con Anna di neppure una settimana fa, nel corso della quale erano arrivate a raccontarsi storie dell'orrore sull'Alzheimer. Hannah in centro, Janet raggomitolata sulla poltrona davanti alla finestra e con lo sguardo rivolto al loro appezzamento di Westport che conta un buon numero di ettari, con le piante in piena crescita che la fanno starnutire e lacrimare, e – prima di arrivare alla demenza senile precoce – avevano spettegolato su Lucy Fiedman e dopo su Frank, e chi era stato a dire: «Se non la pianta di guidare quando beve, temo che ammazzerà qualcuno»?

– E allora Trish bisbigliava qualcosa che somigliava a «la zia» o «le zie», ma nella logica del sogno capivo che stava effettuando una... elisione... è il termine giusto? Ometteva la prima sillaba e la parola per intero era «polizia». E le chiedevo che c'entra la polizia, che vuoi dirmi della polizia, e intanto mi appoggiavo. Esattamente là –. Indica la sedia di quello che loro chiamano l'angolino del telefono. – Ancora silenzio e poi altri sussurri, altre parole a metà. Mi stava facendo impazzire, che commediante, pensavo, sempre la stessa, ma a un certo punto gorgogliava «numero», chiaro come il sole. E sapevo – cosí come sapevo che cercava di pronunciare «polizia» – che stava tentando di dirmi che gli agenti avevano contattato lei perché non trovavano il nostro numero di telefono.

Janet annuisce, svuotata. Avevano fatto cancellare il numero dalla guida perché i giornalisti continuavano a seccare Harvey con la faccenda della Enron. Non che lui avesse niente a che farci, ma veniva considerato un esperto dei maggiori fornitori d'energia. Era persino stato membro di una commissione presidenziale qualche anno prima, quando Clinton era il grande capo e il mondo un posto leggermente migliore e piú sicuro (almeno secondo la sua modestissima opinione). Janet aveva imparato a detestare un sacco di tratti del carattere di Harvey, ma era sicura che avesse piú onestà nel suo dito mignolo che tutti quei farabutti della Enron messi assieme. L'onestà può essere noiosa, ma almeno è facile da riconoscere.

La polizia non può scovare i numeri fuori elenco? Be', forse no, non se si ha fretta di trovarne uno per una comunicazione urgente. I sogni non seguono le regola della logica, vero? I sogni sono poesie dal subconscio.

Janet non riesce a stare ferma, non piú, raggiunge la porta della cucina e fissa l'assolata giornata di giugno, buttando un'occhiata lungo Sewing Lane, la loro versione in miniatura di quello che alcuni si ostinano a definire il sogno americano. Ma che mattino tranquillo, con milioni e milioni di gocce di rugiada che ancora splendono tra l'erba! Il cuore però batte all'impazzata nel petto e il sudore le cola dalla faccia e vorrebbe dirgli di bloccarsi, di smetterla con il sogno, con quel terribile sogno. Dovrebbe ricordargli che Jenna abita giú lungo il viale; Jen, che lavora in paese al videonoleggio e passa troppi fine settimana alla Zucca Felice bevendo con quelli come Frank Friedman, che è abbastanza vecchio da essere suo padre. Particolare che certo fa parte del suo fascino.

– Tutte quelle frasi smozzicate, – continua Harvey, – e a bassa voce: «Morte», sentivo alla fine, e lí capivo che era toccato a una delle nostre bambine. Lo sapevo e basta. Non a Trisha, perché ci stavo parlando, ma a Jenna o a Stephanie. Ed ero cosí spaventato. Stavo seduto nell'angolino del telefono e mi domandavo a chi, a chi preferirei fosse capitato, come si trattasse della fottuta scelta di Sophie. Le urlavo contro: «Dimmi chi, dimmi chi, per l'amor del cielo, Trish, dimmi chi!» Soltanto allora il mondo reale cominciò a fare capolino... ammettendo che il mondo esista davvero...

Harvey si lascia sfuggire una risatina e alla luce brillante del mattino Janet scorge una macchia rossa in mezzo all'ammaccatura della Volvo di Frank Friedman, con al centro una striatura nera che potrebbe essere terra o un ciuffo di capelli. Immagina Frank che parcheggia di sghimbescio sul marciapiede alle due del mattino, troppo ubriaco per imboccare il vialetto d'accesso, figuriamoci entrare in garage, stretta è la porta che conduce alla vita eterna, eccetera eccetera. Frank, che barcolla fino a casa con la testa incassata tra le spalle, sbuffando forte dalle froge. Evviva, evviva, evviva il toro.

– Ormai so di essere a letto e c'è questa voce roca che non sembra la mia, ma quella di un altro, e non riesco a comprendere nulla. «Imicchi, imicchi», una roba del genere. «Imicchi, Ish».

Dimmi chi. Dimmi chi, Trish.

Harvey resta in silenzio, pensieroso, a riflettere. Il pulviscolo gli danza attorno al viso. Il sole brilla accecante sulla sua maglietta come nella pubblicità di un detersivo.

– Sto fermo ad aspettare che tu corra a vedere che cosa è successo, – riprende alla fine. – Con la pelle d'oca e scosso dai brividi, ripetendomi che è stato un sogno, solo un sogno, come normalmente si fa, ma cosí realistico. Cosí incredibile e magnifico, anche se terrorizzante.

Si blocca di nuovo, forse pensando a come formulare la prossima frase, senza rendersi conto che la moglie non lo ascolta piú. La vecchia Jax sta facendo girare al massimo il cervello, sfruttando tutte le facoltà della mente per convincersi che quello sulla Volvo non è sangue ma solo la zincatura dove la vernice è stata grattata via. «Zincatura» è una parolina che il suo subconscio è stato felicissimo di tirare fuori al momento opportuno.

– Non trovi incredibile il potere dell'immaginazione? – azzarda lui alla fine. – Un sogno simile è come un poeta – uno dei piú grandi, naturalmente – deve vedere la sua creazione. Ogni dettaglio talmente preciso, nitido.

Di nuovo in silenzio e la cucina appartiene al sole e al pulviscolo nell'aria; fuori, il mondo si sta prendendo una pausa. Janet fissa la Volvo parcheggiata sul lato opposto della strada. Sembra quasi pulsare, reale e solida quanto un mattone. Quando suona il telefono, si metterebbe a urlare se solo trovasse il respiro per farlo, si tapperebbe le orecchie se riuscisse a sollevare le mani. Sente Harvey che si alza, che va verso l'angolino del telefono mentre rimbomba un secondo squillo e poi un terzo.

È qualcuno che ha sbagliato numero, pensa lei. Per forza. Se li racconti, i sogni non si avverano.

– Pronto? – dice Harvey.

Giampiero Rigosi
Alfama

Copyright © 2006 by Giampiero Rigosi.
Published by arrangement with Agenzia Letteraria Roberto Santachiara.

Lo sveglia un odore caldo di pesce rancido. Solleva le palpebre e si trova davanti il muso di un bracco che lo studia respirandogli in faccia a bocca spalancata, la lingua a penzoloni da una parte. Apre la bocca e alita a sua volta contro il cane, che inclina la testa trattenendo il respiro. Dopo un istante, il bracco allunga il collo e avvicina il muso. Fa un paio di sniffate, quindi rincula con cautela. Alza una gamba e piscia contro un piede della panchina. Un fischio gli fa sollevare le orecchie. Si allontana trotterellando senza neppure degnarlo di un'ultima occhiata.

Il barbone si gratta un occhio e biascica, in bocca ancora il sapore del ritaglio di pizza ai funghi rimediata la sera prima. Poi si mette a sedere, sbadiglia. Alza le braccia per stirare la schiena. Una fitta alla spalla sinistra gliele fa riabbassare con prudenza. Si massaggia la nuca. Scatarra, sputa per terra. Prende un grosso respiro, le ossa dolenti, appoggia le mani sulle ginocchia e spinge fuori l'aria dalla bocca. Un brivido effervescente gli cola lungo la schiena. Con la vista annebbiata dal risveglio e dagli anni, osserva lo scaracchio sull'asfalto come fosse un fondo di caffè da cui trarre una profezia.

Giuseppe spreme sul palmo una dose abbondante di gel. Sfrega tra loro le mani e se le passa sui capelli ancora umidi.

Rientra in camera e lancia un'occhiata alla ragazza sdraiata sul letto, la chioma bionda sparpagliata sul cuscino. Dal lenzuolo spunta la gamba destra, scoperta fino al sedere. Lo sguardo fisso alla natica nuda, Giuseppe stringe i pugni e, inspirando dal naso, morde il labbro inferiore con un'espressione di esagerato, sofferente desiderio. Poi afferra la camicia dallo schienale della sedia. Infila le falde nei pantaloni gessati e affibbia la cintura. Si siede. Appallottolati dentro le scarpe ci sono i calzini. Li annusa prima di infilarseli. Le scarpe sono di cuoio beige, a punta, con le cuciture scure a vista. Giuseppe allaccia le stringhe. Si alza.

– Stai già uscendo?

La ragazza ha sollevato la testa dal cuscino. Lo guarda con gli occhi socchiusi.

– Sí. Tengo da fare.

– Buona giornata, – dice lei, voltandosi dall'altra parte.

Giuseppe annuisce, indossa la giacca di pelle. Prima di uscire si ferma davanti all'anta a specchio del guardaroba. Accosta il viso e con un paio di tocchetti dà un'ultima sistematina ai capelli.

Ancora una volta si stupisce che sul campanello ci sia scritto Alfama e basta, senza neppure una lettera puntata che segua o preceda. Preme il pulsante. Passa qualche secondo, poi il portone si apre senza che nessuno si sogni di chiedere chi ha suonato. Alla faccia di zio Carmine, che sostiene che il vecchio è uno degli uomini piú prudenti che abbia mai conosciuto.

Giuseppe sale in ascensore fino al terzo piano. La porta è socchiusa. Allunga il collo e sbircia il corridoio in penombra.

– È permesso?
– Vieni, vieni.
Il vecchio sta leggendo il giornale al tavolo di cucina. Davanti ha un bicchiere di spremuta d'arance. Già rasato, una polo nocciola sotto la giacca grigio chiaro. Alza gli occhi su di lui solo quando gli è già di fronte.

Con un sorriso, Giuseppe toglie gli occhiali da sole e li infila nel taschino della camicia.

– Buongiorno signor Alfama. Tutto bene?
Il vecchio annuisce e beve lento un sorso di aranciata.
Giuseppe afferra le falde della giacca e tira verso il basso.

– Visto? Mi sono messo la giacca che ho comprato l'altro ieri in quel negozio del centro. Come mi sta?

Alfama lo squadra per un lungo istante prima di rispondere. – Sembri uscito da un film di gangster.

Giuseppe ride. – Eh già, come no? Un film di gangster.
Il vecchio finisce la sua spremuta, appoggia il bicchiere, si pulisce la bocca con il fazzoletto, lo rimette in tasca. Punta i palmi sul bordo del tavolo per alzarsi in piedi.

– Allora si va?
– Quando volete voi. Io qua sto.

A ogni incarico, da quindici anni a questa parte, ha spedito la stessa lettera. Ricorda ancora la fatica di scriverla. Gli appunti, le frasi ricorrette cento volte, le cancellature. Per batterla comprò un'Olivetti elettrica che da allora non ha mai più usato. A forza di viaggiare avanti e indietro, di passare da macchine di smistamento automatico e borse di postini, di uscire da una busta per entrare in un'altra, la carta si è usurata lungo le piegature, ma lui, da allora, non l'ha mai più riletta. Quel che c'è scritto lo ricorda a memoria, e ha sempre avuto paura che a posare di nuovo gli occhi su quelle parole gli sarebbe passata la voglia di continuare a spedirla.

Fa due giri di serratura e mette le chiavi in tasca. Quando si gira, Giuseppe gli sta tenendo aperte le porte dell'ascensore. Lui fa cenno di no.
– Ah già, è vero, – dice il ragazzo.

Ogni volta che un lavoro è finito, va a ritirare la raccomandata, torna a casa, e la ficca nel cassetto. A ogni nuovo incarico recupera dal cassetto la busta, la strappa, tira fuori la lettera, la infila in una busta nuova. La indirizza alla solita casella postale, la 382, e nello spazio riservato al mittente scrive Sophia Monteiro, via Pompei 7/c, 00183 Roma.

Mentre scende le scale tocca con due dita la giacca all'altezza della tasca interna sinistra, dove ha infilato la lettera. Il ragazzo lo segue fischiettando. Mentre svolta sul pianerottolo per imboccare la rampa seguente gli lancia un'occhiata. Il completo gessato, i capelli stecchiti di gel, il colletto grande e rigido. Il ragazzo coglie il suo sguardo e gli sorride.

Giuseppe fissa le pieghe sulla nuca del vecchio. I capelli grigi, le orecchie dai lobi allungati. È stato suo zio Carmine a spedirlo da lui per imparare il mestiere. Dice che è uno dei migliori. Lui non ha fatto obiezioni, perché quando zio Carmine decide una cosa c'è poco da obiettare, però gli è sembrato strano che con tutti i ragazzi in gamba che ci stanno da loro ci fosse bisogno di venire fin lassú. Comunque, la città gli ha fatto una buona impressione. Piena di impiegate, studentesse, cassiere carine che la danno via facile facile, senza ricamarci sopra con finti progetti o chissà che. C'è pure poca concorrenza, che qua i maschi pare che non gl'importa piú di tanto darsi da fare. Attacchi discorso, butti lí due battute, e ti ritrovi il numero di cellulare in tasca. Quasi non c'è soddisfazione. La maggior parte delle volte, ancora non hai finito l'aperitivo che già stai a letto, o infrattato in qualche parcheggio con lei che te lo succhia. Perfino i capricci del vecchio sembrano a Giuseppe un giusto prezzo da pagare per tanta abbondanza. Però un po' di nostalgia di casa ce l'ha. Una volta a settimana telefona, saluta mamma, sua sorella Samanta, nonno Raffaele, poi si fa passare il fratello per vantarsi un po' delle sue imprese.

– Hai capito, – ride Giovanni. – Cosí tra un lavoro e l'altro te la spassi con le milanesi.

– Lo sai anche tu com'è. Se non lo usi per troppo tempo, fa la ruggine.

– Ma il vecchio è davvero cosí in gamba come dicono?

– Conosce un mucchio di trucchetti, non dico di no, però per tirargli fuori una parola bisogna fare i salti mortali.

– Insomma non è un chiacchierone.

– Un muto parla di piú.

– Però mi sembra che trovi il modo di ammazzare il tempo.

– Mi arrangio, Giovà, mi arrangio. Giusto per tenermi in esercizio.

– E come no? Però vedi di non inguaiarti.

– Inguaiarmi io?
– Usa il cappuccio e non perdere la testa per una di quelle puttanelle che ti sbatti.
– Me lo segno sull'agenda, cosí non lo dimentico.

Ieri è arrivato un nuovo avviso. Questa mattina devono andare al solito bar e fare la telefonata. Chi risponde gli spiegherà quel che devono fare. Sa tutto il vecchio, numero e procedura. Anche queste sono cose da imparare.

Nessuno sa qual è il suo vero nome, forse neppure zio Carmine. Quando ha provato a chiederglielo, lo zio ha nicchiato, lisciandosi il riporto davanti allo specchio.
– Alfama, Peppi', Alfama. Che vuoi che ti dica?
– Ma si chiama proprio cosí?
Zio Carmine si è voltato e gli ha sorriso, guardandolo con quei suoi occhietti infossati nella ciccia degli zigomi.
– E chi lo può sapere? Quello tiene piú segreti della banca del Vaticano.

Ripiega con cura il cartone su cui ha dormito e lo ficca in una delle due sporte di cellophane. Indossa dei pantaloni da ginnastica blu, sformati, con una striscia azzurra laterale, un paio di vecchie polacchine e, nonostante il caldo, un montgomery liso che ha perso quasi tutti gli alamari. Va fino alla fontana. Tenendo pigiato il pulsante con il pollice della mano destra, si dà una lavata alla faccia con la sinistra. Fa scorrere l'acqua nella conchetta del palmo e la risucchia in bocca. Sciacqua, solleva la testa per fare un gargarismo, sputa. Beve una sorsata.

Sente una fitta alla schiena mentre si raddrizza. Scrolla le mani e le asciuga sfregandole sul montgomery. Poi si massaggia i lombi. Guarda in alto, oltre i tetti dei palazzi. La giornata sembra buona. Dallo stomaco sale un brontolio. Ci vorrebbe qualcosa da mettere sotto i denti. Da qualche parte dovrebbe ancora avere una scatoletta di tonno e un mezzo pacchetto di grissini.

Giuseppe aspetta che abbia richiuso lo sportello e si volta verso di lui.
– Allora andiamo al bar?
Il vecchio annuisce, poi si sporge in avanti per sistemarsi la giacca dietro la schiena.
Lungo la strada, un mezzo chilometro prima di arrivare, il vecchio gli dice di farlo scendere.
– Qui?
– Faccio due passi a piedi mentre tu cerchi da parcheggiare.
– Come volete voi.
Ferma in seconda fila. Appena il vecchio è sceso, riparte.
Mentre si allontana, lo vede dallo specchietto guardare a sinistra e a destra prima di attraversare la strada. Tira fuori una sigaretta e se l'accende. Ormai è abituato alle sue maniere. I gesti con zero spiegazioni, le frasi lasciate a metà, i silenzi interminabili. Quindi anche stavolta non ha fatto commenti. Però questa cosa che vuole fare due passi da solo gli suona strana. Anche se è vero che al vecchio, quando può, gli piace camminare. Cavoli suoi, decide Giuseppe tirando una bella boccata. Poi preme il pulsante per abbassare il finestrino. In macchina, fuma solo quando il vecchio non c'è. Non che glielo abbia proibito.

Neppure che le sigarette gli danno fastidio, gli ha mai detto. Però lui non fuma, e questo è un fatto. E da qualcosa nella sua espressione Giuseppe ha intuito che preferisce l'aria pulita.

Raggiunge l'altro marciapiede e lancia un'occhiata all'auto del ragazzo che scompare nel traffico.

Tira fuori la lettera. Tre anni fa, quando è venuta al mondo la piccola, ha preso in considerazione l'idea di buttarne giú un'altra. Alla fine però ha lasciato perdere. Cosa avrebbe potuto aggiungere? Doveva accennare alla nascita della bimba? Dire alla ragazza che Amanda, il nome che ha scelto per sua figlia, è bellissimo? Confidarle che osservandola, pur cosí piccola, ha subito riconosciuto in lei il taglio degli occhi, il naso, le labbra carnose della nonna? Non avrebbe ottenuto altro che farla sentire spiata, e da quel momento in poi si sarebbe guardata attorno cercando lo sguardo dello sconosciuto che la sorvegliava.

Spinge la porta a vetri dell'ufficio postale ed entra. Quattro persone in fila allo sportello. Si accoda a una donna grassa che si fa aria con un mazzo di fogli.

Gli torna in mente quella volta l'anno scorso, al parco, quando le ha osservate nascosto dietro le pagine di un quotidiano. La piccola oscillava a passi incerti verso Sophia, che le tendeva le braccia incoraggiandola. In quel preciso momento, assieme al ricordo del viso che non vedeva da un quarto di secolo, erano venuti a galla altri istanti, come relitti che uno smottamento del fondo marino avesse improvvisamente liberato dall'imbarcazione nella quale erano incagliati fin dal tempo del naufragio.

Istanti cristallizzati nella sua memoria. Perfetti.

Il terrazzo di un ristorante affacciato sul mare. Adélia

che guardava lontano, i capelli scompigliati dal vento. La caraffa appannata. Il luccichio metallico dell'Oceano giú in basso. Il profumo delle sardine che sfrigolavano sulla griglia. La battuta oscena che aveva osato sussurrarle mentre riempiva i bicchieri di bianco fresco del Ribatejo. La sua risata e il calcio scherzoso che gli aveva tirato sotto il tavolo, fingendo di essere offesa. La camera con le pareti di intonaco grezzo dipinte di verde. Il corpo nudo e sudato di Adélia sotto il suo.

Quando ha visto la bambina raggiungere la madre e aggrapparsi a lei, ha sentito una stretta al cuore, per la felicità che sprigionava da quell'abbraccio e per tutti i momenti che lui non ha potuto avere.

Il destino è stato cosí generoso da offrirgli quell'ultimo treno, e lui cosí stupido da lasciarlo partire.

La donna grassa rimette il portamonete nella borsa e si allontana zoppicando.

Alfama si accosta allo sportello. Fa scivolare la busta sotto il plexiglas divisorio.

– Buongiorno. Dovrei spedire una raccomandata.

Giuseppe è arrivato al bar. Spegne il motore e butta la cicca in strada. Non sa se entrare o aspettare il vecchio in macchina. Dà un'occhiata allo specchietto retrovisore e intanto tiene il tempo picchiettando due dita sul volante. Gli piace, questa canzone di Giorgia. Ma quello che gli piacerebbe sul serio è scoparsi lei. Ha un debole per le ragazze minute. E poi ha davvero una gran bella voce, chissà com'è quando viene.

Sospira. Quasi quasi c'è il tempo di un'altra sigaretta, prima che il vecchio arrivi. Tira fuori il pacchetto e lo guarda, indeciso.

Alfama. Certo che è un bel mistero. Una volta ha provato a chiederlo anche a lui.

– Scusate, non vorrei sembrare importuno. Ma c'è questa cosa che m'incuriosisce. Vi chiamate Alfama. Ma Alfama come? Non lo tenete un nome?

E il vecchio senza battere ciglio gli ha risposto: – Certo che ho un nome. Ma tu chiamami Alfama e basta, che va benissimo. Oppure non chiamarmi per niente. Tanto se mi devi dire qualcosa capisco.

Giuseppe ha fatto una smorfia e ha annuito. Ha le sue fisse, il vecchio, e di sicuro non è un gran chiacchierone. Però ci si lavora bene. Su questo aveva ragione zio Carmine. Da quando sta con lui, ha imparato davvero un sacco di cose.

Appallottola la confezione vuota e se la ficca in tasca. Un piccione gli passa davanti dondolando la testa. Lo sorveglia con un occhio solo, mentre si china a beccbettare le briciole cadute sull'asfalto.

– Hai fame, eh? Ti capisco.

Si curva in avanti per frugare in una delle due sporte che ha ai piedi. Sul fondo, avvolto in un vecchio pullover, trova il portafogli. Con le dita sudice sfoglia le banconote. Poi si ferma e si guarda attorno. Se qualcuno vedesse quanti quattrini ha lí dentro, potrebbe farsi venire delle brutte idee. Lo stomaco continua a brontolare. Tira fuori una carta da dieci. Al diavolo le economie, oggi ci sta una bella brioche. Magari alla crema. L'idea gli mette subito l'acquolina in bocca. Si alza e agguanta le due sporte. A quest'ora il bar avrà appena aperto e le paste saranno ancora ben calde.

Appena lo vede arrivare scende e chiude le portiere con il pulsante sull'impugnatura della chiave. Il vecchio si infila nel bar pasticceria senza dirgli una parola.

Giuseppe si ferma al bancone, come si sono accordati fin dalla prima volta. Il vecchio invece tira dritto fino al telefono a parete che c'è in fondo, infila la tessera e compone un numero.

Uno squillo. Due. Tre. A metà del quarto, dall'altra parte qualcuno solleva il ricevitore.

Alfama dice: – Chiamo per la consegna.

– Bene, – risponde una voce con un forte accento del Sud. – C'è da preparare una torta di compleanno.

– Zabaione o cioccolato?

– Zabaione. Non troppo grande.

– Ci metto pure le candeline?

– No, non importa. Una torta semplice, giusto per fare una festicciola tra amici.

– Ho capito. E dove devo recapitarla?

– Trovate tutte le indicazioni al solito posto.

– Va bene.

– L'importante è che la preparate entro il ventiquattro.

– Sí, direi che non ci sono problemi. Se non c'è altro…

– Volevo sapere come se la cava il garzone.

– Impara in fretta e riga dritto. Non mi posso lamentare.

– Sono contento. Me lo potreste passare? Gli vorrei fare un saluto.

– Lo chiamo subito.

Alfama lascia penzolare la cornetta e si avvia verso il bancone dove il ragazzo sta mescolando un caffè.

– Tuo zio ti vuole salutare.

Il ragazzo vuota con un sorso la tazzina e si affretta verso il telefono.
– Sí, pronto?
– Allora, Peppi', come va? Tutto bene?
– A gonfie vele.
– Mi fa piacere. Adesso stammi a sentire. Lui è lí?

Giuseppe lancia un'occhiata al vecchio, che sta guardando il telegiornale sull'apparecchio fissato in alto, alla sinistra del banco. In quel preciso momento si rende conto di sapere con esattezza quello che zio Carmine sta per chiedergli di fare, e prova un improvviso dispiacere.

Quando torna al banco il vecchio sta bevendo una spremuta di arance. Gli restituisce la tessera telefonica.
– Stanno combinando un bel casino, – dice Alfama, facendo un cenno con il mento verso il televisore.

Giuseppe alza lo sguardo. Sullo schermo, un'autoblindo attraversa una strada piena di macerie. Annuisce, anche se non ha idea di dove siano state girate quelle immagini, né di cosa voglia dire il vecchio.
– Tutto a posto? – chiede Alfama rimettendo in tasca la tessera.

Giuseppe annuisce.
– Voleva sapere come va. Gli ho detto che con voi mi trovo bene, anche se non siete un gran chiacchierone. – Fa una risatina. – Per il lavoro, aveva già spiegato tutto a voi, vero?

Alfama fa segno di sí con la testa e finisce la sua aranciata. Poi tira fuori il portafogli per pagare.

Trovano la busta con le foto e le istruzioni dentro il cruscotto di una Opel bordeaux, ferma in un parcheggio lungo la provinciale. Dopo, come al solito, è il vecchio che dirige le operazioni.

Primo: si trasferiscono a Bologna, la città dove abita il loro uomo. Secondo: si procurano una pianta e rintracciano l'indirizzo. Terzo: scelgono un albergo nello stesso isolato, dal quale possono tenere d'occhio la porta d'entrata, e si fanno dare due singole, tutt'e due al quarto piano.

Alfama prende la chiave della sua camera e dice: – Sono stanco. Vado a riposare.

Giuseppe intuisce che vuole starsene un po' da solo.

Lo segue mentre si dirige verso le scale. Sa bene che non gli piacciono gli ascensori, anche se non gli ha mai confidato il motivo di quest'antipatia. Ci sono tante cose che non sa di questo vecchio silenzioso che gli ha insegnato a uccidere.

Arrivati al quarto piano, Alfama alza il suo portachiavi verso la luce che scende da un'alogena incassata nel controsoffitto, poi guarda le indicazioni sul muro. La 336 è a sinistra. Fa un cenno al ragazzo e si avvia.

Giuseppe resta a guardarlo mentre si allontana adagio lungo il corridoio.

Dice, rivolto alle sue spalle: – Io metto giú la valigia e magari mi faccio un giro qua attorno. Ci vediamo piú tardi.

Il vecchio alza un braccio e prosegue senza voltarsi.

La luce si accende da sola un istante dopo che ha aperto la porta. Alfama richiude, attraversa il piccolo ingresso, entra nella camera. Appoggia la valigia sullo sgabello di ottone. Si guarda attorno, adagio, passando in rassegna la finestra, la posizione del letto, l'armadio. Sospira. Avrebbe davvero voglia di lasciarsi cadere sul letto e non pensare piú a niente. Invece apre il guardaroba, si toglie la giacca e la appende a una gruccia. Poi solleva una sedia, la piazza ai piedi dell'armadio. Allenta la cravatta, la sfila, la getta sul letto. Sbottona i polsini e rimbocca le maniche, una dopo l'altra. Sale sulla sedia e si alza in punta di piedi per lanciare un'occhiata sopra il mobile. Poggia una mano sulla sommità e spinge verso il basso. Il piano scricchiola appena, senza incurvarsi. Legno solido, per fortuna. Scende dalla sedia e va in bagno. Si lava le mani. Le asciuga meticolosamente. Si china per prendere il cestino dei rifiuti che c'è sotto il lavabo. Toglie il sacchetto, lo appallottola e lo getta in un angolo. Sulla mensola, tra le varie confezioni, ci sono anche due piccoli flaconi di bagnoschiuma. Ne prende uno e svita il tappo. Versa un po' di bagnoschiuma nel cestino, che poi infila sotto il rubinetto. Fa scorrere l'acqua. Un profumo tiepido che sa di gelsomino gli sale alle narici. Quando il livello ha raggiunto la metà del cestino, abbassa la leva del miscelatore.

Torna in camera con un asciugamani su una spalla e il cestino pieno d'acqua schiumosa tra le mani. Lo posa sul pavimento. Toglie la camicia e la butta sul letto accanto alla cravatta. Apre la valigia, e da una tasca interna tira fuori una confezione di guanti di lattice. Ne infila un paio. Poi, in canottiera e calzoni, solleva il cestino e risale sulla sedia. Inzuppa l'asciugamani e comincia a pulire il piano superiore del guardaroba. Con cura, lentamente, risciacquandolo di tanto in tanto nell'acqua saponata.

Uscito dall'hotel, Giuseppe se ne va in giro senza una meta precisa. Rivede il vecchio allontanarsi per il corridoio. Con gli ordini di zio Carmine non si discute, però il compito che gli ha affibbiato non lo mette di buon umore. Chissà cos'avrà combinato, perché abbiano deciso di liquidarlo. Era convinto che il vecchio fosse considerato uno degli uomini piú fidati, su al nord, uno capace di risolvere in maniera pulita ogni genere di impiccio, e invece adesso, guarda un po' come gira in fretta la sorte. Forse un giorno toccherà anche a lui. A rifletterci bene, può darsi che suo zio l'abbia mandato da Alfama avendo in mente fin dal principio di usarlo per sbarazzarsene. A questo pensiero, Giuseppe avverte una punta di risentimento. È consapevole che ancora non può pretendere di essere informato dei piani, però questa volta, se lo avessero messo al corrente, sarebbe stato attento a non affezionarsi. In ogni caso, zio Carmine sa quel che fa. Probabilmente non gli ha detto nulla proprio perché non voleva che il vecchio potesse intuire qualcosa. Adesso però gli costa piú fatica. Ma anche questa, Giuseppe lo sa, è una maniera di crescere.

Quando ha finito, sull'acqua scura galleggiano grumi di polvere. Scende dalla sedia e rientra nel gabinetto. Butta l'asciugamani lercio nello stesso angolo dove si trova il sacchetto, butta l'acqua sporca nel water. Tira lo sciacquone. Si lava di nuovo le mani.

La valigia è ancora aperta sullo sgabello. Dentro, tra gli effetti personali, c'è un piccolo beauty-case. Lo apre. Tira fuori un paio di forbici da unghie. Da uno scomparto interno della valigia pesca un rotolo di nastro isolante. Ne taglia un paio di centimetri e se lo incolla alla fronte. Rimette via il nastro. Dallo stesso scomparto prende un rocchetto di filo di nylon molto sottile. Lo srotola, se ne avvolge attorno alla mano una decina di metri, taglia con le forbicine. Infila il gomitolo ottenuto nella tasca sinistra dei calzoni e le forbici nella destra. Dalla valigia estrae anche un sacchettino di cellophane con dentro un paio di mollette d'ottone e una decina di viti con la testa ad asola. Mette il sacchettino nella tasca destra, assieme alle forbicine e al nastro isolante. Poi solleva la sedia e la va a piazzare davanti alla finestra.

Fissa una vite al legno dello stipite e un'altra alla cornice della finestra. Fa passare la cima del filo nella testa della seconda vite e l'annoda alla prima. Poi scende dalla sedia srotolando il gomitolo. Rimette la sedia ai piedi del guardaroba. Sale. Estrae dalla tasca il sacchetto di cellophane e tira fuori una pinzetta d'ottone. Sulla base c'è un piccolo foro, nel quale fa passare il filo. Quando è ben teso, taglia quello in eccesso. Annoda la cima alla molletta. Stacca dalla fronte il pezzetto di nastro isolante e lo usa per fissare la molletta al piano superiore del guardaroba, che è già quasi asciutto.

Scende dalla sedia e alza lo sguardo. Il filo di nylon attraversa la stanza, dalla finestra all'armadio, a un'altezza di circa due metri e trenta. Anche sapendo che c'è, lo si vede a fatica. Al buio, sarà completamente invisibile.

Un piccione malconcio lo precede lungo il marciapiede, controllando i suoi movimenti con la coda dell'occhio. Ha il collo spennato, il piumaggio opaco e un'ala che gli sta mezza aperta. Malattia o investimento, ha i giorni contati. La strada non perdona, il barbone lo sa bene. Sa che la sua vita, come quella del piccione, dipende dalla buona salute e dalla clemenza della sorte. Una notte piú fredda del previsto o una banda di teppisti su di giri, e può essere finita per sempre.

Stringe nelle mani i sacchetti di cellophane che contengono tutti i suoi averi e rallenta, per dare modo al piccione di svicolare. Vecchio mio, non sono io il nemico da cui devi guar-

darti, ma se ti angoscia la mia presenza, non hai che da andartene per la tua strada.

Dall'altra parte della carreggiata vede l'insegna del bar. Le saracinesche sono già alzate. Gli sembra perfino di cogliere il profumo delle brioche, mescolato a quello dell'asfalto e dei gas di scarico.

Il ragazzo con i capelli rossi batte leggermente le nocche sullo stipite. Il dottor Berti solleva lo sguardo dal registro che sta consultando.
– Se non ha piú bisogno di me, io andrei...
– Ma certo, Marcello, vai pure. C'è piú nessuno di là?
– No, dottore. Stefania è uscita da una ventina di minuti.
– Bene. Finisco di controllare questa contabilità, poi vado anch'io. Ci vediamo domani.
– Buonasera.
Il commercialista riabbassa gli occhi sulle colonne di cifre. Con la matita che ha in mano scrive un appunto sul margine della pagina. Poi, appena sente la porta d'entrata richiudersi, prende il cellulare e digita un messaggio sulla tastiera. «Sono solo e bisognoso di cure. Ti aspetto». Scorre la rubrica elettronica fino al nome Bonfiglioli Luigi, un nome di copertura dietro il quale si nasconde Simona, la giovane praticante di uno studio concorrente con cui da un paio di mesi ha intrecciato una relazione. Invia l'sms. Poi si alza, prende dal guardaroba una camicia pulita ed entra nel bagno privato per darsi una rinfrescata.
Si sta ancora asciugando le ascelle quando squilla il campanello. Si affretta, indossa al volo la camicia e attraversa lo studio per andare ad aprire. Un attimo prima di posare la mano sulla maniglia, chissà perché, prova l'im-

pulso di dare un'occhiata allo spioncino. Il sessantenne che vede sul pianerottolo lo fa ritrarre di scatto. Una scarica di terrore gli fa rizzare i peli del dorso. Arretra adagio, stando attento a non fare il minimo rumore. Appena ha guadagnato un paio di metri si volta e torna rapido ma in punta di piedi verso il suo ufficio.

Raggiunge la sua scrivania tirando fuori di tasca una chiave. Batte sulla serratura prima di riuscire a infilarla. Gira in fretta. Apre il cassetto. Dietro un pacco di buste vuote trova l'automatica. Ma non fa in tempo a sfilare la mano: un calcio sul cassetto gliela blocca dentro fratturandogli il polso.

Quando solleva lo sguardo, un ragazzo gli sta puntando una pistola con il silenziatore e con il dito davanti al naso gli fa segno di non urlare.

Trattiene il grido di dolore e si lascia scivolare in ginocchio, mentre un rivolo caldo di urina gli cola lungo la coscia.

Il ragazzo lo solleva strattonandolo per una spalla e lo spinge di nuovo verso l'ingresso premendogli la canna sulla nuca. Apre la porta. Il vecchio è ancora lí. Abbassa lo sguardo ai suoi calzoni ma non dice niente. Entra, richiude la porta. Alzando un braccio gli fa cenno di tornare al suo ufficio.

– Bisogna che noi facciamo due chiacchiere, – dice.

Lo fanno sistemare su una delle sedie per i clienti. Il ragazzo rimane in piedi al suo fianco, un po' indietro. Berti ne coglie a malapena la sagoma con la coda dell'occhio. Il vecchio sceglie per sé la sua poltrona di pelle. La sfila da dietro la scrivania e gliela piazza davanti. Poi ci si lascia cadere sopra con un sospiro.

– Allora, dottor Berti. Lei ha già capito chi siamo e perché siamo venuti.

– Guardate, qualsiasi cosa vi abbiano detto...

Il vecchio lo zittisce con un gesto della mano.

– Lasci parlare me. È molto meglio. Non voglio raccontarle bugie. Purtroppo, lei non ha nessuna possibilità di uscire vivo da questa situazione.

Di nuovo apre la bocca per dire qualcosa e di nuovo il vecchio gli tronca le parole in gola anticipandolo.

– Però, – dice, calcando sull'accento. Poi, dopo una breve pausa, prosegue con tono piú morbido: può scegliere di avere una morte rapida e indolore, e di tenere fuori i suoi famigliari. Se fossi al suo posto ci penserei bene. Anche perché le posso assicurare che ce ne andremo solo quando ci avrà detto quello che vogliamo sapere.

Il commercialista si china in avanti, nasconde la faccia tra le mani e comincia a singhiozzare.

Alfama alza lo sguardo al ragazzo, poi lo riporta sull'uomo che piange.

Tra un singulto e l'altro gli pare di cogliere qualcosa come: – Vi prego...

Spingendo con i piedi, avvicina la poltrona al commercialista. Per superare l'attrito delle rotelle sul tappeto, è costretto a sollevare un po' il peso dal sedile. Ora è di fronte a Berti, che singhiozza curvo in avanti. Vede il tessuto di ottima qualità della sua camicia teso sulla schiena. Gli posa una mano sulla spalla.

– Mi creda, dottore, non c'è via d'uscita. Io non ho nessuna voglia di farle del male. Ma ho fatto questa cosa tante di quelle volte, che una in piú o una in meno non fa nessuna differenza. Mi dia retta. Non passi gli ultimi minuti nella sofferenza.

– La prego... la prego...

– Le dirò di piú, dottore. Noi sappiamo già chi le ha proposto l'affare. Abbiamo solo bisogno che ci dica il nome di quella persona, a voce alta, in modo che possiamo sentirlo bene tutti e due. Dopo, sarà tutto finito.

Il commercialista scopre il volto, congestionato e umido di lacrime e muco.

– Ci dev'essere un modo...

Alfama scuote la testa.

– Vi pagherò. Vi darò tutto quello che...

– Cercherò di spiegarle. Mettiamo che io accetti. Lei ci dà del denaro, molto denaro. Sa cosa succede in quel caso? Lei muore lo stesso. Domani. Tra due, tre giorni al massimo. Uno come lei non arriva a una settimana. Però in quel caso oltre a lei, muoiono suo figlio, sua figlia, sua moglie, sua madre, suo fratello. E siamo morti anche noi. Lei capisce che la sua offerta non ha nessun senso.

Il commercialista fissa Alfama con sguardo ottuso, fuori fuoco. Alfama conosce quello sguardo, e sa che non deve forzare i tempi. Dopo parecchi secondi Berti parla con voce piatta. – Cammarano. È stato lui. Ha detto che non dovevo preoccuparmi. Che sarebbe andato tutto bene.

Alfama annuisce. – Ha fatto la cosa giusta.

Poi alza gli occhi al ragazzo e fa un piccolo cenno chiudendo le palpebre.

Giuseppe lascia che il vecchio si allontani spingendo la poltrona all'indietro, poi avvicina il silenziatore alla tempia dell'uomo.

Il commercialista bisbiglia: – Vi prego...

La pallottola gli trapassa il cranio ed esce dalla parte opposta seguita da un fiotto di sangue e cervello. Il collo si piega di scatto e la testa si tira dietro il corpo, che cade sul fianco, trascinando anche la sedia. Il rumore è attutito dal tappeto. Le gambe del moribondo scalciano, facendolo arricciare.

Giuseppe si volta verso il vecchio.
- Cosí è stato Cammarano.
- Eh già.
- Ma davvero voi lo sapevate?
- No. Ma ho pensato che per lui sarebbe stato piú facile.

Il ragazzo annuisce ammirato. Lo squillo del campanello gli fa cambiare di colpo espressione. Fissa interrogativo Alfama, che alza l'indice davanti al naso.

Un secondo squillo risuona nel silenzio. I due rimangono immobili. Dopo una ventina di secondi, sentono un suono sordo venire dalla scrivania di Berti. È la vibrazione del suo cellulare che sta ricevendo una chiamata. Usando il fazzoletto per coprirsi le dita, Alfama solleva il telefono. Sul display sono comparsi un numero e un nome. Bonfiglioli Luigi. Il cellulare smette di vibrare. Alfama lo riappoggia sulla scrivania.

- È meglio che ce ne andiamo, - dice al ragazzo.
- E lui? - chiede Giuseppe, con un cenno verso il morto.
- Quello che volevamo sapere l'abbiamo saputo, - risponde il vecchio, dirigendosi alla porta.

Giuseppe infila la pistola nella fondina e segue Alfama. Sono quasi arrivati alla porta quando sentono una chiave infilarsi nella toppa. Fanno un rapido dietrofront e tornano nello studio. Il vecchio indica il bagno. Si rintanano dentro e lasciano la porta socchiusa.

- E adesso? - bisbiglia il ragazzo.

Alfama gli fa segno di aspettare in silenzio.

Dall'ingresso, una voce di donna.

- Paolo? Paolo, ci sei?

Una pausa. L'uscio d'entrata che si richiude.

La voce dice con tono scherzoso: - Tanto ti trovo!

Giuseppe guarda il vecchio in attesa di istruzioni. Sono spalla contro spalla, accostati alla porta del bagno. Dallo spiraglio possono vedere il corpo del commercialista sul pavimento, il tappeto imbevuto di sangue. Il vecchio non muove un muscolo. Ha una profonda ruga verticale tra le sopracciglia. Giuseppe sente il suo alito un po' acidulo arrivargli in faccia a ogni respiro. I passi si avvicinano alla soglia dell'ufficio. Rimangono solo pochi istanti. Appena vedrà il cadavere, la donna griderà. Estrae la pistola. Guarda un'ultima volta il vecchio. Alfama lo fissa immobile. Non dice niente. Non fa niente. I tacchi della donna risuonano sul pavimento di marmo. Giuseppe sa che tra un istante urlerà. Cosí, prima che succeda l'irreparabile, Giuseppe abbassa il braccio ed esce dal bagno nascondendo la pistola dietro la coscia.

È una ragazza carina. Alta e longilinea, tailleur gessato, gonna al ginocchio, gambe snelle. Sotto la giacca un top nero, teso sul seno non troppo grande. Capelli castani tagliati a caschetto. Labbra ben disegnate, naso piccolo, all'insú, occhi di un verde meraviglioso che lo stanno fissando stupiti. Giuseppe le rivolge uno dei suoi sorrisi cordiali. Incredibile che dal punto dove si trova non abbia ancora notato il cadavere.

– Scusi, lei chi è? – chiede la ragazza.

– Buonasera. Mi chiamo Giuseppe. Sono un amico di… – gli sfugge il nome di battesimo del morto. Eppure l'ha sentito pochi secondi fa, quando lei l'ha chiamato a voce alta.

– E Paolo dov'è andato?

Ecco come si chiama. Paolo. Berti Paolo. Il furbacchione che ha cercato di bidonare zio Carmine.

– È sceso un attimo. Ha detto che tornava subito.

Mentre parlano, Giuseppe continua ad avanzare, in modo da costringerla a spostare lo sguardo dalla posizione dove si trova il corpo. Ora è a poco piú di due metri da lei.

– Ma come sceso? Io sono salita adesso e non...

Giuseppe alza il braccio e le punta la pistola al seno. Vede le sue sopracciglia inarcarsi di scatto e la bocca bloccarsi, le labbra a cerchio che ancora pronunciano l'«o» di non. Emette appena un gemito mentre viene sbalzata all'indietro. Cade di schiena. Giuseppe sente il toc della nuca che picchia sul pavimento. Fa un passo in avanti e mira fra gli occhi, a braccio teso. Ancora il suo sguardo, allibito stavolta, e terrorizzato. Il botto del silenziatore. La fronte che si squarcia.

Si volta verso il bagno. Il vecchio è sulla soglia. L'espressione dolente come se se la fosse beccata lui, la pallottola.

– Non potevamo fare nient'altro, – dice Giuseppe, e intanto pensa ecco perché hanno deciso di farlo fuori. Non ha piú lo stomaco. È bruciato.

Alfama si avvicina e fissa il corpo della ragazza. Il foro rosso sul seno, la testa sfondata. Un lungo sguardo, come volesse imprimersi nella memoria i particolari. Poi si tira indietro e alza gli occhi al ragazzo. La ruga verticale tra le sopracciglia cosí profonda che ci si potrebbero infilare due dita.

– Andiamo, – dice. – Non abbiamo piú niente da fare.

Cenano assieme in un ristorante pizzeria. Il vecchio, ancora piú taciturno del solito. Giuseppe cerca invano di far decollare la conversazione. Poi, arreso all'evidenza che il pensiero di entrambi non può che tornare all'assassinio della ragazza, prova ad affrontare la questione, nella speranza di alleggerire un po' il peso che sente.

– Una gran bella ragazza. È un peccato che sia andata cosí.

Alfama gli lancia una breve occhiata, poi continua a mangiare.

– Però non si poteva fare altro. Siete d'accordo anche voi, vero?

Il vecchio posa forchetta e coltello sul bordo del piatto, si pulisce le labbra con il tovagliolo, lo fissa dritto negli occhi.

– Senti, non sono abituato a parlare dei lavori che ho appena concluso. C'è qualcosa che non ti va giú?

– A me? Mi pareva piuttosto che a voi.

– Allora è tutto a posto. Abbiamo saputo il nome che ci serviva e non abbiamo lasciato tracce.

– No, perché quando è entrata la ragazza, insomma, ho preso la decisione senza aspettare che...

– L'hai detto tu, no? Non c'era altro da fare. Adesso possiamo finire la cena?

Giuseppe alza le spalle come per dire certo, per carità, ma è ferito da questo attacco frontale del vecchio. È la prima volta che gli si rivolge con un tono cosí duro.

Finiscono la cena in silenzio. Giuseppe, chiuso nel suo malumore, pensa che a questo punto è meglio finirla in fretta e tanti saluti. All'improvviso si rende conto che non vede l'ora di tornare a casa sua.

Rientrati in albergo, si fanno consegnare le chiavi dal portiere e salgono le scale senza scambiare una parola, Alfama davanti e Giuseppe dietro, che osserva con tristezza le pieghe della giacca che tira sulla schiena un po' curva. Diventare vecchi è una vera schifezza, pensa, dovrebbero trovare il modo di mantenere le persone sempre alla stessa età, dai venti ai trenta, fino al giorno in cui è finita, senza questo disfarsi della carne degli organi interni delle ossa. Lui come il vecchio non ci vuole diventare mai, mai. La pistola nella fondina sotto l'ascella sinistra è allo stesso tempo rassicurante e opprimente. Un meccanismo preciso su cui può contare, un peso che gli grava sul cuore.

Augura la buonanotte al vecchio e va in camera. Accende il televisore, apre il frigobar e si scola una bottiglietta di brandy. La getta nel cestino, si toglie la giacca. Piscia, prende un'altra mignon e si butta sul letto con le scarpe, la schiena appoggiata alla testiera e il telecomando in mano, fino a quando non trova un canale dove trasmettono degli strip. La trasmissione è disturbata, e le ragazze che si spogliano con movenze tra l'erotico e il goffo hanno tutte delle imperfezioni troppo visibili. Un po' di cellulite sulle cosce, il naso adunco, le tette troppo piccole o visibilmente rifatte, qualche brufolo rosso. Niente a che vedere con la ragazza del commercialista. Stronzo, con una cosí per le mani si mette in testa di fregare lo zio. Però poi pensa che forse proprio perché si scopava una cosí aveva bisogno di quattrini.

Quelle troie da quattro soldi che si toccano con espressioni da porche e la tirano in lungo per sfilarsi il reggiseno gli fanno girare tanto le palle che preme il pulsante sul telecomando e spegne la tele. Potrebbe sintonizzarsi su una rete a pagamento e guardarsi un porno come dio comanda, ma non sa come si fa e non ha voglia di mettersi a leggere il foglio d'istruzioni. Tra poco deve darsi da fare. Svuota con un sorso la seconda bottiglietta e la appoggia sul comodino.

Se potesse entrare dalla porta sarebbe una passeggiata. Sa come aprire la serratura di una camera d'albergo senza fare rumore, ma sa anche che in questo caso sarebbe uno sbaglio. Una delle prime cose che Alfama gli ha insegnato, è bloccare la porta con lo schienale di una sedia. Alfama sarà pure rincoglionito, ma è meglio non correre rischi.

Per fortuna c'è un altro sistema, anche se un po' piú faticoso.

Apre l'armadio e prende lo zainetto di tela che ha comprato il giorno prima nel negozio di articoli sportivi. Socchiude la porta, mette fuori la testa. Controlla a destra e sinistra nel corridoio. Via libera.

Sale al quinto piano. Apre la porta a vetri della sala ristorante. Raggiunge la finestra che si trova proprio sopra la stanza del vecchio. Scosta le tende, apre i vetri. Estrae dallo zainetto la corda da alpinista. Fissa la cima alla base del termosifone. Strattona con forza, sbilanciandosi all'indietro, per saggiare la consistenza. Fa scendere piano il resto della corda, attento a non farla sbattere contro il vetro della finestra di sotto. Poi scavalca il davanzale e si cala.

La finestra si apre lentamente, mettendo in tensione il filo di nylon. La pinzetta si stacca dal lobo con uno strappo secco. Senza neppure rendersene conto, Alfama ha già impugnato la pistola. Un riflesso automatico: il dito sul grilletto e il pollice che cerca la sicura.

Sdraiato sull'armadio, sente un rumore provenire dalla finestra. Solleva adagio la nuca. Dall'alto, scorge una sagoma in ginocchio sul davanzale. La vede infilare una gamba dopo l'altra e allungare i piedi verso il pavimento.

Si solleva su un gomito, attento a non far scricchiolare il legno sotto di lui. Con estrema lentezza stende il braccio destro, indolenzito dall'immobilità. Un milione di aghi gli trafiggono le dita che reggono l'automatica.

Avanzando lentamente, l'intruso passa sotto un fascio di luce azzurrognola che viene da fuori. Alfama riconosce il volto del ragazzo. Lo osserva farsi avanti con cautela, lo sguardo fisso alla sagoma stesa sotto le coperte.

Respira piano, a bocca aperta, per non correre il rischio che il sibilo di una narice lo metta in allarme. Lo segue con lo sguardo mentre si avvicina al letto con qualcosa di sottile che gli luccica tra le mani. Nel buio non vede bene, ma dev'essere un cavo d'acciaio. Cavo d'acciaio e non pistola. Il ragazzo ha del fegato. Peccato che le cose si siano messe cosí, sarebbe stato un buon allievo.

A un passo dal letto, Giuseppe si ferma. Alfama immagina che stia riempiendo i polmoni prima dello slancio finale. Lo vede scattare in avanti, rapidissimo. Non gli dà il tempo di stupirsi. Anche nella semioscurità è un bersaglio facile. Lo sparo, pur se attutito dal silenziatore, risuona comunque molto forte nella camera silenziosa. Per fortuna il ragazzo cade in avanti senza un lamento, crollando sul rotolo di cuscini e coperte che Alfama ha composto sotto le lenzuola.

Faticosamente, il vecchio scende dall'armadio. Le ginocchia gli fanno male, e anche la schiena. Si avvicina al letto con la pistola puntata. Il ragazzo è immobile. Alfama allunga la mano disarmata e preme l'interruttore dell'abat-jour. La luce illumina Giuseppe, il corpo avvitato su se stesso, le mani schiacciate sotto la pancia, la faccia di profilo. Dalla bocca gli cola un filo di sangue. È ancora vivo. Il vecchio vede la sua pupilla sinistra puntarsi su di lui. Un occhio solo, di lato, come un uccello ferito.

– Carmine? – gli chiede.

Una bolla di sangue si gonfia tra le labbra di Giuseppe, che però rimangono immobili. È la sua palpebra a rispondere: si abbassa e si alza.

Carmine. Del resto era scontato. Certo non un'iniziativa del ragazzo.

– Mi dispiace. Posso solo dirti che non ho la minima idea del perché mi vogliono morto.

Il ragazzo lo fissa immobile. Un tordo impaurito che aspetta il colpo di grazia. Deve aver cominciato a imparare le regole a tredici, quattordici anni, ma adesso che si trova di fronte alla fine ha paura, come tutti.

Il vecchio scuote la testa. – Non avrebbero dovuto mandare te.

Quante chiacchiere, Alfama. Da quando in qua sprechi tanto fiato per niente?

Non resta che fare la seconda domanda. L'ultima. – Sei pronto?

L'occhio del ragazzo lo fissa per tre, quattro secondi, poi la palpebra si abbassa di nuovo.

Il vecchio annuisce. Prende un respiro. Punta la canna alla tempia e tira il grilletto.

Ma prima di entrare resta ancora qualche minuto sul marciapiede di fronte, a godersi i gesti della ragazza che prepara i caffè, scalda il latte per i cappuccini, versa succhi di frutta, sorride, dà i resti a chi paga. L'eleganza con cui muove le mani, passando dal filtro della macchina espresso al fondo di una bottiglietta di succo di frutta su cui batte il palmo prima di svitare il tappo, contiene una specie di poesia. Se ogni cosa avesse la stessa grazia di quelle mani, dei capelli che cadono di lato mentre inclina la testa con un sorriso, pensa il barbone osservandola attraverso la vetrata del bar, il mondo non sarebbe poi un posto cosí brutto per viverci.

L'odore di cordite aleggia nella camera mentre il fumo si disperde, risucchiato dalla finestra ancora aperta. Meglio cosí. Ha bisogno di un po' d'aria fresca.

Raggiunge la sedia e ci si lascia cadere. Quello che ha sempre temuto è successo. L'hanno scaricato. Non si chiede neppure il motivo, è successo è basta. Forse qualcuno, credendo di salvarsi la pelle, ha fatto il suo nome. O forse hanno deciso che ormai aveva troppi anni per fare ancora bene il suo mestiere. Del resto, un sicario che abbia nervi saldi e un minimo di esperienza rischia molto di piú di essere ucciso da un altro sicario che di essere arrestato. Lui stesso, in tutti questi anni, ha ammazzato quasi soltanto uomini che in un modo o nell'altro avevano avuto a che fare con la 'ndrangheta. E adesso anche lui è sull'elenco.

Stringe tra il pollice e l'indice il lobo che ancora gli pizzica, guarda il cadavere di Giuseppe. Che gli è saltato in mente, a Carmine, di dare l'incarico a suo nipote? Come poteva pensare che il ragazzo... A meno che, naturalmente, non fosse tutto previsto. Può darsi che Giuseppe abbia fatto qualche sgarro. Magari si è intascato dei soldi o in uno dei tanti passaggi ha fatto sparire qualche chilo di roba. Farlo fuori direttamente non si poteva, per via della parentela, delle donne di famiglia, madri, zie, nonne che avrebbero pianto e gridato e si sarebbero strappate i capelli stramaledicendo le regole spietate dei maschi, e allora la cosa migliore era che il lavoro sporco lo facesse un altro, uno che tanto non gli serviva piú. Delle due l'una: o

Giuseppe riusciva a farlo fuori, o lui faceva fuori Giuseppe. Conoscendo Carmine, è molto probabile che gli andassero bene tutt'e due le soluzioni. Se suo nipote riusciva nell'impresa, si erano sbarazzati di lui, e avrebbero trovato il modo di togliersi dai piedi Giuseppe in uno dei prossimi lavori. Se invece non ci riusciva, si erano liberati del ragazzo, e lui era condannato per aver fatto la pelle a uno della 'ndrina. Risultato: in entrambi i casi lui e il ragazzo erano morti.

Alfama si passa una mano sul volto. Se vuole salvarsi, deve mantenere la calma e agire in fretta. Può ancora farcela. Negli anni, si è preparato diverse vie di fuga, e sa di poterli fregare. Almeno per un po'. Anche se quella, lui lo sa bene, è gente che non molla. Quanti ne ha visti, in un barettino ai Caraibi, in una sperduta fattoria australiana, o in qualche hammam di Tripoli o di Istanbul, sbiancare di colpo, nell'attimo in cui si rendevano conto chi era lui, e il motivo per cui era arrivato fino là?

Sa che non lasceranno perdere. Soprattutto dopo che ha fatto fuori il nipote di un boss. Di colpo, si sente nelle gambe e nella schiena tutto il peso dei suoi sessantatre anni. Piú che mettersi in fuga, vorrebbe sistemare meglio il corpo del ragazzo, stendersi al suo fianco e mettersi a dormire. Aspettare che entrino nella stanza e facciano quello che devono fare.

Ma non ha molto tempo. Se avevano messo in conto che Giuseppe fallisse, è probabile che ci sia già qualcun'altro nei paraggi pronto a finire il lavoro.

Quindi quello che deve fare è alzarsi e uscire da questa camera. Subito.

Ancora una volta guarda Giuseppe. Quanti anni aveva? Ventidue? Venticinque?

Si vede con i baffi, le basette piú lunghe, la barba, comprare tinture per capelli, cambiare foto e nomi su documenti rubati, salire su aerei, taxi, treni, metro, con in mano un bagaglio leggero, sempre solo, sempre guardandosi le spalle. E Sophia? E la piccola Amanda? Le ha viste cosí poco, finora. Sempre di nascosto e a distanza, con le stesse precauzioni di quando controllava le abitudini di quelli da eliminare. E d'ora in poi, neppure piú questo. Mai piú. Che se ne può fare di una vita cosí?

È il gocciolio a scuoterlo. Senza staccare il sedere dalla sedia, si china a guardare sotto il letto. Il sangue del ragazzo ha inzuppato il materasso e ora ha cominciato a colare di sotto. Ogni otto, nove secondi, una goccia si stacca dalla doga di legno e precipita sul pavimento. Plic... Plic... Plic... Plic...

È ora di andare.

Porta un berretto di panno blu con la visiera e degli occhiali a fondo di bottiglia. Entra nell'agenzia e prenota un volo con la Travelair per Rio de Janeiro, usando uno dei suoi tanti nomi fasulli. Piú tardi, alla biglietteria automatica della stazione, compra una serie di biglietti ferroviari per Monaco, Parigi, Amsterdam, Praga, Madrid, pagando ogni volta con una carta di credito diversa. Poco prima dell'ora di pranzo chiama due o tre banche, il foglio con i codici dei conti correnti sul tavolino del bed & breakfast, e fa una serie di complicati spostamenti. Da una banca svizzera a una delle isole Cayman. Da una di Amsterdam a una panamense. Il pomeriggio, altra agenzia di viaggi e altra identità, acquista un volo per Johannesburg con la South African Express Airways. E alla sera, via internet, prenota con la British una combinazione Milano-Londra, Londra-Melbourne. È chiaro che non abbocceranno, ma non possono escludere che non parta davvero per una di quelle destinazioni, e questo li terrà impegnati per un po'. Un piccolo vantaggio che deve sfruttare se vuole salvare la pelle e scomparire nel nulla.

Tocca a Pippo Santamaria riferire a Carmine quel che hanno scoperto. Visto che lo conosce da quasi quarant'anni, sta attento a farlo nel piú diplomatico dei modi. Di Alfama ancora non c'è traccia. Piú o meno, sono riusciti a ricostruire tutti i movimenti del giorno dopo che ha ammazzato il ragazzo, che dio lo stramaledica, ma da qui a mettergli il sale sulla coda...

– Quel figlio di buona donna sa quel che fa! – sbraita Carmine strappandogli di mano il foglio che sta consultando.

Pippo lascia fare, perché quando Carmine è di quell'umore, meglio non mettersi di traverso.

– Che minchia sono 'sti movimenti bancari? Qua non risulta uscito un quattrino!

– In effetti, per ora, li ha solo spostati. Ha giusto ritirato un diecimila euro in contanti da una filiale dove teneva i risparmi piccoli, ma per il resto.

Carmine contrae il volto e lascia sfiatare dalle labbra un rutto breve e acido. Ha il fuoco alla bocca dello stomaco.

– E i biglietti? Sei sicuro che non abbia preso sul serio uno di quegli aerei?

– Ho fatto controllare, e che mi risulti.

– Ce lo sta mettendo in culo! – grida Carmine. – Ecco cosa risulta a me. Queste sono manovre per confondere le acque, è chiaro come il sole. Le carte di credito le ha usate solo per questo?

– Per ora sí.

– Allora ce lo siamo giocato, – sancisce Carmine, gettando il foglio sul tavolo.

– Prima o poi tornerà a galla. Mica può tirare avanti per molto con quei diecimila.

Carmine, con aria dolente, si massaggia lo stomaco. Gli ci vuole un malox, o finirà per venirgli un buco.

– Sei sicuro che altri depositi non ne tiene?

– Magari in tutti questi anni è pure riuscito a spostare un po' di contante su qualche banca che non controlliamo. Però non possono essere che piccioli. Vedrete che un giorno o l'altro farà una mossa falsa e lo acciufferemo.

– Può darsi, – annuisce poco convinto Carmine. – Può darsi...

L'avviso è fermo nel cassetto della 382 già da quattro settimane. Il proprietario della casella postale non è ancora venuto a ritirare la raccomandata. L'impiegata preleva la busta dall'archivio e legge il nome di chi l'ha inviata. Sophia Monteiro, via Pompei 7/c, 00183 Roma. Segna il ritardo sul registro e scrive: rispedita al mittente. Poi cerca il timbro nella rastrelliera. Lo impugna, lo fa rimbalzare un istante sul tampone e lo batte con forza sulla busta.

La targhetta con il numero 7/c è annerita dai fumi dei gas di scarico. Il barbone le lancia un'occhiata mentre appoggia il palmo sporco sulla maniglia della porta a vetri. La barista si volta verso di lui e gli sorride. Un lampo, e rivede il viso di Adélia. La caraffa appannata. Il luccichio dell'Oceano. C'è qualcosa che è passato direttamente da Adélia alla ragazza, e dalla ragazza alla piccola. Un modo di stendere le labbra nel sorridere. L'accenno di fossette in mezzo alle guance.

La barista gli dice: – *Buongiorno. Cosa le preparo?*

Sorride e dice buongiorno a un barbone che entra nel suo bar con un cappotto liso e due sporte piene di stracci. Anche per questo sente di volerle bene.

– *Avrei voglia di una brioche alla crema e di un bel cappuccino caldo.*

– *Una brioche alla crema e un cappuccino caldo in arrivo,* – *risponde la ragazza con tono scherzoso, svitando il filtro dalla macchina espresso.*

La brioche è cosparsa di zucchero a velo, bianchissimo in confronto alle sue dita sozze. Si allontana di qualche passo, mentre lei scalda il latte con il getto del vapore, e per darsi un tono butta l'occhio sul quotidiano aperto su un tavolino.

– *Ecco qua il suo cappuccio.*

Il barbone annuisce e si riavvicina al banco.

– *Una spolverata di cioccolato?*

– *Sí, grazie.*

La ragazza cosparge la schiuma di polvere di cacao.

Il barbone strappa una bustina e fa cadere lo zucchero nella tazza. Mentre sta mescolando sente la porta aprirsi. È un ragazzo sui vent'anni con una pettorina giallo limone e un caschetto in testa.

– *Ciao Sophia,* – *dice il postino, togliendosi il casco.* – *Me lo fai un caffè?*

– *Come no? Lungo e macchiato, vero?*

– *Memoria di ferro.*

– *Be', per cosí poco.*

Il postino appoggia sul bancone tre buste e una rivista incellofanata.

Con un sobbalzo al cuore, il barbone riconosce la lettera.

La barista serve il caffè al ragazzo e prende la sua posta. La passa in rassegna.

– *E questa cos'è?*
Il postino allunga il collo.
– *Una raccomandata che ti è tornata indietro.*
– *Ma io non l'ho mai spedita.*
Il ragazzo inarca le sopracciglia.
– *Sicura?*
– *Certo che sono sicura.*
– *Però sopra c'è il tuo nome, no? Sophia Monteiro. Non credo che ce ne siano tante qua a Roma. Non a questo indirizzo, comunque.*
La ragazza lancia un'occhiata al postino.
– *Dici che la apro?*
Lui alza le spalle. – *Fai quel che ti pare. Io te l'ho consegnata.*
– *Allora la apro.*
Mentre la ragazza strappa il bordo della busta, il barbone butta giú in fretta quel che resta del suo cappuccino. Sul fondo della tazza rimane una cucchiaiata di schiuma.
– *Mi scusi, quant'è?*
La barista sta già tirando fuori la lettera.
– *Un euro e quaranta.*
Mentre la ragazza spiega il foglio, intravede sul retro bianco il rilievo delle righe battute a macchina. Fa scivolare i dieci euro sul banco.
Sa a memoria ogni frase, ogni parola. Ha quasi l'impressione di sentirne il suono mentre la ragazza scorre rapidamente le prime righe.

Mia cara Sophia,
tu non mi conosci, anche se forse già starai immaginando chi sono.
L'ultima volta che mi hai visto avevi poco piú di due anni, e non puoi ricordarti di me.

La barista interrompe la lettura per lanciare un'occhiata alla banconota. La infila nella cassa e cerca in fretta il resto. Glielo consegna, già riportando lo sguardo alla lettera. Poi risponde al suo saluto distratta, senza staccare gli occhi dal foglio.

Avrei tante cose da dirti che non so da dove cominciare. Non sono mai stato bravo con le parole. Se è per questo, neppure con i fatti. La mia vita è stata piena di errori. Non voglio dirti di piú. Prima di tutto perché mi vergogno delle mie azioni, e poi, perché meno saprai di chi è stato tuo padre, meglio sarà per te.

Ecco, l'ho detto. Sono tuo padre.

È cosí importante, questa parola, eppure può voler dire cosí poco. Chi è un padre? Io sono convinto che un padre sia la persona che quando sei piccolo si occupa di te, giorno dopo giorno, la persona che ti dà sicurezza e ti guida lungo quel percorso difficile che è la vita. Io non l'ho avuto un padre, e neppure tu. E non sai quanto questo, adesso, mi riempia di rimorso. Ma non ti scrivo per chiederti comprensione o perdono. Del resto, le persone come me sanno di non poter contare sul perdono.

Se leggi questa lettera significa che sono morto. Ma che importa? Per te ero morto già prima di esserlo. Mi rendo conto che questi anni di lontananza e silenzio rendono ogni mia parola vuota, ogni spiegazione inutile.

Ti dicevo che ho fatto tanti errori. Ora sono cosí disgustato dalla mia esistenza che non riesco neppure a ricordare cosa mi ha spinto a diventare quel che sono. Tu penserai che avrei potuto cambiare, ma quelli che prendono una strada come la mia non possono venirne fuori tanto facilmente. Avrei voluto farlo, credimi. E per un breve periodo ho pensato davvero che fosse possibile. È stato quando ho incontrato tua madre. Ma nel mio ambiente chi abbandona è un traditore, e chi tradisce viene punito. Spesso la punizione colpisce anche i famigliari. Ero disposto a rischiare la mia vita, non la vostra. Cosí ho scelto di scomparire. Tua madre non ha mai saputo il mio vero nome, né il motivo per cui un giorno non sono piú tornato da lei. Mi avrà odiato, disprezzato, maledetto. In ogni caso ha avuto ragione.

L'ho conosciuta una mattina di maggio, a Lisbona, lungo le scalinate del quartiere dove lei era nata. Dopo che l'ho lasciata sola con te, ho scelto di farmi chiamare come quel quartiere povero e bellissimo. Alfama. È con questo nome che mi hanno conosciuto quei pochi che sapevano della mia esistenza.

In fondo a questa lettera troverai una serie di numeri. È un codice cifrato che permette di accedere a un conto anonimo presso la Credit Suisse. Puoi fare quel che vuoi dei soldi che sono depositati su quel conto. Di tanto in tanto, nel corso di questi anni, ti ho osservato da lontano senza che tu te ne accorgessi. Ti ho vista bambina, adolescente, poi donna. Ho visto morire tua madre. So che la tua vita è stata dura. Un po' di denaro potrà esserti utile.

Forse ti darà fastidio sapere che qualcuno ti guardava da lontano senza mostrarsi. Non avrei resistito senza sapere nulla di te. In fondo puoi immaginarmi come una specie di angelo custode. Un angelo che ha fatto cose molto cattive ma che ti vuole bene anche se non ti ha mai abbracciato. Vorrei che tu non considerassi questi soldi un tentativo di addolcire le mie colpe nei tuoi confronti. Sono meschino, ma non fino al punto di pensare che i soldi possano cambiare i sentimenti. Anzi, se posso permettermi di darti un paio di consigli (so benissimo che non ho nessuna autorità per farlo) usa quei soldi con attenzione e cerca di non di dare mai loro troppa importanza. Per il resto, puoi stare tranquilla. Non c'è modo di rintracciare quel conto corrente, quindi nessuno può risalire fino a te. Ti invito, per la tua sicurezza, a non cercare di sapere nulla di piú sul mio conto.

All'inizio ho detto che ci sono tante cose che vorrei dirti, ma non vedo cos'altro potrei scriverti che valga la pena e che non rischi di metterti in pericolo. Sono anni che non uso tante parole tutte in una volta.

Ti stringo forte, e mi auguro che questo abbraccio non ti ripugni troppo.

Tuo padre.

Mentre la porta a vetri si richiude alle sue spalle, fa scivolare in tasca la carta da cinque euro e gli spiccioli. Scende dal marciapiede e attraversa la strada. Il latrato di un clacson alla sua sinistra lo fa sobbalzare. Sente l'inchiodata delle gomme. Vede il muso di un'auto grigia, delle braccia che gesticolano dietro il parabrezza. Alza la mano per chiedere scusa e raggiunge il marciapiede opposto. Solo adesso trova il corag-

gio di voltarsi. Attraverso la vetrata scorge Sophia. È ancora immersa nella lettura. Darebbe un braccio per sapere cosa sta provando in questo momento. Un trentenne in completo blu si avvicina alla porta del bar tenendo sottobraccio una ragazza con un paio di stivali bianchi dai tacchi a spillo. Entrano. Sophia solleva lo sguardo per spostarlo sui due clienti. Prima di abbandonare il foglio gli rivolge ancora un'occhiata. Poi si alza per preparare due caffè. Posa le tazze sui piattini e torna in fretta alla lettera.

Il barbone distoglie lo sguardo. Non ha senso starsene lí con il fiato sospeso. Cosa spera di vedere? Un gesto di stizza? Una lacrima?

Domani tornerà. Ha denaro in abbondanza per tutte le brioche e i cappuccini che vuole.

Domani. Ma adesso è molto meglio andarsene a prendere il sole su una panchina di fronte all'asilo e cercare di svuotare la testa, aspettando che le maestre portino i bambini nel parco. Allora vedrà la piccola Amanda uscire correndo assieme ai suoi compagni di classe. Ha tutto il tempo che vuole, adesso. Non ha altro da fare che stare vicino a loro due, alla ragazza e alla bimba, e guardare sulle loro labbra il sorriso che è stato di Adélia.

Ed McBain
Can che abbaia

Traduzione dall'originale americano di Roberto Santachiara

Titolo originale: *Barking at Butterflies*.
Copyright © 1999 by Hui Corporation.

Quel dannato cane abbaiava di continuo. Rumori lontani che nessun essere vivente avrebbe potuto percepire, nel bel mezzo della notte. Lui – non si sa come – li sentiva, e abbaiava.

– Caro, lo fa per proteggerci, – lo difendeva Carrie.
Proteggerci, diceva. Ma se bagnato fradicio avrà pesato a stento quattro chili. Figuriamoci, il suo nome scientifico era Maltese Nano.
Proteggerci un cazzo.

Si chiamava Valletta. Che poi è la capitale di Malta. È lí che hanno selezionato la razza, credo. Sarà stato qualche nobile maltese un po' frocio. Un bel giorno avrà deciso che aveva bisogno di un botolo da tenere in salotto, qualcosa che somigliasse a un piumino per spolverare. Nasetto e labbra nere, occhietti porcini. Risultato, un piccolo mostro irsuto che rispondeva al nome di Valletta. E che abbaiava praticamente a qualunque cosa, dalle scoregge alle farfalle. Suonava qualcuno alla porta? Ecco che lo sgorbio si fiondava all'ingresso ringhiando come un grizzly inferocito. Faceva un tale casino da svegliare i morti dell'intera contea.

– Vedi? Fa la guardia, – ripeteva Carrie.
Fa la guardia un cazzo.

Lo odiavo.
E lo odio ancora.

In realtà era proprio il cane di Carrie, vedete. Lo aveva strappato da cucciolo alle grinfie di una coppia che ogni giorno lo riempiva di botte. Non fatico a immaginare il perché... Comunque era stato due anni prima di sposarci. All'inizio pensavo che fosse perfino simpatico. Ai tempi di quando Carrie provava ad addestrarlo. Gli diceva: – Siediti Valletta – e lui trotterellava via. Oppure: – Fermo Valletta, – e lui abbaiava. – Vieni qui Valletta, – e si bloccava di colpo, come in catalessi. È andata avanti cosí per sei mesi.
E ancora oggi, non obbedisce a nessuno.

Carrie lo amava alla follia. E lui, come Cerbero, aveva un solo essere al mondo che adorava, Carrie. Be', insomma se salvate la vita a qualcuno è naturale che si senta in debito con voi. Ma questo andava oltre la semplice gratitudine. Ogni volta che lei usciva di casa, Valletta si piazzava subito dietro la porta e aspettava che tornasse. Provavo ad attirarlo con la sua pappa preferita: – Vieni Valletta c'è il tuo pastramino, quello che ti piace tanto –. Niente. Mi guardava come se l'amore della sua vita lo avesse abbandonato e non valesse piú neppure la pena di respirare.
Sentiva la macchina di Carrie arrivare nel vialetto e allora iniziava a uggiolare come un pazzo e spisciazzava tutto in cerchio sul tappeto. Il minuto che lei metteva la chiave nella toppa, cominciava a fare piroette per aria come un acrobata cinese. Quando poi lei apriva la porta ed entrava, si tirava su, sulle zampe posteriori e partiva con la sua danza rituale grufolando e saltellando tutto intorno.

La sceneggiata durava fino a che lei non si inginocchiava accanto a lui e lo pigliava fra le braccia con versetti e moine – Sííí Vallettino, ma certo. È la mamma che è tornata. Ma che bravo il mio bambino. Ma che bello il mio piccolino...

Io scherzando, mi divertivo a lanciare l'idea di cucinarlo e mangiarcelo.
– Lo sai che il *polpettone* di maltese viene buonissimo. Prima si svuota dalle interiora, lo si lava ben bene, gli si mette dentro il ripieno. Poi in forno a fuoco vivo per... facciamo un'ora. O magari quarantacinque minuti dipende dal peso. E per finire servire con patatine novelle...
– John! Non dire queste cose neppure per scherzo. Guarda che capisce tutto.

E infatti lo stronzetto di solito sollevava la testa e mi guardava interrogativo. Faceva finta di niente, il piccolo figlio di cagna.
– Non ti piacerebbe diventare un bel *polpettoncino*? – continuavo. E lui rispondeva con uno sbadiglio. – Guarda che ti conviene fare il bravo cagnetto, sai? Altrimenti ti rivendo a un filippino...
– Smettila! Non vedi che capisce. Non dirgli queste cose orribili.
– Allora non ti va di andare a stare con una bella famigliola filippina? – andavo avanti imperterrito.
– Ma perché gli parli cosí? Gli fai paura.
– Nelle Filippine i cagnetti come te se li pappano. Lo sapevi, eh Valletta? Non ti piacerebbe diventare una bella porzione di *spezzatino alla maltese*?
– Basta!, che cosí mi fai impressione.
– O magari una bella *cotoletta alla maltese*. Che dici Valletta, ce lo facciamo questo viaggetto a Manila?

– Dài John, piantala! Lascialo stare! Poverino! Lui è il tesorino della sua mamma...

A quel punto di solito Carrie andava in bagno e la bestia le correva appresso. Si accucciava di fianco alla vasca mentre lei si faceva la doccia e poi quando usciva per asciugarsi, le leccava le gocce d'acqua dai piedi. Il bastardo non la mollava mai. Neppure quando stava seduta sul cesso a pisciare. E neppure quando in camera facevamo l'amore. Era sempre lí. Accanto al letto, come una specie di maniaco pervertito.

– Scusa cara ma... è come avere un pubblico di guardoni ad assistere alla nostra intimità.

– Ma dài... E poi lui è educato, non è che guarda.

– See, non guarda... Sta lí a occhi sbarrati che non si perde un movimento.

– Questo non è vero.

– Sí che è vero invece. E ti dirò che mi imbarazza anche un po' averlo lí a fissarmi il culo.

– Il culo? E da quando in qua usi queste espressioni volgari?

– Da quando lui sta lí a guardarmelo.

– Via, non sta lí a guardartelo.

– Come, no. Anzi sembra che disapprovi. Sai che secondo me è geloso. Non gli va che io faccia l'amore con te.

– Non essere sciocco. Macché geloso, se è appena un cucciolino...

Sarà anche stato vero. Fatto sta che un bel giorno il *cucciolino* incominciò ad abbaiare *a me*.

Andò cosí. Stavo entrando dall'ingresso principale e il piccolo stupido bastardo stava accucciato proprio in mezzo all'entrata. Be'... non ci crederete, ma cominciò a ringhiarmi e ad abbaiare come se fossi il tizio che veniva a leggere il contatore del gas.

– Cosa? – gli urlai.

Ma non smetteva.

– Idiota! Stai abbaiando *a me*, te ne sei accorto? Al tuo *padrone*. Questa è casa *mia*. Guarda che io vivo qui, brutto nano maltese di merda. Non azzardarti neppure per scherzo...

– Ehi, ehi, cosa succede qui, – accorse Carrie gridando lungo il corridoio.

– Succede che questo fesso sta abbaiando *a me*, – le urlai.

– Cuccia Vallettino... buono, non abbaiare a John, – provò lei a calmarlo.

Assolutamente inutile. L'ossesso continuava come se l'avesse morso la tarantola.

– Allora, brutto cretino, dimmi soltanto che ti piacerebbe diventare un hamburger e ti accontento subito, – lo minacciai.

Nulla da fare. Continuò a dare in smanie.

Non ricordo esattamente quando fu che presi la decisione di eliminarlo. Probabilmente fu quella sera che Carrie lo fece sedere a tavola con noi a cena. Fino a quel giorno si era sempre accontentata di tenerlo seduto ai nostri piedi come un lurido mendicante bavoso. Stava lí a osservare col suo sguardo ottuso ogni pezzetto di pane che prendevamo nella speranza che cadesse qualche briciola.

– Stattene pure lí, – gli dicevo mentre fissava ogni boccone, – ma non azzardarti a sperare che ti si dia qualcosa dalla tavola.

– Dài, John, sii buono... – intervenne Carrie.

– Ma se non riesco neppure a gustarmi la cena, con quello che mi sta a fissare tutto il tempo.

– Non è mica che sta fissando te.

– E allora come lo chiami tu quello che sta facendo adesso? Guardalo, è lí che pende dalle mie labbra!

– Lo sai che hai una bella immaginazione? Secondo me tu sei davvero ossessionato da questa idea.

– Forse perché non sto immaginandomi proprio niente...

– E poi, caro, se anche fosse? Chiaramente lo fa per amore. Perché ti vuol bene.

– Vuol bene un cavolo, Carrie. È te, che adora.

– D'accordo, ma... dico davvero, vuol bene anche a te.

– Tu sei pazza! Anzi, guarda... se vogliamo parlare di ossessione, è lui il caso clinico, non vedi? È fissato con te il piccolo bastardo.

– Intanto non è un bastardo. E poi non è ossessionato. È solo che vuole sentirsi parte della famiglia. Ci vede che mangiamo e vorrebbe mangiare con noi. – Dài, su, Valletta... vieni su piccolino. Vieni a sederti qui fra la mamma e il papà, – fece Carrie sollevandolo da terra per piazzarlo sulla sedia tra noi due – Vedrai che ora la mamma dà un piattino anche a te, ciccino bello...

Questo era troppo.

– Carrie, basta! Non voglio questo bastardo sacco di pulci a tavola con noi.

– Ti ho già detto che non è un bastardo, – protestò lei. – È di razza purissima...

– Vallettaaa! – urlai. – Scendi subito da quella sedia prima che ti faccia volare via a calci.

Per tutta risposta la bestiaccia rognosa cominciò ad abbaiarmi contro.

– Non ci provare nemmeno a toccarlo! – urlò Carrie.
– Lo sai che l'hanno traumatizzato... e se fai cosí penserà che tu voglia picchiarlo.

– Picchiarlo? E chi vuole picchiarlo? Io voglio semplicemente *tirargli il collo*.

E intanto quello andava avanti senza sosta ad abbaiare, abbaiare, abbaiare...

Ebbene sí. Fu proprio allora che mi decisi.

Ottobre era un mese perfetto per morire.

– Dài, Valletta, – gli feci un giorno. – Vieni, che andiamo a fare un bel giretto.

Naturalmente lo stronzo, non appena mi sentí chiamarlo per uscire, andò ad accucciarsi di fronte alla televisione.

– Amore, ma non senti che *papino* vuole portarti a fare la passeggiatina? – intervenne Carrie.

«*Papino* un cazzo», pensai.

Peccato che *papino* nella tasca del giaccone tenesse pronti i suoi due vecchi amici Mr Smith e Mr Wesson. E avrebbe portato a spasso quel piccolo otre di piscio proprio nel boschetto un po' piú a nord della casa. Dove gli avrebbe anche piantato nella zucchetta un bel colpo di 44 Magnum. Poi con quanto restava avrebbe potuto alimentarci un filippino. O magari un bel coyote. O, perché no?, con un bel tuffo nel fiume avrebbe ingrassato i lucci.

E poi *papino* avrebbe raccontato a *mammina* che – chissà come, chissà perché – il suo amoroso cucciolino – bastardo di merda – quando lui gli aveva fatto un fischio per tornare a casa anziché obbedire era corso via. – L'ho chiamato e cercato dappertutto – cara – ma scappava sempre piú lontano fino a che non l'ho piú visto. Dio solo sa dove si sarà cacciato...

– Non dimenticarti il guinzaglio... – si raccomandò Carrie dalla cucina.

– Certo, cara... – la rassicurai.

– ... e stai attento ai serpenti a sonagli, – concluse lei.

– Non ti preoccupare. E poi c'è Valletta a proteggermi.

E in un baleno fummo fuori nel bosco.

Le foglie erano nel pieno dei colori dell'autunno. Ramate sugli alberi, fruscianti sul terreno sotto i piedi. Valletta continuava a tirare indietro il suo guinzaglio di cuoio rosso, impuntandosi fra gli arbusti ogni dieci passi. Testardo come un mulo, nel tentativo di tornare a casa dalla sua amata che lo aspettava. Io insistevo come un giuda a rassicurarlo che eravamo al sicuro, lí sotto gli alberi. – Dài, vieni, bello di *papino*... – tubavo mellifluo, – vieni a giocare, piccolo babau. Non c'è da aver paura qui sotto i rami. Guarda come cadono le belle foglie colorate.

L'aria era frizzante, rigida come il collare di un prete.

Quando fummo abbastanza lontano dalla casa tirai fuori di tasca la pistola: – La vedi questa? – gli feci, sventolandogliela sotto il muso. – Ora con questa *paparino* ti farà un bel buchino in testa e Vallettino non abbaierà piú. Diventerà il cagnolino piú buono e silenzioso del mondo. Capisci cosa ti sto dicendo, vero?

Capiva. E infatti cominciò immediatamente ad abbaiare.

– Buono! Sta' zitto! – tentai di chetarlo.

Niente da fare.

– Lurida bestiaccia! – urlai. – Zitto!

Poi, senza preavviso, da quell'animale infido e isterico che era, mi strappò il guinzaglio di mano e scappò come un fulmine. Per un attimo vidi una cosa bianca e pelosa tagliare per il sottobosco tinto di giallo, arancio e marrone. Sibilò come una palla di stracci attraverso il tappeto di foglie, seguito dalla striscia del guinzaglio rosso che sembrava un sottile filo di sangue.

Mi buttai sulle sue tracce. Ero a non piú di due metri dietro di lui quando raggiungemmo una radura illuminata dalla luce del sole che filtrava abbagliante tra i rami degli alberi. Lo seguii con la pistola in pugno, tentando di prendere la mira. Proprio mentre il dito premeva il grilletto, dal lato opposto sbucò Carrie: – No! – urlò gettandosi in ginocchio verso di lui per prenderlo fra le braccia. La detonazione dello sparo scosse l'incessante stormire delle foglie. Il cane era balzato fra le sue braccia e contemporaneamente sul petto di Carrie si era aperto un fiore di sangue.

«Oddio santo, no!», pensai. «Oh Gesú mio, che ho fatto!» Lasciai cadere a terra la pistola e mi precipitai su di lei tentando di tamponare il sangue. Ricordo che la tenevo stretta a me mentre quel dannato animale continuava ad abbaiare e ad abbaiare...

Fu l'ultima volta.

Chissà. Forse pensa che lei se ne sia andata via da casa, in un qualche posto lontano e sconosciuto. Troppo distante perché il suo cervellino da botoletto maltese possa anche solo immaginarselo. E in un certo senso è la verità. Ho ripetuto la mia versione cosí tante volte e a cosí tante persone che ho finito per crederci anch'io. L'ho raccontata ai suoi familiari, ai miei e a tutti gli amici comuni. L'ho raccontata anche alla polizia, dove quella serpe sospettosa di suo fratello era andata a denunciare la scomparsa: – Sono tornato a casa dal lavoro e lei non c'era.

Semplicemente, non è piú tornata. Nessun indizio di malessere, mai nessun accenno a volersene andare. Nessuna lettera, nessun biglietto, niente di niente. Tutto quello che mi aveva lasciato era il cane. E pensare che non si è neppure preoccupata di dargli da mangiare prima di sparire...

Valletta invece si aggira ancora nel bosco per trovarla. Vaga in cerchio intorno allo spiazzo dove – ormai sono passati due anni – il sangue di Carrie ha inzuppato il terreno. La radura in queste giornate è esplosa dei freschi germogli della primavera e lui continua a sniffare in tondo annusando l'erba novella, cercando disperato la sua dea.

Non la troverà mai, ovviamente. Il corpo è avvolto in una tela cerata e sepolto bene in profondità nel bosco, una cinquantina di miglia a nord dal luogo dove un tempo vivevamo felici tutti e tre: Carrie, io e Valletta.

Ora siamo restati soli, noi due.

E lui è tutto quello che mi resta del ricordo di lei.

Ma non abbaia piú.

Ed io, da parte mia, non gli rivolgo mai la parola.

Mangia quando gli dò il cibo, ma poi si allontana dalla sua ciotola senza degnarmi di uno sguardo. Per andare ad accucciarsi al suolo davanti all'ingresso.

E resta lí ad aspettarla.

Onestamente, dire che mi stia simpatico sarebbe troppo.

Anche se ha smesso di abbaiare.

Ma qualche volta... Be', qualche volta, quando gira la testolina per fissare col suo sguardo da folle una farfalla che svolazza... Be', è cosí carino che me lo mangerei vivo.

Flavio Soriga
Il Nero

Copyright © 2006 by Flavio Soriga.
Published by arrangement with Agenzia Letteraria Roberto Santachiara.

Si chiamano Ritmo Latino e sono di Portici, di giorno sono dei terroni casinisti, fanno i lavori di fatica alla mensa degli operai, urlano insulti e scherzi in dialetto, la sera diventano quasi eleganti, prendono gli strumenti e fanno ballare la città, Uh-Uh, Chico-Chico Uh-Uh, te quiero te quiero, fanno una musica che non puoi stare fermo, ballano tutti in questa sala pienissima, sigarette e camicie stirate, anche i poveri hanno l'aria perbene, anche i contadini e gli operai e i minatori piú brutti, sorrisi risate occhiolini, ci sono le apprendiste parrucchiere e le commesse dei grandi magazzini, le allieve del corso di cucito, la figlia del proprietario dell'orologeria di via Curel, toscana di origine ma con un accento romano, sonnolento strascicato, qualunque cosa ti dica è come un sussurro, un doppiosenso velato. Io non ballo, sto in un angolo e fumo, ho una camicia inglese e una cravatta di seta nera, ho la faccia seria, come sempre.

La cassiera dello spaccio centrale fuma sigarette sottili e leggere, si chiama Efisia, sorride elegante come una contessa romana, vende formaggi e prosciutto ai dirigenti e ai capi-milizia, si dice vada con un capitano veneto di qualche nobiltà, Aurelio Enrico del Carretto, si chiama, si dice vadano con la macchina di lui fino a Porto Pino, il sabato sera, e facciano l'amore guardando il mare, si dice che lui diventi un bambino, quando l'abbraccia, tutta la durezza che ha con la divisa, come sciolta in cantilene d'amore, Oh Dio come ti amo, Efisietta mia dolce, Oh Dio come ti amo, cosí le dice, cosí racconta la gente, che qui non sta mai zitta, ché da dire ce n'è sempre.

Si chiama Efisia ed è di un paese di stagni e malaria sulla costa ovest, figlia di pescatori, come sia venuta cosí bella non si può capire, e furba e sveglia, è questa città che l'ha trasformata, sembra una signorina cresciuta tra collegi e feste eleganti, ha una gonna lunga stretta in vita, delle scarpe nere con un po' di tacco, ha sempre il rossetto, sempre, anche nelle gite al mare, ha delle gambe che fanno morire.

Anche il sesso e l'amore tornano utili, in un lavoro come questo, soprattutto il sesso, le gelosie le invidie le maldicenze, in tutte le terre danno guadagno e occasioni, a saperle usare, in città nuove e vive come questa, ancora di piú.

Quel siciliano che sta parlando e ridendo al bancone lo chiamano Il Nero, non so perché. Parla e ride con tutti, è simpatico. Sta con tutti, ride e scherza, ma ha occhi solo per lei, per la commessa figlia di pescatori. Stanno attenti a non guardarsi negli occhi, a non sorridersi, ma si spiano, si seguono, si odorano, si vogliono. Sono stati a letto insieme, e il capitano del Carretto lo sa.

Aurelio Enrico del Carretto, capitano dei carabinieri, mezzo nobile, un idiota. Questa sera è in viaggio di servizio nel capoluogo, ce l'ho fatto mandare io.

È venuto da me rosso in volto, agitato, rigido, mi ha stretto la mano, fissato negli occhi, Io lo sfido a duello, mi ha detto. Non so nemmeno chi gli abbia detto di venire a parlarne con me, il popolo, credo, qualche sottufficiale piú sveglio di lui. Io quel siciliano lo sfido a duello, io l'ammazzo. Non dire puttanate, gli ho risposto. Mi ha guardato come guardano i carabinieri offesi che non capiscono, State calmo, gli ho detto, Voi siete un Ufficiale dell'arma, quello è il Nero, uno qualunque, un niente, un minatore. Io la amo, ha risposto, E anche lei mi ama. Come no. Ci penso io, promesso, e l'ho mandato via, e mi ha detto Grazie, sulla porta.

I carabinieri ci credono. A quello che sentono, a quello che dicono e ripetono, alla propaganda, alla guerra all'onore alla vittoria alla sorte alla patria. I poliziotti non credono quasi a niente, quelli che comandano la milizia del Duce credono al Duce, qualcuno della milizia crede a tutto, ma pochi, i soldati credono al combattere e al passeggiare con le medaglie, i carabinieri credono a tutto. Tranne i generali. Quelli, non lo capisci mai, se credono alle stronzate. Ma questo del Carretto, crede anche all'amore di una cassiera. E mi fa comodo.

La città del carbone, la perla dell'isola, la città del Duce. Una delle città del Duce, la piú remota, la piú perduta nel sud. L'orgoglio dei minatori, l'orgoglio dei poveracci. Cinema e caffè alla francese, spacci e sartine. Ogni tanto, la domenica, organizzano le gite al mare, portano panini e birre, fanno il bagno. Per questi isolani rachitici, per questi italiani del nordafrica, questa specie di città è un sogno. Qui si beve birra. Qui si va al mare a fare il bagno. Qui si balla latino, Chico Chico Uh-Uh. È come fosse l'America, gente che arriva e riparte, ruba e sogna, imbroglia e lavora, suda e guadagna, questo posto è la frontiera, è la città, lavoro duro, guadagno discreto, case di mattoni e non fango, gabinetti con l'acqua, negozi e passeggiate. C'è gente che ci pensa e ci ripensa, al venire qui, sogna e non decide, poi prende e parte, lascia i campi e il paesino e arriva qui in bicicletta, a piedi, si butta in una miniera dieci ore al giorno e quando esce, se ha ancora un po' di forza, va al Caffè a bere un Campari o in una festa come questa a ballare latino, Mírame, chiqua de San José, te quiero te quiero, uh-uh!

Ne arrivano e ne ripartono continuamente, come un formicaio, come una frontiera aperta. Tra quelli che vengono ce n'è di terribili, avanzi di galera e fuggiaschi, assassini e disertori, grassatori abigeatari stupratori minacciatori sovversivi. Almeno cosí crede l'Ordine, il Sistema che ha paura, i Comandanti dell'Ingranaggio. Per questo ci sono io: vigilare sull'ordine minacciato, respingere il disordine minaccioso, evitare casini, fermare gli avanzi della nostra gloriosa ordinata nazione, fermarli anche oltre le regole, a lato delle regole, sopra le regole, le regole siamo noi.

Nella targhetta davanti al mio ufficio c'è scritto Avvocato Renato Campolongo, consulente d'affari. Contratti ne firmo pochi, consigli di borsa non ne ho mai dati. Ogni tanto compro un terreno, una partita di oro o caffè, dopo poco rivendo, se ci guadagno è un bonus sulla busta paga, se ci perdo lo metto in conto spese. Ho conosciuto il Duce una mattina di aprile, me l'ha presentato un'amica nobile, di nobiltà alta, a Bologna. Abbiamo parlato di caccia e giornalismo, a quei tempi mi piaceva leggere e scrivere, abbiamo parlato della stampa inglese e di quella francese.

Nel fondo dell'animo il Duce è un giornalista, è la cosa che piú lo appassiona, scrivere, è la cosa che gli riesce meglio, forse. Il Duce questa guerra la perde. Io parlo coi generali, capisco qualcosa del nostro Capo, capisco qualcosa degli uomini. I generali cretini dicono che il nostro esercito è forte e pronto, che con i tedeschi accanto nessuno ci può battere. Ai tedeschi di noi non importa nulla, di noi non si fidano per niente. Sono venuti dei tecnici di Amburgo, qui, nella gloriosa città del carbone, qualche mese fa, prima di andare via gli hanno organizzato una festa, Sapete una cosa, avvocato? Mi ha detto un tipo che stava con loro, un ingegnere di Monaco che sa tutto di finanza, Sapete una cosa? Quest'isola è una colonia, questa gente sono dei coloni. Buoni, mansueti, svegli, anche. Come certe zone del Nord Africa, ma meno orgogliosi, mi sembra. C'erano dei balli tradizionali, gente in costume venuta da un paesetto vicino, avevano facce da africani, magrissimi, erano balli tristi, costumi colorati e balli tristi, cupi. Anche io ho pensato all'Africa, a un'Africa senza energia. Ci si può fidare di un Paese che ha le colonie nei suoi confini? Mi ha detto il tedesco, piú tardi, mezzo ubriaco. Non ci sottovalutate, ingegnere, gli ho risposto io, ma aveva ragione. I generali intelligenti mi dicono che il Duce manderà qualche reparto in battaglia per fare scena, qualche avanzata in Africa, poi i tedeschi si fermeranno e noi siederemo tra i vincitori. Sono troppo furbi, i tedeschi, dicono i generali intelligenti. Ma sbagliano. Nessuno è furbo in guerra, tutti diventano cretini, non capiscono piú le cose, diventano cattivi e ciechi. Forse gli inglesi di meno. E gli americani, chissà.

In quest'isola sbarcheranno gli inglesi. È per questo che mi sono fatto mandare qui, nella periferia della periferia, in questa città di casini e fermenti. Siete sicuro, avvocato? Mi ha chiesto il Ministro davanti alla mia richiesta. Sicurissimo, gli ho detto io. Avremmo bisogno di voi in ben altri luoghi, mi ha detto, ma io sono stato zitto, a me andava bene cosí. Quando avremo perso, quando gli inglesi saranno qui, di me ci sarà bisogno, di gente come me.

Eccolo che scherza con le mani, che mima una lotta con gli amici, ecco che sente la birra salire, che fa il bellone. È un idiota anche lui, si vede dalla faccia. Il Nero, siciliano povero dell'entroterra, tutta la vita in miniera, zolfo, talco, adesso carbone. È andato a letto con la commessa piú carina, l'amante di un ufficiale dei carabinieri, si crede Dio in terra. Invece è solo il Nero. È orgoglioso, forse innamorato, è debole. E a me serve. Due settimane fa ha detto una frase che non doveva dire, Chissà che lí dai sovietici non stiano meglio, i minatori. È una cosa che puoi dire laggiú, dentro la miniera, tra i tuoi compagni di lavoro che sorrideranno, ci penseranno a casa, di nascosto. Senza tradirti. Ma lui l'ha detto alla mensa, e hanno sentito tutti. Un paio di mesi fa ha detto al caporeparto che lui, il Nero, non ci sarebbe mai sceso, in quella galleria armata a cazzo di cane, che si vedeva da lontano che sarebbe crollata. Aveva ragione. Era armata malissimo, c'è stato un crollo, sono morti in due. Ma lui non aveva il diritto di dirlo, non con quel tono, il caporeparto l'ha presa male, ha scritto una relazione, ha fatto sembrare che quasi fosse colpa sua, del Nero. Brutta relazione, stupida, ma ce n'era abbastanza per arrestarlo, o almeno mandarlo via, allontanarlo dalla città. Sono io che l'ho impedito. I cretini sono rari, e di cretini noi abbiamo bisogno. Io, ne ho bisogno.

Ogni tanto ti capita un lavoro vero, pulito, un'informazione fidata, un delinquente accusato di furto nel cuore dell'isola, o di omicidio premeditato, per vendetta o per faida. Io lo so prima dei carabinieri, scrivo al Prefetto e vado dal Capitano. Gli spiego dove si rifugia il malvivente, chi l'ha aiutato a venire qui, se bisogna incriminare anche i complici o se è meglio di no, a che ora lo si può trovare, come non farlo insospettire. Loro lo prendono, e io ho fatto il mio dovere. Oppure un sovversivo, un mezzo anarchico, uno che vuole aizzare gli operai contro di noi, contro il sistema. Ma quelli sono rari, rarissimi. Un ricercato per propaganda anti-italiana che si è rifugiato qui da un cugino. Lavori rarissimi, lavori puliti. Ogni tanto non ce n'è, e ce ne dovrebbero essere, e devo trovarne di quasi veri, di quasi puliti. Ogni comunista che acchiappo è un titolo verso il Duce, e un futuro titolo per gli inglesi.

Balla bene, il Nero. Ci ho parlato solo una volta, al bar, ti guarda dritto in faccia, non abbassa mai il tono, lo sguardo, gli occhi. È un duro, non ha paura. È contento di lavorare qui come lo sarebbe di lavorare i campi, o in un cantiere di Milano, sarebbe sorridente e tranquillo anche al fronte, quest'uomo. Se si fosse fatto fascista, se avesse un po' di testa, avrebbe potuto comandare uno squadrone, portare i commilitoni agli assalti, è uno che si fa ascoltare, è ignorante ma sa parlare, è figlio di ciabattino, nipote di ciabattino, ha la forza di chi conosce un'arte, anche se ne è fuggito. Ha molti amici, beve con tutti, è bello, in qualche modo. Ha la faccia da furbo, quindi da idiota, per come ragiono io. I furbi veri non hanno faccia, non parlano guardando negli occhi, non dicono quello che pensano. Non in questo tempo difficile, non con una guerra che inizia. I furbi sanno cos'hanno alle spalle, terre famiglie conoscenze lauree favori da incassare, i furbi vanno avanti con le forze che si possono permettere. I poveracci furbi non chiedono, non dicono, non protestano. Sono grati al Duce, e domani lo saranno agli inglesi, e tirano avanti come possono.

Quando il Duce non sarà piú Duce questa gente non sarà piú quello che è. Questa gente è indecifrabile, è ingovernabile, sono i piú inquieti di quest'isola, sono un amalgama di fughe e conti aperti, gli abbiamo costruito una piazza bella e grande, con il Caffè la Chiesa la torre Littoria, loro vanno a passeggiare nel vialone dietro, loro ridisegnano la città, se ne fottono di noi. Sono felici di tutto, anche quelli che lavorano tutto il giorno, ma in qualche modo comandano loro. Il Duce non lo sa, ma se arriverà il socialismo questi saranno i primi socialisti, se arriveranno gli inglesi questi saranno la prima working class, apriranno le prime Unions, i sindacati, i partiti di classe. Se vinceremo la guerra, questa sarà ancora la città fascistissima, ma questo è impossibile.

Stasera è la tua sera, Nero, divertiti. Bacia la figlia dell'orologiaio col suo accento romano eccitante, se ti riesce, o una corsista di taglio e cucito, o chiunque ti riesca di baciare. Se ti trovo in una stanza chiusa con la figlia dell'orologiaio nuda sotto di te tanto meglio, ché il padre è di famiglia ammanigliata, e uno scandalo coperto mi porta altre carte nel mazzo. Altro odio verso di te, Nero. Quasi mi dispiace. Quasi mi eri simpatico.

Un vecchio come ce n'è un'infinità, un vecchio povero da niente. Che ha bisogno di qualcosa, che deve chiedere, che si mette la camicia pulita, la giacca nuova, e va a parlare con chi può fare qualcosa. Con me. Avvocato, io non so se Voi potete intervenire, darmi una mano. L'hanno assegnato all'Africa, deve partire tra quattro giorni. Il mio unico figlio maschio, avvocato. Vedremo cosa si può fare. Niente Africa. Il Potere, quello silenzioso, quello che non compare, quello a cui chiedere.

Chissà cosa dice di me, il popolo. L'Avvocato, quello che può, quello che conosce, quello a cui chiedere. E chiedono, e io chiedo qualcosa in cambio, prima o poi, qualcosa da niente, qualcosa che gli sembra sempre pochissimo. Un'informazione, un'ambasciata, un segreto, un nome. Ce li avete due ragazzi fidati, due nipoti, magari? Qualcuno che vi sia molto vicino, che possa fare una cosa ben fatta, in silenzio? Ce li hanno sempre. Mi danno nome, professione, indirizzo. Li faccio seguire, prendo altre informazioni. Al momento giusto, li faccio contattare.

Tre passaggi tra me e chi fa il lavoro. Ordina a chi ordina a chi ordina di eseguire. Tutti fidati. Ci sono poche regole, ma è meglio seguirle: non toccare i carabinieri, se non sei molto molto coperto. Il Re può imbestialirsi, non conta nulla ma è il Re. Non toccare quelli della milizia, se non sei molto molto coperto. Te lo deve chiedere qualcuno in alto, dal federale regionale in su. Altrimenti il Duce può imbestialirsi, o qualcuno che gli sta vicino. E comunque sempre, solo gente che ti deve qualcosa, come questi ragazzi che stanno fumando davanti al bancone, e ogni tanto mi fanno un cenno, Aspettate un attimo, Avvocato, ancora dieci minuti, brutte facce, ma non troppo, molto meno brutte di chi sta facendo il lavoro vero, in questo momento. Gente di fuori. Oggi è qui, domani torna al paese, lontano. Devono qualcosa allo zio, lo zio mi deve un figlio rimasto nell'Isola, lontano dall'Africa, dalla battaglia.

Sta uscendo, è il momento. Peccato, la musica va, le tartine sono ottime, mi piace questa festa. Chica de San Juan, te quiero te quiero, besame mucho. Peccato. Il lavoro, il lavoro.

Io ti capisco, Nero: tu non cerchi sesso, cerchi il prestigio, a modo tuo, cerchi il gusto della conquista, il gusto delle belle donne. Se tuo padre avesse una fabbrichetta te ne andresti in giro per la Salaria con una Isotta Fraschini e il portafoglio gonfio, la giacca bianca di lino. Purtroppo sei un minatore di merda. Sei sporco di carbone anche adesso, sotto le unghie, in mezzo alle dita dei piedi, per quanto sapone possa avere usato. Non hai il senso della misura. Lavori dieci ore tutti i giorni, rischi la vita, sei giovane. Avresti dovuto sceglierti una paesana con i fianchi larghi e sposarla e fare dieci figli e prendere le medaglie del Duce per le buone famiglie, non gridare frasi sovversive alla mensa. Adesso è finita, Nero. Mi serve un sovversivo, mi dispiace. Era una bella festa, mi eri quasi simpatico.

L'hanno beccato che stava ancora sorridendo. Un sorriso di orgoglio, di conquista. Un minatore che ha appena conquistato la figlia dell'orologiaio, lei gli stringeva le spalle, gli baciava il collo. Bella donna, davvero. Erano in piedi, come a ballare senza musica, nella stanza dell'alloggio operaio del Nero. In tutto l'edificio non c'era nessun altro.

I ragazzi hanno fatto un buon lavoro, i volantini sono stati trovati dentro la fodera dei cuscini, la tessera, intestata e firmata, dentro un paio di vecchi scarponi sfondati, nello stipite dell'armadietto. Irruzione dei carabinieri, del Carretto l'ho fatto chiamare apposta, nel capoluogo, non sarebbe stato opportuno, che lo arrestasse lui.

L'arrestato risponde al nome di Consolo Mariano noto come il Nero, professione minatore. A suo carico le seguenti accuse: attività sovversiva, pubblicazioni illegali tendenti a diffondere il disfattismo e l'odio per le Istituzioni dello Stato Fascista, documento comprovante l'adesione dell'arrestato a organizzazioni anarchiche internazionali.

A Lipari, fine pena ignota. Gli hanno letto le accuse, hanno portato via lei, poi l'hanno picchiato a sangue. A turno, qualche minuto a testa, in silenzio, solo le urla di lui, che non è un grande incassatore.

Quelli non erano ordini miei, quello non era il mio lavoro. Quelli erano i pugni e i calci dei colleghi di un tradito, di carabinieri che credono a tutto, anche all'amore delle commesse. Quelli erano oltre il mio lavoro, oltre le regole mie. Vaffanculo, Nero, quasi mi dispiace. Quasi mi ero affezionato. Quando arrivano gli inglesi ti faccio liberare, magari.

Ian Rankin
Herbert in Motion

*Traduzione dall'originale inglese
di Alba Solaro e Pietro Cheli*

Titolo originale: *Herbert in Motion*.
Copyright © 1996 by Ian Rankin.

Quel giorno avevo due possibilità tra le quali scegliere: togliermi la vita prima o *dopo* il cocktail party con il Primo ministro? E se avessi optato per dopo, come dovevo vestirmi per il party: Armani o qualcosa di piú sobrio, come il gessato di Yves Saint Laurent?

L'invito aveva i bordi dorati ed era troppo grande per stare nella tasca interna del vestito di tutti i giorni. Aperitivi e *canapés*, dalle sei alle sette del pomeriggio. Un galoppino aveva chiamato al telefono per avere conferma della mia presenza, e darmi istruzioni sul protocollo. Era successo due giorni prima. Voleva farmi sapere che tra gli ospiti c'era anche un americano di passaggio a Londra, tale Joseph Hefferwhite. Non l'aveva detto in maniera esplicita – e quando mai lo fanno? – ma mi aveva fatto chiaramente intendere quale fosse il mio ruolo quella sera, il vero motivo per cui ero stato invitato.

– Joe Hefferwhite, – avevo balbettato, aggrappato al telefono come se avessi paura che mi scivolasse dalle mani.

– Mi sembra abbiate un interesse in comune per l'arte moderna, – aveva aggiunto il galoppino.

– Abbiamo un interesse in comune.

Lui equivocò il mio tono, si mise a ridere: – Mi perdoni, «un interesse in comune» suona un po' riduttivo, non è vero? Le porgo le mie scuse.

Scuse dovute al fatto che l'arte non è semplicemente un mio interesse. L'arte era – è – tutta la mia vita.

Per il resto della breve conversazione, condotta praticamente solo da lui, ascoltai guardando fisso davanti a me come se stessi ammirando una nuova sorprendente creazione, cercando di comprenderla e di spiegarla, di venirne a capo, tentando di coglierne ogni singola sfumatura e ogni colpo a effetto, le varianti, la forma scelta, la lunghezza delle linee. E alla fine davanti a me c'era... il nulla. Nessuna sostanza, nessuna rivelazione; solo la banale realtà della mia situazione, e il suicidio, come unica via d'uscita, che prendeva forma.

La sfiga è che quello era stato davvero il delitto perfetto.

Un dinner-party, dieci anni prima. In una casa a Chelsea, nel cuore profondo del sogno inglese di Margaret Thatcher. A tavola c'erano anche dei dissenzienti – giusto un paio per la verità, di quelli che potevano permettersi il lusso delle loro piccole contestazioni: non avrebbero certo fatto sparire Margaret Hilda dalla terra, e i loro status symbol sarebbero stati comunque salvi: il loft ristrutturato nella zona dei Docklands, la Bmw, lo champagne Cristal e i tartufi neri.

Status-symbol: come pare più roboante oggi l'espressione. Eccoci là. Rilassati dal vino, sorridenti, intimamente soddisfatti di noi e del nostro benessere (non era quello che in fondo sognavamo?), e io che lí in mezzo mi sentivo a mio agio proprio come uno di loro. Sapevo di essere lí in quanto Rappresentante della Cultura. Tra banchieri e star del media system, notabili della politica e «gente che conta» (e, santo Iddio, se la memoria non mi inganna c'era anche un agente immobiliare – erano in voga, ma per fortuna quella tendenza non durò a lungo), ero lí per rassicurarli di essere fatti di una materia piú durevole e consistente del semplice denaro, di avere qualche significato nel grande schema della vita. Ero lí in quanto direttore artistico della loro sensibilità.

In realtà io ero e sono un direttore della Tate Gallery, mi occupo soprattutto dell'arte nord-americana del ventesimo secolo (ma solo la pittura: non sono un appassionato della scultura, e meno che mai di certe baracconate piú radicali – performance, video-arte e tutta quella roba lí). A tavola quella sera gli ospiti sproloquiavano come al solito a proposito di artisti dei quali non riuscivano proprio a ricordare il nome ma che dipingevano «quelle cose verdi» oppure «sí, hai presente, quel cavallo con le ombre e tutto il resto». Un'anima temeraria (che fosse l'agente immobiliare?) si lanciò in una divagazione sul suo amore per certi dipinti di paesaggi naturali, e finí sbandierando che la moglie una volta aveva acquistato una stampa a un'asta di arte contemporanea di Christie's.

Quando infine un altro ospite provò a farmi ammettere che il mio in fondo era «un lavoro di tutto comodo», posai lentamente il coltello e la forchetta sul piatto, e mi lanciai nel mio discorso.

Ormai ne avevo fatto un'arte (concedetemi la battuta), discettavo con disinvoltura sulle difficoltà imposte dalla mia posizione, su quanto fosse impegnativo valutare ogni nuova tendenza o talento, cercare nuove opere di artisti importanti e quanto poi fosse faticoso lavorare per la loro acquisizione.

– Provate a immaginare di essere sul punto di spendere mezzo milione di sterline per un quadro. Se decidete di andare avanti e di farlo, sicuramente eleverete lo sta tus di quell'autore, ne farete un artista ricco e richiesto. Ma può accadere che successivamente vi deluda, che nulla di quello che dipingerà in seguito sarà altrettanto interessante, nel qual caso il valore della sua opera, se dovesse essere rivenduta, sarà irrisorio, e la vostra reputazione sarà macchiata – forse anche qualcosa piú che macchiata. Ogni giorno, ogni volta che viene richiesta la vostra opinione, la vostra reputazione sarà nel mirino. E nel frattempo, dovrete pensare alle mostre da ideare e proporre, dovrete pianificarle – il che spesso significa dover organizzare il trasporto delle opere da un capo all'altro del mondo – e dovrete spendere il vostro budget con la massima oculatezza.

– Cioè, devo decidere se comprare quattro dipinti da mezzo milione di sterline l'uno, oppure se devo buttarmi e fare un unico mega-acquisto da due milioni?

Concessi all'interlocutore un sorriso. – In termini crudamente economici, sí.

– Riesce mai a portarsi qualche quadro a casa? – mi chiese la nostra ospite.

– Alcune opere, in genere poche, vengono date in prestito. Ma non allo staff del museo.

– A chi, allora?

– Persone in vista, benefattori, quella gente lí.

– Tutto quel denaro per qualche tela e un po' di vernice –. La signora con il loft nei Docklands scosse la testa. – Mi sembra un crimine, se si pensa a quei poveri senzatetto nelle strade.

– Una vera disgrazia, – aggiunse qualcun altro. – Dalle parti di Embankment non riesci piú a camminare senza inciamparci sopra.

A inciampare nel silenzio fu a quel punto la padrona di casa, che prese la parola per rivelarci di avere in serbo una sorpresa: – Faremo servire caffè e liquori nel soggiorno, e mentre berrete sarete invitati a prendere parte a un assassinio.

La signora, va detto, non parlava alla lettera, ma piú di un paio d'occhi scivolarono speranzosi verso la coppia dei Docklands. Quello che lei intendeva, è che avremmo preso parte a un gioco di società. C'era stato un omicidio (l'arcigno marito era stato persuaso a fare il cadavere, salvo resuscitare miracolosamente ogni volta che partiva un nuovo giro di brandy e liquori), e a noi toccava scovare gli indizi nella stanza. Ci mettemmo a cercare con impegno, come fanno i bambini quando vogliono compiacere gli adulti. Eravamo riusciti a raccogliere una mezza dozzina di prove, quando la signora dei Docklands sorprese tutti arrivando alla conclusione che a commettere il delitto era stata la padrona di casa – e infatti cosí era.

Sprofondammo con sollievo sui sofà, mentre i bicchieri venivano nuovamente riempiti, dopo di che la conversazione tornò sui delitti, veri o immaginari. Il padrone di casa si animò per la prima volta in tutta la serata. Da collezionista di romanzi gialli, si considerava un vero esperto in materia.

– Come tutti sanno, – ci disse –, il delitto perfetto è quello in cui non è stato commesso alcun delitto.

– Be', ma in quel caso il delitto *non c'è*, – protestò la moglie.

– Esattamente. Nessun delitto... eppure il delitto c'è. Se il cadavere non si trova, è una bella rogna riuscire ad arrestare il colpevole. O se qualcosa viene rubato e nessuno se ne accorge. Capito dove voglio arrivare?

Ovviamente avevo capito benissimo. E forse anche voi.

La Tate, come qualsiasi altra galleria d'arte che mi venga in mente, ha piú opere nella sua collezione che pareti dove esporle. Oggi come oggi, non ci piace appendere i dipinti tutti insieme in poco spazio (per quanto, se fatto ad arte, l'effetto può essere mozzafiato). È piú facile che una grande tela abbia a disposizione un'intero muro tutta per sé, e meno male che i trittici di Bacon non hanno dato il via a una tendenza, altrimenti ci sarebbero ben poche opere da vedere nei nostri musei d'arte moderna. Di fronte a queste esibizioni di gigantismo, non sarebbe un vero sollievo tornare ai miniaturisti? Purtroppo nei caveau della Tate di miniature ce ne sono pochine.

Mi trovavo lí con un mio conoscente, il mercante d'arte Gregory Jance. La ragione per cui da anni Jance aveva spostato la sua base operativa nei dintorni di Zurigo, a dar retta alle interviste che rilasciava, era «perché lí non possono toccarmi». Intorno a lui erano sempre circolate un sacco di voci che diventavano comprensibili non appena si provava a mettere su un piatto della bilancia le scarse opere di alto livello che riusciva a vendere (e di conseguenza le esigue commissioni che intascava) e sull'altro il suo dispendioso stile di vita. Di quei tempi aveva case a Belgravia, nell'Upper East Side di Manhattan e a Mosca, senza contare la vasta tenuta appena fuori Zurigo. La casa di Mosca, in particolare, poteva sembrare una scelta eccentrica, finché non ci si ricordava delle tante storie di icone bizantine trafugate dai nazisti, tesori finiti poi nelle mani di capi del Politburo disperatamente desiderosi di scambiarli con dollari pesanti e passaporti nuovi.

Proprio cosí, e se anche solo la metà di quelle voci fossero state vere, Gregory Jance era uno che sapeva navigare con il vento in poppa. E io contavo proprio su questo.

– Che razza di spreco, – ragionava ad alta voce mentre

lo guidavo in un breve tour dentro i nostri depositi. Lo spazio era fresco e silenzioso, fatta eccezione per il *click* che di tanto in tanto arrivava dai macchinari per monitorare la temperatura dell'aria, la luce e l'umidità. Sulle pareti ufficiali della Tate, quadri come quelli davanti a cui passavamo distratti, sarebbero stati studiati attentamente, ammirati con reverenza. Qui invece erano accatastati l'uno sull'altro, in gran parte ricoperti di lenzuola bianche come fossero cadaveri o il fantasma di Amleto in qualche scadente messa in scena studentesca. Targhette di identificazione pendevano dalle lenzuola, pareva di essere in un ufficio di oggetti smarriti.

– Un vero spreco, – sospirò Jance, con un pizzico di melodramma. Anche il suo gusto in fatto di abiti non mancava di teatralità: indossava un vestito stropicciato di lino color crema, delle Brogue bianche ai piedi, camicia rosso scarlatto e cravatta di seta bianca. Si trascinava come un vecchio, facendo scorrere tra le dita la tesa del panama. Una bella performance, ma io lo conoscevo bene, e sapevo che sotto sotto era solido come il bronzo.

Il motivo del nostro incontro, *en principe*, era discutere la sua ultima messe di «artisti internazionalmente noti». Come alla maggior parte dei galleristi – soprattutto a quelli che fanno anche da agenti ad alcuni dei loro artisti – a Jance sarebbe piaciuto parecchio vendere alla Tate, o a qualsiasi altra istituzione di livello «nazionale». Puntava al rialzo delle quotazioni che avrebbe innestato, e ovviamente anche alla gloria. Ma soprattutto al rialzo.

Aveva portato con sé delle polaroid e delle diapositive. Quando arrivammo nel mio ufficio, piazzammo le diapositive sul lightbox e presi la lente di ingrandimento. Un patetico assortimento di pseudo-talenti offuscava i miei occhi e i miei sensi. Immense spirali in stile graffiti che l'estate precedente erano molto «in» a New York (solo perché, se devo dire quello che penso, i protagonisti di quello stile avevano la tendenza a morire giovani). Poi le opere neocubiste di un artista svizzero di cui conoscevo i vecchi lavori; la sua reputazione era cresciuta, ma la nuova direzione che aveva preso mi faceva pensare a un vicolo cieco con un bel muro di mattoni in fondo, e lo feci presente a Jance. Almeno aveva un buon senso del colore e degli accostamenti. Il peggio però doveva ancora arrivare: combinazioni di pitture che Rauschenberg avrebbe potuto realizzare all'asilo nido, dipinti geometrici decisamente poco intelligenti, perché troppo evidentemente ispirati alla serie Protractor di Frank Stella, e sculture riciclate che parevano fatte da Nam June Paik durante una giornata storta.

Mentre osservavo, Jance non smetteva di spingere per i suoi artisti, ma senza grande entusiasmo. Dov'è che aveva raccattato tutta quella gentaglia? (Secondo i maligni andava alle mostre dei neo diplomati delle scuole d'arte per accaparrarsi gli sconosciuti). E soprattutto, a chi li vendeva? Non mi pareva avesse avuto grande successo come agente. Non era certo cosí che aveva guadagnato tutti i soldi che aveva.

Alla fine aveva tirato fuori una manciata di polaroid.
– La mia ultima scoperta, – aveva annunciato. – Una scozzese. Straordinario talento.

Diedi un'occhiata. – Quanti anni ha?

Lui scrollò le spalle: – Ventisei, ventisette.

Abbassai mentalmente l'età di cinque o sei anni, e gli restituii le foto.

– Gregory, va ancora al college, – ribattei, – la roba che dipinge è copiata, segno che sta imparando da quelli che l'hanno preceduta, e poi è stilizzata, come quasi tutto quello che gli studenti producono. Ha talento, mi piace il suo senso dello humour, ma anche quello lo ha preso in prestito da altri artisti scozzesi.

Jance sembrava cercare inutilmente lo humour in quelle immagini.

– Bruce McLean, – suggerii per cavarlo d'imbarazzo. – Paolozzi, il pesce di John Bellany. Se guardi meglio ce li vedi. Sai che ti dico, riportamela tra cinque o dieci anni e se non avrà mollato, se sarà cresciuta, se ha naso per la differenza che passa tra il vero genio e un'imitazione...

Lui intascò le foto e cominciò a raccogliere le sue diapositive, gli occhi che gli luccicavano come fossero umidi.

– Sei un osso duro, – mi disse.

– Ma onesto, credo. E per provartelo, lascia che ti offra un drink.

Non volevo fargli subito la proposta, non lí, tra un cappuccino e una fetta appiccicosa di torta alla caffetteria della Tate. Qualche settimana dopo ci siamo rivisti, piú o meno casualmente. Cenammo in un piccolo ristorante in una zona della città che nessuno dei due usava frequentare. Gli chiesi della sua cricca di giovani artisti: sembravano abili nelle imitazioni, gli dissi.

– Imitazioni?

– Hanno studiato i grandi e sono in grado di riprodurli con una certa abilità, – gli spiegai.

– Riprodurli, – mi fece eco, lentamente.

– Riprodurli. Voglio dire, le influenze sono evidenti –. Feci una pausa. – Non sto certo dicendo che *copiano*.

– No, certo che no –. Jance alzò lo sguardo dal cibo che aveva lasciato intatto. – Ma a cosa vuoi arrivare?

Sorrisi. – Tutti quei quadri nei depositi, Gregory. Condannati a vedere cosí raramente la luce.

– Già, che peccato, un vero spreco.

– Quando invece tanta gente potrebbe goderne la vista.

Fece un cenno di assenso con la testa e versò il vino per entrambi. – Credo di cominciare a capire, – disse, – credo proprio di cominciare a capire.

Fu l'inizio della nostra piccola impresa. Naturalmente avete capito di cosa si tratta. Avete una mente acuta. Siete astuti e perspicaci. Siete sempre un passo avanti agli altri, riuscite ad afferrare le cose prima che gli altri se ne rendano conto, e forse ne andate orgogliosi. Forse anche voi vi sentite capaci di commettere il delitto perfetto. Il delitto senza delitto.

E non c'era alcun delitto perché non mancava nulla dall'inventario che veniva fatto ogni tre mesi. Per prima cosa, io fotografavo il dipinto. In un paio di occasioni avevo portato giú nei caveau una delle giovani artiste di Jance, per mostrarle il quadro che avrebbe dovuto copiare. Avevamo scelto lei perché aveva studiato i minimalisti e quella commissione riguardava proprio i minimalisti.

Curiosamente, si era rivelato lo stile piú difficile da riprodurre fedelmente. In un quadro sovraccarico, c'è cosí tanto da guardare che è facile sfugga un'ombra sbagliata o una pennellata che non è riuscita a curvare nel modo giusto. Ma se ci sono solo due linee nere e qualche onda color rosa... be', è piú facile accorgersi di un falso.

Fu cosí che l'artista di Jance si era trovata faccia a faccia con il dipinto che avrebbe dovuto copiare. Avevamo preso le misure, scattato delle polaroid, e lei aveva buttato giú qualche schizzo preparatorio. Jance aveva il compito di procurare le tele della qualità giusta, le cornici adatte. Il mio lavoro era di rimuovere la tela autentica, portarla via di nascosto dalla galleria, e rimpiazzarla con la copia, che avrei poi reincorniciato.

Eravamo prudenti, io e Jance. Sceglievamo con cura le opere. Non piú di una o due all'anno – non ci siamo mai fatti prendere dall'avidità. La scelta veniva fatta in base a diversi fattori. Escludevamo gli artisti che erano troppo famosi, preferivamo quelli che erano già morti (avevo il terrore che un artista potesse venire a ispezionare il suo lavoro alla Tate, per trovare invece una copia). E poi ci voleva il compratore – un collezionista privato, che conservasse quell'opera d'arte con discrezione. Non potevamo certo correre il rischio di veder finire in una mostra, o rivenduto a un'altra collezione, un dipinto che avrebbe dovuto trovarsi al sicuro nei sotterranei della Tate. Per fortuna, come immaginavo, Jance conosceva bene il suo mercato. Quell'obiettivo non ci ha mai dato problemi. Ma c'era un altro fattore da considerare. A volte capitava che da qualche mostra chiedessero in prestito un quadro, uno di quelli che avevamo copiato. In quanto direttore, trovavo sempre un buon motivo per cui quel quadro era meglio rimanesse alla Tate, e come forma di consolazione, a volte offrivo la possibilità di prendere in prestito un altro lavoro.

Poi c'era la rotazione. Di tanto in tanto, per far sí che non nascessero sospetti, una delle copie veniva spedita ad adornare le pareti ufficiali della galleria. Quelli erano giorni di grande ansia, io ero molto attento a far appendere il quadro negli angoli meno visibili e illuminati, di solito vicino a dipinti piú interessanti, cosí da distogliere l'attenzione dei visitatori. Osservavo i curiosi. Un paio di volte, uno studente d'arte era venuto a fare degli schizzi di un quadro copiato. Nessuno aveva mai mostrato anche un solo dubbio e io mi sentivo sempre piú sicuro.

Poi...

Ci era naturalmente capitato di dare in prestito dei lavori – come avevo raccontato quella volta al dinner-party. Ogni tanto qualche ministro del governo richiedeva un quadro per il suo ufficio, qualcosa per far colpo sugli ospiti. E nascevano discussioni su cosa fosse piú adatto. Succedeva anche con certi benefattori, ai quali veniva prestato un quadro per settimane, se non per mesi. Ero sempre molto attento a sviare la loro attenzione da quella ventina circa di copie. Non è che non ci fosse ampia possibilità di scelta; per ogni copia c'erano cinquanta quadri autentici che avrebbero potuto richiedere. Le probabilità, Jance mi aveva assicurato piú di una volta, giocavano nettamente a nostro favore.

Fino al giorno in cui arrivò la telefonata del Primo ministro.

Quell'uomo si intende di arte quanto io di birra fatta in casa. C'è un che di gioioso nella sua volenterosa ignoranza, e non solo in fatto di arte. Si aggirava per la Tate come una ricca vedova in un grande magazzino, che non riesce a trovare ciò che cerca.

– Voore, – disse infine. Pensai di aver capito male. – Ronny Voore. Pensavo ne aveste un paio.

Lanciai uno sguardo al suo entourage. Di Ronny Voore ne sapevano meno di quanto fossero a conoscenza di chi aveva votato contro la loro richiesta di iscrizione al club. Ma il mio capo, che era lí con noi, assentí con la testa, e io non potei fare a meno di imitarlo.

– Al momento non sono out, – dissi al Primo ministro.

– Vuol dire che sono in? – sorrise, e la sua battuta provocò qualche flebile risata.

– In deposito, – gli spiegai, sforzandomi a mia volta di sorridere.

– Mi piacerebbe averne uno per il 10 di Downing Street.

Cercai di pensare a qualche scusa – che li stavano pulendo, o li stavano restaurando, o erano stati mandati in prestito a Philadelfia – ma il mio capo stava nuovamente facendo segno di sí con la testa. Ma sí, tanto il Primo ministro non capiva niente di arte, e poi soltanto uno dei Voore era un falso.

– Certo, signor Primo ministro. Mi occuperò di farglielo avere.

– Quale?

Mi passai la lingua sulle labbra. – Ne aveva in mente uno in particolare?

Rifletté, stringendo la bocca. – Forse dovrei dare un'occhiatina...

Di regola non venivano ammessi visitatori nei nostri caveau. Ma quella mattina eravamo almeno in dodici là dentro, in posa davanti a *Shrew Reclining* e *Herbert in Motion*. Voore era bravo con i titoli. Vi giuro che, se li osservate abbastanza a lungo – oltre i brandelli di pastelli a olio, le fotografie incollate e gli spezzoni di pellicola cinematografica, il getto di pittura a emulsione e l'esplosione di colori – riuscirete a vedere i tratti di una gigantesca e mostruosa creatura e di un uomo che corre.

Il Primo ministro li fissò, pareva quasi ipnotizzato: – Shrew nel senso di bisbetica, come quella di Shakespeare?

– No, signore, credo sia *shrew* nel senso del toporagno.

Meditò sul concetto. – Che colori vibranti, – decise alla fine.

– Straordinari, – convenne il mio capo.

– Certo che si sente l'influenza della pop art, – disse con voce strascicata uno dei galoppini. Cercai di non strozzarmi: era come affermare che nel lavoro di Beryl Cook era evidente l'influenza di Picasso.

Il Primo ministro si voltò verso il galoppino piú anziano. – Non saprei, Charles. Tu cosa dici?

– Direi il toporagno.

Il mio cuore fece un balzo. Il Primo ministro fece segno di sí con la testa, poi indicò *Herbert in Motion*. – Quello, credo.

Charles sembrava umiliato, mentre gli altri intorno a lui reprimevano a stento i sorrisini. Un'umiliazione calcolata, una dimostrazione di potere da parte del Premier. La politica aveva deciso.

Un falso Ronny Voore avrebbe ornato le pareti del numero 10 di Downing Street.

Feci da supervisore all'imballaggio e al trasporto. Non era una settimana facile per me: stavo negoziando il prestito di alcuni Rothko per una mostra dedicata ai suoi esordi. Era tutto un via vai di fax e richieste di approvazione alle assicurazioni. Le istituzioni americane sono *molto* suscettibili quando si tratta di dare in prestito le loro cose. Avevo dovuto promettere un quadro di Braque a un museo – e per ben tre mesi – in cambio di una delle opere meno ispirate di Rothko. E comunque, malgrado tutti quei mal di testa, quando il Voore era partito per la sua nuova casa, lo avevo accompagnato.

Avevo discusso con Jance di quel prestito. Lui mi aveva suggerito di scambiare la copia con un altro dipinto, insistendo che «tanto nessuno se ne sarebbe accorto».

– Se ne accorgerà. Ha chiesto un Voore. Sapeva esattamente cosa voleva.

Ma perché?

Buona domanda, peccato che stessi ancora cercando la risposta. Speravo che lo piazzassero al pianterreno, in qualche angolo o in un buco non troppo in vista, e invece lo staff sembrava sapere esattamente dove doveva andare: qualcosa era già stato tolto per lasciargli tutto l'onore della sala da pranzo (o di una delle sale da pranzo, non sapevo con certezza quante ce ne fossero. Pensavo di essere entrato in una casa, ma il numero 10 era un labirinto, un autentico Tardis, con piú uffici e passaggi di quanti fosse possibile contarne).

Mi era stato gentilmente chiesto se volevo fare una visita all'edificio cosí da poter vedere anche le altre opere d'arte, ma a quel punto la mia testa scoppiava sul serio e avevo deciso di tornare a piedi alla Tate. Ero riuscito ad arrivare fino a Millbank, e una volta lí mi ero fermato per riprendere fiato, accanto al fiume, guardando fisso in basso verso le correnti melmose. Dovevo ancora trovare una risposta alla domanda: perché il Primo ministro aveva voluto un Ronny Voore? Chi, nel pieno possesso delle sue facoltà, desidererebbe un Ronny Voore di questi tempi?

La risposta, naturalmente, arrivò per telefono.

Joe Hefferwhite era un uomo importante. Era stato senatore. Ora era un decano della politica che il presidente degli Stati Uniti inviava agli eventi di alto profilo e grande visibilità che richiedevano un mediatore salva-coscienze. A un certo punto si era parlato di lui come di un possibile candidato alla Casa Bianca, ma la sua storia personale lo aveva bloccato. Negli anni giovanili, Hefferwhite era stato un bohémien. Aveva vissuto a Parigi, sognava di essere poeta. Aveva camminato lungo i binari della ferrovia insieme a Jack Kerouac e Neal Cassady. Poi, di colpo, si era ritrovato ricco, con tanti di quei soldi da comprarsi l'ingresso nella politica, e lí la sua fortuna era cresciuta ancora.

Sapevo di lui e della sue vicende per via di alcune letture che ero stato costretto a fare poco tempo prima. Non che fossi interessato a Joseph Hefferwhite... ma ero *molto* interessato a Ronny Voore.

I due si erano conosciuti a Stanford, poi si erano ritrovati a Parigi. Ed erano rimasti in contatto, perdendosi di vista solo quando «Heff» aveva scelto definitivamente la carriera politica. C'erano stati dei litigi tra loro, sulla cultura hippie, l'auto-emarginazione dalla società, il Vietnam, i radical-chic – i classici argomenti americani degli anni Sessanta. Finché nel 1974 Ronny Voore si era steso su una immacolata tela bianca, si era ficcato in bocca una pistola, e aveva donato al mondo la sua ultima opera. La sua reputazione, che in vita era stata altalenante, aveva ricevuto una bella spinta grazie al modo che aveva scelto per suicidarsi. Mi chiedevo se sarei stato capace di un'uscita di scena altrettanto teatrale. Ma non sono mai stato un tipo melodrammatico. Ipotizzavo, piuttosto, qualcosa come dei sonniferi e una bottiglia di brandy decente.

Dopo il party.

Indossavo l'Armani verde, speravo aiutasse a dissimulare la mia espressione da condannato a morte. Joe Hefferwhite *conosceva* Voore, aveva avuto modo di osservare in prima persona il suo stile e il suo modo di lavorare. Ecco perché il Primo ministro aveva tanto voluto un Voore: per far colpo sull'americano. O forse solo per rendergli omaggio. Una mossa politica, lontana anni luce da qualsiasi considerazione di tipo estetico. E la situazione non mancava di una certa ironia: un uomo senza alcuna sensibilità artistica, un uomo incapace di distinguere il suo Warhol da un quadro di Whistler... quest'uomo sarebbe stato la mia rovina.

Non avevo avuto il coraggio di dirlo a Jance. Lasciamo

che lo scopra da solo, quando sarò uscito di scena. Avevo lasciato una lettera. Sigillata, sulla busta c'era scritto «Personale»: era indirizzata al mio capo. Non che dovessi qualcosa a Gregory Jance, ma non lo avevo voluto nominare nella lettera. Non avevo neppure fatto l'elenco delle opere copiate – che chiamassero esperti a esaminarle. Sarebbe stato interessante scoprire se per caso nella collezione non erano finiti anche *altri* falsi.

Tanto a quel punto io non ci sarei stato piú.

Il Numero 10 era sfavillante. Ogni superficie brillava e il posto sembrava amabilmente sotto-dimensionato per la portata dell'evento. Il Primo ministro si aggirava tra gli ospiti dispensando una parola qui e una là, al suo fianco l'uomo che aveva chiamato Charles. Ogni volta che si avvicinavano a un gruppo di persone, Charles sussurrava brevemente all'orecchio del Primo ministro, per informarlo su chi fosse chi e come comportarsi di conseguenza. Io dovevo essere piuttosto in fondo alla loro lista, perché me ne stavo solo (anche se un galoppino aveva provato a fare conversazione con me; doveva esserci una regola non scritta secondo la quale nessun ospite doveva essere lasciato in solitudine), e facevo finta di esaminare l'opera di un qualche artista fiammingo ottocentesco – decisamente non il mio genere.

Il Primo ministro mi strinse la mano. – C'è qualcuno che vorrei presentarle, – disse, lanciando uno sguardo dietro la sua spalla, dove c'era Joe Hefferwhite che si dondolava sui tacchi come se avesse appena finito di raccontare qualcosa di spassoso a due funzionari tutti sorridenti, che avevano senza dubbio ricevuto precisi ordini al riguardo.

– Joseph Hefferwhite, – disse il Primo ministro.

Come se non lo sapessi, come se negli ultimi ventotto

minuti non avessi fatto altro che cercare di evitare quell'uomo. Sapevo che non potevo andarmene finché il Premier non mi avesse salutato – me lo avrebbero concesso, come mi era stato fatto presente. Era una questione di protocollo. Ed era l'unica cosa che mi aveva trattenuto dall'andarmene di corsa. Ora però volevo scappare a tutti i costi. Il Primo ministro invece aveva altri piani. Fece cenno con la mano verso Joe Hefferwhite come se stesse salutando un vecchio amico, e Hefferwhite dal canto suo tagliò corto con quel che stava raccontando – senza notare l'espressione di sollievo sul volto dei suoi ascoltatori – per incamminarsi verso di noi. Il Premier mi guidava tenendomi per una spalla – gentilmente, anche se a me sembrava che la sua stretta bruciasse –, e mi conduceva verso la parete dove il Voore era appeso. C'era un tavolo tra noi e il quadro, un tavolo qualsiasi, eravamo comunque piuttosto vicini alla tela. Il personale di servizio si aggirava con vassoi di tartine e bottiglie di spumante, io mi servii un secondo giro mentre Hefferwhite si avvicinava.

– Joe, ti presento il nostro uomo della Tate.

– Sono lieto di conoscerla, – disse Hefferwhite stringendomi vigorosamente la mano. Strizzò l'occhio al Primo ministro. – Non credere che non abbia notato il dipinto. È stato un gesto carino.

– È nostro dovere far sentire benvenuti gli ospiti. La Tate ha un altro Voore, sai.

– Davvero?

Charles stava sussurrando all'orecchio del Primo ministro: – Scusate, devo andare, – disse lui, – vi lascio al quadro –. E sorridendo sparí, diretto alla successiva stretta di mano.

Joe Hefferwhite sorrise. Era sui settant'anni, portati molto bene, con folti capelli scuri che potevano essere un parrucchino come un trapianto. Chissà se qualcuno gli aveva mai fatto notare la sua somiglianza con Blake Carrington...

Si chinò verso di me. – Questo posto è pieno di cimici?

Sbattei le palpebre, decisi di aver capito bene, e risposi che non ne avevo idea.

– Al diavolo, va bene, tanto non mi importa se anche ci sentono. Ascolti, – fece un cenno con il capo verso il quadro, – questo è uno scherzo di pessimo gusto, non crede?

Inghiottii. – Non sono sicuro di seguirla.

Hefferwhite mi prese per il braccio e mi fece girare attorno al tavolo, cosí da trovarci direttamente di fronte al quadro. – Ronny era un mio amico. Si è fatto saltare le cervella. Il vostro Primo ministro pensa che io abbia voglia di ricordare un fatto del genere? Io penso invece che serva a dirmi qualcosa.

– Che cosa?

– Non ne sono sicuro. Ci devo riflettere. Voi inglesi sapete essere dei tortuosi bastardi.

– Penso di dover obiettare.

Hefferwhite mi ignorò. – Ronny dipinse la prima versione di *Herbert* a Parigi, nel Quarantanove, o forse nel Cinquanta –. Si accigliò: – Deve essere stato nel Cinquanta. Sa chi era Herbert? – Ora stava studiando il quadro.

Inizialmente aveva dato uno sguardo rapido. Ma poi aveva cominciato a fissare con piú forza, prima una sezione, poi un'altra, era tutto concentrato.

– Chi era? – La coppa di champagne mi tremò nella mano. Pensai che la morte sarebbe stata un sollievo, e non sarebbe mai arrivata troppo presto.

– Era un tizio con cui dividevamo la stanza, non ho mai

saputo qual era il suo cognome. Diceva che i cognomi erano come le manette. Non era un ragionamento alla Malcolm X, Herbert era bianco, di buone origini. Voleva studiare Sartre, voleva scrivere per il teatro e per il cinema e non so cos'altro. Santo cielo, mi sono spesso chiesto cosa ne sia stato di lui. E so che se lo chiedeva anche Ronny –. Tirò su con il naso, afferrò al volo una tartina da un vassoio che stava passando e se la infilò in bocca. – Comunque, – disse tra le briciole, – Herbert (non tollerava che lo chiamassimo Herb) correva tutti i giorni. Mente sana in corpo sano, quello era il suo credo. Aveva l'abitudine di uscire prima dell'alba, piú o meno quando noi andavamo a dormire. Cercava sempre di convincerci ad andare con lui, diceva che il mondo ti appare sotto un'altra luce dopo una bella corsa –. Sorrise al ricordo, guardando nuovamente il quadro. – Quello è lui che corre lungo la Senna, solo che il fiume è pieno di filosofi e dei loro libri, che stanno annegando.

Continuò a osservare il quadro e io potevo sentire i ricordi sgorgargli dentro. Lo lasciai guardare. Volevo che guardasse. Perché quel quadro apparteneva a lui piú che a chiunque altro. Ora me ne rendevo conto. Sapevo che avrei dovuto dire qualcosa... tipo «molto interessante», oppure «questo spiega molte cose». Ma non lo feci. Mi misi anch'io a fissare il quadro ed era come se fossimo soli, in quella stanza affollata e rumorosa.

Avremmo potuto essere su un'isola deserta, o nella macchina del tempo. Vedevo Herbert correre, vedevo la sua fame di vita. Vedevo la sua passione per le domande, la ricerca delle risposte. Vedevo perché i filosofi falliscono sempre e perché malgrado tutto continuano a provarci. La vedevo tutta, quella maledetta storia. E i colori: erano quelli primari, ma erano anche quelli della città. Quei colori *erano* Parigi, la città che si rimetteva in piedi, poco dopo la fine della guerra. Sangue e sudore e il semplice, ferale bisogno di continuare a vivere.

Continuare a vivere.

I miei occhi si erano riempiti di lacrime. Ero sul punto di dire qualcosa di mediocre tipo «grazie», ma Hefferwhite mi batté sul tempo, si chinò verso me in modo che la sua voce fosse solo un bisbiglio.

– È un falso coi controcoglioni.

Mi diede un colpetto sulla spalla, e sgusciò via, di nuovo verso il party.

– Credevo di morire, – dissi a Jance. Era stato subito dopo il ricevimento, io indossavo ancora l'Armani e camminavo avanti e indietro nel mio appartamento. Niente di che – Maida Vale, terzo piano, due camere da letto –, ma ero felice di essere lí. Non riuscivo a smettere di piangere. Avevo il telefono in mano... e dovevo assolutamente raccontare la storia a qualcuno, ma con chi potevo parlare se non con Jance?

– Be', – disse, – tu non mi hai mai chiesto chi era il cliente.

– Non volevo saperlo. Jance, te lo giuro su dio, sono quasi schiattato.

Ridacchiò, non aveva capito esattamente come stavano le cose. Si trovava a Zurigo, ma sembrava ancora piú lontano. – Sapevo che Joe possedeva già un paio di Voore, – disse. – E ha anche delle altre cose ma si guarda bene dal pubblicizzare troppo la cosa. Per questo era un cliente perfetto per *Herbert in Motion*.

– Ma se mi ha detto che non voleva che gli venisse ricordato il suicidio.

– Veramente ti ha chiesto *perché* il quadro era lí.

– Deve aver pensato che si trattava di una specie di messaggio.

Jance sospirò. – Politica. Chi la capisce?

Sospirai anch'io. – Non posso piú farlo.

– Non ti posso biasimare. A dire il vero non ho mai nemmeno capito perché tu avessi voluto cominciare a farlo.

– Diciamo che avevo perso la fede.

– Io non ne ho mai avuta un granché. Senti, ne hai parlato con qualcun altro?

– A chi avrei potuto parlarne? – Mi si spalancò la bocca. – Però ho lasciato una nota.
Una nota?

– Per il mio capo.

– Posso suggerirti di andare subito a recuperarla?

Di nuovo tremante, uscii di corsa a cercare un taxi.

Gli agenti della sicurezza notturna mi conoscevano e mi lasciarono entrare. Era già capitato che fossi in ufficio di notte – l'unico momento in cui potevo tagliare e rimpiazzare le tele.

– Molto lavoro stanotte, eh? – disse la guardia.

– Prego?

– Molto lavoro stanotte, – ripeté. – Il suo capo è già in ufficio.

– Quando è arrivato?

– Non piú di cinque minuti fa. Stava correndo.

– Correndo?

– Ha detto che aveva bisogno urgente di andare al bagno.

Corsi anch'io, corsi piú in fretta che potevo attraverso

le sale della galleria verso gli uffici, i quadri una macchia indistinta ai miei fianchi. Correvo come Herbert, mi venne da pensare. L'ufficio del capo era illuminato, la porta era socchiusa. Ma la stanza era vuota. Mi diressi verso la scrivania e vidi la mia lettera lí, ancora nella busta sigillata. La presi e l'infilai nella tasca interna della giacca, proprio mentre il mio capo stava entrando nella stanza.

– Oh, bravo, – disse, strofinandosi le mani per asciugarle. – Hai ricevuto il mio messaggio?

– Sí, – dissi, cercando di calmare il mio respiro. Messaggio: non avevo controllato la segreteria telefonica.

– Pensavo che facendo un paio di serate di lavoro, possiamo sistemare anche la mostra di Rothko.

– Assolutamente.

– Ma non c'è bisogno di essere cosí formali.

Lo fissai.

– Il tuo vestito, – mi disse.

– Il ricevimento al numero 10, – gli spiegai.

– Com'è andata?

– Bene.

– Il Primo ministro è felice del suo Voore?

– Oh sí.

– Sapevi che lo voleva solo per far colpo su un certo americano? Me l'ha raccontato un suo aiutante.

– Joseph Hefferwhite, – dissi.

– Ed è rimasto colpito?

– Credo proprio di sí.

– Bene, questo ci aiuta nei buoni rapporti con il Primo ministro, e tutti sappiamo chi è che tiene i cordoni della borsa –. Si mise comodo sulla sua poltrona e gettò uno sguardo alla scrivania. – Dov'è quella busta?

– Cosa?

– C'era una busta qui –. Guardò per terra. Io inghiottii, avevo la bocca secca. – Ce l'ho io, – dissi. Mi guardò sorpreso, ma riuscii in qualche modo a sorridere. – Era mia, volevo proporle di lavorare una o due sere sulla faccenda Rothko.

Il mio capo si illuminò. – Grandi cervelli, eh?

– Assolutamente.

– Allora siediti, cominciamo –. Avvicinai una sedia. – Posso rivelarti un segreto? Detesto Rothko.

Sorrisi nuovamente. – Neanch'io lo amo molto.

– A volte penso che uno studente potrebbe fare le stesse cose, forse anche meglio.

– Però in quel caso non sarebbero *sue*, no?

– Ah, ecco dov'è l'intoppo.

Pensai al falso Voore, alla storia di Joe Hefferwhite, alle reazioni che avevo avuto di fronte a quel quadro – a quello che, alla fine di tutto, era una copia – e cominciai a chiedermi...

Simona Vinci
La gabbia

[...] don't go away
'cause I want
to keep you in my pocket
where there's no way out now
put it in the safe and lock it
'cause it's home sweet home.
[...]

The White Stripes, *You've Got Her in Your Pocket*.

Copyright © 2006 by Simona Vinci.
Published by arrangement with Agenzia Letteraria Roberto Santachiara.

È all'ora del crepuscolo, quando le automobili sulla sopraelevata accendono i fari anabbaglianti, i lampioni al sodio si illuminano con un ronzio asciutto e i suoni della città per un istante si attutiscono, che comincio a sentirmi strano. È una sensazione lieve, una specie di morsa alla bocca dello stomaco, il sangue che rallenta la corsa, poi di colpo accelera. Mi succede ogni sera. In genere a quell'ora sono anch'io una delle centinaia di automobili incolonnate sulla tangenziale in uscita dalla città. Una qualunque delle decine e decine e decine di persone che tornano a casa in una delle zone periferiche tutte uguali che circondano la metropoli. Alla velocità media di settanta chilometri orari, la radio sintonizzata sul notiziario delle diciotto, le dita che tamburellano sul volante, e quella morsa che mi agguanta lo stomaco e mi monta dentro. Fretta di essere a casa, di essere solo, smettere di essere una cosa piccola tra altre cose piccole.

È all'ora del crepuscolo, quando le automobili sulla sopraelevata accendono i fari anabbaglianti, i lampioni al sodio si illuminano con un ronzio asciutto e i suoni della città per un istante si attutiscono, che comincio a sentirmi strano. È una sensazione lieve, una specie di morsa leggera alla bocca dello stomaco, il sangue che rallenta la corsa, poi di colpo accelera. Mi succede ogni sera. È in quel momento che mi allontano dagli altri bambini e corro in fondo allo spiazzo dove la recinzione separa il Buco dalla strada. Da quella posizione, la sopraelevata della tangenziale sembra un'immensa strada verso il cielo, un fiume di luce e suoni, una piattaforma spaziale, la pista di decollo di un'astronave. Mi metto in bocca il pollice sporco e rosicchio l'unghia. Resto lí immobile qualche minuto, la testa ribaltata verso l'alto, i capelli sporchi e sudati incollati alla fronte e al collo. Aspetto. Tutti i muscoli del corpo in tensione, uno spasmo trattenuto che amplifica il ronzare del sangue nelle orecchie. Lo so che manca poco. Che sta per succedere. Che il fischio si leverà stridulo nel buio e io dovrò tornare indietro. Unirmi al gruppo degli altri bambini, mescolarmi a loro. Tornare ad essere una cosa piccola tra altre cose piccole. Qui invece sono immenso. Un aereo pronto a spiccare il volo, un dinosauro, un Gigante. Dura due minuti, a volte addirittura cinque. Mai di meno e mai di piú. Ormai sono allenato, anche se non ho un orologio. Non ho nessun bisogno di un orologio, fiuto il tempo come un cane o una mosca fiuterebbero la merda. E conosco ogni singolo centimetro del Buco, e questo è un vantaggio. So quanto tempo ci vuole a percorrerne il perimetro, quanto tempo ad attraversarlo tutto a passo lento, oppure di corsa. Gli altri bambini queste cose non le sanno. Quando il fischio arriva, li trova sempre impreparati, giocano sotto il cono di luce dell'unico lampione che illumina lo spiazzo. Saltano scomposti. I maschi tirano i capelli alle femmine, litigano tutti con tutti. Il fischio arriva e loro crollano. Come marionette si accasciano su se stessi, gli occhi larghi e inespressivi. Hanno paura.

Gli Uomini Neri stanno arrivando.

Guardo un ultimo istante le luci bianche azzurre rosse e gialle delle auto in corsa sulla tangenziale, mi lascio trasportare lontanissimo dal ringhio dei camion, nella mia testa corro insieme a loro. Un ultimo istante, poi svolto a destra, ecco, questa è la mia uscita, tre chilometri esatti e sarò a casa. Casa: trentacinque metri quadri in una palazzina tra altre palazzine tutte uguali, un quartiere dormitorio che si estende per dieci chilometri e che di giorno è abitato solo dai vecchi. Un monolocale in affitto, arredato in blocco all'Ikea. C'è un finto futon giapponese, un bambú dentro un vaso di vetro, una cucina a gas, una libreria di betulla. La mia casa ha le tendine di pizzo ricamate, la trapunta a fiori, il frigorifero pieno, la moka che fa il cappuccino, Edith il porcellino d'india nella sua gabbietta, tutte le cose che servono perché uno mentre ritorna dopo una giornata di lavoro possa pensare casa dolce casa. C'è anche un piccolo balcone affacciato sulla tangenziale, ma abbastanza lontano da poterne percepire solo un lontano, costante ronzio. Un piccolo balcone con due vasi di gerani rossi e una seggiola di plastica bianca sulla quale sedermi dopo cena e guardare la notte, le luci lontane, la corsa dei tir che fendono il buio.

Guardo un ultimo istante le luci bianche azzurre rosse e gialle delle auto in corsa sulla tangenziale, mi lascio trasportare lontanissimo dal ringhio dei camion, nella mia testa corro insieme a loro. Un ultimo istante, poi il fischio arriva e lacera il buio. Una specie di esplosione che mi spacca in due il petto. Ma sono pronto, sono sempre pronto, serro i muscoli, mi giro su me stesso e rapido come una lepre torno indietro. Al mio posto. Dentro il cono di luce in mezzo al Buco. Il signore del tempo in incognita.

Lei è enorme. Alta e massiccia come una montagna. Fianchi larghi, petto gonfio, braccia potenti, cosce grosse come quelle di un cavallo. Una massa informe di capelli biondo cenere le circonda la testa e le spalle. Ha la pelle gialla, gli occhi piccoli, le labbra screpolate e una sigaretta perennemente in bilico sull'angolo destro del labbro inferiore. Spenta o accesa non fa differenza, sta comunque lí, un rotolino di cartone bianco oppure un mozzicone incandescente. Le sue mani sono grosse e screpolate, un ceffone dei suoi è capace di lasciarti un segno per due settimane. La sua faccia è inespressiva, inebetita. Tutte le volte che la guardo, penso che un giorno, tanto tempo fa, si è lasciata seduta su una sedia, dentro una casa che non era questa, si è alzata, è uscita, se n'è andata via e si è lasciata lí. La vera «lei» è rimasta immobile davanti al tavolo di quella cucina che io non ho mai visto, le mani appoggiate al ripiano del tavolo, lo sguardo perso fuori dalla finestra. E l'altra ha cominciato a muoversi, a respirare, a vivere al suo posto. Non si sono piú incontrate. Non è una cosa tanto strana. Succede. Succede a un sacco di gente.

Ora è immobile davanti a noi. La sua sigaretta manda spirali di fumo velocissime nel buio. Io sto fermo. Tutti i bambini stanno fermi. Poi lei batte le mani, una, due volte, tre volte. Al terzo battito, scattiamo verso le gabbie, arrancando a quattro zampe, facendo a gara a chi si sistemerà piú in fretta nel suo buco. Giada carponi, strisciando rapida le ginocchia sulla terra e aggrappandosi con le unghie per far presa e andare piú veloce, Tom perdendo il controllo delle lunghe gambe e andando a sbattere uno stinco o una caviglia contro uno spigolo, Liliana facendosi rotolare su un fianco e tirandosi in fretta la coperta sopra la testa. Ridono tutti, ridono forte. Poi, le risate smettono di risuonare, nel buio l'unico rumore è quello dei lucchetti che vengono chiusi uno dopo l'altro, un rumore secco, di piombo solido che cade. Di metallo. Un suono freddo come il ghiaccio. Un istante dopo, il silenzio è totale, c'è solo il fruscio costante delle auto sulla tangenziale che continuano a correre nelle due direzioni di marcia.

È un gioco. Siamo rannicchiati nel buio. Quando fa troppo freddo, qualcuno si lamenta, geme, scalcia dentro il sacco a pelo o sotto le coperte per cercare di scaldarsi. Io resto zitto, tanto non durerà molto, e poi devo tenere gli occhi ben aperti nel buio, per non perdermi niente di quello che sta per accadere. La sua voce ce l'ho ancora nelle orecchie, che lacera e taglia come una scheggia di vetro conficcata in un timpano. Che brivido. Che gioco pauroso. Non lo so se nelle altre famiglie li fanno dei giochi eccitanti come questo.

Gli uomini neri, eccoli, arrivano.

La sua voce è bassa e cavernosa, rovinata dal fumo delle decine di MS schifose che fuma una dopo l'altra, tutto il giorno, tutta la notte. È una voce nera, fatta di stoffa ruvida, una voce spaventosa. Nessun'altra madre, ne sono certo, può riuscire a tirar fuori una voce cosí. Solo la nostra è capace. Solo lei. Lei, è nostra madre. Ci ha partoriti, cosí dice, ci ha portati in giro dentro l'armadio massiccio che è il suo corpo, sotto quegli stracci grigi e marroni, quegli strati di stoffa ammuffita, ci ha portati in giro ciabattando sulle sue scarpe di pezza sfondate, grattandosi la pancia con una forchetta sporca d'uovo, ci ha portati ad ascoltare il suono della tangenziale di notte, l'urlo delle sirene, mentre nostro padre stava sottoterra a dormire, lo sfaticato. Se lo sapevo prima, che mi lasciava con quattro figli aggrappati alla sottana, col cavolo che vi facevo entrare, dice certe sere, battendosi le mani sul ventre, e noi zitti, a bocca aperta ad ascoltare quel suono vuoto di tamburo.

Come una cagna ci ha fatti entrare, come una cagna ci ha fatti uscire, come una cagna ci ringhia contro e sbava e farfuglia, come una cagna morde le nostre gambe, strappa a ciuffi i nostri capelli, è un gioco bellissimo, un gioco selvaggio, e alla fine siamo sudati, e sporchi, la nostra stanza è un macello, ma lei ride stesa per terra, con noi addosso, le coperte giú dai letti, i cuscini sfondati, tutti i vestiti sparpagliati sul pavimento, non gliene è mai fregato niente del disordine, a mia madre. Una casa viva è una casa in subbuglio, e noi siamo in subbuglio, siamo dei cagnetti felici e lei la cagna feroce. Ma questo non lo sa nessuno, nessuno tranne noi. Lei è cagna solo certe sere. E anche quelle sere, a un certo punto ci viene a prendere, ci fa mangiare, ci lascia guardare la televisione fino a tardi, poi ci accompagna nella nostra stanza, ci rimbocca le coperte e ci bacia sulla testa. La mattina, prima di mandarci a scuola passa le dita bagnate di saliva sui nostri capel-

LA GABBIA 411

li. Ci mette panini al burro dentro la cartella, saluta con la mano mentre ci guarda salire sullo scuolabus giallo del Comune. Siamo quattro bambini come gli altri, quattro bambini felici, abbiamo il panino al burro e i capelli pettinati nella direzione giusta, la cartella agganciata alle spalle e il grembiulino stirato.

Degli uomini neri che arrivano la notte non so niente. Sono pachidermi, monoliti di carne, solidi tridimensionali disegnati su uno schermo nero, sono anche omini piccoli e ingobbiti, sono giovani e sono vecchi, camminano veloci oppure vanno lenti, sono calvi, hanno i capelli neri, ricci, lisci, arrivano a piedi, in macchina o in moto, sono tutti diversi, tutti uguali. Tornano, oppure non si rivedono mai piú. Sono quello che non conosco e non conoscerò mai, sono le zanne pronte a sbranarmi, camminano in tondo lungo il perimetro del buco, annusano l'aria, se lo sapessero, che noi siamo qui, tenderebbero le labbra per mostrarci i loro lunghi denti e ci dilanierebbero vivi, cosí ci ha detto lei.

Non so niente ed è per questo che io devo sapere. Per tanti giorni mi esercito con un lucchetto che ho rubato a scuola dagli armadietti della palestra. Finalmente, trovo dei bastoncini di legno che fanno il loro lavoro e lo fanno bene, un suono secco e breve, li seziono in tanti segmenti giusti per fare spessore, lo spessore giusto, li infili nel buchino, porti il fermo sul buco e spingi. Claccrac. Sembra chiuso, ma è aperto.

Infilo la chiave nella serratura, la faccio ruotare, è un suono familiare, il suono preciso, indimenticabile che fa la serratura della porta di casa tua quando la apri, un suono dolce, accompagnato dal sollievo, ecco, finalmente sei a casa, casa dolce casa. Edith squittisce, fa girare la ruota, impazzisce di gioia quando mi sente entrare. Mi guarda con i suoi occhietti mobili, due semini neri bagnati, e il naso fremente, sembra che sorrida. Che sorrida a me.

Infila la chiave nella serratura, la fa ruotare, è un suono familiare, un suono preciso, sono stato bravo, ho studiato, lavorato tanto per riuscirci, e lei non si accorge di niente. Spinge giú il lucchetto, claccrac, lo lascia andare e si rimette le chiavi in tasca. La guardo allontanarsi ciabattando, poi vedo le luci che si accendono dentro casa, una dopo l'altra, dappertutto tranne che nella nostra stanza. Scivolo fuori dalla gabbia, mi trascino lentissimo verso casa. La nostra casa. La casa dolce casa che ora mi pare tutta diversa da quella che conosco: è un antro oscuro, una pancia di balena, un buco che prolifera di germi e demoni mostruosi. Dentro la casa, e dentro il soggiorno, poi su, verso la camera da letto di mia madre, e ora li vedo, l'uomo nero sta sopra mia madre. Ringhiano e sbuffano tutti e due e non mi vedono, non mi sentono, non possono vedermi né sentirmi, io sono troppo piccolo, una piccola cosa, un'inezia, un ragno acquattato in una fessura.

Degli uomini neri adesso so tutto. So come sono fatti, come parlano, quello che dicono e quello che vogliono. Gli uomini neri vogliono salire sopra la cagna, sul letto con le molle che cigolano e la coperta a fiori verdi e rossi, le portano il vino perché quando beve diventa ancora piú cagna, le portano le sigarette perché senza fumare non riesce neanche a respirare. Gli uomini neri lasciano i soldi sul comodino. E lasciano tracce bagnate e schizzi dappertutto.

Non ho detto niente a nessuno. Sapere mi bastava. Nel mio lindo lettino di metallo bianco ho dormito di fianco ai miei fratelli una notte dopo l'altra, al tavolo verde di un'aula e poi su quello di legno di un'altra aula piú grande, ho studiato cosí tanto che il tempo è passato, il tempo ha smesso di esistere, tutto era nella mia testa, avanti e indietro e indietro e avanti, indietro e avanti anche quando il gioco delle gabbie è finito e mia madre ha cominciato ad andare a lavorare alla trattoria da Gianna tutte le mattine e tutte le sere, e di tempo per fare la cagna non ne ha avuto piú. Ma io ormai lo sapevo chi era, e quando una cosa la sai, la sai e basta, non c'è verso di dimenticarsela, per quanto ti sforzi.

Gli Uomini Neri stanno arrivando.

La mia casa dolce casa è un relitto di ferro abbandonato sul prato spelacchiato, una gabbia per volatili di grosse dimensioni rivestita da strati di stoffa, carta di giornale, cartoni, plastica cerata a brandelli, incrostata di polvere, abbandonata in mezzo a questo buco infestato di erbacce sotto la sopraelevata della tangenziale, una terra di nessuno fatta di polvere, sassi, stracci, carcasse di animali morti, pezzi di ferro, tubi di plastica, mattoni. Dentro, accartocciato su se stesso come un enorme feto dentro un'incubatrice, il corpo di un uomo completamente nudo, la pelle sottile come carta, giallo pallido, il colore della luna. Quell'uomo sono io.

Eccoli. Arrivano. Stavolta davvero sono qui per me, vengono a prendermi. La sirena squarcia la notte, c'è rumore di ruote, di chiavi che sbattono contro le cinture, di anfibi che calpestano l'erba, la stracciano. Io sto qui disteso, rannicchiato, il cuore che mi batte forte per l'eccitazione.

Gli Uomini Neri stanno arrivando.

Ma nessuno può vedermi, nessuno scende mai in questa isola spartitraffico sotto la tangenziale. Le erbacce ricoprono la gabbia, la proteggono come lunghe braccia di madri verdi, solo le luci dei fari la attraversano, la lacerano con strappi rapidi e subito ricomposti. Gli automobilisti non distolgono lo sguardo dalla linea continua, non c'è motivo per guardare giú, proprio nessun motivo. Io resto qui disteso, le mani fuori dalle sbarre, sento l'aria fredda che passa soffiando tra le mie dita aperte, sento quei baci leggeri e sono sicuro che prima o poi gli Uomini Neri arriveranno davvero, ma fino a quel giorno, non posso far altro che aver fede, continuare a giocare, ricordare. Intanto, io sono dove decido di stare, sono al mio posto, una piccola cosa tra altre piccole cose di giorno, e di notte un Gigante, il Signore del Tempo, perché io so che il tempo sta dentro la testa, e puoi usarlo come ti pare. La vedo, l'altra gente, vedo che hanno tutti paura, come marionette si accasciano su stessi, gli occhi larghi e inespressivi, hanno paura perché non conoscono il Tempo, se lo conoscessero, non si farebbero cogliere impreparati.

Robert Silverberg
Millennium Express

Traduzione dall'originale americano di Marco Sartori

Titolo originale: *The Millennium Express*.
Copyright © 2002 by Argberg Ltd.

In un momento tranquillo sul finire del tranquillo anno di grazia 2999 quattro uomini sono nel pieno di una disputa: devono decidere i particolari del piano che li porterà a far saltare il Louvre. Si accapigliano da due giorni sui pro e i contro dell'implosione o dell'esplosione. I loro nomi sono Albert Einstein (1879-1955), Pablo Picasso (1881-1973), Ernest Hemingway (1899-1961) e Vjong Cleversmith (2683-2804).

Ma perché, ci si potrebbe chiedere, questi uomini vogliono distruggere il piú grande giacimento di arte antica del mondo? E come può accadere che un uomo piú o meno del ventottesimo secolo si trovi a cospirare con tre grandi personalità di un'epoca molto piú lontana?

Strettin Vulpius (2953-), che segue da molti mesi le tracce di questo indiavolato quartetto sulla faccia di un mondo ormai in pace, sa di costoro molto di piú degli altri, ma anche lui deve ancora capire bene che cos'è questa loro bramosia di distruzione, e ne è molto incuriosito. Per lui si tratta di una curiosità professionale, o meglio la cosa piú vicina a una curiosità professionale che ci possa essere, qui, in quest'epoca felice alla conclusione del Terzo Millennio, quando qualsiasi tipo di lavoro è essenzialmente un'attività volontaria.

In questo momento Vulpius li sta osservando da qualche migliaio di metri di distanza. Ha preso alloggio in un albergo nella piccola e affascinante località turistica di Zermatt, in Svizzera; i quattro invece hanno stabilito il loro attuale quartier generale in un'elegante villa in stile barocco che si nasconde ben sopra la cittadina in un recesso di palme tropicali e di orchidee dalle splendide fioriture sulle verdi e lussureggianti pendici del Cervino. Vulpius è riuscito ad affiggere un minuscolo occhio-spia alla carnosa superficie interna della stanza dove si raduna il pericoloso quartetto. Gli arriva un'immagine perfetta di tutto quello che accade in quel luogo.

È Cleversmith, il capo della banda, che sta parlando: – Occorre che ci decidiamo –. È un uomo snello, agile, longilineo, esuberante e guizzante come una frusta. – L'orologio va avanti a pulsare, certo. Di minuto in minuto arriva rombando il Millennium Express.

– Vi dico che l'implosione è quello che fa per noi, – propone Einstein. All'aspetto è un uomo sulla quarantina, piccolo di statura, con una gran chioma scomposta di ricci, e occhi pensosi e miti, che stonano su un petto largo e spalle robuste da atleta. – Una dichiarazione simbolica senza sbavature. La terra si apre; il museo e tutto quello che contiene spariscono quietamente nella voragine.

– Simbolica di che cosa? – chiede con fare sprezzante Picasso. Anche lui non è alto ed è piuttosto tarchiato, ma è quasi completamente calvo, e se gli occhi di Einstein ispirano gentilezza, i suoi, brillanti e feroci, sembra che trafiggano. – Facciamo saltare quella baracca, dico io. Lasciamo che la roba zampilli per tutta la città e cada come neve. Una bella nevicata di quadri, la prima neve al mondo da un migliaio di anni.

Cleversmith fa un cenno di assenso. – È vero, un'immagine suggestiva. Grazie, Pablo... Ernest?

– Implosione, – dice il piú grosso di tutti quegli uomini. – Metodo pulito, metodo delicato –. Si appoggia indolente alla parete piú vicina al grande finestrone curvo dando la schiena agli altri, una figura massiccia e corpulenta che si puntella su una delle sue manone aperta a non piú di cinque centimetri dall'occhio-spia, mentre i suoi occhi scrutano in giú nella vallata lontana. Ha l'aspetto di un gattone, aggraziato, agile, sottilmente minaccioso. – Il modo migliore, eh?... Tocca a voi, Vjong.

Ma prima che Cleversmith possa replicare interviene Picasso: – Perché essere puliti o delicati nel dare il benvenuto al nuovo millennio? Non vogliamo fare un colpo sensazionale?

– È precisamente quello che penso anch'io, – riprende Cleversmith. – Il mio voto è per voi, Pablo. Però mi pare che cosí siamo ancora a un punto morto.

Hemingway, sempre senza guardarli: – L'implosione riduce la possibilità che ci siano dei morti tra i passanti.

– Dei morti? – grida Picasso, e batte le mani come se si stesse divertendo un mondo. – Dei morti? Chi si preoccupa che ci siano dei morti nell'anno 2999? Non è la stessa cosa che morire per sempre.

– Può essere lo stesso una bella seccatura, – precisa calmo Einstein.

– Ma quando mai ci siamo preoccupati di questo? – interviene ancora Cleversmith. La fronte corrugata, fa scorrere lo sguardo tutto intorno per la stanza. – In teoria dovremmo decidere all'unanimità su questo punto, ma come minimo abbiamo bisogno di una maggioranza. Speravo oggi che uno di voi sarebbe stato disposto a cambiare il suo voto.

– Perché non cambiate il vostro, allora? – dice Einstein. – O voi, Pablo: voi piú di tutti dovreste preferire che quei dipinti e quelle sculture affondassero intatti sotto terra piuttosto che schizzare fino in cielo con una esplosione.

Lo sguardo di Picasso è una smorfia malevola. – Che sofisma è mai questo, Albert? Perché dovrebbe importarmi qualcosa di dipinti e sculture? Perché, voi forse vi preoccupate della... come la chiamavano, fisica? E il nostro Ernest scrive dei racconti?

– Il papa è cattolico? – fa Hemingway.

– Signori... signori...

La disputa sfugge rapidamente di mano. Tutti si mettono a gridare. Gesticolano. Picasso sbraita con Einstein, il quale scrolla le spalle e punta un dito contro Cleversmith, che ignora quello che Einstein gli dice e si rivolge a Hemingway con un appello che incontra per tutta risposta del disprezzo. Ovviamente parlano tutti anglico. Un scelta diversa sarebbe parsa molto strana. Questi uomini non sono degli studiosi di lingue obsolete.

Sembrano piuttosto dei mostri e dei pazzi, pensa Vulpius mentre li osserva. Bisogna fare qualcosa con questa gente, e subito. Come dice Cleversmith, l'orologio pulsa incessantemente, e il millennio si fa sempre piú vicino.

Il suo primo incontro con questi uomini era avvenuto un anno e mezzo prima, su uno spiazzo erboso in cima a una collina che allora dava sulle rovine di Istanbul sprofondata. Da un robusto parapetto lí da secoli a beneficio dei turisti si godeva di una splendida vista delle antiche meraviglie della città affondata, che baluginavano coraggiosamente attraverso le acque cristalline del Bosforo: le grandi lance puntate verso l'alto che erano un tempo i minareti di Santa Sofia e della moschea di Solimano il Magnifico e di altri grandiosi edifici, la miriade di cupole del bazar coperto, le mura immense del Topkapi.

Di tutte le città sommerse o parzialmente sommerse che lui, Vulpius, aveva visitato... New York, San Francisco, Tokyo, Londra, eccetera... questa era una delle piú belle. Le acque basse verde smeraldo che la sommergevano non riuscivano del tutto a cancellare in quel luogo gli strati di antico mescolati ad altri strati: marmo bianco e mattonelle colorate e lastre di granito, la Costantinopoli degli imperatori bizantini, la Stamboul dei sultani, l'Istanbul dell'età industriale. Colonne abbattute, fregi caduti, fortificazioni poderose, indistruttibili, le linee confuse e caotiche delle strade tortuose che percorrevano le colline della città, i vaghi accenni di fondamenta e pareti arcaiche, le rovine inghiottite dal fango degli hotel e degli uffici cresciuti in un'epoca molto posteriore, che a sua volta se n'era andata già da tanto tempo. Che densità di storia! Lí sul pendio di quella collina letteralmente coperta di fiori si sentiva quasi un tutt'uno con un passato di settemila anni.

Dall'entroterra soffiava verso est una brezza leggera carica di umidità che portava il profumo pungente di fiori esotici e di spezie dal sentore oscuro. Vulpius rabbrividiva di piacere. Un momento magico, uno dei tanti momenti grandiosi che aveva conosciuto in un'esistenza di viaggi. Il mondo aveva attraversato vasti periodi di travagli, a volte lunghi secoli, ma adesso era tutto un unico giardino di delizie, e Vulpius aveva passato vent'anni ad assaporare la moltitudine delle sue meraviglie, e ne aveva ancora altrettante davanti a sé.

Anche allora, come sempre gli accadeva, portava addosso uno mnemone tascabile, un piccolo strumento semiorganico, piú o meno a forma di piovra, nei cui innumerevoli nodi e protuberanze era immagazzinata ogni sorta di dati pronti a uscire al massaggio di mani esperte. In quel momento Vulpius, esercitando una leggera compressione, puntava lo mnemone in basso, verso il mare luccicante, e lo strumento con una voce morbida e semicosciente gli sospirava i nomi di quelle strutture architettoniche in parte ancora visibili, e anche qualcosa sulla loro funzione nei giorni del mondo passato: questo era stato il ponte di Galata, questo il castello di Roumeli Hisar, questa la moschea di Maometto il Conquistatore, questi erano i pochi resti del grande palazzo degli imperatori bizantini.

– Vi dice proprio tutto, non è vero? – gli chiese improvvisamente una voce profonda alle sue spalle. Vulpius si girò. Un uomo di piccola statura, calvo, robusto di spalle e arrogante di aspetto gli rivolgeva un sogghigno potentemente insinuante. Aveva occhi di ossidiana come trivelle. Vulpius non aveva mai visto occhi come quelli. Un secondo uomo, molto piú alto, di una bellezza un po' tenebrosa e dal sorriso indolente stava in piedi alle sue spalle. Il piccoletto calvo indicava verso il luogo nell'acqua dove sei leggiadri minareti si slanciavano verso il cielo partendo da un singolo vasto edificio appena sotto la superficie. – Per esempio, che cos'è quello?

Vulpius, cortese com'era di natura, massaggiò lo mnemone. – La celebre Moschea Blu, – gli fu detto. – Costruita dall'architetto Mehmet Aga per ordine del sultano Ahmet I nel diciassettesimo secolo. Era una delle moschee piú grandi della città e forse la piú bella. È la sola ad avere sei minareti.

– Ah, – fece il piccoletto. – Una famosa moschea. Sei minareti. Mi chiedo che cosa poteva essere una moschea. Lo sapreste voi, Ernest? Lanciò un'occhiata dietro di sé, al corpulento compagno, che si limitò ad alzare le spalle. Poi, rapidamente, rivolto a Vulpius: – ...Ma no, no, non preoccupatevi di cercare la spiegazione. Non è importante. Questi affari sono i minareti, suppongo? – Indicò di nuovo. Vulpius seguí la direzione della mano. Solo allora gli parve che quelle agili torrette oscillassero impercettibilmente, come se fossero delle semplici bacchette che si muovevano nella brezza. L'effetto era alquanto bizzarro. Un terremoto, forse? No. Il pendio su cui si trovava era assolutamente immobile. Un'allucinazione, allora? Ne dubitava. Non era mai stato cosí lucido.

Tuttavia era evidente che le torri oscillavano, e anzi ora si sbattevano avanti e indietro come se una mano gigante le scuotesse. Le acque che coprivano la città sommersa erano adesso sempre piú agitate e dove prima tutto era calmo si vedevano delle piccole onde. Un vasto tratto di superficie marina sembrava quasi in ebollizione e l'agitazione si allargava verso l'esterno da un vortice centrale dove le acque tumultuavano. Che strano sconvolgimento c'era là sotto?

Due dei minareti della Moschea Blu vacillarono e poi caddero nell'acqua, e un momento dopo ne vennero giú altri tre, e l'effetto si stava ancora espandendo. Vulpius, sbalordito, sgomento, scrutò da un capo all'altro la metropoli sommersa, mentre sotto i suoi occhi le leggendarie rovine si sgretolavano, crollavano e sparivano nel Bosforo improvvisamente coperto di nubi.

Si rese conto allora che altri due uomini si stavano arrampicando su per il parapetto del punto di osservazione, accolti dal saluto esuberante dalla prima coppia. I nuovi arrivati – uno di loro basso, con un gran cespuglio di capelli, gli occhi miti, e l'altro alto e snello, che dava un'impressione di selvaggia energia – sembravano agitati, in piena eccitazione, e stranamente euforici.

Dopo parecchio tempo fu stabilito che gruppi vandalici sconosciuti avevano collocato una bomba a turbolenza appena al largo, il tipo di esplosivo che una volta si usava per demolire i resti inutili e sgradevoli degli insediamenti urbani semisommersi, che in ogni area costiera erano stati abbandonati dalla brulicante popolazione dell'era industriale. Quello che una volta si impiegava per polverizzare le pareti di cemento e i cortili di orribili insediamenti edilizi e i repellenti blocchi industriali, squallidi nelle loro tozze volumetrie di calcestruzzo, adesso era servito a mandare in frantumi le fantastiche torri da fiaba della grande capitale imperiale sul Corno d'Oro.

Vulpius non aveva alcun motivo di collegare la presenza di quei quattro uomini sulla collina al disastro che era capitato alla Istanbul sommersa davanti a lui. Solo molto tempo dopo quel pensiero gli si sarebbe insinuato nella mente. Ma il ricordo di quel fatto non l'aveva lasciato: aveva continuato a tornarci sopra rivedendo ogni suo dettaglio in una sorta di fredda malia. Chiaro che fosse profondamente sconvolto da quanto aveva visto, ma nello stesso tempo non poteva negare di aver provato una sorta di perverso fremito per essere stato presente nel momento esatto in cui si verificava un avvenimento cosí bizzarro. La demolizione della città antica era il paragrafo finale della sua lunga storia, e lui, Strettin Vulpius, si era trovato sul luogo dove era stato scritto. Era una specie di distinzione.

Nei mesi successivi si verificò una serie di disastri ugualmente misteriosi.

Fu aperta una breccia nel muro esterno del Parco degli animali estinti e vennero spalancate molte delle recinzioni interne, con la conseguenza di restituire allo stato brado quasi tutta la straordinaria collezione dei meticolosi cloni degli animali del recente passato: moa, quagga, bradipi giganti di terra, dodo, piccioni migratori, uri, orici, tigri dai denti a sciabola, alci giganti, wisent, procellarie delle Bermuda, e molte altre specie perdute che erano state richiamate dall'oblio per mezzo della piú scrupolosa manipolazione di materia genetica fossile. Per quanto il mondo in cui adesso erano stati cosí bruscamente liberati fosse la cosa piú vicina a un paradiso che la sua popolazione umana potesse immaginare, non era il posto per la maggior parte di queste creature cosí teneramente viziate e accudite: nell'esistenza che conducevano nel Parco dopo la loro resurrezione non avevano mai dovuto imparare i trucchi per badare a se stesse. In un modo o nell'altro tutti questi animali, tranne i piú forti, erano andati incontro a rapida morte, alcuni preda di gatti e cani domestici, altri annegati o smarriti negli acquitrini, altri ancora uccisi inavvertitamente nel corso dei tentativi per riprenderli; molti erano periti quasi subito di fame anche in mezzo a quel giardino opulento che era ormai il mondo, e altri ancora erano morti semplicemente per lo smarrimento di trovarsi da soli in uno stato di libertà a cui non erano abituati. La perdita era stata incalcolabile; nella stima piú ottimistica ci sarebbero voluti un centinaio di anni di intenso lavoro per riassortire la collezione.

L'attacco successivo fu portato al Museo della cultura industriale. Questo tesoro di manufatti tecnologici medievali non era custodito con attenzione; ma d'altronde chi si sarebbe preso la briga di commettere un furto in un luogo che tutti sentivano come il magazzino di incantevoli e pittoreschi oggetti? Era un pezzo che la società si era evoluta superando questa patetica condizione di barbarie. Comunque una banda di uomini mascherati aveva fatto irruzione nell'edificio e l'aveva saccheggiato da cima a fondo andandosene con un bottino enorme, le curiose vestigia dell'epoca arcigna e confusa che aveva preceduto la presente: congegni che erano stati usati come rudimentali computer, terrificanti strumenti medici, macchine che un tempo avevano disseminato immagini uditive e visive, armamenti di ogni specie, semplici aggeggi per rafforzare la vista appesi a dei ganci che passavano intorno alle orecchie, recipienti per cucinare di vetro e di ceramica, e ogni altro genere di singolari e commoventi reperti appartenuti a quell'epoca scomparsa. Nessuno di questi articoli fu mai piú ritrovato. Nacque il sospetto che fossero tutti finiti nelle mani di proprietari privati che li avevano nascosti alla vista, la qual cosa forse poteva essere una strana e fastidiosa rinascita della ricerca e del segreto accaparramento di beni che aveva causato cosí tante difficoltà nei tempi antichi.

Poi venne l'abbattimento del monumento a Washington. Quasi simultaneamente, l'esplosione aerea che mandò in frantumi le migliaia di finestre luccicanti e ancora intatte nei giganteschi edifici abbandonati che caratterizzavano il sito acquitrinoso dove si trovava l'isola di Manhattan nei giorni che avevano preceduto il Grande Riscaldamento. Poi la distruzione a causa di un'improvvisa usura del metallo della Gran torre di Singapore, e infine, del tutto inaspettata e perciò ancora piú sospetta, l'eruzione del Vesuvio, che riversò nuova lava sopra gli scavi di Pompei e di Ercolano.

A questo punto Vulpius, come in tutto il mondo un gran numero di altri preoccupati cittadini, aveva maturato un'angoscia sempre piú profonda per questi atti gratuiti di profanazione. Erano cosí primitivi, cosí stupidi, cosí spaventosamente atavici. Erano la negazione di tutte le grandi conquiste del Terzo Millennio.

Dopo tutti quei secoli di guerra, di rapacità e di inimmaginabili sofferenze, il genere umano era giunto finalmente a uno stadio di vera civiltà. C'erano risorse naturali in abbondanza e un clima benevolo dall'uno all'altro polo, e sebbene gran parte del pianeta fosse stata coperta dalle acque durante l'epoca del Grande Riscaldamento, l'umanità si era trasferita sui terreni piú elevati dove viveva felicemente in un mondo senza inverno. Una popolazione ormai stabile godeva di una vita lunga e della libertà da ogni genere di bisogno. C'era rispetto per tutte le cose, vive e morte; non c'era violenza, e si passavano le giornate in placida benevolenza. I traumi di epoche precedenti sembravano adesso irreali, quasi mitici. Che motivo c'era perché qualcuno volesse infrangere l'universale armonia e tranquillità che finalmente avvolgeva il mondo in quei giorni che precedevano appena l'alba del trentunesimo secolo?

Vulpius si trovava a Roma, in piedi nella maestosa piazza davanti a San Pietro, quando una grande colonna di fuoco si levò improvvisamente verso il cielo davanti ai suoi occhi. Dapprima pensò che fosse l'imponente basilica a bruciare. No, l'incendio sembrava localizzato sulla destra dell'edificio, all'interno del Vaticano stesso. Adesso si alzava l'urlo delle sirene; la gente correva impazzita per la piazza. Vulpius afferrò per il braccio un uomo corpulento, con lo stesso volto florido e squadrato di un Cesare romano. – Che cosa succede? Dov'è il fuoco?

– Una bomba, – boccheggiò l'uomo. – Nella Cappella Sistina!

– No, – gridò Vulpius. – È una cosa impossibile! Impensabile!

– Adesso toccherà anche alla chiesa. Scappate! – Si liberò della presa di Vulpius e schizzò via.

Vulpius invece si rendeva conto di non poter fuggire. Fece un paio di passi incerti verso l'obelisco al centro della piazza. La colonna di fuoco sopra il tetto del Vaticano si allargava sempre di piú. L'aria era calda da soffocare.

Pensò che sarebbe andato tutto distrutto: la Cappella, le Stanze di Raffaello, la Biblioteca vaticana, il numero enorme, impressionante, di splendidi tesori che aveva visitato solo alcune ora prima. Chiaro che loro avevano colpito ancora. Loro. Loro.

Raggiunse gli scalini alla base dell'obelisco e vi sostò, ansimando nella vampa. Un viso stranamente famigliare emerse dalla densa caligine: testa calva, naso prominente, occhi penetranti. Occhi indimenticabili.

Il piccolo uomo di Istanbul, il giorno della distruzione delle rovine.

Accanto a lui si trovava l'altro piccoletto, quello con la massa di capelli cespugliosi e lo sguardo malinconico e poetico. Appoggiato proprio all'obelisco quello grande e grosso, il bell'uomo dalle spalle immense. E, vicino a lui, il loro amico dal corpo nervoso e dalle gambe lunghe.

Gli stessi quattro uomini che Vulpius aveva visto a Istanbul. Fissavano la scena con gli occhi spalancati, affascinati dalla vista dell'edificio in fiamme. I loro volti, rossi per il riflesso del bagliore dell'incendio, mostravano una specie di gioia spietata, un piacere quasi estatico.

Un'altra catastrofe, e la presenza degli stessi quattro uomini? Andava oltre le possibilità di una coincidenza.

No. No.

Di sicuro non era una coincidenza.

Da quel momento li sta inseguendo intorno al mondo, viaggiando ora non come un comune turista, ma nelle vesti di un agente segreto della polizia informale governativa incaricata di mantenere quel tanto di legge che va ancora fatta rispettare nel mondo. Li ha visti al loro sporco lavoro, piú e piú volte, uno spaventoso cataclisma dopo l'altro. La devastazione del Taj Mahal, l'attacco al sublime Potala del Tibet, la caduta del Partenone, che svettava sull'Acropoli sopra il lago che una volta era Atene. Loro sono sempre presenti a questi atti di vandalismo prima dello scadere del millennio. Anche lui è presente, adesso. Ha avuto riguardo, tuttavia, di non farsi vedere.

Oramai egli conosce i loro nomi.

Il piccoletto con quegli occhi che fissano in modo terrificante si chiama Pablo Picasso. È stato clonato dai resti di un famoso artista vissuto un migliaio di anni prima. Vulpius si è preso la briga di andare a vedere alcune opere del Picasso originale: ve ne sono in abbondanza in ogni museo, dipinti selvaggi, crudi, vistosi, del tutto incomprensibili, donne mostrate di profilo con tutti e due gli occhi che si vedono insieme, mostri umanoidi con le teste di toro, paesaggi dove tutto è vistosamente alla rinfusa, con scene che non si trovano da nessuna parte nel mondo reale. Ma naturalmente questo Picasso è solo un clone, costruito da un brandello di materiale genetico del suo antico omonimo; qualunque altro peccato egli abbia commesso, non gli possono essere imputati questi dipinti. E non c'è nemmeno la possibilità che ne faccia ancora di cosí sgradevoli, o comunque che ne faccia altri. Nessuno dipinge piú dei quadri.

L'altro piccoletto è Albert Einstein, anche lui un clone formato da un uomo del millennio scorso – un pensatore, uno scienziato, l'inventore di qualcosa chiamato teoria della relatività. Vulpius non è stato capace di scoprire che cosa fosse esattamente questa teoria, ma non importa granché, dal momento che l'attuale Einstein non ha probabilmente nessuna idea del suo significato. Del resto anche la scienza è obsoleta tanto quanto la pittura. Tutto quello che era necessario scoprire è già stato scoperto da tanto tempo.

Il nome del marcantonio è invece Ernest Hemingway. Anche lui deve la sua esistenza a un frammento di Dna recuperato dal cadavere di un migliaio di anni fa appartenente a un personaggio celebre, uno scrittore stavolta. Vulpius è andato a trovare negli archivi alcune delle opere del primo Hemingway: gli dicono poco, ma forse hanno perso qualcosa nella traduzione in anglico moderno. E in ogni caso scrivere e leggere racconti sono passatempi che non pratica quasi piú nessuno. Il contesto storico del ventesimo secolo sul quale Vulpius ha compiuto delle ricerche dimostra almeno che ai suoi tempi Hemingway era considerato un importante letterato.

Vjong Cleversmith, l'ultimo del vandalico quartetto, è stato clonato da un uomo morto da poco meno di due secoli, e questo significa che non era stata necessaria alcuna violazione di tombe per ottenere le cellule dalle quali si era sviluppato. L'antico Cleversmith, come quasi tutti negli ultimi secoli, aveva lasciato in deposito dei campioni del proprio materiale genetico nelle cripte di clonazione. I documenti dicono che era un architetto: la Gran torre di Singapore, adesso ridotta in rovina dal suo postumo discendente genetico, era considerata il suo capolavoro.

Ma è proprio il concetto di clonazione a mettere a disagio Vulpius: non gli piace quel qualcosa di macabro, di vagamente misterioso, che lo circonda.

Non esiste alcun modo per replicare nei cloni le particolari qualità, buone o cattive che fossero, che distinguevano le persone da cui sono tratti. La somiglianza è puramente fisica. Sarà anche vero che quanti stabiliscono di essere clonati dopo la morte credono di raggiungere una specie di immortalità, ma Vulpius è sempre stato del parere che il risultato è un facsimile dell'originale, una specie di statua animata, una simulazione soltanto esteriore. Eppure la pratica è pressoché universale. Negli ultimi cinquecento anni l'uomo del Terzo Millennio ha accettato sempre di minor grado i rischi e il peso di mettere al mondo e di crescere dei figli. Anche se una vita di due secoli non è piú cosí straordinaria, la crescente ripugnanza per la riproduzione, e la lenta ma costante emigrazione sui vari pianetini artificiali satelliti, ha portato il numero degli abitanti della Terra al suo livello piú basso dopo le epoche preistoriche. La clonazione dunque non viene praticata solo come uno svago superfluo, ma come uno strumento necessario per evitare lo spopolamento.

Vulpius stesso qualche volta ha scherzato sulla nozione che anche lui potrebbe essere un clone. Ha solo dei vaghi ricordi dei suoi genitori, che nella sua mente sono solo ombre confuse e allungate, senza volto e inconoscibili, e a volte pensa di aver immaginato anche quelle. Non c'è nessuna prova a sostegno: i nomi dei suoi progenitori sono registrati negli archivi, anche se l'ultimo contatto con uno di loro è stato quando aveva quattro anni. Ad ogni modo, egli si scopre sempre piú spesso a baloccarsi con l'idea che forse non è stato concepito da un uomo e da una donna nell'antica sudata maniera, ma che invece è frutto di assemblaggio e trapianto in un laboratorio. Molta gente che conosce ha questo genere di fantasie.

Ma per questo quartetto, questi uomini che Vulpius segue da una anno in giro per il mondo, l'essere clonati non è una fantasia. Essi sono repliche autentiche di uomini vissuti molto tempo fa, e che adesso passano i loro giorni a prendersi una terribile vendetta contro le antichità che ancora sopravvivono sulla faccia della Terra. Perché è accaduto? Che piacere hanno tratto da questa furiosa spirale di distruzione? Può accadere che dei cloni siano diversi dalle persone concepite in maniera naturale, che non abbiano alcun rispetto per i manufatti costruiti dagli uomini di altre epoche?

Vulpius vuole conoscere a tutti i costi che cosa li muove. Ma ancora di piú si deve impedire a questi uomini di compiere ulteriori misfatti. È giunta l'ora di affrontarli senza mezzi termini, con franchezza, e ordinare loro di fermarsi in nome della civiltà.

Per farlo, suppone, dovrà arrampicarsi su per le pendici del Cervino fino al loro solitario rifugio vicino alla vetta. C'è già stato per installare l'occhio-spia, e l'ha trovata una camminata lunga e difficoltosa che non ha molta voglia di rifare. Ma la fortuna gli è amica. In questo pomeriggio limpido e caldo loro hanno deciso di scendere in città, a Zermatt. Vulpius incontra Hemingway e Einstein sul leggero avvallamento della via principale, fuori da un grazioso negozietto la cui facciata rivestita di legno scuro gli conferisce un aspetto straordinariamente vetusto: una sopravvivenza, senza dubbio, di un'epoca lontana, quando qui non c'erano palme, quando questa vallata montana e il possente picco alpino subito alle sue spalle facevano parte del rigido reame dell'inverno, una terra eternamente imprigionata nel ghiaccio e nella neve, un parco divertimenti per coloro che amavano gelidi svaghi.

– Scusatemi, – dice, affrontandoli coraggiosamente.

Gli rivolgono uno sguardo inquieto. Forse si rendono conto che l'hanno già visto altre volte.

Egli però non intende rinunciare a essere diretto con loro. – Sí. Voi mi conoscete. Mi chiamo Strettin Vulpius. Ero presente il giorno che Istanbul fu distrutta. Ero sulla piazza davanti a San Pietro quando è bruciato il Vaticano.

– C'eravate? In quel momento? – dice Hemingway. Gli occhi stretti come quelli di un gatto sonnacchioso. – Adesso che ci penso, non mi sembrate una faccia nuova.

– Agra, – ricordò Vulpius. – Lhasa, Atene.

– Ne gira di posti, – fa Einstein.

– Un uomo di mondo, un viaggiatore, – gli fa eco Hemingway, con un cenno del capo.

Adesso è arrivato anche Picasso. Cleversmith è appena dietro. Vulpius continua: – Partirete presto per Parigi, non è vero?

– Scusate? – fa Cleversmith, un po' allarmato.

Hemingway si sporge e gli sussurra qualcosa all'orecchio. L'espressione di Cleversmith si incupisce.

Vulpius prosegue impassibile. – Basta con le finzioni; so che cosa avete in mente. Il Louvre non deve essere toccato.

– Non c'è dentro niente; solo un mucchio di rottami polverosi, – reagisce immediatamente Picasso.

Vulpius scuote la testa. – Rottami per voi, forse. Per il resto dell'umanità le cose che state distruggendo sono preziose. Vi ripeto. Basta e poi basta. Avete avuto il vostro divertimento. Adesso deve finire.

Cleversmith fa segno alla mole colossale del Cervino sopra la città. – Ci avete spiato, vero?

– Gli ultimi cinque o sei giorni.

– Non è educato, vi pare?

– E far saltare per aria dei musei lo è?

– Tutti hanno diritto ai loro passatempi. Perché venite a intromettervi nei nostri?

– Ma vi aspettate davvero che vi risponda?

– A me sembra una domanda ragionevole.

Al momento Vulpius non sa proprio come rispondere. Se ne sta in silenzio; ma è ancora Picasso a parlare: – C'è proprio bisogno che stiamo qui a discutere sulla pubblica via? Nel nostro alloggio abbiamo dell'eccellente brandy.

A Vulpius non viene in mente, se non nell'ipotesi piú estrema, che potrebbe trovarsi in pericolo. Un conto sono azioni come provocare un'eruzione del Vesuvio, far cedere le fondamenta del monumento a Washington, far cadere una bomba a turbolenza in mezzo alle rovine di Bisanzio. Prendere una vita umana è tuttavia una cosa completamente diversa. Non si fa. Non c'è un solo esempio da secoli.

Esiste naturalmente la possibilità teorica che questi quattro uomini ne possano essere capaci. Senz'altro. Non c'è nessuno del resto che abbia distrutto un museo da tantissimo tempo, forse l'ultima volta è stata nel barbaro e feroce ventesimo secolo in cui si svolsero le vite degli originali di tre di questi quattro uomini. Ma questi non sono veri uomini del ventesimo secolo e, in ogni caso, da quello che Vulpius sa degli originali, non crede che anch'essi sarebbero stati capaci di un omicidio. Ad ogni modo correrà il rischio, lassú.

Il brandy a dire il vero è superbo. Picasso ne versa a volontà, riempiendo piú volte i bicchieri scintillanti a forma di bulbo. Solo Hemingway rifiuta di partecipare. Non gli piace bere, spiega.

Vulpius guarda con ammirazione l'eleganza e il comfort di quella villa in cima alla montagna. L'aveva visitata di nascosto una settimana prima, entrandovi in assenza dei cospiratori per installare l'occhio-spia, ma era rimasto solo il tempo sufficiente per fare il suo lavoro. Adesso ha l'occasione di guardarsela nei dettagli, in tutta comodità. È un nido d'aquila magnifico, una catena di sette stanze sferiche addossate a un dente scosceso e sporgente del Cervino. Finestroni su ogni parete scintillano al sole e consentono la vista dei picchi e delle guglie intorno e del grandioso precipizio mozzafiato che separa la montagna dalla città sottostante. Fuori c'è un'aria leggera e umida. Rampicanti tropicali e arbusti in fiore crescono tutto intorno. È difficile perfino immaginare che una volta questo fosseo un luogo di ghiacciai luccicanti e di freddo micidiale.

– Diteci, – lo interroga Cleversmith, dopo un po', – come mai voi credete che i manufatti del passato meritino di essere sempre conservati, eh, Vulpius? Che cosa avete da dire?

– La domanda va fatta al contrario. Non sono io che ho bisogno di difendermi, ma voi.

– Io? Noi facciamo quello che ci piace. Per noi è uno sport divertente. Non ci sono vittime. Solo degli oggetti inutili che sono spazzati in uno stadio di non esistenza, come meritano. Quale possibile obiezione potete avanzare al proposito?

– Che sono patrimonio del mondo intero. Sono tutto quello che ci resta da mostrare per diecimila anni di civiltà.

– Sentitelo un po', – ride Einstein. – Civiltà!

– La civiltà, – ripete Hemingway, – ci ha dato il Grande Riscaldamento. Una volta quassú c'era del ghiaccio, non lo sapete? C'erano enormi masse di ghiaccio su entrambi i poli. Si sono sciolte e l'acqua ha invaso metà del pianeta. Sono stati gli antichi a fare in modo che accadesse. È qualcosa di cui andare orgogliosi, quello che hanno fatto?

– Credo di sí, – risponde Vulpius con uno sguardo di sfida. – Ci ha portato questo clima meravigliosamente dolce. Abbiamo parchi e giardini dovunque, perfino su queste montagne. Vorreste il ghiaccio e la neve?

– Ma allora c'era la guerra, – continua l'obiezione di Cleversmith. – Battaglie, stragi, bombe. La gente che moriva, a decine di milioni. Noi non arriviamo nemmeno a dieci milioni, ed essi ci spazzerebbero via in un battibaleno con una sola delle loro guerre. È questo il risultato di quella civiltà che voi amate cosí tanto. È questo che celebrano tutti questi fantastici templi e musei. Terrore e distruzione.

– Il Taj Mahal... la Cappella Sistina...

– Graziosi in sé, – interviene Einstein. – Ma guardate dietro la grazia e troverete che sono solo simboli di oppressione, conquista, tirannide. Prendete un'epoca qualsiasi del mondo antico: non troverete altro che oppressione, conquista, tirannide. Meglio che tutto ciò sia spazzato via, non credete?

Vulpius ammutolisce.

– Prendete un altro brandy, – lo invita Picasso, e senza complimenti riempie i bicchieri di tutti.

Vulpius lo centellina. Ne ha già preso un po' piú del solito, e forse non è cosí saggio berne dell'altro proprio ora, perché si accorge che sta già facendo effetto sulla sua capacità di rispondere a quello che gli dicono. Un brandy cosí, però, non l'ha mai bevuto.

Scuote la testa come per schiarirla: – Anche se dovessi accettare questi vostri proclami, che tutto quanto di bello ci è stato lasciato dal mondo antico è in qualche modo collegato con i terribili crimini degli uomini di quelle epoche, il fatto è che quei crimini non vengono piú commessi. Quale che sia la loro origine, gli splendidi oggetti che gli uomini dei secoli scorsi hanno lasciato dietro di sé dovrebbero essere protetti e ammirati per la loro straordinaria bellezza, una bellezza che noi forse oggi non siamo piú in grado di riprodurre. Ma se vi sarà permesso di continuare, tra poco non ci resterà piú nulla che ci rappresenti...

– Ma che cosa state dicendo? – sbotta Cleversmith interrompendolo. – «Una bellezza che noi forse oggi non siamo piú in grado di riprodurre», non è vero? Sí. E proprio quello che avete detto. E sono d'accordo. Si tratta di una questione che dobbiamo considerare, amico mio, perché ha una certa relazione con la nostra disputa. Dov'è oggi la grande arte? O anche la grande scienza? Picasso, Einstein, Hemingway... gli originali, voglio dire... chi c'è che oggi possa stare alla pari con le loro opere?

– E non dimenticate il vostro progenitore, Cleversmith, che ha costruito la Gran torre di Singapore, quella che proprio voi avete ridotto a un mucchio di rovine.

– È esattamente quello che dico io. Ha vissuto duecento anni fa. Ci restava ancora un po' di creatività, allora. Adesso invece andiamo avanti sulla base del capitale intellettuale che hanno accumulato i nostri antenati.

– Di che cosa state parlando? – Vulpius è disorientato.

– Venite qui. Guardate dalla finestra. Che cosa vedete?

– Il fianco della montagna. Il giardino della vostra villa, e la foresta subito dopo.

– È vero. Un giardino. Un giardino lussureggiante. E avanti, avanti fino all'orizzonte, un giardino dopo l'altro. C'è l'Eden là fuori, Vulpius. Un nome che usavano gli antichi per paradiso. Eden. Noi viviamo in paradiso.

– E c'è qualcosa di sbagliato in tutto questo?

– Solo il fatto che in paradiso non si realizza nulla, – sbotta Hemingway. – Guardate noi quattro: Picasso, Einstein, Hemingway, Cleversmith. Che cosa abbiamo prodotto nelle nostre vite, noi quattro, che si possa anche lontanamente paragonare alle opere degli uomini che una volta portavano questi nomi?

– Ma voi non siete quegli uomini. Non siete altro che cloni.

La cosa sembra ferirli, per un momento. Ma poi Cleversmith si riprende: – È questo il punto. Noi portiamo i geni di uomini straordinari del passato, ma non facciamo niente per sfruttare appieno il nostro potenziale. Siamo uomini superflui, semplici serbatoi genetici. Dove sono i nostri capolavori? È come se i nostri celebri antenati avessero già fatto tutto senza lasciarci niente da sperimentare.

– Che utilità ci sarebbe a riscrivere da capo tutti i libri di Hemingway, o dipingere di nuovo i quadri di Picasso, o anche...

– Non voglio dire questo. È chiaro che per noi non c'è alcun bisogno di rifare le loro opere, ma perché non abbiamo neanche provato a farne di nostre? Ve lo dico io il perché. La vita è troppo facile, oggi. Voglio dire che la vita è senza lotta, senza una sfida...

– No, – obietta Vulpius. – Dieci minuti fa Einstein era qui a sostenere che il Taj Mahal e la Cappella Sistina dovevano essere distrutti perché sono simboli di un'età cruenta di tirannide e di guerra. Una tesi che non mi pareva molto sensata, ma lasciamo perdere, perché adesso, a quanto pare, venite a dirmi che quello di cui abbiamo bisogno nel mondo è un ritorno alla guerra...

– Alla sfida, – lo corregge Cleversmith. Si china in avanti. Il suo corpo è teso in tutta la sua lunghezza. Gli occhi ora hanno assunto in qualche modo l'intensità di quelli di Picasso. Prosegue a bassa voce: – Siamo schiavi del passato, ve ne rendete conto? Da quel mondo orribile, feroce, che sta ormai un migliaio di anni alle nostre spalle, è uscita la vita soave che conduciamo tutti al giorno d'oggi, e che ci uccide soffocandoci nell'indolenza e nella noia. È l'ultimo scherzo che ci gioca l'antichità... Dobbiamo spazzarla via tutta, Vulpius. Dobbiamo tornare a vivere nel rischio. Dategli un altro drink, Pablo.

– No, ho già bevuto abbastanza.

Picasso però versa. Vulpius beve.

– Vediamo se capisco quello che cercate di dirmi...

In un qualche punto di quella lunga notte ubriaca la verità lo colpisce come una freccia che attraversa l'oscurità: questi uomini sono pieni di risentimento per il fatto di essere dei cloni, e vogliono distruggere il passato del mondo perché le loro vite possano alla fine essere liberate dal loro doppio. Possono pure mirare alla Moschea Blu e alla Cappella Sistina, ma i loro veri bersagli sono Picasso, Hemingway, Cleversmith e Einstein. E, molto piú tardi, in qualche punto di quella notte insonne, proprio mentre un'alba di giada, screziata di ampie e mutevoli zone di scarlatto e di topazio, spunta sopra le Alpi, si infrange anche la resistenza di Vulpius alle azioni scellerate di questi uomini. È ormai alticcio, piú di quanto non lo sia mai stato prima, e per di piú esausto fin quasi alle lacrime. E quando Picasso salta su improvvisamente a chiedere: – E a proposito, Vulpius, quali sono le grandi imprese della vostra vita? – la stoccata lo fa crollare fin nelle sue piú intime convinzioni.

– Della mia vita? – ripete debolmente, sbattendo gli occhi confuso.

– Sí. Siamo solo dei cloni, e non ci si deve aspettare molto da noi, ma che cosa siete riuscito a fare voi con il vostro tempo?

– Ma... io viaggio... osservo... studio i fenomeni...

– E poi cosa?

Si interrompe per un momento. Be', niente. Faccio il viaggio successivo.

– Ah. Capisco.

Il sorriso freddo di Picasso è diabolico, un cuneo che fende Vulpius facendolo a pezzi. In un solo terribile momento si accorge che tutto è finito, che i molti mesi spesi nella ricerca sono stati inutili. Non ha il potere di opporsi a questo genere di appassionato fervore. Questo adesso gli è chiaro. Stanno facendo della distruzione una forma d'arte, sembra. Bene. Che facciano come gli pare. Che facciano. Che facciano pure. Se è cosí che devono agire, pensa, sono forse affari suoi? In nessun modo la sua logica può competere con la loro follia.

Cleversmith gli sta domandando: – Sapete che cos'è un treno, Vulpius?

– Un treno. Sí.

– Siamo alla stazione. Arriva il treno, il Millennium Express. Sarà lui a portarci dai veleni del passato a un futuro radioso. Non vogliamo perdere il treno, non vi pare, Vulpius?

– Arriva il treno, – dice Vulpius. – Sí –. Picasso, irrefrenabile, gli agita davanti un'altra bottiglia di brandy. Vulpius l'allontana con la mano. Fuori, i primi raggi di luce solare tagliano i densi vapori dell'atmosfera. Brillano di lontano i picchi frastagliati delle Alpi, ammantati di una vegetazione degna di una giungla che il nuovo giorno riveste di rosso: il Monte Bianco a ovest, la Jungfrau a nord, il Monte Rosa a est. Le piane grigioverdi dell'Italia si srotolano verso meridione.

– Questa è l'ultima possibilità che abbiamo per salvarci, – insiste Cleversmith. – Dobbiamo agire ora, prima che la nuova era possa afferrarci e strangolarci nell'obbedienza –. Si staglia davanti a Vulpius, serpeggiando nella debole luce della stanza. – Vi chiedo di aiutarci.

– Non vi aspetterete certo che io prenda parte a...

– Siate voi a decidere per noi, almeno. Il Louvre deve sparire. Questo almeno è scontato. E allora, implosione o esplosione: che cosa è meglio?

– Implosione, – dice Einstein, dondolandosi davanti a

Vulpius. I suoi occhi miti cercano il suo sostegno. Dietro di lui Hemingway con gesti eloquenti rende noto che è d'accordo.

– No, – reagisce Picasso. Facciamolo saltare! – Allarga le braccia all'esterno con gesto teatrale. – Bum! Bum!

– Bum, sí, – ripete Cleversmith, pacatamente. – Sono d'accordo. Dunque, Vulpius: sarete voi a dare il voto decisivo.

– No, mi rifiuto assolutamente di...
– Quale? Quale? L'una o l'altra?

Si mettono a marciare tutto intorno a lui, con la pretesa che egli decida la questione per loro. Lo tratterranno qui, si rende conto, finché non avrà ceduto. Ma sí, che differenza fa, esplosione, implosione? La distruzione è distruzione.

– E se lanciassimo una moneta per decidere, – propone alla fine Cleversmith, e gli altri approvano entusiasticamente con il capo. Vulpius non sa bene che cosa voglia dire lanciare una moneta, ma sospira sollevato: a quanto pare lui è fuori da quel guaio. Ma proprio allora Cleversmith tira fuori di tasca un dischetto tirato a lucido di metallo argentato e lo caccia in mano a Vulpius. – Ecco, fatelo voi.

Le monete non si usano piú da tanto tempo. È un reperto vecchio di centinaia di anni, rubato probabilmente da qualche museo. Su una faccia porta una cometa a tre code, nascente, e il simbolo del sistema solare sull'altra. – Testa facciamo esplodere, croce per l'implosione, – proclama Einstein. – Su, amico. Lanciatela, afferratela e diteci qual è il lato che vince –. Gli si affollano intorno, stringendolo. Vulpius lancia in alto la moneta, la afferra con un allungo disperato e la depone sul dorso della mano sinistra. La tiene coperta per un momento. Toglie la mano.

Si vede la cometa. Ma questo lato è testa o croce? Non ne ha idea.

Cleversmith chiede serio: – E allora? Testa o croce?

Vulpius, allo stremo delle forze, gli rivolge un sorriso benevolo. Testa o croce, che gli importa? Che cosa gli può interessare chi vince?

– Testa, – annuncia a caso. – Esplosione.

– Bum! – grida Picasso pieno di gioia. – Bum! Bum! Bum!

– Caro amico, vi dobbiamo i piú sentiti ringraziamenti, – gli dice Cleversmith. – Siamo tutti d'accordo, allora, che è la decisione definitiva? Ernest? Albert?

– Potrei tornare al mio albergo, ora? – chiede Vulpius.

Lo accompagnano giú per il pendio della montagna, fino a casa; lo salutano calorosamente. Ma non hanno finito con lui. Dorme ancora, quel pomeriggio tardi, quando scendono di nuovo a Zermatt per venirlo a prendere. Stanno partendo subito per Parigi, lo informa Cleversmith, e lui è invitato ad accompagnarli. Deve fare da testimone ancora una volta a una loro impresa; deve dare la sua benedizione. Senza reagire osserva mentre riempiono la sua borsa. Fuori è in attesa una macchina.

– Parigi, – ordina Cleversmith, e partono.

Picasso è seduto accanto a lui. – Brandy? – chiede.

– No, grazie.

– Vi dà fastidio se mi servo?

Vulpius dà una scrollata di spalle. La testa gli rimbomba. Cleversmith e Hemingway, seduti davanti, cantano con voce roca. Un istante dopo si unisce anche Picasso, e quindi Einstein. Ognuno di loro sembra che stia cantando su una chiave diversa. Vulpius prende la bottiglia da Picasso e si versa del brandy con mano malferma.

A Parigi, Vulpius si riposa nel loro albergo, un venerabile casermone grigio appena a sud della Senna, mentre loro sono indaffarati con le loro faccende. Sa che questo è il momento giusto per denunciarli alle autorità. Lottando brevemente con se stesso cerca di trovare la volontà per fare quanto è necessario. Ma la volontà non c'è. Non sa come, ma tutto il desiderio di intervenire gli è come andato in fumo. Forse, pensa, quel mondo troppo placido ha bisogno davvero del pungolo della lotta che questi uomini, nella loro esasperazione, gli forniscono con tanta allegria. In ogni caso il treno è ormai prossimo alla stazione: è troppo tardi per fermarlo adesso.

– Venite con noi, – dice Hemingway, facendogli cenno dal corridoio.

Li segue, esitante. Lo conducono al piano piú alto dell'edificio e poi attraverso una porta stretta che dà sul tetto. Il cielo sulle loro teste è una meravigliosa volta nera punteggiata di stelle. La pesante calura tropicale incombe su Parigi in questa notte di dicembre. Proprio davanti a loro scorre il fiume che brilla debolmente alla luce di una falce di luna. Si vede lungo la riva la fila delle bancarelle dei libri antichi, e dirimpetto la mole grigia del Louvre, e lontane sulla destra le guglie di Notre-Dame.

– Che ore sono? – chiede Einstein.

– Quasi mezzanotte, – risponde Picasso. – Lo facciamo adesso, Vjong?

– Un'ora vale l'altra, – dice Cleversmith, e unisce due sottili contatti.

Per un momento non accade nulla. Poi si sente un rumore assordante e una colonna di fuoco zampilla fuori dalla piramide di vetro nel cortile del museo sulla riva opposta del fiume. Due fenditure diritte compaiono sul selciato del cortile attraversandolo ad angoli di novanta gradi, e subito l'intera superficie del cortile si solleva come una buccia, in alto e all'esterno lungo le linee dell'incisione sotterranea, scagliando due quadranti verso il fiume, e facendo saltare gli altri due all'indietro nelle strade della Riva Destra. Mentre l'esplosione si fa sempre piú forte, i possenti edifici medievali del quadrilatero del Louvre sono proiettati in alto, nell'aria, con i muri interni che cedono per primi, e poi la linea scura del tetto. Volano in aria i tesori accumulati nei secoli, la Gioconda e la Vittoria alata di Samotracia, la Venere di Milo e il Codice di Hammurabi, Rembrandt e Botticelli, Michelangelo e Rubens, Tiziano, Bruegel e Bosch, tutti che si librano maestosi in cielo. La cittadinanza di Parigi, che ha sentito la potenza dell'esplosione, si riversa nelle strade per guardare lo spettacolo. Nel cielo di mezzanotte piovono miliardi di frammenti di un milione di capolavori. La folla acclama festosa.

E poi sale un grido ancor piú alto, strappato spontaneamente da diecimila gole. È arrivato il nuovo millennio. Ecco improvvisamente l'anno 3000. Dovunque esplodono fuochi d'artificio, uno spettacolo abbagliante in cui il cielo sembra spaccarsi e rivestirsi di rossi brillanti e di porpora e di verdi che formano sfere su sfere su sfere. Hemingway e Picasso ballano insieme sul tetto, l'omone e il piccoletto. Einstein esegue un assolo selvaggio, agitando follemente le braccia. Cleversmith è immobile come una statua, la testa all'indietro, il viso una maschera estatica. Quanto a Vulpius, che ha cominciato a tremare di una strana eccitazione, è sorpreso di trovarsi ad acclamare con tutti gli altri. Lacrime di gioia inaspettate gli scorrono dagli occhi. Non può piú negare che nella follia di questi uomini ci sia una logica. La mano di ferro del passato non grava piú sul mondo. Fatta tabula rasa, comincerà la nuova era.

Wu Ming
In Like Flynn

Copyright © 2006 by Wu Ming.
Published by arrangement with Agenzia Letteraria Roberto Santachiara.

Si consente la riproduzione parziale o totale dell'opera a uso personale dei lettori, e la sua diffusione per via telematica purché non a scopi commerciali e a condizione che questa dicitura sia riprodotta.

Non era l'oppio, era tutto il resto. La fuga a rotta di collo, la partenza, le chiavate e le sbronze durante il viaggio, il furto, la rissa... Solo dopo era venuto l'oppio, ed era atterrato su un terreno già zuppo di whisky, sherry spagnolo, vini francesi, birra. Mai abbassare il tasso alcolico: se hai cominciato col whisky e il brandy, per carità, non bere vino e, per l'amor di Dio, non bere birra.

Prima di entrare nella fumeria, Flynn ed Erben erano già marci, ma se la meritavano una serata cosí, dopo tutta la tensione. Se uno rischia di diventare spezzatino, poi lo derubano, poi rischia di nuovo di morire, e se in due città diverse lo inseguono per vicoli armati di machete e coltelli, dopo ha diritto di lasciarsi andare.

Adesso, rilassato, Flynn aveva voglia di parlare, parlare, parlare. Cianciava ininterrotto da mezz'ora: l'infanzia, la Tasmania, l'Inghilterra, gli insegnanti del college finocchi, la Nuova Guinea, i cannibali, i coccodrilli, quella vacca di sua madre, il filmaccio sul *Bounty*... Erben ascoltava a occhi chiusi. A dir la verità pareva morto: non fosse stato per qualche risatina, Flynn avrebbe pensato a un collasso. Quando sono sbronzi, i crucchi svengono. È matematico. Erben no, a dire il vero, ma Erben era un professore, prima che un crucco: beveva con un certo metodo.

In quella stanza erano in tre: Flynn, Erben e uno sconosciuto. Basso, pelle olivastra, capelli neri. Il caldo tropicale appesantiva l'aria. Flynn era nudo come un verme coi calzini. Sedeva su una poltrona di vimini col membro semi-eretto, raccontava e si toccava, distratto. Srotolava aneddoti. Erben, sdraiato a torso nudo su un piccolo sofà, ridacchiava dall'Oltretomba. Il piccoletto, seduto alla fachira su una stuoia, fumava, tossicchiava e stava attento, non gli sfuggiva una parola. I cinesi erano discreti: comparivano dal nulla, caricavano le pipe di ceramica e sembravano dissolversi nel fumo.

– Non mi sembra di avertela raccontata questa, *Sport*: quand'ero ragazzino, nel cortile del mio vicino c'erano le anatre. Anatre della Tasmania. Sono diverse da quelle degli altri posti, sono piú grosse e cattive. Ci puoi fare i combattimenti, come coi galli, chissà perché non ci ha mai pensato nessuno. Se torno in Tasmania mi ci butto io, in questo business. Che ci vuole? Vedrai che in Tasmania non succede come a Manila. Insomma, c'erano sei o sette anatre che mangiavano becchime, io avevo dieci o undici anni e cercavo un modo per ammazzare il tempo. Mia madre era a letto con l'esaurimento nervoso, mio padre in giro a studiare i suoi animali, e anch'io a mio modo studiavo gli animali, di lí a poco avrei cominciato a studiare le tope... Insomma, da giovane zoologo quale sono – figlio d'arte, per giunta! –, mi metto a guardare 'ste anatre, l'ho già detto che erano sei o sette? Insomma, c'è questo vicino che ha pure dei cani, dei porcelli e bestie di vario genere... Arriva con una scodella piena di avanzi e la butta in cortile. C'è pure un grosso pezzo di carne, lessa, grassa, unta, schifosa. Arriva un'anatra e *glub!*, ingoia il pezzo tutto intero...

– Non manciano karne, anatre... – fece Erben con un filo spezzato di voce.

– Fammi finire, Sport, lo so anch'io che non la mangiano, grazie al cazzo, non hanno i denti! Ma le anatre della Tasmania sono bestie curiose, vedono una cosa e la inghiottono, poi se non è commestibile la cagano. Infatti, dieci minuti dopo, vedo che l'anatra caga 'sto pezzo di carne tutto intero, non digerito, appena appena screziato di merda, ed è lí che mi viene l'idea: corro in casa a prendere un rotolo di spago, raccolgo la carnazza, la lavo un poco sotto l'acqua, ci infilo lo spago da parte a parte e faccio un nodo. Getto la carnazza a un'anatra, che subito se la tira in bocca e la ingoia con spago e tutto. Dieci minuti dopo, eccolo che esce. Adesso lo spago entra dalla bocca e vien fuori da dietro, avanti la prossima! La seconda anatra ingoia, lo spago entra ed esce da due anatre messe in fila, avanti la terza! Poi la quarta, la quinta... L'ho chiamata «la collana vivente». Sei o sette anatre unite da una cordicella. Ho subito commercializzato la trovata: i ragazzini del quartiere pagavano per vedere quelle bestie costrette a camminare tutte in fila!

Flynn lanciò una risata ululante. Di fianco a lui si materializzò un cinese che gli ricaricò la pipa e scomparve. Il piccoletto sorrise, la storia gli era piaciuta. Erben scivolava lento nella non-esistenza.

– Insomma, Sport, è destino che io faccia i soldi coi pennuti, ammettilo che quella di Satán era una bella idea, è andata storta per un colpo di sfiga, ma potevamo farci dei bei soldi, no?

– Kuatagni di piú con simie. Katuri e fenti a laborato ri, per ezperimenti –. La frase piú lunga detta da Erben da quand'erano entrati in fumeria.

– Forse, ma vuoi mettere il brivido che ti danno i galli? Certo, si rischia la pelle. Cazzo, li hai visti, quelli coi bastoni e i pugnali? Se ci prendevano, ci davano in pasto ai maiali. O alle anatre, che poi ci cagavano a tòcchi, ah! ah!

ah! Però ci siamo divertiti, eh? Non c'è niente di piú divertente di quella roba, non puoi fare a meno di esaltarti, li sentivi come urlavano tutti: «*Ammazzalo! Ammazzalo!*» Niente da fare, è l'istinto del sangue. Sí, i soldi contano, però l'uomo, quello che vuole è il sangue... ma col cazzo che gli dò il mio! Com'è che si chiamava quello stronzo?

– Inosanto... – rantolò Erben. Il piccoletto, al centro di una nuvola di fumo, parve drizzare le orecchie. – Scusate se mi intrometto... – s'intromise. Flynn si girò verso di lui, come se per la prima volta si accorgesse che c'era. Strizzò gli occhi e aggrottò la fronte, gesto esagerato e lento. La statua incompiuta di un ubriaco-che-pensa.

Il piccoletto aveva lunghe basette, capelli lunghi legati dietro la nuca, zampe di gallina intorno agli occhi. Sui cinquant'anni portati male. Lo fasciavano abiti europei, larghi e lisi, invecchiati insieme a lui. Flynn eruppe in un sorriso: – Ma si figuri, Sport! Qui siamo tutti amici, parenti, fratelli. Stiamo facendo tutti la stessa cosa!

– Non proprio, lui non palpa zuo ucello... – precisò Erben.

Flynn si guardò tra le gambe: la mano sinistra, pollice verso il basso, teneva saldo un pene ormai turgido. – Ma pensa, non me n'ero nemmeno accorto... Mi viene cosí, naturale... – Mollò la presa e s'infilò le mutande. – Spero di non averla offesa, signor...

– Niente «Signor»: Leo, chiamatemi soltanto Leo. Nacqui in Italia, ma viaggio per i mari del Sud da venticinque anni. Salpai da Genova nel 1908, e non ho piú fatto ritorno in Europa. Con chi ho l'onore di parlare?

– Mi chiamo Errol Leslie Thomson Flynn, per servirla. Mi chiami Errol e basta. Il mio compare, qui, è il dottor Herman Frederick Erben, *tetesco di Cermania. Ki fiene foi adesso? Fiene io, fiene Erben!*

– Io zono austriaco, kolione. Zono nato a Vienna. E ho cittadinanza americana da tre anni...

– È come dicevi tu, Errol, – riprese Leo. – Siamo tutti la stessa gente. I miei amici e parenti non sono in Italia, ma nei bordelli e nelle fumerie del Mar Cinese Meridionale: qui a Hong Kong, a Singapore, a Giakarta... e anche a Manila, dove conosco diversa gente. Ho sentito il dottore fare un nome, poco fa...

– Inosanto, – ripeté Erben, di nuovo nell'inframondo.

– Parlate di Manulel Inosanto, il re delle puttane di Manila? L'uomo che controlla le scommesse, i giochi proibiti, i traffici illegali dell'isola di Luzón? Parlate... del figlio di troia che mi ha fatto questo?

Slacciò una bretella e sollevò la camicia fino all'ombelico. Un'orrenda cicatrice attraversava l'addome da sud-est a nord-ovest.

– *Ach, so!* – commentò Erben rizzandosi sui gomiti e fissando la ferita.

– *Holy dooley*, Sport! – sbottò Flynn. – Io non ho ancora chiuso il becco dacché siam qui, ma vedo che anche tu hai una storia da raccontare!

– Non è tanto lunga, e nemmeno tanto originale, – disse Leo. – È successo dieci anni fa, in un bordello di Manila. La signorina che avevo scelto ha sbagliato tutto e mi ha fatto venire subito, neanche un minuto. Io avevo pagato per un'ora, cosí ho chiesto indietro i soldi. La tenutaria, una spagnola decrepita che chiamavano Carmen, mi ha preso a male parole, allora ho fatto il diavolo a quattro. Hanno chiamato il padrone, che era appunto Inosanto. Quello mi ha detto: «Buonasera», poi ha tirato fuori un coltellaccio e *zac!* Sono corso in strada tenendomi le budella, non so chi mi abbia soccorso, comunque sono ancora vivo. A Manila non ci sono piú tornato, ma di lui si parla molto, io tengo le orecchie aperte, so bene cosa fa e cosa non fa, e prima o poi trovo il modo di fargliela pagare... Ma è la *vostra* storia a interessarmi. Parlavate di galli, di persone che vi inseguivano...

– La nostra è un po' piú lunga, Sport, vedrai che ti piacerà, – gongolò Flynn. Il cinese portò altro *chandu*. Erben tornò a sdraiarsi e chiuse gli occhi.

Il volto di Flynn era una lastra di oscena beatitudine. Il temperamento infantile vi imprimeva tratti di eccitazione, di compiacimento: come accade alle volte, la virtú dell'oppio aveva sciolto una lingua già sfrenata. Aspirò dalla pipa. Le pupille puntiformi riuscivano, chissà come, a ridere.

– Non so se hai presente la Nuova Guinea: un buco di merda malsano e pericoloso se ne esiste uno, e non so se hai presente i selvaggi cannibali che la abitano. Il business c'è, i bingo-bongo si possono vendere bene a cinesi e malesi sulla costa, ma è materia prima, come dire, rischiosa. Insomma, la faccio breve. Il contatto che deve mediare con questa tribú di montanari crepa mentre risaliamo il fiume Sepik. Dovevamo scambiare dei prigionieri di guerra con le solite stronzate, pentole, machete... I cannibali rinunciano a qualche costoletta di negro, si portano a casa la roba, noi portiamo carne umana verso la costa, e sono pure felici perché gli abbiamo salvato la pelle e il resto, giusto Sport?

Lo sguardo di Flynn si posò su Erben. Il crucco aveva le palpebre a mezz'asta. – Ciusto kosa? Rakonto o scambio?

Flynn parve indispettito. – Tutt'e due, Sport, tutt'e due. Insomma, il contatto scivola dalla canoa a motore, batte la testa contro una pietra e ci rimane secco. Due secondi dopo, una pioggia di frecce, lance e che cazzo ne so. Io giro la canoa, per fortuna in quel punto il fiume è bello largo. Una mandria di negri col cazzo duro – inguainato in una specie di ramo cavo, non saprei spiegartelo meglio –, tutti coperti di penne e piume, coi nasi forati e le facce dipinte a strisce bianche e rosse, iniziano a darci dietro sulle canoe, pagaiavano come pazzi. E andavano veloci! Merda santa, dovevi vederli, Sport. Le frecce e le lance che ti fischiano a mezzo pollice dalla testa... È una cosa che non ti dimentichi. Io tenevo gli occhi sulla corrente davanti a me, per vedere di non spaccare la canoa contro pietre e massi, ma in testa avevo l'immagine dei negri che remavano per farci un culo cosí, per spartire i pezzi migliori davanti al fuoco e dopo sbronzarsi... ammesso che abbiano liquori, ma ce li hanno sicuramente, sennò come fanno a campare in mezzo ai monti e alla foresta, visto che poi le signore non devono essere un gran che... Sí, sbronzarsi e raccontare di com'è stato eccitante l'inseguimento e di quanto sono buoni i bianchi... Selvaggi col cazzo duro, nudi, con 'sto affare infilato sopra...

Erben commentò: – Astuccio di korteccia bene per te, Errol. Ultima moda.

Flynn guardò tra le gambe con espressione tenera e preoccupata. – No, Sport, lui sta bene cosí. Scolo a parte, certo. Comunque, che stavo dicendo?

Leo, attento, suggerí: – I negri. L'inseguimento.

– Ah sí. Deve essere una specie di destino, speriamo che cambi, perché è piú o meno la stessa cosa che ci è accaduta a Manila la settimana scorsa, nonché poche ore fa qui a Hong Kong.

Flynn trasse una lunga boccata, che lo costrinse ad appoggiare la schiena. Chiuse le palpebre, mentre continuava a esalare fumo da bocca e narici. – Come Dio vuole, ci lasciamo i cannibali alle spalle. Basta, non ne possiamo piú di quel posto di merda. A Port Moresby prendiamo la prima nave in partenza, una specie di carretta con due-tre cabine, ma prima vediamo di sfuggita dei cinesini, sulla spiaggia, che scommettono sui galli. Quando arriviamo a Manila, la prima sera che andiamo in cerca di puttane ci imbattiamo nella stessa scena: galli che combattono. Se non è destino questo...

Erben fu scosso da una risata tossicchiante. – Non ne posso piú di pennuti, amiko, perké non rakonti di puttana dopo Manila, Errol? Puttana in nave, Herr Leo, puttana che fottere *alles*, tutto denaro sí?

Flynn stava per ribattere, ma fu Leo a parlare. – «Puttana in nave»? Credo di sapere di chi si tratta. Una bionda sui trentacinque, elegante, con l'aria malinconica...

– Sport, non mi dirà che anche lei...

– Sí. Lavora sulle linee Darwin-Singapore, Singapore-Hong Kong, Manila-Port Mo...

La frase rimase tronca nella bocca dell'italiano. Flynn non aveva alcuna intenzione di farsi rubare la scena. – Certo, Sport, ma tipe come quella vanno a finire male, prima o poi. Ma torniamo a noi.

Gli occhi puntuti di Flynn guardarono prima Erben, poi l'italiano. Lo sguardo del piccoletto era perduto in qualcosa di vago, lontano. Erben sembrava addormentato, la bocca semiaperta colava bava vischiosa. – Ci sei, Sport?

La risposta del crucco fu una specie di sommesso guaito. Flynn l'interpretò come una risposta affermativa. Proseguí: – Manila la conosci. Un posto di merda, pieno zeppo di gialli che si radunano tutte le domeniche in chiesa, gialli infidi, mezzi selvaggi con una patina di spagnolo, che poi ne avessi trovato uno che lo sa parlare, lo spagnolo... però il business c'era. Ogni quartiere, zona o rione ha i suoi galli, e la gente che li fa combattere. Noi volevamo andare sul sicuro, vero Sport? Quindi compriamo un gallo piccolo ma feroce, nero come l'inferno, e lo chiamiamo Sátan... – Erben fece eco dagli inferi, sollevando l'indice della destra verso il cielo. – ...Satán!

– E io che ho detto? Prima di entrare ufficialmente in affari, ci siamo visti non so piú quanti combattimenti, per studiare come funzionava, come si puntava e tutto il resto. È stato un investimento. All'inizio scommettevamo per perdere, ma poi un tizio svedese, un figlio di puttana, ci dice: «Guardate che i filippini disprezzano chi perde, e poi il vostro gioco è troppo scoperto, e comunque già vi prendono per il culo». Allora mi impegno, e in cinque-sei giorni inanello una serie di scommesse vincenti, e i gialli iniziano a guardarmi con rispetto. Una sera, in un combattimento molto rapido, dopo poche beccate e colpi di sperone uno dei due galli stira le gambe, chicchiricchí e vaffanculo. A quel punto scoppia un casino perché, a quanto capivo, chi aveva perso sosteneva che c'era un trucco, e il trucco era il veleno, e allora l'altro prende il gallo e, per dimostrare che non c'è veleno, inizia a leccarlo, gli lecca le piume! Allora ho un' illuminazione: i gialli sono deficienti. Per truccare i combattimenti usano il veleno, ma cospargono le piume! Invece la maniera efficiente qual è? – Flynn guardò prima Leo, poi Erben, bianco come un cencio.

– Il becco, o gli speroni, – rispose l'italiano. Flynn annuí.

Erben si scosse. – Effiziente un kazzo! Kvesto è motivo per cui ci lasciavamo pelle, sí? Se i cialli mettono feleno in piume, motivo ci sarà, e non ci fuole fottuto cenio per capire...

Erben fu scosso da un conato di vomito. Liquido marcescente proruppe da bocca e narici.

– Cristo, Sport, che schifo! Ehi, venite a pulire questa roba!

Due cinesi comparvero con secchio e straccio e pulirono il pavimento di assi di legno. Accesero incenso in un bruciatore a forma di busto di Chiang Kai-Shek, si profusero in una serie di inchini e sparirono. Erben si alzò a fatica, si avviò verso la bacinella e rovesciò sulla testa il contenuto di una brocca d'acqua. Flynn proseguiva, implacabile: – C'è un fatto, però. Gli speroni li applica un esperto, non può farlo il proprietario del gallo, sono lame di rasoio lunghe sette-otto pollici e bisogna starci attenti, possono portarti via un dito o bucarti un piede. Quindi è impossibile avvelenarli, perché gli speroni sono proprietà del tizio. Se c'è troppa disparità tra i galli, lui regola gli speroni secondo un angolo piú o meno favorevole, e cosí l'incontro è equilibrato.

Leo era attento, come se dal racconto dipendesse qualcosa d'importante. Erben si rimise a sedere e parlò. – Pasta con note di kolore, io ti afefo detto: non mettere feleno su becco, troppo feloce, l'altro uccello cade stekkito subito, troppo sospetto, e poi abbiamo riskiato pure pelle di preparatore...

L'italiano spalancò gli occhi per l'interesse. L'iride verdastra brillò ottusa come il culo di una pentola, ma i puntini delle pupille trafissero il tedesco. – Preparatore?

Erben annuí. – Sí. Preparatore esamina salute di kallo. Appena Kallo sferra buon kolpo, kolpo pericoloso, combattimento ha sosta, come round, perché se no grande kasino, sangue e piume dappertutto, kalli ammazzare l'uno con l'altro subito e scommesse non fenire bene. Cosí c'è uno, il preparatore, che mette pomata su ferite di kallo, mette sua testa di kallo in bocca, e soffia e soffia per farlo riprendere, e certi kosí bravi che rimettono in piedi kalli mezzi morti! Buon preparatore fondamentale! Finkè kallo è vivo può combattere, e se può combattere può vincere!

Gli occhi cerulei del crucco furono attraversati da un lampo di pura gioia. Proseguí: – Nostro kallo bekkato preparatore su polso, abbiamo riskiato ke moriva...

– La racconto io questa storia o la racconti tu, Sport? Il piano era perfetto. Abbiamo solo avuto sfiga. Ma lasciami continuare... Dicevo, non c'è modo di avvelenare gli speroni e... *Ouch!* – Flynn si schiaffeggiò la nuca per uccidere un'enorme zanzara. – Oi! – si rivolse ai cinesi. – Non c'è modo di cacciare via queste bestie? Con quello che abbiamo pagato... Mai vista una fumeria piú fatiscente e piena d'insetti, paghi in anticipo e ti mangiano vivo...

Erben ridacchiò: – Zanzare attirate da fumo dolce di oppio. Se ti mordono kazzo, forse prendere skolo e... – Non fece in tempo a finire la frase, dovette darsi una pacca sulla fronte. Si guardò il palmo della mano e disse: – E la zanzara *kaputt*!

Due cinesi portarono un largo braciere e un sacchetto di carta. Presero due manciate d'erbe secche e le mescolarono alle braci accese, poi ci soffiarono sopra con un piccolo mantice. Ne salí un fumo acre, che si mischiò a quello delle pipe.

Flynn aveva perso il filo, e riprese a raccontare da un punto qualsiasi: – Quando la nave è salpata siamo usciti dalla stiva, ci siamo presentati al capitano e coi soldi della posta abbiamo comprato due biglietti di prima classe. È lí che ho incontrato la donna che mi ha stregato e mi ha lasciato di princisbecco. Eleanor. Una gnocca cosí, dopo le troie di Manila... Non solo figa, anche intelligente: citava poeti europei...

– Lo so. Rimbò, Apollinèr... – disse Leo.

– Esatto, Sport, loro. Ma allora ci sei proprio passato anche tu, caro il mio... Pure a te ha detto che...

– Per piacere, kambiato idea, non parliamo di troia, anke oppio non fa passare inkazzatura, – lo interruppe Erben. – Kvesto kolione di mio amiko ha cirato film di merda in Australia e adesso fuole fare attore, fuole andare Hollywood, cikantesco kolione di Tasmania... Su nave rezitava scene di film per impressionare puttana, faceva uffiziale di nave ke si ripella kontro komandante molto stronzo...

– Fletcher Christian, del *Bounty*! E chi meglio di me poteva interpretarlo? Sono il suo trisnipote! Non te lo saresti mai immaginato, vero, Sport?

– C'era anche un italiano, su quella nave, e io sono il *suo* trisnipote, – disse Leo, sorridendo appena.

Flynn rimase congelato, biascicò come un poppante strappato alla tetta e infine riuscí a commentare: – Adesso sei tu a lasciarmi di princisbecco, Sport! Non mi stai raccontando una cazzata, vero?

– Assolutamente no. Si chiamava Randolfo Mantovani, era un botanico. Doveva studiare la crescita dell'albero del pane, a Tahiti. Quando il tuo trisnonno si impadroní della nave, Randolfo fu tra quelli che se ne andarono col capitano Bligh, sulla scialuppa.

– Giuro che questa non l'avevo mai sentita... Nel film non c'era nessun italiano.

– Lo nomina anche il grande Jules Verne nel suo racconto sull'ammutinamento. Ma ha poca importanza, adesso... Prima dell'attacco delle zanzare, si parlava di galli e di veleno...

Il solito cinese (o forse era un altro?) portò una caraffa di un liquore scuro, tre bicchieri e altre erbe da gettare sul braciere. Cambiò l'incenso nel busto di Chiang Kai Shek, poi scomparve. Flynn tirò un'altra boccata di fumo.

– Hai ragione, Sport. È che quella donna, Eleanor... Che pezzo di figa! Anche se mi ha inculato, o meglio, *io* l'ho... insomma, anche se è scappata con tutto quello che avevo, pure i soldi che mi ero fatto spedire qui a Hong Kong da mio padre, non posso negare che quella, a letto, era paz-ze-sca, mi diceva certe porcherie all'orecchio...

– Tu fatto fikura di pofero mentekatto, Flynn. E noi finiti in merda, – disse Erben.

– Almeno io ho chiavato, crucco maledetto. Ci avrò perso i soldi, ma ne valeva la pena. Tu invece non hai battuto chiodo...

– ...e non ho preso skolo, se è per kvesto.

– Che vuoi che sia, un po' di scolo... Uno non è un vero uomo, se non se lo è preso almeno una volta. Un po' di bruciore, qualche siringata sull'uccello e sei come nuovo. Tu te lo sei mai preso lo scolo, Sport?

– Come no, ce l'ho anche adesso... – rispose Leo, la voce un po' piú stanca, granulosa.

– Insomma, mi ha fregato i soldi e mi ha attaccato lo scolo, ma durante il viaggio e appena sbarcati a Hong Kong me la sono spassata. Non è poco.

– Anke troppo. Poi, dopo furto, il kolione di Tasmania non fuole fendere o impegnare suo orologio d'oro...

– Stai scherzando, Sport? Mi impegno le balle, piuttosto. Io non mi separo dal mio cipollone, – disse Flynn. Nella mano si materializzò un orologio da tasca. – Questo è un IWC Calibre 52, fabbricato a Schaffhausen, Svizzera, nel 1893. Quest'orologio ha quarant'anni, quasi il doppio della mia età, per me è come un padre. Tu lo porteresti al banco dei pegni, tuo padre? E poi è un regalo. Non del tutto volontario, forse, ma è un regalo e mica si danno via, i regali...

– Ja, cosí a noi tocca kiedere prestito a mio amiko professore che studia zimie, poi stasera hai sbaliato vikolo – «Io sono già stato a Hong Kong, la conosco come mie taske!» – e ci hai portati in bocca ai ladri, ladri cinesi inkazzatissimi, koltelli lunghi come mio braccio, e ancora dofuto scappare...

– Perché non torniamo a come avete conosciuto Inosanto? – tagliò corto Leo. – Parlavamo di un gallo dal becco avvelenato.

– Satán, – disse Erben. Si versò un bicchiere di liquore, ne bevve un sorso e si leccò le labbra. La lingua sembrava un calzino sporco. Flynn non era molto piú in forma di lui.

Un altro cinese (o era il solito?) portò nuovo oppio. Flynn chiese un catino pieno d'acqua, un asciugamano e sapone per lavarsi: – Puoi aspettare un minuto, Sport? Sono fradicio di sudore, e puzzo. Mi faccio schifo da solo, e non mi sento tanto bene. Devo sciacquarmi la faccia, riprendermi... Oi! Si può avere del tè, qui?

Erben e Leo rimasero in silenzio, continuarono a bere e fumare mentre Flynn si metteva in ordine. Il tasmaniano si infilò i calzoni e mise in tasca l'orologio. Il cinese portò il tè. Flynn se ne versò una tazza, si ravviò i capelli con le dita, infine si rimise a sedere. Solo in quel momento si accorse che gli altri due si erano addormentati. Ridacchiò tra sé e sé, si mise piú comodo sulla poltrona, sospirò. Dopo due minuti, sonnecchiava pure lui. Piú tardi, i tre uomini sognavano.

Dalla cima del monte, dente roccioso che si elevava al centro dell'altipiano come una folle piramide, la vista era panoramica. Patria di leoni delle nevi, avvoltoi ed eremiti: 360°, e senza bisogno di girare la testa. Lui – l'immagine cristallina di Erben, assiso sulla vetta, né pacificato né irato – di teste ne aveva quattro. Una rivolta a nord, verso Thule, patria degli Ariani; una a ovest, verso Berlino; una a est, verso Tokyo; una a sud, in direzione di Lhasa, il luogo degli dèi. La colonna vertebrale di Erben, perfettamente eretta e lunga piú di un chilometro, era un tubo cristallino innestato al centro dell'asse del mondo. L'asse del mondo entrava dal Brahmachakra di Erben, sulla sommità del capo (piacevole formicolío), e usciva dal Muladhara, tra scroto e ano (sensazione entatica, pura beatitudine). Erben, centro di quella geografia sacrale, considerò la sua condizione, l'asse del mondo che lo impalava. La trovò simile al destino della schiera che sfilava molti chilometri piú in basso: paperi guerrieri all'ombra di gigantesche bandiere rosse, svastica nera in campo bianco, paperi in divisa bruna, cappello con visiera e snelli, pericolosi stivali che marciavano al passo dell'oca e nascondevano metà delle zampe, su su fino al ginocchio. I paperi erano truccati come troie sfatte, non avevano i pantaloni. In effetti, le aperture anali degli anatidi erano collegate tra loro per mezzo di un filo di bava bianca: usciva dall'ano di quello davanti, entrava nel becco di quello dietro. Coorte perfetta: né il battaglione sacro di froci tebani né la falange macedone, né gli Immortali di Dario, e nemmeno le schiere di Federico di Prussia o Napoleone poterono vantare simile coesione. Comunità di destini: la marcia proseguiva fino ai limiti del mondo, estatica, la dicotomia tra piacere e dolore, bene e male, risolta in pura, adamantina volontà marziale. Sfilarono di fronte a Erben. Fila dopo fila le teste altere dei paperi, mascara e rossetto, si volsero di scatto verso di lui in una selva di braccia tese, affilate come picche o sarisse.

Erben udí una vibrazione riempire l'aria di quella Pura Terra. Era un mantra, organizzato secondo una sequenza tonale accattivante. *Duckburg, Duckburg über alles...*

Un solo papero fuggiva a gambe levate innanzi all'esercito che marciava a passo dell'oca. Il papero era vestito da marinaio, con tanto di cappello in testa (rimaneva appiccicato alle piume del capo per virtú magica). Seguendo la tendenza generale, il papero marinaio era senza pantaloni, ma a zampe nude, e sventolava una bandiera. Strappata, lacerata, ma ancora rifulgente di gloria e perfettamente riconoscibile. Strisce rosse e bianche, stelle bianche su campo blu: il vessillo inalberato una volta per tutte contro la tirannia. Il papero blaterava incomprensibili minacce e continuava a fuggire, saltellando e perdendo piume dalla coda. La macchina da presa chiuse sulla bandiera stellata.

Al posto delle stelle, piccole svastiche bianche.

Erben aprí le quattro facce in un terribile sorriso. Nelle dieci direzioni dello spazio si udí una terribile risata.

Erben seduto in puro samadhi. Erben, nato sotto il segno del Leone, che osserva Sole e Luna sorgere e tramontare all'altezza del proprio buco del culo. Quando la falce di luna attraversa il chakra segreto, le quattro facce – Erben Nord, Sud, Est e Ovest – si aprono in un'espressione ebete. Quando il sole attraversa il Chakra del cuore di Erben le facce si contraggono in una fredda espressione guerriera.

Leonardo Mantovani era in divisa da bersagliere in una piazza d'Italia, una piazza medievale. Cappello piumato, giubba blu, calzoni chiari, fiamme cremisi sul colletto, sorseggiava vino bianco e parlava dell'Afghanistan, di come gli inglesi fossero stati sgominati da teppaglia, gente primitiva, di montagna. Parlava dei bersaglieri mandati in Cina a reprimere i Boxer: al Ministero credevano la Cina un

Paese tropicale, li avevano spediti con abbigliamento leggero, cotone chiaro, ma il Nord della Cina era freddo, piú freddo di Genova a dicembre. Intorno a lui la gente rideva, sconosciuti gli offrivano da bere. Il generale Lamarmora, ubriaco, gli appuntava una medaglia e diceva: – Codesta è la Commenda Mauriziana di Santa Maria di Montemagno, con diritto ereditario primogenitale, per aver Ella animato energicamente la truppa alla pugna in condizioni disperate, e aver riportato una ferita che è onorificenza incisa nella carne –. Leo commentava: – Ero andato a puttane, quella sera. Con me c'era un attore degli Antipodi, e un austriaco, un suddito del Kaiser. È stata una grande nottata. Il nemico ci ha attaccato con galli selvaggi, avevano rasoi fissati alle zampe, legati tra loro da un'unica corda che li attraversava da bocca a culo. A volte il nemico li lanciava come *bolas* argentine, facendo strame di virgulti della Patria. E zanzare, nubi nere di zanzare sparate da cannoni. Mi hanno inseguito fino al porto di Caporetto, che com'è noto non dà sul mare. Mi sono imbarcato e non ho piú fatto ritorno. È cosí che ho meritato la medaglia. Ora vivo tra cinesi, rinnegati e mezzosangue, me ne fotto della Patria, non sono piú italiano della cacca di un koala. Chiamatemi «commendatore», d'ora in poi.

Il corpo di sogno di Flynn svaní in una nuvola di sperma. Dal baricentro delle gambe aperte di una troia filippina la coscienza fu sbalzata a mezz'aria, sopra una folla di galli starnazzanti che cercavano di uccidersi l'un altro con il becco o lo sperone, e lottavano in mezzo a polvere, sangue ed escrementi finché avevano un singolo afflato di vita in corpo, vita risolta in pura ferocia. Ognuno dei galli che andavano via via macellandosi era unito all'altro da un filo da pesca grigiastro, che entrava dalle bocche e usciva dall'ano ormai sozzo di sterco e sangue rappreso. Seduto su una sedia di paglia al di sopra del ring, quel coglione di Erben fumava una pipa d'oppio e si toccava il pacco. Rantolava.

In mezzo all'arena dei galli comparve Inosanto, il volto contratto in un'espressione di sdegno artefatto. I galli ancora vivi cessano lo strepito e chinano il capo. Ora Inosanto avanza verso un inconsapevole, fattissimo Erben. Flynn etereo, traslucido, non può intervenire e grida e richiami non valgono a destare il crucco. Ora Inosanto tira fuori il *kampilan*, corta spada di ferro, l'elsa ornata dai capelli dei nemici. No. Cala la braghe e tira fuori l'uccello.

Un altro balzo portò via la coscienza di Flynn. Si trovò entro un corpo d'anatra, gli speroni armati con rostri d'acciaio. Era in mezzo a una gigantesca rissa tra galli, sanguinanti, smerdazzanti, in preda al *furor* guerriero, in estasi panica di fronte alla morte. Galli pericolosi.

Capí. Una voce distinta emerse dal fondo della pancia. *Io sono Errol Flynn, Anatra da Combattimento della Tasmania*. Vaffanculo i galli. Salviamo la pelle.

Ed ecco come sono arrivato qui, in questa fumeria d'oppio di Hong Kong, presso il porto di Kowloon, precisamente in questo momento.

I tre uomini si svegliarono. Sbadigliare. Stiracchiarsi. Sfregarsi gli occhi. Centrare di netto la sputacchiera. – Che ore sono? – chiese qualcuno. – E chi lo sa? – rispose un altro. – Chi se ne frega, questo posto non chiude mai, – concluse un terzo. – Dov'eravamo rimasti? – s'informò uno di loro.

– Parlavamo di un gallo dal becco avvelenato, e dovevate spiegarmi come avete conosciuto Inosanto, – disse Leo.

– Giusto, Sport, giustissimo... Ho fatto un sogno strano, era tanto che non fumavo questa roba, e si è mescolato tutto, gli alcolici, l'incenso, quella schifezza contro le zanzare... Ci sei, Sport?

– *Ja*, sí, sono qui, ank'io fatto sogno strano... però bello.

– Allora, – riprese Flynn, – ci studiamo la cosa, perché non tutti i veleni sono uguali. La difficoltà era: come avvelenare il becco senza avvelenare il gallo? Occorreva un veleno che anche in piccole quantità potesse infettare il sangue dell'avversario...

– *Ja*, kvalcosa ke provoca come setticemia, come morso di farano di Komòdo, però piú feloce.

– E che non avveleni il gallo se gli va giú in gola. Qualcosa che funzioni solo nel sangue. In una botteguccia di Manila una specie di farmacista pazzo ci dà appuntamento quando ha chiuso. Entriamo da dietro, scendiamo una scala, lui entra in un bugigattolo e ne esce con una boccettina di sciroppo verde. Ci dice che è letale, una goccia va diluita in un bicchier d'acqua, oppure in una crema base. Adesso dobbiamo comprare un gallo, uno feroce ma piccolo, nero ma con l'aria un po' scema, su cui nessuno scommetterebbe una cicca. In piú, gli diamo un nome altisonante, cosí tutti ci prendono per il culo. Decidiamo di chiamarlo «Satán». Coglieremo tutti di sorpresa.

– Infatti, tutti rimasti di merda. Anke noi, – s'inscrí Erben.

Flynn fece finta di niente e proseguí: – Il piano era perfetto, c'è poco da dire. Tranne che per un particolare: al primo scambio il nostro avversario stramazza nella polvere, stira le gambe e rimane secco in meno di cinque secondi.

Erben ridacchiò. La voce uscí gracchiante, come da una radio messa male. – Strano, fero? Anke piú strano se non racconti storia prima, storia di krosso koglione tasmaniano che dice «mettiamo piú gocce in krema, almeno dieci» e poi «spalmiamo molta crema, sí?»

Erben sembrò impegnarsi nel tentativo coraggioso e quasi impossibile di rubare la scena a Flynn. Provò ad alzarsi, barcollò, si mise in piedi. Era sudato come un porco, una fitta rete di gocce imperlava la pelle lattea del volto. Gonfiò il petto e proseguí, un'ottava piú in alto: – ...E storia prosegue con Erben che dice «meglio no, meglio fare come consiglia farmazista patzo, ho brutto presentimento», e infece no, si fa come dice kolione di Tasmania, cosí kallo nemico muore subito, kolione fa numero di uomo che lecca piume di suo kallo, mentre intorno tutti urlano e sguainano specie di spade e coltelli lunghi come mia kamba e tutti, proprio tutti dico, anke eventuale, improbabile piú kolione di kolione di Tasmania ha kapito tutto benissimo: feleno è spalmato su bekko, e tutti gridano, iniziamo a gridare anke noi, e scappiamo, scappiamo come razzi, con kuore in gola, per stradine con gente che bestemmia e tira pietre... ho pensato: mai fedrò anno 1934, ma finalmente arrifiamo in piazza dofe essere soldati americani, cribbio, santa merda, mai stato kosí felice di federe MP!

Erben crollò a sedere, ansante, come se rivivere la scena della fuga avesse messo a dura prova cuore e polmoni. – E poi, visto che altro kallo era di uomo di Inosanto, molto meglio partire subito. Nemmeno tempo di fare bagagli e *auf wiedersen*, Manila.

Flynn guardava il compagno con occhi sconcertati, offesi. – Cosí, è questo quel che pensi di me, Sport? Del tuo migliore amico?

Erben sorrise. – Penso che mio amico molto kolione. Ma molto simpatiko.

Le parole riempirono la stanza con il peso di una sentenza. Flynn tacque, distolse lo sguardo. Guardò la parete, il nulla. Tirò ancora dalla pipa. Il fumo uscí da labbra e narici. Si fece silenzio.

Dopo un lasso di tempo che parve interminabile, il volto di Flynn si aprí in un sorriso. – Sai una cosa, Sport? È la stessa cosa che penso di te.

Leo Mantovani scoppiò a ridere, e anche Erben sorrise.

Era stato l'ultimo sforzo. La fattanza d'oppio ricadde sulle spalle dei tre come un manto di piombo. Prima di addormentarsi Erben credette di notare qualcosa di ambiguo nello sguardo del cinese che ritirava le pipe. Lo vide coprire Leo e Flynn con una specie di lenzuolo. Cosa c'era in quello sguardo? Una sorta di promessa, di minaccia... un voto? C'erano comunisti a Hong Kong? Dovevano esserci, erano dappertutto. Comunisti cinesi: il *non plus ultra* dell'incomprensibilità...

Leo Mantovani aprí gli occhi e si mise a sedere di scatto. Si liberò del lenzuolo e si alzò in piedi, ruotò il collo in una direzione e nell'altra, piegò la schiena a toccar terra con la punta delle dita, poi mise le mani sulle reni e si inarcò a guardare il soffitto. Espirò con forza. Lanciò uno sguardo ai compagni. Dormivano, Flynn russava a bocca aperta. *Mai incontrati due cialtroni come questi*, pensò. *Guardali: potrei anche ucciderli, se ne avessi voglia.*

Frugò nei calzoni di Flynn, trovò l'orologio d'oro e se lo cacciò in tasca. Nel portafogli di Erben c'erano quasi venti sterline della Bank of England (tre biglietti da cinque pound, quattro da un pound e uno da dieci scellini), piú due dollari Usa e cinque marchi del Reich tedesco. Quando diede le spalle ai due dormienti, vide un cinese sulla soglia (il solito?) Si fissarono e scambiarono un cenno d'intesa. Leo gli allungò due sterline.

Idea geniale, la fumeria: attiravi i gonzi, li spennavi e la spostavi. Sí, decisamente meglio di quando faceva il bandito di strada. Con la fumeria, nessuno tentava di sbudellarti, niente cicatrici né brutti ricordi. Tre o quattro seminterrati in giro per Hong Kong, un piccolo investimento in oppio e liquori, qualche spicciolo allungato a chi di dovere... Passavano giorni prima che il fesso di turno si riprendesse, e quando lo faceva (*se* lo faceva) ricordava poco e niente.

Mentre i cinesi smontavano la scena, Leo gettò un'ultima occhiata a Flynn ed Erben. Con un gesto delle mani impartí loro una benedizione, si girò e, pieno di vigore, andò incontro all'alba.

[All'inizio del 1935 Errol Flynn si trasferí a Hollywood e divenne uno degli attori piú famosi del xx secolo, forse la piú fulgida star degli anni Trenta. Il dottor Hermann F. Erben lo raggiunse poco tempo dopo e il sodalizio fu rinnovato. Nel 1937, per puro spirito di avventura, viaggiarono insieme per la Spagna devastata dalla guerra civile. Nel 1941 gli Stati Uniti d'America revocarono la cittadinanza a Erben, ufficialmente per un vizio di forma. In realtà, i motivi erano altri. Oggi è assodata l'appartenenza di Erben al partito nazista e il suo ruolo di spia per l'Abwehr, *l'intelligence* militare tedesca. Con tutta probabilità, anche il viaggio in Spagna era stato una copertura per una missione segreta. Nonostante ipotesi e speculazioni, nessuno è mai riuscito a dimostrare che Flynn fosse al corrente della cosa. Quel che è certo è che negli anni successivi l'attore prese le distanze dal suo ex compare, tanto da cambiargli nome nella sua autobiografia (*My Wicked, Wicked Ways*, 1958). Nel libro, Hermann Erben diventa l'olandese «Gerrit Koets». [N.d.A.]

F.X. Toole
Sant'uomo

Traduzione dall'originale americano di Paolo Zaninoni

Titolo originale: *Holy Man*.
Copyright © 2006 by F.X. Toole Productions LLC.

Trent'anni e mai un campione, ma la campana continua a suonare nel sogno che faccio ogni mattino. Mi sveglia alle cinque e mezzo, e io mi alzo stordito tenendomi la testa fra le mani. Barcollando raggiungo l'angolo cucina e mi faccio un doppio caffè istantaneo sulla piastra.

Il mio buco è pieno di roba e non proprio pulito come dovrebbe, ma vivo da solo e quindi va bene cosí. La gente immagina che appenda foto di boxe alle pareti, ma si sbaglia. C'è solo un calendario della chiesa di San Tommaso tutto coperto di nomi di pugili e città e i prossimi incontri. Sopra ci sono delle riproduzioni di Madonne del Trecento, del Quattrocento e del Cinquecento. Mi piacciono molto, quei quadri.

Trent'anni è quasi una vita. Sono arrivato a un passo dal titolo un paio di volte, ma non ho vinto la bambolina. Eppure ci ho provato. Lavorare con un esordiente costa la stessa fatica che lavorare con un campione – anzi, con gli esordienti è peggio, perché sono tonti.

E poi ci vuole il ragazzo giusto per trovare un campione. Ma se hai una botta di culo e ti capita un campione di quelli buoni, di quelli che sono campioni tanto sul ring che fuori, quando trovi uno di quelli che io chiamo sant'uomini, di quelli che sono capaci di sacrificarsi, be', allora lavorare è bello e non senti piú tutta la stanchezza.

Era un bel ragazzo, Ernie, e forte, e bianco. Suo padre

faceva il muratore ad Albany. Ernie era uno di quei ragazzi italiani del Nord con la pelle chiara, capelli biondi e occhi azzurri. Se lo colpivano o si sfregava contro le corde con la schiena, la pelle diventava rossa e tutta segnata. I neri in palestra se ne erano accorti e presero a chiamarlo Pesca, Pesca Pascetti. A Ernie il nome Pesca piaceva, specialmente quando i neri li faceva finire con il culo per terra.

– In quest'angolo, da Albany, New York, ora residente a Los Angeles, California! Ernie Pesca Pascetti! Pascetti!

Avevo chiesto agli annunciatori di aggiungere il pezzo su Albany in modo da avere dalla nostra i tifosi italiani della Costa Est.

Mi accorsi di lui quando era un dilettante. Aveva vinto alcuni tornei, ma negli anni sbagliati, quelli che non servono per andare alle Olimpiadi. E comunque contro i cubani non avrebbe combinato molto. Aveva allenatori che gli permisero di prendere brutte abitudini. Ce ne sono molti in giro che non sanno come si tira su un ragazzo, o che ormai sono inaciditi e non gliene frega piú niente.

Ernie passò professionista e per un po' se la cavò bene perché era un gran picchiatore, ed era bianco. Il problema era che non aveva classe. Di welter piú forti non ce n'erano, ma tutti i suoi pugni erano pesanti, e si capivano sempre in anticipo. Anche cosí, riuscí a vincere i suoi primi quindici combattimenti, undici per KO. La gente parlava di lui e lo teneva d'occhio: buon per lui, dicevo io. Il problema è che nessuno al suo angolo si era preso la briga di dirgli che i tipi che stanno nell'altro angolo diventano sempre piú forti man mano che si sale di livello. E che i migliori non si limitano a mollare un gran gancio largo e buttarcisi dietro come faceva lui.

Per un poco le cose filarono diritte, poi a Ernie capitò la cosa peggiore che possa capitare a un pugile che abita a L.A. Non parlo dell'alcol, o della merda bianca o delle donne. La cosa peggiore a Los Angeles è Hollywood. Da un giorno all'altro Ernie si mise a bazzicare i duri italiani di Hollywood, attori che si danno arie da pugili e pugili che sembrano attori.

Per gli attori che interpretano il ruolo del duro, andare in giro con un pugile vero è il massimo della vita: possono farsi vedere a cena da *Morton's* e *Mr Chow's* e darsi un sacco di arie, stronzate cosí. Saltò fuori un attore che si chiamava Vinnie Vincenzo: fece invitare Ernie a qualche trasmissione televisiva e gli procurò persino una particina in un film dove Ernie interpretò un pugile suonato che piange. A Ernie non pareva vero. Lo esibivano alle feste, e c'era sempre qualche troia che voleva toccargli la pelle morbida intorno agli occhi. Di colpo tutti scoprirono di amare la boxe, e tutti si misero a spiegare a Ernie che lui era superiore ai pugili italiani di una volta. Gli dicevano che era meglio di Graziano e di Basilio, figurarsi. Ernie ce l'aveva duro. Nel giro di un baleno si mise a tirare su con il naso quella merda e a girare con una Bmw scoperta.

La gente in palestra diceva che piú che farsi di droga si ubriacava: alle cinque del pomeriggio iniziava a farsi doppi drink di vodka Stolichnaya 100 con pcpc. Ballava e scopava e sudava tutta la notte, dormiva fino a mezzogiorno, pensava di non dover piú lavorare sul fondo, pensava di essere King Kong. I pugili di una volta riuscivano a mantenersi in condizione combattendo una volta alla settimana o giú di lí: alcuni di loro, almeno. Quelli di oggi non combattono la metà delle volte. Ma sono piú veloci, tirano piú pugni. Per questo la tonificazione oggi è ancora piú importante.

Tutti i pugili sanno cos'è la tonificazione. Ernie pensò che forse poteva smettere, poteva dedicarsi al cinema, poteva essere una star. Era piú facile. Non aveva i capelli biondi? E non piaceva alle donne?

Ernie perse tre dei suoi combattimenti successivi, gli ultimi due per KO. L'ultimo fu peggio di un KO. Diede le spalle al suo avversario, che vuol dire rinunciare, che vuol dire che sei alla frutta e l'arbitro è obbligato a sospendere l'incontro.

Appena si accorse che prenderle è molto peggio che darle, Ernie capí che non era poi cosí forte. Non voleva piú combattere – succede spesso, in questi casi. Ma smise anche di assaggiare la figa delle stelline, e dovette iniziare a pagarsi la vodka al pepe, dieci centesimi al bicchiere. Gli italiani non rispondevano piú alle sue telefonate. E la banca venne a prendergli la macchina. Aveva un gran bisogno di soldi, ma gli unici che accettavano di combattere erano quelli da trenta vittorie e due sconfitte che cercavano solo un match di riscaldamento, o un match di avvicinamento a quello per il titolo. La vodka Stolichnaya finí, e Ernie si dovette accontentare di mezze pinte di quella comprata al supermercato.

Io sapevo fin dall'inizio che Ernie non sarebbe andato da nessuna parte – non solo perché bevesse e si sputtanava con gli attori, ma anche perché c'erano un sacco di cose che sul ring non sapeva fare. E poi immaginavo che dentro di sé avesse paura, che non avesse cuore, e che sarebbe stato questo a rovinarlo.

Dopo di allora, non pensai piú a Ernie. E poi, i pugili cambiano da una settimana all'altra. Siamo noi allenatori a rimanere sempre gli stessi. Ogni tanto però mi arrivavano delle voci. Chi diceva che Ernie chiedeva l'elemosina alle uscite dell'autostrada, chi diceva che viveva per strada, aveva una scarpa sola e davanti era tutto coperto di vomito. Le voci si fecero sempre peggiori, finché un giorno qualcuno raccontò che era in un centro di recupero per ricchi a Palm Springs. Poi, per due anni, silenzio. Finché un giorno Ernie mise il naso in palestra. Era tutto ripulito, ben vestito, gentile. Quasi nessuno lo riconobbe. Fui contento di vedere che il ragazzo si era tirato su, ma capii anche che era solo. È cosí che funziona con i pugili. Quando sperimenti la scossa elettrica che ti dà la vittoria e la gente che urla il tuo nome, inizi ad averne bisogno, e provare questo bisogno è come avere la zampa di una pantera su per il culo. A me successe dopo venti combattimenti da peso medio. È quello che spinge a tornare sul ring della gente che non dovrebbe tornare sul ring. Io sono diventato un allenatore solo per il gusto di continuare ad annusare quell'aria. I pugili che non dovrebbero tornare sul ring e decidono di tornare lo stesso si fanno molto male. Io sono stato abbastanza furbo da evitarlo.

Quando Ernie tornò in palestra, non ebbi sorprese. L'inattività lo aveva reso lento e goffo, non aveva piú equilibrio né scelta di tempo. A suo merito bisogna dire che secondo le voci stava frequentando gli Alcolisti Anonimi, e pur di avere un lavoro faceva consegne con un camion.

Poi un bel giorno insieme a lui arrivò una tipa, e mi accorsi che mi osservava mentre lavoravo con i miei pugili. Me la presentò come Sophia, dicendo che era sua sorella: era una tipa vistosa, di quelle raffinate, vestiva abiti francesi. Mi invitarono a cena, volevano parlare. Lei mi disse di scegliere io il ristorante, e io optai per il Pantry, uno di quei posti aperti ventiquattr'ore, all'angolo tra Fig e Nona strada. Dal 1924 lo frequentano pugili, tassisti, gente d'affari e barboni. Friggono bistecche sulla piastra come ai tempi della Depressione, e tutto è unto. È un posto dove ti riempi la pancia, e resti a pancia piena per un giorno intero. A Sophia la carne fibrosa diede qualche problema, ma era una di quelle che tengono duro, e si limitò a masticare piú a lungo. Si presentò come Pascetti-Gottlieb, disse che faceva l'insegnante e che il marito era uno psicologo che era disposto ad aiutarla a migliorare l'autostima di Ernie. Le tipe con il doppio cognome non mi fanno una grande impressione, e la faccenda dell'autostima mi lascia freddino. Alla fine arrivammo al punto.

Lei iniziò: – Che ne dice se mio fratello tornasse sul ring?

Piatto piatto le dissi che non mi pareva una grande idea, che la vedevo dura. – È forte, ma non è piú giovane.

– Ehi, ho solo ventott'anni.

I soldi li aveva Sophia, ragion per cui non gli prestai molta attenzione. – Ricominciare a ventott'anni quando si è ridotti in quel modo vuol dire essere vecchi. Lo guardi. Quanto pesi? Settantatre, settantaquattro? Quando combatteva pesava sessantasei e sei.

– Sono settantatre.

Le dissi: – Se è il campione in carica, a ventotto anni non è vecchio. È vero, una volta picchiava duro. Ma con le abitudini che ha, con il suo carattere da mammola, mi sa che è nella merda. Perdoni il mio linguaggio.

– Non si scusi. Le sono grata della franchezza.

Franchezza? Quella donna mi faceva impazzire.

Lei si rivolse a Ernie. – Dice la verità?

– Mi sono allenato correndo. Prima ero ottantanove.

Gli chiesi se beveva ancora.

– Sono iscritto agli Alcolisti Anonimi e sto uscendone, chiaro? Non posso toccare la droga, non posso bere un bicchiere che sia uno, o mi ritrovo per strada a vomitare. Dai, voglio riprendermi il mio nome.

Dovevo maltrattarlo. In fin dei conti, era scappato davanti al suo avversario. – Perché non riprovi con il cinema?

Ernie annuí, incassò la mia battuta sul cinema come aveva incassato la mia battuta sul carattere da mammola, aveva capito il messaggio. Sophia era un po' incerta.

– L'ho osservata, – disse. – Ho visto come analizza ogni cosa, ho notato che i suoi pugili imparano in fretta.

In fretta! – L'allenatore dev'essere in gamba se vuole che lo siano i ragazzi.

– Ma si ricorda di Ernie, giusto?

– Mi ricordo di tutti.

– Cos'aveva che non andava?

– Arrivava fino a un certo punto, ma non oltre. Ed è meglio se non combatte con la sua bella faccia, specialmente visto che non è un Cuordileone.

– Ho un cuore grande cosí! Ernie mi interruppe, duro. – Con quel che ho passato, ho un cuore grande cosí!

Spiegai a Sophia che chi parla del cuore non necessariamente ce l'ha. Cosí dicendo non mi guadagnai certo dei punti con Ernie: ma si trattava di chiarire chi ubbidiva e chi comandava. Chiesi a Sophia il nome del manager di Ernie, ed Ernie mi rispose che era lei.

– Tu ti prendi il solito dieci per cento, – aggiunse.

– Senza offesa, Ernie, ma il dieci per cento di niente è niente. Per le vecchie glorie, pagamento anticipato.

– Non sono una vecchia gloria! – mi interruppe, tutto rosso. Aveva il colore della pesca.

– Pensi che tua sorella possa sguazzare in fondo alla palude? Che possa tirarti su dal fango? Credi che riuscirà a combinare incontri per farti crescere? La pensi cosí? Be', allora tienitela. Ma se vuoi me, sappi che io sono allenatore e manager. Prendo un terzo dei guadagni – se mai ci saranno guadagni.

Sophia disse: – La mia idea era che, pagato a lei un dieci per cento, Ernie si tenesse il resto.

Ernie non ne fu contento. Io però non credevo che lui sarebbe durato molto, e le spiegai che la prima cosa da fare sarebbe stato cercare di capire se aveva ancora qualche chance. Le chiarii che volevo duecento dollari la settimana per due ore al giorno, sei giorni su sette. Conclusi dicendole educatamente che se le sembrava troppo avrebbe dovuto riportare Ernie a Hollywood e iscriverlo a una classe di aerobica a cinquanta dollari l'ora.

Sophia volle sapere: – Quanto ci vorrà?

Risposi che ci sarebbero voluti almeno due mesi per capire la situazione, e che avrei dovuto vedere i miei duecento ogni lunedí prima che suonasse la campana. Le dissi che se Ernie avesse voluto ancora combattere e se avesse guadagnato abbastanza da lasciarmi almeno cinquecento dollari a combattimento, non le avrei chiesto altri soldi.

Volevo essere certo di tirare su qualche dollaro senza perdere il mio tempo. Altrimenti, avrei ringraziato per la cena e sarei tornato ai ragazzi che ancora hanno un sogno. Quelli li alleno per niente.

Sophia domandò: – Cosa gli insegnerà che lui non sappia già?

– Gli insegnerò a combattere, tutto qui, – le dissi. – Come si pensa e ci si muove sul ring. Ma c'è dell'altro che lei dovrà pagare.

– Di che sta parlando? – Si rivolse a Ernie. Lui stava osservando la mia tazza di caffè. – Cos'altro dovrò pagare?

Ernie scosse le spalle, evidentemente non ne aveva parlato alla sorella.

– Dovrà pagare per piazzarlo al posto giusto nel programma della serata, per farlo andare in tv, – risposi.

– Tutti vanno in tv.

– Alcuni. Altri non ci arrivano mai.

Spiegai che il pugilato è un business. Per i tifosi è uno sport, sia che seguano i dilettanti sia che seguano i professionisti. Ma appena un pugile passa professionista, diventa un business. Vuol dire che da qualche parte devono saltare fuori dei soldi. Le ricordai che lei era pagata per insegnare, che suo marito era pagato per fare lo psicologo.

Dissi: – Perché un organizzatore dovrebbe inserire nel programma una vecchia gloria che non attira pubblico e che non è famoso in tv?

– Non sono una vecchia gloria, – esclamò Ernie. – Maledizione, non sono una vecchia gloria.

– Forse sí, forse no. Ma capirlo costa. Te lo dico ora cosí non avremo sorprese. Dovrai ungere le ruote agli organizzatori, almeno al principio.

– Pagano tutti?

– In un modo o nell'altro. Gli dai delle percentuali sulle spese di allenamento. O passi un secolo ad aspettare una possibilità e non hai piú tempo, o il ragazzo si innamora e si trova un lavoro. O qualcuno con un abito di seta decide che vuol fare affari con te.

– Questo le è mai successo?

– A me è successo tutto.
Sophia disse che mi avrebbe fatto sapere.

Passarono un paio di giorni. Non vidi piú Ernie e me lo dimenticai. Poi mi chiamò Sophia, e mi invitò a pranzo al Polo Lounge. Arrivai vestito con la maglietta da allenamento, come sempre.

Il personale e gli ospiti dell'albergo fecero finta di non vedermi, ma piú vecchio sei piú te ne freghi dei ricchi. Per prima cosa ordinai una Pilsner Urquell al cameriere, che arricciò il naso. Poi chiesi una zuppa fredda al curry e granchi di Dungeness su ghiaccio, con salsa di senape e maionese. Per dolce mi presi un soufflé allo zenzero. Sophia prese a guardarmi in modo diverso.

– Sono preoccupata per Ernie.
– Anch'io lo sarei al posto suo.
– Cos'ha contro di lui?

Sorrisi. – Non ho niente né per né contro di lui. Suo fratello ha un brutto passato, lo vuole capire? Quando le cose si sono messe bene invece di cavalcare la tigre lui si è lasciato andare, e da quel giorno non ha piú smesso.

– Lei non ha comprensione per chi cade.
– Ho comprensione per chi viene buttato giú. Ne ho di meno per quelli che si sdraiano per terra.

Rifletté per un poco.

– Per me un espresso solo zucchero e senza rigirare, – dissi al cameriere, che a questo punto era ormai innamorato di me. – E un Hennessey XO, ma solo per il suo valore terapeutico.

Mi osservò mentre assorbivo l'odore del cognac e ridacchiò. – Lei è un uomo in gamba.

– Ho preso molti pugni.

– Ernie ce la può fare?
– Dipende da lui.
– Vuole essere il suo allenatore?
– Con chi si è allenato in queste settimane?

Stavolta lei rise di cuore. – Uno che non si fa pagare e che gli ha promesso che sarà campione in sei mesi. Voleva che combattesse al decimo round a Medicali contro il numero tre. Vuole ancora allenarlo?

Mi piacque il modo in cui disse: «Contro il numero tre». – Se mi paga. E se firmiamo un contratto.

Stendemmo una semplice lettera di accordo. Per i prossimi tre anni sarei stato il manager e l'allenatore di Ernie. Se si fosse fatto sotto qualche pezzo grosso ed Ernie avesse deciso di vendere la parte manager del contratto, nessun problema: mi sarei preso la terza parte del prezzo della vendita. Sarei rimasto comunque allenatore al dieci per cento, chiunque fosse stato il manager, e anche se il manager avesse portato un nuovo allenatore. E avrei preso i miei duecento dollari alla settimana, come avevo spiegato.

Morsi l'angolo di una zolletta, la trattenni fra i denti e succhiai un po' di caffè attraverso lo zucchero. Giocai con l'Hennessey, ne vidi cambiare il colore mentre lo facevo ruotare all'interno del calice contro la poca luce, e inspirai mentre lo assaporavo sulla lingua. Avrei voluto perdermi in un Hoyo de Monterrey Excalibur III, ma nella Repubblica popolare di California questo è illegale.

Ernie si mise al lavoro, e io lo feci soffrire. La sua tuta era bagnata fradicia, la sua bocca era asciutta come una scoreggia secca. Piangeva e chiedeva dell'acqua. Gli dissi che i pugili forti non hanno bisogno d'acqua e che quelli deboli non la meritano. La smise di piangere.

A dire il vero avevo immaginato che dopo qualche settimana di allenamento sarebbe crollato. Ma il ragazzo tenne duro, che Dio lo benedica, e allora mi venisse un colpo se non iniziai a credere in lui. E poi volevo che ancora una volta ce la facesse un pugile bianco, volevo vedere piú ragazzi bianchi in palestra, volevo che i ragazzi bianchi mostrassero le palle ai Democratici e a quelle troie in tanga che chiedono ai loro fidanzati di essere uguali a ragazze.

Iniziai a pensare a Ernie tutto il tempo, e a chiedermi cosa gli sarebbe stato piú utile. C'erano cosí tante cose del pugilato che non sapeva da poterci riempire un registro. Ma era ancora in grado di metterti a nanna sia di destro sia di sinistro: avevo la materia prima che mi serviva.

Per prima cosa, con un pugile sputtanato come Ernie bisognava trovare il modo giusto per allenarlo. Bisognava spingerlo a fare certe cose senza che capisse che gliele stavi facendo fare. Bisognava fare in modo che non si preoccupasse delle risate della gente, che non riprendesse le sue vecchie abitudini. E poi, non tutti i pugili possono essere bravi in tutto. Lo rimisi sulle gambe, e lo abituai a tenere alte le mani, ma non riuscii a convincerlo a tenere sempre basso il mento. E neppure a scivolare in avanti sulla parte anteriore del piede invece di appoggiare prima il tallone e poi le dita, cosa che ti fa perdere sempre una mezza battuta rispetto all'avversario.

L'abitudine piú importante che non riuscii a fargli prendere fu quella di far passare il peso del corpo dal piede davanti a quello indietro quando scaricava il gancio sinistro. Pensai che forse non voleva. L'ottanta per cento dei suoi KO li aveva ottenuti a modo suo, anche se gli avevo dimostrato che spostare il peso gli permetteva di colpire piú duro, che gli richiedeva meno energia. Sapevo che non sarei riuscito a cambiargli il gancio, ma volevo che si sapesse che avevo tentato. Farlo nel modo giusto non solo carica la mano destra, ma dà anche maggiore protezione al mento.

Quello di cui non dovevo piú preoccuparmi era l'alcol. Frequentava gli Alcolisti Anonimi e una volta mi disse che l'idea di una ricaduta lo terrorizzava. Mi confidò che suo padre gli aveva ingiunto di non farsi rivedere, che gli aveva detto di non aver piú un figlio. Sophia lo stesso. Se riprendeva a bere, se la sarebbe dovuta cavare da solo. Per farsi una nuova vita Ernie doveva restare sobrio e tornare sul ring. Decisi che lo avrei aiutato.

Era forte e piú veloce di come lo ricordavo. Lo misi ad allenarsi con un pugile da dieci round, e chiesi a quest'ultimo di andarci piano. Ernie arrivò a gran fatica al terzo, ma se non fosse stato pulito non sarebbe arrivato nemmeno lí. Aveva ancora molti problemi di tono, ma anche se l'autonomia era breve, picchiare sapeva picchiare. I riflessi mano-occhio erano buoni. Non sarà stato il pugile piú veloce con le mani, ma se hai buona scelta di tempo e sai quel che fare puoi battere qualsiasi pugile veloce.

Quello che mi preoccupava ancora era il cuore di Ernie, ma finché venivo pagato potevo anche stare a vedere. E poi, piú un pugile è in condizione, piú grande è il suo cuore. Una volta che si fosse rimesso in carreggiata e avesse ottenuto qualche vittoria, sarebbe stato di nuovo in cima al mondo. Un buon pugile bianco è un'attrazione, forse avrei potuto procurargli i combattimenti giusti e saremmo riusciti a combinare qualcosa.

Tutto stava nel far diventare Ernie il migliore nella caratteristica per la quale già eccelleva: la potenza. Ma ancora piú importante era far credere ai suoi avversari che Ernie era il solito vecchio Ernie, l'Ernie che avanzava sparando bombe e affondando con il mento alto dietro il suo gancio sinistro. Quando mi resi conto che non avrei potuto sistemare quel gancio capii che ero di fronte a un problema. Ma una volta che capii il problema, vidi la risposta. Trasformarlo. Non da destro a mancino. Non da picchiatore a pugile elegante. No, l'avrei trasformato da picchiatore in colpitore d'incontro.

Andò tutto liscio come l'olio. Per prima cosa lavorammo sul gioco di piedi. Ernie avanzava sempre allo stesso modo, ma invece di scaricare subito lo istruii ad aspettare un secondo – oppure a fingere un colpo. Cosí l'altro o arretrava o partiva per primo, e a quel punto Ernie sapeva che potevano accadere solo due cose. O arrivava un sinistro, o un destro. Insegnai a Ernie a parare e colpire d'incontro. A incassare e a colpire d'incontro. A scivolare e a colpire d'incontro. Gli insegnai a piazzare combinazioni di colpi dall'interno, gli mostrai che poteva far male ovunque finissero quei colpi.

Questa è la chiave. Bisogna far male. Bisogna costringere l'altro ad arretrare, ridurlo a combattere sui calcagni. Mirare ai reni, fargli sapere che piscerà rosso. Colpire le palle degli occhi, trasformare il bianco degli occhi in una pozza di sangue. Aprirgli le costole, provocare degli spasmi al fegato. Rovinargli le giunture, là dove si saldano le braccia e le spalle. Spezzarlo. Prendergli il cuore e strizzarlo. È questo il gioco a cui giochiamo. È un gioco terribile. Ma se sopravvivi a tutto questo e vinci, allora sei felice. Ti rispettano.

Il mio lavoro consisteva nell'insegnare a Ernie a togliere il match dalle mani dell'avversario, a lavorarselo dall'interno come sapeva fare. Fin quando l'altro può rispondere, finché può colpire anche se lo stai picchiando duro, resta in partita. Ma quando lo fai a pezzi e non può piú farti male, quando si riduce a un punching-bag, inizia a pensare alla mamma. E a questo punto si trova un posto sul ring.

Per portare Ernie a quel punto, me lo lavorai un po' alla volta, lo abituai a prendere i miei pugni sulle braccia, sui guanti, sulle spalle. Se l'altro ti sferra un destro al corpo, lo prendi sul gomito sinistro e rispondi di sinistro – con un gancio, un uppercut o un jab. La stessa cosa dall'altra parte. Funziona perché l'altro quando colpisce si apre, proprio come te. La differenza è che tu non stai tentando di tenerti a distanza, tu gli stai sotto e lui non può rispondere bene come te, perché tu gli sei cosí vicino che puoi succhiargli il latte dalle tette.

Oppure dicevo a Ernie di scivolare a sinistra quando gli arrivava un destro e colpire con il suo destro allo stomaco e poi centrare la testa con un gancio, perché l'altro dopo il primo colpo portava le mani alla vita. Pensateci. Una puttana vi dà uno schiaffo in volto. Cosa succede subito? Andate con le mani al punto dove vi ha colpito, giusto? Solo dopo la riempite di botte, giusto? Solo che se Ernie vi colpisce in pieno, è peggio che uno schiaffo in faccia. È tutto logico, ma bisogna che siate molto bravi, o sarete voi quelli che cercano un posto sul ring.

Passammo dal gioco di piedi all'allenamento contro le mie mani al sacco, dove imparò a riprendere il suo equilibrio ritrovando il perno e a scaricare combinazioni di cinque o sei colpi. Ce l'aveva di nuovo duro. Quello che gli piaceva nel lavoro che gli facevo fare era che era in grado di colpire con tutta la sua potenza. Era bello da vedere come Ali? No, se non capivi lo spettacolo che stavi osservando. Ma per i vecchi del mestiere era come rivedere

Charley Burley, che era impossibile colpire da tre passi perfino con una manciata di riso. Joe Louis era stato forse il piú grande pugile d'incontro di tutti i tempi, quei suoi colpi corti avevano spezzato cuori e ossa. E negli anni Settanta c'era stato Albert Devila con i suoi cinquantasette chili, che aveva mandato al creatore un avversario.

Quando videro ciò di cui Ernie era capace, la gente in palestra prese a stargli alla larga. Di solito per fare sparring in vista di un incontro in palestra non si paga, a meno che non ci sia di mezzo un combattimento decisivo, nel qual caso ricevi un fondo spese di allenamento. Altrimenti gli altri ti aiutano, e tu li aiuti. Ma io con lui qualche volta dovetti pagare. Quaranta dollari a round, forse di piú. Lo feci perché il tempo passava e Ernie non ringiovaniva. Sophia capí. Ci fu anche qualche pugile che voleva misurarsi con Ernie, e noi ci stemmo. Li fece pentire, e li fece pagare. Il suo orgoglio tornò. Andava sempre piú di rado dagli Alcolisti Anonimi.

Quello che mi piaceva era che non sapeva veramente come ci riusciva: capiva solo che gli piaceva e voleva imparare di piú. Sophia mi chiamò piú volte per dirmi quanto fosse contenta. Mi ringraziava sempre, mi chiedeva sempre se mi serviva qualcosa.

– Mi serve un campione.

Il passo successivo fu di metterlo alla prova sotto le luci, immergerlo nel rumore del combattimento. Convinsi la Commissione a lasciarci iniziare con sei round invece di dieci vista la lunga inattività di Ernie. Sapevano che ce la stava mettendo tutta e si dissero d'accordo. Iniziai con i club a Bakersfield e Santa Maria, a Indio, a Pedro. Pagai gli organizzatori di nascosto perché mettessero Ernie in cartellone, e allo stesso modo dovetti pagare le borse degli avversari. Sophia iniziava a capire. Sorrideva spesso, diceva cose del tipo: «Questa volta ci divertiamo».

Il primo incontro fu puro panico. Ernie aveva una tale paura di perdere che lasciò le prime tre riprese nello spogliatoio da quanto stava male. Insieme alla borsa di medicazione io porto sempre con me una fiaschetta piatta d'argento puro da mezza pinta che ho comprato a Madrid. La riempio di Hennessey xo, e a volte quando un ragazzo è nervoso gli dò un bicchierino dove l'Hennessey è mescolato a succo d'arancia. Con Ernie non potevo farlo. Avrebbe dovuto vincere da solo la sua partita. Se non ci fosse riuscito, sarebbe stata la fine del suo coraggio e dei miei stipendi.

Sul ring, dimenticò tutto e riprese il suo vecchio stile. Non ne fui sorpreso: succede, con le luci e il rumore del combattimento. Stavamo vincendo un round via l'altro quando, nel quarto, le gambe di Ernie cedettero e lui iniziò a barcollare per la stanchezza. Per nostra fortuna l'altro lo colpí con una testata. Il taglio sopra il sopracciglio di Ernie era cosí profondo che il sangue gli impediva di vedere. Avrei potuto arrestare il flusso, ma ebbi un'intuizione e permisi che continuasse. Al quinto round, con il sangue dappertutto, interruppero il combattimento al primo minuto e diedero la vittoria a Ernie perché era avanti nel punteggio. Questa è l'importanza di un buon secondo. Se avessi fermato il sangue, l'altro avrebbe fermato Ernie.

Tornati nello spogliatoio, Ernie si accasciò su uno sgabello e io mi occupai del suo taglio. Immersi due asciugamani nell'acqua ghiacciata, gliene avvolsi uno intorno alla testa e l'altro intorno al petto e alle spalle. Gli asciugamani bagnati erano gelidi, ma quando glieli misi addosso lui non batté ciglio. Gli ci vollero venti minuti per rimettersi in piedi. Era stato un combattimento duro, e la vittoria sapeva di amaro. Ma anche se all'inizio aveva avuto paura, Ernie non se l'era fatta addosso davanti a me, e avevamo fatto il nostro dovere. Avevamo vinto.

Con quel taglio, Ernie dovette aspettare quarantacinque giorni prima di rimettersi a combattere. Meglio cosí. Ebbi tempo per lavorarmelo ulteriormente. Al giorno numero quarantasei tornammo ad allenarci sul ring. Piú migliorava, piú soldi dovevo dare ai suoi sparring. Ne stese tre o quattro. A uno ruppe il naso.

Il suo combattimento successivo fu di sei round, poi passammo a otto. Otto vittorie e zero sconfitte, sei delle vittorie per KO. I primi quattro avversari avevano perso prima di salire sul ring, morti di fame che sarebbero presto finiti a dormire per strada. Erano pagati bene, e per un paio di round salvarono le apparenze, poi si scelsero un posto sul ring per mettersi a dormire. I quattro successivi non sapevano di dover perdere e si difesero bene, quanto bastò per far pensare al pubblico che Ernie poteva ancora farcela.

Provai i dieci round contro un messicano solido. Vittoria per KO al quinto.

Il suo problema piú grosso era che prima del match aveva sempre paura. Aveva tanta paura che sul ring si pisciava addosso. Arrivai a bagnare la tela del ring perché nessuno lo vedesse; arrivai a fargli indossare calzoncini neri perché nessuno se ne accorgesse. Non fraintendetemi. Tutti i pugili hanno paura prima dell'incontro, anche quelli che ti si addormentano nello spogliatoio. È naturale. Ma Ernie assumeva quel colorito verde e malaticcio che hanno i toreri che sono stati incornati già quando fanno la parata prima della corrida. Gli dicevo che la paura non c'entrava, che era il suo organismo che stava raggiungendo la massima velocità. Gli spiegavo che i tori si cagano e pisciano addosso durante il combattimento, ma che ai toreri fanno ugualmente un culo cosí. Ernie rideva.

– Giusto, io sono cosí, sono un toro scatenato, come Jake La Motta.

Ogni volta la storiella funzionava. Ora che si era rimesso a combattere sui dieci round, ne vinse sei di seguito, tutti con buoni pugili, quattro per KO. Ernie colpiva d'incontro come un campione dalla prima all'ultima campana. Ora il cazzo duro ce l'avevo io.

Ernie fece fuori un altro paio di avversari. Si faceva sotto seguendo il suo jab proprio come in palestra, aspettava che l'altro si sbilanciasse e poi lo massacrava di colpi al corpo. A uno di quei ragazzi fratturò le costole. Ne colpí un altro al cuore. Quello si bloccò di colpo, le gambe e le braccia gli si misero a tremare come se fosse stato fulminato, poi piombò a testa in avanti sul ring.

– Pesca! Pesca! Pesca!

Non eravamo piú noi a pagare. Avevamo pagato noi fino all'ottavo incontro, poi piú niente. Le borse non erano niente di speciale. Non lo sono mai, a meno che non ti capiti un incontro importante trasmesso dalla tv a pagamento. A volte si prende poco anche combattendo per il titolo. Io mi davo da fare perché a Ernie proponessero un altro incontro di quelli buoni: il problema è che nessuno lo voleva.

Ce ne stemmo in attesa per quasi sei mesi: nessun incontro. Non è bello per un pugile, soprattutto per uno con l'età di Ernie. Quando ci offrirono di tentare il titolo NABO, accettai.

Erano pochi soldi, e l'avversario era Abdul Rashad Mohammed, un Musulmano nero di Chicago. Il titolo NABO è una cosa di secondo piano che si è inventata la WBO per creare un po' di interesse fra i tifosi, una tappa sul cammino che ti porta a combattere per il titolo vero. Avevo sempre tentato di starmene alla larga da Abdul perché è uno che quando apre la bocca sputa veleno. Ripete le solite stronzate che dicono i neri. Ma vincere il titolo NABO ci avrebbe dato la possibilità di batterci per il titolo WBO. La WBO non è la WBC o la WBA, e nemmeno l'IBF, ma se sei un pugile da KO come Ernie, ti dà una chance per aspirare al titolo unificato.

L'accordo prevedeva che il combattimento si facesse a Los Angeles. Avremmo giocato in casa, e speravamo che questo ci avrebbe aiutato con i giudici se fossimo andati ai punti. Erano solo ottomila dollari: a Ernie questo non piaceva, ma io gli spiegai che se avessimo rifiutato il match rischiavamo di scendere in graduatoria.

– E non è che stiamo diventando piú giovani.

Visto che c'era di mezzo Abdul, tutti tirarono fuori le solite stronzate sui pugili neri e quelli bianchi. Lui si mise a promettere che avrebbe ucciso il demonio dagli occhi azzurri per vendicare i torti fatti al suo popolo.

Ernie era incazzato. – Sono bianco. Sono io quello che la gente vuole vedere. Come posso farmi insultare da quella scimmia? Che cazzo va dicendo?

– Stai dicendo stronzate, come lui. Fagli un culo cosí. È l'unico modo per non dire stronzate.

– E i suoi tirapiedi appena scesi dagli alberi? – disse Ernie, con un'aria divertita. – Quei Frutti dell'Islam?

– Frutti o verdure? Magari finocchi?

Ernie si mise a ridere. Era cosí che lo allenavo.

Al peso Abdul si scatenò. Fece finta di tirare un pugno a Ernie, ed Ernie mosse un passo indietro. Abdul e gli altri neri ululavano, si scambiavano pacche fra di loro, si davano la mano, la solita roba.

Dissi a Ernie: – Devi farti rispettare, figlio mio. Se non ti fai rispettare, questi stronzi ti metteranno sotto un treno.

– Pesca! Pesca! – gridò Abdul nell'altoparlante. – Pesca è un nome da checca!

Ernie fece un passo avanti, prese il microfono e imitò l'accento dei neri. – Abdul faccia di cul!

Ora erano i bianchi a ridere. Abdul si avvicinò. Ernie restò dov'era. Ci volle la gente della commissione per separarli. Io mi sentivo meglio.

Quando arrivammo al palazzetto, ebbi subito la sensazione che qualcosa non andasse. Scendemmo la rampa ripida per entrare nel vecchio Forum e stavamo mostrando i documenti quando notai che tutti i neri della sicurezza sorridevano e ci guardavano strano. Dietro una curva iniziava il lungo, stretto corridoio che portava agli spogliatoi: appena lo imboccammo, vedemmo sui muri azzurro chiaro delle scritte graffite con il rosso sangue che usano le gang:

MUORI MUORI MAIALE ITALIANO

Sulla porta dello spogliatoio era affissa la foto di un uomo morto. Gli mancava una parte del viso. Era un bianco. Ernie si irrigidí, fece come per tornare indietro. Lo spinsi dentro.

Non era mai stato cosí verde. Nelle due ore che aspettammo, vomitò due volte. Non potevo dargli il cognac, per cui presi una lattina di Pepsi, che lo tirò un po' su. Non riusciva a star fermo, né seduto né in piedi. Vestirlo fu una fatica. Dovetti rinunciare a legargli le stringhe delle scarpe con il nastro adesivo. Dovetti chiedere a qualcuno di tenerlo fermo mentre gli fasciavo le mani. La stanza era piena del suo piscio.

Il combattimento iniziò puntuale. Mentre raggiungevamo il ring Ernie si lasciò dietro una striscia di liquido. Prima o poi tutti perdono. Pensai che questa volta toccava a noi. Perdere fa parte del gioco. Quello che conta è il modo in cui perdi. Già mi vedevo Ernie che dopo questo match si ritirava, tutto il mio lavoro andare in fumo, ma col cavolo che gli avrei permesso di abbandonare il ring.

Abdul era l'avversario piú veloce che Ernie avesse mai incontrato, e gli saltellò intorno per tutto il primo round. Ernie si spaventò, e tornò al suo vecchio stile. Gli stavo urlando di andare su e giú con la testa e schivare quando Abdul lo centrò con un destro accompagnato dall'alto, lo buttò giú e gli ruppe il naso. Il sangue scorreva come il caffè dal becco di una caffettiera. Un naso che perde sangue e un naso rotto non sono la stessa cosa. Me ne occupai nell'angolo. Il coagulante funzionò per un momento, ma quando ti sei rotto il setto nasale il piú delle volte non c'è modo di arrestare l'emorragia, a meno di non metterci su il ghiaccio, e questo durante il match non si può fare.

– Sto ancora sanguinando? – chiese Ernie. La sua voce era stridula. – Sei riuscito a farlo smettere?

– Cazzo, hai in corpo sei litri di sangue. Preoccupati della bellezza nera all'altro angolo.

Il secondo round fu la stessa storia. Abdul puntava con i jab il naso rotto, e gli occhi di Ernie si riempirono di lacrime per il dolore. L'osso scheggiato tagliava la carne all'interno, e il naso riprese a sanguinare. La pancia di Ernie era coperta di sangue, e anche la faccia era tutta rossa. Finché riesco ad arrestare l'emorragia tra un round e l'altro, l'arbitro non interromperà un incontro per il titolo. Per cui in un caso come questo bisognerebbe non pensare al sangue. Ma Ernie non riusciva a non pensare al sangue, continuava a passarci la mano sopra, e Abdul continuava a martellarlo. Io gli urlavo di lavorarselo dall'interno, di stargli sotto, di bloccare, di incassare, di scivolare e rispondere con combinazioni. Per la prima volta da quando lo allenavo, Ernie si sottraeva all'avversario. Abdul lo stava distruggendo dall'esterno, avvitando i polsi alla fine di ogni pugno. E lo insultava, gli diceva pezzo di merda bianca. Alla fine del terzo round a Ernie cominciarono a chiudersi gli occhi.

Tre soli round ed eravamo a pezzi. Ernie era così spaventato che mi vergognavo. Persino gli italiani lo fischiavano. Gli ripassai la schiena con un asciugamano ghiacciato, gli misi cubetti di ghiaccio sulle palle, e gli posai due borse del ghiaccio sul viso. Gli ficcai dei tamponi in entrambe le narici. Non si potrebbe fare, ma gli feci succhiare adrenalina da un tampone di cotone per tentare di farlo ripartire. Rimase accasciato. Gli occhi erano sbarrati come quelli di un coniglio. Mi stavo perdendo la bambolina.

Ernie piagnucolò. – Non riesci a fermare il sangue?

– Lascia perdere il sangue e smettila di scappare. Devi farti sotto e colpire, cazzo!

– Cristo, quando mi colpisce non riesco a vedere! È come se mi tirassero acqua bollente in faccia.

Gli dissi: – Tieni alte le mani, così non ti colpisce. Passa dall'interno e picchia duro come ti ho insegnato. Questo qui sa solo parlare.

– Altro che solo parlare! Non respiro e non ci vedo, cazzo!

Pensai: Coglione, adesso sai cos'hai fatto passare a tutti quelli che hai picchiato. – Respira profondamente, fallo per me, Ernie. Ma respira con la bocca, non con il naso, cosí la faccia non ti scoppia. Ecco, prendi un po' d'acqua –. Tentai di applicare del grasso.

– Fanculo l'acqua e fanculo il grasso. Non posso combattere cosí. Ferma l'incontro.

– Senti Ernie, tutto quello che devi fare è passare dall'interno e darti da fare.

– Vaffanculo. Butta la spugna. Ferma l'incontro, o lo faccio io.

Vaffanculo a me? Dopo che gli avevo cambiato i pannolini per tutto quel tempo? Estrassi le forbici e in ciascuna delle narici ficcai una lama, poi le rigirai in modo che stringessero la cartilagine appena sopra il suo labbro. Lui tentò di liberarsi, ma le corde del ring gli bloccavano la testa.

Quando gli parlai la mia voce fu piú fredda di quella di una donna tradita. – Brutto stronzo, adesso vai lí fuori e combatti come sei capace di fare! Vai lí fuori e combatti o ti apro fino alle sopracciglia e ti faccio risalire il naso fin sulla cima di quella testa di cazzo!

Ernie pensava di aver paura di Abdul, ma quando udí le mie promesse, si sedette diritto sullo sgabello. Al suono della campana, schizzò fuori dall'angolo. In cinquantasei secondi ruppe la mascella di Abdul e fece atterrare quel coglione sui posti in prima fila.

Dopo il combattimento, quando restammo soli nello spogliatoio, Ernie chiuse la porta. Mi strinse la mano.

– Mi rendo conto di quel che hai fatto per me oggi. Non lo dimenticherò mai, vecchio –. Mi strinse e mi abbracciò. – Ti sono debitore per sempre.

– È il mio lavoro.

Ernie smise per sempre di farsela addosso.
– Volevo chiederti una cosa, – mi disse. – Lo avresti fatto davvero?
Scrollai le spalle. – La prossima volta mettimi alla prova.

Con tutte quelle vittorie per KO, Ernie era su tutti i giornali e in tv. Lo intervistavano per fargli raccontare come era risorto dall'alcol e dalla prigione, lo ripulirono come un giglio. Tutti erano fieri di lui, tutti dicevano che era una fonte di ispirazione. Il marito psicologo di Sophia scrisse un articolo su di lui su una rivista scientifica. Tutta quell'attenzione fece guadagnare a Ernie la fiducia di cui aveva bisogno fuori dal ring. Forse avevo trovato il mio sant'uomo.
E io? Be', io continuavo a lavorare.
Vinnie Vincenzo e i suoi amici iniziarono a venire in palestra: parlavano italiano come se fossero stati a Palermo. Vincenzo si dava l'aria di sapere cosa succedeva sul ring, ma a me era chiaro che non capiva niente.
Una stella del cinema in palestra è un evento, e tutti cominciarono a stargli attorno. Ma tra Ernie e Vincenzo ormai era finita. Si strinsero la mano, si diedero i bacini sulla guancia, quelle stronzate da italiani. Vincenzo firmò qualche autografo, posò per qualche foto e poi prese il largo insieme ai suoi mafiosi con gli occhi di triglia.

Subito dopo, Ernie si mise a fare coppia fissa con una rossa tedesca di Hannover, Inge. Era una mezzofondista che correva gli ottocento piani e aveva una borsa di studio alla UCLA. Gli occhi erano azzurri, tagliati un po' alla mongola, ed era così linda e liscia che ci volevano gli occhiali da sole per guardarla. Le gambe erano una cosa che il cuore ti si metteva a ballare il cha cha cha.

La bloccai in un angolo un giorno che Ernie stava facendo la doccia. – Sta bevendo? Dimmi la verità. Anche solo un po' di vino.

– No –. I suoi occhi danzarono per me. – Se lo facesse io lo saprei.

Un'altra volta, Inge, un'altra volta. Con quei fitti capelli rossi, mi immaginavo già il suo cespuglio.

Ernie combatté altre tre volte. Distrusse gli avversari tutte e tre le volte, due per KO. I giornali e la tv lo mettevano a confronto con il campione mondiale in carica: per loro era lui il favorito, per via della potenza. Tre diverse organizzazioni pugilistiche ci classificarono numero due e quattro. C'era un tedesco, un certo Willyboy Waechter, che aveva battuto per KO un po' di africani e veniva direttamente dietro di noi. Ma ormai mi ero convinto che avremmo potuto battere chiunque davanti o dietro di noi, e ogni notte mi addormentavo sognando il campionato WBO.

Il campione era Ugo Lagalla di Napoli, un elegante pugile europeo che sul ring amava muoversi. Ma non era in grado di rompere un uovo né con il destro né con il sinistro e nei video si vedeva che le gambe non lo reggevano più. Gli misero contro uno di Portorico, un picchiatore che era numero otto del mondo. L'incontro si svolse a Roma: a Lagalla doveva servire per guadagnare un po' di soldi prima di affrontare lo sfidante numero 1. Io ero convinto che il portoricano avesse una buona opportunità. Dato che era uno dal pugno pesante come Ernie, tifavo per Lagalla, perché ero convinto che potessimo battere due Lagalla sullo stesso ring nella stessa serata. Mi guardai il match sulla tv a circuito chiuso. Il portoricano partí bene. Io non ero contento: non mi piaceva l'idea di affrontarlo se avesse vinto il titolo. Ma poi perse colpi, si fece colpire sia di destro sia di sinistro, e andò giú. Gli italiani impazzirono, Roma capitale del mondo. Non mi ero mai immaginato che Lagalla potesse mettere nessuno fuori combattimento. Qualche idea su come ci fosse riuscito però ce l'avevo.

Lo sfidante numero uno, un inglese chiamato Henry «La Forza» Forster, combatté un match contro un carneade portoghese che non era neanche classificato. La Forza non prese l'incontro sul serio, si allenò mangiando fish and chips e facendosi un sacco di ragazze e finí KO. Cosí salimmo al primo posto. Prima della sfida, la commissione direttiva permise a Lagalla di farsi un altro incontro di allenamento con il numero 9, e Lagalla vinse senza sudare.

Poi toccò a noi. Ma c'era un problema. Il combattimento si sarebbe dovuto tenere in Germania, e la borsa era di soli trentacinquemila dollari. Dovemmo firmare un contratto: se avessimo vinto, ci saremmo impegnati a un secondo incontro in Germania combinato dallo stesso organizzatore tedesco. L'avversario sarebbe stato Willyboy Waechter. Io non me ne preoccupavo, ma Ernie si rimise a lamentarsi del denaro. E poi, appena arrivammo scoprimmo che il governo tedesco si sarebbe automaticamente tenuto una tassa sul reddito del trenta per cento. Cioè diecimila e cinquecento dollari, cioè solo ventiquattromila e cinquecento dollari da dividere tra Ernie e me. Era un dettaglio che l'organizzatore crucco non si prese la briga di dirmi finché non arrivammo in Germania ed

Ernie ebbe firmato il contratto. Non mi era mai capitato in nessuno dei Paesi in cui avevo combattuto, e non mi era venuto in mente di chiedere. Ma la cazzata l'avevo fatta, e dissi a Ernie che mi sarei tenuto per me solo cinquemila dollari. Rimase scontento.

Willyboy Waechter era nel programma del nostro cartellone: aveva di fronte un olandese sconosciuto. Il match successivo sarebbe stato con il vincitore del nostro incontro. L'organizzatore favoriva Willy, e la sua idea era di farlo crescere, e di far sperare al pubblico tedesco in un campione tedesco.

Un incontro Pascetti-Waechter in Germania avrebbe voluto dire un sacco di soldi, dato che Ernie era americano. Ma prima dovevamo arrivarci. Gli italiani adoravano Lagalla, ci tenevano da matti al suo titolo e avrebbero tentato di fermarci in ogni modo.

A Ernie importavano solo i soldi. – Cazzo, una volta che ti sei preso la tua parte a me non resta niente.

– Se vinciamo il titolo le cose cambiano, Ernie. Se non sei il campione, quello che ha sconfitto gli orsi, all'inizio di soldi non ne fai. È un business.

– Business non vuol dire soldi? O mi sbaglio?

– Ernie, se combatti con un orso ti pagano per combattere con un orso. Se combatti con la sorella dell'orso, ti pagano per combattere la sorella dell'orso. Lagalla è una barzelletta.

– A me non sembra giusto che gli altri prendano un sacco di soldi e io no.

Lui non lo disse, ma era chiaro che pensava che avessi combinato qualcosa alle sue spalle con l'organizzatore. Io ero piú pulito di un fiocco di neve, ma lui se ne sbatteva e da un momento all'altro il mio lavoro smise di piacermi. Stavo per mandare affanculo il match e andarmene, ma ci ripensai e decisi di tener duro finché non battevamo Lagalla. Se mi ero fatto un culo cosí per tutto quel tempo, dopotutto, era perché volevo un campione.

Il combattimento con Lagalla era in programma a Lipsia, la città di Waechter. Stavamo in un hotel moderno dietro il grande ufficio postale, a poco meno di un chilometro dal centro storico. Quelli dell'albergo parlavano un po' inglese, ma non bene.
Ci eravamo portati uno sparring-partner nero da Dallas: si chiamava Danyell Harris. La gente dell'est non era abituata a vedere neri come lui. Ci fermavano per strada e ci chiedevano se parlavamo inglese, e poi cercavano di fare esercizio con noi. Gli spiegavo che eravamo lí per l'incontro. Sembravano sempre molto colpiti, poi chiedevano di Willyboy. Io gli dicevo che era il migliore, e loro se ne andavano via tutti contenti.
Avevamo dieci giorni prima dell'incontro. Danyell stava in una stanza tutta sua, l'altra la dividevamo io e Ernie. Devi dormire e mangiare con il tuo pugile, devi fargli l'esame delle feci e delle urine. Devi controllare che aspetto hanno i suoi occhi, e assicurarti che non sia in forma troppo prima del match, o inizia a odiarti e si mette a dare pugni contro il muro. Devi fargli passare la voglia di ragazze e di cibo. Con Ernie, bisognava fargli passare anche la minima voglia di bere.
Il primo giorno, due puttane, del genere con l'aria imbronciata, si presentarono tutte sculettanti in camera. Le aveva mandate qualcuno: si ripresentarono ogni giorno, tutti i giorni. Non fu facile per me scaricarle, specialmente quando ero solo e Ernie era nella hall a guardare la tv insieme a Danyell. Alla fine le spedii nella camera di Da-

nyell, dicendogli che lui era Ernie. Cosí le tenni lontane da Ernie e riuscii a offrire un doppio omaggio quotidiano allo sparring a spese di chiunque fosse che voleva spomparci. Poi iniziarono le consegne di cibo alla nostra porta. Torte e paste alla frutta. Avevamo dieci giorni e solo due chili e mezzo da perdere: situazione ideale, sempre che Ernie non si scatenasse in cucina. Regalai il cibo alle donne delle pulizie: erano delle bianche vecchie e arrabbiate, e da quel momento presero ad adorarmi. Gli passavo mance di pochi marchi e alla fine gli regalai lo champagne e la grappa che arrivavano in camera a tutte le ore del giorno e della notte. C'era chi si prendeva cura di Lagalla, ma intanto le donne delle pulizie ballavano nei corridoi.

E Ernie lavorava sempre meglio con Danyell: entrava bene, piazzava i suoi colpi e tornava alla carica. La gente della palestra non aveva mai visto niente del genere.

All'andata, Inge ci aveva accompagnati fino a Francoforte, dove i doganieri tedeschi fecero un sacco di domande sulla valigetta del pronto soccorso che portavo con me. Avevo spiegato che ci trovavamo in Germania per l'incontro, e che quelle erano le medicine che usavo per chiudere i tagli. Ci fecero passare, e appena tornammo sull'aereo misi la valigetta direttamente nel compartimento per il bagaglio a mano. Senza quella valigetta non potevamo combattere. Potevo perderla solo se cadeva l'aereo.

A pochi giorni dall'incontro, i tifosi italiani cominciarono ad arrivare in città. Alcuni presero l'aereo, mentre intere folle arrivarono in treno. Li si incontrava nel centro storico. Alcuni marciavano e cantavano sventolando bandiere bianche rosse e verdi con il nome e la faccia di Lagalla. Era come stare nel Sud d'Italia a Pasqua, e veniva voglia di vedere se qualcuno trasportava la statua della Madonna con le banconote nel vestito. Nei pressi della piazza affollata mi parve di vedere una faccia nota, ma in un istante chiunque fosse scomparve e decisi che mi ero sbagliato. L'albergo era pieno di italiani, gente simpatica che sorrideva e, quando veniva a sapere chi eravamo, ci mostrava il dito medio.

La sera prima dell'incontro stavamo per scendere a cena quando arrivò una telefonata di Sophia dall'America. Parlò con Ernie, poi chiese di parlare con me. Non la smetteva piú, ed Ernie mi fece segno che lui aveva fame: io gli dissi di precedermi alla sala ristorante. Sophia era tutta orgogliosa del suo fratellino e disse di aver parlato con il padre. Sembrava che il vecchio stesse cambiando idea su Ernie, e lei ebbe un singhiozzo. Mi ringraziò mille volte finché fui costretto a dirle che dovevo dar da mangiare a Ernie.

– Dio vi benedica tutti e due, – concluse.

– Che benedica anche te, Sophia.

Raggiunsi Ernie e Danyell, e chi c'era al loro tavolo se non i compari di Vincenzo che avevamo visto nella palestra di Los Angeles? Erano gli stessi occhi di triglia che avevo creduto di riconoscere in mezzo alla folla nel centro storico. Cazzo, era un problema. Stavano con tre schianti di donne che sembravano uscite da una rivista di moda: potevano essere francesi. Erano tutte sorrisi e moine con Ernie: chiaramente i compari gli avevano detto di stare alla larga da Danyell. Se ne andarono appena raggiunsi il tavolo, lasciando metà della loro acqua minerale. I mafiosi non mi degnarono neppure di uno sguardo.

Chiesi a Danyell di farsi da parte. – Ernie, che succede?

– Non succede niente. Hanno detto che sono arrivati da Roma. Erano qui a cercare una camera quando mi hanno visto. Non mi sembra di averli mai incontrati.

– Io me li ricordo. Tu non te li ricordavi?
– Non ci ho mai parlato, Cristo.
– Ernie, se c'è qualcosa che mi devi dire, è meglio che me lo dici adesso.
– Che cazzo, non c'è niente da dire.

Il peso si tenne in una concessionaria Peugeot in un quartiere di muri cadenti, di mattoni e di binari ferroviari dall'aria spettrale. C'era la tv e i flash lampeggiavano ovunque. Al primo colpo pesavamo sessantasei chili e sei. Lagalla era sessantasei chili e quattro. I pesi furono annunciati in tedesco, italiano e inglese. Il pubblico applaudí come se fosse stupito che i pugili pesassero. In Francia fanno la stessa cosa.
Lagalla aveva ventisei anni ed era alto un metro e ottanta, contro il metro e settantacinque di Ernie. Ernie aveva quasi trentun anni. Le braccia e il torso di Lagalla erano sottili, ma le gambe potenti: quelle gambe erano la sua unica risorsa. Era un bel ragazzo, come gli attori di oggi, ma gli occhi erano stanchi, e non guardava mai in faccia le persone. Come dicevo, lui era una barzelletta ma gli italiani nel suo angolo erano dei veterani bastardi, e volevano vincere. L'incontro era per il giorno dopo. Quella sera arrivò Inge. Ci facemmo una gran cena tutti insieme, con dolci tedeschi e gelato. Volevo che Ernie prendesse tre, quattro chili. Prima di andare a letto, lo feci mangiare di nuovo. Per tutto il giorno gli avevo fatto bere acqua, per assorbire potassio. Gli feci una iniezione di vitamina B12 nel sedere: io non ci credevo, ma Ernie sí.
Mi svegliai presto, come sempre. Dissi a Ernie di restare a letto. Scesi a fare colazione da solo. Anche Danyell dormiva fino a tardi. Tutto stava andando liscio e tran-

quillo, ma questa storia dell'incontro casuale con gli amici di Vincenzo non mi tornava. Dopo la colazione feci una lunga passeggiata, fumai un sigaro Montecristo da diciotto dollari, poi tornai in camera a vedere cosa combinava Ernie. Erano le nove, ora di controllargli le feci. Era mezzo addormentato e mi disse che il controllo lo aveva già fatto lui.

– Andiamo a mangiare.

Giú in sala sembrava assonnato, e toccò appena il cibo. Mangia, gli dissi.

– Mi sto stancando di questa roba tedesca.

– Andiamo in centro e facciamoci una pasta. Prendiamo un taxi, – proposi, non volendo farlo camminare prima dell'incontro.

In centro la storia si ripeté. Questa volta mi disse che aveva bisogno di andare in bagno. Mi avviai con lui, ma c'era posto per una persona sola, e la gente che ci osservava poteva pensare la cosa sbagliata. Quando tornò, sembrava che fosse dimagrito, non che fosse ingrassato.

– Ernie, non ti senti bene?
– No, no.
– Tutto bene? Siamo sicuri?
– Sono nervoso, è naturale, è un incontro importante.
– Devi mangiare.

Tornammo in albergo e ordinai una colazione americana in camera: uova, patate e tutto il resto, con pane tostato, miele e latte. Inge venne a trovarci: voleva che andassi in fretta all'ufficio postale per spedire a casa un grosso pacco, aveva bisogno del mio aiuto. Quando rientrammo, il piatto era vuoto come speravo. Feci i conti: Ernie avrebbe potuto prendere altri due chili e mezzo prima del match.

A tavola però si comportò strano anche dopo: aveva gli occhi pesti, e spenti. Lo pesai nella cucina dell'albergo: era

sessantasei chili e uno, mezzo chilo in meno di prima. Avrebbe dovuto guadagnare peso, non perderlo.
– Sono nervoso, è l'incontro per il titolo.
– Stai bevendo l'acqua come ti ho detto?
– Sí, certo.

Il match era alle undici di sera. Alle cinque lo feci mangiare. Zuppa densa e ottimo pane tedesco, pasta e pesce. Gli restai seduto davanti per vederlo inghiottire, gli feci bere tè caldo. Salii in camera con lui quando andò a fare un riposino, e rimasi a leggere la storia di Lipsia. L'organizzatore venne in albergo a vedere come ce la passavamo. Scesi a dirgli che tutto andava bene. Avrebbe voluto vedere Ernie, ma io gli spiegai che stava dormendo. Questo gli fece piacere. Anch'io ero piú ottimista.
Quando rientrai, sentii un odore acido.
– Cos'è questa puzza?
– Una donna delle pulizie è venuta qui a mettere in ordine e ha vomitato nel bagno, maledetta ubriacona.
– Ma tu stai bene?
– Mai stato meglio.
Il palazzetto era pieno: la gente era venuta a vedere tanto Willyboy quanto il nostro incontro per il titolo. Il nostro match arrivò dopo la sua vittoria, e dovemmo restare in piedi ad ascoltare tre inni nazionali. Prima ancora venne presentato qualche pugile tedesco, e poi tutto d'un colpo sul ring salí Vinnie Vincenzo, tutto inchini. Aveva messo su la sua faccia da duro, come se stesse per massacrare entrambi i pugili in una sola volta, proprio come al cinema. La gente impazzí. Prima dell'incontro Lagalla pesava settanta: aveva preso quasi quattro chili. Cazzo, Ernie era sessantacinque e sei. Poi andò di nuovo al cesso.

Ora pesava di meno. Tirava l'acqua prima che potessi vedere. Dalla puzza mi accorsi che era diarrea.

Pensai che doveva essere spaventato a morte, e che per questo se la stava facendo addosso, e temetti che mollasse tutto. Le sue occhiaie ormai erano nere. Ma quando lo guardai negli occhi, vidi che era calmo come non lo era mai stato.

Ora ero io quello che se la faceva addosso. L'unica cosa era cominciare l'incontro, ma il mio stomaco era ormai in Sudafrica.

Danyell mi aiutava all'angolo, anche se non c'era poi molto da fare. Ernie se la cavò bene nel primo round, muovendo la testa, schivando, entrando bene. Andava dritto al corpo, com'era nei piani, e Lagalla arretrava. Ernie incassava e colpiva d'incontro, scivolava e picchiava. Le ginocchia di Lagalla presero a tremare. Ma anche Lagalla colpiva, e la faccia di Ernie stava cambiando colore, e diventava color pesca. Poi Lagalla scaricò un colpo. Ernie attraversò il ring barcollando, ma riuscimmo ancora a vincere il round.

Alla fine del secondo, Ernie fu messo giú da un colpo al corpo. Ci salvò la campana.

Nell'angolo, lo aggredii. – Che cazzo combini?

– Mi ha centrato bene.

– Lagalla non sa centrare bene!

A circa metà del terzo, Ernie restò senza benzina. Le gambe erano gelatina, aveva abbassato la guardia e Lagalla si mise a ballargli la tarantella in testa. Nell'angolo, gli passai l'asciugamano bagnato, gli ficcai il ghiaccio nei pantaloncini, gli misi adrenalina sulle labbra e nel naso, ma lui continuava ad ansimare. L'unica cosa che gli mancava era un taglio, ma Lagalla non sarebbe riuscito a tagliare nessuno, neanche con un rasoio.

Il quarto round fu l'ora del dilettante. Ernie aveva la lingua penzoloni, ma riuscí a resistere fino alla campana. Nel quinto, tutto andò a puttane. Lagalla mandò Ernie al tappeto con una caccola di colpetto al fegato. Tutto accadde al rallentatore, come quando sei in un sogno senza sonoro e prendi a pugni qualcosa che non sai cos'è e non riesci a fargli niente. I flash lampeggiavano, tutti urlavano. Mi sembrava di aver perso lo stomaco.

Gli italiani cantavano e ballavano, e i tedeschi levavano i pugni e chiedevano di vedere l'incontro per il titolo di Willyboy. Lagalla e i suoi si avvicinarono per stringerci la mano. Ernie sorrideva, e tentava di parlare italiano. Guardai dall'altra parte del ring. In terza fila c'erano Vincenzo e i suoi compari. Tra di loro neanche l'ombra di un sorriso. Parlavano d'affari.

C'era qualcuno che volevo ammazzare.

La festa dopo l'incontro si tenne all'albergo di Lagalla. Non avevo voglia di una festa. A Ernie che io ci andassi non importava, ma Inge e Danyell mi trascinarono. Musica orrenda a tutto volume, musicisti morti di fame. Ernie ballava con una delle tre ragazze che sembravano francesi, Vincenzo con un'altra, e Lagalla con la terza. Inge non era contenta di quello che vedeva. Mi toccò la spalla invitandomi a ballare. Aspettammo in mezzo al rumore finché il complesso di spalla attaccò un tango.

Inge girò il coltello nella piaga. – Ancora non riesco a capire come ha fatto a vincere, Lagalla.

– Non ha vinto Lagalla. Ha perso Ernie.

La lasciai in mezzo alla pista e me ne tornai in albergo

con un taxi. Misi sottosopra la camera. Pensavo fosse la droga, o l'alcol, ma ero stato un idiota. Nascoste in fondo alla borsa di allenamento di Ernie c'erano due bottiglie. Le etichette erano in inglese. Voleva dire che se le era portate da casa. Una bottiglietta marrone conteneva ipecac. L'altra era verde, assomigliava a una bottiglia da bibita, e c'era scritto citrato di magnesio. L'ipecac serviva a farlo vomitare. Il citrato di magnesio, che ha il sapore di una Seven-Up salata, serviva a farlo cagare. Ernie aveva fatto in modo di star male per rendere piú credibile il suo KO. Hollywood.

Strappai qualche pezzetto dalle etichette. Rimisi le bottiglie al loro posto, e la camera in ordine. Portai la mia roba nella camera di Danyell, e feci i bagagli. Dovevo trovare un modo per uccidere quel bastardo. Passai la notte nel dormiveglia. All'alba ancora non avevo trovato il modo.

Finito un incontro, l'organizzatore ti vuole fuori dai piedi, e cosí l'autista passò a prenderci alle sei e trenta. Il nostro volo da Lipsia partiva alle otto. Gli altri erano rimasti svegli tutta notte, avevano già registrato il bagaglio e dormirono per quasi tutto il viaggio. Passammo la dogana a Dallas, e Danyell si fermò per andare a trovare la sua famiglia. Ernie mangiò come un cavallo quando gli steward servirono il cibo precotto, poi tornò in bagno. Il volo Dallas-Los Angeles era quasi vuoto, e riuscimmo ad abbassare i braccioli dei posti centrali e a distenderci completamente. Io non chiusi occhio.

Mentre ci avvicinavamo a Los Angeles, mi ritrovai seduto sul corridoio accanto a Inge, che stava nel mezzo. Ernie era accanto al finestrino. Tutti ci eravamo allacciati le cinture ed eravamo pronti all'atterraggio. Ernie era soddisfatto e riposato, come se il titolo lo avesse vinto lui. Mi allungai e gli feci un cenno. Si accostò.

– Sei sveglio?

– Sí, certo che sono sveglio.

– Ti dirò quello che ti sto per dire solo una volta, Ernie, quindi ascolta bene.

– Sí?

– Dovrai uccidermi, hai capito?

Ernie impallidí. Inge mi guardò come se fossi appena saltato giú dall'aereo. Mostrai a Ernie i pezzetti delle etichette.

Lui mentí sapendo di mentire. – Ero gonfio per via del cibo tedesco, e avevo paura di dover rinviare l'incontro.

– Non ci senti bene, Pesca? Tu dovrai uccidermi, o io ucciderò te, hai capito? E il tuo amico Vinnie non ti salverà.

A Ernie tornarono gli occhi da coniglio. Dissi a Inge di non immischiarsi.

Ernie tentò di fare il duro. – Non darle ordini, hai capito?

– No. Tu non dare ordini a me.

Feci un cenno a Inge e lei raggiunse un posto dall'altra parte del corridoio da dove poteva vederci e ascoltarci. Raccontai a Ernie quello che sapevo.

Rispose: – E allora? La mia vita è solo mia.

– Era il nostro titolo. Quanto ti hanno dato? E non dire bugie, cazzo.

Scrollò le spalle. – Settantacinque, puliti. Tutti intestati a Inge.

– Inge lo sa? – Guardai verso di lei.

Inge scosse la testa con rabbia. Era furibonda.

– Ora lo sa, – rispose Ernie. Le lanciò un bacio e affondò la mano nella tasca interna della giacca. Sollevò un libretto rilegato in pelle. Estrasse una carta bancaria in plastica. – Banco di Milano – Zurigo, Svizzera. Settantacinquemila dollari americani –. Si infilò i documenti nella giacca e si mise a mangiare noccioline. – Sentito come pronuncio bene il nome in italiano? Me lo ha insegnato Nunzio, ah ah.

– Brutta testa di cazzo vuota, perché non mi hai detto che volevi fare affari? Potevamo guadagnarne duecentomila, magari trecentomila. Avremmo fatto i soldi tutti e due.

– Ma va' –. Ernie mi parlava come se io non contassi nulla. – Il contratto fra me e te sta quasi per scadere. Vinnie sarà il mio nuovo manager e assumerà un allenatore italiano di New York. Willyboy batte Lagalla, poi io batto Willyboy per un paio di milioni. Poi mi ritiro che sono ancora campione e mi metto a fare cinema con Vinnie. Fonderemo la nostra società.

– Ach! – esclamò Inge, come se avesse trovato dei vermi nel suo Tampax. Si avviò per il corridoio e non si voltò a guardarci.

Dissi: – Ehi, genio, e chi ti dice che Vinnie non ti scaricherà una seconda volta?

– Il mio amico Vinnie? Siamo culo e camicia, noi.

Tutti erano ormai scesi dall'aereo, e hostess e steward raccoglievano le coperte dai sedili. Mi alzai e feci un passo indietro. Dissi a Ernie che un terzo dei suoi settantacinque spettava a me. Lui si alzò cambiando colore.

– Stronzate, vecchio, quei soldi sono miei.

– Te l'ho già detto, dovrai uccidermi, pezzo di merda italiano del cazzo.

Ernie fece quel che avevo immaginato. Portò in avanti il suo ampio gancio sinistro, la mascella bella alta. Io lo presi con un destro di apertura che lo colpí al mento e glielo mandò all'indietro. Poi seguii con un bel gancio sinistro bello stretto, un gancio come Dio comanda. Entrambi i colpi lo centrarono mentre attaccava e prima che il suo gancio raggiungesse me. Me ne rimasi lí tranquillo, ma lui fece un volo atterrando contro la paratia vicino al finestrino e perse i sensi cadendo in avanti sulle ginocchia e il volto. Stavo per colpirlo ancora, quando di colpo ebbi un'idea. Avevo trovato il modo di ucciderlo.

Per prima cosa cercai quel bel libretto bancario. Poi presi dal bagaglio a mano la mia valigetta e ne estrassi la fiaschetta di Hennessy. Aprii la bocca di Ernie con il pollice e gli spinsi la testa all'indietro. Versai il cognac e un po' gli scese in gola. All'inizio tossí e soffocò, ma poi afferrò la fiaschetta con entrambe le mani e si mise a trangugiare. Ora aveva gli occhi aperti, e si accorse che lo guardavo, e capí quel che gli avevo fatto, e capí quel che lo avevo aiutato a farsi. A quel punto iniziò a ululare come un cane, e stava ancora ululando mentre io avanzavo verso la testa dell'aereo.

Inge attendeva in cima alla scaletta: gli occhi le ballavano, sulla bocca aveva un sorriso increspato. Tentò di prendermi a braccetto, ma io mi sottrassi. Cespuglio rosso o no, le dissi che non volevo avere a che fare con chiunque fosse stato vicino a Pesca. Sussultò come se l'avessi schiaffeggiata con un gatto morto.

– Ecco qui, – le dissi.

Le allungai il libretto bancario. All'inizio non capí, ma quando vide il suo nome e i numeri all'interno, mi guardò come se io fossi stato Martin Lutero. La accompagnai alla Swissair. L'ultima volta che la vidi stava comprando un biglietto per Zurigo e battendo il piedino.

Quando giunsi al ritiro bagagli, arrivò Sophia. Non sapeva ancora quel che avevo fatto a suo fratello. Allungò la mano per toccarmi. Ma io non avevo piú cuore, e mi sottrassi.

Il sangue aveva abbandonato la sua faccia. – Papà ha detto che Ernie ha mangiato la polvere, giusto?

– Sí, molti chili di polvere.

Assomigliava a una delle Madonne sul muro di casa mia. È la stessa faccia che mia madre ha avuto per quasi tutta la vita. Volevo asciugare le lacrime dal volto di Sophia, ma lei era parte di Pesca.

E poi, sto pensando alla campana che suona ogni giorno alle cinque e mezza. E penso alla piastra dove faccio il caffè. E sto pensando a un ragazzo nuovo che un paio di settimane fa si è presentato in palestra. Viene da Louisville. È un peso massimo.

Indice

p. v	*Prefazione* di Roberto Santachiara	
3	*James Crumley*	
	La scrofa messicana	
51	*Giovanni Arduino*	
	Francesca sta con me	
63	*Jeffery W. Deaver*	
	Seme cattivo	
91	*Eraldo Baldini*	
	Notte di San Giovanni	
109	*James Ellroy*	
	I ragazzi del coro	
135	*Piero Colaprico*	
	La divisa stretta	
159	*James Grady*	
	What's Going On	
209	*Giancarlo De Cataldo*	
	Dolcevita Zen Shot	
245	*James W. Hall*	
	Sei-Zero	
269	*Carlo Lucarelli*	
	L'uomo col vestito a strisce	
295	*Stephen King*	
	Il sogno di Harvey	

p. 311 *Giampiero Rigosi*
Alfama

351 *Ed McBain*
Can che abbaia

363 *Flavio Soriga*
Il Nero

377 *Ian Rankin*
Herbert in Motion

403 *Simona Vinci*
La gabbia

417 *Robert Silverberg*
Millennium Express

447 *Wu Ming*
In Like Flynn

471 *F.X. Toole*
Sant'uomo

Stampato per conto della Casa editrice Einaudi
presso Mondadori Printing S.p.a., Stabilimento N.S.M., Cles (Trento)
nel mese di giugno 2006

C.L. 18320

Edizione   Anno

1   2   3   4   5   6   2006   2007   2008   2009